LA DOUBLURE

MÉLISSA DA COSTA

LA DOUBLURE

roman

ALBIN MICHEL

« Je n'ai pas peur des sorcières, des lutins, des apparitions, des géants vantards, des esprits malins, des farfadets, etc., ni d'aucun autre genre de créature, hormis les êtres humains. »

Goya, 1792

PREMIÈRE PARTIE

Le jardin d'Éden

L'Éternel Dieu façonna l'homme avec la poussière de la terre. Il insuffla un souffle de vie dans ses narines, et l'homme devint un être vivant.

L'Éternel Dieu planta un jardin en Éden, du côté de l'est, et il y mit l'homme qu'il avait façonné.

L'Éternel Dieu fit pousser du sol des arbres de toutes sortes, agréables à voir et porteurs de fruits bons à manger. Il fit pousser l'arbre de la vie au milieu du jardin, ainsi que l'arbre de la connaissance du bien et du mal.

L'Éternel Dieu donna cet ordre à l'homme : « Tu pourras manger les fruits de tous les arbres du jardin,

mais tu ne mangeras pas le fruit de l'arbre de la connaissance du bien et du mal, car le jour où tu en mangeras, tu mourras, c'est certain. »

L'Éternel Dieu dit : « Il n'est pas bon que l'homme soit seul. Je lui ferai une aide qui soit son vis-à-vis. »

L'Éternel Dieu forma une femme à partir de la côte qu'il avait prise à l'homme et il l'amena vers l'homme.

L'homme dit : « Voici cette fois celle qui est faite des mêmes os et de la même chair que moi. On l'appellera femme parce qu'elle a été tirée de l'homme. »

C'est pourquoi l'homme quittera son père et sa mère et s'attachera à sa femme, et ils ne feront qu'un.

L'homme et sa femme étaient tous les deux nus, et ils n'en avaient pas honte.

1

La première fois que j'ai entendu parler de Clara Manan alias Calypso Montant, c'était en septembre 2018. Jean venait de repartir en mission. Cinq ans que nous nous connaissions et autant de séparations et de retrouvailles. Il était marin timonier. Jean avait tenté de m'expliquer son métier, les paquebots de commerce, son rôle d'adjoint de l'officier, chef de quart pour la navigation, les relevés météo, les transmissions radio, les documents de navigation… Je n'ai jamais vraiment retenu grand-chose. Seulement l'essentiel : il n'était heureux qu'en mer. Alors j'ai supporté ses absences. Chaque année, à la mi-septembre, c'était pour nous l'heure des adieux dans les ruelles du quartier du Vieux-Port à Marseille, je l'accompagnais jusqu'au taxi qui l'emmenait au port de commerce. Nos reflets sinistres dans les vitrines sales. Ma fine silhouette un peu voûtée, mes longs cheveux bruns et mon teint plus livide que d'habitude, et Jean pressé, juste pressé. Il marchait toujours quelques pas devant moi, les mains dans les poches, la tête rentrée dans les épaules. Il portait son éternel manteau rapiécé, ni tout à fait noir ni tout à fait kaki. Un manteau usé par le temps et l'air iodé mais dont il ne pouvait se séparer.

Ils se ressemblaient, tous ces matins d'adieux. Nos soirs de retrouvailles aussi. Nos mains qui n'en pouvaient plus de s'attraper, mes yeux qui n'arrivaient pas à croire qu'il était là, vraiment là, pour trois mois. L'amour que nous faisions dans sa chambre d'adolescent, chez sa mère, Irène, ou dans mon studio. Mais Jean n'aimait pas ma garçonnière. Il la trouvait triste, il préférait l'appartement d'Irène, encastré dans une ruelle étroite. L'hiver, il était humide et pas très lumineux. Irène ne s'en plaignait jamais. Elle était toujours d'une humeur égale. Elle travaillait sur les marchés. Elle y vendait des légumes de maraîchers locaux, à un prix honnête lui permettant de se dégager un salaire correct. Le père de Jean, personne n'en parlait jamais. Il avait fichu le camp avant même sa naissance. Ils semblaient s'en moquer tous les deux.

En cinq étés, j'ai appris à connaître cet appartement par cœur. La cuisine et sa table en Formica jaune. Le salon aux fauteuils gris et aux lourds rideaux blancs. La salle de bain moite et ses odeurs de pivoine – l'eau de toilette d'Irène. La chambre d'Irène, la plus petite, la plus sombre, donnant sur la rue et la circulation. Irène a toujours prétendu que le bruit des voitures ne la dérangeait pas. En réalité, elle voulait laisser la meilleure des deux chambres à son fils, même si celui-ci n'était présent que quelques mois dans l'année. La chambre de Jean avait une large fenêtre ouvrant sur la cour intérieure. Elle était sombre, évidemment, mais calme et plus spacieuse. Nous y faisions l'amour la fenêtre ouverte, les volets blancs laissant passer la brise de la nuit. Le matin, Irène nous préparait un café et achetait des pains au chocolat. Elle se faisait discrète, s'arrangeait pour nous laisser notre intimité.

Dans le salon d'Irène, il n'y a que Jean sur les photos encadrées. Elle l'a élevé en enfant roi et en a fait l'adulte égocentrique qu'il est aujourd'hui, celui qui m'a annoncé :

« Je veux m'installer au Brésil. J'en ai ma claque de Marseille, des allers-retours en mer. Un copain peut me trouver une place à São Paulo. »

Je n'ai d'abord rien trouvé à dire. Comment aurais-je dû réagir ? Rire ? Pleurer ? Bégayer ? C'était déconcertant car il tenait mes mains entre les siennes comme s'il m'invitait à le suivre, comme si je faisais partie de son projet.

« São Paulo… ? »

Voilà tout ce que j'ai pu bredouiller ce matin-là. Jean a acquiescé avec un sourire de gamin surexcité.

« C'est la chance de ma vie, Ev' ! »

Il m'appelait Ev', un diminutif d'Evie. Moi, je préférais amplement Evie. J'ai regardé mes mains dans les siennes et son visage ravi, et je me suis demandé si j'avais loupé quelque chose, une invitation à le suivre, un clin d'œil m'indiquant qu'il plaisantait, car ce qu'il venait de me dire n'avait aucun sens pour moi.

« Mais… »

Mon « mais » a semblé le contrarier. Il a froncé les sourcils.

« Je ne sais pas encore. J'imagine que tu pourras me rejoindre quand le projet aura abouti…

– Le projet ?

– On compte retaper d'anciens paquebots de commerce. On a des contacts là-bas. J'ai dû investir un bon pactole pour m'associer. Dix mille euros. Mais ça vaut le coup ! »

Il souriait avec une excitation non contenue, et j'ai compris plusieurs choses, à peu près dans cet ordre : il avait préparé ce projet depuis plusieurs mois, probablement bien avant son retour à Marseille ; il avait attendu nos adieux pour m'en parler, pour être certain de ne pas gâcher nos ultimes retrouvailles. Je dis bien « ultimes », car j'ai réalisé qu'il n'avait aucunement l'intention que je le rejoigne, c'était écrit sur son visage. Et puis, après cela, j'ai également compris que je venais de gâcher les cinq dernières années de ma vie à l'attendre les trois quarts de l'année. J'avais fui mon Alsace natale, le peu de racines que j'avais là-bas, et dégoté un studio à Marseille pour être à deux pas du port quand il rentrerait de mission. Pire encore, j'avais choisi les petits boulots les plus précaires, les moins intéressants, car c'étaient ceux-là que je pouvais quitter au début du mois de juin et reprendre au mois de septembre sans que personne y trouve à redire. J'avais mis ma vie entre parenthèses pendant cinq interminables années pour les beaux yeux d'un marin qui n'avait jamais envisagé de se fixer.

Ce matin-là, sous les regards badins de ses collègues, je l'ai laissé m'embrasser, car j'étais en état de sidération et qu'aucune réaction réfléchie ne me venait. Puis je suis rentrée. Nous étions le 12 septembre. Dès le lendemain, je devais reprendre mon poste de vendeuse dans la boutique d'une station-service d'autoroute. La caisse, les rayons, les magazines, les sandwichs sous vide, les cafés et les paquets de chewing-gums, voilà de quoi était constituée ma vie.

Ce jour-là, j'ai réalisé d'autres choses qui jusqu'alors ne m'avaient pas sauté aux yeux. D'abord, mon studio était vraiment affreux, Jean avait raison : les escaliers puaient la pisse, le Velux se bloquait une fois sur deux, l'aération de la cuisine était défectueuse, si bien qu'une odeur de friture y flottait en permanence. Ensuite, mes collègues de travail, Jessica et Perrine, n'étaient pas mes amies et ne le seraient jamais. Elles rapportaient probablement des commérages sur moi comme elles le faisaient sur la terre entière. Cela rendait mon travail infernal, surtout quand aucun retour de Jean ne venait l'égayer. Et puis, je ne pourrais plus jamais retourner en Alsace, dans la maison familiale tant haïe que j'avais fuie à la première occasion, à dix-huit ans tout juste. Enfin, la dernière et la plus affligeante… Irène était une femme adorable mais je ne supporterais plus jamais ses discours pleins d'admiration pour son fils qui venait de me laisser tomber pour de vieux paquebots de commerce à l'autre bout du monde.

Ainsi les choses étaient claires, comme je l'ai écrit ce soir-là dans mon carnet bleu à spirale :

Plus rien ne me retient à Marseille.
J'ai envie de prendre le large, moi aussi…
Pensée du jour. 12 septembre 2018.

Forte de ces constatations, je me suis mise à déambuler dans le Vieux-Port de Marseille avec une idée précise : me faire embaucher comme hôtesse sur un yacht. J'avais les compétences nécessaires : ménage, service, restauration, je connaissais. Jean m'avait toujours dit que les salaires étaient mirobolants à bord des yachts. Deux mille euros net par mois, à quoi il fallait ajouter le gîte, le couvert et les bonus : primes et pourboires qui étaient une institution dans la profession.

L'argent, j'en avais grandement besoin. Mes comptes étaient à sec. Je travaillais neuf mois sur douze pour profiter des retours de Jean. Je n'ai jamais gagné plus du Smic. Et puis mon studio me coûtait une fortune pour ce qu'il était : un cagibi minable. Mais plus que d'argent, c'est d'un bol d'air dont j'avais besoin. Partir. Quitter Marseille et le souvenir de ces cinq années pour rien…

C'est ainsi que, par une chaude matinée de septembre, j'ai rencontré Pierre Manan sur le port de Marseille. Tout au long des bittes d'amarrage, d'énormes yachts se prélassent, tous plus impressionnants les uns que les autres. Des blancs rutilants, des noirs à la coque lisse et étincelante. Des formes allongées, épurées, modernes. Certains ont deux étages, d'autres trois, voire quatre. Là-bas, deux hommes, des employés sans doute, nettoient le pont d'un petit bijou à la coque dorée. Plus loin, un couple prend son petit déjeuner sur le pont, lunettes de soleil sur le nez, indifférent aux regards d'envie qu'il suscite.

Je viens d'essuyer deux échecs.

« On ne cherche personne, on est complet », m'a déclaré un jeune employé au visage rongé par l'acné sans que j'aie même le loisir d'observer l'intérieur du bateau sur lequel je me suis présentée. Sur un deuxième yacht, un homme a observé mes jambes puis saisi mon CV.

« Pas de poste pour l'instant mais je garde ça, OK ? »

Je n'ai même pas eu le temps de répondre qu'il avait déjà déguerpi. J'en suis là dans mes recherches d'emploi quand je repère quelqu'un qui m'observe depuis le pont supérieur d'un yacht. Il est grand, brun. Il porte un bermuda bleu marine et une chemise blanche. Je viens de rencontrer Pierre Manan.

« Bonjour. »

Il accompagne ses paroles d'un signe de la main pour que je sois bien certaine que c'est à moi qu'il s'adresse.

« Bonjour, je réponds en plaquant contre ma poitrine mes CV qui menacent de s'envoler dans la brise marine.

– Vous cherchez du travail ? »

J'acquiesce en m'avançant. Il me fait un nouveau signe que je ne parviens pas à interpréter.

« Attendez-moi ici, j'arrive. »

Alors j'attends, mal à l'aise, incertaine de ce que je fais. Il vient vers moi d'un pas énergique, ses cheveux bruns ébouriffés par le vent. Il a un sourire sincère et de beaux yeux d'un bleu-gris étonnant. Que peut-il bien faire dans la vie ? J'opte pour directeur d'une grosse banque d'affaires ou haut dirigeant d'une entreprise cotée en Bourse. Qui peut se payer un tel yacht ? Quand il s'adresse à moi, je me suis déjà forgé mon opinion : il m'est sympathique.

« Excusez-moi de vous avoir interpellée comme ça, dit-il.

– Ce n'est rien.

– Je m'appelle Pierre Manan. À qui ai-je l'honneur ?

– Evie Perraud.

– Enchanté, Evie. »

Il me tend la main. Je note l'alliance à son autre main et l'effluve discret d'une eau de toilette Hermès.

« Vous avez quelques instants à m'accorder ? Je recherche effectivement quelqu'un pour une mission particulière. On pourrait en discuter à l'intérieur, si vous voulez bien… »

J'acquiesce sans réfléchir. C'est pour ça que je suis là. Et puis, l'aura que dégage Pierre Manan m'a déjà mise en confiance.

Nous pénétrons dans une pièce immense, le salon du yacht. Je me sens comme un éléphant dans un magasin de porcelaine. Je reste figée, mes CV toujours contre moi, mais Pierre m'invite d'un geste à m'asseoir, tandis qu'il prend place dans le fauteuil opposé.

« Bien, quel genre de travail recherchez-vous, Evie ? »

Il passe une main dans ses cheveux bruns pour y mettre de l'ordre. Moi, je suis assise bien droite, mes mains posées à plat sur le fauteuil, de chaque côté de mes jambes. J'aurais dû davantage préparer mon discours. C'est la première fois de ma vie que je monte sur un yacht et c'est suffisamment impressionnant pour me couper la chique.

« Eh bien… Disons que… j'ai déjà eu plusieurs expériences dans la restauration et l'hôtellerie. J'ai été hôtesse d'accueil aussi une fois… au Salon de l'automobile… Mais je peux également faire le ménage… Disons que… Je ne suis pas difficile. »

Pierre sourit. Il semblerait qu'il soit amusé par mes réponses approximatives. Je ne sais pas s'il se moque de moi, s'il me trouve complètement crétine ou s'il sourit pour me mettre à l'aise. Il désigne les CV que j'ai déposés sur mes genoux.

« Je peux jeter un coup d'œil ?

– Bien sûr. »

Pendant qu'il lit, je fixe le parquet clair parfaitement lustré et je compte les lattes.

« Vous avez déjà travaillé dans le secrétariat ?

– Pardon ?

– Vous avez déjà travaillé dans le secrétariat, l'administratif ?

– Non… »

J'essaie de soutenir son regard. Je suis sûre qu'il est déçu.

« L'événementiel ? »

Cette fois, je fais signe que non avec une belle grimace et il rit. Il rit pour de vrai, avec des pattes-d'oie qui apparaissent de chaque côté de ses yeux bleu-gris.

« Vous sauriez répondre au téléphone, rédiger des mails et réserver un repas chez un traiteur ?

– Je… Oui, j'imagine. »

Il ne cesse de me sourire.

« Je suis désolé, j'aurais dû être plus précis dès le départ, ma proposition n'est pas claire, je le vois bien. »

Je secoue la tête pour le rassurer. Il passe de nouveau la main dans ses cheveux et se penche en avant.

« En fait, je cherche quelqu'un, mais pas pour ce yacht. J'aurais dû vous le préciser. C'est pour ma femme, Clara. Son nom d'artiste est Calypso Montant. Ça vous dit peut-être quelque chose ? »

C'est la première fois que j'entends ce nom.

« Elle est peintre. Elle expose à Saint-Paul-de-Vence, où nous vivons, mais parfois ailleurs, le temps d'une soirée, à Saint-Tropez ou à Cannes, quand je parviens à la convaincre. Clara n'aime pas trop sortir de sa tanière. »

Je ne sais que répondre mais je n'ai pas l'impression que Pierre attende une quelconque réponse de ma part.

« Vous connaissez Saint-Paul-de-Vence ?

– Non.

– C'est le petit village d'artistes par excellence. Il se trouve à une vingtaine de kilomètres de Nice. L'été, c'est parfois un peu trop fréquenté mais le reste de l'année, c'est un paradis pour l'artiste qu'est Clara. La lumière y est exceptionnelle. »

Je ne vois pas vraiment où il veut en venir en me parlant de Saint-Paul-de-Vence mais il parvient à éveiller ma curiosité.

« Ma femme est une peintre hors pair. En revanche, c'est une piètre gestionnaire, d'ailleurs elle déteste ça. Pour les questions comptables, contractuelles et légales, nous avons un cabinet d'avocats spécialisés, mais pour le reste, elle est censée gérer... Répondre aux invitations et cartes de félicitations, s'occuper des réservations de salles pour ses expositions temporaires, confirmer sa présence à divers vernissages, prévoir un traiteur pour un verre de l'amitié... Elle boude ces tâches, et j'avoue être de moins en moins disponible pour prendre le relais. Elle aurait besoin d'un bras droit, quelqu'un qui fasse tout cela pour elle, à sa place. Comme une doublure. »

Je ne suis pas certaine de comprendre. Je n'ose y croire. Moi, l'employée de station-service, devenir l'assistante d'une peintre ?

« Il n'y a rien de sorcier là-dedans. C'est l'affaire de quelques heures par jour. Un peu plus si Clara consent à exposer plus souvent. Nous avons une chambre supplémentaire qui pourra devenir votre bureau, à moins que vous n'ayez besoin d'un logement… »

Je ne sais plus que dire. Mes yeux doivent exprimer l'ébahissement le plus total car Pierre secoue la tête en souriant.

« Je suis navré. Je vais trop vite en besogne. Vous n'avez pas pu prononcer un mot.

– Non, c'est que… J'imagine que je serais ravie de… Mais… Je ne connais pas grand-chose à la peinture…

– Clara vous expliquera. Et puis, comme je vous l'ai dit, ce n'est vraiment pas compliqué. Vous me semblez vive d'esprit et dynamique. Je me trompe ?

– Eh bien…

– Vous devriez venir dîner à la maison. Vous rencontrerez Clara. »

Je reste silencieuse dans mon fauteuil trop grand, avec l'impression que je me suis laissé entraîner dans un tourbillon sans y prendre garde.

« Ce soir, je dois dîner à Marseille. Un contrat à signer. Mais demain… Que diriez-vous de demain soir ? Vous avez une voiture ? »

Cette question a le mérite de me remettre les pieds sur terre.

« Non.

– Alors vous prendrez le train et je viendrai vous chercher à la gare de Nice. Il y a un hôtel charmant à quelques ruelles de chez nous. Je vous y réserve une nuit ? »

Ma bouche s'ouvre mais j'ai du mal à produire un son.

« À moins que vous ne souhaitiez repartir pour Marseille le soir même…

– C'est que… Je ne sais pas si je dois accepter…

– L'invitation à dîner ?

– Et l'hôtel… Tout ça… »

Pierre rit. Un rire discret et plein de retenue.

« C'est vous qui voyez… Je croyais que vous cherchiez un travail ?… »

Cette fois, je suis presque certaine de déceler de l'ironie dans sa voix et je m'étrangle presque en répondant trop vite :

« Oui. Bien sûr. C'est d'accord. »

Pierre sourit, visiblement ravi, et je me mords très fort l'intérieur de la joue pour ne plus prononcer d'autres mots fâcheux.

Sur le quai, alors qu'il me raccompagne, il me tend sa carte de visite en me précisant :

« Si vous avez un imprévu ou du retard. »

Je la mets dans ma poche, le cœur battant étrangement fort. Plus loin, quand je suis sûre qu'il ne peut plus m'observer, je m'arrête pour la lire.

Pierre Manan
Co-directeur du groupe Kofedo
Courtage en assurances

2

C'est sous un soleil déclinant mais encore chaud de septembre que je débarque le lendemain à la gare de Nice. L'air sent les embruns et les cigales chantent encore fort. Pierre Manan m'attend au volant d'un cabriolet rutilant qui coûte probablement très cher et j'ai presque honte de poser mon jean à vingt euros sur ses sièges en cuir.

« Vous avez fait bon voyage, Evie ? »

J'acquiesce en essayant d'avoir l'air le plus sereine possible. Pierre démarre en faisant ronfler le moteur et la seconde d'après, mes cheveux bruns me fouettent le visage.

« Je vous ai réservé une chambre à l'hôtel Saint-Paul. C'est une institution dans le village. La première pierre a été posée au XVIe siècle. »

Je hausse les sourcils pour mimer l'étonnement pendant que Pierre passe les vitesses avec une rapidité surprenante. Après un moment, je lui demande :

« Qu'avez-vous fait de votre yacht ? »

La question m'a échappé et je m'en veux déjà de ma nervosité qui me fait dire des choses idiotes. Pierre sourit, sans quitter la route du regard.

« Il était au père de Clara, dit-il sans répondre à ma question.

– Ah…

– Il nous l'a offert. »

Je reste silencieuse.

« En fait, le groupe Kofedo, pour lequel je travaille, appartient au père de Clara. Elle n'a jamais été vraiment intéressée par les affaires. Son truc à elle, c'est la peinture… Au grand désespoir de son père. Il a tort, vous savez. Elle est douée. Et puis, je suis là pour reprendre les affaires, alors… »

Je ne dis plus rien. Je me demande simplement si la voiture appartient aussi au père de Clara ou si le couple Manan est très riche aussi. Probablement.

« Et vous ? Que font vos parents, Evie ? »

On en vient à la partie qui me met mal à l'aise. Avec les autres d'ordinaire, non, mais avec Pierre Manan, c'est différent.

« Rien d'intéressant… »

Il rit.

« Vraiment ?

– Vraiment.

– Je suis sûr que vous exagérez.

– Essayez de deviner, vous verrez bien. »

Je ne sais pas pourquoi j'ai dit cela, sans doute parce que je commence à me détendre.

« Mmmh… Je ne sais pas.

– Dites au hasard. Ce qui vous vient…

– Bouchers ? »

J'ouvre grands les yeux, mimant l'incrédulité.

« Pourquoi bouchers ?

– Et pourquoi pas ? rétorque Pierre en riant. Bon, alors, je retente ma chance… Facteurs ?

– Facteurs ? Non… Facteurs, c'est intéressant, ça. Plus que leur vrai métier, en tout cas…

– Serruriers ?

Je m'offusque davantage de devinette en devinette.

« Serruriers ? Mais ça aussi, c'est intéressant !

– Je ne connais pas vos centres d'intérêt, Evie. Je ne pouvais pas savoir que la serrurerie vous passionnait… »

J'aime sa façon de le dire, son ton décalé. Je ne peux m'empêcher de m'emballer, laissant tomber toute retenue :

« Essayez encore, vous êtes loin du but !

– Vraiment loin ?

– Quand même…

– Donnez-moi un indice.

– Ma mère travaille avec un téléphone toute la journée.

– Secrétaire ?

– Bon, vous n'êtes plus si loin… Elle est conseillère téléphonique pour une marque de surgelés. »

Je capte instantanément le sourire amusé de Pierre.

« C'est un métier honorable, déclare-t-il pourtant.

– Si vous le dites…

– Et votre père ?

– À l'usine. Il conduit les transpalettes. »

Pierre s'abstient de tout commentaire et je le note avec un cynisme appuyé :

« Personne pour défendre l'honneur d'un conducteur de transpalettes ?

– Il n'y a pas de sot métier, Evie. »

Il a retrouvé son ton sérieux et professionnel, et moi, je me sens un peu coupable de m'être moquée du métier de mes parents. Je voulais juste détendre l'atmosphère.

« Et vous, qu'est-ce que vous faites ? Je veux dire… En quoi consiste votre métier chez Kofedo ? »

Il passe une main dans ses cheveux puis met son clignotant pour doubler un camion.

« Ce n'est pas toujours très intéressant non plus. Pour faire simple, on peut dire que je suis chargé de déterminer les objectifs de l'entreprise et de mettre en œuvre la stratégie et les moyens pour les atteindre.

– C'est un charabia de politicien, ça !… »

Je le fais rire. Je songe que je devrais me canaliser, arrêter d'être si spontanée. Je ne sais plus ce que je dis quand je suis intimidée.

On pourrait croire que Pierre a choisi ce moment précis de la journée pour me faire découvrir Saint-Paul-de-Vence, cette heure où les rayons du soleil colorent tout de nuances rougeoyantes, faisant de chaque pierre du village fortifié un lingot d'or tiède. Il resplendit devant mes yeux ébahis. Ce ne sont pas seulement les pavés, les remparts, la porte royale. C'est aussi le lierre qui recouvre les murs de pierre, les placettes qui accueillent des fontaines anciennes, les arcades fraîches, les minuscules ruelles en escalier menant on ne sait où, au cœur du village, et les plantes luxuriantes partout, dégoulinant des façades, formant parfois un arc sous lequel passent les piétons, certaines à fleurs bleu vif, d'autres d'un rose pâle. La rue Grande est constituée d'une immense calade qui traverse le village. Elle est bordée de boutiques, de galeries et d'ateliers d'artistes, installés dans les maisons médiévales. Il se dégage de ces rues une atmosphère intime et romantique. Partout, l'odeur subtile et enivrante des pierres chaudes et des fleurs qui bordent les ruelles, les odeurs de cuisine également : ail qui chauffe dans l'huile d'olive, herbes de Provence.

Il y a aussi les talons qui claquent sur les pavés, le marteau d'un artisan qui termine sa journée, une radio allumée et les bruits de la vie qu'on attrape au vol en traversant une minuscule ruelle déserte : des couverts qui cognent contre une assiette, un enfant qui pleure, une machine à laver qui ronronne, une télévision allumée. Et toujours cet émerveillement muet : des gens vivent ici dans ce cadre enchanteur…

La maison de Pierre et Clara se trouve dans la partie haute du village, légèrement en contrebas de l'église. Une ruelle calme, à l'abri de l'agitation des commerces. Quatre marches de pierre donnent accès à la porte protégée par une grille noire. C'est une étroite maison médiévale à étage, encastrée entre deux autres, avec du lierre sur la façade et un oranger en pot à côté de la grille.

Les clés tintent entre les mains de Pierre, puis la grille noire pivote avec un grincement. Il m'invite à le précéder dans un couloir sombre. Au fond, un escalier permet d'accéder à l'étage. À droite, une unique porte que Pierre ouvre. Je découvre un authentique intérieur d'artiste. Si la bâtisse date de l'époque médiévale, cette pièce mélange allégrement ancien et moderne : un parquet clair, des murs travaillés soigneusement afin d'en révéler les pierres d'origine, des poutres apparentes, tout juste vernies. Les fauteuils club sont gros, épais, d'un beau marron chaud. Un bric-à-brac de meubles de matières et d'époques variées : de lourdes étagères en bois brut côtoient une table basse en verre aux formes épurées. Quelques tapis aux tons chauds viennent compléter ce joli décor. Une cuisine à l'américaine et un bar offrent un espace où se restaurer ouvert sur la pièce. Par de larges fenêtres qui donnent sur une cour intérieure se déversent les dernières lueurs du jour. On se sent bien ici. L'air sent bon le bois, les vieux livres, la peinture et le café. Pierre m'indique une porte au fond du salon, presque entièrement masquée par de belles plantes vertes.

« L'atelier de Clara se trouve ici. Venez, je vais vous montrer. »

Nous pénétrons dans une véranda. Les baies vitrées donnent sur la cour intérieure entièrement pavée. J'imagine qu'en pleine journée, l'éclairage doit y être parfait mais pour le moment, depuis le seuil, je ne distingue dans la semi-obscurité que des chevalets, des toiles vierges disposées un peu partout sur le sol, des tubes et des pinceaux sur une table basse, des poufs, ainsi que des plantes. L'odeur de peinture y est forte mais pas désagréable.

Un bruit de pas se fait entendre à l'étage. Pierre se redresse, un pli soucieux barre son front.

« Installez-vous dans le salon, mettez-vous à l'aise. Je vais chercher Clara. »

Il disparaît. Dans le salon, je laisse traîner mes mains sur les meubles anciens, les fauteuils, j'attrape une feuille de ficus entre mes doigts, trace un sillon dans la fine couche de poussière de la table basse. Des voix me parviennent de l'étage, légèrement étouffées par le plafond qui nous sépare. Celle de Pierre et une autre, féminine mais grave. Je me demande ce que je vais dire à

Clara, et si je suis suffisamment présentable pour cette rencontre, et puis le bois des escaliers craque et je me retourne. J'accroche un sourire maladroit sur mon visage.

C'est Pierre qui entre d'abord, puis elle apparaît à son tour. Une fine silhouette vêtue de noir. Clara Manan.

Si je devais lui donner un âge, je ne lui donnerais pas plus de trente ans. Elle porte une longue combinaison noire, ample et légère. Ses pieds sont nus. Ses mouvements sont doux, empreints d'une lenteur naturelle.

Tout en elle dégage une vulnérabilité délicate. Son corps mince et éthéré. Ses épaules saillantes. Ses bras fins. Ses mains frêles. Sa pâleur.

« Bonjour. »

Sa voix d'alto ne parvient pas à me ramener tout à fait sur terre. Elle s'approche, et je saisis la main qu'elle me tend avec cette idée obsédante en tête : ne pas la lui broyer, ne pas la brusquer.

« Bonjour. »

Je note le joli diamant à sa main gauche, probablement sa bague de fiançailles, accompagné d'une alliance. Et puis d'autres choses : ses longs cheveux bruns, identiques aux miens, lisses et fins. Ils tombent dans son dos, au-dessous de ses omoplates. Ses yeux noirs, comme les miens. Dans une autre vie, nous aurions pu être sœurs. Elle m'aurait effacée, assurément, d'un seul clignement de paupières.

« Vous êtes Evie ?

– Oui. »

Elle me désigne un des fauteuils club.

« Venez, prenez place. Pierre va nous servir un apéritif. »

Pierre hoche la tête et glisse la main au creux de ses reins, discrètement, avant de gagner la cuisine américaine. Avec des mouvements maladroits et nerveux, je m'assieds, dépose mon sac en toile à mes pieds, croise mes jambes pour me donner une contenance. Clara, elle, reste debout. Elle s'approche d'une petite fenêtre donnant sur la rue, laisse une de ses mains se promener sur le carreau. La nuit est tout à fait tombée maintenant. La ruelle est sombre, déserte. Qu'observe-t-elle ?

« Qu'est-ce que vous buvez, Evie ? »

La voix de Pierre m'arrache à ma rêverie.

« Oh… N'importe quoi…

– J'ai du chablis. Vous aimez le chablis ?

– Oui.

– Et toi, chérie ? »

Clara nous tourne toujours le dos. Elle continue de promener ses doigts sur le carreau.

« La même chose, s'il te plaît. »

Je décroise mes jambes et les croise dans l'autre sens. Pierre s'active dans la cuisine. Clara finit par se retourner. Un semblant de sourire flotte sur ses lèvres.

« J'aime le village à cette époque de l'année, déclare-t-elle en s'asseyant dans un fauteuil à côté du mien. Il se vide chaque jour un peu plus. Il se prépare à retrouver son calme après la saison touristique. Vous connaissez Saint-Paul-de-Vence ?

– C'est la première fois que je mets les pieds ici. »

Pierre revient avec nos verres, qu'il dépose sur la table basse.

« Clara a commandé des plats chez le traiteur provençal. Ça vous va ?

– Bien sûr.

– Eh bien, à cette soirée et à Evie qui a accepté notre invitation ! »

Il lève son verre. Clara l'imite. Je porte le mien à mes lèvres. Pierre et Clara semblent parfaitement à l'aise, même avec une inconnue au milieu de leur salon. Cela leur arrive-t-il souvent ? Pendant quelques secondes, nous n'entendons plus rien, puis le bruit mat des trois verres que nous reposons.

« Evie, dit enfin Pierre, j'ai raconté à Clara que nous nous étions rencontrés sur le port de Marseille, que vous cherchiez un petit travail sur un bateau quand je vous ai aperçue. »

Je confirme d'un hochement de tête tandis qu'il se tourne vers sa femme.

« J'ai parlé à Evie de tes peintures, de tes expositions, de ton manque d'intérêt pour les affaires courantes. »

Je m'attends à voir Clara esquisser une moue qui sonnerait comme un aveu, un sourire amusé, une grimace, n'importe quoi, mais elle conserve un visage calme et impassible.

« Evie n'a jamais travaillé en tant qu'assistante mais elle est jeune et dynamique. J'ai pensé qu'elle amènerait un peu de vie dans ton atelier et ton quotidien. Vous devez avoir à peu près le même âge. Quel âge avez-vous, Evie ?

– Vingt-trois ans.

– Clara a fêté ses vingt-sept ans en août. »

Clara n'ajoute rien. Je me demande si Pierre parle toujours à sa place, si c'est lui qui lui a imposé cette idée d'assistante ou si elle a eu son mot à dire. À cet instant, je ne suis pas certaine qu'elle soit à l'origine de cette décision.

« Vous avez un petit ami, Evie ? »

La question de Clara me surprend au moment où je me décidais à avaler une gorgée de vin. Je toussote et repose mon verre un peu précipitamment.

« Excusez-la, intervient Pierre, Clara a souvent des questions indiscrètes. »

Les fins sourcils de Clara se relèvent sur son front comme si rien de tout cela ne lui paraissait indiscret.

« Nous faisons connaissance, non ?

– Bien sûr, je m'empresse de répondre.

– Pierre est tellement conventionnel parfois… »

Pierre lève les yeux au ciel. Clara a un petit air sévère et exaspéré. Je choisis une échappatoire en répondant à la question initiale.

« Non, je n'ai pas de petit ami. Plus depuis quelques jours. Il… est parti.

– Parti ?

– Il partait déjà beaucoup. Il est marin. »

Clara me dévisage. Je lui déballe la suite sans qu'elle ait demandé quoi que ce soit.

« Il a pour projet de s'installer à São Paulo pour retaper de vieux paquebots. J'avais espéré qu'un jour, il s'installerait à Marseille, mais finalement… »

Un geste de la main me permet de leur faire comprendre que l'histoire s'arrête là. Le verre de Clara est déjà vide. Elle fait un léger signe à Pierre pour qu'il le lui remplisse de nouveau.

« C'est pour ça que vous vouliez prendre le large sur un bateau ? »

Ses yeux noirs me fixent avec intensité. En quoi mon histoire avec Jean peut-elle l'intéresser ?

« Prendre le large, je ne sais pas. Prendre l'air quelque temps, c'était le plan.

– Et vos parents ? Où vivent-ils ?

– En Alsace. Un petit village à côté de Colmar.

– C'est loin…

– En effet.

– Vous ne devez pas les voir très souvent.

– En fait, on ne se voit plus.

– Vraiment ? s'étonne Clara.

– Excusez Clara, intervient Pierre. Sa curiosité n'a pas de limites.

– Ce n'est rien. Non, nous ne nous voyons plus. J'ai quitté la maison à dix-huit ans, quand j'ai rencontré Jean… le marin. Je l'ai suivi à Marseille et je ne suis plus jamais retournée en Alsace. »

Je termine mon verre en guise de conclusion.

« De quoi avez-vous vécu à Marseille ?

– De petits boulots. Un peu tout. Vendeuse en station-service, agent d'entretien en centre commercial, distributrice de tracts, serveuse, vendeuse de glaces…

– Vous n'avez pas peur de donner de votre personne », commente Clara.

Cela semble être un compliment dans sa bouche. Pierre se lève.

« Je vais mettre les barquettes au four. »

Pendant qu'il est dans la partie cuisine, je me décide à interroger Clara à mon tour, avec moins d'assurance qu'elle, toutefois.

« Vous vivez à Saint-Paul-de-Vence depuis longtemps ? »

Clara retrace brièvement son parcours. Les Beaux-Arts à Nice après le lycée. Son stage de troisième année dans la galerie d'art contemporain Gantois, à Saint-Paul-de-Vence, son coup de foudre pour le village. Pierre, qu'elle fréquentait depuis un an déjà, à cette époque.

« Il occupait un poste d'audit dans un grand groupe. L'entreprise possédait une fondation qui menait une action de mécénat avec les Beaux-Arts. Ils finançaient une partie des travaux des étudiants pour encourager le déploiement de la culture sur le territoire. Bref, Pierre aimait l'art autant que les chiffres. Il avait un joli CV. Mon père se proposait de lui ouvrir les portes de Kofedo, mais j'y ai mis une condition.

– Laquelle ?

– Qu'il m'épouse sans tarder, avant la fin de mes études, et que nous nous installions à Saint-Paul-de-Vence. »

Je hausse les sourcils, aussi étonnée qu'amusée.

« Et Pierre a accepté ? »

Elle lève sa main pour montrer son alliance.

« On dirait que oui. »

Nous nous sourions. C'est le premier sourire que je reçois de Clara Manan, et cela me fait tout drôle.

« Pierre m'a passé la bague au doigt et a intégré Kofedo. Quant à Saint-Paul-de-Vence, il s'y est tout de suite plu. Il travaille depuis la maison quand il le peut…

– Et le reste du temps ? »

Pierre me répond depuis la cuisine.

« Au siège de l'entreprise, à Cannes. Ou en déplacement, entre Nice et Marseille. »

Il pose les maniques sur le plan de travail et nous rejoint dans le salon.

« Clara a oublié de vous dire une chose importante. »

Elle le scrute en fronçant les sourcils.

« Son père et moi lui avons acheté des parts dans la galerie Humanis, ici, intra-muros. Elle y expose ses œuvres de façon permanente. J'imagine qu'elle vous y emmènera assez rapidement.

– Nous irons », confirme Clara.

Je n'ose croire ce que j'entends, réaliser qu'ils m'ont déjà intégrée.

Nous passons à table et nous nous installons autour du bar de la cuisine américaine comme si nous étions de vieilles connaissances. Pierre nous ressert un verre de chablis en attendant que les plats soient chauds. Clara évoque brièvement la galerie Humanis, qui n'est pas une galerie comme les autres, plutôt un cabinet de curiosités.

« On y trouve de l'archéologie muséale mais également des bijoux et des fossiles, des objets appartenant aux grandes civilisations anciennes. C'est une boutique originale, explique Clara.

– Pourquoi avez-vous choisi ce lieu pour exposer ? j'interroge. Pourquoi pas une galerie classique ?

– Clara ne tenait pas à être noyée au milieu d'autres artistes peintres, répond Pierre. Là-bas, il n'y a que ses tableaux, et il faut dire qu'ils se fondent à merveille dans le décor.

– Ah oui ?

– Ils possèdent ce mélange d'ancien et de contemporain qui se marie très bien avec les antiquités. Vous comprendrez quand vous les verrez.

– Nous ferons un tour à mon atelier après le dîner », ajoute Clara.

Le repas commandé chez le traiteur est délicieux. Clara a allumé des bougies. Pierre a sorti un excellent vin rouge. Tout est un enchantement. Les plats, le vin, la légère ivresse qui m'envahit, les flammes des bougies qui dansent, le parfum au jasmin de Clara qui parvient jusqu'à moi quand elle se penche, les voix de mes hôtes qui résonnent à intervalles réguliers, leur conversation sur les différentes galeries d'art du village. Je n'en reviens pas d'être ici, dans cette maison, de la chance que j'ai eue de tomber sur Pierre Manan, hier, sur le port, de me voir offrir une opportunité pareille, pile au bon moment…

« Un peu plus de vin, Evie ?

– Non merci.

– Un petit tour dans mon atelier avant le dessert ? »

Pierre s'est enfoncé contre le dossier de son siège, un verre de vin à la main. Je suis Clara dans la véranda.

L'atelier a un autre aspect maintenant qu'il est éclairé par des lampes reproduisant la lumière naturelle. C'est le même bazar joyeux mais les couleurs lui donnent un aspect extravagant, vivant. Les poufs qui traînent çà et là sont jaune poussin ou bleu ciel. Les pots des plantes d'intérieur sont vert pomme ou rouge carmin. Ici un verre de vin a été abandonné à même le sol, là un joli foulard en soie est tombé au milieu des pinceaux. Des sandales, dans un coin, sont prêtes à être enfilées, mais Clara les boude visiblement. Un parapluie blanc à pois noirs attend son heure, ouvert près de la baie vitrée. L'atelier de Clara resplendit de couleurs, et ce spectacle ne me prépare absolument pas à découvrir ses tableaux.

« Je vais vous montrer ma dernière œuvre. Venez. »

Je la suis jusqu'à une toile devant laquelle je marque un temps d'arrêt. Ce qui m'interpelle d'abord, c'est la noirceur du tableau. Il est composé de couleurs sombres : noir profond, gris lourd, brun rougeâtre. Pas une lumière ne vient l'éclairer. Puis mon regard capte la scène. Le corps nu et maigre d'une jeune fille posé sur une roche, dans un décor sinistre. Le ciel rougeoyant est empli de fumée noire. La jeune fille semble offerte, même si le mot « sacrifiée » me vient d'abord. Autour d'elle rôde un cercle de créatures squelettiques, ni humaines, ni animales. Leurs gueules évoquent des museaux de taureaux. Elles se tiennent sur leurs pattes arrière. Leur colonne vertébrale est saillante, leurs côtes sont visibles.

« Je l'ai intitulée *Soir de banquet.* »

Clara me fixe, sonde la moindre expression de mon visage. S'agit-il d'un viol, d'un rituel satanique, d'un sacrifice humain ? Je préfère ne pas poser directement la question.

« Que sont ces créatures ?

– Je me suis inspirée de *La Ronde des farfadets*, de David Ryckaert. »

Elle passe les doigts sur la toile.

« Ce sont des monstres ? je demande.

– Nos monstres intérieurs, peut-être… »

Elle esquisse un faible sourire, sans quitter le tableau des yeux.

« Pierre aurait dû vous prévenir. Mes tableaux sont particuliers. »

Rien ne me vient. Je fixe les créatures.

« Je me suis prise de passion pour le romantisme noir pendant les Beaux-Arts. Vous connaissez ?

– Non…

– C'est un genre qui est né en Grande-Bretagne à la fin du XVIIIe siècle. On dit qu'il s'inspire du gothique et qu'il s'est développé en réaction aux Lumières, au vent de liberté qui s'est mis à souffler à cette époque. C'est un mouvement qui a bousculé les conventions sociales, morales et esthétiques. Les tableaux représentent des scènes de spiritisme, des monstres, la souffrance, l'agonie, la mort… On y trouve des démons, des vampires, des scènes de cannibalisme et d'extrême violence. »

Je ne sais pas à quoi je m'attendais, mais certainement pas à ça. Dans quoi suis-je en train de m'engager ? Je n'ai aucun penchant particulier pour la noirceur, pour les monstres, la violence…

« Vous avez étudié l'art, Evie ?

– Non, je n'y connais pas grand-chose.

– Si c'est un domaine qui vous intéresse, vous devriez vous plaire ici, à Saint-Paul-de-Vence.

– Ne t'emballe pas, ma chérie, intervient Pierre depuis l'autre bout de la pièce.

– Pardon ?

– Evie n'a pas encore accepté. »

Je reste muette en entendant sa remarque. Pourtant, si stupéfaite que je sois par les toiles de Clara, je n'ai aucune envie de laisser passer cette opportunité.

Nous discutons des modalités du contrat au cours du dessert, entre deux cuillerées de tarte aux noisettes et aux pignons de pin.

« Les avocats de Kofedo rédigeront un contrat en règle mais j'imagine que nous pouvons partir sur un accord basique. Une vingtaine d'heures par semaine pour démarrer. »

Pierre a-t-il compris que je ne discuterais aucune des clauses dudit contrat ? Probablement. Pourtant, il fait mine de me consulter à chacune de ses phrases.

« Pour l'intitulé du poste, nous indiquerons "assistante artistique". Je suppose que c'est suffisamment vague pour englober la plupart de vos missions. »

Plus tard, alors que Clara prépare du café, il évoque le montant du salaire, ce qui provoque chez moi une quinte de toux.

« Ce n'est pas suffisant ? » s'inquiète Pierre.

Je répète, incertaine d'avoir bien compris :

« Quatre mille euros net par mois ?

– Comme base, oui », confirme-t-il.

Je n'ai jamais gagné cette somme, pas même en travaillant quarante heures par semaine à la boutique. Je n'ai jamais espéré gagner autant d'argent.

« Nous pourrons compléter cela avec des primes, à l'occasion de vernissages ou d'événements spéciaux. Si cela vous convient, bien sûr. »

Je m'empresse d'acquiescer, effrayée à l'idée qu'ils puissent changer d'avis.

« Vous pourrez vous installer ici, dans la chambre d'amis, en attendant de trouver quelque chose. Les locations sont chères intra-muros. »

Clara intervient, revenant avec nos cafés.

« Je crois que la chambre d'amis est suffisamment spacieuse pour qu'Evie y ait son intimité et son indépendance. »

Est-ce une invitation de Clara à m'installer ici, sous leur toit ? Je n'ose rien ajouter, d'autant que Pierre approuve :

« La maison est grande et je ne suis pas toujours là... »

J'ai du mal à réaliser ce qui m'est offert. Je pense à Jean sur son bateau, à nos adieux minables, à la vie qui a décidé de me sourire tout à coup. À quoi cela a-t-il tenu ? À pas grand-chose... Quelques pas le long du quai, les yeux bleu-gris de Pierre, mon CV, c'est tout ?

Après le café, je sens que la soirée s'achève. Clara semble épuisée. Elle étouffe plusieurs bâillements derrière la paume de sa main.

« Je vous raccompagne », déclare Pierre.

Sur le chemin, j'écoute distraitement les explications qu'il me donne sur l'architecture du village. Cela me suffit de regarder autour de moi les ruelles éclairées par d'élégants lampadaires, les rares touristes encore aux terrasses des bars, les fragments de vie aux fenêtres des maisons, l'ombre d'une femme en chemise de nuit, un écran de télévision accroché à un mur, un rideau qui se ferme sur une silhouette. J'y étais, moi aussi, il y a quelques minutes... J'étais dans l'une de ces maisons et je buvais du vin dans de magnifiques verres à pied en cristal...

Nous arrivons dans la rue Grande, devant l'enseigne indiquant « Hôtel Saint-Paul, établissement 5 étoiles, Relais & Châteaux ».

« La chambre est payée, ainsi que le petit déjeuner, me signale Pierre. Profitez-en, il s'agit de l'un des hôtels les plus typiques du village. Et je vous ai réservé un taxi pour la gare de Nice demain matin. »

Je ne sais que dire, alors je me contente de le remercier.

« Bien, Evie, vous avez mon numéro. J'imagine que vous avez un préavis à donner pour votre appartement. Je vous propose de me rappeler dès que vous en saurez plus, afin que nous préparions votre arrivée.

– D'accord.

– Je suis ravi que vous ayez accepté mon invitation et ce travail.

– Non, c'est moi…

– Je suis sûr que Clara et vous formerez une jolie équipe. »

Je serre la main qu'il me tend et il me répète :

« Appelez-moi dès que vous savez…

– Bien entendu. »

Puis il s'éloigne dans les ruelles, son ombre projetée par les lampadaires s'allongeant derrière lui.

3

Il n'y a rien de plus facile que de partir d'un endroit lorsqu'on est fermement décidé à le faire. Quitter Marseille m'est ainsi d'une facilité déconcertante en cette fin de mois de septembre, je rends le studio meublé que j'occupais et je n'ai en tout et pour tout que trois sacs d'effets personnels. Le préavis de l'appartement est de un mois mais j'ai négocié son raccourcissement avec l'agence, en échange de ma caution.

La boutique sur l'autoroute, n'en parlons pas… Même si j'avais voulu dire au revoir à mes collègues ou à mon patron, je n'aurais pas pu. Je n'ai pas de voiture. Pendant l'année et demie où j'ai travaillé là, c'est Jessica qui est venue me chercher en voiture tous les matins, contre un billet en fin de mois. Cela lui donnait le droit de me gratifier de réflexions désobligeantes et légèrement moqueuses pendant les heures de travail, réflexions que j'étais bien forcée de laisser couler sans réagir. J'encaissais : je n'allais pas moisir ici, Jean finirait bien par m'emmener en mer avec lui, sur un autre continent, une île, peu importe.

Ainsi, je me trouve presque démunie de n'avoir plus rien à empaqueter cet après-midi-là. Les sacs de voyage sont remplis, l'agence vient le lendemain pour l'état des lieux, Pierre Manan est prévenu de mon arrivée et mon billet de train pour Nice est acheté. Il ne reste qu'Irène, à qui je n'ai encore rien dit. J'ai repoussé au maximum ce moment. De ma vie à Marseille, c'est elle qui me manquera le plus. Elle n'a jamais lésiné sur les moyens pour m'aider à passer le temps, tous ces longs mois où Jean était en mer. Invitations à dîner, déjeuners sur le port, promenades sur la plage le dimanche après-midi. Elle détestait me savoir seule, enfermée dans mon cagibi. Oui, Irène s'est comportée comme une belle-mère exemplaire et je lui dois au moins un au revoir digne de ce nom.

Je lui téléphone, et nous nous retrouvons à longer le port, des glaces à l'italienne à la main. Irène est pâle et troublée par mon invitation.

« Je pensais que tu ne voudrais plus me voir, après ce que Jean a fait… »

Je ne sais pas quelle version il lui a servie mais a priori il lui a confirmé ce que j'avais compris : il ne reviendra pas.

« Il ne sait pas toujours ce qu'il fait, ajoute-t-elle. Il est jeune, j'imagine qu'il a besoin de voir du pays. C'est normal… »

Elle cherche anxieusement une approbation dans mes yeux, mais je me contente de lécher ma glace à la noisette.

« Vous vous êtes rencontrés si tôt… La vie sépare souvent ceux qui se rencontrent jeunes. »

Je ne l'écoute pas. Je me demande de quelle façon je vais lui annoncer que je m'en vais, qu'il s'agit de notre dernière rencontre.

« Bien sûr, je comprends que tu lui en veuilles, Evie. Mais c'est un bon garçon. Il a un bon fond. Il est un peu intrépide, voilà tout. Qui peut le blâmer ?

– Je vais quitter Marseille. »

Elle s'arrête net.

« Tu déménages ?

– J'ai trouvé du travail à Saint-Paul-de-Vence, près de Nice. »

C'est elle qui ne parle plus maintenant. Je la sens surprise. Elle ne s'y attendait pas.

« Tu vas travailler dans quoi ?

– Chez des gens.

– Un genre de… domestique ? »

Je ne peux m'empêcher de sourire, mais elle, non, elle reste figée.

« Non, je vais travailler pour une artiste peintre. Je serai son assistante.

– Une artiste peintre ?

– Oui.

– Je ne savais pas que tu voulais faire ça…

– Moi non plus. »

Irène recommence à marcher à petits pas. Je sais ce qu'elle pense : elle sera bien seule une fois que je serai partie. En-dehors de moi, elle n'a pas grand monde dans sa vie, elle non plus. Un fils qui va et vient, qui a décidé de l'abandonner elle aussi.

« Tu pars quand ?

– Demain.

– Oh…

– Oui, ça a été un peu précipité, je sais… »

Maintenant nous ne disons plus rien ni l'une ni l'autre, nous traversons le port au milieu des mouettes qui hurlent et que je ne supporte plus. Je serai bien contente de ne plus les entendre.

« Bah… J'imagine que toi aussi, tu as besoin de voir du pays, conclut Irène quelques pas plus loin.

– Oui… »

Nous n'ajoutons plus vraiment grand-chose après cela et nous nous quittons avec une certaine tristesse, en ne sachant pas si nous nous reverrons un jour.

Je me suis apprêtée avec plus de soin aujourd'hui. J'ai passé une robe rouge. Jean a toujours dit que le rouge m'allait à merveille, avec ma peau pâle et mes cheveux noirs. J'ai mis des sandales noires. Il fait encore chaud, même si l'été est fini. J'ai les mains moites, mais c'est surtout à cause de mon impatience.

À la gare de Marseille, j'achète un bouquet pour Clara. Je ne sais pas vraiment pourquoi. J'ai envie de les remercier de m'accueillir chez eux, et puis, je me serais trompée si j'avais voulu acheter une bouteille de vin.

C'est donc chargée de mes trois sacs de voyage que je débarque en gare de Nice à quatorze heures, un bouquet de lys asiatiques sous le bras. Ce sont des fleurs aux pétales rose poudré qui se déploient en étoile. Leur cœur est légèrement tacheté de noir. J'espère que Clara les aimera.

Pierre m'attend au volant de son cabriolet. Il ne me tend pas la main, cette fois. Il m'embrasse sur les deux joues comme si nous étions des amis et il dépose mes bagages dans le coffre.

Il quitte en douceur le dépose-minute. Je retiens mon bouquet entre mes genoux de peur qu'il ne s'envole.

« Je suis navré... vous ne verrez pas Clara aujourd'hui. Elle est souffrante.

– Rien de grave, j'espère ?

– Une migraine. Avec un peu de chance, elle dînera avec nous ce soir. »

Je me cramponne à mon bouquet tandis que la voiture prend de la vitesse.

« Vous pourrez en profiter pour découvrir le village. Le temps est radieux.

– C'est vrai.

– Nous avons de vieux plans de l'office de tourisme à la maison. »

Pierre jette un œil sur mon bouquet à la sortie d'un rond-point.

« C'est pour Clara ?

– Oui. »

Il sourit, visiblement sensible à mon geste.

Une fois que nous sommes arrivés dans la maison, Pierre tient à m'installer dans ma chambre et à me faire visiter l'étage. On y accède par l'escalier situé au fond du couloir d'entrée. Deux portes s'alignent, côte à côte. La première mène à ma chambre, m'indique Pierre. La seconde, à la leur. Ma chambre est une pièce très lumineuse aux dimensions plus vastes que ce que j'avais espéré. Trois des murs sont blancs, le quatrième est constitué de pierres apparentes joliment mises en valeur par l'exposition au sud-est. Le lit est large, le sommier d'un joli bois clair. Un placard mural me permettra de ranger la totalité de mes affaires et un fauteuil en osier agrémenté d'un coussin crème a été installé près de la fenêtre. Je remarque qu'une plante verte a trouvé sa place près du fauteuil, dans les rayons du soleil. Des rideaux blancs, légers, dansent dans la brise de l'après-midi.

« Chaque chambre est équipée d'une salle de bain, vous n'avez pas à vous inquiéter », déclare Pierre.

Il me montre une porte discrète, d'un joli gris clair.

« Les toilettes et la baignoire se trouvent ici. »

La salle de bain est minuscule mais ô combien charmante. Les poutres apparentes, la lucarne moderne, la baignoire gris perle, le petit porte-serviette, le pot-pourri déposé sur le lavabo. Dans mon studio de Marseille, la cabine de douche était encrassée de calcaire et le miroir rongé de moisissure.

« Ça vous conviendra ? »

Pierre me scrute avec inquiétude.

« C'est parfait ! »

Je pose mes sacs dans la chambre. J'aurai tout mon temps pour les ranger plus tard, ce soir, quand Pierre et Clara auront rejoint leur chambre. J'ai envie d'aller explorer le village. En bas, alors que je m'apprête à filer, je croise Pierre, installé au bar avec son ordinateur et une tasse de café.

« Je suis désolé, il faut vraiment que je me remette au travail…

– Ce n'est rien.

– Vous voulez boire quelque chose ? De l'eau pétillante ? Un thé glacé ?

– Non, ça ira. Merci. »

J'esquisse un pas vers la porte d'entrée en m'apprêtant à lui souhaiter un bon après-midi, mais il m'arrête.

« En général, il y a toujours quelqu'un ici mais si jamais… »

Il sort de sa poche un imposant trousseau et en détache une petite clé ronde.

« C'est la vôtre. Prenez votre temps, nous ne dînons jamais très tôt.

– Entendu. »

Quelques secondes plus tard, je me retrouve dans les ruelles baignées de soleil.

À quoi tient le sentiment de liberté et d'exaltation ? À pas grand-chose. Cet après-midi-là, ma robe rouge me fait sentir belle et légère, le vent chaud caresse mes jambes, mes sandales noires battent le pavé, des échoppes ouvertes s'échappent des voix animées, des rires et des tintements de carillon, et il y a des fleurs, des pieds de vigne et des oliviers plantés un peu partout dans de jolis pots en pierre.

Je boude les places ombragées et les ruelles sombres, je recherche le soleil. Je me retrouve à suivre un itinéraire indiquant le cimetière sans avoir d'idée précise en tête. Je longe les remparts vers le sud. Le chemin est calme, les touristes sont tous rue Grande ou aux terrasses des cafés. Porte de Nice, je découvre l'un des panoramas les plus exceptionnels de la ville. Le cimetière est là, en surplomb de la campagne saint-pauloise, les Alpes et la mer au loin. Les contrastes sont saisissants. Le vert des collines plantées de vignes, d'orangers et d'oliviers, le bleu de la Méditerranée avec ses côtes ciselées, le brun des sommets acérés des Alpes entourés de brume, le bleu sombre des innombrables bassins d'irrigation et le blanc immaculé des serres d'un paysan dans un vallon.

J'entre dans le cimetière. Sur les pierres chauffées par le soleil, je déchiffre des noms qui ne me disent rien. Puis, enivrée par les collines provençales et la mer, je retourne vers le centre du village, en direction d'une haute tour blanche surmontée d'un clocher et d'une croix argentée. Je découvre la chapelle des Pénitents Blancs, redécorée par l'artiste belge Jean-Michel Folon. Je n'ai jamais vu une chapelle aussi belle et lumineuse. L'artiste a couvert ses murs intérieurs de dessins simples aux couleurs pastel. Chaque forme, chaque arrondi, chaque arc est épuré, les vitraux sont résolument modernes.

Ensuite, je descends la rue de la Cassette, puis celle du Haut-Four, mais peu à peu je perds toute idée de l'endroit où je me trouve. Je m'extasie devant des portes, des perrons, des boutiques pittoresques et des glaciers aux devantures alléchantes. Je me retrouve sur la place de la Grande-Fontaine, il paraît que tous les chemins y mènent, et je choisis de m'installer à la terrasse d'un restaurant qui la surplombe. Il se nomme La Fontaine. Je regrette de ne pas savoir dessiner ni peindre ce que je vois. J'aurais aimé reproduire la couleur dorée des vieilles pierres qui m'entourent, l'arrondi parfait du bassin, l'eau qui jaillit des quatre canons. Je n'ai que l'écriture pour décrire ce qui s'offre à mes yeux et je me promets de m'y atteler dès ce soir, dans le petit carnet bleu qui ne me quitte jamais.

Pierre est au téléphone lorsque je regagne la maison. Sur le bar, il a préparé deux assiettes. Le four ronronne. Un nouveau plat commandé chez le traiteur. Mon bouquet de lys asiatiques trône dans un joli vase, sur le plan de travail. Je monte me déchausser à l'étage en essayant de ne pas faire de bruit au cas où Clara souffrirait encore de migraine. Lorsque je redescends, Pierre a terminé sa conversation téléphonique et se frotte la nuque, l'air fatigué.

« Vous avez passé une belle après-midi ?

– Oui.

– Que diriez-vous de dîner dans la cour ?

– Ça me va. »

Comme il n'ajoute rien, je finis par l'interroger :

« Clara ne dîne pas avec nous ?

– Non. Elle va rester là-haut. Je lui monterai une assiette. »

Je suis Pierre dans la véranda que Clara a désertée aujourd'hui.

Nous zigzaguons entre ses poufs, ses plantes vertes, ses chevalets et ses verres abandonnés, jusqu'à atteindre la baie vitrée que Pierre fait coulisser. La cour intérieure des Manan est petite mais cependant assez grande pour accueillir une table ronde et quatre chaises en fer forgé. Elle est ceinte de murs de pierre mangés par le lierre. Un oranger en pot profite des quelques rayons de soleil qu'il doit attraper entre midi et deux heures.

« Je nous rapporte des bougies et un peu de vin rouge, qu'en dites-vous ? »

Il n'attend pas ma réponse, il est déjà reparti vers la cuisine. Je mets le couvert sur la petite table ronde. Par la fenêtre de la cuisine, j'aperçois Pierre qui s'active devant le four. Il découpe une part de gratin, la dispose dans une assiette qu'il place sur un plateau, il remplit un verre d'eau. Puis il va à l'étage, son plateau-repas à la main.

En haut, la fenêtre de ma chambre est encore ouverte, et un pan du rideau blanc s'échappe par l'entrebâillement. Celle de la chambre de Clara et Pierre est close. Les rideaux ont été tirés. Aucune lumière ne filtre.

« Qu'avez-vous vu aujourd'hui, Evie ? La grande fontaine ? »

Pierre dévore avec appétit en face de moi, son visage éclairé par la lueur des bougies. C'est étrange de partager ce dîner avec lui dans ce cadre si intime. Je préférerais que Clara soit là. Je ne peux m'empêcher de lever les yeux vers sa chambre à l'étage, mais je crois que Pierre ne s'en aperçoit pas.

Après le gratin, nous débarrassons la table et remplissons le lave-vaisselle, puis nous regagnons la cour intérieure pour prendre un café. Pierre me parle enfin de Clara.

« Elle devrait être remise demain matin. Elle voudra probablement vous initier à sa peinture avant de vous parler de vos futures tâches. Si elle est en forme, peut-être vous emmènera-t-elle à la galerie Humanis. »

Ce soir-là, je me prélasse dans la baignoire. Je n'en ai jamais eu là où j'ai habité. Dans cette jolie salle de bain, je prends plaisir à disposer les sels de bain et autres savons parfumés que j'ai trouvés dans le placard sous le lavabo. Il est déjà tard quand je me glisse dans mon lit, enveloppée dans un peignoir. J'ai dans l'idée d'écrire quelques mots dans mon carnet bleu quand mon corps se fige, tous les sens aux aguets. Cela provient de la chambre voisine. La chambre de Pierre et Clara. Comme des murmures. Il me faut quelques secondes pour comprendre qu'il ne s'agit pas de voix qui chuchotent mais plutôt de râles, comme des soupirs. Je tends l'oreille et l'idée s'impose : quelqu'un, de l'autre côté de la cloison, prend du plaisir. Mon carnet bleu sur les genoux, je n'ose plus bouger. Il est près de minuit. Sans doute ont-ils pensé que je dormais, que je n'entendrais pas. Oui, mais voilà, je suis éveillée et aucun son ne m'échappe. Ni le froissement des draps, ni le discret grincement du sommier, encore moins les soupirs.

Clara est souffrante. Les volets sont restés fermés toute la journée. Pierre a dîné seul avec moi. Maintenant il fait l'amour à Clara, à quelques centimètres de mon lit, derrière la cloison.

Je laisse tomber mon carnet à spirale sur le sol. Demain, j'écrirai. Pas ce soir. J'éteins la lampe de chevet. De l'autre côté de la cloison, un grincement plus marqué s'élève, puis plus rien. La maison retrouve le silence, avec seulement le bruit familier du lave-vaisselle. Je tends l'oreille, tente de percevoir des voix, des chuchotements, mais tout ce qui me parvient, quelques secondes plus tard, c'est le murmure d'une chasse d'eau.

4

Le lendemain matin, quand je descends, Clara est déjà levée. Je l'aperçois dehors, assise à la petite table en fer forgé. Elle prend son petit déjeuner, le nez en l'air.

Clara n'a rien à voir avec moi, elle ne porte pas un pyjama usé, mais un kimono de soie noire resserré à la taille. Ses pieds nus font de légers mouvements, comme pour s'étirer allégrement. Ses cheveux sont retenus sur sa nuque, pas avec un vulgaire élastique, non, mais une élégante pince en ébène. Et puis... Je suis interrompue à ce stade de mes pensées par ses yeux qui se posent sur moi, me surprennent. Je rougis. Elle me fait signe de la rejoindre.

« Bonjour, Evie. Vous avez bien dormi ? »

Elle est fraîche, reposée. Plus aucune trace de la migraine la veille. Sa peau pâle s'est même teintée de jolies nuances laiteuses.

« Très bien.

– Asseyez-vous. Le café est encore chaud. Tenez. »

Ma tasse est déjà disposée sur la table, ainsi qu'une assiette pleine de petits toasts beurrés qui proviennent probablement d'une boulangerie artisanale.

« Pierre nous a fait du jus d'oranges pressées mais si vous préférez des fruits frais...

– Non. C'est parfait. »

J'essaie d'adopter un air naturel tandis que je détaille les minuscules pots de confiture. Chez moi, il n'y avait que de l'abricot ou de la fraise. Trop sucrés. Ici il y a des parfums dont je n'ai jamais entendu parler : figue et noix, cerise et badiane, banane au rhum, gelée de rose, myrtille à la violette, orange et yuzu, kiwi et citron vert…

Clara remplit sans hâte ma tasse. Le café a été préparé dans une jolie cafetière italienne.

« Pierre est parti travailler ?

– Oui, il est à Cannes pour la journée. »

Je ne peux m'empêcher de penser à ce que j'ai entendu la nuit dernière. Le sommier. Les soupirs.

« Merci pour les lys », ajoute Clara.

Je rougis légèrement et je me brûle en avalant mon café trop chaud.

Comment choisir parmi toutes ces confitures ? J'essaie d'adopter le même air nonchalant et tranquille que Clara. Cerise et badiane aujourd'hui. Demain je testerai myrtille-violette, et après-demain kiwi-citron vert. J'ai tout mon temps. Ne pas me précipiter. Chaque jour sera ainsi un nouveau ravissement.

« Auriez-vous envie de découvrir la galerie Humanis ce matin ? »

J'interromps mon tartinage de confiture.

« Oui. J'aimerais bien. »

Elle laisse sa tête basculer en arrière pour capter un peu de ciel bleu.

« Alors nous irons. »

Tandis que nous nous apprêtons à débarrasser le petit déjeuner, Clara m'attire soudain dans la véranda avec une certaine excitation. D'une pochette rouge, elle extrait une feuille qu'elle me montre. Il s'agit de la reproduction d'un tableau.

« C'est *Le Cauchemar*, de Füssli. 1781. »

Le tableau représente une femme allongée de tout son long dans une robe blanche, renversée, la tête tombant en arrière, comme si elle était en proie à un cauchemar. Sur son buste est assis un monstre ressemblant à une gargouille. Il regarde fixement le spectateur, les yeux écarquillés, l'air mauvais, comme s'il l'interrogeait sur sa présence.

« C'est un kobold, m'apprend Clara. Un incube, si vous préférez.

– Un incube ?

– Un démon qui veut abuser de sa proie.

– Elle est… Est-ce qu'il l'a… violée ? »

Clara me considère avec sérieux.

« Certains ont vu cela dans ce tableau, en effet. »

Elle me désigne autre chose, au second plan. Une présence tout aussi incongrue que celle de cette gargouille : la tête d'un cheval noir derrière les rideaux. Ses yeux sont globuleux et vitreux, ses narines ouvertes suggèrent une respiration forte et profonde.

« Le voyeur, déclare Clara. Regardez, il déchire le rideau pourpre. Les spécialistes ont interprété cela comme une autre suggestion du viol. »

On dirait que ce qu'elle voit, elle, est foncièrement différent. Je ne peux m'empêcher de demander :

« Ce n'est pas votre interprétation ? »

Elle semble réfléchir, les yeux perdus dans le tableau.

« Il ne faut pas oublier le titre donné par l'artiste : *Le Cauchemar*. N'est-ce pas le propre du cauchemar que d'être irrationnel ?

– Si… Sans doute… »

Elle s'apprête à ranger la reproduction quand elle se reprend et se tourne vers moi.

« Gardez-la, Evie. C'est un grand classique du romantisme noir. Vous pourrez l'observer plus en détail et vous faire une idée là-dessus. »

Cette perspective ne me déplaît pas. Chercher les indices, les symboles, décrypter le sens ? Comme un jeu de piste. Je crois que ça pourrait m'amuser.

« Il y en a d'autres là-dedans ? » je demande en désignant la pochette rouge.

Clara acquiesce. Pourtant, elle la repose sur le pouf.

« Je ne veux pas vous noyer sous les tableaux et les concepts. Je préfère que nous prenions notre temps. »

Je me dis qu'alors, ce sera comme avec les confitures. Une chose après l'autre. Faire de chaque jour une découverte.

« Vous venez ? me lance-t-elle en resserrant la ceinture de son kimono. Nous devrions nous habiller et aller à la galerie Humanis pendant que les ruelles sont encore désertes. »

Saint-Paul-de-Vence le matin, c'est comme un moment volé à la vie. Un moineau qui chauffait ses ailes au soleil s'envole à notre passage, des odeurs de pain frais s'échappent d'une boulangerie, quelqu'un ouvre ses volets et une tête aux cheveux hirsutes, bouffie de sommeil, apparaît au-dessus d'une jardinière de géraniums. Les premières boutiques s'éveillent. Le village s'ébroue tout doucement. Je crois comprendre le plaisir de Clara à partir à l'assaut des ruelles de si bonne heure.

« Georges sera surpris de me voir… »

Ce sont les seuls mots, presque chuchotés, qu'elle prononce durant le trajet.

La galerie est une drôle d'échoppe à la porte ornée de boiseries. Une enseigne à l'ancienne, en fer forgé, se balance dans la brise légère. Dedans, ça sent le bois, la cire et la poussière. L'endroit est atypique. De lourds rideaux de velours aux fenêtres, des tentures aux murs, des tapis persans, des meubles anciens en bois brut. L'éclairage est subtil et met en valeur les pierres des murs mais aussi certaines statuettes, des poteries, la tapisserie des fauteuils.

Derrière un imposant comptoir se trouve un homme d'une soixantaine d'années, les cheveux grisonnants mais le visage encore fin et élégant, dans un costume noir.

« Clara… »

Il semble heureux de la voir. Il ouvre les bras et s'avance.

« Georges », dit-elle avec un demi-sourire.

Le dénommé Georges l'étreint, dépose une bise sur ses deux joues, se recule pour l'observer.

« Tu viens rarement sans t'annoncer... »

Elle ne répond rien mais se tourne vers moi et me fait signe d'avancer.

« Je te présente Evie. »

Elle n'ajoute rien, pas même « mon assistante ». Je suis un peu déçue mais je n'en montre rien. Je prends la main que l'homme me tend, je murmure un vague bonjour. Georges ne s'attarde pas davantage sur mon visage, il se tourne déjà vers Clara.

« Tu ne m'as pas confirmé la rencontre du 31 octobre... »

Le visage de Clara se ferme. Sa voix d'alto descend encore d'une octave.

« Tu sais ce que j'en pense.

– Je sais. Tu as horreur des fêtes commerciales et tu trouves le concept stupide.

– Exactement.

– Et je te rejoins sur ce point. Mais les journalistes ont semblé intéressés, et désireux de couvrir l'événement.

– Peut-on en parler plus tard ? »

Elle semble légèrement exaspérée. Je sens une tension entre eux. Georges insiste pourtant.

« Tu en as parlé à Pierre ?

– Oui.

– Il approuve, n'est-ce pas ? Stratégiquement... Qui cracherait sur un article ?

– Pourrait-on en discuter plus tard, si cela ne t'ennuie pas, Georges ? »

Le ton est plus affirmé cette fois. Georges se tourne vers moi, comme s'il se souvenait soudain de ma présence. Clara lui adresse un signe de menton que je ne comprends pas. Georges acquiesce, fait un pas en arrière, puis tend le bras vers une porte.

« Tu connais le chemin, Clara...

– Allez, venez, Evie. »

Je me glisse à la suite de Clara. Elle semble contrariée, mais fait tout pour ne rien laisser paraître, et elle revient au sujet qui nous intéresse. La galerie Humanis.

« La galerie est divisée en grandes zones géographiques et culturelles. Là, c'est la collection de l'Égypte ancienne, mais au fond de la pièce, vous trouverez les objets de la Grèce et de la Rome antiques. Dans la pièce suivante, le Proche- et le Moyen-Orient. La salle dédiée au Pakistan et à l'Afghanistan est particulièrement intéressante, et puis il y a l'Inde, l'Himalaya, l'Asie, l'Amérique précolombienne, les arts premiers… »

J'ignore ce que sont les arts premiers mais je ne pose pas de questions. Il y a là une foule d'objets d'art hétéroclites : statuettes, fragments de sarcophages, masques funéraires, colliers, bijoux en or représentant des scarabées, amulettes, vases et autres récipients… Je me demande ce que les tableaux de Clara font dans un endroit pareil.

Clara déclare, donnant un semblant de réponse à cette interrogation muette :

« Georges est un très vieil ami de Béranger Fleur-Montant, mon père. Il m'a toujours encouragée à faire les Beaux-Arts, alors que mon père était contre. Lors de mon stage à la galerie Gantois, c'est lui qui m'a hébergée à Saint-Paul-de-Vence. Je lui suis très reconnaissante. Exposer chez lui est une façon de le remercier. »

Nous passons dans la pièce suivante sans nous presser. Je reste un instant fascinée par des statuettes de créatures fantastiques mi-chiens, mi-lions, et des sabres de jade d'Inde et de l'Himalaya mais ma curiosité reprend finalement le dessus.

« Votre nom d'artiste… Calypso Montant…

– Oui ?

– Montant, ça vient de votre nom de jeune fille ? Fleur-Montant ?

– Oui. J'ai repris une partie de mon nom de jeune fille. Une partie seulement.

– Et Calypso ? D'où ça vient ?

– De la mythologie grecque. Calypso est une nymphe de la mer. Elle a séduit Ulysse, puis l'a retenu prisonnier pendant sept ans dans sa grotte, par amour. Mais ça n'est pas tellement la partie de son histoire qui m'intéresse. L'étymologie de son nom est plus intéressante. Calypso vient du verbe *kaluptein*, "recouvrir", "cacher". Calypso est celle qui vit cachée, hors du monde, hors du temps… »

Un panneau indique : « Collection permanente des œuvres de Calypso Montant ». Je me demande si toutes ses toiles ressemblent à celle que j'ai vue dans son atelier.

Dans la salle, les œuvres de Clara sont accrochées sur de hautes cloisons noires. Ce sont les mêmes fonds sombres et postapocalyptiques que sur le tableau qu'elle m'a montré chez elle. Partout, des corps nus et squelettiques. Certains n'ont pas d'yeux, comme cet homme sur la peinture devant moi. Deux trous béants. Son sexe a été arraché lui aussi. Il est enchaîné à un arbre. Sa posture pourrait rappeler celle du Christ sur la croix, d'autant qu'il porte les cheveux longs et la barbe. En revanche, contrairement aux représentations classiques du Christ, les traits du tableau de Clara sont modernes. Elle boude le réalisme, ne respecte pas toujours les proportions. Ses coups de pinceau sont vifs et acérés. Ses personnages ont des contours pointus, ou simplement trop carrés, comme s'ils souffraient en permanence. Un mélange de romantisme noir et de modernité. Un style à part.

L'homme enchaîné à l'arbre, celui à qui le sexe et les yeux ont été arrachés, se fait picorer le crâne par un corbeau. Un filament rose pend du bec de l'oiseau, c'est la seule touche de couleur de la toile. Sous le cadre, une minuscule étiquette blanche indique : *L'Homme – Le Jugement dernier par la nature.* Je recule d'un pas. Derrière moi, Clara est silencieuse, tout entière absorbée par une de ses toiles. Je contemple un instant ses traits fins, son visage délicat, ses minces sourcils joints par la concentration, le léger pli sur son front. Une figure angélique. Comment croire que c'est elle qui imagine ces scènes, qui les couche sur la toile… Le viol, le sacrifice, la torture.

« Voici mon dernier. »

Sa voix me fait sursauter. Clara me désigne un tableau titré *Le Féminin. Création, destruction.* Il représente une femme dont les cheveux sont couverts d'une cape noire. Son nez ressort particulièrement, de profil. Un nez grossier, crochu. Au niveau de son ventre, une plaie béante répand au sol un tourbillon de sang noir. Mes yeux suivent la coulée puis la flaque formée, visqueuse, avant de remonter de la plaie vers ses mains osseuses, des mains qui enserrent – je me crispe involontairement – un fœtus tout juste formé. Alors tout s'imbrique dans mon cerveau. Le noir, le rouge, les formes. La femme s'est éventrée elle-même à coups d'ongles, a arraché le fœtus de son ventre. Elle le dévore maintenant. Un bras du fœtus est manquant. Ses yeux sont hermétiquement clos. Je détourne le regard.

« Mes peintures vous mettent mal à l'aise.

– Non…

– Si. Je le vois. C'est là tout le but de mon travail. Faire naître des sentiments contradictoires. Fascination et malaise. Attirance et répulsion.

– Fascination ?

– Beaucoup de gens sont fascinés par le morbide. Ça vous étonne ?

– Un peu.

– Regardez les suivants. »

Je ne sais pas combien de temps nous restons dans cette salle. Je découvre une à une les toiles de Clara. Une chauve-souris crucifiée contre une vieille horloge terrifiante. Une silhouette de femme encapuchonnée s'enfonçant dans un marécage boueux jusqu'à la taille. Une créature mi-homme, mi-hibou, la chair à vif, posée sur la branche d'un arbre mort. Un ongle jauni sur une table. Finalement, celui que je préfère est un peu différent. Un ectoplasme blanc perdu au milieu d'un désert noir. De la pierre de lave ? La tache de lumière semble errer au milieu de cet univers vide. Rien n'est visible à l'horizon. Ni arbre, ni relief, ni nuage dans le ciel. Juste l'infini noir tout autour, à perte de vue. *Solitude*, c'est le titre de cette peinture.

« J'ai voulu le nommer *Éternité* », m'apprend Clara.

J'ignore pourquoi elle a finalement changé d'avis. L'ectoplasme n'a pas réellement forme humaine. Il n'a pas de visage, ni yeux, ni bouche, ni aucun trait visible. Pourtant, quelque chose dans sa lumière exprime un désespoir lancinant. Une souffrance sans limite. J'en ai le cœur qui palpite.

« Il vous plaît ? me demande Clara.

– Oui. »

Je l'observe encore. La puissance du désespoir me submerge encore. C'est fort. Comment a-t-elle fait ?

« Il est à vous. Appelez Georges, vous voulez bien ? Il nous le fera emballer. »

Je m'exécute avec plus de lenteur que je n'aurais voulu. Je suis encore sous le coup de l'émotion provoquée par la toile. Je traverse les différentes pièces sans les voir. Je songe à l'ectoplasme et je me demande quel est le prix de ce tableau que Clara vient de m'offrir. Probablement trop élevé pour moi.

Nous traversons les ruelles en sens inverse, notre tableau posé sur un diable.

« Pierre le fixera dans votre chambre.

– Oh, je peux m'en occuper. Si vous avez une perceuse électrique. »

Je crois que j'ai dit une bêtise car, instantanément, Clara blêmit comme si le simple terme de perceuse pouvait la faire tourner de l'œil.

« Malheureuse, vous ne voudriez pas abîmer vos mains ! »

J'aimerais lui répondre que je ne suis pas la peintre, simplement son assistante chargée de taper quelques mails pour son compte, mais je ne le fais pas. Je trouve la confusion amusante…

De retour à la maison, je monte précautionneusement le tableau à l'étage et me trouve nez à nez avec une femme dans le couloir. Elle a une cinquantaine d'années, des cheveux poivre et sel retenus par un élastique usé. Son teint mat m'incline à penser qu'elle a peut-être des origines italiennes ou portugaises. Du Sud, en tout cas.

« Bonjour, dit-elle.

– Bonjour », je réponds, coincée derrière l'imposant tableau.

Clara intervient.

« Evie, je vous présente Nina, chargée de l'entretien de la maison. Nina, voici Evie, qui va travailler pour moi. »

Nous échangeons un sourire poli. Nina semble pressée de s'en aller, son sac à main déjà accroché à son épaule et ses clés de voiture au bout des doigts.

« J'ai terminé, indique-t-elle à Clara. Il y a un rôti de veau dans le four. Je vous ai mis la minuterie. Il s'arrêtera tout seul. Pensez à le sortir si vous ne voulez pas qu'il se dessèche. »

Clara la remercie et la raccompagne à la porte.

Lorsque je redescends, Clara est installée dans la véranda, devant une toile représentant une femme aux ailes d'ange noires. Elle a déjà quitté ses sandales et les a envoyées valser. Elle frotte ses pieds nus l'un contre l'autre. Elle semble réfléchir.

« Est-ce que je... ? Je peux faire quelque chose ? »

Je n'ai aucune idée de la façon dont je peux me rendre utile désormais. Clara se tourne vers moi comme si elle était surprise de me trouver là.

« Je suis désolée, Evie, je n'ai pas très faim. Mais servez-vous. Le rôti est prêt. »

Elle se gratte distraitement l'arête du nez avec son pinceau.

« Nous en avons fini pour aujourd'hui. Prenez votre après-midi. Nous nous retrouverons pour le dîner.

– Vraiment ? »

Elle acquiesce, l'air déjà ailleurs, à la peinture qu'elle va poursuivre.

« Votre contrat stipule vingt heures par semaine, n'est-ce pas ?

– Oui…

– Eh bien, si cela vous va, nous travaillerons ensemble le matin, et vous aurez vos après-midi libres. »

Elle semble m'interroger du regard, s'assurer que cela me convient. Un sursaut de conscience professionnelle me fait quand même insister :

« Si vous avez des coups de fil à passer ou des e-mails à…

– Rassurez-vous, Evie, rien ne presse. »

Elle me sourit avec douceur mais je sens qu'il s'agit d'une invitation à ne pas insister. Elle a besoin d'être seule.

Pierre avait vu juste : elle voudra probablement m'initier à sa peinture avant de me parler de mes futures tâches. Passer des encaissements de sandwichs sous vide de la boutique sur l'autoroute à des leçons d'art auprès de Clara Manan, ce n'est plus de la chance. C'est un miracle.

Je n'ai pas envie de déjeuner chez les Manan. Je remonte dans ma chambre pour attraper mon sac en toile blanc, j'y glisse des lunettes de soleil, la reproduction du *Cauchemar* de Füssli et mon carnet. Le temps est tout aussi radieux qu'hier. Je m'arrête pour photographier avec mon téléphone portable une jolie porte en bois au loquet ancien, puis un beau tamaris aux fleurs rose dragée sous lequel se trouve un chat sur un banc en pierre. Je finis par échouer sur la place du Tilleul, l'endroit le plus animé de la partie intra-muros du village. On y trouve une boulangerie avec une terrasse et quelques tables, ainsi qu'un restaurant et un petit café. Les clients déjeunent à l'ombre des tilleuls et des auvents blancs. À l'odeur, j'opte pour la boulangerie. Je commande une part de pizza et une tarte au citron meringuée puis je m'installe sous les tilleuls. J'ouvre mon carnet à spirale. Je croque une bouchée de pizza et je retire le capuchon de mon stylo.

C'est drôle comme il suffit de quelques jours – tout juste deux – pour que notre ancienne vie, celle qu'on vient tout juste de quitter, nous paraisse si lointaine.

Penser à mon studio, à Marseille et à Jean me donne l'impression de ressasser de très vieux souvenirs.

Pensée du jour. 23 septembre 2018.

Je me demande si Jean est soulagé d'avoir coupé les ponts avec Irène et moi. Son départ définitif était prévisible. Nous ne voulions jamais le contrarier. Nous nous pliions à la moindre de ses exigences. Il a fini par croire qu'il pouvait se servir librement, nous prendre des bouts de nos vies, partir et revenir quand ça lui chantait. Jean m'a appris à vivre seule. C'est une chance. Je me contente de continuer.

Je referme mon carnet. Je relève la tête. Un jeune homme d'environ mon âge s'approche de la chaise en face de la mienne, la dernière encore disponible sur la terrasse prise d'assaut.

« Excuse-moi… Je peux ?

– Oui, oui bien sûr. »

Il s'en saisit en me remerciant et va s'installer plus loin. Puis il déballe tranquillement son sandwich. Est-ce un des employés de la boulangerie ? Il porte une tenue blanche et un tablier qu'il a oublié de retirer. Je le regarde encore quelques instants mordre dans son sandwich, étendre ses jambes devant lui, puis ma tarte au citron se rappelle à moi et me fait oublier le monde qui m'entoure.

Je prends mon temps, la place se vide, je suis parmi les derniers clients encore attablés. Une serveuse passe un coup d'éponge sur les tables, empile les chaises inoccupées.

J'ai sorti de mon sac la reproduction de Füssli que Clara m'a prêtée. J'observe la posture de la femme, dont le corps renversé peut paraître offert mais dont je me demande, de minute en minute, s'il n'est pas tout simplement mort. Les yeux sont fermés. La bouche est entrouverte. La peau est pâle. Rien n'indique que le personnage de ce tableau soit encore vivant. Le démon installé sur son ventre et le cheval dissimulé dans l'obscurité pourraient être des représentants de la Grande Faucheuse gardant le corps de la femme morte en attendant que leur maîtresse apparaisse. Cela me paraît cohérent. Aussi cohérent que l'explication sur le viol ou le cauchemar. Clara y a-t-elle pensé, elle aussi ?

J'en suis là dans mes réflexions quand une voix me fait sursauter.

« T'es nouvelle ? »

C'est le jeune homme de tout à l'heure, celui au tablier blanc. Il a des cheveux châtains, des yeux noisette et un visage juvénile, curieux. À vrai dire, il fixe davantage la reproduction entre mes mains que mon visage.

« Nouvelle ? je répète sans trop comprendre.

– Nouvelle dans la ville. »

Le papier de son sandwich est roulé en boule dans sa paume. Dans son autre main, il tient un paquet de cigarettes.

« Oui, je suis arrivée hier. »

Son regard se détache enfin de la reproduction, se pose sur mon visage.

« Tu travailles dans une de ces galeries d'art ?

– Non. Pour une artiste. »

J'ai mis un peu trop de fierté dans ma réponse. Je ne serais pas surprise qu'il esquisse un sourire moqueur, mais non, ses yeux expriment juste de la curiosité.

« Quelle artiste ?

– Calypso Montant.

– Ah.

– Tu la connais ? »

J'espère bien qu'il répondra oui. Et il le fait, d'un hochement de tête.

« De nom. Il y avait une autre fille chez eux, avant toi. »

Je ne m'attendais pas du tout à cette révélation.

« Ah bon ?

– Oui. La vingtaine. Un peu plus. Je ne lui ai jamais parlé. »

Il hausse les épaules, désinvolte. Moi, j'ai du mal à le rester. Une autre fille, avant moi ? Pierre a pourtant laissé entendre que Clara n'avait jamais eu d'assistante, qu'il avait toujours été son unique bras droit.

« Elle faisait quoi chez eux ? »

Il a un nouveau haussement d'épaules indifférent. Il ne s'y est jamais trop intéressé visiblement.

« Je crois qu'elle était son élève. Elle venait s'asseoir ici parfois et elle dessinait.

– Ah… Elle… Elle vivait chez eux ?

– Je crois… Mais, je te dis, je ne lui ai jamais parlé. Elle n'avait pas l'air très sympathique. Une de ces artistes dépressives. Elle n'est pas restée très longtemps. Trois ou quatre mois. »

Il se redresse.

« Bon, j'ai fini ma journée, moi. Je vais pas traîner. »

Il me sourit, espérant visiblement que je lui rende son sourire, mais mon esprit est tout entier tourné vers cette autre jeune fille avant moi, celle qui occupait elle aussi la chambre d'amis.

« À plus tard, me lance-t-il en s'éloignant.

– Oui, à plus tard ! »

Je le suis du regard tandis qu'il disparaît à l'intérieur de la boulangerie. Il en ressort quelques instants après, son tablier et sa tenue blanche remplacés par un jean et un tee-shirt noir. Il salue la serveuse, décroche le cadenas d'un vélo rouillé posé contre un tilleul et s'en va.

La jeune fille d'avant moi. Les entendait-elle faire l'amour ?

« Georges m'a appelé, Clara.

– À propos de la soirée du 31, je suppose ?

– Oui. »

Clara laisse tomber sa fourchette avec agacement. Elle heurte son assiette avec un bruit métallique. Nous sommes à la table du dîner, dans la cour intérieure. Pierre reste impassible mais Clara s'est figée, le regard sombre.

« Pourquoi t'a-t-il appelé ? Je lui ai dit qu'on en reparlerait.

– Tu le connais, il s'inquiète pour un rien.

– Il est beaucoup trop impatient. Il ne pouvait pas attendre quelques jours ?

– Il a peur que tu lui fasses faux bond, c'est tout.

– Ce n'est pas mon intention.

– Je sais. C'est ce que je lui ai dit. »

La voix calme et chaude de Pierre semble détendre Clara.

« Nous avons une solution, ajoute-t-elle avec un reste de raideur.

– Bien sûr », approuve-t-il.

Je me fais toute petite. Je picore mon rôti de veau en silence, quand Pierre se tourne vers moi.

« Clara vous a expliqué de quoi il s'agissait ?

– Cette soirée du 31 ?

– Oui.

– Pas vraiment… »

Elle ne quitte pas du regard son assiette. L'exaspération est toujours là quand elle répond :

« Une idée stupide de Georges. Organiser une exposition de mes toiles, avec un vernissage le soir d'Halloween. Profiter d'une absurde fête commerciale pour vendre mes peintures à des ignares en quête de morbide. »

Pierre me lance un regard qui semble dire : ne la contredites pas, ça va lui passer.

« Honnêtement, poursuit-elle, j'ai toujours eu une grande estime pour Georges. Mais ce vernissage d'Halloween… Je ne sais pas ce qui lui a pris. Mes tableaux ne sont pas de vulgaires illustrations de films d'horreur.

– Tu sais très bien ce qui lui a pris », intervient Pierre.

Je les interroge tous les deux du regard.

« Georges est un homme intelligent. S'il a envisagé cette soirée, c'est qu'il a de très bonnes perspectives de ventes, m'explique Pierre.

– Il pense que les journalistes viendront, ajoute Clara.

– Ce sera probablement le cas. »

Pierre se tourne vers moi. De sa voix si agréable et posée, il poursuit :

« Ce que Clara exprimait de manière un peu brutale – n'est-ce pas, mon cœur –, c'est que ce genre de soirée n'amène pas de vrais connaisseurs d'art. Plutôt des curieux.

– Les discussions seront à mourir d'ennui. Les nouveaux riches de Cannes ou du cap d'Antibes voudront se montrer, acheter une toile ou deux parce que mon nom commence à résonner dans quelques galeries, mais aucun d'eux n'aura vraiment ressenti quoi que ce soit. »

Elle avale une gorgée de vin, comme pour faire passer un dégoût.

« Voyez-vous, Evie, c'est tout ce que je déteste dans ce métier. La représentation, l'hypocrisie, les manières.

– Clara aimerait rester tapie dans sa tanière.

– Et je compte bien le faire. »

Elle pose brutalement son verre, reprend sa fourchette et se remet à manger. Sous la table, son pied nu continue de tressauter nerveusement.

Le silence retombe. Moi qui voulais les interroger sur la jeune fille qui m'a précédée, je me dis que c'est raté pour ce soir.

« Dites-moi, Evie, déclare finalement Pierre après d'interminables secondes de silence, Clara m'a dit qu'elle vous avait offert une de ses peintures. »

Je suis ravie de la diversion.

« Oui. *Solitude.*

– Excellent choix. Je l'accrocherai dans votre chambre après le dîner.

– C'est gentil… »

Je ne suis pas sûre de vouloir affronter l'ectoplasme et son désespoir tous les jours au réveil mais je n'oserais jamais contrarier Clara, surtout ce soir.

Nous meublons comme nous le pouvons cette fin de repas. Pierre m'interroge sur mon premier jour. Clara évoque les congés demandés par Nina. Pierre acquiesce à tout. Nous débarrassons la table en silence. Alors que je m'apprête à monter les escaliers pour rejoindre ma chambre, Pierre me lance :

« Je vais chercher la perceuse. Je vous rejoins dans cinq minutes ! »

Je reste debout, plantée à côté de la fenêtre, pendant que Pierre manie la perceuse électrique.

« C'est un tableau différent des autres, commente-t-il.

– Oui.

– Il est pourtant tout aussi glaçant.

– C'est vrai.

– Mais à d'autres égards… »

Pierre repose l'outil par terre et frotte ses mains l'une contre l'autre. Deux clous solides ornent le mur.

« Vous m'aidez à l'accrocher ? »

Nous tenons chacun une extrémité et nous débattons quelques secondes pour stabiliser le tableau et l'équilibrer. Ensuite, Pierre se recule pour observer le résultat. Je me demande quelle parade je vais pouvoir trouver pour échapper à cette plongée au cœur du désespoir.

« Parfait. »

Il se baisse pour ramasser sa perceuse et je sais que si je ne fais rien, il aura quitté la chambre dans une minute, alors je lui lance, maladroitement :

« Clara avait une élève ici, avant moi ? »

Je ne peux pas voir son visage car il est accroupi, en train de ranger la perceuse dans son étui.

« Ici ?

– Oui… Dans la maison… »

Il interrompt ses gestes. Ça, je peux le noter. Il lève le visage vers moi. Y flotte un sourire étrange, suspicieux.

« Qui vous a parlé de ça ?
– Un garçon, à la boulangerie. Un employé. Il a remarqué que j'étudiais la reproduction de Füssli. Il m'a demandé pour qui je travaillais, et quand j'ai répondu Calypso Montant, il m'a dit que je n'étais pas la première, qu'une fille avait été là avant moi.
– Les gens sont bien curieux, n'est-ce pas ? »
Son sourire est maintenant plus amusé que soupçonneux. Il continue :
« Oui, c'est exact. Clara et moi avons accueilli une jeune fille, il y a un an. Alexandrine. Elle voulait apprendre auprès de Clara.
– Elle logeait dans cette chambre ? »
J'ai peur d'avoir franchi une limite, mais Pierre acquiesce sans ciller.
« Oui, elle dormait ici et elle peignait dans la véranda. Malheureusement, elle n'est pas restée suffisamment longtemps pour apprendre de la peinture de Clara.
– Ah ?
– Elle ne savait pas ce qu'elle voulait. »
Il en a dit trop ou pas assez. Il s'en aperçoit.
« Elle a fini par s'intéresser davantage aux bijoux de Clara qu'à sa peinture, si vous voyez ce que je veux dire… »
J'ouvre de grands yeux ébahis.
« Oui, elle a volé des bijoux très précieux. Des bijoux que Clara tenait de sa mère défunte. Clara en a encore des palpitations quand on évoque cet épisode malheureux.
– Je comprends, c'est terrible.
– Pour tout vous dire, je n'étais pas certain qu'elle accepterait la présence d'une assistante mais… elle a dû penser que vous étiez quelqu'un de confiance. »
Je me contente de fixer le fauteuil en osier.
« Je le pense aussi », ajoute-t-il.
Pierre se redresse, sa mallette d'outils à la main.

« Bien, je crois que *Solitude* tiendra. N'hésitez pas à me prévenir si un des clous commence à faiblir.

– Entendu.

– Bonne nuit, Evie. »

Je le raccompagne à la porte, encore un peu troublée par toutes ces révélations. Pierre Manan disparaît dans le couloir, me laissant avec le tableau du désespoir au mur, et l'ombre d'Alexandrine planant au-dessus de ma chambre.

5

Durant ces premiers jours chez les Manan, je tente de me faire à cette nouvelle douceur de vivre, au calme tranquille de la maison, aux mots d'amour que Pierre sème partout dans la maison quand il s'absente. « Couvre tes pieds, mon cœur » derrière la cafetière. « Mange de la viande, je t'aime » collé sur le réfrigérateur.

Jean ne me laissait pas de tels messages. Mes parents entre eux non plus. D'ailleurs, je ne les ai jamais vus se manifester le moindre signe d'affection. Mon père passait son temps à faire comme si nous n'existions pas, obnubilé par la télé. Ma mère transférait son besoin vital d'exister en faisant du bruit, beaucoup de bruit, en donnant son avis à tort et à travers, en s'accaparant la vie de sa fille, en distillant son venin partout.

Non, jamais je n'ai connu un foyer aussi harmonieux que celui de Pierre et Clara. J'essaie de m'y habituer auprès d'eux, comme si c'était tout naturel, mais chaque instant reste un émerveillement. Pour une foule de petits détails. Les petits déjeuners par exemple. J'ai testé chacun des parfums de confiture dans un ordre bien défini. Je suis tombée amoureuse de la cerise-badiane et j'ai découvert le parfum préféré de Clara. La rose. Elle tartine son pain complet de gelée de rose uniquement, et même lorsque le petit déjeuner est terminé, elle continue de tremper sa cuillère dans le pot et la lèche ensuite avec délectation.

Les leçons de Clara débutent au petit déjeuner, dans la

décontraction la plus totale. Elle se ressert une tasse de café, et moi, j'abandonne mes toasts.

Après *Le Cauchemar*, nous étudions *La Mort et le Fossoyeur* de Carlos Schwabe. Un tableau tout en contrastes représentant un fossoyeur à demi enfoncé dans un trou qu'il a creusé. Au-dessus de lui se tient accroupie une jolie jeune femme aux traits fins et aux ailes noires. L'ange de la mort.

« Le regard de l'homme est levé en direction de l'ange, m'explique Clara. Il a l'air surpris, effectivement, mais également émerveillé, fasciné par la vision extraordinaire de cette femme. Voyez-vous, contrairement à de nombreux artistes, Schwabe a une vision paisible de la mort et de l'au-delà. Elle est représentée par une femme douce et bienveillante. La mort, pour Schwabe, est à la fois un espoir et un accomplissement. »

Je découvre jour après jour d'autres peintres du romantisme noir. Je ne comprends pas en quoi cela me sera utile pour mon travail d'assistante mais je me prête au jeu. Plus les symboles se révèlent à moi, plus je prends plaisir à les chercher, à les deviner, à les interpréter.

À midi, nous arrêtons la leçon. Clara ne mange pas grand-chose. Elle picore. L'après-midi, elle s'enferme dans la véranda. Je pars déambuler dans les ruelles. Je prends des photos, je programme des balades dans la campagne environnante, pour plus tard. J'écris dans mon carnet à spirale à la terrasse de la boulangerie, place des Tilleuls. J'étudie les reproductions de tableaux que m'a confiées Clara.

Chaque jour, le jeune homme au tablier blanc me salue d'un signe de tête quand il s'assied à son tour pour déjeuner. Le soir, je dîne tardivement avec Pierre et Clara dans la cour intérieure. Pierre donne des nouvelles de Kofedo, Clara et lui évoquent Béranger ou d'autres choses que je n'écoute pas vraiment. Je ne m'éternise pas. Je crains de déranger. Je préfère leur laisser leur intimité. Je monte dans ma chambre, je me fais couler un bain. Je guette les bruits lorsque je me glisse dans mes draps mais rien ne me parvient. Je ne les entends plus faire l'amour.

Un matin, un vendredi, Clara m'annonce que Pierre et elle s'absenteront ce soir-là, qu'ils seront de retour le lendemain en fin d'après-midi. Comme je ne dis rien, attendant la suite, une explication, quelques mots pour assouvir ma curiosité, Clara ajoute :

« Si vous voulez quitter le village pendant ces deux jours, Evie, Pierre peut vous louer une voiture.

– Non, ça ira. J'ai encore beaucoup de choses à découvrir ici.

– Comme vous voudrez. »

J'attends encore quelques secondes, espérant que Clara me confiera les raisons de leur départ. Un tour en yacht, un dîner chez son père ou chez des amis, une visite, une fête ? Mon imagination s'enflamme, mais Clara reste impassible au-dessus de sa tasse de café.

Le soir venu, Pierre et Clara s'apprêtent à partir. Je les observe, ils sont beaux, élégants. Clara porte son parfum aux notes de jasmin et Pierre son Hermès. Il a mis une chemise bleu ciel sur son pantalon à pinces, ce qui fait ressortir ses yeux. Clara a revêtu une longue combinaison en lin blanc qu'elle a agrémentée de quelques bracelets en or. Ses cheveux détachés recouvrent ses épaules. Elle a daigné enfiler une paire de chaussures : des sandales noires à talons qui lui font des jambes interminables. Pierre tient leur bagage, un petit sac, quelques affaires pour la nuit sans doute. Ils n'ont pas prévu de veste. Ni l'un ni l'autre. Je note ces détails scrupuleusement, fascinée et piquée par la curiosité.

J'élimine la possibilité d'un dîner chez Béranger, le père de Clara – ils sont trop élégants – ainsi que le tour en yacht – ils auraient prévu une veste et Clara aurait remplacé ses sandales à talons par des mocassins. Un dîner d'affaires ? Ils l'auraient mentionné, et je suis sûre que Clara afficherait une moue maussade. Ce n'est pas le cas. Elle semble impatiente. Une soirée avec des amis. C'est ce que j'en conclus.

Pierre agite les clés de la voiture au bout de ses doigts, lance un dernier regard dans la maison.

« Eh bien, Evie, vous avez les clés, le frigo est plein. Ne vous gênez pas. Faites comme chez vous.

– Merci. Passez une bonne soirée. »

Pierre passe la main au creux des reins de Clara. Elle fait tinter ses bracelets en ouvrant la porte d'entrée. Elle est déjà ailleurs, partie.

Ma mère a toujours prétendu que j'étais d'une curiosité maladive. Il ne m'a fallu que deux heures, seule dans la maison silencieuse, ce vendredi soir, pour céder à la tentation. Un regard. Juste un coup d'œil rapide. Le silence était pesant. Pas de livre à lire. Pas de télévision. Aucun ami à retrouver pour prendre un verre. J'ai dîné dans la cour intérieure, comme lorsque Pierre et Clara sont là. J'ai rempli le lave-vaisselle, nettoyé la table, préparé un café que j'ai bu sur les marches du perron, puis je suis rentrée dans la maison.

Je n'ai pas l'intention de voler ou de fouiller, non. Je veux juste entrapercevoir leur intimité. La couleur de leurs draps. Leurs odeurs dans la salle de bain. Les photographies aux murs, s'il y en a…

Devant la porte close, je suis prise d'un certain malaise. La pensée qui revient avec le plus de force est celle de la jeune fille avant moi. Alexandrine. Celle qui a volé les bijoux de Clara. Elle aussi s'est sûrement faufilée dans leur chambre… Était-elle fascinée, comme moi, par le couple qu'ils forment ? Probablement.

Mes remords, je les balaie d'un geste de la main. Juste un regard. Ça n'a jamais fait de tort à personne. Et puis, insinue une petite voix dans ma tête, s'ils voulaient garder leur intimité secrète, ils ne m'auraient pas invitée à vivre chez eux. Ils auraient verrouillé la porte de leur chambre. Ils auraient étouffé leurs soupirs mieux que ça, le premier soir…

J'ai les mains moites et le cœur battant quand je pousse la porte de leur antre. C'est une pièce tout à fait similaire à la mienne.

Vaste, lumineuse, donnant elle aussi sur la cour intérieure. Même exposition au sud-est, mêmes murs blancs avec quelques pierres apparentes. Leur lit est un peu plus large que le mien. Leurs draps sont blancs et gris, un joli gris clair. Une moustiquaire blanche l'entoure comme un baldaquin.

La différence entre ma chambre et la leur, c'est que celle-ci semble réellement habitée. Depuis longtemps. Pas simplement depuis une semaine. Des odeurs y flottent. Le parfum de Pierre et son après-rasage. Un reste de l'eau de toilette de Clara. La lessive fraîche. Le gel douche mentholé. Sur la table de nuit de Pierre – je suppose qu'il s'agit de celle de Pierre – se trouvent un radio-réveil et une plaquette de Doliprane. Sur celle de Clara, il y a un masque de nuit, une bague qu'elle a dû retirer pour dormir et un paquet de mouchoirs pas encore entamé.

Au-dessus du lit, une photo en noir et blanc grand format. La seule photo dans la pièce, d'ailleurs. Elle représente Clara à demi nue, nonchalamment allongée en travers de leur lit. Le cliché a été pris ici même, je reconnais la tête de lit et le mur au fond. Clara porte un vêtement ample, comme une large chemise en lin qui dénude une de ses épaules et couvre à peine sa poitrine. On devine la pointe d'un sein sous l'étoffe. L'autre sein est offert sans pudeur, d'un joli blanc laiteux, comme son ventre lisse. L'étoffe fine dévoile le début de ses cuisses. Le portrait s'intéresse seulement au buste et au visage de Clara. Un visage qui n'est pas vraiment là. La Clara du cliché fixe le photographe, mais le voile vaporeux dans ses yeux laisse penser que son esprit est ailleurs. Où ? Sa peau est dévoilée, mais c'est son regard mélancolique qui captive.

Il y a autre chose qui m'intrigue. Des mots couchés en bas de la photo, d'une écriture noire sur le blanc froissé des draps. « Clara vue par Thierry, offerte par Pierre. À vie, mon amour ». C'est signé « P ». L'écriture est la même que sur les petits mots qui pullulent dans la cuisine, celle de Pierre. Je relis le message une seconde fois. Quelque chose a fait tilt mais je ne sais pas encore quoi. Une faute d'orthographe ? Ce que j'ai pris pour une faute d'accord, d'abord. « Offerte par Pierre ». Le *e* d'« offerte ». Il ne peut faire référence au mot « portrait », qui est masculin. S'agit-il d'une erreur ? À moins que le *e* ne corresponde à « photographie ». Pourtant, j'ai beau le relire, le message sonne encore faux, comme si quelque chose m'échappait. « Clara vue par Thierry, offerte par Pierre. » Si c'était de la photographie qu'il s'agissait, Pierre l'aurait mentionné. « Clara vue par Thierry. Photographie offerte par Pierre. » Quelque chose bloque. Le message n'a qu'un sujet féminin. Clara. Je recule d'un pas, légèrement étourdie, et je relis encore.

La chemise ample, le sein à demi dévoilé, le ventre nu, le regard qui fixe le photographe, Thierry, donc, sans pudeur. Je secoue la tête. Non. Ça ne peut pas être cela. C'est pourtant logique. La phrase le dit. Le laisse entendre en tout cas. Clara offerte par Pierre à Thierry ?

Je m'oblige à quitter des yeux cette image, à stopper net mes suppositions rocambolesques. La nuit tombe dehors. Bientôt je ne distinguerai plus les contours du lit, des objets dans la chambre. Éclairer, il me faut éclairer. Et si un voisin me voyait ? J'abandonne l'idée. Trop risqué. En revanche, la salle de bain ne possède qu'un Velux. Je peux y allumer la lumière en toute discrétion. J'appuie sur l'interrupteur et laisse à mes yeux quelques secondes pour accommoder.

La salle de bain de Pierre et Clara est plus vaste que la mienne mais très semblable. Même baignoire gris perle, même lucarne, mêmes poutres apparentes, même pot-pourri qui sent divinement bon. Mais ici se trouvent le kimono en soie de Clara et une nuisette que je ne l'ai jamais vue porter. Une nuisette rouge, d'une étoffe qui semble douce. J'hésite, le bras levé. J'aimerais passer ma main sur le tissu. Je suis certaine que c'est de la soie. Pourtant je ne le fais pas. Quelque chose me retient. Je me tourne plutôt vers le lavabo. Sur le côté, de nombreux objets. La lotion pour le corps de Clara, à l'odeur de miel – j'ai déjà senti cette fragrance dans son sillage. Une crème de jour à l'eau de rose. Un démaquillant au lait d'ânesse. Un pêle-mêle d'odeurs douces, subtiles. Je débouche un pot de crème. Un seul, me dis-je. Juste pour la sentir. Pourtant, je laisse mes doigts en récupérer une noisette, l'étaler sur la paume de ma main. Je la hume. Eau de rose. Fragrance féminine par excellence. Elle n'est pas entêtante, pas comme ces crèmes bon marché qu'on trouve en supermarché. Celle-ci est fraîche, discrète. « Rose de Damas », indique le pot. Du regard, je cherche le parfum aux notes de jasmin, celui que Clara porte quotidiennement. Je ne le trouve pas. Elle a dû l'emporter.

Sur le bord du lavabo, il y a aussi de jolies bagues. L'une d'elles est sertie d'un diamant. Je suis sûre qu'il est authentique, que cette bague coûte une fortune. De nouveau me revient l'histoire d'Alexandrine. Si elle est allée dans leur chambre, elle a forcément vu les bijoux, les bagues et le diamant. Combien de temps a-t-elle résisté à la tentation avant de passer à l'acte ? Cette idée me met mal à l'aise. Je ne touche pas à la bague, malgré mon envie de voir le diamant à mon annulaire. Je poursuis mon inspection. La brosse de Clara avec quelques cheveux noirs retenus prisonniers. Elle ne l'a pas prise avec elle. Elle aura besoin de parfum mais pas de brosse ? Où sont-ils partis ? Stop, Evie, ordonne une voix dans ma tête. Je poursuis mon inspection. Au milieu des affaires de Clara, il y a celles de Pierre, bien sûr. Sa crème de rasage, dont le tube n'a pas été refermé. Un déodorant aux notes boisées. Un rasoir. Leurs deux brosses à dents. Un flacon de bain de bouche qu'ils doivent se partager.

J'ai terminé mon intrusion. J'éprouve un drôle de sentiment mêlant honte et culpabilité. *Quel genre de fille es-tu, Evie Perraud ? Que cherchais-tu exactement ?* Je referme la porte de la salle de bain. Dans la chambre gagnée par l'obscurité, je jette un dernier regard au portrait au-dessus du lit. Je ne distingue plus que le contour de son corps et le blanc des draps. Le visage au regard voilé est invisible.

Un faible bruit en provenance du bas de la maison me fait

sursauter. Il me faut quelques secondes pour comprendre qu'il s'agit du lave-vaisselle signalant la fin de son cycle. Le cœur encore battant, je sors de la pièce, referme soigneusement derrière moi et me promets de ne plus recommencer.

J'ai envie de dîner au restaurant ce samedi midi. Pierre et Clara ne rentreront pas avant la fin de la journée. J'ai suffisamment tourné en rond dans la maison. J'ai besoin de sortir, de profiter du soleil. Hier, Pierre a laissé sur le bar de la cuisine une avance sur mon salaire dans une enveloppe blanche cartonnée. Quatre beaux billets. J'ai envie de tester La Fontaine, un restaurant dont Pierre m'a dit du bien.

À Marseille, lorsque j'avais quelques économies ou une furieuse envie de sortir de mon cagibi, c'était Irène que j'invitais au restaurant, ou Perrine. De mes deux collègues, elle était la moins malveillante. Bien sûr, elle riait aux remarques acerbes de Jessica sur les clients, mais jamais avec méchanceté. C'était davantage une suiveuse. Et puis, il me fallait bien un semblant d'amie, moi qui passais neuf mois de l'année à attendre le retour de mon marin. En revanche, je ne sortais jamais le samedi soir. Jean appelait ce jour-là. Chaque marin de son équipage avait trente minutes de crédit sur le téléphone satellite. Pas une de plus. Quand ils étaient à terre, au bout du monde, c'était différent bien sûr. Il achetait une carte prépayée et nous pouvions nous appeler plus souvent. Pourtant nous conservions cette habitude : l'appel du samedi soir.

J'ai soudain une furieuse envie de déjeuner avec un semblant d'ami. Je ne vois personne à inviter en dehors du type au tablier blanc, celui de la boulangerie de la place du Tilleul. Pourquoi pas ? J'attrape mon sac en toile blanc, je chausse une paire de ballerines et je dévale les ruelles de Saint-Paul-de-Vence.

Je n'ai jamais été timide. Par exemple, quand j'ai vu Jean pour la première fois, dans un bar du Vieux-Port à Marseille, un soir de juillet, c'est moi qui suis allée lui parler. J'étais en vacances avec Chloé, une amie de lycée. Il prenait un verre avec des copains. Des collègues marins, je l'apprendrais plus tard. Il était beau au milieu des autres. Grand, brun, avec des yeux d'un bleu dur, presque électrique, et des pommettes saillantes. Un dieu grec, disait Irène. Je lui ai offert un verre, moi, Evie Perraud, touriste de dix-huit ans pas farouche ! Il n'a pas eu beaucoup d'efforts à faire, au demeurant, pour m'entraîner dans une ruelle sombre quelques heures plus tard.

J'ai toujours été audacieuse. Il m'est même arrivé d'aborder quelques types dans des bars, en son absence. Jamais des garçons très intéressants. Ça n'arrivait que les soirs où je me sentais très seule, où j'en avais assez de l'attendre. Il me suffisait de boire un verre de trop et de laisser parler mon désespoir. J'ai couché avec trois d'entre eux. En cinq ans. Qui pourrait me blâmer ? Je suis sûre qu'Irène s'en doutait. Jean craignait que ce genre de chose arrive mais il n'a rien su, bien entendu. Ces hommes d'un soir, je ne les ai jamais revus. Je me souviens à peine de leurs visages… Ils venaient dans mon studio. Ils repartaient le lendemain matin, très tôt.

J'ai fini par comprendre que ça ne changeait rien au manque que je ressentais. Mais j'avais l'impression de vivre un peu, moi aussi, de ne pas me contenter d'attendre Jean.

La petite place est déjà pleine. La serveuse que je croise tous les jours est là. Le jeune homme au tablier aussi. Il s'apprête à déjeuner à l'ombre d'un tilleul. Il s'allume une cigarette. Son sandwich encore emballé est posé sur l'accoudoir de sa chaise. Tant mieux.

« Salut. »

Je suis un peu essoufflée d'avoir descendu si vite les ruelles. Il relève la tête.

« Salut. »

Il se demande probablement pourquoi je me tiens plantée devant lui, avec l'air d'attendre quelque chose.

« Ça va ? dit-il.

– Tu as faim ? »

Il me dévisage étrangement.

« Oui…

– Ça te dit, un resto ?

– Un resto ? répète-t-il.

– J'ai reçu une avance sur ma paye et j'avais envie d'inviter quelqu'un au restaurant. »

Il me regarde, un peu hébété.

« Inviter quelqu'un au restaurant… ?

– Je viens d'arriver, tu comprends. Je ne connais personne…

– Ouais… Je comprends. »

Il tire enfin une bouffée de sa cigarette, reprend ses esprits.

« Bon… D'accord. Tu veux aller où ?

– À La Fontaine.

– C'est un peu cher…

– C'est moi qui invite ! »

Je souris. Il est encore confus. Il se baisse pour éteindre par terre le bout de sa cigarette à peine entamée, la replace soigneusement dans le paquet. Pour plus tard. Puis il se lève en faisant crisser les graviers sous sa chaise.

« Il faut que je récupère mon vélo…

– Pas de souci. »

Je le suis tandis qu'il se dirige vers le tilleul où est posé son vélo. Il met trois minutes à déverrouiller son cadenas. L'émotion ?

« Tu veux que je t'aide ?

– Non. Ça va. »

Il finit par le décrocher et il frotte ses mains sur son jean.

Mon nouvel ami s'appelle Gaël. C'est ce qu'il m'apprend alors que nous remontons les ruelles, lui poussant son vélo, moi marchant d'un pas léger à son côté.

« Et toi ?

– Evie.

– Evie comme Ève ?

– Exactement. Ça vient de l'hébreu *havvah*. Tu sais ce que ça veut dire ?

– Non…

– Vie. Source de vie. »

Je le dis fièrement. Depuis que j'ai découvert l'étymologie de mon prénom, j'aime donner cette explication lorsque je rencontre quelqu'un pour la première fois. Ça fait toujours son petit effet. Et puis, je trouve ça joli, « source de vie »…

« Et Gaël, ça vient d'où ? »

Il hausse les épaules.

« J'en ai aucune idée.

– Je regarderai pour toi, si tu veux.

– Oui… Si tu veux… »

Il me regarde encore étrangement. Je crois que je fais toujours cet effet au début. En tout cas quand je me laisse aller, quand je ne fais pas attention en permanence à ce que je dis. Quand je ne suis pas avec Pierre et Clara Manan.

« Tu fais quoi à la boulangerie ? je l'interroge.

– Je suis boulanger.

– Tu vis un peu en décalé, j'imagine ?

– Oui. Je commence mes journées à quatre heures du matin. Je termine à treize heures. J'ai mes après-midi pour moi. C'est le gros avantage. Mes soirées, par contre, sont courtes. Je me couche tôt. »

Nous arrivons assez vite devant le restaurant La Fontaine, qui surplombe la plus grande fontaine du village. Un serveur nous accueille, dans la tenue réglementaire noir et blanc.

« Pour déjeuner ?

– Oui.

– Pour deux ? »

Nous le suivons sous la tonnelle. Gaël est encore un peu raide mais il commence à se détendre. L'endroit est calme et nous avons une jolie vue sur la place.

« Et toi, tu fais quoi ? m'interroge-t-il en attendant qu'on nous apporte la carte.

– Pour le moment, pas grand-chose…

– Comment ça ?

– Calypso Montant, l'artiste pour qui je travaille, veut d'abord m'initier à ses peintures. Elle m'enseigne le courant du romantisme noir. »

À la tête qu'il fait, je vois bien qu'il ne sait absolument pas de quoi je parle. Je ressens une certaine fierté à l'idée de le lui apprendre.

« C'est un courant artistique de la fin du XVIIIe siècle qui vient de Grande-Bretagne. Clara s'en inspire, mais avec une touche moderne. Elle débute sa carrière mais ses tableaux se vendent déjà plus de trois mille euros chacun. Tu te rends compte ? »

Je guette sa réaction.

« Trois mille pour une peinture ?

– Oui, mais il paraît que ce n'est pas énorme dans ce milieu.

– C'est toi qui vends ses tableaux ?

– Oh non ! Tu plaisantes ! Je raconterais n'importe quoi.

– Alors c'est quoi, ton boulot ?

– Toute la partie qu'elle rechigne à faire, si j'ai bien compris. Gérer ses relations avec les galeristes et avec la presse, répondre aux courriers, organiser ses vernissages ou ses expositions. »

Gaël hausse les sourcils.

« Grosse responsabilité, dit-il.

– Oui, j'imagine… »

Il sort son paquet de cigarettes et rallume celle de tout à l'heure.

« T'en veux une ? »

Je n'ai pas l'habitude de fumer mais il y a des occasions particulières où une cigarette ne se refuse pas.

« Pourquoi pas. »

Gaël m'en tend une, ainsi que le briquet, et pendant quelques instants, nous fumons tout en regardant les touristes aller et venir autour de la fontaine.

« Tu es là depuis longtemps ? je lui demande.

– À Saint-Paul-de-Vence ?

– Oui.

– Depuis toujours. Mes parents ont une maison en-dehors des remparts. Dans la campagne. J'ai fait mon alternance ici, à la boulangerie des Tilleuls. J'y suis resté. Ça va faire bientôt dix ans.

– Déjà ?

– Oui, j'ai terminé l'école à seize ans.

– Tu vis toujours chez tes parents, dans la campagne ?

– Non, j'ai pris un appartement intra-muros il y a deux ans.

– Pierre, le mari de Clara, m'a dit que c'était difficile de se loger intra-muros.

– C'est vrai.

– Tu as été chanceux.

– Mouais. »

Il ne semble pas convaincu.

« Tu ne te plais pas ici ?

– Si. Mais je connais Saint-Paul-de-Vence par cœur. J'aimerais bien partir.

– Où ?

– Je ne sais pas trop. Dans une vraie ville. Quelque chose de plus grand. »

Le serveur nous apporte les cartes et nous nous concentrons un instant pour choisir nos plats. Gaël a très envie de grillades et moi du « burger niçois », avec des aubergines grillées.

« Pourquoi tu ne pars pas ? dis-je, alors que le serveur s'éloigne et que Gaël me tend le cendrier.

– D'ici ?

– Oui.

– Je ne sais pas… Il faudrait d'abord que je trouve un travail ailleurs.

– Ça ne devrait pas être trop compliqué pour un boulanger.

– Je sais. Disons que je n'ai jamais pris mon courage à deux mains pour me lancer. J'ai été un peu fainéant ces dernières années. Je me suis laissé vivre.

– Je comprends. Je sais ce que c'est. »

Il me dévisage avec curiosité.

« Je viens de passer cinq ans enterrée à Marseille.

– Enterrée à Marseille ? Il y a pire !… Tu verras quand tu auras passé deux mois à Saint-Paul-de-Vence.

– Une ville est une ville. Tu sais, une fois qu'on en a fait le tour, on finit toujours par s'y ennuyer. Surtout quand on se laisse vivoter. Moi, c'était ça à Marseille. Je multipliais les petits boulots et je vivais dans un affreux cagibi. Je me disais qu'un jour il faudrait que je change quelques trucs dans mon existence.

– Tu ne l'as pas fait ?

– J'attendais un événement bien précis qui n'est jamais arrivé. »

Il est trop poli pour m'interroger mais ses yeux demandent une réponse.

« J'attendais le retour définitif d'un marin. Il s'appelle Jean. On devait s'installer ensemble pour de bon. Acheter une maison. Prendre un chien. J'aurais repris une formation. J'aurais fait quelque chose de ma vie. Ou alors on serait partis tous les deux quelque part. Dans un autre pays. Je m'en fichais pas mal, du moment qu'on était tous les deux.

– Il n'est pas revenu ? »

Je secoue la tête en recrachant la fumée de ma cigarette.

« Il a décidé de s'installer à São Paulo.

– C'est loin. »

Sa remarque me fait sourire.

« Oui, c'est loin. Mais bon, ça m'a fait bouger, et me voilà ici.

– Dans un minuscule village…

– C'est un des plus beaux endroits que j'aie vus.

– C'est vrai, dit Gaël. On ne peut pas lui enlever ça.

– Comment c'est, dans la campagne autour ?

– C'est différent mais c'est beau aussi. Tu n'y es pas allée ?

– Non. J'aimerais. Je n'ai pas de voiture, alors pour le moment… »

Il se redresse, tente d'afficher un air sûr de lui.

« On pourrait aller faire un tour un de ces jours. J'ai mon vélo… »

Il parvient à ne pas rougir.

« Avec plaisir. »

Les plats arrivent bientôt. Nous bavardons tranquillement. Gaël semble enthousiasmé par Marseille.

« J'adorerais vivre là-bas. »

Il évoque la vie nocturne, l'animation du Vieux-Port, la population jeune, avec de nombreux étudiants.

« Ici, à part les artistes qui restent dans leurs ateliers, t'as que des retraités, hors saison. »

Gaël me parle des environs : le bois de la Gardette, le vallon de Malvan, les plages de Cagnes-sur-Mer, bétonnées mais qui ont le mérite d'être facilement accessibles, à cinq kilomètres d'ici. L'hippodrome de la Côte d'Azur. Et puis Tourrettes-sur-Loup, surnommée Tourrettes-la-Violette car on y cultive la violette depuis presque un siècle.

« C'est un petit village médiéval comme Saint-Paul-de-Vence. Tous les ans, au mois de mars, ils organisent une fête de la Violette qui fait venir pas mal de monde. »

Nous commandons une bouteille de vin au moment du dessert. C'est moi qui insiste.

« Tu écris quoi, dans ton carnet bleu ? Chaque fois que tu viens à la terrasse de la boulangerie, tu as ce carnet avec toi… »

Le vin semble le libérer un peu. Nous fumons d'autres cigarettes, buvons tranquillement quelques verres. Le soleil a poursuivi sa course et nous assomme lentement.

« Des pensées.

– Tes pensées ?

– Oui, mes pensées du jour. »

Il hausse les sourcils. Ça me fait sourire et je lui dis :

« Arrête de me regarder comme une créature étrange. »

Il s'en défend :

« Je ne te regarde pas comme…

– Si ! »

Je ris encore et cette fois, il ne peut s'empêcher de rougir.

« C'est un journal intime ?

– Si ça te parle davantage, alors oui, on peut dire que c'est un journal intime. »

Il ne me demande rien d'autre. Nous commandons une bouteille d'eau pétillante mais Gaël bâille de plus en plus fréquemment.

« Je suis désolé. Je crois que je ferais bien de rentrer faire une sieste… »

Le serveur apporte l'addition et je paye.

« La prochaine fois, dit Gaël, on ne boira pas autant. Tu monteras sur le porte-bagage de mon vélo et on ira hors des remparts, d'accord ? »

Il part en titubant un peu sur son vélo. Je regagne la maison des Manan tant bien que mal, sous un soleil de plomb. À l'étage, je me laisse tomber sur mon lit. Je suis ivre, je crois. Je pense aux regards maladroits de Gaël pendant le repas et au rouge sur ses joues. Je pense à Jean qui était comme ça lui aussi, du moins au tout début de notre relation, en ce premier soir où ses mains m'avaient entraînée timidement à l'arrière du bar où nous avions fait connaissance.

« On ne peut pas aller chez moi, m'avait-il dit. Je vis chez ma mère. »

Il s'était presque excusé. J'avais répondu que ça n'était pas grave.

Nous nous étions adossés contre une porte. Jean avait passé des mains hésitantes sur ma nuque, sous mes cheveux, m'avait doucement attirée à lui. C'est moi qui avais introduit ma langue dans sa bouche et qui, plus tard, avais déroulé le préservatif. J'avais dix-huit ans. Il en avait vingt et un. C'était encore moi qui tenais les rênes.

Ça n'avait pas duré longtemps. Le premier été seulement. Après, j'avais annoncé que je ne rentrerais pas en Alsace, que je m'installerais à Marseille, que j'attendrais son retour prévu huit mois plus tard. Une décision qui avait changé le rapport de force, le fragile équilibre de notre couple naissant.

Quand Jean était revenu au début du mois de mai suivant, il n'était plus le jeune homme qui se laissait entraîner par une jeune fille. Je n'étais plus la même, d'ailleurs. J'étais la fille qui avait patienté huit mois durant, qui déjeunait sagement le dimanche chez sa mère en son absence, et qui n'attendait qu'un mot de lui pour accourir.

Il m'avait suivie dans le studio que j'avais fièrement dégoté en son absence. Il n'avait fait aucun commentaire, ce qui m'avait beaucoup vexée. Mais entre ses mains pressantes, j'avais oublié ma déception. Il m'avait vite débarrassée de la robe que j'avais choisie avec tant de soin. Une belle robe légère et blanche, en coton fin, qui rappelait étrangement les robes de mariée. Un message subliminal qu'il n'avait pas noté. Il m'avait prise sur mon lit étroit, sous le Velux cassé. Ses coups de reins étaient forts, mal contenus, bestiaux. Absolument différents de ceux de l'été précédent. Nous étions si impatients. Huit mois de manque. Rien ne m'avait choquée. Après cette trop courte étreinte, j'avais été surprise de le voir se rhabiller tout de suite.

« Tu fais quoi ?

– On va chez ma mère, non ? »

J'avais eu du mal à encaisser. J'aimais bien Irène, mais j'avais envie d'avoir Jean pour moi toute seule encore quelques instants. J'avais besoin d'intimité.

« Tu n'aimes pas ici ?

– Si. »

Il avait observé mes vingt mètres carrés sans enthousiasme.

« C'est petit.

– C'est tout ce que je peux avoir avec mon salaire de serveuse.

– Ouais. Mais j'ai passé huit mois dans une cabine aussi petite avec trois autres gars, alors j'aime mieux qu'on aille chez ma mère. »

Il ne m'avait pas laissé le choix. J'étais encore palpitante de l'avoir eu en moi, de l'avoir senti jouir, de l'avoir retrouvé. Je ne voulais pas le laisser filer, pas même une heure. J'avais préparé en vitesse une petite valise et je l'avais suivi chez Irène.

Là-bas, pour faire l'amour, il fallait se faire discrets, étouffer nos soupirs, décaler le lit afin qu'il ne cogne pas contre le mur. C'est moi qui insistais. Jean s'en moquait.

« Elle sait ce qu'on fait, Ev'... »

Il le disait avec un air moqueur.

« Je sais. C'est une question de respect, c'est tout. »

Il avait haussé les épaules. Là-bas, c'était plus compliqué pour tout. Pas seulement pour faire l'amour. Pour être ensemble, pour garder notre liberté d'aller et venir. Jean s'en fichait. Irène était adorable, prévenante, discrète. Elle nous laissait sortir à notre guise, dormir tard, rester vautrés dans le canapé sans rien faire. C'était à moi que cela posait un problème. Je me sentais en devoir de l'aider, de participer aux tâches ménagères, de lui montrer que nous n'étions pas à l'hôtel. C'était justement ça qui plaisait à Jean, au fond : se sentir à l'hôtel après huit mois en mer. Choyé, totalement déchargé de la moindre responsabilité. Avec sa mère et sa fiancée sous le même toit. Chacun des besoins de Jean se trouvait comblé en temps et en heure.

Parfois, j'insistais pour que nous nous retrouvions dans mon studio quelques heures. Une nuit. Juste tous les deux. Il acceptait en traînant les pieds.

« Qu'est-ce qui ne te plaît pas, ici ? On peut se promener nus, on peut prendre nos douches à deux et rester toute la journée au lit si on veut. »

Je ne comprenais pas. J'en avais gros sur le cœur. J'avais envie qu'il me rassure, qu'il me dise quelque chose de gentil.

« Tu ne sais pas faire le café, Ev'. Le tien est un vrai jus de chaussette. Et puis, chez ma mère, on a des beaux draps. »

J'avais pourtant acheté des draps trois mois avant son retour. Spécialement pour nos retrouvailles. Une étendue de mer et un voilier blanc. Je les avais choisis pour lui. Comme un clin d'œil.

Pour la première fois, Jean m'avait fait pleurer. Il n'avait pas compris, bien sûr.

« Pourquoi tu te vexes ? On s'en moque, de tes draps, non ? On a tout ce qu'il faut chez ma mère. »

Oui, j'avais pleuré à cause des draps. À cause de la remarque sur le café. À cause de l'égoïsme de Jean, dont il n'avait aucunement conscience.

Il était maladroit, trop gâté, et moi, j'étais trop susceptible : c'est ce que je m'étais dit. On n'en avait plus reparlé cet été-là. L'habitude avait été entérinée, néanmoins. Nous étions allés vivre chez Irène à chacun de ses retours.

Le bruit de la porte d'entrée me réveille. Le vin bu avec Gaël m'a plongée dans un sommeil lourd. Je me précipite dans la salle de bain, me brosse rapidement les dents avant de descendre saluer Pierre et Clara. Leur escapade semble s'être bien passée. Clara est installée à l'extérieur, dans la petite cour, devant un verre d'eau pétillante. Les yeux mi-clos, elle offre son visage au soleil. Elle porte encore sa combinaison en lin blanc de la veille mais a laissé ses sandales à talons dans la véranda. Elle semble calme, sereine.

« Bonjour. »

Elle ouvre les paupières mais ne se redresse pas, conserve sa posture décontractée, nuque en arrière.

« Bonjour, Evie. »

Le léger tissu blanc qu'elle porte me fait penser au portrait au-dessus de leur lit. Je tente de chasser mon malaise.

« Vous avez passé une bonne soirée ? je lui demande.

– Très bonne. Et vous ?

– Calme, mais agréable. »

Clara ne rebondit pas, n'ajoute rien. Elle ferme de nouveau les paupières pour se délecter de la fraîcheur de la fin de journée. Alors que je m'apprête à partir pour la laisser seule, sa voix d'alto me rattrape.

« Vous avez une tenue pour sortir, Evie ? »

Je me retourne, surprise. Clara a toujours les yeux clos, la nuque renversée.

« Une tenue pour sortir ?

– Pierre est en train de réserver un restaurant sur la Croisette. Nous dînons dehors ce soir. »

J'ai du mal à rassembler toutes les informations et à les faire coïncider. Dîner dehors, avec eux deux, en tenue de soirée.

« Vous savez quoi ? Ça n'a pas d'importance. Je vais vous prêter quelque chose. Nous faisons la même taille, non ? »

Elle se redresse. Elle étend les bras au-dessus de sa tête, s'étire.

« Donnez-moi une minute, je vous rejoins là-haut. »

Je croise Pierre dans le salon, il a son téléphone à la main. Lui aussi porte sa tenue de la veille. Contrairement à Clara, qui semble reposée, le visage de Pierre reflète une certaine fatigue. Une fatigue heureuse.

« Je vous emmène quelque part ce soir, Evie. »

Il affiche un sourire ravi.

« Clara m'a dit…

– Comme d'habitude, ma femme ne sait pas tenir sa langue. »

Je ne réponds rien. Je tente de prendre conscience de la réalité : je vais dîner sur la Croisette, à Cannes, en compagnie de Pierre et Clara Manan.

« Vous montez vous préparer ?

– J'attends Clara. Elle va me prêter une tenue.

– Excellente idée. »

Il range son téléphone dans sa poche, consulte la montre qui orne son poignet gauche.

« Je vais me changer aussi. Nous sommes attendus à vingt

heures trente. Nous partirons d'ici dans une demi-heure. Cela ira ?

– Oui. »

Je n'ai jamais mis plus d'un quart d'heure à me préparer.

« Prévoyez une veste. Il risque de faire frais sur la plage. »

Clara entre dans ma chambre sans frapper. Elle s'est débarrassée de sa combinaison en lin, porte un peignoir noué à la taille. Ses cheveux sont attachés au sommet de son crâne. Elle s'apprête visiblement à prendre une douche. Sur mon lit, elle laisse tomber un long tissu sombre et trois bracelets en or qui tintent.

« C'est un de mes derniers achats. Essayez, et dites-moi si cela vous va. »

Elle s'apprête à sortir, s'arrête sur le pas de la porte.

« Vous avez des escarpins ? Une paire de sandales ? »

Mes sandales aux lanières usées sont posées près de la fenêtre.

« Un peu abîmées.

– Je vous trouverai quelque chose. Quelle est votre pointure ?

– Je fais du 38.

– Alors nous sommes chanceuses. »

Sans me laisser le temps de répondre, Clara referme la porte.

Je me brosse de nouveau les dents, plus vigoureusement cette fois. Puis je bois plusieurs verres d'eau pour tenter de dissiper le brouillard dans ma tête. Après une douche express, je me sens un peu plus fraîche.

Le tissu déposé par Clara est une longue combinaison noire et ample comme elle en porte souvent. Je m'installe devant le miroir de la salle de bain pour l'enfiler. La combinaison se noue façon cache-cœur au niveau de la taille. Les manches sont courtes, évasées ; le décolleté en V. Le détail le plus élégant est un empiècement en résille fine à pois qui orne l'encolure dans mon dos. Je rejette mes cheveux en arrière pour placer le décolleté de la meilleure façon, attache le nœud au niveau de ma taille. Lorsque je relève la tête, je ne peux m'empêcher d'avoir un mouvement de recul. Pendant un instant, j'ai cru me trouver face à Clara Manan.

La combinaison ample, sombre, mes cheveux noirs, ma peau pâle. Je souris, flattée de ma confusion. Je fais un tour sur moi-même, me contorsionne pour admirer l'empiècement en résille dans mon dos, souris encore, émerveillée. *Vraiment, Evie Perraud, tu as la classe, là-dedans.*

Je récupère sur mon lit les bracelets en or de Clara. J'en passe deux à mon poignet gauche et un au droit. Je les agite pour les entendre s'entrechoquer, lève mes bras comme pour attacher mes cheveux, puis les laisse retomber avec nonchalance le long de mes hanches. Langueur. Lenteur. Légère indifférence. Je donne le change. Je me sens élégante, je me sens différente. J'ose à peine imaginer quelle allure j'aurais avec des escarpins prêtés par Clara et une touche de rouge à lèvres.

Je tourne une fois de plus sur moi-même. Je m'approche de mon reflet dans le miroir, me penche légèrement en avant. Alors, les sourcils froncés en une expression grave, je murmure :

« Vous connaissez le courant du romantisme noir ? »

Et je ne peux m'empêcher de rire avec incrédulité de mon imitation.

Je ferme les yeux. Le moteur de la voiture emplit tout l'espace sonore. Mes cheveux tourbillonnent dans le vent. Le cuir des sièges vibre sous mes fesses. Le contact est différent sous le tissu fluide. Les paupières closes, je ne vois plus la main de Clara, ornée d'un diamant, qui caresse la nuque de Pierre, ni les mains de Pierre qui tiennent le volant, les manches de sa chemise blanche retroussées sur ses bras halés.

Je repense à ma première boum, au soin tout particulier que j'avais mis pour m'habiller, aux tenues de ma mère que j'avais trouvées dans son placard. Des robes que je ne l'avais jamais vue porter. Une longue robe noire resserrée à la taille. Une blanche à pois rouges, probablement achetée pour un mariage estival. Une autre plus simple, couleur taupe, évasée, s'arrêtant au-dessus du genou. J'avais opté pour celle-là. Je comptais l'assortir avec mes bottines marron à franges. J'avais même une pochette dans des tons similaires. Tout était parfait. J'avais crêpé mes cheveux, accroché d'affreuses créoles à mes oreilles. Je me souviens parfaitement de cette fin d'après-midi. La nuit était tombée, il devait être dix-neuf heures. La mère de mon amie Laurie était à la porte, ainsi que mon amie Laurie, tout aussi apprêtée que moi. Elles discutaient avec ma mère en attendant que j'arrive.

J'étais apparue, pimpante, fière, surexcitée. J'avais remarqué les boucles des cheveux de Laurie mais j'aurais peut-être dû repérer le regard noir de ma mère. J'aurais eu le temps de faire demi-tour, de m'excuser, d'anticiper sa colère.

« Où t'as trouvé ça ? »

Elle avait saisi mon poignet. Avec brusquerie. J'avais fait mon possible pour garder mon sourire, comme si tout était parfaitement normal.

« Evie, je te parle. Où t'as trouvé ça ? »

Ma mère avait serré mon bras encore plus fort. Elle commençait à me faire mal. La mère de Laurie avait froncé les sourcils.

« Qui t'a autorisée à prendre mes robes ? Tu les as prises où ? Dans mon placard ? Tu es allée te servir dans mon placard ? »

Le ton montait. Mon bras était de plus en plus malmené. La mère de Laurie était intervenue avec un sourire amusé, croyant apaiser la situation.

« Elles font toutes ça. C'est de leur âge. »

Mais ma mère ne l'avait pas écoutée. Je crois même qu'elle ne l'avait pas entendue.

« C'est comme ça que je t'ai élevée ? Comme une petite voleuse ?

– Non.

– Quoi ?

– Non. »

Ma voix était inaudible. Laurie avait baissé les yeux, n'avait plus osé me regarder.

« Oh oui, tu peux avoir honte. Voler sa propre mère. Tu peux bafouiller. »

Ma mère avait soudain lâché mon bras, et ça avait été encore pire. Comme un rejet brûlant.

« Je t'achète pas assez de vêtements ? C'est ça ?

– C'est pas ça...

– Les tiens ne sont pas assez bien, peut-être ? »

J'avais tenté une autre technique. Ne plus rien répondre. Parfois ça marchait. Parfois elle se calmait, me demandait de filer plus loin, de lui fiche la paix. Mais pas ce soir-là.

« Tu as pris quoi d'autre ?

– Quoi ?

– Tu as pris quoi d'autre ? Ouvre ton sac. Fais-moi voir. »

J'avais secoué la tête. Oui, j'avais bien glissé dans ma pochette un gloss trouvé sur le rebord du lavabo. Le gloss de ma mère au goût de vanille.

« Ouvre-moi ça ou je le fais ! Tu me fais passer pour qui ? Tu crois que c'est normal ? Devoir faire les poches de sa propre fille ! »

La mère de Laurie était pâle, cherchait quelque chose à dire, comment intervenir. Ma mère m'avait pris la pochette des mains, l'avait ouverte, avait trouvé le gloss. Elle jubilait, le stick à la main. On aurait dit qu'elle prenait plaisir à se voir filouter, à se positionner en victime, en mère martyre.

« Oui, tu peux pleurer. Tu peux pleurer, parce que tu n'es pas près d'aller à ta boum. Non, ne me regarde pas comme ça ! C'est trop tard ! Arrête de pleurer, bon sang ! Tu veux me faire passer pour quoi ? Pour une mauvaise mère ? »

Elle m'avait jeté ma pochette à la figure avec colère.

« Remonte dans ta chambre. Épargne-nous ce spectacle ! »

Comme je ne bougeais pas, humiliée, transpercée de douleur, cherchant dans les yeux de la mère de Laurie un soutien muet, elle m'avait asséné le coup de grâce :

« N'essaie pas de les attendrir. Et va te moucher. Tu n'as plus cinq ans pour renifler comme ça. »

J'avais treize ans. J'avais emprunté la robe de ma mère parce que je la trouvais belle. J'avais été incapable de le lui dire.

« Tout va bien, Evie ? »

La voix de Pierre me sort un instant de mes tristes pensées. Je secoue la tête, referme les paupières. Ce soir, j'ai l'impression de retrouver l'excitation de ma première boum, avant la colère de ma mère. La combinaison élégante, les escarpins beiges, les bracelets en or. Mais personne ne m'a humiliée. Pierre a déclaré que j'étais ravissante lorsque je suis apparue en bas des escaliers et Clara a souri. Elle semblait fière de son travail.

La nuit descend et je découvre la côte cannoise qui s'illumine. Les lueurs violacées du coucher de soleil, les façades des bâtiments imposants, la grande roue, les restaurants, les lampadaires escortés de hauts palmiers, le boulevard de la Croisette baigné d'éclairages rouges et orangés. Le cabriolet de Pierre ralentit afin de nous faire profiter du décor. J'observe les yachts alignés sur le port, les couples élégants qui sortent boire un verre, les autres voitures sur la voie d'en face, arrêtées au feu rouge. Les voituriers des paillotes de luxe patientent le long de l'avenue.

Pierre ralentit, fait signe à un homme en costume sombre, tire le frein à main. L'homme vient à notre rencontre.

« Bonsoir, Monsieur. »

Il contourne la voiture, ouvre la portière de Clara, qui s'extrait de son siège avec aisance.

« Madame. »

Il ouvre aussi ma portière. Je rejoins Clara et Pierre sur le trottoir, étourdie. Les clés passent des mains de Pierre à celles du voiturier. L'instant d'après, un autre homme nous salue.

« Bonsoir, Mesdames, Monsieur, si vous voulez bien me suivre. »

Il nous invite à entrer, nous tient la porte. J'ai le temps d'apercevoir l'écriteau indiquant « La Petite Croisette, plage privée », puis je me retrouve happée par l'éclairage subtil du lieu, le cadre raffiné de la paillotte où se mêlent bois et rotin sur un plancher de bois monté sur pilotis. Il y a des tables et des banquettes aux tissus crème. Sur le côté, un bar en bambou est entouré de lampions et diffuse un morceau de musique électro. La paillotte donne sur la plage où ont été installées, à même le sable, des tables rondes surmontées de larges parasols en bambou, séparées les unes des autres par des voiles fins et blancs qui dansent au vent. Des bougies dans des photophores éclairent les visages des convives qui dînent dans la pénombre.

La main de Pierre se pose sur mon avant-bras et me fait tout à coup revenir à moi. Un serveur se trouve devant nous, cartes à la main.

« Plage ou terrasse ? » me demande Pierre.

Le serveur attend patiemment ma réponse, un sourire poli sur le visage.

« Sur la plage… C'est possible ?

– Bien sûr. Je vous laisse me suivre ? »

Je suis encore abasourdie. Nous descendons les trois marches en bois menant à la plage. Nous avons à peine posé nos pieds dans le sable que Clara se baisse et ôte ses escarpins. Je ne peux m'empêcher de sourire. Elle porte un pantalon à pinces, ample, couleur café, resserré à la taille, et un chemisier rose poudré. Nous avons les mêmes bijoux en or aux poignets, ceux qui tintent quand elle se redresse.

« Vous venez, Evie ? »

Cela fait longtemps que je n'ai pas ressenti une telle excitation.

À quelques mètres de nous, sur la plage privée voisine, un DJ s'est installé. Clara ne lui prête aucune attention, elle est plongée dans la carte des cocktails. Pierre consulte distraitement son téléphone portable. Moi, j'observe tout ce qui se trouve autour de nous, je note chaque détail. Il faudra que je m'en souvienne. Un jour, je pourrai le raconter à mes enfants. Clara Manan, la célèbre peintre. J'étais là avec elle et son mari.

« Qu'est-ce que tu prends, chérie ? »

Pierre est penché au-dessus de l'épaule de Clara, qui repose la carte avec un léger soupir.

« Comme d'habitude.

– Un dry martini, donc. Et pour vous, Evie ? »

Je n'ai pas pris le temps de consulter la carte, je la parcours des yeux rapidement. Je ne veux pas me tromper. Qu'est-on censé commander lorsqu'on boit un verre sur une plage privée ? Je ne peux me résoudre à commander la même chose que Clara. Margarita. J'ai déjà vu des gens en boire dans des séries télé, alors j'opte pour une margarita. Pierre se lève, se dirige vers le bar.

« Vous n'êtes pas très bavarde ce soir, Evie. »

Clara m'observe, renversée contre le dossier de sa chaise. Elle joue avec un de ses bracelets en or qu'elle fait tourner autour de son poignet. L'émerveillement me rend muette. C'est ce que j'essaie de lui expliquer maladroitement :

« C'est que… Je suis un peu impressionnée.

– Il ne faut pas. Ça n'est qu'un bar prétentieux de la Côte d'Azur. »

Je fronce les sourcils. Elle me désigne Pierre, qui commande au comptoir.

« Pierre adore cet endroit, lui. »

Elle le dit avec une pointe de moquerie, puis ajoute, se penchant vers moi :

« Il fête son anniversaire demain.

– Pierre ?

– Oui. Il aura trente-six ans. »

Je fais le calcul mentalement. Pierre a treize ans de plus que moi. Neuf ans de plus que Clara. Quand ils se sont connus, Clara avait tout juste vingt ans mais lui en avait déjà vingt-neuf.

« C'est pour ça qu'on est ici ? Pour son anniversaire ?

– Pas spécialement.

– Ah. »

Elle se renverse de nouveau contre le dossier de sa chaise, croise les jambes. Je reporte mon attention sur le DJ. Elle dit soudain, d'un ton parfaitement neutre :

« Nous avons à vous parler ce soir, Evie. »

Quelque chose résonne dans mes tympans. Comme un acouphène géant. Je n'entends plus la musique, les conversations chuchotées autour de nous, le bruit des vagues à quelques mètres de là. Je ne vois pas Pierre qui discute avec le barman, rit. Mon corps tout entier s'est figé, un signal d'alerte assourdissant résonne dans mes oreilles. La chambre. C'est ma première pensée. Ils sont au courant que je me suis introduite dans leur chambre, que j'ai vu la photo, fouillé la salle de bain. Comment ? Je n'en ai aucune idée. Une caméra, un système de détection de mouvements. Ou alors… Ou alors je ne fais pas l'affaire. Je ne suis pas assez intelligente, pas assez cultivée. Ma période d'essai prend fin. En ai-je une ? Je ne me souviens pas de l'avoir vue figurer dans mon contrat de travail, mais qu'importe… S'ils veulent se débarrasser de moi, ils trouveront un moyen.

Clara dit quelque chose mais je ne l'entends pas. Mon esprit tourbillonne, analyse. Quelque chose ne colle pas. Invite-t-on au restaurant un employé dont on veut se séparer ? Non. Si, fait une voix dans ma tête. On le fait lorsqu'on est éduqué et élégant, comme le sont Pierre et Clara. Au loin, Pierre revient avec nos cocktails. De hauts verres surmontés de rondelles de fruits. Et la tenue ? À quoi bon me prêter une tenue pour m'annoncer mon renvoi ? *Parce que tu es insortable avec tes vêtements bon marché. Tu le sais.*

« Attention, mesdames, les cocktails sont là. »

Pierre dépose nos trois verres sur la table, fait glisser la margarita vers moi. Je ne m'émerveille pas de sa belle couleur blanchâtre et de la rondelle de citron vert accrochée sur le bord du verre qui semble recouvert de givre. Je ne peux plus. Une angoisse sourde a envahi tout mon corps. Je tente de reprendre mes esprits, de percevoir leurs voix par-dessus l'acouphène. Ils échangent un regard, Pierre sourit. Je le devine qui glisse une main sur la cuisse de Clara, sous la table, puis il se tourne vers moi.

« Eh bien, il ne nous reste plus qu'à trinquer. À cette soirée sur la plage. Qu'en dites-vous ? »

J'esquisse un rictus. Clara déclare :

« À cette soirée. »

Nous l'imitons, levons notre verre. Ma margarita a un goût acide. Les glaçons me brûlent le palais. J'avale la moitié de mon verre sans y prendre garde, pour faire passer la boule dans ma gorge. Le DJ a augmenté le volume de ses basses, si bien que j'ai besoin de faire répéter Pierre plusieurs fois avant de comprendre le sens de sa question.

« Comment avez-vous occupé votre samedi, Evie ? »

Je parviens à donner le change, à agir presque normalement. Je raconte mon déjeuner au restaurant La Fontaine, mon nouvel ami Gaël, sa proposition de me faire visiter la campagne. Seul indice de ma nervosité : je siffle mon cocktail si vite que Pierre se sent obligé de m'en commander un second. Clara nous écoute distraitement, sans intervenir. Comme si elle n'était pas tout à fait là. Elle prend le temps de déguster son dry martini. Elle fait tourner les olives au fond de son verre, boit à minuscules gorgées, passe la langue sur ses lèvres pour y ramasser les zestes de citron.

« Votre ami Gaël est de la région ? demande Pierre.

– Oui. Il est né ici.

– Il s'agit du jeune homme de la boulangerie, celui dont vous m'avez parlé l'autre jour ? »

Je confirme. Lui et moi savons qu'il s'agit du jeune homme qui a croisé Alexandrine lors de son passage à Saint-Paul-de-Vence. Pourtant, ni lui ni moi ne le mentionnons devant Clara.

L'arrivée du serveur avec les cartes nous interrompt. Je tente de tenir l'acouphène à distance tandis que je décrypte les plats. Pressé de crabe, granny smith et céleri branche en entrée ? Noix de

Saint-Jacques à l'infusion de vanille et menthe fraîche en plat. Je ne sais plus où donner de la tête. Je voudrais tout commander. Je voudrais rester auprès de Pierre et Clara, de tout mon cœur. J'aimerais que Clara n'ait jamais prononcé ces mots : « Nous avons à vous parler ce soir, Evie. » J'aimerais que mon quotidien à Saint-Paul-de-Vence se poursuive. J'aimerais profiter de ce dîner sur la plage, surtout s'il s'agit du dernier.

« Vous avez choisi ? »

Le serveur est de retour. Il a déjà récupéré les cartes de Pierre et de Clara. Celle-ci grignote les olives de son cocktail. Nous commandons.

Le serveur s'éloigne. Pierre se redresse, s'éclaircit la voix. Il a l'air plus grave que tout à l'heure quand nous bavardions. Le moment que je redoutais est donc arrivé. Clara a abandonné son air rêveur. Elle est bien là, avec nous, et cela ne fait que confirmer mes craintes.

« Evie, vous vous souvenez de cette soirée du 31 octobre ? Cette soirée que Georges aimerait organiser autour du thème d'Halloween ? »

C'est elle qui a parlé, pas Pierre. J'acquiesce.

« Pierre et Georges pensent que je ne peux pas y couper, que les perspectives de ventes sont bonnes. Ils pensent aussi que la refuser serait faire la fine bouche, vu ma réputation juste naissante. »

Clara glisse un regard acéré en direction de Pierre, qui reste silencieux et me fixe.

« J'aimerais que vous y alliez à ma place. »

La phrase tombe comme si Clara l'avait jetée en toute hâte, pressée de s'en débarrasser.

« Que… ? C'est-à-dire… ? Que j'y aille à votre place ? »

Pierre reprend d'une voix posée :

« Ce que Clara essaie de vous dire, c'est qu'elle aurait besoin d'une doublure pour la remplacer à ce vernissage. »

Pendant quelques secondes, j'essaie d'assimiler ce que j'entends.

« À ce vernissage, poursuit Pierre, et à d'autres ensuite. »

Il guette ma réaction, dans sa posture de dirigeant parfaitement calme et sûr de lui – mais je suis médusée. Clara me regarde avec une intensité qui me mettrait mal à l'aise si je n'étais pas aussi confuse.

« Je crois que vous l'avez compris, Clara a en horreur les représentations, les relations publiques et tout ce qui s'en approche. »

Pierre me lance un sourire que je ne parviens pas à lui rendre. Sur sa chaise, Clara s'agite nerveusement.

« J'ai besoin d'un second moi, Evie. D'un moi personnage public. Est-ce que vous comprenez ce que je veux dire ?

– Je… Je crois…

– Jusqu'à maintenant, j'ai été très peu médiatisée et je ne m'en portais pas plus mal. Mais les choses changent. Le nom de Calypso Montant commence à résonner. Mes toiles font parler. Quelques galeristes m'ont déjà contactée.

– Ce qui est une excellente chose, intervient Pierre.

– Bien sûr, bien sûr. Quoi qu'il en soit, je ne suis pas prête à supporter tout ce que cela implique. J'ai besoin de quelqu'un pour être le visage de Calypso à l'extérieur. »

Je saisis mon verre car c'est la seule chose que j'arrive à faire à ce moment précis. Le goût acidulé réveille mon palais, éclaircit un peu mes idées.

« Vous voulez que je devienne la Calypso Montant officielle ? La Calypso Montant des expositions ? »

Clara me sourit avec une satisfaction évidente.

« Exactement. Je n'aurais pas dit mieux. La Calypso Montant officielle.

– Je… Mais… Et tous ces gens… ?

– Les gens ?

– Ceux qui connaissent déjà votre visage ? Vous pensez les duper ? »

Elle hausse les épaules comme si cela n'avait aucune importance.

« Je n'ai rencontré que très peu de gens. Une vingtaine de personnes tout au plus. Je ne pense pas qu'ils soient nombreux à se souvenir de mon visage. Et quand bien même… »

Elle pose une main sur mon avant-bras, désigne ma tenue, la combinaison noire, les bijoux en or.

« Quand bien même ils se souviendraient de mon visage, je pense que vous ferez parfaitement illusion. »

Pierre confirme d'un hochement de tête. J'avale une nouvelle gorgée de margarita. Mon verre est de nouveau presque vide.

« Je… Je pensais qu'il s'agissait juste d'être votre assistante. »

C'est Pierre qui reprend la parole :

« Je vous avais parlé de seconder Clara, de devenir son bras droit, comme sa doublure.

– Je pensais qu'il s'agissait d'une expression… D'une façon de parler… Pas de…

– Pas de devenir mon double médiatique ? » dit Clara.

Je ne dis rien.

« Je vous en recommande un ? propose Pierre en montrant mon verre vide.

– Oh, je ne sais pas… »

Mais il hèle déjà le serveur, levant mon verre à son intention.

Tandis que le silence revient quelques instants à table, une autre réalité s'impose à moi. Une réalité qui détend mes épaules, décrispe ma gorge, me réchauffe de l'intérieur. Non, Clara et Pierre ne veulent pas se débarrasser de moi. Non, ceci n'est pas un dîner de licenciement. Au contraire. Ils veulent faire de moi la doublure officielle de Clara.

« C'est pour ça que vous m'avez choisie ? je demande brusquement à Pierre en me redressant.

– Pardon ?

– Sur le port. Vous m'avez abordée. Vous m'aviez repérée parce que je ressemble à Clara, n'est-ce pas ? »

Pierre esquisse un sourire qui est comme un aveu. Je me laisse retomber contre le dossier de ma chaise. J'ai chaud, très chaud. L'alcool me monte à la tête. Les révélations aussi.

Ils me laissent du temps pour me remettre de mes émotions. Ils échangent des regards, se frôlent sous la table mais ne disent rien. Le serveur revient avec ma troisième margarita. Clara brise le silence.

« Vous n'avez pas à vous inquiéter de quoi que ce soit. Je m'occuperai de vous acheter des tenues, des bijoux, tout ce dont vous pourriez avoir besoin pour jouer mon rôle. Nous continuerons nos cours sur le romantisme noir. Nous poursuivrons l'analyse des tableaux, ceux des autres peintres mais aussi les miens. Dans quelques semaines, vous serez capable de parler de mes œuvres aussi bien que moi.

– Je ne sais pas... Je n'ai jamais fait ça...

– Pierre vous accompagnera à chaque vernissage. Vous ne serez jamais seule. Je vous le répète, vous n'avez pas à vous inquiéter. »

Je trempe mes lèvres dans mon cocktail avec plus de retenue. L'alcool commence à ramollir mon esprit.

« Pourquoi renonceriez-vous à la reconnaissance ? » dis-je à Clara.

Elle me lance un regard légèrement dédaigneux.

« Je n'en ai pas besoin. Ça ne m'intéresse pas le moins du monde.

– Vous me laisseriez sur le devant de la scène, à recevoir tous les éloges... ?

– Tous les honneurs. Absolument. Amusez-vous. Honnêtement, Evie, vous a-t-on déjà proposé un travail pareil ? »

Elle me sourit, et je ne peux m'empêcher de sourire, moi aussi, mais en secouant la tête, incrédule.

« Tout se passera à merveille, Evie. J'ai confiance en vous. Et Pierre aussi. »

Pierre pose une main sur celle de Clara, recouvre de sa paume son diamant. Ils sont beaux, tous les deux, dans leurs tenues de soirée. Ils sont beaux et ils me regardent avec une telle confiance.

Je me détends. Autour de moi, les choses se remettent en place petit à petit. Le sable sous mes pieds, la mer à quelques mètres de là, les vagues qui s'écrasent, la lune qui monte dans le ciel, la musique électro.

« Bien sûr, pas un mot à qui que ce soit, ajoute Pierre. Votre mission devra rester un secret. »

Je hoche la tête. Je sais parfaitement qu'il pense à Gaël. Clara lève son verre vide, cherche du regard le serveur.

« On va reprendre un verre, Evie, pour trinquer avec vous. »

Mes Saint-Jacques sont exquises, le vin blanc que Pierre a commandé est exceptionnel. Le serveur a allumé des bougies sur notre table. Elles font danser des ombres joyeuses sur nos visages. Je suis ivre. D'alcool, de bonheur. Avec le sentiment diffus que tout prend sens. Enfin. Après toutes ces années. Toutes ces phrases assassines. *Tu as l'esprit trop lent, Evie, comme ton père. Non, tu n'y penses pas. Le bac, c'est déjà bien. Moi, à ton âge, je travaillais. La fac, c'est une bêtise, vraiment. Si ton père avait un tant soit peu d'intérêt pour sa famille, il dirait la même chose que moi. Déjà en primaire, rappelle-toi, ta copine Laurie lisait que tu balbutiais encore ton alphabet. Je refuse de dépenser de l'argent pour une cause perdue. Trouve-toi un boulot et un mari, ça vaudra mieux. Et par pitié, arrête de t'empiffrer de Nutella. Tu crois vraiment que tu attireras l'œil des hommes si tu continues de te goinfrer ?*

Tout cela me paraît loin, bien loin, et vain. J'ai pris mon envol dès que j'ai pu. Ça a été Jean. Ç'aurait pu être un autre. J'avais besoin de m'éloigner de son venin. Aujourd'hui je suis là, sur la plage privée de la Petite Croisette, sirotant un vin qui coûte bien la moitié du salaire de ma mère.

Je dois avoir l'œil vitreux, les pommettes rouges. Je m'en moque éperdument.

« Georges est dans la confidence, bien sûr. Il n'est pas ravi, mais dans son intérêt, il vaut mieux qu'il accepte mes conditions et que la soirée ait lieu. »

Clara est volubile ce soir. Je la soupçonne d'être un peu ivre, elle aussi.

« C'est un des plus vieux amis de mon père. Je sais qu'il a parfois l'air acariâtre mais il ne peut rien me refuser. Il y aura du monde. Il table sur une cinquantaine de curieux. Une dizaine d'acheteurs potentiels. Les autres seront là juste pour se montrer, pour jeter un coup d'œil. Il faudra repérer les vrais amateurs, ceux qui sont prêts à payer. Ce sera le travail de Pierre et de Georges. Vous, Evie, vous n'aurez qu'à faire de la figuration, répondre aux questions, écouter les monologues enflammés. Oh, et il y aura peut-être des journalistes. Il vous faudra répondre à la presse. Non, ne paniquez pas, Pierre vous préparera. C'est un excellent communicant. »

Clara parle, et parle encore, me laisse entrevoir ce que sera ma vie de doublure. La presse, les cocktails, les adorateurs qui me retiendront à la fin des vernissages, qui me feront des propositions indécentes, les nuits dans les hôtels de luxe à Cannes, à Saint-Raphaël, au cap d'Antibes, où nous irons exposer. Elle me vend tout ce qu'elle répugne à vivre, tout ce qu'elle a en horreur mais elle le vend avec des étoiles dans les yeux car elle a deviné à quel point elle fait battre mon cœur.

Le tourbillon d'émotions se calme quand Clara se lève pour aller aux toilettes. Je reprends mes esprits, bois un grand verre d'eau. Pierre m'observe. Il est resté en retrait à son tour.

« Vous semblez heureuse… »

Je ne réponds rien, ce n'est pas vraiment une question. Nous ne disons rien pendant quelques instants. Je fais redescendre mon rythme cardiaque, l'excitation.

« Cette jeune fille, Alexandrine… »

Pierre se redresse. Il semble surpris.

« Oui ?

– Elle était destinée à devenir la doublure de Clara elle aussi ? »

Il fronce les sourcils comme s'il ne comprenait pas ma question.

« Alexandrine voulait peindre, dit-il. Clara lui a donné des cours.

– Vous l'avez accueillie chez vous.

– Où voulez-vous en venir ? »

Je rougis, confuse.

« Je ne sais pas…

– Vous vous demandez si vous n'êtes qu'une remplaçante ? Si nous comptions faire d'Alexandrine la Calypso Montant officielle, avant vous ?

– Oui…

– Ce n'était pas le but. J'imagine que Clara y a pensé à un moment mais elle ne l'a jamais évoqué très clairement. Les choses étaient différentes à cette époque. Clara n'avait pas encore reçu cette proposition de la galerie Stein.

– La galerie Stein ?

– La galerie de David Stein, très en vue à Saint-Raphaël. On dit que tous les peintres émergents y sont passés… et ont vu leur carrière décoller.

– Ils veulent que Clara y expose ?

– Ils l'ont contactée en août. Elle a demandé quelques semaines de réflexion pour proposer une date.

– Ce qui veut dire…

– Que vous allez vous y coller avant la fin de l'année… et qu'il faudra y faire bonne impression. »

Rien ne saurait ternir mon bonheur ce soir, pas même le nom de ce redoutable David Stein ou la perspective d'une exposition surmédiatisée. Comme l'a dit Clara, Pierre sera avec moi, et si Pierre est avec moi, j'ai le sentiment que je ne risque rien. Sa voix claire, son ton posé, son assurance calme me rassurent.

« Clara revient », dit-il.

J'aperçois sa fine silhouette, elle replace ses cheveux derrière ses épaules.

« Vous prendrez un dessert ? » propose Pierre.

Ils font l'amour en rentrant du restaurant. Ce soir-là, dans la maison des Manan, ce ne sont pas des soupirs étouffés que j'entends à travers la cloison de ma chambre. Clara est visiblement trop ivre pour se contenir. Au martèlement du sommier contre le mur se mêle sa voix étonnamment grave, étonnamment profonde, une voix de gorge qui ordonne, qui enjoint, qui assène avec autorité des phrases que je ne peux percevoir. Clara dirige, mène la danse, exprime chacun de ses désirs. Je tends l'oreille dans l'obscurité de mon lit, j'essaie d'attraper des bribes, mais aucune parole ne me parvient distinctement.

Je compte les coups de sommier comme autant de coups de reins, note leur puissance, leur profondeur, perçois le moindre ralentissement. *Ne t'arrête pas*. Je peux imaginer les paroles de Clara, son état d'excitation, les spasmes dans son bas-ventre, sa difficulté à reprendre son souffle. Mon cœur palpite. D'être si près, de presque pouvoir ressentir leur désir…

La voix de Pierre se fait entendre de l'autre côté de la cloison. Faible. Trop faible pour que je la comprenne.

« Ferme-la, Pierre Manan. »

Je me raidis. Je ne suis pas certaine d'avoir entendu. Je rapproche mon oreille du mur, capte instantanément une accélération dans le rythme. Les coups de reins sont plus vifs, plus secs. J'écoute cette accélération constante, régulière, qui, je le sais, ne prendra fin que lorsqu'elle aura atteint son apogée. Puis c'est une répétition de oui de plus en plus graves, à intervalles de plus en plus rapprochés. Elle monte brutalement dans les aigus. Dans l'autre chambre, Clara n'ordonne plus. Clara supplie, injurie, crie des obscénités à faire rougir, avec des termes d'une exquise vulgarité qui me laissent aussi éberluée que fascinée.

6

Gaël dénoue son tablier blanc devant moi.

« Salut. »

Treize heures viennent de sonner à l'horloge en haut du village. Sa journée de travail s'achève. Moi, je suis attablée devant une minipizza, abritée de la pluie fine par l'auvent blanc. Devant moi, *Le Vol des sorcières*, que Clara m'a fait découvrir aujourd'hui.

« Je peux m'asseoir avec toi ? demande-t-il.

– Oui. Bien sûr. »

Il prend place, étend ses jambes, pose sur la table le sachet en papier contenant son déjeuner.

« Qu'est-ce que tu étudies ? »

Je fais glisser la feuille vers lui. Il fronce les sourcils. Je sais que ce genre de tableau met mal à l'aise. Je ne peux m'empêcher de sourire. Le tableau en question ? Dans un ciel noir, trois sorcières lévitent en cercle, portant un corps nu qui semble sans vie. Elles sont vêtues de sortes de culottes colorées et de chapeaux pointus décorés de serpents. Ces chapeaux, on les appelle *corozas*, en espagnol, m'a appris Clara. C'étaient les couvre-chefs en papier que portaient les condamnés de l'Inquisition. Un signe d'infamie.

On ne sait pas à quel genre de rituel se livrent ces sorcières. Une lumière extérieure au tableau les éclaire étrangement. Selon les croyances populaires, m'a encore indiqué Clara, elles sont en train d'aspirer l'énergie vitale et la force virile de leur victime. En dessous, un homme courbé, recouvert d'un drap blanc. Un second homme est allongé face contre terre et se bouche les oreilles. Un âne sur la droite représente la bêtise humaine, m'a dit Clara. Plus que ces éléments et cette atmosphère particulière, c'est le coup de pinceau de Goya qui est important. Lâche, il laisse libre cours à l'imagination.

« Mouais… »

Voilà ce qu'évoque à Gaël le tableau de Goya.

« C'est tout ? lui dis-je. Moi, je vais devoir donner un avis plus fourni.

– Pourquoi ?

– Clara veut que je me fasse une opinion par moi-même et que nous en rediscutions ensuite.

– Oh…

– Oui…

– Te voilà mal barrée. »

Nous échangeons un sourire dépité. Gaël attaque son sandwich.

« Elle te laisse combien de jours ?

– Je ne sais pas vraiment. Elle m'a juste dit : “Nous en reparlerons bientôt, imprégnez-vous-en.”

– Attends, remontre-moi. »

Gaël observe attentivement le tableau, tout en mordant à pleines dents dans son pain.

« Alors ? Ça t'inspire quelque chose ? »

Les sourcils de Gaël expriment une incompréhension de plus en plus grande. Je me rappelle soudain quelque chose que Clara m'a dit.

« J'ai un indice qui peut éventuellement nous aider. Il paraît que le paysan qui avance courbé avec la cape blanche sur la tête…

– C'est un paysan ?

– Peu importe. Clara a dit que si la représentation avait été plus grande, j'aurais remarqué qu'il tenait ses pouces entre l'index et le majeur dans un geste apo…

– Apo... ?
– Zut, je ne retrouve plus le terme.
– Apocalyptique ? tente timidement Gaël.
– Non... Attends... Ça va me revenir... Apo... Apotropaïque !
– Apotropaïque ?
– Je crois.
– Tu es certaine ? Je n'ai jamais entendu ce mot. »

Je hausse les épaules. Il me semble que c'est bien le bon terme.

« C'est ça, ton indice ? bougonne Gaël en abandonnant la représentation.

– Oui. Apparemment, à l'époque, c'était un geste pour se protéger du mauvais œil.

– Donc le paysan se protège du mauvais œil ?

– Apparemment. »

Mais c'est trop tard, j'ai perdu l'attention et l'intérêt de Gaël pour Goya.

« Désolé, dit-il, mais moi, ton boulot, je n'en voudrais pour rien au monde. »

Je souris. Je me garde bien de lui faire remarquer qu'il changerait d'avis s'il vivait sous le toit des Manan, s'il prenait son petit déjeuner face à Clara dans son kimono de soie chaque matin, et qu'il l'entendait proférer des insanités, ivre de plaisir, derrière la cloison.

Nous n'en avons jamais parlé bien sûr, même si Pierre et Clara ne pouvaient ignorer que je savais. Ils n'ont pas semblé gênés. À leur réveil, le lendemain matin, j'ai même cru déceler une étincelle amusée dans le regard de Pierre. Clara, elle, se prélassait avec nonchalance au soleil. En ce début de semaine, plus de sommier qui cogne contre le mur. Pierre est parti en déplacement. Clara et moi nous concentrons sur l'analyse des tableaux.

« Pourquoi t'es censée apprendre tout ça ? finit par m'interroger Gaël, la bouche pleine. Je croyais que tu devais juste organiser quelques vernissages. »

Nous atteignons les limites de ce que je peux lui révéler. Dommage, mais c'est le jeu et j'ai accepté les règles.

« Pour ma culture personnelle. Pour mieux m'immerger dans son univers.

– Ah. »

Il termine tranquillement son sandwich. Je me replonge dans le tableau. *Le Vol des sorcières* de Goya, réalisé en 1797, exposé au musée du Prado. Je suis censée connaître tout cela, avoir étudié aux Beaux-Arts, vénérer Goya comme l'un de mes maîtres.

« Au fait, Evie… »

Je me redresse vers Gaël.

« Oui ?

– Tu ne devais pas chercher la signification de mon prénom ?

– Oui. Exact.

– Tu as oublié j'imagine…

– Pas du tout. »

Je sors de mon sac en toile mon carnet bleu.

« Tu as vraiment cherché ?

– Mes soirées sont parfois longues… »

Il allume sa cigarette. J'ouvre mon carnet à la page du jour.

« Gaël. Du terme germanique *walah*, qui signifie "étranger". »

Il est surpris.

« Tu as cherché ça ?

– Oui. »

Je vois bien qu'il est troublé.

« On ne devait pas partir à vélo dans la campagne ? je lui demande, profitant de l'instant pour m'amuser encore un peu.

– Si. Mais regarde le temps… Il pleut…

– Ce ne sont pas trois gouttes de pluie qui vont t'effrayer… l'étranger ? »

Il me jauge un instant, puis prend le parti de relever le défi.

« Bon, alors d'accord. »

Gaël pédale à un bon rythme, debout en danseuse sur son vélo. Nous traversons la campagne saint-paulienne avec ses immenses maisons aux façades claires. Sur le porte-bagage, je tente de garder les jambes relevées, mon sac en toile tout contre ma poitrine. La pluie s'est calmée. Le ciel est gris mais ne menace plus.

Nous commentons les villas qui défilent, choisissons celles que nous aimerions habiter, suggérons des travaux d'amélioration, nous amusons à estimer leur prix. Alors que nous entrons dans la ville de Cagnes-sur-Mer et que notre jeu prend fin, je lâche :

« Les Manan m'ont invitée au restaurant à Cannes.

– Tes patrons ?

– Oui mes patrons.

– En quel honneur ?

– C'était l'anniversaire de Pierre. Le mari de Clara. »

Cette invitation a l'air de le surprendre.

« C'est généreux de leur part…

– Ils n'ont rien à voir avec les gens qu'on peut côtoyer, tu sais…

– Ah non ?

– Ils sont spéciaux, tous les deux…

– Pourquoi ?

– Je ne sais pas trop. Leur façon d'être. Leur relation, tous les deux. »

Je me tais, car je serais bien incapable d'expliquer ce que je ressens.

« Comment c'était, alors ? demande Gaël après quelques secondes de silence. Est-ce qu'on y mange vraiment mieux que dans ma boulangerie ? »

C'est la première fois qu'il tente un trait d'humour, je le note.

« J'ai bien peur de te vexer… Oui !…

– Je suis sûr que tu mens.

– Je me suis peut-être laissé influencer par le cadre. Si tu avais vu ça !… Une plage privée… »

Nous arrivons sur le boulevard bétonné qui longe les plages de Cagnes. Gaël avait raison, l'endroit n'a pas tellement de charme, mais nous pourrons profiter de l'air marin et du sable fin.

Il pose son vélo contre un arbre et s'occupe d'y accrocher l'antivol pendant que je lui raconte la Petite Croisette, le goût de la margarita, la saveur des Saint-Jacques, les parasols en bambou, les bougies, le DJ et le vin très cher.

De Cagnes-sur-Mer, nous ne voyons pas grand-chose : la promenade en bord de mer, le glacier où nous achetons deux énormes cônes, quelques bars et cafés devant lesquels nous passons en commentant le ciel qui se couvre de nouveau. Je lui pose des questions. J'en apprends ainsi un peu plus sur la boulangerie des Tilleuls : la gentille Mme Pavot, sa patronne, Gustave, le pâtissier acariâtre, la petite serveuse, Cynthia, fraîchement arrivée, Thomas, l'apprenti, devenu son ami.

Le temps reste sec malgré les nuages, et nous nous installons sur la plage de sable fin, à une centaine de mètres de spécialistes du cerf-volant. Je sens bien que Gaël aimerait m'embrasser mais il n'essaie pas. Quant à moi, j'ai juste envie d'une présence amicale. Et je reviens à mon sujet préféré.

« Dis, tu sais ce qu'il y a dans la chambre de Pierre et Clara, au-dessus de leur lit ? »

Nous reprenons le chemin de Saint-Paul-de-Vence avec moins d'entrain qu'à l'aller. Les coups de pédale de Gaël sont moins énergiques. La route est en pente douce. Nous avons débattu sur la plage. Gaël pense qu'« offerte » fait référence à « la photographie », j'ai avancé l'argument de la virgule, qu'il a balayé d'un haussement d'épaules. Qui prête de l'importance à une virgule ?

Lorsque j'ai évoqué ce que j'ai entendu samedi soir, en revanche, il s'est montré tout à fait intéressé. Je lui ai répété à voix basse les mots indécents proférés par Clara au comble de sa jouissance.

« Tu es sûre d'avoir bien entendu ?

– Certaine.

– Tu as raison, ils sont…

– Spéciaux ?

– Ouais, c'est ça, spéciaux. »

La pluie se met à tomber alors que nous approchons de Saint-

Paul-de-Vence. Le tee-shirt de Gaël est devenu transparent. Je peux voir son dos, ses muscles en mouvement.

« Je te ramène devant chez toi ? propose-t-il.

– J'habite tout en haut du village…

– Ça ne me dérange pas. »

Il termine son ascension à bout de souffle. Je suis aussi trempée que lui. Mes cheveux collent à mon visage. Je descends du porte-bagage avec l'impression d'avoir été passée en machine. Mon coccyx broyé, mes vêtements mouillés…

« Je te dois un resto, fait remarquer Gaël, le visage ruisselant.

– C'est vrai.

– Un de ces soirs ?

– D'accord. »

Nous nous quittons sur ces quelques mots, pressés d'échapper à la pluie. Je m'engouffre à l'intérieur de la maison, ne pensant qu'à me sécher et à enfiler des vêtements secs.

Clara semblait guetter mon retour. À peine ai-je posé un pied sur la première marche des escaliers qu'elle apparaît à la porte de la véranda. Elle porte une élégante combinaison couleur café de laquelle dépassent ses pieds nus. Le bandeau qu'elle a noué sur ses cheveux porte de nombreuses traces de peinture et je repère une jolie tache noire sous son menton.

« Evie, venez voir. »

Elle ne semble remarquer ni mes cheveux ruisselants ni mes pieds trempés.

« J'ai terminé l'ange noir. J'ai posé le dernier coup de pinceau quand vous poussiez la porte. »

Mes baskets en toile gorgées d'eau produisent d'affreux couinements. Je laisse des empreintes humides à travers tout le salon mais Clara n'y prête pas la moindre attention. Elle m'entraîne dans la véranda, indifférente.

« Dites-moi ce que vous en pensez. »

Nous nous plantons devant le chevalet. L'odeur de peinture est entêtante. Son tableau représente une femme aux ailes noires, la gorge renversée, entourée de trois hommes nus à tête de chien. Ils sont enchaînés et reliés les uns aux autres par de gros maillons. Leurs regards révulsés semblent implorer l'ange. L'un d'eux a les mains jointes en prière, un autre les tend en avant comme s'il s'apprêtait à recevoir une bénédiction.

« Qu'est-ce que c'est ? »

Je viens de remarquer un détail : une cicatrice à vif dans le dos des hommes. Une cicatrice en forme de croix chrétienne.

« Selon vous ?

– Ça ressemble à une mutilation.

– *C'est* une mutilation. »

Mon regard perplexe va de la toile à Clara, qui sourit.

« Qui les a mutilés ?

– Qu'en pensez-vous ? »

Il est évident que les hommes à tête de chien n'ont pas pu se taillader le dos eux-mêmes.

« La femme ? C'est elle qui a fait ça ?

– Vous semblez surprise.

– Un peu.

– Et pourquoi ? fait Clara.

– Sa posture. Nuque renversée. Elle évoque sa fragilité.

– On dirait que le mythe de la femme fatale a encore frappé… Rappelez-vous toujours ceci : ne vous fiez pas aux apparences. Cette femme n'est pas une victime.

– C'est elle qui leur a infligé ça…

– Oui.

– Pourquoi l'a-t-elle fait ?

– Elle les a marqués.

– Marqués ? »

Elle pointe de la main le bas de la toile : quelques mots en blanc sur noir. « Dieu la mère ».

« Ils ont fait d'elle leur divinité, leur maîtresse. Ils se sont soumis volontairement, ont choisi de lui appartenir. Et je vais vous dire quelque chose, Evie, ils en retirent un plaisir plus grand que vous ne l'imaginez. »

J'affiche une mine perplexe. Clara sourit.

Nous restons quelques secondes à observer l'ange noir, ses disciples aux yeux révulsés. Mes vêtements gouttent par terre, produisent d'affreux *ploc-ploc* qui viennent s'ajouter au tambourinement de la pluie sur le toit de la véranda.

« Venez, prenez un pouf. Il faut que je vous parle du mythe de la femme fatale.

– Maintenant ? »

M'a-t-elle seulement entendue ? Il y a quelque chose d'exalté dans son regard pendant qu'elle rapproche deux fauteuils.

« C'est que j'aimerais me changer... »

Ses prunelles noires fendent la véranda, s'arrêtent sur un tissu sombre près de la porte vitrée, s'illuminent.

« Mettez ça. »

Je me retrouve donc à me contorsionner derrière une plante verte pour me délester de mes vêtements trempés et enfiler le kimono de soie noir oublié ici par Clara.

« Vous avez déjà entendu parler de Lilith ? interroge-t-elle lorsque je m'assois.

– Non.

– Lilith serait à l'origine du mythe de la femme fatale. »

Clara attend que je sois bien installée, le kimono ajusté et noué.

« On vous a toujours appris qu'Ève était la première femme de l'humanité, n'est-ce pas ? »

Je ne vois pas du tout où Clara veut en venir. Elle insiste :

« Au catéchisme, à l'école, c'est ce qu'on vous a dit ?

– Oui... Adam et Ève, les deux premiers êtres de la Création.

– Comme vous, beaucoup de gens pensent qu'Ève est la première femme de l'humanité. Elle aurait été créée à partir d'une côte d'Adam, ce qui fait d'elle, par essence, un être inférieur à lui, un être qui lui appartient. C'est l'histoire qu'on vous a racontée.

– Oui. »

Son visage exprime une satisfaction pleine de sagesse.

« D'après certains textes, une femme a été créée en même temps qu'Adam. Avant Ève. Lilith. Elle n'est pas évoquée dans la Bible canonique que nous connaissons mais elle est présente dans la Bible hébraïque, la Kabbale juive, le Talmud et dans de nombreux mythes. Ce qui est particulièrement intéressant chez Lilith, c'est qu'elle a été créée à partir de la même terre qu'Adam. Contrairement à Ève, elle a été conçue comme l'égale d'Adam. Et cette position, Lilith n'a cessé de la revendiquer. »

Clara ne cesse de me regarder en parlant.

« Les textes disent qu'elle a toujours refusé de se soumettre à Adam et de se tenir au-dessous de lui pendant l'acte sexuel. Au cours d'une dispute, elle invoque le nom interdit de l'Éternel et disparaît dans les airs. En fait, elle se réfugie dans la mer Rouge, réputée être le lieu des démons. Adam fait appel à Dieu, qui envoie trois anges pour essayer de retrouver Lilith et la convaincre de revenir au jardin d'Éden. Mais Lilith s'obstine et refuse d'obéir. Elle ne se soumet donc ni à l'homme, ni à Dieu. Selon la Kabbale, des ailes lui poussent alors, et elle abandonne Adam et l'Éden.

Pour la punir, Dieu la condamne à voir tous ses enfants mourir à la naissance. Stérile, désespérée, elle se met à errer. Elle songe à mettre fin à sa vie, à se noyer. Émus par son désarroi, les anges lui accordent un pouvoir particulier : celui de tuer les enfants des hommes, au huitième jour pour les garçons, et jusqu'au vingtième jour pour les filles. Entre le suicide et la vengeance, Lilith choisit la voie de la vengeance. Elle rencontre ensuite le démon Samaël, qu'elle épouse avant de s'installer dans son royaume, la Géhenne, autrement dit l'Enfer.

« Pendant ce temps, Dieu continue son œuvre. Il donne à Adam, resté seul, une femme fabriquée à partir d'une de ses côtes. Ève. Ève la douce, la conciliante, la docile. Ève la féconde. Lilith ne le supporte pas. Elle est folle de rage, son désir de vengeance est décuplé. Le péché originel serait de son fait, elle se serait transformée en serpent afin d'inciter Ève à manger la pomme et provoquer sa chute. Vous connaissez la suite… Adam et Ève deviennent mortels. Ève est accablée par les douleurs de l'enfantement en punition.

« Mais la vengeance de Lilith ne s'arrête pas là. Les textes racontent qu'elle s'en prend aux enfants d'Ève : Abel et Caïn. C'est elle qui encourage Caïn à tuer Abel. Voyant ses enfants s'entretuer, Adam refuse de coucher avec Ève. Son sperme, qui tombe à terre pendant ses trente années d'abstinence, permet à Lilith d'enfanter des nuées de démons. »

Clara s'interrompt, les yeux brillants.

« On ne vous a jamais raconté cette histoire, n'est-ce pas ?

– Non.

– Lilith est un autre visage de la féminité. Elle est l'envers symbolique d'Ève. Elle concentre en elle toutes les craintes et terreurs que fait naître le mystère de la procréation.

– Parce qu'elle est insoumise ?

– Parce qu'elle est insoumise et que sa vie sexuelle est tournée vers l'érotisme et le plaisir charnel, et non vers la reproduction. On la nommait déesse de la prostitution et de l'onanisme. Elle avait des relations sexuelles sans coït. Elle dévorait le sperme des hommes jusqu'à leur total épuisement. Elle était considérée comme une ravisseuse, une dévoreuse d'enfants qui auraient pu naître. Cela a fait d'elle une démone ! »

Clara se tait. Je m'accroche à son regard, espérant qu'elle poursuivra.

« C'est donc de Lilith que vient le mythe de la femme fatale ?

– Les écrits indiquent que Lilith était rousse au teint sombre et aux yeux bruns, d'une beauté profonde. Salomé, Hélène de Troie, Aphrodite, Circé, le Sphinx, Cléopâtre, la reine de Saba… Toutes ces femmes n'étaient que des métamorphoses de Lilith.

– Vraiment ? »

Ma fascination semble exacerber encore la lueur dans les yeux de Clara.

« Si vous aimez cette figure de la femme fatale, nous pourrions étudier les œuvres de Franz von Stuck. Il en a fait son sujet de prédilection. Son œuvre la plus connue est sans doute la collection *Ève et le Serpent*. Ève y est représentée en dangereuse tentatrice.

– Vous avez des reproductions de ses tableaux ?

– Pas ici, mais je peux m'en procurer. Si nous faisons un tour chez Georges, à la galerie Humanis, il a un stock impressionnant de revues et de reproductions.

J'acquiesce avec ferveur.

« Et les autres : Salomé, Aphrodite, Circé, Cléopâtre… ?

– Oui ?

– Est-ce que vous pourriez me raconter leur histoire ? »

Clara se redresse.

« J'ai un ouvrage sur Salomé à l'étage. Vous voudriez le feuilleter ?

– Avec plaisir.

– Je vais vous le chercher. Pendant ce temps, si vous appeliez le traiteur de la rue Grande ? Je crois que nous allons en avoir pour la soirée… »

Elle m'adresse un sourire à la Clara Manan, mystérieux, à peine ébauché.

« La seule référence de Lilith dans la Bible hébraïque se trouve dans le Livre d'Isaïe. Elle est évoquée comme un démon. Un démon, pas un être humain… »

Gaël fume. C'est déjà sa troisième cigarette. Je pourrais penser qu'il en a assez de m'entendre discourir sur les femmes fatales mais son visage me renvoie le contraire. Ses pupilles brillent. Il ne me lâche pas du regard.

« Dans le Psaume 91, certaines traductions remplacent le nom de "Lilith" par la "terreur de la nuit". Ça en dit long sur ce qu'elle inspirait… »

Je termine mon verre de vin, reprends mon souffle.

« Quant à Salomé, elle apparaît dans le Nouveau Testament mais c'est une figure mineure. Elle n'est pas directement nommée mais on l'associe souvent au personnage de la fille d'Hérodiade. Un jour, Salomé danse devant le roi Hérode Antipas lors d'un festin. On a dit qu'elle avait les gestes les plus lascifs, qu'on voyait très bien que sous sa tunique, elle était nue. Grâce à cette danse, elle réussit à charmer le roi, qui propose de lui offrir tout ce qu'elle veut. Salomé sort de la pièce et demande conseil à sa mère, Hérodiade. "La tête de Jean-Baptiste", répond sa mère, qui lui en voulait parce qu'elle souhaitait se remarier avec le roi Hérode, frère de son premier époux. Ce que Jean-Baptiste estimait être contraire à la Loi.

– Et Salomé ? Elle a obéi à sa mère ?

– Parfaitement. Elle a réclamé la tête de Jean-Baptiste sur un plateau. Le roi Hérode s'est empressé de la lui offrir. Plusieurs peintres ont représenté cette scène : Salomé recevant la tête de Jean-Baptiste sur un plateau. Andrea Solari, Lucas Cranach l'Ancien, le Guerchin… »

Nous sommes interrompus par l'arrivée d'un serveur.

« Un café ?

– Non merci. L'addition, s'il vous plaît », dit Gaël.

Il écrase sa cigarette dans le cendrier, se redresse.

« Tu as appris tout ça en quelques jours ?

– J'ai cet ouvrage sur Salomé que je lis avant de m'endormir… Et puis, Clara et moi on y a passé pas mal d'heures.

– Son mari n'est pas rentré ?

– Pas encore. Peut-être ce week-end. »

Le serveur revient. Gaël repousse un peu sa chaise, et sort de la poche de son jean son portefeuille.

Nous remontons en silence les ruelles du village. Je commence à bien connaître les rues, à me repérer dans la moindre impasse. Il y a encore tant d'endroits que j'aimerais découvrir, mais le rythme des cours de Clara s'est intensifié. Ils ne se limitent plus à la matinée mais débutent n'importe où, n'importe quand, en fonction de nos humeurs et de mes questionnements. Ma curiosité pour Salomé nous a valu de nous éterniser jusque tard dans la véranda, ces derniers soirs.

« On est arrivés », dit Gaël.

Nous n'avons pas abordé la question clairement mais prendre un dernier verre chez lui nous a semblé aussi naturel à l'un qu'à l'autre.

« Tu vis vraiment ici ? Face au vieux lavoir ?

– Oui. Au rez-de-chaussée. C'est bruyant les jours de marché.

– Mais c'est beau.

– Oui, c'est vrai.

– Tu ne le remarques même plus.

– Ça fait trop longtemps que je vis ici, je te l'ai dit. »

Il enclenche la minuterie. Un couloir en pierre. Une porte à la peinture rouge écaillée. L'antre de Gaël.

« Quitte ta veste, fais comme chez toi. »

L'appartement de Gaël est en réalité un studio. Une vingtaine de mètres carrés. Il me rappelle le mien à Marseille, même si le sien a le charme de Saint-Paul-de-Vence : vieilles pierres apparentes des murs, plafond haut, vue sur la place du lavoir éclairée par un lampadaire. Pour le reste, Gaël est un jeune homme de vingt-cinq ans : il dort dans un très mauvais clic-clac, et sa table basse fait office de bureau, de support pour sa console de jeux et de rangement pour ses papiers divers. Ça sent la cigarette et une vague odeur de cuisine. Je m'installe dans le clic-clac, entre la télécommande et un tee-shirt froissé. Gaël me rejoint avec des bières.

« Alors, la suite ? »

Je le regarde manier le décapsuleur.

« La suite ?

– Sur Salomé. »

Je suis ravie de constater que je l'ai embarqué avec moi.

« La décapiteuse s'est retrouvée décapitée.

– Par qui ? Une vengeance ?

– La justice divine, mon cher… »

Bière à la main, Gaël se cale contre le dossier du canapé, attentif.

« Salomé dansait sur un lac où l'eau avait gelé. Ella avait gardé cette habitude de danser… La glace a cédé sous son poids et elle est tombée à l'eau. Mais ce n'était pas une mort par noyade qui l'attendait. La glace s'est refermée autour de son cou, séparant sa tête du reste de son corps, et celle-ci s'est trouvée comme présentée sur un plateau d'argent. La justice divine avait fait son œuvre…

– Elle n'avait fait qu'obéir aux ordres de sa mère…

– C'est aussi mon avis. C'est pourtant elle qui a été punie.

– Et la mère ? Qu'est-elle devenue ?

– Son époux Hérode – elle l'a finalement épousé – a été déchu et exilé dans le sud des Gaules à la suite d'une affaire de machination. Elle a suivi son mari en exil. L'Histoire a perdu sa trace. »

Nous buvons quelques gorgées de bière pour nous laisser le temps de méditer cet épilogue. Lorsque Gaël repose sa bière sur la table basse, je m'apprête à poursuivre sur ma lancée, à évoquer Lilith et Adam, le démon Samaël, mais il pose une main sur mon genou. Il a les yeux brillants, comme plus tôt au restaurant. Je comprends qu'il va m'embrasser, que Salomé n'était qu'un prétexte pour me faire parler un peu plus, prolonger le charme. Je ne fais rien pour l'arrêter.

Nos souffles se mêlent. Nos lèvres s'entrouvrent. Nos langues ont le goût du malt, c'est doux et agréable. Gaël embrasse avec application, sans impatience. Ses mains caressent mes genoux, remontent le long de mes cuisses mais il n'y a aucune précipitation dans ses gestes, juste de la douceur. Je pose ma bière au sol, au pied du clic-clac, je m'abandonne un peu.

Gaël m'embrasse encore et ses mains remontent plus haut, déboutonnent mon jean. Je l'aide à faire descendre la fermeture Éclair, l'encourage à glisser sa main sous le tissu de ma culotte. Il prend le temps de me caresser. Longuement. Il écoute ma respiration, sent les contractions dans mon bas-ventre, accentue la pression ou la relâche, s'adapte à chacun de mes frissons. Je pense à Jean, à son empressement à me prendre qui était devenu sa manière d'être au fil des étés, comme s'il avait peur en permanence que je me refuse à lui. Sur le clic-clac de Gaël, je ferme les yeux. Ses doigts forment des cercles qui m'emportent un peu plus loin à chaque mouvement.

« Si tu continues comme ça… je vais jouir… »

J'ai osé ces mots à voix basse, haletante. Alors il retire sa main et se lève. Il va fouiller dans une étagère, en revient avec un paquet de préservatifs. Il entreprend de me retirer mon jean pendant que je m'attaque à l'emballage du préservatif. Le jean glisse, Gaël s'interrompt.

« C'est quoi, ça ? »

Il a le regard fixé sur mon aine. Je sais ce qu'il contemple. Des traits à l'encre noire. Des lettres que Jean m'a obligée à faire graver là.

« Pourquoi t'as fait ça ? demande-t-il avec effroi.

– C'est rien. Un pari stupide.

– C'est un vrai ?

– Oui. »

Il ne parvient pas à détacher ses yeux du tatouage.

« Tu… Tu as ça pour toujours ?

– On peut revenir à notre affaire ? »

Ma voix est un peu cassante. Gaël hésite mais n'insiste pas. Il reprend son déshabillage, mais quelque chose a changé dans son regard, et moi, je pense à Jean.

C'était il y a deux ans. Nous avions passé la soirée dans un bar de Marseille avec des amis marins de Jean. Nous avions trop bu. Jean m'avait tirée par le bras.

« J'ai une surprise pour toi.

– Une surprise ?

– Viens, tu vas voir ! »

J'étais ivre. Lui, beaucoup moins. Il avait encore toute sa force et sa détermination. J'avais fini par le suivre. Dans les ruelles, j'avais trébuché mais lui filait tout droit. Il savait où nous allions.

Nous nous étions arrêtés quelques minutes plus tard devant l'enseigne d'un salon de tatouage qui n'inspirait pas vraiment confiance. Le néon clignotant indiquait : « Ouvert toute la nuit ».

« Attends, avais-je tenté de protester.

– On va se faire un tatouage. Tous les deux. Tu choisis le mien et je choisis le tien.

– Un tatouage ? »

Sa main me pressait. J'avais résisté mollement. Mon esprit était si lent.

« Je ne veux pas me faire tatouer…

– C'est mon cadeau.

– Je ne veux pas me…

– Toute femme de marin doit se faire tatouer.

– Pourquoi ?

– Pour qu'on sache que c'est chasse gardée. »

Ces mots auraient dû me mettre la puce à l'oreille. Il m'avait enlacée, avait tenté de me pousser en avant vers la boutique tout en m'embrassant dans le cou.

« Allez, Ev', ça va être drôle. Toi et moi, tatoués la même nuit. »

Mes souvenirs de cette nuit-là sont assez flous. Nous avions lutté de longues minutes devant la boutique. Il avait tout tenté : la tendresse, les baisers dans le cou, les supplications. Il avait même fini, furieux, par me pincer un sein à travers mon tee-shirt. Qu'est-ce qui m'avait fait céder ? Je n'en ai même pas souvenir.

Nous étions entrés dans la boutique. L'homme n'était pas d'accord, d'abord, pour nous faire ces tatouages, car nous étions saouls, mais Jean avait réussi à le convaincre. Il ne devait pas être si ivre. On m'avait tendu un catalogue de tatouages et Jean avait chuchoté à mon oreille :

« Choisis bien, mon cœur. »

J'avais choisi une ancre avec à l'intérieur mon prénom et la date de notre rencontre. J'étais son ancre. Je continuerais à l'attendre. Je voulais qu'il le sache.

J'étais passée dans la salle d'à côté. On m'avait fait allonger sur la table et baisser mon pantalon. Jean avait choisi l'emplacement du tatouage. L'aine.

« Vous êtes sûre que vous ne voulez pas prendre un temps de réflexion ? » m'avait mise en garde le tatoueur.

Jean rôdait dans un coin de la pièce, me fixait, la pupille brillante.

« Non. Faites-le. »

C'était notre pari fou. Inscrire à jamais nos prénoms dans le corps l'un de l'autre par une nuit d'août.

« On retire nos pansements et on regarde ? »

Nous sortions juste de la boutique. Il devait être deux heures du matin.

« Moi en premier », avait déclaré Jean.

Il avait retiré le pansement de son avant-bras, avait esquissé un sourire. J'aurais aimé qu'il dise quelque chose mais il s'était contenté de déclarer :

« À ton tour, Ev' ! »

Il semblait surexcité.

« Ici, dans la rue ?

– Je vais te cacher. »

Nous nous étions dissimulés derrière une voiture, la lueur d'un réverbère me permettant de discerner les traits noirs, encore rougeoyants. J'avais arraché le pansement, plissé les yeux.

Un code-barres, voilà ce que Jean avait fait tatouer sur mon aine. Un code-barres et un numéro, comme sur une marchandise. En repoussant un peu plus ma culotte, autre chose était apparu sous le code-barres. Quelques mots en caractères gras : « Propriété de Jean Vanet ».

Gaël est en moi, au-dessus de moi. Je ferme les yeux.

Je pense à Lilith qui refusait cette position, qui s'était battue pour conserver son rôle d'égale, quitte à se voir expulser du Paradis.

Je pense au code-barres sur mon aine, aux mots hideux, aux justifications de Jean, qui ne s'était pas démonté.

« Qui sait ce que tu as dans la tête quand je suis en mer ? Qui sait où tu te fourres ?

– Où je me fourre ?

– Pourquoi ça te gêne tellement si tu n'as rien à te reprocher ?

– Va te faire foutre ! »

J'avais pleuré. J'avais crié. Des passants s'étaient arrêtés, inquiets de savoir si Jean me malmenait, si j'avais besoin d'aide. J'aurais voulu leur répondre que oui, mais j'avais secoué la tête. Nous étions rentrés tant bien que mal. Je pleurais encore. Je dessaoulais avec horreur. Jean avait déclaré :

« On te le fera enlever au laser si ça te perturbe tant… »

Il était censé me payer le laser, c'était le deal. C'était ça ou je le quittais. Il n'avait pas dû me prendre au sérieux. Les traits s'étaient grisés avec les années. Il n'avait pas tenu sa parole.

J'ai appris à vivre avec ces mots sur la peau. Je n'avais pas d'argent pour le laser de toute façon.

Nous terminons nos bières en silence, à demi rhabillés. Gaël a joui. Moi non. À cause de Jean et du souvenir de cette nuit d'août. À cause du tableau de l'ange noir. *Dieu la mère*. Les cicatrices dans le dos des hommes. *La femme ? C'est elle qui a fait ça ? – Vous semblez surprise.*

Voilà ce que Jean avait fait de moi. Il m'avait marquée, comme l'ange noir avait marqué les hommes. Pourtant, je n'en avais pas retiré le plaisir dont parlait Clara.

« Tu en veux une autre ? propose Gaël en montrant ma bière presque vide.

– Non, je vais rentrer. »

Il n'insiste pas pour que je reste. Le tatouage a jeté un trouble entre nous. Je termine ma bière, finis de me rhabiller en vitesse, récupère mes chaussures dans l'entrée.

« À bientôt à la boulangerie ? »

J'acquiesce.

« Tu es sûre que tu ne veux pas que je te raccompagne ?

– Non, ça ira. Je ne suis pas loin. Merci. »

Je dépose un baiser qui n'en est pas un entre ses lèvres et sa joue et je file dans la nuit sans étoiles.

Je ne veux pas réveiller Clara à cette heure avancée de la nuit. Je parviens à déverrouiller la porte sans un bruit, me glisse dans la maison tel un fantôme. Je suis d'abord surprise par la lumière oubliée dans la cuisine. Une bouteille de vin a été ouverte. Deux verres sur le plan de travail. Des chaussures en bas de l'escalier et une valisette de voyage. On dirait que Pierre est rentré.

Après avoir éteint, je monte l'escalier en veillant à ne pas le faire grincer. À l'étage aussi, une lumière a été oubliée, celle du couloir. Je vais vers l'interrupteur sur la pointe des pieds. La porte de leur chambre est entrouverte. J'entends une voix dure. Celle de Clara. Elle semble irritée. Il semblerait que les Manan soient en pleine scène de ménage. Il n'y a que la voix de Clara. Froide, cinglante.

« C'est toujours comme ça quand tu prends ces merdes toute la semaine ! Ça te bousille le cerveau ! Je te l'ai déjà dit ! Tu ne connais pas la modération ! »

Je tends l'oreille pour saisir ce que Pierre lui répond. Sans succès. Sa voix est trop faible, étouffée.

« Détends-toi. Et arrête de gémir, bon Dieu ! Tu veux m'honorer ou tu veux gémir toute la nuit ? »

Un silence suit les paroles de Clara. Je suis au milieu du couloir, tout près de l'interrupteur. J'hésite, fais un pas en avant mais je m'immobilise car une latte du plancher vient de craquer. Mon sang se glace. S'ils me trouvent ici, ils pourraient s'imaginer que je les espionne… Heureusement, la voix de Clara reprend, plus victorieuse qu'irritée cette fois :

« Voilà. Quand tu veux, ça arrive. Tu es capable d'être un homme de temps en temps. Non ? »

Je cesse de respirer. Il me semble que Pierre répond mais je ne peux rien discerner d'intelligible.

« Tais-toi. Montre-moi que tu es un homme. Montre-moi que tu me mérites. »

Un léger frémissement, comme un frôlement de tissu. Je ne veux pas savoir. Je ne veux pas imaginer. Je recule avec précaution. Pas question de faire le moindre bruit. Surtout pas maintenant. Il me semble entendre la voix de Pierre encore, étouffée, indistincte, vite coupée par celle de Clara :

« Non. Je sais ce que tu voudrais, Pierre Manan. Pas la peine de supplier. Pas ce soir. Tu ne viendras pas en moi. Non, je viens de te le dire, il est hors de question que tu m'honores. Tu serais bien incapable de me donner du plaisir dans cet état. »

Un son étranglé comme une suffocation. Que fait Clara ? Que fait-elle à Pierre ?

« Ce soir, tu vas jouir comme un jeune puceau, Pierre Manan. Dans ma main. C'est tout ce que tu mérites. Et estime-toi heureux. »

Je me glisse dans ma chambre. Avec d'infinies précautions, je tire la porte vers moi.

« Tu vois que tu aimes ça. C'est bon, hein ? Embrasse-moi. Embrasse-moi, Pierre Manan. Demain soir, tu m'honoreras. Promis. »

Je ne veux pas chercher à comprendre. Je ne veux même plus y penser. Quelque chose m'échappe dans les relations humaines. Jean. L'ange noir. Les hommes à tête de chien. Clara. Pierre. Hérodiade. Salomé.

Je veux juste dormir.

7

« Nous avons toute la matinée devant nous. »

La galerie Humanis est fermée le lundi matin. Georges a laissé ses clés à Clara pour que nous puissions y travailler toutes les deux. Dans l'arrière-salle, à laquelle on accède en contournant le comptoir, Georges a étalé sur la table tout ce que Clara a demandé : des boîtes entières d'archives de revues d'art, de jolis albums de reproductions, des ouvrages anciens, le registre des tableaux vendus par Clara au cours des trois dernières années.

« Bon… Par où commencer ? »

Clara virevolte autour de la table dans sa combinaison noire. Ses bijoux s'entrechoquent en éclats charmants.

« Les reproductions de Franz von Stuck ? je suggère timidement.

– *Ève et le Serpent* ? C'est ce que vous aimeriez voir ? »

J'approuve. Clara a un haussement d'épaules désinvolte.

« Très bien. Allons-y. Georges classe tout par nom d'artiste. Je fouille cette pile. Prenez celle-là. »

Nous avons tant à voir. Franz von Stuck, Goya et Füssli, dont Clara prétend qu'ils inspirent grandement ses peintures. Je dois détailler, analyser, décortiquer chacune des toiles de Clara Manan jusqu'à les faire miennes.

« Je veux que vous ayez le sentiment de les avoir peintes vous-même », a-t-elle déclaré la veille.

Malgré l'étrangeté de la scène à laquelle j'ai assisté une nuit dans le couloir des Manan, le quotidien a repris ses droits à Saint-Paul-de-Vence. Un quotidien rythmé par les leçons de Clara, les allées et venues de Pierre très tôt le matin ou tard le soir, les déjeuners avec Gaël, nos commérages sur la drôle de vie des Manan, ma lecture de l'ouvrage sur Salomé, ma découverte de Circé, d'Hélène de Troyes, d'Aphrodite.

J'apprends tant de choses au cours de ces premières semaines chez les Manan.

« Elle a tenu sa promesse ? m'a demandé Gaël quelques jours auparavant, alors que je lui avais raconté en chuchotant la scène de ménage qui n'en était pas une. Elle l'a laissé… comment elle a dit déjà ?

– L'honorer ?

– Oui. Elle a laissé son mari l'honorer ?

– Je ne crois pas. Ils sont sortis le soir suivant. Ils étaient beaux, cette fois encore. Elle avait mis une longue robe noire un peu bohème mais très chic, resserrée à la taille. Lui, il portait un jean brut et un polo blanc. Ils sont rentrés à cinq heures du matin. Je n'ai rien entendu. »

Dans la galerie Humanis déserte, nous nous laissons déconcentrer par les reproductions, nous oublions que notre véritable but est Franz von Stuck.

« Regardez ça, Evie. *Trois femmes et trois loups.* C'est d'Eugène Samuel Grasset. Un Français d'origine suisse. Venez voir quelques secondes. »

Nous nous installons à même le sol, en tailleur. Je découvre un tableau réalisé au crayon, à l'aquarelle et à l'encre de Chine représentant trois sorcières volant dans les bois, entre les arbres. Le mouvement de leurs cheveux indique une vitesse rapide. Au sol, trois loups se sont arrêtés pour les observer, dissimulés derrière des troncs. Un cor a été abandonné par un chasseur qui semble avoir fui.

« Où est le danger ? interroge Clara. Les loups, les sorcières, le chasseur invisible ?… Qui est en danger ? »

Elle m'offre de chercher. Je propose :

« C'est la sorcière au premier plan qui nous le signale. Avec ses yeux.

– Quels indices vous le font penser ? demande Clara.

– Son regard. Il est… sidéré. Et ses cheveux.

– Quel est le problème avec ses cheveux ?

– On dirait des serpents. Ils paraissent électrisés. »

Il semblerait que cette sorcière soit la seule à voir cette chose qui l'horrifie. Ni les loups ni les autres sorcières ne regardent dans cette direction.

« Elle nous incite à regarder par ici, dis-je. Dans le coin en bas à gauche. Ça nous met mal à l'aise. On comprend que quelque chose rôde et on ne peut s'empêcher de surveiller ce coin, comme si on s'attendait à y voir surgir quelque chose.

– Et si ce n'était qu'une ruse ? dit Clara.

– Une ruse ?

– Pour nous obliger à détourner les yeux… afin que les loups en profitent pour se jeter sur nous… Ils sont alliés, ne pensez-vous pas ?

– Vous croyez ? »

Clara me sourit.

« Je ne crois rien, Evie. Je fais des suppositions. Grasset n'a donné aucune explication de son tableau. Aucun élément de réponse. Le mystère est complet. »

Elle fait glisser la reproduction vers moi. Je m'arrête un instant sur les couleurs : la forêt et ses arbres rouge sang, les robes blanches des sorcières, les loups noirs aux yeux brillants.

« On reprend ? »

Pourtant, quelques minutes plus tard, elle m'interpelle derechef, brandissant une nouvelle reproduction.

« C'est sans doute l'un des tableaux les plus terribles du romantisme noir. *Saturne dévorant un de ses fils.*

– De qui ?

– Goya. »

Je reprends donc ma place aux côtés de Clara.

« Folie, violence, cannibalisme. Tout est réuni dans ce tableau pour glacer le sang. »

Le tableau me pétrifie au premier regard. La palette de couleurs utilisée est très restreinte, sombre, allant du brun au beige, juste rehaussée par le rouge du sang. La scène représentée est plongée dans l'obscurité. Seul est éclairé le visage de Saturne défiguré par la folie. Il dévore un corps déchiqueté.

« Le peintre a pris le parti de nous montrer en premier lieu la folie, dit Clara. Où transparaît-elle ? »

J'indique du doigt le visage de Saturne, déformé, ses cheveux ébouriffés, sa bouche qui pourrait être en train de hurler si elle n'était pas occupée à déchiqueter un lambeau de chair humaine, et ses yeux. Surtout ses yeux. Exorbités. Il est aussi effrayant qu'effrayé lui-même.

« Vous connaissez la légende qui entoure Saturne ?

– Non.

– Saturne, Cronos dans la mythologie grecque, avait été prévenu qu'il serait chassé un jour du royaume par son fils. Il s'est donc mis à dévorer chacun de ses enfants dès la naissance. Sur ce tableau, Goya a poussé l'horreur jusqu'à son paroxysme en représentant un enfant presque arrivé à l'âge adulte. »

Du corps de la victime, il ne reste plus grand-chose. La tête a été arrachée, donnant l'impression qu'on est face, non plus à un humain avec son identité propre, mais à un morceau de viande. C'est en cela que cette toile est si dérangeante. Nous adoptons presque le regard de Saturne.

« Pensez-vous que Saturne soit horrifié par son geste ? je demande à Clara.

– Qu'est-ce qui vous fait dire cela ? Ses yeux ?

– Oui. Il semble si épouvanté qu'on pourrait croire qu'il vient de contempler son reflet.

– Peut-être… Peut-être nourrit-il des remords. Pourtant il tire sur la chair de toute la force de ses dents. »

Je réprime un frisson. Je ne peux m'en empêcher. Cette toile est sans doute l'une des plus violentes que Clara m'ait montrées.

« Goya s'attaque au plus grand tabou de nos sociétés : le cannibalisme. Il n'y est pas allé de main morte. Savez-vous pourquoi il a autant laissé libre cours à l'horreur ?

– Non…

– Cette toile n'était absolument pas destinée à être exposée au public. Tenez, c'est l'heure d'un petit cours sur Goya… »

Elle envoie valser la représentation, se redresse, les mains posées sur ses genoux.

« En février 1819, Goya a soixante-treize ans. Sa santé est fragile. Il achète une maison de campagne avec vue sur Madrid. À l'emménagement, il se met à peindre directement sur le plâtre des murs. Il ne répond à aucune commande et crée uniquement pour lui et ses proches. Ses toiles tranchent avec les portraits princiers et les scènes champêtres qu'il avait l'habitude de peindre. En réalité, Goya s'est toujours intéressé aux pires aspects de l'être humain, surtout dans ses gravures.

– Cette toile de cannibalisme a été réalisée là-bas ?

– Oui. Ce n'est qu'à sa mort qu'elle a été découverte. »

Je ne peux m'empêcher de regarder encore le tableau. Peindre une scène pareille sur les murs de sa propre maison…

« Pour certains, c'est une allégorie du conflit opposant jeunesse et vieillesse. Pour d'autres, cela parle de la colère divine.

– Et vous, qu'en pensez-vous ? »

Clara se tait quelques secondes pour bien formuler sa réponse.

« Goya était malade. Il souffrait physiquement. Il a sans doute voulu dépeindre la souffrance physique et mentale et la peur qui les entoure. »

Elle déplie ses jambes, ajoute :

« Ce tableau n'a rien à voir avec la peinture lumineuse du néo-classicisme de l'époque. Goya ne le savait pas mais il était extrêmement moderne. Il était en train de poser les jalons du romantisme. C'est une peinture importante. »

Elle se relève avec des gestes lents, replace sa combinaison sur ses hanches.

« On s'y remet ? »

Nous poursuivons notre recherche des œuvres de Franz von Stuck.

Midi sonne au clocher tout proche sans que nous ayons trouvé une seule reproduction de Franz von Stuck. Quelques coups toqués à la vitre de la galerie nous font lever la tête. Pierre est là, dans un costume sombre, un grand sac en papier à la main.

« Vous allez ouvrir, Evie ? »

Je m'exécute, je vais déverrouiller la porte de la galerie. Pierre est souriant.

« Je passais vous livrer votre déjeuner avant de filer à Nice. »

Depuis la scène étrange dont j'ai entendu quelques bribes depuis le couloir, je ressens un malaise chaque fois que je me trouve devant lui. J'ai du mal à ne pas penser aux paroles méprisantes de Clara.

« Je vous ai pris une daube niçoise et des beignets de fleurs de courgette. Ça vous ira ? »

Clara ne répond pas, elle est en train de fouiller dans les archives de Georges.

« C'est parfait, dis-je. Merci beaucoup. »

Il dépose le sac sur la table de l'arrière-salle, se tourne vers Clara qui continue de classer les revues en deux piles : celles qui nous intéressent et les autres.

« Vous avez l'air bien occupées.

– Il y a beaucoup à faire à deux semaines de l'expo, dis-je.
– Georges ne va pas tarder à arriver… Et à vous mettre dehors.
– Alors nous reviendrons ce soir. »

Clara n'a pas levé les yeux de ses revues.

« Evie, vous devriez déjeuner. Ne faites pas comme Clara, qui oublie souvent de manger. Vous ne voulez pas ressembler à une artiste torturée et rachitique, n'est-ce pas ? »

Je m'attends à voir Clara lever les yeux au ciel mais au lieu de cela, elle pousse un cri victorieux :

« *Ève et le Serpent* ! Je l'ai ! »

Elle brandit une revue ouverte à la page d'un tableau sombre où la blancheur d'un corps de femme tranche sur l'orange de ses draps.

« Pierre, déclare-t-elle d'un air triomphant. Puisque tu es là et que tu ne sembles pas pressé, dis-nous ce que tu en penses. »

Il hausse les sourcils.

« Tu accompagneras Evie le 31, n'est-ce pas ? Elle pourrait avoir besoin d'un souffleur. »

Ils échangent un regard teinté de défi.

« Très certainement, mon amour. Tu me donnes la reproduction ? »

Je retiens mon sourire, impatiente de voir comment Pierre s'en sortira. Il fait de la place sur la table et vient s'y percher.

« Bien, alors… »

Il retrousse les manches de sa chemise. Il est superbe.

« C'est une toile de Franz von Stuck, peintre qui ne peut être qu'allemand avec un nom pareil, n'est-ce pas ? On y voit une femme nue, à la peau étonnamment blanche. Elle est enlacée par un gros serpent noir. Elle se tient debout, dans une posture lascive, buste renversé en arrière, pubis et seins pointés en avant. Son regard suggestif provoque le spectateur, l'invite. »

Il s'interrompt, passe une main dans ses cheveux.

« Le serpent nous fixe également, avec un regard différent cependant. Un regard menaçant. D'ailleurs, il nous dévoile ses crochets mortels. Le reptile s'est enroulé autour de la cuisse de la femme, il jaillit de son entrejambe pour enlacer sa taille puis ses épaules. C'est un corps-à-corps fatal qui se joue, mais sensuel et consenti. Une Ève perverse qui se condamne elle-même. À la fois objet du péché et sa victime. »

Clara a décroisé les bras. Ses lèvres esquissent un sourire. Mais Pierre n'a pas fini de nous impressionner dans son rôle de critique d'art.

« Le serpent est ici un symbole puissant de la nature de la femme fatale. Il est la représentation physique de sa duplicité : la pureté et la blancheur de son corps, la perversité de son être intérieur. »

Je ne rate pas le regard appuyé qu'il lance à Clara. Elle reste impassible, comme si elle ne comprenait pas son message, ou que tout cela lui était bien égal. Moi, je pourrais presque rougir à sa place.

« D'ailleurs, les contrastes sont là pour accentuer cette symbolique. Le clair de la pureté et de l'innocence, le noir de l'animal cruel et tentateur. Franz von Stuck tente de prévenir les hommes de la véritable nature de la femme fatale. Il rend visible l'invisible pour appeler l'homme à la prudence. »

Pierre se tourne vers moi avec tout son sérieux de codirecteur :

« C'est une vision misogyne, je le conçois. Il semblerait que Franz von Stuck perpétue la perception des Grecs, qui voyaient la beauté comme un mal. »

Il laisse retomber la revue sur la table.

« Voilà, mesdames, je vous invite à étudier la toile à votre tour, vous en trouverez peut-être votre propre interprétation. »

Il s'incline légèrement vers moi.

« Je me tiens à votre disposition pour répondre à d'autres questions, n'hésitez pas à m'interpeller. Je serai là-bas, près du buffet. »

Je ne peux m'empêcher de sourire. Clara laisse échapper un soupir.

« Je vous l'avais dit, Evie, c'est un baratineur professionnel.

– Un bon communicant », corrige-t-il.

Je les observe s'affronter du regard. Clara a les pupilles brillantes, Pierre un air narquois.

« Tu ne devais pas partir à Nice ? dit-elle finalement.

– Si.

– File. »

Il attrape le sac en papier et le lui tend :

« Mange. »

Puis il dépose un baiser sur ses lèvres.

« Ne m'attendez pas ce soir. J'ai un dîner de travail. »

Il se dirige vers la sortie, m'adresse un signe de la main au passage.

« Veillez à ce que Clara mange, Evie.

– D'accord.

– Et commencez à ranger ce bazar. Georges ne va pas tarder à arriver. Il risque de ne pas du tout apprécier. »

Il fait tinter le carillon en ouvrant la porte et s'échappe dans la rue.

« Bien, déclare Clara dans le silence revenu. Nous allons manger un bout et ranger. Nous reviendrons ce soir, à la fermeture de la galerie. »

Elle extrait les petites barquettes du sac, puis me dit :

« Ah, et Pierre a prévu pour vous une séance de préparation à la presse.

– De préparation à la presse ?

– Questions des journalistes, interviews, conférences de presse, il vous transmettra sa science du baratin.

– Je lui fais confiance. »

Nous nous sourions. Que j'aime ce qu'est devenu mon quotidien.

L'ange noir de Clara a rejoint la galerie Humanis. Les dernières retouches ont été apportées.

Elle a commencé une nouvelle toile nommée Castration. *Un homme debout sur un fond noir. Ses yeux ne sont que deux trous béants. Ils lui ont été arrachés. Une femme, agenouillée devant lui, avale son sexe. Malgré cette vision d'épouvante, il ne s'agit pas d'une scène de violence. On ressent, spectateur, tout le plaisir donné par la femme à l'homme. En témoignent la nuque renversée de celui-ci et ses mains posées sur la tête de la femme, des mains aux phalanges blanches à force d'être crispées de plaisir. Il jouit, m'a indiqué Clara, mais il jouit de la pire des façons : une jouissance contenue car aveugle, privée du plaisir même de contempler l'objet de son désir.*

Je m'efforce de ne surtout pas faire de parallèle entre cette toile et la vie sexuelle de Pierre et Clara.

Pensée du jour. 19 octobre 2018.

En ce mois d'octobre, ma nouvelle vie à Saint-Paul-de-Vence se poursuit. Les leçons débutent le matin, dans la cour intérieure, et se prolongent dans la véranda, parfois jusqu'au milieu de la nuit. Pierre est absent ou rentre tard. Lorsqu'il passe la nuit ici, il lui arrive de travailler jusqu'au matin. Je vais voir Gaël quand je peux, quand mes leçons me le permettent, de façon irrégulière. Lui aussi a des horaires atypiques.

Week-end et semaine n'ont plus de sens, se confondent. Il arrive à Pierre et Clara de sortir en semaine, beaux et apprêtés, et de ne rentrer qu'au matin. À l'inverse, ils passent parfois le week-end à travailler comme s'ils étaient en pleine semaine, aussi studieux l'un que l'autre, Pierre sur son ordinateur, Clara à son chevalet.

Leur vie n'est régie que par leur désir, et c'est ce que je préfère chez eux. Et du désir, ils en ont. Ma présence ne semble pas du tout les gêner. Ainsi, il m'arrive de les voir monter dans leur chambre en plein milieu de l'après-midi, alors que je potasse mon nouvel ouvrage sur Goya dans la cour intérieure, et de n'en ressortir que deux heures plus tard. Clara fonctionne pour la peinture comme pour le sexe. Selon son inspiration et son humeur, tout de suite ou pas du tout. Ainsi, elle peut parfois peindre pendant des heures entières, pieds nus, presque immobile. D'autres fois, je l'entends jurer à peine installée dans la véranda, et je sais qu'elle ne peindra pas de la journée. L'inspiration s'en est allée. Pierre est plus constant dans son travail, plus acharné aussi. Il ne dort que quelques heures par nuit mais est toujours d'humeur égale.

Chez les Manan, on commande chez le traiteur à toute heure de la journée, de même qu'on décrète soudain une sortie d'une minute à l'autre.

Ils ne m'ont plus emmenée au restaurant mais je ne perds pas espoir de trouver une combinaison sombre sur mon lit, un de ces soirs, et quelques bracelets en or.

Un tourbillon incroyable, voilà comment je décris mon nouveau quotidien à Irène, qui m'appelle un jour d'octobre.

« Tu es satisfaite de ton nouveau travail ? Et ton appartement ? »

Irène est inquiète. Avant, elle veillait sur moi. Maintenant, elle n'a que son téléphone, qu'elle hésite à utiliser. Est-elle encore en droit de me contacter après que son fils m'a quittée ? J'aimerais lui dire que oui, que l'avoir au téléphone me fait plaisir, mais je me contente de répondre à ses questions.

« Le romantisme noir, qu'est-ce que c'est ? »

Je tais mon rôle de doublure et les sujets des peintures de Clara. Je reste vague. Elle n'insiste pas. Irène n'y connaît pas grand-chose en peinture. Elle me parle du marché, des producteurs qui augmentent leurs prix, d'une fuite d'eau dans la salle de bain… et de Jean.

« Il m'a appelée la semaine dernière.

– Comment il va ? »

Je me suis sentie obligée de poser la question.

« Je crois qu'il déchante un peu…

– Qu'est-ce qu'il s'est passé ?

– L'ami avec lequel il s'est associé n'est pas aussi travailleur qu'il en avait l'air. Il… Il craint d'avoir perdu son argent… »

Je ne réponds rien. Je ne voudrais pas être désobligeante. Nous nous quittons quelques secondes plus tard. Je ne lui dis pas, mais j'espère qu'elle continuera de m'appeler.

Un soir, alors que je reviens de chez Gaël, je découvre que Pierre et Clara m'attendent dans le salon. Pierre tient entre ses mains un verre de whisky. Il a desserré sa cravate, retroussé ses manches de chemise. Clara est juchée sur un des tabourets de bar, dans une jolie combinaison de soie couleur café. Tous deux guettaient visiblement mon arrivée. Pierre parvient à rester calme, mais Clara, non. Elle se lève d'un bond et me saisit le bras.

« Nous jouons ce soir, Evie.

– Nous jouons ? »

Je les observe. Pierre sourit, impassible, faisant tourner les glaçons au fond de son verre. Clara est exaltée, je le vois à son regard.

« Vous êtes l'artiste. Nous sommes les journalistes. »

Je me crispe légèrement.

« Ce soir ? La préparation à la presse ?

– Nous sommes le 26 octobre. Il est plus que temps. »

Elle m'entraîne vers un des fauteuils club qui a été placé de façon à faire face aux deux autres.

« Je n'ai rien préparé…

– Vous plaisantez ? Nous étudions depuis un mois. »

Pierre me désigne son verre de whisky.

« Je vous sers quelque chose ?

– Merci. Je crois que ça pourrait m'aider. »

Il ouvre le placard où sont rangés les alcools.

« Mets-moi la même chose », déclare Clara.

Elle se laisse tomber dans un des fauteuils qui me font face, remonte un genou contre sa poitrine, penche la tête de côté pour m'observer.

« Détendez-vous. Il n'y a aucune raison d'être stressée. Les journalistes vous interrogeront sur vos toiles. C'est votre sujet. Vos bébés. Vous n'avez rien à craindre.

– Ce n'est pas totalement le cas. »

Pierre débouche la bouteille de whisky.

« Vous étiez avec votre ami ? » lance-t-il tout en remplissant les verres.

Pourquoi cette question ? Je ne comprends pas. Clara semble tout aussi étonnée que moi.

« Quel est son nom déjà ? Gaël ?

– Oui.

– Vous étiez avec lui ?

– Oui. »

Clara se penche de l'autre côté, ses cheveux glissent devant sa bouche

« Vous avez un partenaire, Evie ? »

Je suis surprise par le terme qu'elle emploie.

« Oui, si on veut…

– Vous ne m'aviez rien dit… Vous êtes une vraie cachottière.

– C'est que… ça n'est rien de très…

– Sérieux ?

– Nous sommes amis avant tout. »

Clara hoche la tête d'une façon qui me fait penser qu'elle comprend exactement de quoi il retourne. Pierre me tend mon verre de whisky.

« On commence ? »

Il donne son verre à Clara et s'installe près d'elle. Ils ont l'air excités. Ça ne me dit rien qui vaille.

« Je n'ai jamais fait ça », je les avertis.

Ils se regardent, complices.

« N'ayez pas peur, déclare Pierre. On vous guidera. »

Clara pose sa main sur la sienne. Le diamant de l'alliance étincelle. J'attends la suite et, comme ils ne disent rien, je me lance :

« Alors ?

– Quelle impatience… », commente Pierre.

Clara sourit, presse sa main pour l'encourager à démarrer. Alors Pierre se redresse, retrouve instantanément sa posture de directeur, et je me recroqueville instinctivement dans mon fauteuil.

« Bien. Bonjour, madame Montant, ravi de vous rencontrer. Vous n'avez pas accepté beaucoup d'interviews jusque-là. Vous sortez de l'ombre aujourd'hui. Pourquoi ? »

Je ne réponds rien, je ne suis absolument pas préparée à ce genre de question. Clara attend, les yeux plissés. Pierre m'encourage du regard, poli et souriant, droit dans son rôle de journaliste.

« Je n'ai pas… Je ne pensais pas que j'aurais à répondre à ce genre de questions… Je pensais qu'on ne parlerait que de peinture.

– Les journalistes voudront connaître la femme derrière la peintre, dit Clara. Vous allez devoir vous créer un personnage, vous l'approprier, le modeler. Inspirez-vous de ce que vous savez de moi et mettez-y de vous-même, ce sera plus naturel. »

Pierre fait un petit signe d'approbation.

« J'ai… Je… En fait, je n'étais pas prête à me confronter au public. J'avais besoin d'un temps… D'un temps pour… Pour développer mon style, affirmer ma personnalité artistique avant de… »

Je cherche mes mots, m'accroche aux lèvres de Clara pour qu'elle me souffle. C'est Pierre qui me vient en aide :

« Avant de vous exposer au jugement des autres ?

– Oui… C'est ça. »

Je bois une gorgée de whisky, guette dans son regard un encouragement, mais il poursuit déjà :

« Qu'est-ce qui vous a donné l'assurance nécessaire pour affronter le public ? »

Clara remue dans son fauteuil, replie ses jambes sous elle, se penche et pose la tête sur l'épaule de Pierre, recouvre sa chemise de ses longues mèches brunes.

« J'ai… J'ai reçu une invitation pour exposer à la galerie Stein. »

D'une voix plus faible, j'ajoute :

« J'ai le droit de le dire ? »

Clara reste silencieuse. C'est Pierre le communicant. Elle lui fait confiance.

« C'est une bonne information à glisser, effectivement. La galerie Stein, vraiment ? poursuit-il en redevenant le journaliste.

– Oui. J'ai été très… *honorée* de l'invitation et… ça a… ç'a été comme un déclic pour moi. Je l'ai ressenti comme… »

En m'entendant moi-même prononcer le mot « honorée », je crois que je rougis. Je cherche mes mots, hésite de nouveau.

« Un signe de reconnaissance ? suggère Pierre.

– Oui. Exactement.

– Depuis quand peignez-vous, madame Montant ? »

J'ai l'impression de me faire happer, de ne pas avoir le temps de reprendre mon souffle entre chaque question. J'interroge Clara du regard. Elle répond sans bouger, sa tête toujours sur l'épaule de Pierre :

« Je peins depuis mes douze ans, de façon très irrégulière. »

Elle n'en dit pas plus, me laissant me dépêtrer avec le peu dont je dispose. Je répète :

« Je peins depuis mes douze ans, de façon irrégulière. J'ai choisi d'intégrer les Beaux-Arts de Nice à dix-huit ans, après le lycée. C'est… C'est là-bas qu'en étudiant l'histoire de l'art, j'ai découvert *La Ronde des farfadets* de Ryckaert et que… j'ai eu un coup de foudre pour… cette période du romantisme noir… »

Je guette la réaction de Clara, mais elle reste impassible, attentive.

« Qu'est-ce qui vous a tellement touchée dans ce tableau ?

– C'est le… le sentiment d'horreur qu'on éprouve en posant le regard sur… sur ces squelettes à mi-chemin entre l'homme, l'oiseau, le chien ou le taureau. Ils… ils provoquent de la répulsion. J'ai… »

Je tente de me remémorer les phrases de Clara à la galerie Humanis, l'autre soir.

« J'ai été saisie par un sentiment très fort de répulsion. En même temps, il y avait cette fragilité en eux… Le côté squelettique, je crois, leur dos courbé… qui m'attendrissait. Cela m'a tout de suite évoqué une part de moi-même, dissimulée au plus profond de mon être. J'ai su, comme une évidence, qu'ils représentaient nos monstres intérieurs, notre face cachée, sombre. Nos pulsions malsaines, notre violence… J'avais moi aussi un farfadet courbé, pâle et squelettique en moi. J'ai eu envie de le peindre, de lui donner vie, de l'exposer au grand jour… de le libérer. »

Je reprends mon souffle, les scrute avec appréhension. Clara sourit.

« J'ai bien travaillé, chéri, tu vois ?

– Impressionnant, mon amour. »

Dans un même mouvement ils boivent une gorgée de whisky. Je les imite. J'ai besoin d'un remontant pour affronter la suite.

« Cessez de jeter des coups d'œil à Clara, vous n'en avez pas besoin, me dit Pierre en reposant son verre. Vous connaissez votre sujet. Contentez-vous de me regarder. Je suis le journaliste. D'accord ?

– D'accord. »

Nous reprenons nos postures. Pierre, droit, carré dans son fauteuil. Clara, avachie et nonchalante, la tête sur son épaule. Moi, légèrement plus assurée.

« Vous évoquiez votre farfadet intérieur… Votre part sombre…

– Oui.

– Qu'est-ce qu'une jeune femme de votre âge, si délicate et féminine, peut bien cacher ? »

Je me fige, cherche du soutien dans le regard de Clara, qui se mordille l'ongle du pouce, indifférente.

« Ne la regardez pas, gronde Pierre. Seulement moi.

– Oui… C'est que…

– Oui ?

– Votre question…

– Il faut être prête à tout. Vous devez apprendre à réagir aux questions déplacées et indiscrètes. Je vous écoute. Qu'est-ce qu'une jeune femme de votre âge, si délicate et féminine, peut bien cacher ? répète-t-il.

– Rien.

– Vous venez d'affirmer le contraire. Vous dites qu'il y a un farfadet terré au fond de vous. »

Je me sens stupide. Pierre se lève.

« Donnez-moi votre verre. Je vais vous resservir. Vous êtes trop tendue, trop sur la réserve.

– Qu'est-ce que je suis censée répondre ? Je dois révéler la part d'ombre de Clara ? Je ne les connais pas !

– Non. Refusez poliment de répondre aux questions indiscrètes.

– Comment ? »

Il ne dit rien, remplit mon verre, me le tend. J'insiste :

« Qu'est-ce que vous auriez répondu à ma place ? »

Il regagne sa place, emportant la bouteille.

« J'aurais tenté une pirouette. Je lui aurais répondu que la psyché humaine est composée d'un “ça”, une partie pulsionnelle qui ne connaît ni les normes ni la réalité et qui n'est régie que par le seul principe de plaisir et de satisfaction immédiate. C'est Freud qui l'a dit. Pourquoi vous me regardez ainsi ?

– Je suis incapable de faire une telle réponse…

– Maintenant si. Vous voulez que je vous la note ? »

Je secoue la tête. Pierre Manan se moque de moi et Clara ne fait rien pour l'arrêter.

« Bien, revenons-en au romantisme noir. Calypso, à vos débuts, quelles ont été vos sources d'inspiration ? Avez-vous eu un maître ? »

Je suis plus à l'aise sur cette partie. Je récite les longues discussions que Clara et moi avons eues, dans la véranda ou à la galerie Humanis. Je cite Goya et Füssli, mais également William Blake, Gustave Moreau, Franz von Stuck, Delacroix, Géricault et Max Ernst.

« Des influences multiples donc ?

– Exactement. »

Je termine mon deuxième verre de whisky avec soulagement. L'alcool me détend. Mais Pierre ne me laisse aucun répit et poursuit :

« Votre tableau *Le Féminin. Création, destruction* me semble largement inspiré de l'hindouisme. Je me trompe ? »

Je reste silencieuse. Clara ne m'aide pas. Elle déteste cet exercice, et a tout fait pour y échapper. Elle assiste à ma mise à mort avec le regard de celle qui n'aimerait pas être à ma place.

« Le dieu Shiva. L'autorité suprême des divinités hindoues », ajoute Pierre Manan, qui me fixe sans ciller.

– Je suis désolée… Je ne vois pas…

– Shiva est à la fois le dieu créateur, qui s'occupe de l'organisation du monde, et le dieu destructeur, qui le plongera dans le chaos.

– Je… Je l'ignorais…

– Votre toile ne fait donc pas référence à Shiva ?

– Non… Seulement à la nature du féminin… À son essence profonde. Le corps de la femme est soumis à un cycle permanent de création et de destruction. »

Ma prestation est inégale, tantôt assurée, tantôt hésitante. Pierre m'interroge un long moment sur *Dieu la mère*.

Il a de nouveau rempli nos verres. Sa montre, à son poignet, indique vingt-deux heures. Nous n'avons pas dîné. Clara commence à bâiller, d'ennui ou de fatigue, je ne sais pas vraiment.

« Nina a préparé un poulet rôti, dit Pierre. Je le fais réchauffer et on poursuit après ? »

Clara esquisse une moue peu enthousiaste.

« Ça suffit pour ce soir, non ? Evie a bien travaillé.

– Tu plaisantes, elle commence à peine à se détendre. »

Clara se dirige lentement vers la cuisine, où elle abandonne son verre à whisky dans l'évier.

« Nous reprendrons demain soir, dit-elle.

– Demain soir j'ai un dossier difficile qui m'attend. Généreusement offert par ton père. »

Pierre vient se placer derrière elle, caresse ses hanches.

« Ce soir j'ai tout mon temps.

– Reconnais plutôt que ce rôle de journaliste t'amuse.

– Oui. »

Toujours devant l'évier, Clara tente de se retourner pour faire face à Pierre mais il l'en empêche. Il ne le sait pas mais je vois son reflet dans la vitre, le sourire taquin sur son visage, ses mains qui remontent sur le ventre de Clara, puis s'emparent de ses seins.

Je détourne le regard. Aucun des deux ne semble se souvenir de ma présence. Ou alors ça ne les dérange pas. J'entends Clara murmurer :

« Allez, on poursuivra demain. Monte avec moi. »

Je ne saisis pas ce que Pierre répond. Je m'éclipse aux toilettes.

Lorsque je regagne la cuisine, le four est allumé, le poulet en train de chauffer. Pierre a une érection que son pantalon ne parvient pas à masquer.

« Clara est allée se coucher », m'annonce-t-il.

Je ne trouve rien à répondre. Mes yeux ont du mal à ne pas revenir se fixer sur l'érection si visible, si dérangeante.

« On va reprendre du début. Les mêmes questions. Exactement. Pas de mauvaise surprise. Vous pourrez répondre de façon plus sereine.

– D'accord.

– Une petite heure, ça devrait aller ? »

Je hoche la tête. Pierre sourit. Je comprends qu'il a surpris mon regard.

Qu'ont-ils décidé ? Pourquoi n'est-il pas allé rejoindre sa femme, lui dont l'excitation ne fait aucun doute ? Clara est-elle vexée qu'il se soit refusé ? Voilà les questions qui me taraudent au moment de reprendre ma place dans le fauteuil. Pierre est resté près du four pour surveiller le poulet. Il m'interroge depuis là-bas, un verre de vin rouge à la main. Les mêmes questions, dans le même ordre.

« Vous étiez beaucoup plus détendue. C'était beaucoup mieux. »

Pierre découpe le poulet. Je me perche sur le tabouret de bar. C'est l'heure de la pause. Nos estomacs crient famine et il ne nous reste qu'une dizaine de questions à répéter.

« C'est vrai ?

– Oui. Vous ne vous êtes plus laissé piéger. »

Je le regarde manier le couteau. Il a de la graisse sur les mains et les avant-bras sans avoir l'air de s'en soucier.

« Vous doutez trop, c'est votre problème. Faites-vous confiance.

– Je n'ai pas votre culture ni vos références.

– Vous avez ingurgité énormément d'informations sur la peinture en très peu de temps… Je suis impressionné.

– Mais je ne peux pas parler de l'hindouisme… Ni de Freud… »

Pierre fait glisser une cuisse de poulet dans mon assiette.

« Maintenant, si. »

Il dépose le couteau dans le plat, essuie ses mains à un torchon jeté sur son épaule et s'installe en face de moi.

« Un peu de vin ?

– Non merci. »

J'ai trop bu. Mon esprit est encore un peu brumeux à cause des trois whiskys.

« Où allez-vous chercher tout ça ? je l'interroge en croquant à belles dents dans ma cuisse de poulet.

– Tout ça ?

– Toute votre culture.

– Honnêtement, ce n'est pas grand-chose. Des restes de ma classe prépa, j'imagine.

– Même pour la peinture… Vous êtes capable d'en parler aussi bien que Clara.

– Détrompez-vous.

– C'est l'impression que vous donnez.

– C'est mon métier. Donner l'impression de maîtriser tous les sujets. »

Il avale une gorgée de vin. Pendant quelques instants nous mangeons notre poulet en silence. Je me demande si Clara s'est endormie là-haut ou si elle rumine, frustrée. À moins qu'il ne s'agisse encore d'un de leurs jeux. Faire monter le désir. Créer un prétexte pour punir Pierre, l'empêcher de la pénétrer. Je sens que je rougis. Je tente de relancer la conversation pour éloigner ces pensées obscènes.

« Avec tout votre talent pour persuader les gens, vous n'avez jamais réussi à convaincre Clara de présenter elle-même ses toiles ? »

Il est soudain grave.

« Personne ne convainc Clara de faire quoi que ce soit dont elle n'a pas envie.

– J'ai cru le comprendre…

– Elle sait ce qu'elle veut. »

Mon esprit tordu se demande s'il évoque l'épisode du couloir.

« Elle a grandi au cœur de l'empire Kofedo, vous savez. Elle n'a jamais manqué de rien, et pourtant, la richesse compte peu pour elle. Elle a en horreur tout ce qui brille, tout ce qui est guindé, si vous voyez ce que je veux dire.

– Je crois.

– Elle n'a jamais hésité à s'opposer à son père. Elle lui a dit merde pour Kofedo et lui a imposé les Beaux-Arts. Ce serait ça ou rien. Il a cédé, bien sûr. Elle n'était pas intéressée par les affaires. Elle se moque du statut, du prestige, du nom de son père, d'ailleurs ce n'est pas pour rien qu'elle m'a demandé de l'épouser si vite. Elle voulait se débarrasser de ce nom.

– Pourtant elle l'a utilisé pour se créer son nom d'artiste…

– Elle en a repris une partie seulement. Une provocation. Une façon de rappeler à son père qu'elle avait gagné la partie.

– Je comprends, dis-je avec un sourire.

– Regardez où nous sommes… Un minuscule village d'artistes entouré de remparts, voilà où elle a voulu s'installer. Pas à Cannes, pas à Paris, encore moins à Monaco. Ça résume bien le caractère de Clara.

– C'est vrai.

– Son talent c'est la peinture, mais elle n'est pas faite pour être dans la lumière. Elle ne le supporterait pas. C'est dans sa véranda qu'elle est vraiment elle-même. Pas ailleurs. »

Je hoche la tête.

« Que pense son père de son idée de doublure ? »

Un rictus se dessine sur le visage de Pierre.

« Clara est sa fille unique. Sa femme est décédée alors que Clara avait quatre ans. Il n'a jamais refait sa vie. Clara est sa seule famille et il avait de grands projets pour elle. Aucun d'eux n'englobait le fait de barbouiller des toiles. Pour tout vous dire, Béranger n'a aucune sensibilité artistique. C'est un homme de chiffres, de raison. Il n'a jamais compris la passion de Clara pour la peinture.

– Sa femme ne peignait pas non plus ?

– Non. Clara a dû naître avec ce don particulier. »

Il repose sa fourchette, boit une gorgée de vin.

« Entre Clara et son père, c'est l'incompréhension qui règne, depuis toujours. Elle passait des heures devant ses toiles, enfermée dans sa chambre. Elle rejetait avec dédain tout ce qu'il lui offrait. Mais quand elle est entrée aux Beaux-Arts et qu'elle s'est prise de passion pour le romantisme noir, l'incompréhension a encore grandi. Béranger déteste ses toiles sombres, ses corps décharnés, ses scènes de viol ou de mise à mort. Il a espéré que ça lui passerait. Il ne l'a jamais encouragée à les montrer. Je le soupçonne même d'avoir demandé à Georges de dissuader Clara…

– Vous croyez ?

– Ça ne me surprendrait pas. Heureusement, Georges a tout de suite reconnu que Clara avait du talent.

– Et vous ?

– Ses toiles m'ont toujours fasciné. Au grand dam de Béranger, qui pensait que ma rencontre avec elle pourrait lui faire regagner le droit chemin. Il s'est lourdement trompé. Heureusement, avec les années, il s'est adouci… Ou juste rendu à l'évidence, je ne sais pas. Il a accepté d'acheter avec moi la galerie Humanis pour qu'elle puisse exposer.

– Quel revirement miraculeux…

– Béranger n'aime pas ses tableaux mais il aime Clara. Il ne peut pas lui refuser grand-chose. »

Pierre fait distraitement tourner la montre à son poignet avant de se redresser.

« Vous me demandiez s'il était au courant de cette idée de doublure… Eh bien, Clara n'a pas du tout consulté son père à ce sujet. Pas plus que Georges ou moi. Un matin, elle m'en a parlé. "Trouve-moi un double", m'a-t-elle dit. Béranger ne cherche plus à comprendre les lubies de sa fille depuis longtemps. Il la laisse faire.

– Et Georges, qu'en pense-t-il ?

– Georges ne connaît ce projet de doublure que depuis une semaine… Il a du mal à comprendre qu'elle refuse la reconnaissance à visage ouvert.

– Et vous ?

– Clara sait ce qui lui convient. Je n'ai pas d'avis à avoir là-dessus. »

J'apprécie la réponse de Pierre.

Après le dîner, je reprends le fil de mes récitations. En haut, aucun bruit. Nous enchaînons les questions et les réponses avec plus de facilité qu'au début.

Soudain, quelques coups discrets à la porte d'entrée nous font sursauter. Pierre consulte sa montre. Il doit être minuit. Nous avons dépassé la petite heure qu'il avait annoncée, mais ça n'est pas la question qui me taraude à ce moment précis, plutôt : Quelle est cette visite nocturne ? Pierre lance un coup d'œil à l'escalier menant à l'étage avant de reporter son attention sur moi.

« Bien, Evie, on va arrêter ici. »

Il passe une main dans ses cheveux. Je le sens nerveux tout à coup.

« Je n'avais pas vu l'heure. Allez vous reposer, vous l'avez bien mérité. Montez, ne vous en faites pas, je remplirai le lave-vaisselle.

– D'accord. »

Je me lève, un peu hagarde, surprise que nos échanges s'achèvent si brusquement.

« Bon, alors… Bonne nuit, dis-je maladroitement.

– Oui. Bonne nuit. »

J'hésite. Je regarde furtivement vers la porte. Le visiteur nocturne est probablement toujours là, mais Pierre ne fait pas un geste pour aller lui ouvrir. J'ai l'impression qu'il attend que je sois montée.

Mes pas sur le plancher étouffent les bruits en provenance du bas. Je ne capte qu'une voix d'homme. Celle de Pierre. Il chuchote, ce qui ne fait qu'accentuer ma curiosité.

« Chérie ? » appelle-t-il.

Un mouvement dans la chambre de Clara. Un froissement. Quelques pas. Des chaussures à talons. Pourquoi diable Clara porte-t-elle des talons dans sa chambre, elle qui est supposée dormir ?

« Chérie ? » appelle Pierre de nouveau.

J'ai très envie de rester plantée là, au milieu du couloir, pour la voir apparaître et assouvir ma curiosité, mais je regagne ma chambre, referme la porte derrière moi. La voix de Clara résonne de l'autre côté de la cloison.

« Déjà minuit ?

– Oui. »

Ses talons claquent. La porte de sa chambre s'ouvre. Elle avance dans le couloir sans se presser.

« J'arrive… »

Les escaliers grincent. Elle descend. En bas, je perçois enfin la deuxième voix. Une voix d'homme, plus rauque que celle de Pierre. Une voix d'homme mûr. La cinquantaine, peut-être. J'entends le bruit caractéristique de baisers qui claquent sur les joues puis Pierre parle. Je ne saisis que la fin de sa question :

« … ta voiture ?

– Oui, répond l'homme.

– Attendez-moi ici », demande Pierre.

Les escaliers grincent de nouveau. C'est Pierre qui monte, cette fois. Des pas plus rapides, plus vifs. Dans une seconde il passera devant ma chambre. J'hésite, mais la curiosité l'emporte. J'entrouvre légèrement la porte tout en veillant à rester cachée dans l'obscurité. Dans l'espace entre le chambranle et la porte, je vois la silhouette de Pierre passer. Il s'engouffre dans la pièce voisine. En bas, Clara et l'homme échangent quelques mots.

« … robe.

– C'est gentil.

– On te voit rarement en rouge. »

Un bruit d'eau qui coule dans la chambre voisine me fait perdre le fil de la conversation. Pierre se passe de l'eau sur le visage. Je reconnais le chuintement du porte-serviette puis le bruit étouffé d'un flacon qu'on repose sur le bord de l'évier. Pierre se parfume-t-il ? Le silence retombe. Je me concentre de nouveau sur la conversation en bas.

« Il m'a prévenu au dernier moment.

– On était occupés à autre chose ce soir. On n'avait pas prévu de sortir.

– Ça m'a surpris.

– Mais tu as pu te libérer.

– Oui. Tu le sais, c'est plus simple en semaine pour moi. »

Le pas vif de Pierre à l'étage. Quelques notes de son parfum s'infiltrent jusque dans ma chambre.

« C'est bon ? » demande la voix de Clara.

Les escaliers grincent. Pierre arrive en bas.

« C'est bon.
– Je peux monter devant ?
– Comme d'habitude. »
On ouvre la porte. Les talons de Clara résonnent dans l'entrée. Des clés tintent.
« Pas de bêtises jusqu'au club ! » prévient Pierre.
La porte se referme sur ces mots, plongeant la maison dans le silence.

Dans le clic-clac déplié, Gaël a besoin d'un temps pour prendre la mesure de tout ce qu'il vient d'entendre. Nous avons fait l'amour malgré mon impatience à lui raconter la venue de l'homme mystérieux sonnant en pleine nuit à la porte des Manan. J'ai attendu que nous ayons repris notre souffle pour lui lâcher ce qui me rendait si fébrile.
« Quand c'était, tu dis ?
– Cette nuit.
– Cette nuit ?
– Oui. Ils sont rentrés au petit matin. Pierre est reparti au travail presque aussitôt mais Clara est restée au lit toute la matinée. Je ne l'ai pas croisée. Je suis partie à treize heures pour te rejoindre. Elle n'était toujours pas levée. Mais ce n'est pas tout… »
Je laisse planer un court silence.
« Il y avait un bouquet sur le bar ce matin. Des roses blanches. Avec une petite carte.
– Tu l'as lue ? »
Je souris.
« Ça disait : "À vie, mon amour." Et c'était signé "P". »
Gaël ne réagit pas. Je me sens obligée de préciser ma pensée.
« C'est mot pour mot ce qui est écrit sur la photo.
– Quelle photo ?
– Celle de Clara dénudée au-dessus de leur lit. "Le Clara vue par Thierry, offerte par Pierre."
– C'est sans doute sa façon de signer…

– Ce n'est pas un simple mot d'amour.

– Non ?

– Ces quelques mots que Pierre signe chaque fois, je crois que c'est une sorte de règle du jeu. De pacte.

– Je ne te suis pas…

– Une façon de rappeler que l'amour n'existe qu'entre eux. Que le reste, l'amusement, le plaisir, ne compte pas vraiment. »

Gaël fronce les sourcils.

« Quoi ? Tu penses que…

– Ils ont parlé de club, Gaël… »

Il secoue la tête, comme pour chasser cette idée de son esprit.

« Ils ont parlé de bêtises. De bêtises à ne pas faire avant l'arrivée au club.

– Ils étaient avec un ami. Ils plaisantaient. C'est ce qu'on fait avec ses amis. »

Je suis dépitée de constater que Gaël n'est pas convaincu, mais je poursuis mon idée :

« Tu aurais dû voir Pierre. Il est devenu nerveux quand l'homme a frappé à la porte. Il m'a expédiée dans ma chambre. Il avait quelque chose à cacher. »

Je capte un haussement d'épaules hésitant, j'enchaîne :

« Quel genre de couple invite un homme seul à sortir en club en pleine semaine et à l'improviste ?

– Les Manan. Tu as toujours dit qu'ils étaient spéciaux.

– Et très portés sur le sexe ! »

Je sens que je marque un point. Gaël semble réfléchir à la question.

« Clara avait envie de Pierre, elle l'a clairement exprimé. Je suis partie aux toilettes et ils ont dû décider quelque chose pendant ce temps-là car quand je suis revenue elle n'était plus là, mais Pierre avait une érection indécente. D'après ma reconstitution des faits…

– Ta reconstitution des faits !

– Ne te moque pas, écoute… Pierre n'a pu prévenir l'homme

en question que lorsque je me suis absentée. Il a abandonné son téléphone sur le bar après ça. Ce qui veut dire qu'il bandait à l'idée de...

– C'est bon, ça va !

– Et Clara avait mis une robe rouge ! Elle qui ne porte que des couleurs sombres. Ça, c'est un élément clé ! »

Gaël garde le silence. Je sens que mes arguments commencent à faire leur chemin.

« Pourquoi ils feraient ça ? finit-il par demander.

– Parce que Clara est obsédée par les femmes fatales. Parce qu'elle aime l'idée de soumettre les hommes. Parce qu'elle obtient toujours ce qu'elle veut.

– Mais lui ?

– Lui, il est fasciné.

– Ça n'a pas de sens.

– Peut-être qu'il y prend du plaisir.

– Tu le penses vraiment ? »

Je réfléchis aux mots de Clara, dans la véranda, face à *Dieu la mère* : « Ils se sont soumis volontairement. Et je vais vous dire quelque chose, Evie, ils en retirent un plaisir plus grand que vous ne l'imaginez. » Et à la scène étrange dont j'ai été le témoin depuis le couloir, quand Clara a dit à Pierre : « Montre-moi que tu es un homme », à l'absence de réaction de Pierre. Il suppliait. Il subissait.

« Oui. Je crois que Pierre prend du plaisir à voir Clara avec d'autres hommes.

– Je crois que tu dérailles. Une robe de soirée, trois mots prononcés avec un ami, et te voilà qui échafaudes un scénario digne de *Cinquante nuances de Grey*. »

Je lui lance un regard mécontent.

« Toi, tu n'es pas drôle. Et tu es trop conventionnel. Les Manan ont une âme d'artistes, eux. Elle, elle est complètement torturée, et lui, il adore ça ! Tu ne pourras jamais les comprendre.

– Et toi, oui ? »

Nous nous affrontons. Nulle offense ni de sa part ni de la mienne. C'est juste un jeu. Les Manan sont devenus notre sujet de conversation préféré.

« Moi, je suis le double de Clara Manan. Elle a insufflé un peu de son âme en moi. »

Il me pousse jusqu'à me faire basculer sur le clic-clac.

« Espèce de tordue !

– Je suis leur Frankenstein, Gaël…

– Espèce de folle ! dit-il en m'embrassant.

– Ils ne savent pas encore ce qu'ils ont créé ! Et toi, tu ne sais pas qui tu affrontes ! Tu verras… Un jour, je te banderai les yeux et je te dirai une tonne de trucs salaces.

– Essaie pour voir ! »

Il étouffe mon rire dans la paume de sa main. Sans y prendre garde, j'ai révélé à Gaël mon rôle de doublure, mais heureusement, il ne semble pas m'avoir prise au sérieux.

Elle est réveillée lorsque je regagne la maison. Il est dix-huit heures. Je lui trouve le teint pâle. Les fleurs sont dans un vase, la petite carte a disparu. Une boîte de Doliprane trône sur le bar. Je m'annonce par un bonjour en entrant. Elle ne peint pas. Elle est assise dans un des gros fauteuils, un verre d'eau à la main.

« Bonjour, Evie. »

Elle semble soucieuse.

« Je suis navrée pour la leçon du jour. J'ai eu une migraine terrible. »

Elle n'ajoute rien sur la sortie de cette nuit. S'imagine-t-elle que je l'ignore ? Elle pose le verre d'eau sur l'accoudoir et se met debout avec des gestes lents.

« Je ne vous apprendrai rien de plus sur la peinture aujourd'hui. Je suis désolée. Mais tenez, j'ai quelque chose pour vous… »

Elle se déplace jusqu'au bar, fait glisser vers moi quelques livres plus ou moins poussiéreux et cornés.

« J'ai fait du tri dans ma bibliothèque. Ces œuvres littéraires font pleinement partie de notre sujet. Elles vous permettront d'élargir encore votre culture artistique. »

Je jette un œil aux quatre livres empilés. *Les Mystères d'Udolphe*, d'Ann Radcliffe. Le fameux *Frankenstein* de Mary Shelley. *Le Moine* de Lewis, *Les Cent Vingt Journées de Sodome* de Sade. Un seul nom m'évoque quelque chose, celui du marquis de Sade, mais je n'ai pas le temps de creuser davantage car Clara ajoute :

« J'ai déposé sur votre lit votre tenue pour le 31. Vous l'essaierez. Si vous avez besoin de retouches, nous la confierons à Nina demain. »

Dans ma chambre, je découvre ma tenue officielle étalée sur le lit. Un pantalon noir, ample, qu'on resserre à la taille avec un nœud. Un chemisier, noir également. Deux bracelets dorés.

Visiblement, l'image publique de Clara Manan doit rester fidèle à ce qu'on peut imaginer d'une artiste torturée. Pas de couleurs. Pas de fantaisie. Si Clara est époustouflante de grâce dans ses tenues amples et sombres, je ne suis pas certaine d'arriver au même résultat…

Elle me rejoint quelques minutes plus tard.

« Qu'est-ce que ça donne ? »

Le chemisier est un peu serré au niveau de la poitrine – j'ai les seins plus volumineux que Clara – mais rien qui soit vraiment gênant et m'empêche d'être libre de mes mouvements. Le pantalon tombe parfaitement. Clara s'assied sur mon lit, croise les jambes.

« Vous vous sentez prête ? »

Je me plante face à elle, hausse les épaules.

« Ça va… Je crois.

– Rassurez-vous, tous les journalistes ne seront pas aussi pointilleux que Pierre.

– J'espère.

– Il y a quelque chose que je dois vous dire. Les gens ne le comprennent pas toujours, mais c'est pourtant la seule réalité que je peux affirmer concernant l'art… »

D'un geste, elle m'invite à m'asseoir à côté d'elle sur le lit.

« Je vous écoute, dis-je.

– Il y a une grande part d'inexplicable dans l'inspiration. Un esprit d'artiste va puiser dans l'immense réservoir que constitue son inconscient. Je suis incapable d'expliquer la plupart de mes toiles. Les couleurs, les personnages, la lumière, l'atmosphère, je n'ai aucune idée de la façon dont ces choses me viennent. J'ai souvent l'impression qu'elles me sont soufflées.

– Soufflées ?

– Vous savez ce que disait Platon ?

– Non.

– L'inspiration est un don divin. Une faveur céleste. Il y a du vrai là-dedans. L'inspiration ne peut s'expliquer. Elle relève du sacré. Pour ma part, je ne chercherai jamais à en percer le mystère. Elle est. C'est tout. D'ailleurs, pour être honnête avec vous, Evie, la conscience de ce que je peins ne me vient qu'après coup, lorsque je repose mon pinceau et que je recule.

– Vraiment ?

– Oui. Je peins plongée dans un état qui pourrait s'apparenter à une transe, puis je prends conscience de ce que j'ai fait. Jamais dans l'autre sens. »

Pendant un instant, nous contemplons sans vraiment le voir *Solitude*, accroché au mur devant nous.

« J'ai rêvé de ce fantôme sans visage une nuit, lâche soudain Clara. Un rêve très bref, mais le fantôme ne m'a pas quittée pendant des jours et des jours. J'étais sans cesse baignée par son désespoir. C'était glaçant. »

Elle caresse distraitement le tissu de l'ensemble que je porte.

« J'ai pensé qu'il était important que vous le sachiez avant le grand soir. Pierre voudrait que vous soyez en mesure de tout expliquer. Mais vous êtes une artiste. Vous fonctionnez à l'instinct, au ressenti, à l'impalpable. Vous ne pouvez pas tout expliquer. Et vous ne le voulez pas. L'art est le dernier grand mystère du monde. Laissons-lui cette dose de sacré. »

Je sens qu'elle va se lever, que la discussion est close. Elle rajuste son vêtement, passe la main sur la pile de livres que j'ai abandonnée sur le lit.

« Pierre ne rentrera pas dîner ce soir. Je risque d'aller dormir très tôt. Vous pourrez en profiter pour démarrer vos lectures. »

Elle ajoute :

« Il reste du poulet rôti. Faites comme chez vous.

– Entendu.

– J'allais oublier de vous en parler… Vendredi soir, après le vernissage, Pierre et moi nous vous emmènerons quelque part.

– Quelque part ?

– Pour fêter votre première apparition publique.

– Ah.

– C'est une surprise. Préparez un sac pour la nuit. Nous reviendrons le lendemain.

– D'accord. »

Elle me lance un sourire bref, furtif, un sourire éclair, et sort. Je reste de longues secondes le cœur battant, assise au bout de mon lit. Vais-je enfin découvrir où Pierre et Clara vont lorsqu'ils sortent ? Est-ce possible ?

Clara est partie se coucher. Pierre n'est pas rentré. J'en profite pour dîner dans ma chambre et parcourir les livres qu'elle m'a prêtés. Je ne m'attarde pas sur *Frankenstein*, dont je connais l'intrigue. Je me focalise sur les autres. Au fil des résumés : péchés de chair, magie noire, séquestrations, visions infernales, sévices sexuels et damnations. Le marquis de Sade a semble-t-il ses faveurs, puisque Clara en a surligné de nombreux passages, au fil des pages. Sur l'une d'elles, cette citation que je découvre : « La beauté est la chose simple, la laideur est la chose extraordinaire, et toutes les imaginations ardentes préfèrent sans doute toujours la chose extraordinaire en lubricité à la chose simple. » Clara m'avait prévenue : « Beaucoup de gens sont fascinés par le morbide. Ça vous étonne ? » La phrase de Sade semble résonner comme une preuve supplémentaire de ce qu'elle a avancé. Fascination et malaise, attirance et répulsion, tout cela est indissociable.

Dehors, dans le ciel bas, les dernières braises crépitent. La nuit est en train d'engloutir totalement la chambre, mais je ne pense pas à allumer. Je tombe sur autre phrase soulignée par Clara : « Ils m'ont fait connaître le vide et le néant de la vertu ; je la hais, et l'on ne me verra jamais revenir à elle. Ils m'ont convaincu que le vice était seul fait pour faire éprouver à l'homme cette vibration morale et physique, source des plus délicieuses voluptés ; je m'y livre. »

DEUXIÈME PARTIE

La tentation

Le serpent était le plus rusé de tous les animaux sauvages que l'Éternel Dieu avait faits. Il dit à la femme : « Dieu a-t-il vraiment dit : Vous ne mangerez aucun des fruits des arbres du jardin » ?

La femme répondit au serpent : « Nous mangeons du fruit des arbres du jardin. »

Cependant, en ce qui concerne le fruit de l'arbre qui est au milieu du jardin, Dieu avait dit : « Vous n'en mangerez pas et vous n'y toucherez pas, sinon vous mourrez. »

Le serpent dit alors à la femme : « Vous ne mourrez absolument pas, mais Dieu sait que le jour où vous en mangerez, vos yeux s'ouvriront et vous serez comme Dieu : vous connaîtrez le bien et le mal. »

La femme vit que l'arbre était porteur de fruits bons à manger, agréables à regarder et précieux pour ouvrir l'intelligence. Elle prit de son fruit et en mangea. Elle en donna aussi à son mari, qui était avec elle, et il en mangea.

1

Clara et moi, nous nous levons d'un bloc en entendant le pêne de la porte d'entrée cliqueter. Dix-huit heures. L'exposition n'ouvrira que dans une heure et demie, mais Pierre avait promis de m'y emmener avant, afin que je prenne mes repères.

Le stress m'a saisie après le déjeuner et j'ai été incapable de lire la moindre ligne, de faire quoi que ce soit. Clara a peint dans la véranda, pieds nus, cheveux relevés au sommet de la tête, jusqu'à ce qu'elle déclare :

« Vous me transmettez votre appréhension, Evie. Je n'y arrive plus. »

Je me suis excusée platement mais elle n'a pas semblé m'en vouloir. Elle a reposé ses pinceaux à même le sol, puis m'a saisie par le bras en déclarant :

« Venez, on va vous apprêter. »

Pierre entre. Il porte une sacoche d'ordinateur dans une main, un sac de provisions dans l'autre, qu'il abandonne dans le salon.

« Déjà prête ? »

Il y a de l'étonnement dans son regard, ainsi que quelque chose d'autre, quelque chose de flatteur.

« Alors…, dit-il en se plantant devant nous. Laquelle est la vraie ? »

Clara ne sourit pas mais un éclat amusé brille dans ses yeux.

« Celle qui porte l'alliance… », dit-elle.

Il scrute nos mains, hausse un sourcil perplexe.

« Vous avez pensé à tout.

– Tu en doutais ?

– Je n'aurais pas poussé le vice jusque-là. »

C'est donc moi qui porte l'alliance de Clara ce soir. L'anneau est un peu trop petit et me scie le doigt, mais je ne peux pas me plaindre. Je me sens différente avec ça à la main gauche.

« Je change donc de femme pour la soirée…

– Et tu en prends soin. Elle est stressée.

– Elle n'a aucune raison de l'être. On va s'amuser. »

Clara saisit mon bras, l'accroche à celui de Pierre, recule.

« Laissez-moi admirer le résultat. »

Je me sens un peu mal à l'aise. Pierre, non, il sourit.

« Alors ? demande-t-il. Détendez-vous, Evie.

– Je suis détendue…

– Décrispez vos épaules. Voilà. C'est mieux.

– Peut-être qu'elle devrait boire un verre avant, suggère Pierre. L'autre soir, ça a fonctionné.

– Tu crois ? »

Clara nous observe, les paupières plissées. Elle a l'air plutôt satisfaite du résultat car elle hoche plusieurs fois la tête.

« Quel couple modèle vous formez. Prêts à affronter la médiocrité des nantis de la Côte d'Azur.

– Clara…

– Tu ne devrais pas aller te doucher ? »

Pierre approuve d'un signe de tête.

« J'y vais. Sers un verre à Evie, tu veux ? »

Il abandonne mon bras, monte à l'étage.

« Mets un costume noir, lance-t-elle. Entièrement noir. Pour aller avec sa tenue.

– Entendu, chérie. »

Je ne bouge pas. C'est toujours troublant de vivre avec les Manan, de les voir agir, parler, s'agiter comme si je n'étais pas là.

« Tenez. »

Elle dépose un verre d'un liquide inconnu entre mes mains, repousse une mèche de mes cheveux derrière mon épaule.

« Ça a quelque chose d'excitant de contempler son double. »

Elle le dit d'une drôle de façon, sans sourire. Elle recule d'un pas. Je bois pour me donner une contenance. C'est du Martini qu'elle a choisi pour moi.

Je sirote mon verre, les yeux allant et venant vers la pendule qui indique maintenant six heures et quart. Clara s'est plantée face à la fenêtre qui donne sur la rue. Je ne sais pas ce qu'elle observe.

« J'aimerais beaucoup vous voir évoluer dans la foule, répondre aux questions, recevoir les compliments. Oui, je crois que ça m'amuserait. Vous observer dans ma peau. »

Elle me parle sans se retourner. Je ne peux contempler que sa nuque, ses cheveux relevés en chignon, son dos dans sa combinaison noire.

« Ce soir, ce serait trop risqué. Saint-Paul-de-Vence est une petite ville. Si certains m'ont déjà croisée à la galerie Humanis, ils pourraient avoir des doutes en me voyant dans la salle. »

Nous écoutons le bruit de la douche qui s'arrête, à l'étage.

« Vous me raconterez, n'est-ce pas ? »

Elle se retourne enfin, sans se presser.

« Bien sûr.

– Dans les moindres détails ?

– Dans les moindres détails. »

Ses pupilles brillent. J'ai le sentiment que tout cela est plus qu'une mission professionnelle, que mon rôle de doublure relève, pour Clara, d'un jeu. Un jeu particulièrement excitant.

« Votre sac de voyage est prêt ?

– Oui.

– Et votre verre, vous l'avez fini ?

– Presque.

– Je vous remets une goutte. »

Je n'ai pas le temps de protester, Clara se dirige déjà vers le placard aux alcools.

« C'est la volonté de Pierre. Il est votre guide, ce soir. »
Au ton de sa voix, je sens que je ne peux pas refuser.

Pierre a écouté Clara : il porte un costume noir sur une chemise noire. Seule sa montre apporte une lueur à sa tenue. Il est élégant, comme ça. Ses yeux bleu-gris paraissent plus sombres. Ça lui va bien.

« Approche », ordonne Clara.

Il se plante devant elle.

« Ça ne fait pas trop famille Addams ?

– Non. »

Elle passe une main sur le col de sa chemise, le lisse.

« C'est très bien. »

Pierre jette un coup d'œil à notre reflet dans la fenêtre du salon. Notre couple fictif.

« Je trouve le résultat probant, moi aussi. »

L'alcool a déjà commencé à faire son effet : je suis moins crispée.

« Vous êtes prête, Evie ? » demande-t-il.

J'acquiesce en reposant mon verre.

« Filez, intime Clara. Et passez le bonjour à Georges de ma part. Enfin… discrètement, bien sûr ! »

Un petit vent frais souffle lorsque nous descendons les ruelles. Je me concentre pour ne pas coincer les talons de Clara entre deux pavés. Un instant, je pense à Gaël. Que se passerait-il si nous le croisions ? Que penserait-il de ma tenue ? De mon apparence différente ? De la présence de Pierre à mes côtés ? Pourrait-il deviner ce que je m'apprête à faire ? Puis je pense à Jean. La tenue, les talons, le maquillage. Cela me rappelle les jours de retrouvailles, les talons que je ne portais que ce jour-là. J'étais stressée, comme ce soir, mais il y avait une touche d'excitation en plus. Ce n'était pas Clara qui me préparait, mais Irène, qui était aussi fébrile que moi.

« Mon grand garçon est de retour, ça y est. »

Elle passait et repassait du rouge sur mes lèvres, tirait sur mes cheveux pour les coiffer en une natte sophistiquée. Son petit appartement sentait la friture et les épices. Irène était sans cesse aux fourneaux quand Jean était là. Bœuf aux carottes. Bouillabaisse. Petit salé aux lentilles. Pot-au-feu. La bonne cuisine française dont son fils avait été privé durant ces longs mois en mer.

« Je suis sûre qu'il aura perdu du poids. »

C'était un fait, Jean revenait amaigri de ses missions. La vie au grand air, le travail physique. Cela ne durait pas. Irène y remédiait rapidement : les repas de fête se succédaient durant des semaines, Irène épuisait ses talents de cuisinière et écumait ses livres de recettes. Nous prenions des kilos, tous, même moi, et Jean s'amusait à me pincer les cuisses en me faisant remarquer qu'elles perdaient en tonicité. Il y faisait des bleus. Ce devait être son truc à lui : laisser des marques sur ma peau. Il y avait une certaine cruauté en lui, je ne l'avais pas remarqué avant de me plonger dans l'ouvrage du marquis de Sade. J'ai reconnu certains traits communs aux héros de Sade et à Jean. Un penchant pour les sévices, légers pour Jean, certes, mais tout de même… C'était présent en lui. Il aimait pincer. Mes seins surtout. Mon ventre parfois. Mes cuisses.

« Vous avez lu le marquis de Sade ? »

Pierre est surpris par la question que je lui pose.

« Pardon ?

– Clara m'a prêté *Les Cent Vingt Journées de Sodome.* »

Il secoue la tête.

« Non, je ne l'ai jamais ouvert. Je connais le marquis de réputation seulement. »

Je suis un peu déçue. J'aurais aimé échanger avec quelqu'un sur ce livre que j'ai abandonné tant il m'a horrifiée. Je n'ai pas eu envie d'en parler à Clara. Les citations qu'elle a soulignées tout au long de l'ouvrage m'ont laissée penser qu'elle l'avait aimé, qu'elle y avait trouvé un sens en tout cas. Comment aurais-je pu lui exprimer le fond de ma pensée ?

« Vous avez commencé ce livre ? interroge Pierre.

– Oui, mais je l'ai déjà abandonné.

– Vraiment ?

– Je n'avais pas terminé l'introduction qu'il était déjà question de viols, d'inceste père-fille, de sévices sexuels, de meurtres et de sodomie sur des enfants. Je n'ai pas attendu les épisodes de scatophilie et de nécrophilie. C'était suffisant pour moi.

– J'imagine…

– La façon dont c'est écrit, vous devriez voir ça… Un tel naturel, une telle absence d'humanité, c'est… c'est glaçant. Cet homme ne pouvait être qu'un psychopathe. »

Pierre ne dément pas.

« Il a été taxé de psychopathe et de pervers, effectivement. Le sadisme vient de son nom… *Les Cent Vingt Journées de Sodome* est sans doute son œuvre la plus cruelle, le sommet de l'innommable. Elle a été surnommée « l'évangile du mal », vous le saviez ?

– Non.

– Certains psychanalystes et profilers de serial killers affirment même qu'il décrit et analyse très bien plusieurs syndromes ou pathologies.

– Alors quoi ? C'est un psychiatre de génie ou un dangereux psychopathe ?

– Je n'ai pas vraiment d'avis sur le sujet, je ne connais pas suffisamment son œuvre, mais Clara vous répondrait qu'il était un philosophe de génie.

– Un philosophe de génie ? Avec les horreurs qu'il écrit… Quel esprit sain serait capable d'inventer des choses pareilles ?

– Un esprit humain, Evie… »

Je m'arrête au milieu de la ruelle, surprise. Pierre m'adresse un sourire amusé.

« C'est ce que Clara répondrait. Je l'ai déjà entendue défendre le talent du marquis de Sade face à son père. Je peux vous faire un résumé.

– Je ne sais pas si je suis prête à l'entendre… »

Mais Pierre poursuit.

« Ce que Sade a de remarquable, en premier lieu, d'après Clara, c'est qu'il était un philosophe complètement à contre-courant de son époque. Alors que l'esprit des Lumières voulait croire que la raison permettrait à l'homme de sortir des préjugés, de l'intolérance, de l'obscurantisme et de le faire évoluer vers le bonheur, le savoir et la liberté, Sade l'a dépeint sous son aspect le plus sombre, celui d'un animal dominé par ses pulsions et ses obsessions les plus inavouables. Ce qu'il a de génial, toujours d'après ma chère épouse, c'est qu'il nous oblige à regarder, à plonger la tête la première dans l'immondice et nous souffle à l'oreille : Voilà ce dont est capable l'être humain. »

Nous arrivons devant la galerie Humanis. Mais j'ai besoin de poursuivre encore un instant cette conversation.

« Et elle, c'est ainsi qu'elle voit l'être humain ?

– C'est ainsi que Sade le voit, et il précise que l'homme, du fait de sa nature animale, se doit de répondre à la moindre de ses pulsions.

– Un psychopathe. J'ai tranché.

– Ne parlez pas de Sade ce soir. C'est un conseil. Vous prenez ça trop à cœur. »

Je m'apprête à répliquer avec véhémence, quand je comprends qu'il plaisante.

« J'aurais dû vous offrir un verre supplémentaire avant de partir. Je vous sens encore un peu tendue.

– C'est Sade…

– Oublions Sade, d'accord ?

– Avec plaisir.

– Bien. »

Il me sourit, ouvre la porte de la galerie et m'invite à passer devant lui.

« J'oubliais… Nous ne sommes plus au siècle dernier. Le vouvoiement dans le couple, je trouve ça terriblement ringard. »

Pendant une seconde, je l'observe sans comprendre.

« Je crois que les gens trouveraient ça étrange… », ajoute-t-il.

À côté de Georges, un couple de visiteurs patiente. Mes premiers admirateurs. Les premiers spectateurs de notre comédie. D'un battement de paupières, je lui signifie que j'ai compris le message.

Le couple nous salue respectueusement d'un mouvement de tête. Georges leur murmure quelque chose, se déplace vers nous comme s'il glissait sur le parquet.

« Bonsoir, Clara. Bonsoir, Pierre. »

Il serre la main de Pierre, referme sa paume sèche sur mon avant-bras.

« C'est bien que vous soyez là tôt, venez. »

Puis, se tournant vers le couple, il s'excuse platement :

« Je vous prie de me pardonner. Je dois régler quelques détails de dernière minute avec l'artiste. Je vous laisse patienter. Je serai de retour dans une minute. »

Il nous entraîne à grands pas, les pans de sa veste queue-de-pie volant dans son sillage.

« Clara m'a prié de te saluer », lui dit Pierre à mi-voix.

Georges ne semble pas avoir entendu. Ses chaussures à talonnettes claquent sur le parquet.

« J'ai fermé la boutique à dix-huit heures, mais il y a toujours des gens pressés qui veulent être là avant tout le monde. »

Nous traversons les différentes pièces à toute vitesse. J'ai du mal à le suivre avec mes talons. Il fulmine pour lui-même, les dents serrées :

« Ils faisaient le pied de grue devant la porte… Qu'est-ce que j'étais supposé faire ? La salle n'est pas prête. Le traiteur est encore en train d'installer le buffet et je suis censé tout superviser. Comment veux-tu que je fasse avec tous ces gens si pressés qui pensent qu'on se tient à leur disposition, qu'on a tout notre temps pour parler de la Mésopotamie !

– Tu me sembles tendu, Georges. »

Bien sûr, Georges reste hermétique à l'ironie de Pierre. Il continue :

« Le traiteur nous a envoyé un de ses apprentis, c'est une catastrophe. Ce n'est ni fait ni à faire. Ce type est d'une lenteur sidérante, et les nappes ne sont même pas repassées ! »

Dans son dos, Pierre me murmure :

« Vous comprenez pourquoi Clara ne veut pas s'infliger ce genre d'événements. Tout n'est que chichis et mélodrames… »

L'exaspération de Georges va crescendo :

« Aucun journaliste n'a confirmé sa venue mais ça ne m'étonne qu'à moitié. Avec les idées de Clara ! Excusez-moi, mademoiselle, mais se faire remplacer par une inconnue… Il ne fait aucun doute que cette soirée sera une véritable catastrophe ! Comment voulez-vous duper autant de gens ? Et les journalistes ? Elle a pensé aux journalistes ? »

Le visage de Georges a pris une teinte violacée, mais Pierre ne semble pas du tout affecté par cette déferlante d'angoisse. Au contraire, il affiche un sourire tranquille.

« Tout va rouler, Georges. La situation est sous contrôle.

– Je n'aurais jamais dû accepter de maintenir la soirée dans ces conditions. J'ai été stupide ! Il faut que j'apprenne à dire non à Clara. Il faut qu'on le fasse tous. Toi aussi, Pierre.

– Georges, détends-toi.

– Comment veux-tu que je me détende ? Si le subterfuge est découvert, je peux dire adieu à ma réputation. Quelle honte ! Je préférerais fermer boutique sur-le-champ. Comment affronter le regard des gens après ça ? »

Dans la salle du vernissage, un jeune serveur est en train de disposer des verres sur une longue table drapée de noir.

« La risée de Saint-Paul-de-Vence et de la Côte d'Azur tout entière, je vous le garantis. Attendez que ça se sache à Cannes ! Et Béranger, il n'a rien pu dire ? »

Je suis surprise d'entendre la voix de Pierre couvrir tout à coup celle de Georges. Une voix douce mais ferme :

« Écoute-moi, Georges, si tu le cries sur tous les toits, notre subterfuge ne tiendra pas la soirée. Calme-toi, respire. Tu n'as aucune raison d'être nerveux. Evie est entraînée, coachée depuis un mois par Clara, qui sait parfaitement ce qu'elle fait. »

Il pose une main inflexible sur l'épaule du galeriste.

« Et puis, si tu continues de nous faire part de tes doutes, je ne suis pas sûr qu'Evie se sentira très sereine. »

Ils échangent un regard que je ne peux voir car je me tiens derrière Pierre. Je remarque en revanche le changement dans la posture de Georges. L'affaissement de ses épaules. Son absence de réponse qui sonne comme un assentiment.

« Bien, murmure Pierre, fais-nous le briefing. Comment veux-tu qu'on procède ? »

Georges a besoin de quelques secondes supplémentaires pour ravaler son flot de bile. Il s'adresse à nous d'une voix mesurée.

« Alors… La salle 5 sera fléchée. Les panneaux sont prêts, je n'ai plus qu'à les poser. J'ai pris un extra pour les retardataires, un étudiant des Beaux-Arts qui cherchait à se faire quelques sous. Il sera posté à l'entrée, il accueillera les visiteurs, les dirigera vers la salle d'exposition. J'ai fait installer un vestiaire à l'arrière. »

L'entrée de la salle est délimitée par de jolis cordons rouge et or.

« Je serai là, indique Georges. J'accueille, je présente l'œuvre de Calypso. J'invite les gens à parcourir l'exposition librement sans hésiter à aborder l'artiste. Je me permettrai d'intervenir, de jouer les entremetteurs si je repère des acheteurs potentiels ou des personnalités importantes. Dans ce cas, je vous les amènerai, je ferai les présentations et je m'éclipserai.

– Et si quelqu'un veut acheter ?

– Vous me hélez. Un simple signe de la main.

– Parfait. »

Nous suivons Georges dans la pièce précédente, que nous avons parcourue à toute vitesse il y a quelques minutes. Un espace avec quatre chaises a été délimité par un paravent.

« Pour les entretiens avec la presse. Plus calme. Isolé.

– Parfait, répète Pierre.

– J'allais oublier ! Quand les gens partiront, je m'occuperai de les raccompagner moi-même. Pas vous. Vous devez rester disponibles, toujours. Il faut que les visiteurs restants puissent vous trouver. »

Lorsqu'il parle, Georges ne regarde que Pierre, comme s'il n'avait pas encore digéré l'idée de me voir jouer Calypso ce soir. Pierre consulte sa montre.

« D'autres points à voir ensemble ?

– Oh, mon Dieu ! » s'exclame Georges avec effroi.

Il nous faut quelques secondes pour comprendre l'objet de son désarroi. Il se trouve à ma main gauche. L'alliance.

« C'est une idée de Clara ?

– Oui.

– Tu l'as laissée faire ? Tu n'as quand même pas osé ?

– D'autres points à voir ensemble ? » répète Pierre sans se troubler.

Georges fixe ma main d'un air de reproche, comme si tout cela était ma faute.

« Ne me dis pas que Béranger cautionne ça ! Je crois qu'il s'étranglerait ! »

Georges commence vraiment à me mettre mal à l'aise, et Pierre doit le sentir.

« Bien, si tu nous cherches, nous serons dans la salle. »

Il place sa main au creux de mes reins, me pousse en avant. Georges émet un hoquet de contrariété qui résonne dans la pièce vide.

« Il est incapable de gérer la pression. Clara l'a toujours dit. »

Je suis encore troublée par les remarques de Georges, son air catastrophé, son pessimisme. Je reste silencieuse tandis que l'apprenti du traiteur dispose soigneusement des serviettes blanches sur la nappe noire.

« Tu veux te remettre les éléments en tête en faisant un tour de l'exposition ?

– Non, ça ira.

– Prendre un peu l'air, alors ? »

Il me montre l'issue de secours, une porte métallique que Georges a tenté de camoufler au mieux avec un panneau en tapisserie.

« Pourquoi pas. »

Pierre ouvre la porte et la bloque avec une caisse de petits-fours. L'apprenti le regarde faire mais ne dit rien. Pierre Manan a une carrure et un charisme qui en imposent. Et moi ? Est-ce que je parviens à dégager la même assurance nonchalante que Clara ? J'en doute. J'ai plutôt la sensation que mon trac se détecte au premier coup d'œil, qu'une seule remarque de Georges suffirait à me rendre muette.

L'issue de secours donne sur une minuscule cour intérieure où l'on a mis une poubelle grise et un réservoir d'eau de pluie croupie. Ce n'est pas le lieu le plus charmant du monde pour se détendre mais ici au moins, je peux sentir le vent frais. Malgré le temps clément qui règne toujours à Saint-Paul-de-Vence, l'automne arrive doucement.

« Dites... Du champagne avant l'heure, c'est possible ? »

Pierre s'adresse au jeune homme. Quelques secondes plus tard, il réapparaît avec deux coupes qu'il dépose sur le couvercle de la poubelle.

« Voici l'antidote au stress, sourit-il.

– Vous cherchez toujours à me saouler...

– À te détendre, corrige-t-il. Et n'oublie pas le tutoiement.

– Oui, désolée... »

Il s'assied sur un muret noirci par le temps, attrape sa coupe.

« Ne laisse pas les propos de Georges polluer ton esprit. Il est tellement... puritain.

– Puritain ?

– L'alliance. C'est un véritable sacrilège pour lui. »

Je hausse les épaules. Au fond, je m'en fiche.

« Oublie Georges. Reviens à Goya, Füssli, Moreau… Remets-toi dans *La Ronde des farfadets.* Et dans tes toiles… Visualise-les. »

Il porte sa coupe à sa bouche. Sa pomme d'Adam monte et descend le long de son cou.

« Georges m'a tendu, moi aussi, déclare-t-il une fois sa coupe vidée.

– Vous… je veux dire, *tu* le caches bien.

– Je te l'ai déjà dit, c'est mon métier. Rappelle-toi la règle essentielle. Pas de politique ni de religion. Ce sont les deux sujets interdits. Pour le reste, fais-toi confiance. Tu as les connaissances et je serai à tes côtés, prêt à dévier la conversation en cas de besoin. »

D'un mouvement de menton, il m'invite à avaler mon champagne. J'ai la gorge nouée mais je laisse le liquide glacé couler dans mon œsophage, dénouer les dernières tensions.

« Il faut entrer dans son rôle, c'est ça le secret pour paraître assuré, donner l'illusion. Il suffit de revêtir un costume. De se glisser dans la peau d'un autre. Et alors, plus rien n'a vraiment d'importance puisqu'on se contente de jouer un rôle, n'est-ce pas ? »

Je ne suis pas tout à fait convaincue.

« C'est ce que tu dois faire. Te glisser dans la peau de Calypso, laisser Evie de côté, le temps du vernissage en tout cas. »

Il récupère ma coupe vide, consulte sa montre.

« Est-ce que tu veux déposer ta veste au vestiaire ? Passer aux toilettes ? J'imagine que les invités ne vont pas tarder à arriver. »

Georges ne relève pas la tête lorsque nous traversons la salle où il est en train d'installer le fléchage. À quelques pas de lui, le couple de clients pressés admire des statuettes. Dans l'entrée, l'extra de Georges, un jeune homme d'une vingtaine d'années, est déjà en place. Il se tient droit comme un piquet à côté de la porte, les mains derrière le dos.

« Bonsoir, madame. Bonsoir, monsieur. »

Il s'incline légèrement. Il va falloir que je m'habitue à me faire appeler madame et à toutes ces bonnes manières. Pour l'instant, c'est encore une sensation étrange.

« Je vous débarrasse de votre manteau ?

– Je veux bien. »

Le jeune homme m'aide à retirer ma veste avec des gestes maladroits.

« Je crois que nous avons étudié dans la même école », ose-t-il timidement.

À ma droite, je sens le regard de Pierre qui me scrute.

« À Nice ?

– Effectivement.

– Mon professeur d'aquarelle admire beaucoup vos œuvres.

– Ah ?

– Quel tracé ! Quelle personnalité ! C'est ce qu'il répète à longueur de temps. »

J'esquisse un sourire que j'imagine ressembler à ceux de Clara. Je ne sais pas quel résultat je produis. J'espère de tout mon cœur que ce jeune homme ne voudra pas aller plus loin dans cette discussion sur les Beaux-Arts car je serai vite à cours de réponses crédibles.

« C'est lui qui m'a conseillé de venir voir vos œuvres à la galerie Humanis.

– C'est gentil à lui.

– Je suis déjà venu plusieurs fois mais je n'avais jamais eu la chance de vous rencontrer. »

Je me contente de sourire. Que pourrais-je bien répondre ? La nervosité est sur le point de me reprendre quand Pierre intervient :

« On dirait que c'est chose faite ce soir !

– Oui…

– Quelle spécialité avez-vous choisie aux Beaux-Arts ? poursuit-il.

– La peinture, naturellement. Je m'intéresse plutôt à l'époque symboliste.

– D'où votre intérêt pour le romantisme noir, j'imagine…

– Vous êtes peintre aussi, monsieur ?

– Non, seulement un fervent amateur. »

Il se tourne soudain vers moi.

« Les gens vont probablement arriver d'ici une dizaine de minutes. Veux-tu en profiter pour te rafraîchir, chérie ?

– Oui, je… Effectivement. »

Je ne demande pas mon reste, trop heureuse de cette opportunité offerte de me recomposer une contenance, de souffler. Premier contact. Premières difficultés. Premier sauvetage de Pierre.

Dans les toilettes, je me plante devant les miroirs, j'inspire profondément. Mon reflet est celui d'une inconnue. Ce chemisier noir. Et ces bracelets en or. Cette alliance à mon doigt. Ces cheveux lisses que Clara a longuement peignés. Ce n'est pas moi, Pierre a raison, je ne suis qu'une actrice. Il ne s'agit que d'un rôle. J'ai revêtu le costume, il ne me reste plus qu'à me débarrasser de mon trac et à entrer dans la peau de Calypso.

Pierre se glisse dans les toilettes quelques secondes plus tard, alors que je me lave les mains.

« Ça va ?

– Ça va.

– Prête à rejoindre la salle ?

– Je crois… »

Je me mordille l'intérieur de la joue. Je pense à Gaël. Il ignore tout de ma mission chez les Manan, tout ce que je m'apprête à faire ici. J'aimerais être là-bas, dans son studio, dans la peau d'Evie Perraud, allongée dans le clic-clac, une bière à la main. Au diable la peinture, les invités et le champagne !

« On y va ? »

J'inspire une dernière fois profondément.

« Oui. »

J'apprends plusieurs choses essentielles ce soir-là, à ce vernissage à la galerie Humanis.

La première est sans doute celle qui me soulage le plus, vérité universelle parmi les vérités : les gens sont plus enclins à parler qu'à écouter. Ainsi, la plupart de ceux qui se présentent à moi n'aspirent qu'à être reconnus en tant que connaisseurs d'art.

« J'ai étudié l'art à l'université. Littérature appliquée section art contemporain. J'ai fait une thèse sur le roman gothique. J'ai reconnu la patte d'Ann Radcliffe dans vos tableaux. Mon mari vous le dira, Ann a été une révélation pour moi. Ma bibliothèque est remplie de ses œuvres. » Personne n'attend vraiment de réponse de ma part. Un hochement de tête suffit pour que le flot de paroles reprenne.

Les plus curieux, ceux qui s'intéressent vraiment à l'œuvre de Calypso, m'ont paru plus sympathiques que les autres et m'ont permis de formuler la vérité numéro deux : Je découvre que la plus grande interrogation du commun des mortels face à un artiste est : « D'où vient votre inspiration ? » Je suis reconnaissante à Clara de m'avoir soufflé la réponse lorsque nous étions assises sur mon lit, dans ma chambre, quelques jours auparavant.

Le discours de Georges vient interrompre ces débuts de discussions. Il en fait trop. La nervosité le rend excessif. Il nous donne de l'« immensément honoré », de l'« incommensurable bonheur » et de la « fabuleuse artiste de l'art noir contemporain ». Des applaudissements mesurés viennent saluer son intervention. La salle est déjà comble. Je tente d'estimer le nombre de personnes présentes. Je perds le compte à trente-six. Une jeune femme aux cheveux teints en blanc, comme c'est la mode dans certains cercles, nous aborde.

« Bonsoir, Ombeline Saint-Sulpice. »

Elle tend sa main comme si c'était un honneur qu'elle nous faisait. J'ai une brève pensée pour Clara et pour le jugement acerbe qu'elle aurait eu vis-à-vis de cette femme : cul serré.

« Enchanté, Ombeline », répond Pierre avec cette chaleur dans la voix qui donne toujours l'impression à la personne d'en face d'être accueillie avec un plaisir sincère.

Ombeline Saint-Sulpice dit qu'elle est une grande admiratrice d'Oda Jaune – je fais semblant de connaître – et d'Ernst, mais qu'elle aime replonger de temps en temps dans des toiles aux accents plus anciens.

« C'est une période que je connais assez peu finalement, je suis habituée au contemporain. »

Je parle de l'histoire du romantisme noir, de son développement en Europe. Ce n'est plus un problème pour moi. J'ai presque l'impression d'avoir fait ça toute ma vie.

Je m'emballe en constatant qu'Ombeline ne connaît pas bien Goya, je prends un malin plaisir à lui faire sentir qu'elle ne dirige plus la discussion. Je m'enflamme tant et si bien que Pierre finit par poser une main dans mon dos pour m'inciter à me taire.

« Voulez-vous que Calypso vous fasse faire le tour de son exposition ? » suggère-t-il à la jeune femme qui s'est tue.

Ombeline accepte. Je la sens maintenant légèrement intimidée. Pierre reste derrière nous, sans doute pour s'assurer que je contrôle mon débit de paroles.

« Celui-ci… C'est abstrait ? »

Nous sommes devant une toile qui représente une rognure d'ongle sur une table en bois. Une touche jaunâtre sur un fond de bruns et de noirs.

« Je l'ai appelé *Inconsistance.* J'ai pensé à notre condition d'humains. À notre corps destiné à se décomposer, à tomber en lambeaux.

– C'est fort… »

Les yeux noisette d'Ombeline se voilent.

« Le jaune symbolise aussi le temps qui passe, qui décolore tout.

– Et cette table… Ce bois brut abîmé par le temps… Il s'agit d'une allégorie du tombeau, n'est-ce pas ? »

Ne jamais contredire. C'est ma leçon : les gens veulent que l'on approuve leur interprétation.

Certains invités sont plus difficiles qu'Ombeline. C'est le cas de ce couple. La femme porte au doigt un beau diamant. Elle a un air austère, pincé.

« Je n'aime pas ces peintures, indique-t-elle en guise d'introduction. Je ne suis là que pour accompagner mon mari. »

Heureusement, Pierre, avec sa voix pleine de chaleur, sait exactement comment parler aux femmes.

« Quelle est votre période de prédilection ? Le néoclassicisme ? »

Et il voit juste.

« Oui… Exactement… Comment avez-vous deviné… ?

– Une intuition. David, par exemple ?

– Je lui préfère son élève, Ingres. »

Le mari reste en retrait, peut-être surpris par la façon dont Pierre vient de dérider sa femme. Je propose à l'homme de faire un tour de l'exposition avec lui. Il accepte.

Nous laissons derrière nous Pierre et la femme.

C'est ma troisième révélation de la soirée : chaque artiste devrait avoir un homme comme Pierre Manan à ses côtés. Calme. Mesuré. Cultivé. Agréable. Fin.

Pendant l'heure et demie que dure le vernissage, Pierre joue sa partie adroitement, se retire des conversations lorsqu'il me sent à l'aise, souligne mes bons mots, prend le relais lorsqu'il perçoit le moindre signe de détresse sur mon visage, anime la discussion à ma place tout en laissant l'impression aux invités que c'est avec moi qu'ils échangent. C'est un excellent communicant, m'avait prévenue Clara. Ce soir, je me demande si c'est ce qui l'a séduite chez lui. Leur duo est harmonieusement équilibré. Elle se contentant de peindre, de laisser libre cours à sa créativité et à sa sexualité débridée ; lui prenant en charge le reste – tout le reste –

avec une facilité déconcertante. Un ensemble parfait. Il adresse un signe discret de la main à Georges, à quelques pas de moi. Une vente… Il a réussi l'exploit de vendre une toile à la dame qui ne jure que par le néoclassicisme. Comment a-t-il fait ?

Et moi ? ne puis-je m'empêcher de me demander. Quelle est ma place dans cette partition si savamment orchestrée ? Je suis la doublure. L'apparence. Un rôle accessoire, superficiel, secondaire. Oui, mais d'une certaine importance tout de même. Je permets à Clara de se décharger, comme Pierre. Nous la soulageons de ses obligations de représentation, nous lui laissons l'esprit libre, totalement à son œuvre.

« Ma femme achète une toile ? s'étonne le mari, à côté de moi.

– Il semblerait. »

Nous nous approchons de Pierre et de la femme, rejoints par Georges qui peine à masquer son ravissement.

« Que se passe-t-il, Carmen ? interroge le mari, soucieux.

– Eh bien, monsieur m'a quelque peu mise au défi.

– Mise au défi ? »

Carmen rit. Ses joues sont roses. La coupe de champagne dans sa main a sans doute joué un rôle dans sa métamorphose, mais il n'y a pas que cela…

« Mise au défi de briser les barrières, de casser les codes, n'est-ce pas, monsieur ? »

Pierre sourit, superbe d'élégance et de décontraction dans son costume noir.

« C'est cela. »

Carmen glousse. Le mari s'inquiète, lui retire sa coupe de champagne des mains.

« Tu es sûre, chérie ?

– Un peu de folie de temps en temps, c'est permis, non ? Monsieur a raison, il est bon de sortir de sa zone de confort. »

Le mari reste silencieux, l'air perplexe. Il glisse un regard suspicieux vers Pierre, mais sa femme l'agrippe par le bras.

« Lequel tu me conseilles, Hector ? »

L'Hector en question a du mal à reprendre pied. Georges semble s'impatienter. Pierre m'interroge :

« Quelle toile conseillerais-tu à Madame, mon cœur ? »

Je rougis, au milieu du petit cercle qui me fixe avec attention. À cause du « mon cœur », bien sûr. À cause de l'impression que Pierre me fait ce soir. À cause de Georges et de son air réprobateur.

« Je… Eh bien…

– *Dieu la mère* ? » suggère Pierre.

Il y a une lueur de malice dans ses yeux bleu-gris, et il ajoute :

« Je crois que cette toile correspond bien à Carmen… »

Je comprends le message, retiens le rire nerveux qui menace de monter en moi. Carmen est aux commandes dans ce couple, Pierre a raison.

« Excellent choix. Je… Vous me suivez ? »

Le petit groupe met ses pas dans les miens.

Nous concluons la vente avec une facilité déconcertante. Devant la toile, je sens que je dois me taire, laisser Pierre mener l'affaire. C'est lui que Carmen écoute, c'est lui qui l'a convaincue. Il prend donc la main sans que nous nous soyons concertés, puis Carmen part à la recherche de son chéquier dans son sac à main, lorsque Georges toussote pour intervenir.

« Une affaire rondement menée », me glisse Pierre à l'oreille.

Je regarde, décontenancée, le couple qui repart avec la toile emballée entre les bras. Hector porte l'encombrant paquet.

« Comment tu as fait ? »

Pierre hausse les épaules, nous attrape deux coupes de champagne sur la table du buffet. Nous n'avons pas encore eu une seconde pour nous désaltérer ou toucher aux petits-fours.

« Tu t'amuses ? demande-t-il.

– Oui… Je ne pensais pas que ça se passerait comme ça mais… c'est sympa finalement. »

Le champagne glacé pétille sur ma langue. Pierre parcourt la salle du regard. La majorité des invités sont déjà partis. Ne restent que quelques groupes disséminés dans la pièce, discutant à voix basse.

« Je crois que Georges est satisfait de sa soirée, me dit Pierre.

– Combien de ventes a-t-il faites ?

– Trois. »

Il baisse la voix, ajoute :

« Pour un total de dix mille euros.

– Oh !

– Eh oui… »

Il mange un petit-four, consulte sa montre.

« Une vingtaine de minutes et on pourra plier bagage.

– Et la presse ? j'interroge soudain. Aucun journaliste n'est venu. »

Pierre hausse les épaules avec indifférence.

« La galerie Humanis n'est pas assez prestigieuse.

– C'était pourtant le but de la soirée, non ? Faire venir la presse, faire connaître davantage l'œuvre de Clara… »

Une lueur étrange s'allume dans l'œil de Pierre.

« Le but officiel ou officieux ?

– Pardon ? »

Il termine sa coupe de champagne sans se presser, se rapproche de moi pour être certain de n'être entendu de personne d'autre.

« C'était le but de Georges. Profiter de la petite réputation montante de Calypso pour obtenir un papier sur ses œuvres, mais surtout sur la galerie Humanis. Clara et moi n'étions pas dupes. Cette soirée n'a pas grande importance. La galerie Humanis est trop… Comment le dire élégamment ?… Insignifiante.

– Alors… pourquoi on y est ?

– Pour toi.

– Pardon ?

– Pour t'offrir un entraînement. Une soirée sans risque avant Saint-Raphaël. »

Il me faut quelques secondes pour comprendre.

« Et c'était très concluant. Tu dois juste veiller à éteindre en toi cette petite flamme de rivalité féminine.

– De quoi tu parles ?

– J'ai bien vu que tu voulais réduire au silence cette pauvre Ombeline.

– Quoi ? Non ! C'est faux ! »

Il rit. Je bredouille avec beaucoup de mauvaise foi :

« Elle était prétentieuse.

– Je te l'accorde. Et Clara n'aurait pas agi différemment.

– J'étais parfaitement dans mon rôle, alors. »

Je marque un point. Pierre acquiesce de bonne grâce. Nous piochons de nouveau dans le plateau de petits-fours.

« Quand tu évoques Saint-Raphaël… c'est la galerie Stein ?

– Exact.

– Ce sera quand ?

– Dans trois semaines.

– Quoi ?

– Le 20 novembre. »

Je me fige.

« Pourquoi ne m'avez-vous rien dit, Clara et toi ? »

Il fourre dans sa bouche un canapé au foie gras.

« On ne voulait pas te mettre la pression. Mais ne t'en fais pas, notre duo fonctionnera aussi bien que ce soir, j'en suis absolument certain. »

Je m'apprête à protester mais un couple se dirige vers nous, et je me tais.

« C'était une très belle soirée, dit la femme. Cela fait bien longtemps que je n'avais pas été surprise par une artiste. »

Elle me tend une main délicate que je serre.

« Notre amie Rita Homerta tient une galerie d'art à Nice, dit-elle. Nous ne manquerons pas de lui faire part de ce que nous avons vu ce soir. Je crois qu'elle apprécierait votre travail. Vous avez une carte de visite ? »

Pierre lui en donne une, noire à l'écriture dorée, qu'il sort de sa poche.

« Voici les coordonnées de ma femme. Mieux vaut lui téléphoner. Elle a, disons, un certain retard dans le traitement de ses mails. N'est-ce pas, chérie ? »

Nous rions tous les quatre.

Peu à peu, la salle se vide. Quelques invités s'approchent pour nous saluer, puis Georges, le front luisant et les yeux brillants, les raccompagne.

« Je vais prévenir Clara, murmure Pierre. Nous aurons bientôt terminé. Lazlo passera la chercher, elle et les bagages. »

J'aimerais lui demander qui est Lazlo, mais Pierre s'éloigne déjà, son téléphone à l'oreille.

Tout le monde est parti. Le traiteur et son apprenti remballent la vaisselle, les petits-fours, les nappes. Georges a disparu. Peut-être est-il dans l'arrière-salle en train de faire ses comptes. L'extra qu'il a engagé n'a pas pointé le bout de son nez. J'espère qu'il est rentré chez lui, que j'échapperai à une autre conversation sur les Beaux-Arts. Pierre revient.

« Lazlo et Clara seront là dans cinq minutes. Le temps de remercier Georges, de récupérer nos vestes. Tu viens ? »

Je repose la coupe que je viens de vider. La troisième en quelques minutes. Restée seule, j'ai eu une folle envie de bulles pour me libérer des dernières émotions de la soirée. Maintenant, j'ai l'esprit léger et je suis un peu euphorique. J'ai réussi. J'ai dupé tout le monde. Je sors de la salle au bras de Pierre. J'observe ma main, l'alliance à mon annulaire. Dans quelques heures, tout cela aura disparu. Je serai de nouveau Evie qui lit ses ouvrages dans sa chambre, laissant aux Manan leur intimité. Je me concentre pour imprimer en moi le souvenir de la plénitude de cet instant.

Georges nous attend près de la porte de la galerie, sa nervosité a fait place à un bavardage intense. Il ne cesse de commenter la soirée.

« La presse, je m'en doutais. Ils ne sont jamais là pour les artistes locaux ! Bon, je dois dire que ça n'a pas d'importance. Les gens étaient satisfaits, vraiment ! Je crois qu'ils ont passé une très belle soirée. Mme Lorient m'a chaudement félicité. C'est une belle réussite. »

Nous ne disons rien, Pierre et moi. Je suis déjà ailleurs, je pense à la suite. Au fameux Lazlo, à cette surprise qui m'attend et dont Pierre et Clara n'ont rien voulu me dire. Peut-être allons-nous danser quelque part. Cannes ? Nice ?

Georges me serre la main.

« Merci pour votre participation. »

Il n'a manifestement pas encore digéré le subterfuge exigé par Clara. Mais ça n'a pas d'importance. Georges n'était qu'un entraînement avant le vrai challenge.

Nous descendons les ruelles du village. Il est encore tôt. Vingt et une heures sonnent au clocher de l'église. Ma veste est restée ouverte mais l'alcool me réchauffe, je ne sens pas le vent froid.

Comme Pierre ne dit rien, je l'interroge :

« Qui est Lazlo ?

– Notre homme à tout faire.

– "Notre homme à tout faire" ? Ça sonne un peu siècle dernier. »

Je le fais sourire. J'adore voir son visage s'éclairer.

« Notre employé polyvalent. Ça te convient mieux ?

– Oui.

– Ne te méprends pas. Nous aimons beaucoup Lazlo. C'est d'ailleurs le favori de Clara.

– Le favori de Clara ?... »

Pierre n'ajoute rien. Je me demande ce que ça signifie, et puis, dans un éclair de lucidité, je repense à l'homme qui a débarqué sur un simple coup de fil à minuit pour conduire les Manan au club. Était-ce Lazlo ? Qui est-il exactement ? Un simple chauffeur ? Ai-je laissé mon imagination s'emballer, comme le prétend Gaël ?

Quelques instants plus tard, nous traversons les remparts et retrouvons Clara et Lazlo. Ils se tiennent debout à côté du cabriolet de Pierre. Lazlo est jeune. Très jeune. Dix-neuf ou vingt ans, je pense. Sa voix gutturale n'a rien à voir avec celle de l'homme de l'autre soir et il parle avec un fort accent étranger.

« Bonsoir, me dit-il. Je suis Lazlo. Enchanté.

– Bonsoir, Evie. Enchantée aussi. »

Il a des cheveux bruns et longs, attachés en catogan. Il porte un jean brut et une chemise noire. Une gourmette à son poignet gauche. Je n'ai pas vraiment le temps de l'observer davantage, Clara me demande, la voix grave :

« Comment ça s'est passé ?

– Bien. Georges a vendu trois tableaux. »

Elle ne fait aucun commentaire. D'un regard appuyé, Pierre nous fait comprendre que nous poursuivrons cette discussion plus tard, à l'abri des oreilles indiscrètes.

« Vous montez ? »

« Où on va ? »

À côté de moi sur la banquette arrière, Clara fait semblant de ne pas m'avoir entendue. Elle regarde la nuit dehors, les mains posées sur ses genoux. Elle a changé de tenue, a passé un ensemble similaire au mien. Nous sommes tous en noir. Lazlo conduit. Pierre et lui échangent quelques mots.

« Il est prêt à partir ?

– Oui.

– Tu l'as accosté où ?

– À la Riviera.

– Bien. »

Pierre consulte sa montre.

« On y sera dans moins de trente minutes. Les boissons sont au frais ?

– Oui.

– Tu as ce que je t'ai demandé ?

– C'est dans la boîte à gants. »

Pierre ouvre la boîte à gants, récupère quelque chose qu'il met dans sa poche.

Je me tourne vers Clara, incertaine d'avoir deviné où nous allons, espérant de tout mon cœur ne pas me tromper :

« La Riviera… C'est le port de Nice ? »

Elle fait pivoter son visage pâle vers moi. Elle a mis du rouge sur ses lèvres, je le remarque seulement.

« Oui.

– On va… sur le yacht ? »

Les lèvres rouges se contractent furtivement en un sourire.

« Vous verrez. Vous êtes bien curieuse. »

Dans le rétroviseur, je surprends le regard de Pierre posé sur moi. Un clignement de paupières léger, et je comprends : ce soir, nous partons à bord du yacht, et mon cœur s'emballe à cette idée.

J'ai du mal à me contenir. Les bulles de champagne exaltent encore mon impatience. Bon sang, si Gaël voyait ça !… Puis je me reprends, non, si Irène voyait ça, elle n'en croirait pas ses yeux. Un temps de réflexion plus tard, je corrige encore ma pensée. Non, c'est Jean que j'aimerais rendre malade de jalousie. Jean, parti pour faire fortune sans plus se préoccuper de moi, qui reviendra bientôt fauché du Brésil. Moi dans le cabriolet des Manan, sortant d'un vernissage où je me suis saoulée au champagne, m'apprêtant à passer la nuit sur un yacht.

Nous roulons en silence. Clara regarde dehors. Pierre pose quelques questions à Lazlo, auxquelles il répond par monosyllabes. Oui, il a lavé les ponts, oui il a fait le plein, oui, il mettra le cap sur Mala. Je me demande pourquoi personne ne parle, pourquoi personne ne semble partager mon enthousiasme, mon excitation. J'aurais aimé qu'on écoute un peu de musique, qu'il y ait des éclats de rire.

L'église Notre-Dame-du-Port, illuminée, domine les centaines de bateaux immobiles. À l'entrée du port, un employé de la sécurité nous arrête. Il porte un brassard orange et pointe sur nous sa lampe torche.

« Bonsoir. Votre passe, s'il vous plaît ? »

Lazlo lui montre un document que l'homme consulte brièvement avant de hocher la tête. Une barrière se lève et nous descendons dans un parking souterrain réservé aux propriétaires de bateaux.

Au deuxième sous-sol, Lazlo gare la voiture. Les deux hommes sortent les bagages du coffre. Pierre se charge de mon sac de voyage, Lazlo de celui de Clara. Aucun mot n'est échangé. Je commence presque à en être troublée. Nous entrons dans l'ascenseur où s'égrène un morceau de jazz. À la lumière blafarde, je note les mâchoires anguleuses de Lazlo, ses mains larges et son regard qui semble magnétiquement attiré par Clara. Elle, elle l'ignore superbement. Pierre a pourtant dit qu'il était son « favori »... Pourquoi ai-je l'impression d'une tension planant au-dessus de leurs têtes ?

Toujours en silence, nous ressortons à l'air libre. Le port est balayé par des rafales de vent frais. Je regarde tout avec avidité. Je tente de reconnaître le yacht des Manan, que j'ai aperçu une seule fois, ce fameux matin, il y a un mois et demi, sur le port de Marseille. Je me souviens d'une coque blanche, d'un balcon courant tout autour, d'un pont supérieur très haut. Pierre et Lazlo marchent devant, d'un pas rapide. Clara traîne derrière, à quelques pas de moi.

« Il s'occupe de l'entretien du yacht. »

Sa voix me fait sursauter. Je m'arrête pour lui laisser le temps de me rattraper.

« Pardon ?

– Lazlo. L'entretien du yacht, le gardiennage, le pilotage et deux ou trois sorties occasionnelles.

– Ah…

– J'ai vu que vous le regardiez dans l'ascenseur. »

Je reste sans voix une seconde.

« Il vous plaît ? »

Je me sens rougir.

« Non, je… Non… Pas plus que ça…

– Il est ukrainien. Ça fait deux ans qu'il est en France. Il ne parle pas encore très bien français.

– Ah…

– Vous avez raison, c'est un beau garçon.

– Non, je… Vraiment… Je vous assure. »

Je bafouille, et Clara fronce les sourcils, sérieuse, intense.

« Pierre vous plaît davantage ? »

Malgré l'ivresse, je sens bien que quelque chose cloche. Je proteste avec force :

« Vraiment, non ! Je ne me permettrais pas !

– Il ne vous plaît pas ?

– Je n'ai pas dit ça…

– Détendez-vous, Evie. »

Elle pose une main sur mon avant-bras, le serre. Je ne sais pas ce que ce geste est censé signifier. Nous sommes arrivés devant le yacht.

Les lumières ont été laissées allumées à l'intérieur. Lazlo ouvre le portillon du ponton puis nous nous engageons en file indienne sur la passerelle du yacht. À l'intérieur, une délicieuse odeur boisée flotte dans l'air. Une odeur de luxe. Je retrouve, émerveillée, le salon principal où j'avais parlé avec Pierre à Marseille : les larges fauteuils couleur crème, la longue table au centre, les élégantes chaises autour, le parquet clair, les baies vitrées. Au fond de la pièce, une porte à double battant donne probablement sur les cuisines, une seconde porte annonce : « Accès au pont ». Les hommes posent les bagages, se concertent rapidement.

« Je t'accompagne pour la mise en route ? »

Lazlo acquiesce. Pierre et lui s'éloignent vers le pont. J'ai repéré, tout près de l'entrée, un minuscule escalier qui s'enfonce dans la coque du bateau. Probablement les chambres.

« On… descend les bagages ?

– Plus tard. Rien ne presse. »

Clara envoie promener ses chaussures plus loin au sol, ôte sa veste.

« On va se détendre un peu, d'accord ? »

Elle n'attend pas vraiment de réponse, se dirige vers un coin de la pièce.

« Un peu de musique, qu'en dites-vous ? Et puis du chauffage, non ? Il ne nous restera plus qu'à boire et à grignoter. Il y a des boissons au frais et des canapés. Vous allez nous les chercher ? »

Une fois de plus, elle n'attend pas de réponse. Elle allume la chaîne hi-fi. Des baffles que je n'avais pas aperçus, encastrés dans les murs, produisent un grésillement. Je me dirige vers la cuisine du yacht. L'espace est exigu mais n'en respire pas moins l'opulence. Le même bois laqué et clair que dans le salon principal. Quatre plaques chauffantes. Un réfrigérateur plus grand que celui que j'avais à Marseille. Il y a même un îlot central.

« Quel genre de musique aimez-vous, Evie ? me demande Clara à travers la cloison.

– Oh… Un peu tout.

– Je n'ai que les compiles de Pierre. Cesaria Evora, ça vous va ? Il adore. »

J'ouvre la porte du réfrigérateur.

« Ça me va. »

Incroyable ! Dans le réfrigérateur nous attendent pas moins de cinq bouteilles de champagne et trois grands plats de canapés.

« Les coupes se trouvent dans le placard du haut », m'indique Clara.

Les premières notes de *Bésame mucho* résonnent jusque dans la cuisine.

Je repère un plateau sur l'îlot central. J'y dispose une bouteille de champagne, les coupes, un plate de canapés, des serviettes en papier. Je me laisse envahir par la voix rauque et profonde de Cesaria, par la guitare pleine de tendresse et de mélancolie.

Bésame, bésame mucho
Como si fuera esta noche la última vez

Je retrouve un peu de la légèreté que m'ont donnée le champagne et l'euphorie de la fin du vernissage. Je chantonne tout bas.

Au moment où je pousse les portes battantes, le plateau entre les mains, un vrombissement se fait sentir. Le sol se met à trembler. Les murs tanguent. Un bruit de moteur vient se superposer à la voix de Cesaria Evora.

Une douce chaleur baigne à présent le salon. À travers les larges baies vitrées, nous voyons s'éloigner le port, les lumières de la ville. Nous installons le plateau à même le sol, au milieu des fauteuils.

« On la surnommait “la diva aux pieds nus”, vous le saviez ? lance Clara.

– Pardon ?

– Cesaria Evora. Elle chantait pieds nus, en hommage aux pauvres de son pays, le Cap-Vert... Ses chansons parlent de souffrance, d'exil... Je ne sais pas d'où Pierre tient ce goût pour la mélancolie. Je n'ai jamais été très sensible à la musique, ajoute-t-elle. La peinture me parle davantage. La peinture et la poésie. Baudelaire m'a conquise, vous vous en doutez. »

Elle récite :

« “Oui ! telle vous serez, ô la reine des grâces,
Après les derniers sacrements,
Quand vous irez, sous l'herbe et les floraisons grasses,
Moisir parmi les ossements.
Alors, ô ma beauté ! dites à la vermine

Qui vous mangera de baisers,
Que j'ai gardé la forme et l'essence divine
De mes amours décomposés !" »

Je l'interroge du regard.

« *Une charogne*, annonce-t-elle.

– Des cadavres, encore ! Même dans la poésie ? »

Ma remarque la fait sourire. La porte s'ouvre sur Pierre. Les cheveux ébouriffés par le vent, il frotte ses mains transies. Il s'installe dans un fauteuil, retire sa veste.

« On sera à Mala dans une heure et demie. »

Puis il attrape la bouteille de champagne et nous le regardons toutes les deux, sans rien dire, pendant qu'il l'ouvre. Le bruit du bouchon semble réveiller Clara.

« Alors ? Qu'est-ce que vous attendez ? Vous me racontez cette soirée ? »

Je me sens envahie d'une légère torpeur. Je préfère écouter Pierre raconter la soirée, l'anecdote de Carmen repartie avec *Dieu la mère*. Les yeux de Clara brillent d'une lueur espiègle.

« Une dame a eu droit à un cours sur Goya », déclare Pierre.

Il me lance un regard moqueur. Clara nous sonde, les yeux plissés.

« Une passionnée de Goya ?

– Une femme qu'Evie a prise en grippe.

– Vous l'auriez détestée », j'assure à Clara.

Désinhibée comme je le suis, je lui raconte mes découvertes du soir :

« J'ai appris aujourd'hui que les gens ne viennent que pour parler d'eux. C'est incroyable ! Certains n'ont posé aucune question sur vos œuvres ! Tout ce qui les intéressait c'était de trouver un interlocuteur pour écouter leurs pseudo-connaissances.

– Vous savez ce que disait Sacha Guitry ? "Il y a des gens qui parlent jusqu'à ce qu'ils aient enfin trouvé quelque chose à dire." »

Nous sourions, nous terminons la bouteille de champagne.

« Pas de fausses notes ? Tout était donc parfait ? interroge Clara.

– Aucune. Nous avons été éblouissants », répond Pierre.

Il se lève pour aller chercher une autre bouteille de champagne dans la cuisine. Cesaria entame *Partida*. Un violon vient déchirer l'air, faire vibrer les baffles. Je me lève.

« Où sont les toilettes ?

– Votre chambre est celle de gauche. Vous y avez votre salle de bain et vos toilettes. »

Je tangue en descendant. Les vagues ne sont pas seules responsables. Je suis forcée de m'appuyer aux murs de chaque côté. En bas, il fait sombre, je tâtonne avant de trouver l'interrupteur. Quand j'allume, je découvre un élégant corridor à la moquette blanche immaculée. Deux portes, une de chaque côté. Celle de droite doit être celle de la chambre de Pierre et Clara. Une couronne de fleurs séchées est passée dans la poignée. Celle de gauche est entrouverte. Je la pousse, j'éclaire.

À ce stade, plus rien ne m'étonne. Cette chambre est immense. Moquette blanche, éclairage fondu dans le plafond, hublots, lit king size. Dans la salle de bain, il y a une baignoire en angle. Je reste figée de longues secondes. J'ai l'esprit tellement embué. J'espère que je ne rêve pas.

Lorsque je refais surface, Clara s'est avachie sur son fauteuil, les jambes passées par-dessus l'accoudoir, un bras pendant dans le vide. Elle fixe le plafond. Pierre, lui, est penché en avant. J'ai besoin de quelques secondes pour comprendre ce qui se passe. Pierre a un petit plateau posé sur ses genoux. Un plateau sur lequel se trouvent une carte bancaire et une traînée de poudre blanche. Dans sa main, un billet enroulé telle une paille. Je n'ai jamais vu personne prendre de la drogue en vrai, seulement dans des films. Je me fige.

« Vous avez trouvé ? » demande Clara.

Je reste immobile et muette. Pierre aspire la poudre d'une seule inhalation, sans aucune hésitation. Il lève la tête vers moi, esquisse un sourire.

« Tu en veux ? »

Je ne réponds pas. Me reviennent les mots entendus dans la maison des Manan, une nuit. *C'est toujours comme ça quand tu prends ces merdes toute la semaine ! Ça te bousille le cerveau ! Je te l'ai déjà dit ! Tu ne connais pas la modération !*

Dans son fauteuil, Clara se redresse, fait signe à Pierre de lui passer le plateau avec la carte, la poudre, le billet. Ma gorge est sèche, serrée. Clara semble lire les pensées qui se bousculent dans ma tête, car elle déclare :

« C'est soir de fête, Evie. Vous n'en voulez pas ? »

Je suis trop bouleversée, trop ivre aussi, pour prononcer le moindre mot. Je la regarde saisir le billet de Pierre, s'en servir à son tour de la même façon avec le plus grand naturel.

« J'ai d'autres choses si tu préfères. »

Je termine mon verre de champagne pour me donner une contenance, faire passer l'hébétement. Pierre dépose sur l'accoudoir du fauteuil sur lequel je suis assise un sachet en plastique contenant des pilules de différentes couleurs. Bleues, roses, jaunes.

« Je te conseille de commencer par un quart, dit-il. Attends, je reviens. »

Il va dans la cuisine. Clara note, comme si elle le remarquait seulement :

« Vous vous tutoyez ? »

J'acquiesce. Sans aucune transition, elle ajoute :

« Vous ne connaîtrez jamais une sensation pareille que faire l'amour sous ecstasy. On atteint un niveau supérieur de conscience, une sorte de nirvana. L'ivresse ultime. La grande libération. C'est ce qui se produit. »

Elle abandonne le plateau et remplit nos trois verres.

« Je n'ai jamais pris de drogue pour peindre. Je n'en ai pas besoin. J'ai un accès facile à mon inconscient. Mais, vous savez, les plus grands artistes ont essayé. »

Pierre revient avec un couteau pointu. Il reprend le sachet contenant les comprimés, en fait glisser un dans sa main. Clara poursuit :

« Van Gogh, Toulouse-Lautrec, Verlaine, Rimbaud, Baudelaire, Oscar Wilde, Edgar Poe, Picasso, Hemingway, j'en oublie sans doute… Tous ces artistes ont célébré l'absinthe. Tenez, Van Gogh peignait parfois dans des tons ocre et vert pâle, les couleurs de cette boisson. »

Pierre découpe le comprimé rose en quartiers. On dirait un Spasfon. Un simple Spasfon.

« Il ne consommait pas seulement de l'absinthe, mais aussi de la térébenthine de temps en temps, poursuit Clara de plus en plus enflammée. Bon, il s'est suicidé, mais plusieurs médecins pensent que c'était plutôt à cause d'une forme bien particulière d'épilepsie larvée. »

Je suis hagarde. L'épilepsie larvée, qu'est-ce que c'est ? J'ai dû prononcer ces mots à voix haute car Clara lève les yeux au ciel comme si elle cherchait une réponse.

« Eh bien, je ne sais pas exactement mais c'est une forme d'épilepsie délirante, je crois.

– Voilà », déclare Pierre.

Il dépose un morceau de comprimé au creux de ma paume.

« Un quart, c'est assez pour une première fois. »

Il rejoint son fauteuil. Clara s'avance vers lui, approche son visage à quelques centimètres du sien.

« Raconte-lui comment c'est, de baiser sous ecstasy. »

Je suis choquée par la vulgarité de l'expression de Clara, mais pas Pierre. Il y est habitué. Ce n'est pas la première fois qu'elle se laisse aller à des insanités.

« C'est… une décuplation sans limite des sens.

– À ce point ? » je lâche naïvement.

Clara détache son visage de celui de Pierre, se tourne vers moi.

« Tout ça est très personnel. Chacun vit une expérience différente. Vous verrez. »

Vous verrez. Les mots résonnent en boucle dans mes oreilles. Vous verrez quoi ? Quand ? Pourquoi ? Ils boivent leur champagne tout naturellement, détachés. Je ne bouge pas, le bout de comprimé toujours dans le creux de ma main. Une miette. Ça a tout juste la taille d'une miette. Une transe mystique grâce à ce fragment rose ? Je suis dubitative.

« Parfois les règles changent, Evie. »

Elle me fixe. Encore une phrase que je ne comprends pas tout à fait.

« Vous portez mon alliance, n'est-ce pas ? Disons que, lorsqu'elle est à votre doigt, Pierre vous appartient. Ce sera notre règle. D'accord ? »

Rien ne me vient, pas le plus petit clignement de paupières. Clara pose une main sur la cuisse de Pierre, dont le visage est impassible. Il me semble lointain tout à coup, différent du Pierre Manan de tout à l'heure.

« Vous ferez ce que vous voudrez, si vous le voulez et quand vous le voudrez. C'est aussi simple que cela. La seule limite tient au respect de ma volonté. C'est moi qui décide, toujours. »

Clara cherche les yeux de Pierre.

« Pierre m'autorise Lazlo ce soir. Parfois d'autres hommes. Tout dépend de lui, c'est l'unique règle. »

J'avais donc raison. Depuis le début. Une intuition féminine. Un pressentiment. Une imagination trop fertile, disait Gaël. J'avais vu juste.

« Je n'aime pas offrir une partenaire à Pierre, en temps normal. Nous différons sur ce point. J'ai le plaisir égoïste, contrairement à lui. »

Elle a un vague haussement d'épaules.

« Mais vous êtes mon double, c'est différent. Je crois même que l'idée m'excite… Vous portez l'alliance. Tant que vous l'aurez à votre doigt, considérez que vous avez ma bénédiction. »

Elle me sourit. Le quart de comprimé se ramollit dans ma paume moite. Mon cœur palpite. Il me semble que sous mes pieds, le vrombissement du moteur ralentit, mais je n'y prête guère attention. Clara se redresse.

« Pierre, tu prépares un plateau pour Lazlo ? Il ne va pas tarder. Je crois qu'il n'a pas encore dîné. »

Pierre se lève et s'éloigne en direction de la cuisine pour préparer un plateau-repas pour celui qui couchera avec sa femme ce soir. OK. Si je réfléchis davantage, c'est fichu. Je le sais. Alors je ne me laisse pas une seconde d'hésitation. Je place la miette rose sur ma langue et je la fais glisser avec du champagne.

Clara se plante devant les vitres.

« Je crois qu'on arrive. Lazlo va manœuvrer. »

En effet, le moteur produit des sons différents, il s'arrête et reprend avec moins de puissance. Le remous des vagues est plus palpable. Pourquoi ai-je avalé ce truc ? Cesaria Evora entame *Velocidad*, une chanson sur un rythme moins mélancolique, plus entraînant. Est-ce que j'ai quelque chose à me prouver ? Une revanche à prendre ? Contre qui ? Ma mère ? Jean ? La marque affreuse tout près de mon pubis ?

« Vous voulez monter sur le pont ? »

Un peu d'air frais me fera peut-être du bien, alors je suis Clara. Un couloir étroit débouche rapidement sur des escaliers. Je ne suis pas vraiment là. Je revois Lazlo, plus tôt, dans l'ascenseur, ses yeux revenant obsessionnellement sur Clara. La froide indifférence de Clara, qui n'était probablement qu'un jeu. J'avais vu juste pour ça aussi : la tension était bien présente. Une tension sexuelle que chacun essayait de taire.

Dehors, le vent frais rabat mes cheveux sur mon visage. Je ne distingue pas grand-chose, c'est une nuit sans lune. Juste quelques bateaux devant nous, qui ont jeté l'ancre pour la nuit.

« Venez ! » me crie Clara.

Lazlo est assis dans le poste de pilotage. Clara entre. Je reste en arrière. Je les observe dans le froid. Lazlo lève les yeux vers elle, Clara s'assied sur l'accoudoir de son fauteuil, se penche pour lui murmurer quelque chose à l'oreille. Il peine à conserver sa concentration, tressaille quand elle passe une main sur sa nuque. Je reste figée dans le vent glacial. C'est étrange, mais les voir ainsi tous les deux provoque en moi une brusque bouffée de tendresse pour Pierre. Quel genre de plaisir peut-il trouver à ce jeu ?

Je disparais à l'intérieur avant que Clara n'ait eu le temps de se retourner.

Pierre a installé au milieu des fauteuils un plat de canapés pour Lazlo ainsi qu'une coupe de champagne. Lazlo, que Clara caresse en ce moment même ! Clara, femme fatale impitoyable, aussi cruelle que Lilith, séduisant un à un chacun des hommes qui se trouvent sur son chemin. Lazlo ne peut détourner son regard d'elle plus de quelques secondes. Pierre lui offre tous les hommes qu'elle demande. Clara n'est pas seulement passionnée par le thème de la femme fatale. Clara *est* la femme fatale.

« Il manœuvre ? »

La voix de Pierre revenant de la cuisine me fait sursauter. Je rougis une fois de plus, sans vraiment savoir pourquoi. Les révélations de Clara, sa main sur la nuque de Lazlo là-haut, son invitation à peine masquée…

« Oui.

– Tiens. »

Il me tend une petite bouteille d'eau fraîche.

« Avec ce que tu as pris, tu risques de te déshydrater si tu n'y prends pas garde.

– Merci. »

Je bois au goulot et m'assois. Pierre propose :

« Si on changeait d'ambiance ? »

Le moteur s'est tu. Le bateau s'est immobilisé. Ne reste que le mouvement impulsé par les vagues, léger, presque imperceptible.

Pierre a mis une musique plus électro. Nous attendons Clara et Lazlo. Ils prennent leur temps. Mon imagination galope. La petite cabine de pilotage, ce qu'ils y font… Je me demande si Pierre se joue la même scène dans sa tête, pourquoi il reste si calme.

Ils redescendent rapidement, pourtant, Clara devant, impassible, Lazlo derrière, un peu troublé. Ils prennent place dans le petit cercle de fauteuils.

« Du champagne ? » demande Clara à Lazlo.

Il acquiesce. De mon fauteuil, je ne perds rien. Aucun détail. Leurs genoux se touchent. Lazlo se penche vers le plateau avec la poudre abandonné au sol.

« Je peux ? » demande-t-il.

Pierre fait un signe de tête. Alors, lui aussi, me dis-je. Est-ce un habitué de ce genre de soirées sur le yacht ? Il semble connaître les codes. Champagne, cocaïne, canapés. Clara trône dans son fauteuil telle Cléopâtre, avec grâce, indolente et féminine.

« Evie, j'ai pensé à quelque chose tout à l'heure, en vous récitant la *Charogne* de Baudelaire.

– Ah ?

– J'ai cette idée de tableau qui me trotte dans la tête depuis longtemps. »

Lazlo sniffe son trait dans le fauteuil voisin. Personne n'y prête la moindre attention.

« J'aimerais peindre un cadavre. Un beau cadavre. »

Que dire ? Je reste silencieuse. Après la narine droite, Lazlo aspire par la narine gauche. Pierre se remplit une coupe de champagne.

« Paul Delaroche a peint un sublime tableau de sa femme décédée sur son lit de mort. Le teint était cadavérique, il a merveilleusement su rendre cette couleur entre le jaune et le gris. C'est époustouflant. »

Pierre reste impassible dans son fauteuil.

« Tu sais déjà quel genre de cadavre tu veux peindre ?

– Non.

– Tu n'as même pas réfléchi au sexe ?

– Peu m'importe. J'aimerais rencontrer des modèles et choisir sur place celui qui m'inspirera. »

Clara pose une main sur le genou de Lazlo.

« Mange », dit-elle en lui désignant les canapés.

Et ce grand gaillard d'à peine vingt ans lui obéit.

« J'aimerais que vous vous occupiez de cela, Evie.

– De quoi ? »

J'ai perdu le fil de la conversation, interrompue par ce bref échange entre Clara et Lazlo. Une mère et son fils. C'est ce qui me vient spontanément à l'esprit.

« Vous contacterez les morgues. Vous leur expliquerez mon œuvre en général, et mon projet en particulier. »

Que comprend Lazlo à toute cette conversation ? Pas grand-chose, si j'en crois l'avidité avec laquelle il engloutit les canapés, indifférent à ces histoires de morgues et de cadavres.

« Il ne faudra pas avoir peur d'insister. On risque de vous opposer un refus tout net. Mais vous serez persuasive, j'en suis sûre. Vous leur proposerez un rendez-vous, éventuellement. Vous apporterez des reproductions de mes toiles, vous leur ferez sentir mon univers. »

J'ai soif. Terriblement soif. Je bois au goulot de ma petite bouteille d'eau. Clara semble considérer mon silence comme un assentiment. Toute la scène me donne un sentiment d'irréalité.

« Ce pourrait être une pièce maîtresse de mon exposition chez David Stein.

– Tu penses que tu l'auras terminée à temps ? intervient Pierre.

– Pourquoi pas. Si l'inspiration est là. Imagine l'effet… Je le peindrai sur une toile plus grande. On ne verra qu'elle. Une porte d'entrée directe dans mon univers. Il faudrait installer le corps sur un joli canapé noir. Un tissu de soie. Je pourrais jouer sur les reflets de la matière. »

Clara s'emballe, Pierre l'écoute, Lazlo mange des canapés et moi j'observe. Je fais un arrêt sur image à chaque seconde qui s'écoule. Je m'interroge… De quoi Lazlo et les Manan peuvent-ils bien discuter lorsqu'ils se retrouvent sur le yacht ? Lazlo parle à peine français, n'intervient jamais sans y être invité. Est-ce cela qui plaît à Clara ? Un homme-pantin ? Un homme-jouet ? Un homme-objet ?

« J'aimerais un nu, bien sûr. Je crois que… Oui, je crois que j'aimerais peindre un homme. Un homme frappé par une mort violente.

– Comme c'est surprenant », ironise Pierre.

Clara se tourne vers Lazlo, lui prend le menton et le soulève pour l'obliger à la regarder en face.

« Est-ce que tu poserais pour moi ? »

Lazlo ouvre des yeux surpris, finit de mâcher avant de demander :

« Ce soir ? »

Elle sourit avec un petit air cruel.

« Non, pas ce soir. Un de ces jours.

– D'accord.

– Tu comptes le tuer ? interroge Pierre sur le ton de la conversation.

– Non. J'aimerais m'entraîner à la peinture anatomique avant de me lancer sur mon projet de cadavre. Cela fait longtemps que je n'ai pas peint de nus. »

Lazlo répète avec sérieux :

« Je poser pour toi.

– Merci, Lazlo. »

Pierre et Clara se sourient. Je me lève. Il faut que je retourne aux toilettes.

C'est en me lavant les mains que je constate un changement dans mes perceptions. Mon champ visuel est transformé, plus large, plus lumineux. Les luminaires au-dessus du petit lavabo me paraissent plus vifs que tout à l'heure. Mais ce n'est pas tout. La musique électro, qui résonne pourtant un étage plus haut, me semble amplifiée, comme si Pierre avait monté le son. Les pulsations des basses se répercutent avec plus de force, résonnent dans tout mon corps. Mais le changement le plus merveilleux, le plus flagrant, le plus fascinant, se situe au niveau du toucher, des sensations de ma peau. Mes doigts contre le métal froid du robinet puis, la seconde d'après, sensation parmi les sensations, merveille parmi les merveilles, le contact de l'eau fraîche sur mes paumes. J'en reste figée de plaisir, les deux mains recevant avec délectation le jet d'eau. C'est ça, c'est bien ça, ce dont Pierre et Clara me parlaient. Ce nirvana, cette extase. Je ne peux me résoudre à couper l'eau. Ces milliers de vibrations, ces molécules d'eau qui éclaboussent mon épiderme. Les pulsations de la musique. La chaleur dans mon cœur. Je ferme les yeux. En rouvrant les paupières, très brièvement, j'aperçois le savon liquide. Je me savonne les mains. Je regarde les bulles, les milliers de minuscules bulles formées par la mousse et les couleurs que la lumière fait danser sur leurs parois. Une œuvre d'art.

Chaque mouvement, chaque déplacement, chaque geste impliquant le toucher est une redécouverte du monde qui m'entoure. Je me déshabille. J'ai envie de sentir l'eau couler sur mon corps. Je m'allonge dans la baignoire. Je la laisse se remplir. Je ferme les yeux. L'eau réveille le moindre centimètre de ma peau. Je ne veux plus jamais quitter cette baignoire. Je m'absorbe dans la contemplation du plafond. Qui aurait cru qu'il y avait autant de détails au plafond d'une salle de bain ?

Il y a autre chose avec ce nouvel univers dans lequel j'ai pénétré grâce à la pastille rose. Quelque chose avec le temps. Il n'est plus le même. Il se distend à l'infini. J'ai l'impression d'avoir passé une nuit dans cette baignoire lorsque Pierre apparaît. Il est beau, Dieu qu'il est beau. C'est une autre révélation de la pastille rose.

« Tout va bien, Evie ? »

Il fronce les sourcils, inquiet. Il n'a aucune raison de s'en faire. Je n'ai jamais été aussi intensément heureuse.

« Il faut que tu testes ça, Pierre.

– Ça ?

– L'eau sur ta peau. C'est la plus belle sensation du monde. »

Il ne me prend pas au sérieux, je le sens.

« Viens, dis-je. Viens essayer. Je n'ai jamais rien connu d'aussi bon.

– Vraiment ? »

Personne n'est aussi adorable que Pierre quand il est ironique.

« Viens ! Après ça, j'aimerais tester la moquette.

– Tester la moquette ?

– La sensation de la moquette sous mes pieds. Je suis sûre que c'est divin. »

Il repart. Je me redresse, lui crie :

« Où tu vas ? »

Mais il ne va pas loin. Il ferme la porte en prenant soin de laisser la poignée baissée. Sans doute un signe, dans leur étrange code de libertins.

« Tu vas venir te baigner avec moi ?

– Oui. »

Je regarde Pierre Manan se déshabiller. Ma propre nudité ne me gêne absolument pas à ce moment précis. Elle ne m'a jamais semblé si naturelle. Pierre a un physique athlétique. Je détaille la largeur de ses épaules, le contour de ses muscles, les marques de bronzage, la pilosité concentrée sur le bas de son ventre, et puis son sexe. Pierre a un beau sexe. La peau de son pénis est lisse, son gland est bien dessiné, la veine qui court sur sa longueur se devine en relief, légère, douce. Ses testicules sont fermes. Absolument rien ne dénote. Pierre est parfait. La température de l'eau est parfaite. Les sels de bain ont une texture unique, ils crissent entre mes doigts puis fondent, créent une couche onctueuse que j'étale sur mes genoux avec ravissement.

« Tu me fais de la place ? »

Pierre me rejoint. Même le contact dur de la baignoire dans mon dos n'est pas désagréable ce soir. Je suis entrée dans un monde ouaté, fait de douceur, d'enivrement, de félicité pure.

« Ces sels de bain sont dingues. »

Je les écrase contre ma nuque, fais rouler chaque grain jusqu'à ce qu'il fonde ou s'agrippe à ma peau, et alors, même cette sensation de frottement rêche me semble époustouflante. Je fais remonter mes mains sur mon cuir chevelu, au milieu de mes cheveux, sur mes tempes. Je redécouvre mon corps. J'ai envie de le masser, de le malaxer, mais il y a tellement d'autres choses que j'aimerais faire. Goûter la mousse qui sent si bon, la laisser fondre sur ma langue, essayer de croquer les bulles, les sentir éclater contre mon palais.

« Tiens, sers-toi de ça », dit Pierre.

Il me tend une éponge de bain d'un rose éclatant. Une éponge en forme de fleur. Son contact me fait frémir. Je la plonge dans l'eau, sens chacune de ses fibres se gorger d'eau, je la presse, regarde les bulles remonter à la surface, puis la fais émerger. Elle dégouline. Je l'écrase contre ma gorge, laisse les filets d'eau glisser entre mes seins.

« C'est la pastille rose qui fait ça ? »

J'interroge Pierre tout en me tamponnant la peau. Le cou, la nuque, les épaules.

« Oui. »

Je plonge la fleur rose dans l'eau, la laisse se gorger d'eau et de mousse à nouveau.

« Ça va durer jusqu'à quand ? »

Il y a un peu de crainte dans ma voix. Je ne veux pas quitter ce monde magique tout de suite.

« Quelques heures.

– Quelques heures ?

– Le reste de la nuit. »

Je souris. Toute la nuit. Toute la nuit entourée de coton, de beauté, de tendresse.

« Donne-moi l'éponge », demande Pierre.

J'hésite à la lui rendre. Je suis en train de me caresser le ventre. Je n'ai aucune envie d'interrompre mon massage.

« Evie », dit-il plus doucement.

Je la lui tends à contrecœur. Pierre saisit mes pieds sous l'eau, délicatement.

« Ferme les yeux. »

J'obéis sans réfléchir. Le contact des grandes mains de Pierre sur mes pieds est divin. L'eau coule toujours de mes cheveux, ruisselle le long de mes épaules. Il place l'éponge sous mes plantes de pieds, puis il se met à masser, avec des mouvements lents qui me donnent l'impression que des dizaines de papillons se posent sur mes pieds et décollent en même temps.

« C'est bon ?

– Oui. N'arrête pas. »

Il continue, fait remonter l'éponge le long de mes mollets puis la redescend sans se presser.

« Clara et Lazlo…

– Oui ? »

J'ai du mal à parler au milieu de toute cette volupté. J'entrouvre les paupières pour pouvoir apercevoir Pierre. Il est concentré sur son massage, suit des yeux le mouvement de son éponge.

« Tu les as laissés tout seuls là-haut.

– Oui.

– Ça ne t'embête pas ? »

Il lève les yeux vers moi.

« Non. »

Pendant un instant, je ne trouve rien d'autre à dire.

« Ça fait longtemps ?

– C'est-à-dire ?

– Que vous faites ça, Clara et toi ? »

Je crains qu'il ne s'arrête chaque fois qu'il lève les yeux vers moi, mais il ne le fait pas. Il poursuit son massage.

« Depuis notre mariage. C'était ma condition. L'épouser avant de lui offrir des hommes. »

Dans la réalité créée par la pastille rose, cette idée a moins de mal à s'imposer. Elle me semble moins étrange. Pierre me désigne ma main posée sur le rebord de la baignoire, ornée de l'alliance.

« Ceci prend le pas sur le reste. Sur tout le reste. Elle le sait aussi bien que moi. »

Pendant un instant, nous ne disons plus rien. Je pense à tout ce que cela implique, à Lazlo et Clara, là-haut, qui sont sûrement aussi nus que nous, mais qui se livrent probablement à une autre activité.

Ma voix résonne de nouveau, presque indépendamment de moi :

« C'est ce que vous faites quand vous sortez en semaine ? Tu emmènes Clara rencontrer d'autres hommes ? »

Il enrobe délicatement mon genou.

« Oui.

– Fréquemment ?

– Oui.

– Lazlo ?

– Lazlo est un cas à part.

– Pourquoi ? Parce qu'il est le favori ?

– Oui.

– Ça veut dire quoi ? »

Pierre sourit, me fait signe de me tourner, ce que je fais sans réfléchir. Alors il soulève mes cheveux délicatement et les fait passer par-dessus mon épaule pour pouvoir me masser le dos.

« Lazlo fait partie de la famille. »

J'émets un son étranglé qui exprime ma surprise.

« De la famille ?

– Lazlo travaille pour nous depuis un an. Il est invité sur le yacht, parfois à la maison, il part en week-end avec nous…

Surtout, il sait que Clara est peintre, qu'elle se fait appeler Calypso Montant et qu'elle expose à Humanis. »

Je tressaille au contact de l'éponge sur ma nuque, me cambre légèrement.

« Pas les autres ? Ils ne le savent pas ?

– Non. Le club est un lieu à part.

– Qu'est-ce que ça veut dire ?

– Que là-bas Clara a une autre identité… et moi aussi.

– Quelles identités ? »

L'éponge s'arrête dans mon dos, sur ma colonne vertébrale.

« Le club est un lieu à part, répète-t-il.

– Je n'ai pas le droit de savoir ?

– Il vaut mieux que tu restes loin de cet univers », dit-il enfin.

Je n'ai pas du tout envie de protester, en grande partie parce que les mains de Pierre et l'éponge rose me tourmentent avec délice.

Il faut que Pierre ferme le robinet pour que je sorte de ma transe. La baignoire est sur le point de déborder. Les réserves d'eau chaude sont épuisées. Les derniers litres sont froids.

« Tu grelottes », dit-il.

Il se lève, son corps dégouline dans la salle de bain. Il ouvre le placard sous le lavabo, en sort une serviette qu'il me tend. Je n'ai pas remarqué que j'avais froid. Dans mon univers magique, le froid n'existe pas, ne se ressent pas. Pierre m'enveloppe dans la serviette, d'une extrême douceur, me frictionne. Je me laisse faire. Ses mots me reviennent en tête.

« Pourquoi est-ce que je dois rester loin de cet univers ? »

Il m'abandonne, fouille de nouveau sous le lavabo, prend une seconde serviette qu'il enroule autour de sa taille.

« Parce que tu es innocente.

– Innocente ?

– Oui.

– C'est une façon élégante de me dire que je suis encore une enfant ?

– Tu n'as rien d'une enfant, Evie. Tu es une jeune femme avec une poitrine sublime. »

Je ne relève pas. La pilule rose a peut-être le pouvoir de créer quelques hallucinations auditives.

« Pourquoi innocente, alors ?

– Parce qu'il n'y a pas de perversité en toi. »

Je m'accroche à son regard, tente d'en savoir plus, mais Pierre se contente de me frictionner.

« Lazlo aussi est innocent. C'est ce qui plaît tant à Clara.

– Lazlo est un grand enfant ?

– Il donne à Clara plus de plaisir que je ne peux lui en donner moi-même. »

Je le dévisage, les yeux écarquillés.

« Comment tu peux dire ça ?

– C'est la vérité. Lazlo et Clara vivent ensemble quelque chose qui s'apparente à une passion. »

Pierre se place derrière moi pour essorer mes cheveux.

« Une passion…

– Qui prendra fin. Comme toutes les passions. Clara le sait, moi aussi. Rien de tout cela ne remet en cause notre relation.

– C'est tellement cynique…

– De vouloir voir sa femme comblée ? »

Je ne trouve rien à répondre. Je me laisse réchauffer, aussi molle qu'une poupée de chiffon. Je regarde nos reflets dans le miroir. Le corps massif de Pierre derrière moi. Ma silhouette plus petite, mes cheveux noirs mouillés, mon maquillage qui a coulé sur mon visage pâle, mes épaules nues.

« Tu comprendrais si tu les voyais ensemble, dit Pierre.

– Ensemble ?

– Se donner du plaisir. Personne ne peut y être insensible. »

Il laisse retomber mes cheveux dans mon dos.

« Tu veux toujours tester la moquette ? »

Je me suis débarrassée de ma serviette et me suis allongée sur la moquette blanche et épaisse. Je ne grelotte plus. J'ai envie que chaque centimètre carré de mon corps profite du contact chaud, doux, enveloppant de la moquette. Mes paumes caressent, palpent, effleurent, mon dos absorbe la matière. Je fixe le plafond. J'ai l'impression que des formes transparentes y apparaissent puis disparaissent. Je pense à Clara et Lazlo, à la passion, à l'univers clos que constitue le club…

« Tu crois qu'elle est amoureuse ?

– Pardon ?

– Clara… De Lazlo… »

Pierre hausse les épaules. Il est allongé à côté de moi. Il fixe le plafond lui aussi.

« Il se peut qu'elle ressente quelque chose qui ressemble au sentiment amoureux.

– Ça ne te gêne pas ?

– Non. Je ne l'en aime que plus.

– Tu es cinglé. Vous êtes cinglés, tous les deux. »

Il me sourit avec douceur.

« Et le type qui a marqué ta peau à jamais, il n'était pas cinglé ? »

Je ne cherche pas à masquer mon pubis et l'affreux tatouage. C'est trop tard, et puis qu'importe, au fond ? Je suis nue devant lui, il est nu devant moi. Nous sommes comme Adam et Ève, dans la plus pure innocence.

« Il est cinglé, je l'admets. Et égoïste, cruel, menteur, trop gâté. »

Pierre sourit encore. Je tourne ma tête à droite, à gauche, pour sentir le contact de la moquette contre mon crâne.

« Je t'emmènerai à la clinique, déclare-t-il.

– Pour ?

– Pour te faire effacer ça. »

Je sens monter en moi un profond élan de tendresse. Le même que tout à l'heure en observant Clara et Lazlo dans la cabine de pilotage, mais plus fort. À cause de la pastille rose. À cause de sa phrase.

« J'aurais dû le faire, tu sais. Je n'avais pas l'argent nécessaire.

– Peu importe. Je t'y emmènerai. »

Après cela, je me laisse dériver dans le cocon de douceur constitué par la moquette et je demande à Pierre :

« Tu peux me caresser ? Comme dans la baignoire ? »

Alors Pierre se redresse sur un coude, et de sa main libre il se met à effleurer ma peau sans rien oublier, ni mes paupières, ni ma mâchoire, ni mes seins.

Quand ses doigts frôlent ma bouche, je les embrasse, je les goûte, et quand ils effleurent la pointe de mes seins, je me cabre. C'est ma seule folie.

J'ai l'impression qu'une autre nuit s'est écoulée. La musique s'est tue en haut. J'ai cru entendre quelques gémissements en provenance de la chambre d'en face, où Clara et Lazlo doivent être enfermés, mais je n'en suis pas certaine.

« Est-ce que j'aurai tout oublié demain ? je demande à Pierre.

– Quoi donc ?

– La nudité… Les caresses. »

Il secoue la tête.

« Non.

– Ce sera gênant…

– Ça ne doit pas l'être. »

Ses doigts dessinent le contour de mon menton, remontent l'angle de mes mâchoires, glissent derrière mes oreilles.

Plus tard, j'interroge :

« Est-ce qu'elle me reprendra l'alliance au réveil ?

– Probablement. »

Il caresse mes paupières, les abaisse, m'oblige à fermer les yeux.

« Tu seras déçue ? demande-t-il.

– Je ne sais pas.

– Tu ne sais pas ?

– Tout sera différent quand l'effet aura disparu, dis-je.

– Tu ne m'aimeras plus ? »

J'ouvre les yeux. Pierre me fixe.

« Je suis censée t'aimer ?

– Tu sais ce que je veux dire…

– C'est la drogue qui fait ça ? Qui nous donne ces élans de tendresse ?

– Oui. En grande partie.

– Alors probablement que tout me sera égal demain. Je me moquerai de ne plus avoir l'alliance. »

Je dis ça pour le tester, mais il reste impassible.

« Et toi, tu seras déçu ? je demande.

– Non, pas déçu.

– Ah ?…

– Impatient.

– Impatient ?

– De recommencer. »

Je l'observe, dubitative.

« Recommencer quoi ? Il ne s'est rien passé…

– Justement.

– Justement ?

– Nous avons créé l'attente. C'est quelque chose de fort. »

Il m'impose le silence en glissant ses doigts dans ma bouche.

« Evie, tu es tellement innocente. Tellement parfaitement ingénue. Tu n'imagines pas la valeur de cette candeur. »

Je repousse ses doigts pour pouvoir parler.

« Ma valeur… pour qui ?

– Pour moi. »

Ses doigts dessinent le contour de ma bouche. Il me regarde avec des yeux presque amoureux, si bien que je le crois sur parole.

« Pour Clara aussi, ajoute-t-il.

– Clara ? Qu'est-ce qu'elle vient faire là ?

– Tu l'as séduite, sans quoi elle ne t'aurait jamais offerte à moi.

– J'ai séduit Clara ?
– Bien sûr.
– Comment ?
– Je viens de te le dire. »
Je n'ajoute plus rien. Je réfléchis à la question.

Plus tard, beaucoup plus tard, ses doigts tracent des cercles autour de mon nombril. Il s'est allongé sur le côté, sa tête est tout près de la mienne. Je me redresse sur un coude.

« C'est pour ça qu'elle avait besoin d'une doublure ?

– Pardon ?

– Pour les hommes ? Pour continuer de fréquenter le club ? Pour mener la vie qu'elle veut ? »

Pierre sourit.

« Disons que le nom d'artiste a suffi un temps à séparer les deux aspects de la vie de Clara.

– Mais son œuvre a commencé à être connue... À attirer l'attention de Stein, des journalistes.

– C'est vrai.

– Son visage risquait d'être reconnu. Malgré le pseudonyme, quelqu'un pouvait faire le lien... »

Pierre ne dit rien, me laisse poursuivre.

« Elle aurait pu renoncer au club.

– Elle aurait pu.

– Mais elle ne pouvait pas renoncer aux hommes... »

Il sourit de nouveau, et c'est comme un aveu.

Je reprends.

« Alors...

– Alors ?

– Elle a cherché à concilier les deux. En donnant à Calypso Montant un visage autre que le sien, elle s'est assurée que son œuvre ne soit jamais entachée par ses pratiques ou... ou ses relations. Elle s'est assurée que Calypso Montant et Clara Manan n'interfèrent jamais. »

La main de Pierre se perd sur la courbe de ma hanche, remonte. Je tressaille.

« Il y a de cela, en effet. Clara a voulu protéger son œuvre, la rendre pure, vierge de toute influence.

– Alors… Tout le reste, c'était faux… ? Son horreur des représentations, des journalistes…

– Non. C'est vrai aussi. »

Il entoure mon sein avec douceur. Je ne peux m'empêcher de fermer les yeux, de laisser retomber ma tête sur la moquette. J'ai envie de lui mais je ne pourrai jamais aller plus loin.

« Tout est toujours plus complexe que ça en a l'air. Il n'y a pas une vérité unique. De la même façon, fréquenter des hommes n'est pas la seule raison pour laquelle Clara va au club. Il y a autre chose.

– Quoi ?

– Devenir une autre, se glisser dans la peau d'un personnage qu'elle a créé de toutes pièces, c'est quelque chose qui l'excite beaucoup.

– Comme moi ce soir ? »

Il me regarde avec étonnement :

« Tu y as pris du plaisir ?

– Au début, non, et puis j'ai fini par me laisser entraîner. »

Je me tais puis j'ajoute :

« Ça m'a plu d'être ta femme. »

En temps normal, j'aurais rougi de ma confidence mais nous sommes dans un monde de douceur ce soir, un monde dans lequel toute vérité doit être dite sans filtre.

« Tu l'es encore pour quelques heures. »

C'est vrai, l'alliance de Clara est à mon doigt.

« Alors continue de me caresser, je murmure. N'arrête pas. »

C'est une nuit hors du temps. La lassitude, l'ennui, rien de tout cela n'existe. Rester allongés nus sur la moquette devient un plaisir, une occupation en soi. Les doigts de Pierre effleurent ma peau, élargissent ma conscience de moi, de mon corps, du moment. L'instant se suffit à lui-même. Ressentir. Regarder. Le plafond, le visage de Pierre, la lumière éblouissante de la salle de bain. Respirer. Frissonner. Être présent, simplement.

« Viens », dit Pierre.

Il se redresse. Nous n'avons pas parlé depuis si longtemps que je reconnais à peine sa voix.

« Où ?

– Boire et manger quelque chose. »

Il me tend une main que j'attrape. Je me sens engourdie mais pas raide. Les sensations désagréables n'existent plus dans l'univers de la pastille rose. Pierre récupère mes vêtements, me les donne. Je les enfile, docile. Il n'y a pas de lutte non plus. Seulement un accord, une acceptation.

Nous sortons dans le couloir sombre. La porte de la chambre d'en face est fermée. La poignée abaissée selon le même angle que Pierre s'est employé à donner à celle de ma chambre, tout à l'heure.

« Ils sont là ?

– Oui. »

Aucun bruit ne nous parvient.

« Ils dorment ? »

Cela fait sourire Pierre.

« Pas avec ce qu'ils ont pris. Ils ne dormiront pas avant le matin.

– Ils se droguent pour ça... ? »

Nous grimpons les escaliers.

« Ils se droguent pour pouvoir se donner du plaisir toute la nuit ?

– Pas seulement. Tu sens comme tout est plus fort ? Comme notre conscience est élargie ?

– Oui...

– Faire l'amour dans cet état tient de l'expérience mystique. »

Je me dis que j'aimerais essayer, que si Pierre me le demandait, tout de suite, au milieu du salon, je serais capable d'accepter. Mais il ne le fait pas. Il se laisse tomber dans un des fauteuils et me tend la bouteille d'eau abandonnée quelques heures auparavant.

Alors je bois. Je me laisse aller avec délice à la sensation de l'eau dans ma gorge. Pierre déclare :

« Je vais remettre de la musique. »

La voix de Cesaria envahit de nouveau l'espace. C'est autre chose de l'entendre les sens exacerbés. Infiniment plus beau, plus vibrant. Je ferme à demi les yeux, me laisse aller au fond du fauteuil. Pierre s'assied à même le sol, entre mes jambes. Il a récupéré le sachet de poudre blanche. Il recommence son manège. Je passe ma main dans ses cheveux, les caresse avec une douceur presque maternelle.

« C'était une sacrée chanteuse et un sacré personnage. Elle avait un faible pour l'alcool, déclare-t-il.

– Ah oui ?

– Elle descendait des litres de rhum. Elle buvait même sur scène. Elle n'en avait rien à faire des conventions. »

J'entends un sourire dans sa voix. Comme Clara, je songe.

« Elle passait les trois quarts du concert assise sur une chaise, immobile. Elle chantait ainsi, sur sa chaise, avec son rhum à la main et sa cigarette à la bouche. Et les gens l'aimaient. »

Les cordes des guitares vibrent dans la pièce jusque dans ma cage thoracique.

« C'était une sacrée femme. Une sacrée grosse bonne femme avec un œil qui disait merde à l'autre. »

Je souris.

« Et pourtant… Je n'ai jamais senti autant d'émotion dans une voix. Elle avait l'art du spleen. La *saudade*, comme on dit. Tu le sens ?

– Oui.

– C'est vrai ? »

Il se retourne pour voir mon visage.

« Oui, je le sens. J'ai l'impression que sa voix entre en moi, se diffuse dans mes veines, se loge là… dans ma poitrine… Elle produit un drôle de truc dans mon corps.

– Un drôle de truc ?

– Un truc doux et amer. »

Il sourit. Sa main se pose sur mon genou. Un envol de papillons. Puis il se retourne. Je passe mes bras autour de son cou, embrasse ses cheveux. Je serais capable d'aimer la terre entière cette nuit.

Nous assistons au lever du soleil à travers les vitres du bateau. Une fine bande grise en surface, d'abord, venue briser la monotonie de la nuit. Puis le gris se gorge de lumière, se teinte de jaune. Une touche discrète, mais qui, déjà, perturbe l'uniformité du ciel. Il se craquelle, se dissout, révèle la présence de nuages invisibles jusqu'alors. Le jaune se réchauffe, se fait saumon, devient orange. Les nuages, d'abord blancs, se bardent de rose, de violet. Puis c'est le moment de grâce, l'instant éphémère qui précède l'apparition de l'astre. Le ciel se fige. Les mouettes à peine éveillées se taisent. Les couleurs s'impriment sur notre rétine. Dans un instant, tout sera différent, tout sera modifié. Il faut immortaliser mentalement toute cette beauté.

Le soleil s'élève. Un orange si rougeoyant que mes yeux se plissent, ne peuvent fixer la couleur. L'eau s'éveille, prend vie, scintille. Les mouettes recommencent à tournoyer.

« Je vais préparer du café », dit Pierre.

Je ne l'entends pas. Je reste figée. La lumière du jour me révèle où nous sommes. Une minuscule crique à l'eau turquoise et aux reflets argentés. La plage, surplombée de falaises, est déserte. Quelques cabanons blancs au bord, fermés en cette saison. Nous ne sommes que trois bateaux dans la crique. Les autres occupants semblent encore dormir. Je dépose l'alliance de Clara sur l'accoudoir du fauteuil. Dans quelques instants, les effets de la pastille rose auront disparu. Il est temps pour moi de redevenir Evie Perraud et d'aller admirer le paysage.

Sur le pont, le vent frais me fait frissonner, signe que l'ecstasy commence à s'estomper. Je reste de longues minutes à m'abîmer dans la contemplation des reflets. Turquoise, bleu canard, argenté se mêlent, scintillent, clapotent.

Une porte claque derrière moi et me sort de ma rêverie. Clara surgit, drapée de noir. Une longue robe, un gilet. Elle a le teint pâle d'une nuit sans sommeil mais l'air apaisé. Elle s'appuie à la rambarde, près de moi. Je remarque les veines bleutées que la délicate transparence de sa peau laisse apparaître sur son front, ses tempes et dans son cou. Elle tend la main gauche vers moi, une main sur laquelle brillent de nouveau l'alliance et le diamant.

« Merci », dit-elle.

Je réponds d'un vague mouvement de tête. Ses cheveux volent, fouettés par le vent, et transportent jusqu'à moi des odeurs. La note poudrée de son parfum au jasmin et une fragrance plus boisée de transpiration masculine, brute. Dans les cheveux de Clara, il y a l'odeur du corps de Lazlo.

« Comment c'était ? » demande-t-elle.

Je suis prise de court par la brutalité de sa question. Elle ajoute :

« Ne rougissez pas. Vous aviez ma bénédiction. »

Je déglutis, secoue la tête, bafouille.

« Non… On… On n'a pas… »

Elle pose une main sur mon avant-bras pour m'inciter à me calmer. L'effet est immédiat. Sa paume fraîche m'apaise.

« Une autre fois, alors. »

Elle presse mon bras avec douceur.

« Vous avez passé une bonne soirée ?

– Oui.

– Bien. »

Elle lâche mon bras avant de reculer.

« J'ai une faim de loup. Installez-vous sur le pont. Pierre prépare le petit déjeuner. Je vais chercher Lazlo. »

Clara s'éclipse et je comprends à cet instant précis que je ne pourrai jamais la tutoyer et qu'elle-même ne le fera jamais. Il y a une distance entre nous, une distance en quelque sorte sacrée, qui a sa raison d'être. Elle est l'original, moi la doublure. Elle est l'artiste, la femme fatale, l'épouse. Elle détient tous les pouvoirs, dont celui de me donner ou non l'alliance. Je suis l'obligée de Clara Manan.

Nous pourrions être un groupe d'amis tout ce qu'il y a de plus commun. Un groupe d'amis qui auraient fait la fête jusque très tard. Nos visages pâles, nos yeux cernés. Nous partageons un petit déjeuner sur le pont du bateau. Les cuillères tintent et les mouettes crient. Clara picore dans un bol de céréales. Lazlo ne la lâche pas du regard, même quand il engloutit ses œufs au lard. Pierre, renversé dans son fauteuil, boit son café, indifférent à leur manège. Je les observe et je m'observe moi-même. Je tente de capter le moment où je rebasculerai dans le monde réel, où la magie s'évanouira, mais je ne perçois rien, rien qui m'indique que j'y sois encore, rien qui m'indique que je n'y sois plus. Je dois être dans un entre-deux. En chemin.

« Tu voudras te baigner ? » demande Clara à Lazlo.

Il continue de mâcher, hoche la tête.

« Pierre nous rapprochera. Tu nous rapprocheras, chéri ?

– Bien sûr.

– Ne fais pas comme l'autre fois, amour, fais attention quand tu plonges. »

Je relève la tête un peu trop brusquement. Clara a posé une main sur le genou de Lazlo. C'est à lui qu'elle s'adresse. C'est lui, « amour ».

« Il s'est ouvert l'arcade la dernière fois », me dit-elle.

Je ne trouve rien à répondre et je la regarde passer un doigt sur l'arcade sourcilière de Lazlo avec tendresse.

Nous terminons le petit déjeuner. La fatigue commence à me saisir. Pierre et Lazlo se dirigent vers la cabine de pilotage. Clara reste au soleil, installée dans un fauteuil en osier. Je me concentre sur le scintillement de l'eau. Un léger vertige commence à s'emparer de moi. À moins que ce ne soit le mal de mer que je n'ai pas ressenti jusqu'à maintenant. Le moteur se met en route. Le plancher tremble. Le scintillement de l'eau est troublé par des remous. Nous nous approchons de la côte. Je me cramponne aux accoudoirs de mon fauteuil.

« Tout va bien, Evie ? »

Clara me fixe. Je tente de donner le change. Le soleil me semble tout à coup trop fort et le vacarme du moteur assourdissant. Je vacille.

On coupe le moteur. Le silence revient. Clara se lève avec nonchalance, s'étire.

« Vous voulez vous baigner, Evie ?

– Non. Ça ira. »

Elle n'insiste pas, se dirige vers le poste de pilotage. Je ferme les yeux un instant. J'entends leurs voix. Un rire résonne. Celui de Lazlo. C'est la première fois que je l'entends rire. J'ai l'impression d'être en déséquilibre, de flotter étrangement dans l'espace. Je cherche Pierre du regard, mais il n'est pas là. Mes poings se crispent en spasmes involontaires, comme des crampes. Je ne comprends pas ce qui m'arrive. J'ai l'impression de perdre le contrôle de mon corps. Je tente de me mettre debout. Je m'agrippe à la table devant moi. Des gouttes de sueur dégoulinent le long de ma nuque. Il ne fait pourtant pas plus de vingt degrés. Je me redresse, me concentre. Un pied après l'autre. Où sont-ils tous passés ? Je n'entends plus aucune voix. Je réussis à faire quelques pas sur le pont. Pierre surgit tout à coup devant moi.

« Evie, ça va ? »

Je secoue la tête.

« Non, j'ai… Je ne sais pas ce qui m'arrive. »

Il n'a pas l'air inquiet. Il hoche la tête comme si tout cela était parfaitement normal, me prend par le bras.

« Viens, tu ferais mieux de t'allonger. Je vais t'accompagner dans ta chambre.

– J'ai des… des vertiges, des sueurs froides. Et… et mes poings… Qu'est-ce qui leur arrive ?

– Je sais. C'est normal. Viens. »

Je m'appuie sur son bras, me laisse guider par sa voix calme.

« Ce sont des effets secondaires. Tu es en phase de descente. Ce qui t'arrive est parfaitement normal, d'accord ? »

Je marche lentement. Ma main se crispe autour du poignet de Pierre, de façon incontrôlable.

« Tu vas te coucher. Tu n'arriveras peut-être pas à dormir mais il faut essayer. »

Nous descendons l'escalier.

« Tu te sentiras peut-être déprimée. Ça aussi, c'est normal. Ton cerveau a épuisé ses stocks de sérotonine. Il faudra attendre quelques jours avant qu'ils se reconstituent. »

Je ne comprends pas bien ce qu'il dit. Je n'écoute pas. Je me concentre pour contrôler mes pas, calmer la sensation diffuse d'angoisse.

Nous traversons le salon. Mon cœur cogne dans ma poitrine. Des battements sourds qui envahissent tout l'espace. Est-ce que ce ne serait pas une crise cardiaque ? Une attaque cérébrale ?

« Evie… Calme-toi. »

Je lui broie littéralement le bras. Il y a les spasmes, mais aussi la panique qui monte.

« Je fais une attaque.

– Tu ne fais pas une attaque.

– Si. Mon cœur. Il ne bat pas normalement. Je le sens.

– Ce sont les effets secondaires.

– Tu n'en sais rien ! »

J'ai crié. Nous sommes au milieu des escaliers qui mènent aux chambres.

« Evie, on y est presque. Quelques pas, et tu t'allongeras. Je poserai un gant frais sur ton front. Tu verras, ça ira mieux.

– Je vais mourir.

– Tu ne vas pas mourir.

– Si. Je sens que je suis en train de mourir. »

Ma voix déraille, monte dans les aigus, je me fais peur à moi-même.

« C'est une impression, comme tu le dis.

– Si tu me laisses mourir…

– Je ne te laisserai pas mourir. »

Nous atteignons le couloir. La tête de Clara apparaît dans l'entrebâillement de la porte.

« Qu'est-ce qui se passe ?

– La descente », répond Pierre.

Clara hoche la tête avec le même air impassible que Pierre quelques instants plus tôt, comme si pour elle aussi tout cela était parfaitement normal. Je me demande s'ils vont m'abandonner là, mourante. Si mes jours vont s'achever ici, sur ce yacht, dans cette chambre qui n'est pas la mienne. Qui sera prévenu en premier de ma mort ? Irène ? Mes parents ? Je préférerais que ce soit Irène…

« Tu l'allonges ?

– Oui. »

Clara nous suit dans ma chambre.

« Déshabille-la, dit-elle à Pierre. Elle est trempée de sueur. »

Je secoue la tête, tente de lutter.

« Non, vous ne comprenez pas. Ce qui est en train de se passer est grave. Je suis sûre que c'est un caillot. Un caillot dans mon cerveau. Les vertiges… c'est un caillot. »

Ils ne m'écoutent pas. Ni l'un ni l'autre. Pierre m'assied de force dans le lit, s'accroupit devant moi. Clara sort de la chambre. Il entreprend de défaire les boutons de mon chemisier. Je sens des larmes couler le long de mes joues. Je meurs, et personne ne me prend au sérieux.

« Où est Clara ? je demande, haletante.

– Dans la salle de bain. Elle te remplit un verre d'eau.

– Ce n'est pas ça. Vous vous trompez tous les deux.

– Evie, fais-moi confiance. Je suis déjà passé par là. L'angoisse, le vertige, les crampes. C'est normal.

– Ce n'est pas normal ! »

Clara réapparaît, grande ombre noire. Je m'accroche à son regard. Elle me tend le verre d'eau.

« Vous allez vous déshydrater, Evie.

– Il faut prévenir quelqu'un. Prévenez Irène. Elle vit à Marseille. Elle saura quoi faire. Regardez dans mon téléphone. Son numéro est enregistré dans le répertoire. »

J'ai le souffle court. Clara sourit. Je me sens chuter dans des limbes sans fond. Comment peut-elle se montrer si cruelle et indifférente ? De nouvelles larmes affluent au coin de mes yeux.

« Lève les bras », me demande Pierre.

Il a ouvert mon chemisier. Je tente de reprendre mon souffle, en vain. Je perds pied.

« Lève-lui les bras. »

Clara saisit mes poignets. Ils me retirent mon chemisier, le posent par terre. Le verre cogne contre mes dents, de l'eau coule sur mon menton, dans mon cou, sur ma poitrine.

« Ouvrez la bouche », murmure Clara.

J'obtempère. Je m'étrangle à moitié, tousse.

« Doucement, Evie. »

Je sens mon pantalon qu'on tire, qui glisse, glisse le long de mes jambes. Je me retrouve en sous-vêtements, le corps agité de tremblements, au bord de mon lit.

« Allonge-toi », m'enjoint Pierre.

Clara place un oreiller derrière ma tête. Les larmes me brouillent la vue. Mes poings se referment dans le vide, tentent d'agripper le drap.

« Ça va aller », me dit Clara.

Puis elle s'adresse à Pierre.

« Il faut garder un œil sur elle, qu'elle ne fasse pas de bêtise », ajoute-t-elle.

Quelques secondes de silence s'écoulent. Ils se consultent du regard.

« On ne pourrait pas lui donner quelque chose ? suggère la voix de Pierre.

– Quelque chose ?

– Pour soulager les effets.

– Je ne vois pas ce qui pourrait la soulager. »

Pierre mime un geste. Un doigt qu'il porte à sa narine. La posture de Clara se raidit. Elle lui chuchote entre ses dents serrées :

« Ne t'avise pas de lui donner quoi que ce soit.

– C'était juste une suggestion…

– Non, Pierre. La descente, c'est la descente. Cela fait partie du jeu. Cela permet au corps de comprendre qu'il ne doit pas recommencer trop souvent.

– C'est sa première fois. Regarde dans quel état elle est… »

Clara baisse encore la voix, son ton se fait plus menaçant.

« Je connais tes habitudes personnelles, Pierre, et je te préviens. Je t'interdis de l'entraîner là-dedans. »

Pendant quelques secondes, ils semblent s'affronter du regard, puis Clara se tourne vers moi.

« C'est un mauvais moment à passer, Evie. Demain tout ira mieux. Vous voulez un autre oreiller ? »

Je ne réponds pas. Je cherche Pierre du regard. Est-il capable de me laisser mourir après ce que nous avons partagé cette nuit ?

« Reposez-vous. Nous serons en haut.

– Je passerai voir si tout va bien, ajoute Pierre. Essaie de dormir. »

Ils s'en vont, referment la porte derrière eux. Mes yeux restent fixés sur le battant de longues minutes tandis que l'angoisse me terrasse. J'ai la certitude que je vais mourir et je n'ai plus personne pour me venir en aide.

Je ne crois pas avoir éprouvé pareille terreur par le passé. Peut-être enfant, quand ma mère me faisait croire que la maison était hantée, que de mauvais esprits rôdaient et prendraient possession de mon corps si je me levais pendant la nuit. La peur me paralysait, je fermais fort les yeux, je ne me levais jamais, bien entendu, et j'étais si terrifiée que j'avais mouillé mon lit à plusieurs reprises. *Regarde-moi ce bébé ! Tu crois que la maîtresse serait contente de savoir que tu pisses encore au lit ? Tu veux que je lui dise ? Qu'elle le répète à tes camarades ?* La menace était effroyable. Pourtant, la peur que je ressentais n'était rien comparée à l'épouvante qui fige mon corps dans la chambre du yacht. J'ai la certitude absolue, la conviction inébranlable que je suis en train de mourir, que je vis là mes derniers instants. Et personne n'est auprès de moi pour me tenir la main. Je ne pleure plus. Je ne crie plus. Je suis clouée au lit avec des spasmes dans les mâchoires. J'aurais aimé autre chose, mourir autrement, plus vieille. J'aurais aimé me marier, fonder une famille, des choses ordinaires, rien de glorieux, je n'ai jamais rêvé de gloire, juste d'être aimée, de me faire une petite place quelque part.

Je compte les secondes. Je regarde les reflets de l'eau dans le hublot. Je songe que j'aurais préféré mourir noyée plutôt que subir cette mort lente, dans l'indifférence totale.

Pierre revient plus tard. Il a un tissu dans la main. Il s'assied au bord de mon lit, à côté de ma tête, et il pose le tissu humide sur mon front.

« Ça va mieux ? »

Je fais non de la tête, la gorge nouée, je le supplie du regard mais il détourne les yeux.

« Je ne peux rien faire de plus pour toi. Moi aussi, je suis en descente. Je prends mon mal en patience. Avec le temps tu apprendras. »

Il replace quelques mèches derrière mes oreilles, me caresse distraitement la tête.

« Ce n'est pas marrant, mais dès que tout reviendra à la normale, tu oublieras que c'est arrivé. »

Il fixe les hublots. Il fuit mes supplications silencieuses.

« Sois courageuse, ce n'est que l'affaire de quelques heures. »

Il se lève, récupère le verre sur la table de chevet et se dirige vers la salle de bain.

« Lazlo se baigne dehors. L'eau n'est pas aussi froide qu'elle paraît. J'essaie de travailler un peu sur mon ordinateur là-haut. Clara a laissé tomber la baignade. Elle s'est enfermée dans sa chambre. Elle vit plus ou moins la même chose que toi. Dans ces moments-là, elle refuse toute compagnie. Elle préfère rester seule, dans le noir. »

J'entends le bruit de l'eau qui coule puis s'arrête. Il revient, s'assied de nouveau près de moi, soulève ma nuque pour m'aider à boire. Au prix d'un énorme effort, je parviens à décoller mes lèvres sèches et, d'une voix pâteuse, à dire quelques mots.

« Pourquoi j'ai l'impression que je suis en train de mourir ?

– C'est la chute des hormones. Attaque de panique et crise d'angoisse sont monnaie courante.

– Alors je ne suis pas en train de mourir ? »

Il reste patient et calme, sourit, secoue la tête.

« Tu n'es pas en train de mourir. »

Il attend que je termine mon verre d'eau avant de se lever.

« Je suis là-haut, si tu as besoin de quoi que ce soit. »

Il s'apprête à sortir de la chambre. Je lui pose une question qui me vient soudain.

« Pourquoi Lazlo et toi, vous allez bien ? Pourquoi vous n'êtes pas au fond de votre lit ? »

Un drôle de sourire apparaît sur son visage.

« Nous ne sommes que des hommes, Evie. Nous n'avons pas été programmés pour souffrir. Nous sommes incapables d'affronter la douleur, alors nous trichons. N'est-ce pas ce que font les hommes ? »

Je le fixe, attendant une suite, une explication supplémentaire.

« Nous tentons d'y échapper. Quelques rails de plus au matin pour repousser la descente. Ça finit toujours par arriver, bien sûr, nous essayons juste de nous le cacher. Personnellement, j'aime autant subir ça de plein fouet le lundi matin, au bureau. Je me plonge dans le travail sans réfléchir et je m'abrutis jusqu'à tomber de sommeil. »

Il agrippe la poignée de la porte, m'adresse un dernier sourire.

« À plus tard, Evie. »

Dans la chambre silencieuse, je me remémore mon arrivée à Saint-Paul-de-Vence, l'absence de Clara, la chambre aux volets clos qu'elle n'avait pas quittée de la journée et la migraine que Pierre lui avait inventée. Je me rappelle cette autre journée qu'elle avait passée dans le noir après une sortie au club. J'ignorais tant de choses à ce moment-là. Aurais-je pu les deviner si je n'avais pas été aussi naïve ? Est-ce cela que Pierre appelle mon innocence ?

2

« Qu'est-ce que tu as ?

– Rien.

– Si. Tu es déprimée.

– C'est ce temps affreux. »

Gaël semble bien démuni de l'autre côté de la table, sous la tonnelle sur laquelle la pluie tambourine. Je ne peux rien lui dire. Je ne peux lui parler ni de l'exposition à Humanis, ni de mon rôle de doublure de Clara, ni de la soirée qui a suivi, avec la pastille rose, les caresses de Pierre.

« Les choses se gâtent chez les Manan ?

– Non.

– Avant tu étais toujours guillerette.

– Je sais. Un creux saisonnier, c'est tout. »

Il ne semble pas convaincu, il continue de me scruter d'un air suspicieux.

« J'aimerais bien passer mon permis », dis-je.

Il allume une cigarette, attend la suite.

« Comme ça je pourrais partir quand je veux.

– Où est-ce que tu veux partir ?

– À Marseille.

– Je croyais que tu en avais ta claque, de Marseille. »

Un haussement d'épaules, c'est tout ce qu'il obtiendra comme réponse de ma part. Je pensais que mes réserves de sérotonine se reconstitueraient plus vite. Cela fait quatre jours que je ressasse des idées noires : Jean et sa trahison, ma mère et ses phrases assassines, Pierre dont les doigts m'ont révélé tant de plaisirs. J'ai envie de retrouver Irène, de me blottir dans la chaleur de sa cuisine, qu'elle me fasse un croque-monsieur et que je joue à être sa fille. Je l'étais presque, avant… Bientôt, Jean ramènera une autre fille, et Irène la prendra sous son aile. Et comme son fils, elle ne pensera plus à moi.

« Si tu veux aller à Marseille, je peux t'y conduire. »

Gaël fait tous les efforts du monde pour me rendre le sourire mais ça ne marche pas.

« Je veux aller chez Irène. La mère de Jean.

– Ah.

– Et puis j'ai vingt-trois ans. Il serait temps que j'aie le permis.

– Sans doute. »

Nouveau silence. Il recrache sa fumée, qui forme un nuage blanc devant son visage.

« Tu veux que je t'accompagne à l'auto-école ?

– Pas aujourd'hui.

– Alors je peux te conduire à la gare. Tu prendras un train pour Marseille…

– Pas aujourd'hui. On en reparlera. »

Il prend sur lui, abat sa dernière carte :

« Tu veux qu'on aille chez moi ? »

À mon regard, il comprend la réponse. Il n'insiste pas.

Je ne suis pas d'humeur, et puis le souvenir des doigts de Pierre sur mes seins est trop présent pour que je laisse Gaël s'y aventurer. Je préfère rentrer, me plonger dans un ouvrage sur Circé ou dans le roman d'Ann Radcliffe. Du noir. Je me complais là-dedans.

À la maison, Clara a repris la peinture. Une journée lui a suffi pour retrouver sa détermination et sa volonté. Elle a compris que, dans mon état, je n'étais pas réceptive pour les leçons. Elle me laisse lire dans mon coin. Pendant ce temps, elle avance, elle peint, elle fignole sa toile *Castration*, reprend chaque détail, chaque coup de pinceau, change la lueur, la nuance sur la peau de l'homme, se perd dans son propre tableau.

Pierre est absent. Il est parti lundi matin et nous ne l'avons pas revu. Quand j'ai interrogé Clara là-dessus, elle a déclaré qu'il était en mission au Luxembourg, qu'il serait absent toute la semaine. Je me suis demandé pourquoi il ne m'avait rien dit, et si Clara avait cherché à l'éloigner de moi, à me faire comprendre qu'une distance était de mise maintenant que la fête était finie. Mon esprit morose est friand de ce genre d'idées.

Je pense à Irène, souvent. Je l'ai appelée hier et elle m'a demandé, de l'espoir dans la voix :

« Quand est-ce que tu viens me voir ? »

Il faut que je passe mon permis…

Je remonte les ruelles sans entrain. Je m'évertue à me tenir à ma routine, comme avant. Prendre mon déjeuner avec Gaël à la terrasse de la boulangerie, glisser dans mon sac une reproduction, mon carnet bleu. Mais je n'étudie pas, je n'écris pas, je ne parle pas à Gaël. Je m'échappe dès que j'ai fini pour retrouver ma chambre.

Ce jour-là, en entrant dans la maison des Manan, quelques minutes après avoir quitté la terrasse de la boulangerie, je suis saisie par une odeur différente. Une odeur musquée, brute. Je dépose mon manteau sur le fauteuil du salon. Dans la véranda, il y a du mouvement. Clara doit y peindre. Je m'approche, l'esprit toujours à cette odeur. Lazlo est là, nu. Ses cheveux détachés tombent sur ses épaules. Il a le corps sculptural et mince d'un jeune homme d'à peine vingt ans. Ses jambes sont fuselées, musclées, ses épaules carrées. Son sexe s'est recroquevillé dans la fraîcheur de la véranda. Je reste figée. C'est dans les cheveux de Clara. C'est là que j'ai déjà senti cette odeur. L'odeur de Lazlo.

Il met ses mains devant son sexe et cherche le regard de Clara. Mais elle est en train de déplacer des chevalets. Je reste muette comme une carpe. Lazlo toussote et dit d'une voix hachée :

« Clara, je crois… il y a visite. »

Elle se retourne d'un mouvement vif, souple.

« Ah, Evie, vous êtes là. Lazlo est venu me servir de modèle. Je dois travailler sur les nus. Venez, entrez. »

Elle pousse d'un pied une plante verte et m'invite d'un geste à m'asseoir sur un pouf.

« Vous avez déjà assisté à une séance de nu ? »

Je secoue la tête, je m'assois et j'observe la pièce. Le matelas du lit des Manan est là, Clara et Lazlo ont dû le descendre tous les deux. Elle y a installé de larges coussins et un édredon ainsi qu'une lampe de chevet.

« Je n'en ai pas fait depuis les Beaux-Arts. Je veux dire des nus réalistes.

– Je peux vous aider ? je demande à Clara.

– Non, non, ne bougez pas. J'y suis presque. »

Elle déplace son désordre habituel : un parapluie, un recueil ouvert, un carton contenant un stock de toiles, ses bottines.

« Amour, installe-toi », déclare-t-elle.

Lazlo s'accroupit devant le matelas et demande :

« Comment ?

– Allongé. Comme un mort. Jambes tendues. Mains croisées sur le ventre. Voilà. C'est bien. Pose la tête sur les oreillers. »

Lazlo s'exécute, lui jette des coups d'œil inquiets.

« Non, garde les yeux ouverts. Comme Louise Vernet sur le tableau de Paul Delaroche. »

Elle se tourne subitement vers moi.

« Evie, fouillez dans le carton des reproductions que nous avons rapporté de chez Georges. Le Delaroche doit y être. »

Le carton se trouve à l'autre bout de la véranda. J'ai l'impression d'être, comme Lazlo, un pantin manipulé par Clara grisée par son inspiration. Pourtant, cela ne me dérange pas. Je me sens même un peu mieux. Je récupère le carton, le dépose devant mon pouf, suggère :

« Je peux nous faire un thé ? Lazlo risque de prendre froid… »

Clara se retourne, surprise, considère la question une seconde, avant de me répondre.

« Bien sûr, c'est très aimable à vous. »

Et, pour la première fois, le regard de Lazlo croise le mien sans chercher à le fuir. Il y a même un sourire de reconnaissance dans ses prunelles.

L'après-midi est grise et venteuse. J'apporte un plateau avec les tasses, les soucoupes, les cuillères et la théière en porcelaine. Je dépose une tasse devant Lazlo.

« Pas là ! s'écrie Clara. Je ne vois plus son cou. »

Lazlo me sourit. Je déplace la tasse plus loin en veillant à ce qu'il puisse l'attraper, puis je reprends ma place sur le pouf, une tasse de thé brûlant à côté de moi. Je me mets à fouiller dans le carton de reproductions.

« Étalez-les par terre, me lance Clara, ce sera plus simple. »

Puis, s'adressant à Lazlo :

« Garde tes paupières ouvertes, ou je t'y coince des cure-dents ! »

L'argument semble saisissant, et il ouvre des yeux ronds qui me font penser à un poisson mort dans un filet.

Je finis par tomber sur *Louise Vernet, femme de l'artiste, sur son lit de mort*, une peinture de 1846 : une jeune femme d'à peine trente ans, aux longs cheveux blonds étalés sur la poitrine, gît, bouche ouverte. Ses yeux entrouverts révèlent un regard vide, figé. Rien ne vit sur ce tableau. Les traits sont pétrifiés. La beauté s'est envolée. Ne reste qu'une femme dans cette posture ridicule que la mort lui a donnée. Faible. Impuissante. C'est en tout cas ce que je ressens.

« Dérangeant, n'est-ce pas ?

Clara m'observe du coin de l'œil sans cesser de crayonner.

« Sa beauté lumineuse a été rendue totalement malsaine par la pâleur de sa peau et par l'attitude ridicule que lui donne la mort. Regardez cette bouche ouverte. L'œil renversé.

– Pourquoi il lui a dessiné une auréole ? » je demande.

Clara estompe un trait avant de répondre :

« Paul Delaroche a peint ce tableau neuf ans après la mort de son épouse. Des critiques y ont vu une volonté de montrer sa femme comme une sainte dont la mort édifie les foules. Il a utilisé le même procédé quelques années plus tard avec *La Jeune Martyre*. Elle doit être dans le carton aussi… »

Je reprends ma fouille. Il fait froid dans l'atelier. Sur son matelas, le pauvre Lazlo sera bientôt aussi bleuâtre qu'un cadavre. Je n'ai pas à chercher longtemps. Georges a veillé à regrouper les tableaux du même peintre. *La Jeune Martyre* est aussi saisissante que la première toile, mais différemment. Si la mort avait donné une attitude dérangeante et légèrement bizarre à Louise, là c'est un terrible sentiment d'horreur que suscite la beauté de la victime, une très jeune femme qui flotte dans un cours d'eau.

« Regardez, il a de nouveau peint l'auréole. »

Je m'attarde sur le bleu glacial de l'eau, la lueur argentée qui sublime le visage de la jeune femme. Malgré l'horreur, il se dégage de la douceur de cette peinture. Pourquoi ? La beauté et la fragilité de la victime ? Sa belle robe lumineuse ?

« Vous l'aimez, constate Clara.

– Je lui trouve une certaine grâce.

– C'est la femme. Elle est délicate et pure. Cherchez son tableau le plus connu. *Le Supplice de Jane Grey.* Delaroche y a peint lady Jane Grey, proclamée reine d'Angleterre à l'âge de seize ans. Elle a été destituée peu après son couronnement. La toile représente l'instant qui précède son exécution par décapitation.

– Pourquoi on l'a décapitée ?

– Marie Tudor prétendait aussi au trône. Elle s'est débarrassée de sa rivale. Vous connaissez peut-être mieux Marie Tudor sous le nom de Bloody Mary, ou Marie la Sanglante. »

J'ouvre des yeux étonnés.

« Bloody Mary comme le cocktail ? »

Cela fait sourire Clara.

« Elle est la première femme de l'histoire occidentale à avoir été couronnée reine et à diriger son pays en son nom propre. Elle a passé son règne à tenter de restaurer le catholicisme après les règnes protestants de son demi-frère et de son père. Elle n'y est pas allée de main morte. Elle a fait brûler vifs plus de deux cents opposants. C'est cette brutale répression qui a lui a valu le surnom de Marie la Sanglante. »

Le Supplice de Jane Grey montre la victime, une très jeune femme, blonde et délicate, tout de blanc vêtue, les yeux bandés et à genoux. Elle s'apprête à placer sa tête sur le billot qui est posé au premier plan, sur un tas de paille fraîche…

« La paille est destinée à absorber son sang », m'explique Clara.

À sa gauche, un vieillard qui l'assiste. Le bourreau est debout, hache à la main. Il attend en fixant Jane. On aperçoit deux femmes totalement effondrées en arrière-plan du tableau. Elles ne peuvent assister à la scène et détournent le regard.

« Ici, derrière le bourreau, on devine le cercueil. »

Sans préambule, les leçons de Clara reprennent donc ainsi, tandis qu'elle dessine avec plus ou moins de concentration un Lazlo frigorifié. Parfois elle jure, elle griffonne, elle froisse sa feuille tout en me parlant de Marie la Sanglante, cette femme conquérante qui ne craignait rien ni personne.

« À trente-sept ans, elle a commencé à se concentrer sur la recherche d'un partenaire pour engendrer un héritier. Son intérêt d'avoir un héritier ? Empêcher la protestante Élisabeth de lui succéder au trône. Marie a reçu les propositions de trois prétendants. Croyez-vous qu'elle se soit laissé guider par les sentiments ? Pas du tout. C'est sur la base d'un arbitrage stratégique qu'elle a choisi d'épouser le prince Philippe d'Espagne. Et c'est là que l'histoire devient drôle ! Marie a refusé de céder son pouvoir à son mari. Sur l'acte de mariage, il a bien reçu le titre de roi d'Angleterre, l'autorité devait être partagée conjointement entre les deux époux jusqu'à la mort de Marie mais une règle stipulait que Philippe ne pourrait agir sans l'accord de son épouse et ne pourrait revendiquer le trône si elle mourait avant lui. C'était du jamais vu ! »

Lazlo est autorisé à se redresser pour boire quelques gorgées de thé. Clara abandonne son cahier de croquis quelques instants afin de me raconter l'incroyable grossesse nerveuse de la reine Marie, qui a ébranlé toute la cour d'Angleterre. Les médecins se pressaient, la pensant sur le point d'accoucher, mais elle n'accoucha jamais. Son ventre se dégonfla d'un coup.

« Marie a estimé que cette fausse grossesse était un châtiment de Dieu pour sa trop grande tolérance envers les hérétiques… »

Je réfléchis.

« Cette histoire me rappelle celle de Lilith…

– Ah ? fait Clara, étonnée.

– Le caractère impitoyable de Marie, son refus de céder son pouvoir à un homme, même à son propre mari, la façon dont elle se débarrasse de sa rivale sans pitié, l'infertilité comme punition divine… »

Clara reste quelques secondes le regard dans le vide.

« Je n'y avais jamais pensé mais vous avez raison… »

Lazlo reprend sa position, jette un coup d'œil timide à Clara, qui ne lui prête pas vraiment attention.

« Baudelaire, l'autre soir, sur le yacht, vous vous souvenez ? me dit-elle.

– *Une charogne.*

– Eh bien… »

J'attends la suite. Lazlo attend aussi, impatient de pouvoir se rhabiller.

« Il y a un autre poème de Baudelaire très intéressant. *Hymne à la beauté*. Il y rend hommage à Lilith sans la nommer clairement. Vous le trouverez facilement sur internet. Vous chercherez.

– D'accord. »

Après cela, Clara se concentre pleinement sur le corps de Lazlo et sur son dessin. Moi, je sors mon carnet à spirale de mon sac pour noter tout ce que je viens d'apprendre.

Nous restons dans la véranda bien après que la nuit est tombée. Je regarde l'esquisse de Clara, les traits qui s'affinent, se précisent, le corps de Lazlo qui prend forme sur le papier.

« J'ai faim », dit-elle tout à coup.

Elle dépose son cahier de croquis au sol, lance à Lazlo ses vêtements éparpillés, s'étire.

« Vous voulez que je commande quoi ? » je demande.

Lazlo, qui est en train d'enfiler son boxer, déclare :

« Non, moi cuisine pour vous. »

Dans la chaleur retrouvée de la cuisine, un verre de vin blanc à la main, je dois bien constater que mon spleen de ces derniers jours s'est envolé. Lazlo bat des œufs dans un saladier, puis coupe de la ciboulette qu'il ajoute, avec une pincée de sel et du poivre. Des oignons fondent doucement dans une poêle. Clara, songeuse, trempe ses lèvres dans le vin délicat, puis décroche le calendrier de la porte du réfrigérateur.

« Il nous reste quinze jours avant la galerie Stein. »

En effet, me dis-je en y jetant un œil. Une légère appréhension m'envahit, puis un sentiment d'excitation.

« Si je travaille dur sur le dessin anatomique, je devrais être prête d'ici dix jours à entamer la peinture du cadavre. Cela m'en laisserait cinq de plus pour la réaliser, la peaufiner... C'est compliqué mais c'est jouable... En sacrifiant quelques nuits de sommeil. »

Elle fait tourner le vin au fond de son verre.

« C'est un pari que je fais. Un pari fou. Mais je sens que c'est une toile qui pourrait être importante. »

Elle plante ses yeux noirs dans les miens.

« Il va falloir démarcher les morgues dès demain. Ne pas avoir peur de donner des arguments de poids…
– Lesquels ?
– Vous leur offrirez un pot-de-vin s'il le faut. »

Lazlo est un fin cuisinier. Il a des mouvements vifs, assurés, mélangeant les oignons dans la poêle d'un mouvement de poignet, découpant avec agilité quelques quartiers de tomate dont il agrémente l'omelette.

Le repas est délicieux. C'est principalement Clara qui anime la conversation. Elle nous parle de David Stein, riche héritier, cousin éloigné du prince de Monaco, amateur d'art dès son plus jeune âge – il a reçu un Picasso en cadeau pour son dix-huitième anniversaire.

« Le personnage est loufoque, à tendance arrogante, du moins c'est ce que Georges en dit. Du reste, je crois que Georges est jaloux. Il n'est pas donné à tout le monde d'avoir sa propre galerie à trente-deux ans et de faire la pluie et le beau temps dans le milieu de l'art de toute la Côte d'Azur. Vous vous ferez votre propre opinion, Evie. »

Après le repas, Clara souhaite reprendre la séance de dessin. Je les laisse. Je préfère m'enfermer dans ma chambre, allumer ma petite radio pour écouter une émission littéraire à laquelle je fais semblant de comprendre quelque chose, me persuadant que tout cela est utile pour mon rôle de doublure. Je prends un bain chaud.

Vers minuit, j'entends leurs voix sur le palier, en bas, et je coupe la radio. Je m'approche discrètement de la porte de ma chambre, que j'entrouvre. Clara est en train de reconduire Lazlo.

« Je t'appellerai dans la semaine pour une autre séance. Voici des sous pour le taxi. »

Il dit quelque chose d'une voix grave, si basse que je ne saisis pas ses propos.

« Tu connais la règle, Pierre n'est pas là et n'a pas donné de consignes. Sois patient. Tiens, prends ça en plus. C'est ta rémunération en tant que modèle. Rentre bien, amour. »

Un baiser claque, que j'imagine très chaste, sur la joue, puis la porte se referme.

Clara Manan est une femme de parole, j'en ai la preuve ce soir.

Extrait du poème Hymne à la beauté *de Baudelaire, adressé à Lilith.*

Viens-tu du ciel profond ou sors-tu de l'abîme,
Ô Beauté ? ton regard, infernal et divin,
Verse confusément le bienfait et le crime,
Et l'on peut pour cela te comparer au vin.

Tu contiens dans ton œil le couchant et l'aurore ;
Tu répands des parfums comme un soir orageux ;
Tes baisers sont un philtre et ta bouche une amphore
Qui font le héros lâche et l'enfant courageux.

Sors-tu du gouffre noir ou descends-tu des astres ?
Le Destin charmé suit tes jupons comme un chien ;
Tu sèmes au hasard la joie et les désastres,
Et tu gouvernes tout et ne réponds de rien.

Pensée du jour. 5 novembre 2018.

« Il est temps de nous lancer dans la partie administrative de votre travail. Vous m'en voyez désolée. »

La phrase tombe au milieu du petit déjeuner. Clara abandonne la petite cuillère dans la gelée de rose et soupire d'un air résigné.

« J'ai huit mois de retard sur les réponses aux courriers. Ma boîte mail, n'en parlons pas… Pierre a essayé de me maintenir à flot mais il a renoncé. »

Elle ramène ses poings contre ses épaules, puis s'étire avec la grâce d'un félin.

« Vous êtes prête à vous y mettre ? »

Nous quittons la douceur matinale de la cuisine, les effluves de café et de pain grillé pour nous échouer dans le froid vif de la véranda et ses odeurs de peinture. Clara installe nos poufs et apporte en grimaçant un lourd dossier cartonné.

« Bon. Notre chance, c'est que Pierre est très organisé. »

Elle étale devant nous les chemises colorées que contient le dossier, prend place en tailleur sur le sol. Maintenant que le froid s'est installé, Clara a troqué son kimono noir contre un kimono plus long, s'arrêtant à mi-mollet, d'un joli rouge, orné de fleurs de lotus blanches. En revanche, elle n'a pas cessé de se promener pieds nus.

« La jaune. Alors… la jaune… »

Elle décrypte l'écriture carrée, presque géométrique, de Pierre.

« "Contacts galeries" ».

Elle hausse les sourcils, perplexe, ouvre la pochette et feuillette les quelques documents qui s'y trouvent.

« Ah oui… Alors ici, Pierre a imprimé les coordonnées de différents galeristes de la région. Il y a aussi ajouté des cartes de visite qu'il a pu glaner lors de cocktails et quelques programmes d'expositions. Il voulait étendre mon réseau. Il comptait contacter ces galeristes, leur présenter mon travail, convenir d'une rencontre. »

Elle fait claquer l'élastique de la pochette qu'elle envoie glisser plus loin, contre une plante verte.

« Un travail de fond qui, je pense, ne sera pas nécessaire. Si l'exposition chez David Stein est une réussite, nous aurons des demandes. Il suffira d'y répondre. »

Elle prend une autre pochette. Verte.

« "Presse"… J'imagine que ce sont mes apparitions dans la presse. »

Elle l'ouvre et quelques feuillets s'en échappent. Une brève dans un journal local annonçant l'installation des œuvres de Calypso Montant à la galerie Humanis. Un article titré « Le noir de Calypso Montant », accompagné d'un cliché de très mauvaise qualité où le visage de Clara est assombri. Aucune chance qu'on puisse faire la différence entre elle et moi à partir de cette photo. La dernière coupure est la chronique d'un critique d'art dans un quotidien national. « Trois étoiles pour cette revisite osée du romantisme noir ». Pas de cliché ici mais une vingtaine de lignes dithyrambiques sur le travail de Calypso.

« C'est cette critique qui a fait changer les choses. Dix jours après, j'avais un appel de David Stein. »

Elle met de côté les coupures, ajoute :

« Vous veillerez à ranger chacune de nos apparitions presse dans cette pochette, d'accord ? »

Elle poursuit sans attendre ma réponse :

« S'y trouvent aussi des cartes de visite de journalistes locaux. Il faudra penser à les contacter deux à trois semaines avant nos vernissages. Pour la galerie Stein, c'est inutile, c'est David Stein lui-même qui relaiera l'information, mais pour la suite, vous leur enverrez un communiqué de presse. Vous en avez déjà rédigé ?

– Non.

– Pierre vous montrera comment on fait ça. »

Clara se désintéresse de la pochette verte, s'attaque à la suivante, intitulée « Propriété intellectuelle ». À l'intérieur différents exemplaires de contrats mentionnant des copyrights, le versement de royalties.

« Ça, c'est l'avocat de Pierre qui s'en occupe », précise-t-elle en la faisant glisser avec les autres.

La chemise suivante, bleue, concerne les recettes engrangées. Des relevés de compte côtoient des e-mails en provenance d'un cabinet comptable.

« Idem. »

Nous en arrivons à un duo de pochettes rose et orange.

« Voilà ce qui nous intéresse… »

La première se nomme « Logistique expos/vernissages ». Dedans, des conventions signées et des devis de traiteurs.

« Maintenant que vous maîtrisez l'art de vous faire passer pour moi, vous allez pouvoir prendre en main la totalité de ma carrière. Organiser les vernissages, depuis le choix des canapés et petits-fours jusqu'à la liste des invités en passant par le déroulement de la soirée et les marges de négociation. Vous serez en contact avec les galeristes, les acheteurs, la presse, les négociants d'art, et même les admirateurs. Excitant, non ?

– Je ne sais pas trop…

– Ne vous en faites pas. Pierre sera là pour vous seconder. »

Elle attrape la dernière pochette, intitulée « Correspondance », et grimace.

« Ce sera le plus urgent. J'ai laissé des lettres s'entasser depuis trop longtemps.

– Quel genre de lettres ?

– Invitations, sollicitations ou propositions, quelques courriers d'admirateurs. Il faudra démêler tout ça. »

Avec une moue qui ne présage rien de bon, elle ajoute :

« Et puis, il y a ma boîte mail… »

Quelques secondes plus tard, l'ordinateur portable de Clara est posé devant nous. L'écran nous révèle une boîte mail pleine à craquer. Des spams pour la majorité. Je repère quelques objets mentionnant la soirée du 31 : « Remerciements pour votre exposition à Humanis », « Suite à notre rencontre à Humanis », etc. Je me souviens que Pierre a distribué des cartes de visite.

« Pierre m'a parlé d'un réseau social dédié au monde artistique. J'aimerais que nous y créions un compte. Nous l'alimenterons avec des photographies de mes toiles ou de mes projets en cours. Ça vous paraît intéressant ?

– Bien sûr.

– Bien. Je vous propose de démarrer par un tri de ma boîte mail. Je vous laisse la nettoyer de tous les courriers indésirables, puis commencer à répondre aux messages les plus urgents. En cas de doute ou si vous avez besoin de précisions, n'hésitez pas à me déranger.

– Vous serez où ?

– Juste là. Je vais travailler sur les esquisses de Lazlo. »

Elle se laisse tomber sur un pouf plus loin, tout contre la baie vitrée pour profiter au maximum de la lumière extérieure.

Le nettoyage des spams ne me prend pas beaucoup de temps. Je pars ensuite à la recherche des messages les plus anciens. Une proposition de référencement dans un annuaire payant. Un mail de Georges réclamant le prix de la dernière toile de Clara pour la faire apparaître au catalogue. Une relance de sa part deux jours plus tard, suivie d'une menace : « Si tu ne réponds pas, j'appelle Pierre. » Des documents du cabinet comptable. Je crée un dossier « Compta » dans lequel je les fais glisser. Un message de Béranger concernant le dernier versement des parts achetées à la galerie Humanis. Probablement réglé par Pierre entre-temps puisque datant d'un an. Corbeille. Une étudiante des Beaux-Arts qui cherche un stage.

Une nouvelle proposition pour apparaître à titre payant dans un catalogue d'art. Un mail du cabinet comptable : un relevé trimestriel. Georges recommandant un traiteur pour un éventuel futur vernissage : « Garde ses coordonnées. » Un artiste peintre de la région invitant Clara au vernissage de son exposition. Un admirateur, enfin. Le premier.

Très chère Calypso,

C'est pétrifié par la grâce que je vous écris ce mail. Il y a quelques minutes, je me trouvais encore à la galerie Humanis, face à votre toile *Nuit d'acier*. Je dois avouer que vous avez fait ressurgir en moi une tempête d'émotions profondément enfouies. Pour m'expliquer mieux, je dois retracer mon histoire. Je viens d'une famille parisienne...

Je lis le message en accéléré, mes yeux parcourant à toute vitesse les lignes. L'homme, un dénommé Isaac Flaubert, y raconte une grande partie de sa vie. Il y est question d'un traumatisme d'enfance qu'il ne nomme pas mais dont on devine le caractère incestueux. L'oncle en question est décrit comme un « personnage gras et libidineux ».

« Qu'est-ce que je fais de ça ? je demande à Clara, perturbée.

– Quoi donc ?

– Un témoignage assez intime…

– J'arrive. »

Elle me rejoint, se penche par-dessus mon épaule. Ses yeux parcourent aussi rapidement que les miens le contenu du mail, s'assombrissent. Puis elle dit :

« Regardez sa conclusion : “Merci d'avoir si bien dépeint la laideur en puissance qui sommeille en chaque être humain, mais dont seuls les plus faibles font usage.” Vous voyez, Evie, à quel point ma peinture a sa place dans notre société ? La nature de l'homme, cruelle et impitoyable, ne nous laisse pas de répit. »

Comme Clara n'ajoute rien, je finis par lui demander :

« Qu'est-ce que je peux lui répondre ?

– Mmmh… Voyons… Attendez… Pourquoi ne citeriez-vous pas Goya ?

– Goya ?

– Laissez-moi le clavier quelques instants. »

Clara prend ma place devant l'ordinateur. Je lis les mots à mesure qu'elle écrit.

« Je n'ai pas peur des sorcières, des lutins, des apparitions, des géants vantards, des esprits malins, des farfadets, etc., ni d'aucun autre genre de créature, hormis les êtres humains. »
Goya, 1792.

Elle me repasse l'ordinateur.
« Qu'est-ce que je fais de cette citation ?
– Enrobez-la. Intégrez-la dans un message courtois.
– Je… C'est-à-dire… »
Mais Clara est déjà repartie, me laissant bien perplexe avec Isaac Flaubert.

Très cher Isaac Flaubert,
C'est avec une vive émotion que je lis votre message, avec, vous me pardonnerez je l'espère, des mois de retard. Comme le disait Goya en 1792 : « Je n'ai pas peur des sorcières, des lutins, des apparitions, des géants vantards, des esprits malins, des farfadets, etc., ni d'aucun autre genre de créature, hormis les êtres humains. » La nature humaine ne nous laisse aucun répit.
Artistiquement vôtre,
Calypso Montant

Je relis mon message, plutôt fière. Pas de son contenu, que j'ai repris, presque mot pour mot, de Clara, mais pour la formule de politesse. « Artistiquement vôtre ». Je trouve que ça sonne bien.

Avec l'habitude, c'est plus facile. Je reprends les mêmes formulations, la même citation de Goya, qui me semble parfaitement adaptable et réutilisable. Pendant de longues périodes, il n'y a pas d'autres messages que ceux de Georges et du cabinet comptable, puis deux ou trois mails d'admirateurs se suivent tout à coup. Je retrace ainsi les rares expositions que Clara a acceptées au cours de ces derniers mois. La matinée passée à rattraper son courrier électronique ne m'offre pas d'autres messages dans le genre de celui d'Isaac Flaubert. Ils se révèlent tous plus ordinaires.
Bien que j'aie d'autres mails anciens auxquels répondre, je ne peux m'empêcher d'ouvrir les deux courriers faisant référence à l'exposition du 31. Ils m'intéressent davantage car ils s'adressent à moi, en tout cas en partie, à ma prestation de doublure. Il y a le

message d'une invitée, celle dont l'amie possède une galerie d'art à Nice : « Vous trouverez ci-joint les coordonnées de mon amie Rita Homerta, galeriste niçoise. Elle souhaiterait vous proposer une exposition éphémère en fin d'année. Elle est informée de votre message à venir. Contactez-la de ma part. »

Le mail de la fameuse Carmen, la femme que Pierre avait mise au défi d'acheter un tableau de Calypso pour changer un peu du néoclassicisme qu'elle disait aimer exclusivement, me fait sourire.

Très chère madame,

Vous remercierez votre charmant époux. Votre toile se marie à merveille avec les autres. Elle a dérangé certaines de mes amies et j'ai trouvé cela assez jouissif, étrangement. Comme quoi, enfreindre les règles peut parfois avoir du bon, votre époux avait raison.

Salutations distinguées,

Carmen Pertuis

Dans le carnet d'adresses de Calypso Montant, je tape les premières lettres du prénom de Pierre. Une adresse s'affiche : pierre.manan@kofedo.fr. Je souris encore, lui transfère le mail de Carmen.

Tu lui as tapé dans l'œil.

Evie

Je me demande s'il me répondra.

C'est jour de marché aujourd'hui et Gaël me propose d'y aller et de manger un morceau au bord du lavoir, au milieu de l'agitation. Mon humeur est de nouveau au beau fixe. Les nouvelles tâches que Clara m'a confiées, la perspective de l'exposition chez David Stein, mon efficacité à écluser la boîte mail de Clara. Je me sens pleine d'énergie.

« Ça l'air d'aller mieux, constate Gaël en me prenant la main.

– C'est vrai ! »

Devant un stand qu'il connaît, il me conseille de goûter la pissaladière. Nous nous mettons dans la file pour commander. Ça sent divinement bon. Le soleil vient caresser ma nuque, et les doigts de Gaël, ma paume.

« Qu'est-ce qui te met de si bonne humeur ?

– Mon boulot avec Clara a un peu changé récemment. Je trie ses mails, j'y réponds, j'organise ses papiers. Je vais devoir appeler une morgue.

– Une morgue ? »

Il y a de nouveau des choses que je peux raconter à Gaël sans trahir mon secret, et cela aussi me met en joie.

« Clara s'est mis en tête de peindre un mort.

– Un mort ?

– Un cadavre. Comme le peintre Paul Delaroche l'a fait avec sa femme Louise Vernet.

– Paul Delaroche ? »

Je perds Gaël.

« *La Jeune Martyre. Le Supplice de Jane Grey.* »

Il ouvre de grands yeux.

« Vraiment, Gaël, d'où tu sors ? »

Je fais semblant d'être snob, mais heureusement il n'est pas dupe. Mon ironie n'est qu'un jeu. Nous nous sourions.

Nous dévorons nos pissaladières tout en regardant les commerçants démonter leurs étals. Les pigeons s'en donnent à cœur joie, venant piocher parmi les restes. Les agents municipaux commencent le nettoyage. Les portières des camionnettes claquent.

J'ai raconté à Gaël l'histoire de Marie Tudor, qui l'a passionné autant que moi.

« Et nos deux énergumènes ? interroge-t-il soudain tout en jetant un petit morceau de sa pissaladière aux pigeons.

– Qui ?

– Clara et son mari. Ça fait longtemps que tu ne m'as rien raconté sur eux… Pas d'info croustillante ? »

Je songe au corps nu de Lazlo, allongé dans la véranda pour la séance de dessin. Puis-je lui fournir cette petite anecdote sans trop en dire, sans révéler le rôle de « favori » de Lazlo, les habitudes sexuelles des Manan, mon propre rôle dans l'affaire, la règle de l'alliance ? J'estime que oui.

« Il s'est passé effectivement un truc bizarre… Et surprenant…

– Raconte !

– L'homme à tout faire des Manan… un jeune Ukrainien…

– Oui ?

– Clara lui a demandé de poser nu pour elle. Pour préparer son tableau de mort.

– Nu… Genre, complètement nu ?

– Devant mes yeux ! Et nous parlions de Delaroche, de Marie Tudor tout en sirotant un thé pendant qu'elle le dessinait.

– Ça alors… »

Gaël est éberlué. Je suis plutôt fière de mon effet.

« Attention, elle le rémunère comme un vrai modèle. Il est payé.

– Mais pourquoi elle n'utilise pas son mari comme modèle ?

– Parce que… Parce qu'il est en déplacement, tiens ! À l'étranger. Et qu'elle a besoin de peindre le tableau qu'elle a en tête très vite.

– Ah… Il le sait, son mari, qu'elle peint leur employé nu ?

– Oui.

– Quel couple tordu…

– Je ne te le fais pas dire !

– Je vais finir par croire à tes soupçons… »

Je lui offre mon sourire le plus innocent.

« Tu parles ! »

Plus tard dans la journée, je m'enferme dans ma chambre pour contacter les morgues. Je suis nerveuse. Comment présenter une demande pareille ? Le cœur battant, je compose le premier numéro sur ma liste. J'improviserai. Je suis toujours meilleure au pied du mur.

Ça sonne. Une voix féminine :

« Centre hospitalier Sainte-Marie de Nice, bonjour.

– Bonjour, je… j'aimerais entrer en relation avec la morgue.

– Ne quittez pas, je vous transfère. »

Une musique d'attente. Mon appréhension grimpe. J'ai le temps de formuler mentalement quelques phrases. « Je suis artiste peintre, j'ai un projet d'œuvre très important pour la très célèbre galerie David Stein. Il me faudrait avoir accès à votre morgue pour pouvoir peindre un de vos patients. » Patients ? Est-ce ainsi qu'on les désigne ? La mélodie d'attente dure encore et revient au début. Je me lève, le téléphone à l'oreille, commence à arpenter ma chambre. Enfin, une voix masculine reprend la communication :

« Chambre mortuaire, que puis-je faire pour vous ?

– Bonjour.

– Je vous écoute. »

Les mots ne me viennent pas, en tout cas pas suffisamment vite.

« Bonjour, oui, alors voilà… Je suis une artiste peintre, je me présente. Je… Je m'appelle Calypso Montant. Vous m'avez peut-être vue apparaître dans un journal un jour…

– Je vous écoute, répète l'homme avec un certain agacement.

– En fait, je peins des tableaux qui s'inscrivent dans le courant du romantisme noir. Je… Peut-être connaissez-vous ?

– Non, je suis médecin légiste, pas peintre. »

Je suis à deux doigts de raccrocher. J'ai envie de soulager mes joues en feu sous l'eau fraîche de la salle de bain.

« Il… Il s'agit de peintures très sombres et… pour ma prochaine œuvre… j'aimerais peindre un cadavre. »

Je reprends mon souffle, laisse à mon interlocuteur le temps d'intégrer l'information. Rien ne vient. J'ouvre la bouche, prends une inspiration, mais un déclic me répond, suivi de la tonalité du téléphone. Le médecin vient de couper la communication.

Qu'est-ce que j'espérais ? Qu'est-ce que Clara s'imaginait ? Qu'on pouvait entrer dans une morgue comme dans un moulin, toile et tubes de peinture sous le bras ? Je suis en colère. En colère, et honteuse de ma piètre prestation. Il reste une dizaine d'établissements sur ma liste, mais je sais que je n'aurai pas le courage de les contacter ce soir. Je préfère tenter d'oublier cet échec.

Je n'en souffle pas un mot à Clara pendant le dîner. Avant de grimper dans ma chambre, j'ouvre son ordinateur, dans la véranda. Un nouveau mail est arrivé pendant que nous dînions. L'expéditeur n'est autre que Pierre Manan. J'ouvre son message. Une émoticône qui sourit, suivie de ces trois mots :

Tu vas bien ?

« Vous voulez emporter mon ordinateur dans votre chambre ? me demande Clara, qui a repris sa place sur un pouf, son cahier de croquis à la main.

– Oh non… »

Elle hausse les épaules sans même me regarder. Elle est déjà concentrée sur son dessin.

« Allez-y, je n'en ai pas besoin. Vous pourrez regarder un film. »

Je la remercie plusieurs fois avant de fuir, mon butin sous le bras.

Je m'installe en tailleur sur mon lit, allume la petite lampe de chevet. Le sourire aux lèvres, je rédige une courte réponse à Pierre.

Tout va bien.
Toi aussi ? Que fais-tu au Luxembourg ?

Je reste immobile à fixer l'écran, m'imaginant cent fois voir une réponse arriver. Lassée, je m'apprête à aller dans la salle de bain quand une petite enveloppe apparaît au bas de l'écran. La réponse de Pierre.

À la rencontre de compagnies d'assurances avec lesquelles nous pourrions travailler… Je prospecte…
Bonne nuit, Evie.

Mes doigts courent sur le clavier.

Et moi, ce sont les morgues, que je prospecte…
Bonne nuit, Pierre.

Mon échec ne me semble plus si cuisant, ce soir. Je suis presque détendue en filant sous la douche.

3

« Où en êtes-vous dans vos appels aux morgues, Evie ? »

Je me raidis instantanément en entendant la voix de Clara. Je garde les yeux rivés sur l'écran, où je termine le nettoyage de sa boîte mail.

« C'est difficile.

– Difficile ? »

Je risque un coup d'œil dans sa direction. Elle dessine le corps de Lazlo, et son regard passe de son modèle à son cahier de croquis.

« Ce n'est pas très concluant…, dis-je.

– C'est-à-dire ?

– Le premier m'a raccroché au nez, le deuxième m'a demandé s'il s'agissait d'une blague, le troisième m'a fait remarquer que la morgue n'était pas un musée et le quatrième m'a dit qu'il me transférait à son collègue et le transfert a échoué… Je crois qu'il cherchait juste une façon pas trop grossière de raccrocher. »

Clara est contrariée. Je le vois aux plis de son front. Elle travaille dur, jour et nuit. Nous ne sommes qu'à sept jours de l'exposition. Si elle veut réussir son coup de maître à la galerie Stein, nous n'avons plus de temps à perdre. Pourtant, elle ne fait aucune remarque, elle déclare d'une voix égale :

« Offrez-leur de les dédommager. Proposez-leur de les rencontrer, s'ils résistent encore.

– Oui…

– Rappelez tous ceux qui sont sur votre liste, même ceux qui ont refusé. L'argent changera peut-être la donne. »

Mon estomac se noue à cette perspective. Dois-je avouer à Clara que je suis une piètre négociatrice, que j'ai des sueurs froides rien qu'en composant les numéros, que je n'ai jamais réussi à obtenir d'augmentation de salaire de ma vie et que je n'ai aucune idée de la façon dont on propose un pot-de-vin ? Je sens qu'elle va être déçue. Je la regarde un instant. Non, j'ai encore une carte à jouer pour réussir, je veux le croire. Gaël m'a suggéré l'autre jour de me faire passer pour la parente d'un mort.

« Et quel nom je donne ? J'invente ?

– Tu consultes *Nice-Matin* et tu notes tous les avis de décès. Le lieu de la chambre mortuaire y figure.

– Et Clara débarque là-bas avec sa toile sous le bras ?

– Elle n'a qu'à s'en charger elle-même si elle n'est pas contente ! »

Clara est un modèle de patience et de générosité avec moi. Je me sens bien trop redevable pour lui dire une chose pareille.

« Quand est-ce que Pierre rentre ? » je l'interroge innocemment.

Il me semble qu'il est parti depuis une éternité. S'il rentrait maintenant, je pourrais lui faire part de mes difficultés, solliciter son aide.

« Béranger lui a demandé de rester quelques jours de plus. Pourquoi ? »

Malgré la douceur de sa voix, j'ai l'impression qu'elle me teste.

« Il sera rentré à temps pour David Stein ? »

Elle sourit avec un peu de tendresse.

« Ne vous inquiétez pas, il ne manquerait ça pour rien au monde. Ne vous mettez pas trop la pression, Evie. Cette exposition a une grande importance mais nous sommes prêts, n'est-ce pas ? Tout se passera à merveille. Surtout si j'ai cette toile à présenter… »

Elle pense sans doute me rassurer mais c'est l'inverse qui se produit. Je me crispe.

« Maison funéraire Saint-André, bonjour. »

Tout au long de l'après-midi, j'ai tourné mes phrases dans ma tête pendant que Clara dessinait Lazlo et que Lazlo répétait :

« Je mal au cou. »

L'oreiller était trop dur et Clara s'est montrée plutôt prévenante, allant chercher à son modèle un traversin plus moelleux. Il commence sans doute à se lasser de jouer le mort trois heures de suite sans la moindre perspective d'un contact physique avec Clara.

Au bout du fil, l'homme répète :

« Bonjour ?

– Bonjour, je me présente, je suis Calypso Montant, je vis à Saint-Paul-de-Vence et je suis artiste peintre. J'expose mes œuvres dans les remparts, à la galerie Humanis. Voilà, j'ai une requête un peu particulière. Je vous demanderai de ne pas me juger trop vite et de ne surtout pas raccrocher. Vous pouvez me promettre que vous prendrez le temps de considérer ma demande ? De vraiment la considérer ? »

Un silence me répond au bout du fil. J'ai parlé tellement vite, sans reprendre mon souffle, que je ne suis pas certaine d'avoir été très compréhensible.

« Nous ne décorons pas nos chambres mortuaires, en tout cas pas avec des peintures, finit par déclarer l'homme d'une voix morne. Nous tenons à garder ce lieu sobre et le plus neutre possible.

– Non, excusez-moi, je me suis mal expliquée. Je n'appelle pas pour vous vendre mes toiles.

– Ah.

– C'est… C'est un peu plus délicat, mais sachez que je peux vous offrir de l'argent en échange de ce petit service.

– M'offrir de l'argent ? »

Je le sens de plus en plus sceptique, de plus en plus méfiant aussi.

« Voilà, j'ai pour projet de représenter un cadavre, un cadavre d'homme. Je ne vous demande pas grand-chose. Juste de me laisser accéder quelques heures à la chambre mortuaire, en échange de quoi vous empocherez une certaine somme d'argent. »

Je cesse de respirer. C'est le moment fatidique. Je compte les secondes.

« Vous pouvez me rappeler votre nom, madame ? »

Mon cœur s'affole. Je sens que je tiens le bon bout. Le rassurer, le mettre en confiance, l'inviter à consulter les quelques lignes faisant référence à Clara sur le net…

« Calypso, Calypso Montant. Vous pourrez trouver mon nom sur inter… »

Mais il ne me laisse pas terminer.

« Écoutez-moi bien, madame Montant. Si vous ne voulez pas que je vous signale à la police, vous avez intérêt à vous tenir éloignée des morgues ! Vos histoires d'artiste peintre, vous les oubliez ! On en a connu, des dégénérés dans votre genre, prêts à tous les subterfuges pour se branler sur un cadavre ! Si ça ne tenait qu'à moi, vous finiriez en prison, ni plus ni moins ! Que ça soit bien clair, si un de mes confrères, dans un seul établissement de la région, entend encore parler de vous, je déposerai plainte à la police ! »

Je n'ai ni le temps ni l'énergie de répondre. De toute façon, il a raccroché. Je reste figée, les mains tremblantes, réalisant que cette fois je n'ai pas seulement échoué. J'ai ruiné toutes nos chances.

Ce soir-là, je reste silencieuse à table. Clara s'en aperçoit à peine car elle dîne près de son cahier de croquis et montre à Lazlo tous les traits dont elle est mécontente.

« Regarde l'os de ta hanche. Il n'est pas assez saillant. Pointu, je veux dire », ajoute-t-elle en lisant l'incompréhension dans son regard.

Lazlo se frotte le menton et hoche la tête.

« C'est encore trop peu précis. Tu vois, tes côtes, là… Elles sont trop symétriques, trop droites. On dirait que je les ai tracées à la règle.

– Moi je trouve très beau dessin.

– Merci, Lazlo, mais mon public risque d'être plus exigeant que toi. »

Aucun des deux ne prête attention à ma pâleur et à mon mutisme. Cet après-midi, je suis passée pour une nécrophile, et je me demande si cette idée ne me bouleverse pas davantage que mon échec…

Avant de m'isoler dans ma chambre, je récupère l'ordinateur portable de Clara et j'ouvre sa boîte mail. Rien, pas de nouveau message de Pierre.

Je n'ai pas tellement le choix. Je ne vois plus que cette option. Prenant une large inspiration, je me lance, ravalant ma fierté.

> Bonsoir, Pierre,
>
> Je sollicite ton aide.
>
> J'ai bien peur d'avoir merdé. Le mot est faible... Je n'ai trouvé aucune morgue pour que Clara puisse peindre son cadavre. Pire, je suis sur le point d'être signalée à la police pour nécrophilie. S'il te plaît, ne ris pas (je suis sûre que tu en as envie). Elle travaille si dur pour ce tableau. Je ne veux pas la décevoir. Si tu peux arranger ma bêtise...
>
> Avec toute ma reconnaissance,
>
> Evie

Je reste éveillée très tard cette nuit-là, bien après que Lazlo a quitté la maison et que Clara a abandonné ses esquisses. Pourtant, je ne reçois aucune réponse de Pierre.

« Vous avez bien dormi ?

– Oui, merci. »

C'est un pur mensonge. Clara a fait du café.

« Nous allons chez Georges ce matin. »

Je m'assois, ne pose aucune question. La boule dans mon estomac n'a pas disparu. Je ne sais même pas si j'arriverai à avaler quelque chose.

« Je vais y déposer *Castration*, puis nous listerons mes œuvres disponibles à faire transporter chez David Stein. »

Je me sers une tasse de café. Clara poursuit :

« Mes toiles resteront là-bas à l'honneur pendant une semaine. Puis nous négocierons avec David Stein une prolongation, un espace d'exposition permanent ou une seconde exposition éphémère au printemps. »

J'acquiesce, je tartine mon pain, tente d'oublier que j'ai peut-être compromis définitivement l'exposition chez David Stein.

« Je serai absente cet après-midi, Evie. Béranger profite que Pierre ne soit pas là pour m'enlever.

– Vous enlever ?

– M'inviter à déjeuner, m'emmener faire un brin de shopping sur la Croisette. Il se débrouillera pour prolonger nos retrouvailles, je le connais. Je pense que nous dînerons ensemble à Cannes.

– D'accord. »

Clara resserre son kimono sur sa poitrine.

« Je vais m'habiller. Nous partons dans un quart d'heure. Ça vous va ?

– Ça me va. »

Toujours pas de mail de Pierre. J'ai encore vérifié lorsque je suis montée pour m'habiller. Rien. La galerie Humanis est déserte, comme souvent lorsque nous nous y rendons. Je tiens la porte à Clara, qui porte l'imposante toile entre ses bras.

« Qu'est-ce qu'il se passe ? » s'exclame Georges en se précipitant pour l'aider.

Il la débarrasse de *Castration*, pose le tableau par terre, plisse les yeux en le découvrant.

« Ta dernière toile ?

– Elle-même. »

Il reste quelques secondes immobile face à la fellation géante.

« Pourquoi pas, finit-il par dire. Oui. Je comprends l'idée. Il y a du sens. »

Il se tourne vers nous, saisit Clara par les épaules. Une bise claque. J'ai droit à ma poignée de main habituelle, au contact avec sa peau rêche.

« Qu'est-ce qui vous amène ?

– J'aimerais faire un inventaire des toiles qui partiront chez Stein. »

Un tic de contrariété vient soulever la lèvre supérieure de Georges.

« Tu comptes m'en laisser quelques-unes ?

– Je ne sais pas. Ça ne durera qu'une semaine…

– Je suis censé fermer la salle 5 pendant une semaine, alors ? Indiquer à mes visiteurs que tu préfères exposer chez ce snob de Stein ?

– Ce que tu es susceptible, Georges. »

Il s'apprête à répliquer mais Clara ne lui en laisse pas le temps.

« Je déjeune avec Béranger, je lui transmets tes amitiés ? »

Les traits du visage de Georges se froncent nerveusement, il acquiesce quand même.

« Nous n'avons pas beaucoup de temps. Je dois le rejoindre en bas des remparts à midi. Vous venez, Evie ? »

« J'ai acheté des parts de cette galerie pour pouvoir y exposer mes toiles. Ce que j'en fais ne regarde que moi. Georges peut être si fatigant, parfois… Vous savez, je crois qu'il a un peu tendance à se prendre pour mon père. Dieu merci, Béranger se tient éloigné de tout ça, lui. Bon, nous avons plus urgent à faire pour le moment que d'épiloguer sur le mauvais caractère de Georges. Vous avez de quoi noter ?

– Oui.

– Nous allons établir une liste de mes œuvres par date de réalisation. J'aimerais que nous réévaluions leurs prix. »

Une heure et demie durant, je regarde Clara s'agiter, aller d'un tableau à l'autre, le décrocher, le raccrocher, reculer, me dicter un prix, le corriger, revenir dessus dix minutes plus tard.

« Qu'en pensez-vous ? »

Je n'en pense pas grand-chose, si ce n'est que Clara connaît son métier mieux que moi. Sur ses onze toiles, elle n'en écarte qu'une seule : *L'Horloge maudite*, puis, quand je lui fais remarquer qu'il est dommage de n'en laisser qu'une chez Georges, elle déclare :

« Vous avez raison, nous les emporterons toutes. »

Elle revoit les prix à la hausse, me donne le tournis à force d'aligner les zéros puis finit par s'épuiser.

« Venez, je vais demander à Georges de nous faire un café. »

Quelques minutes plus tard, nous buvons notre café en regardant Georges accrocher la nouvelle toile. Il bougonne.

« Tu vas me demander de la décrocher dans six jours, c'est ça ?

– À moins que tu ne la vendes entre-temps… »

Songeuse, Clara souffle sur son café et déclare :

« J'ai à la maison quelques toiles que je n'ai jamais voulu montrer à personne. Ce pourrait être l'occasion de les révéler… »

Georges n'écoute pas. J'acquiesce tout en songeant à la maison funéraire Saint-André et aux menaces du responsable.

Clara quitte la galerie pour rejoindre son père. Georges retourne derrière son comptoir. Je file aussi vite que possible, bien que je n'aie pas de but très précis pour mon après-midi. Je n'ai plus la force de contacter aucune morgue. Je n'ai pas envie de rejoindre Gaël pour le déjeuner. D'ailleurs je n'ai pas très faim. Je m'offre une errance sur les remparts de Saint-Paul-de-Vence, repoussant le plus possible le moment de regagner la maison, avant que la pluie ne m'y oblige pourtant.

Je monte dans ma chambre, allume l'ordinateur de Clara, retiens mon souffle tandis que la boîte mail s'ouvre. Un message de Pierre Manan apparaît, sur lequel je double-clique, le cœur battant.

Bonjour, Evie,

Le CHU Saint-Roch de Nice vous attend dès demain matin. Demandez Joseph DiGiorno à l'accueil. Le corps ne restera sur place que trois jours supplémentaires. Ne traînez pas...

Pierre

P.-S. : Merci de ta considération pour Clara... Ne te sens pas obligée de lui révéler que je t'ai sauvé la mise, je garderai le secret.

P.-S. 2 : Cela me donne-t-il le droit de rire ?

Clara s'est faite belle comme si nous nous rendions à un mariage. Avec son ensemble anthracite et ses talons, elle fait un peu tache dans le hall de l'hôpital Saint-Roch.

« Et ensuite ?

– À l'accueil, il faut demander Joseph DiGiorno. »

C'est étrange pour moi de guider Clara, de lui donner des instructions. Elle jette des regards un peu perdus tout autour d'elle. Nous nous mêlons à la file de gens qui patientent devant un guichet. Elle tient son immense étui à dessin sous le bras ; son nécessaire à peinture est dans un second sac que je porte pour elle. Tubes, pinceaux, palette... Je me demande ce que Pierre a pu raconter, comment nous allons être reçus. À mon message qui lui demandait comment il avait fait, il n'a répondu que quelques mots énigmatiques : « Un jour je t'expliquerai. »

Je crois que Clara n'a pas fermé l'œil de la nuit, trop excitée par la bonne nouvelle, trop anxieuse de réaliser ce dessin. Elle a passé de longues heures dans la véranda, probablement jusqu'à l'aube.

« Nous aurons combien de temps ? me chuchote-t-elle tandis que nous patientons.

– Je ne sais pas. On ne m'a pas expliqué grand-chose au téléphone.

– Nous aurons une chambre pour nous ?

– Je n'en ai aucune idée. »

Le CHU Saint-Roch faisait partie des établissements que je n'avais pas encore appelés, le nom de Calypso ne devrait pas poser de problème ici.

Une jeune femme aux ongles manucurés nous dévisage derrière le guichet. C'est à nous.

« Bonjour, dis-je. Nous devons être reçues par Joseph DiGiorno.

– Joseph DiGiorno ? »

Elle semble surprise. Elle répète le nom une seconde fois.

« C'est un médecin ?

– Il… il travaille à la morgue, il me semble. »

Elle me regarde étrangement. Sa collègue, une dame au visage rond et rougeaud, se penche vers elle et murmure :

« C'est la peintre ? »

La jeune femme hausse les épaules. L'autre nous dévisage. Clara lui désigne sa pochette à dessin.

« Bien, je le préviens, dit la première. Postez-vous devant l'ascenseur, il viendra vous chercher. »

Nous la remercions. En quittant la file, j'entends la jeune femme aux ongles manucurés demander à sa collègue :

« C'est quoi, cette histoire de peintre ? »

Clara fait les cent pas devant l'ascenseur.

« J'espère que je n'aurai pas besoin d'y passer trop de temps… Combien de jours restera le corps ?

– Trois, aujourd'hui compris. »

Je tente de me montrer rassurante – nos rôles sont inversés, ce matin :

« Vous êtes au point. Vous avez travaillé dur sur le dessin anatomique. Trois jours devraient largement vous suffire. »

Je vois bien qu'elle ne m'écoute pas.

Joseph DiGiorno est un homme d'une cinquantaine d'années, aux cheveux poivre et sel et à l'accent italien marqué.

« Madame Calypso Montant ? »

Nous répondons oui en chœur. Si Clara n'avait pas été aussi nerveuse, nous aurions pu en rire.

« Vous me suivez, toutes les deux ?

– Oui. »

Nous montons dans l'ascenseur. Tandis que la cabine descend dans les sous-sols de l'hôpital, aucun de nous trois ne prononce un mot. DiGiorno inspecte ses ongles et en retire quelques résidus. Lorsque les portes s'ouvrent, il passe devant nous.

« L'homme était un sans-abri. Aucun proche ne s'est manifesté pour l'instant. Le médecin l'a déjà examiné et a conclu à une mort naturelle. Il n'a pas été autopsié. »

Nous croisons un groupe de jeunes gens en blouse blanche, très bruyants. Probablement des étudiants en médecine. Ils rient. L'un d'eux tient un plateau métallique sur lequel se trouve quelque chose qui ressemble à un organe. Je détourne les yeux mais pas Clara, elle s'arrête même quelques secondes pour les suivre du regard. Joseph DiGiorno explique :

« Ce sont des internes. Ils s'entraînent sur les cadavres pour les opérations complexes.

– Et notre cadavre, ils ne vont pas lui tomber dessus ? » demande Clara, l'air soucieux.

Sa remarque a le don de faire sourire le préposé à la morgue.

– Non, aucun risque. Ils ne travaillent que sur des corps ayant été légués à la science. Ce n'est pas le cas du vôtre. Il n'avait pas sa carte de donneur. »

Clara et DiGiorno échangent un regard amusé. Moi, je ne suis pas d'humeur à plaisanter : à mesure que nous progressons dans le corridor éclairé au néon, je perçois une odeur âcre, de plus en plus lourde. Elle semble s'être infiltrée dans les murs, dans le sol en lino, et même dans les fibres de la blouse de DiGiorno. Ni lui ni Clara ne semblent en être incommodés comme je le suis.

« Vous avez étudié aux Beaux-Arts ?

– En effet.

– Vous peignez régulièrement des corps ?

– Ce sera mon premier. »

Nous dépassons une bonne dizaine de portes toutes hermétiquement closes. Il n'y a plus qu'un épais silence, seulement troublé par le bruit de nos semelles sur le sol.

« Et voilà, s'exclame soudain DiGiorno en s'arrêtant. Si personne ne réclame le corps, nous avons l'obligation de le garder jusqu'à dix jours en chambre mortuaire. Celui-là est déjà ici depuis une semaine. Il ne lui reste que trois jours. »

Il déverrouille la porte grise métallique et nous entrons dans une pièce glaciale. Il ne fait probablement pas plus de dix degrés. On dirait un container réfrigéré. Des murs blancs. Un lit métallique sur lequel est posé un corps recouvert jusqu'au cou d'un drap blanc. L'odeur désagréable y est encore plus prononcée que dans le couloir. Tenace, aigre. Clara pose son étui à dessin au sol pour s'en approcher. Elle se poste à côté de la tête. DiGiorno la suit.

« Il est âgé d'une soixantaine d'années. Peut-être moins, allez savoir, avec les sans-abris… Ils ont toujours l'air plus vieux qu'ils ne sont.

– Vous venez, Evie ? »

Je ne suis pas certaine d'avoir envie de me trouver si près du cadavre.

« Il vous faudra sans doute une chaise pour travailler ?

– Non, je peins généralement debout.

– Bien… »

Clara observe le mort avec des yeux brillants, penchée au-dessus de son visage.

« Il est beau. »

DiGiorno a un haussement d'épaules.

« Si vous le dites…

– Oui, il est parfait. Venez voir, Evie. Il a même les yeux ouverts. »

Elle me presse d'un regard appuyé. J'avance lentement, je repousse le moment.

« Un café, peut-être ? propose DiGiorno. Il ne fait pas très chaud…

– Ce ne serait pas de refus. »

Il se tourne vers moi :

« Pour vous aussi ?

– Non. Ça ira. »

Je me sens nauséeuse. Je m'approche à pas très lents. L'homme a une chevelure et une barbe brunes broussailleuses. Je distingue ensuite la teinte particulière de sa peau. Ni blanche, ni bleue, ni tout à fait verdâtre ou grise. Une couleur de cendre. La rigidité se voit dans sa posture. Mon regard se pose enfin sur ses yeux et je comprends que je ne pourrai pas rester dans cette pièce une minute de plus. La pupille s'est relâchée et élargie jusqu'à occuper toute la rétine. La cornée est devenue vitreuse, épaisse, presque opaque. Ces deux yeux manifestent à eux seuls une réalité implacable : cet homme est mort.

La porte claque derrière DiGiorno, parti chercher un café. Je recule d'un pas. La nausée se fait plus forte. Clara continue d'observer le corps avec délectation et excitation.

« Evie, vous n'imaginez pas le cadeau que vous me faites… »

Rien d'autre que son sujet ne lui importe pour le moment.

« Est-ce que… Vous pensez que vous aurez besoin de moi ? »

Il lui faut quelques secondes pour revenir à moi, quitter le corps des yeux.

« Pardon ?

– Je suis obligée de rester ici ?

– Non ! Non, bien sûr que non ! Attendez-moi là-haut, dans la cafétéria. Je vous retrouverai quand j'aurai terminé.

– Merci. »

Je quitte la chambre mortuaire, retraverse le couloir en apnée, ne reprends mon souffle qu'une fois dans l'ascenseur. Mais l'odeur a imprégné mes vêtements, j'ai l'impression de la sentir sur ma peau. Plus jamais. J'espère ne plus jamais avoir à me retrouver dans un endroit pareil.

Me doutant que les heures seraient longues, j'ai emporté dans mon sac à main un classeur provenant de la galerie Humanis : une cinquantaine de reproductions d'œuvres d'art sur le thème « Romantisme et esthétique ». Je commande un thé vert et m'installe contre la paroi vitrée afin d'avoir une vue imprenable sur le hall d'accueil et l'ascenseur. Retrouver l'agitation, le bruit, la lumière du jour et les odeurs de café, de croissants, de parfums bon marché me procure une joie immense.

Je me laisse quelques minutes pour revenir à la vie réelle, pour chasser de mon esprit les pupilles mortes à la cornée opaque et jaunâtre. La vapeur du thé brûlant me fait du bien. J'ouvre le classeur. Je ne sais pas vraiment ce que j'y cherche. Rien de particulier. Élargir encore ma culture, m'immerger dans les représentations romantiques. Je suis là depuis une bonne demi-heure, portant mon thé à mes lèvres, tournant une à une les feuilles plastifiées, quand la chose se produit. Je marque un temps d'arrêt. J'ai vu des dizaines de tableaux depuis que j'ai emménagé à Saint-Paul-de-Vence chez les Manan. Des toiles sombres, repoussantes, dérangeantes, d'autres comme celles d'aujourd'hui : plus douces, esthétiques, inspirantes… Mais je n'ai encore jamais éprouvé le sentiment qui m'envahit en découvrant cette peinture.

Une attirance inexpliquée. Comme une évidence. Un coup de foudre. À la cafétéria du centre hospitalier Saint-Roch de Nice, au milieu des bruits du percolateur et des tasses qu'on pose sur le comptoir, sous mes yeux émerveillés, un tableau de John Collier, daté de 1889. Ce n'est pas Ève qui est représentée sur cette peinture, nue, enroulée dans un corps-à-corps sensuel avec le serpent. C'est l'autre. La première. L'originale. Lilith.

Un fond sombre et inquiétant. Une femme à la beauté venimeuse. Une épaisse chevelure rousse lui descendant jusqu'aux reins, un corps mince, à la peau légèrement cuivrée, beau, sensuel. Une lumière particulière l'éclaire, faisant ressortir le velouté de sa peau, sa pureté trompeuse. Le corps noir du serpent l'enserre dans une étreinte charnelle. La tête penchée sur l'épaule, Lilith cajole de sa joue la tête du serpent, son amant. La langue frétillante de l'animal frôle son sein. Lèvres ourlées et brillantes de désir, téton dressé, Lilith le caresse de ses folles et longues mèches rousses, les chevilles entravées comme pour être mieux possédée par celui qui remonte entre ses jambes et entoure ses reins. Le serpent l'habille, lui dessine un pagne, mettant en valeur ses courbes dangereusement tentatrices.

Ce chef-d'œuvre de John Collier raconte l'accouplement abominable entre deux personnages maudits depuis la nuit des temps : le Diable et Lilith.

Je sens une main sur mon épaule. C'est Clara, son téléphone portable vissé à l'oreille. Elle est en pleine conversation, me fait signe de me lever, que nous partons. De son autre main, elle tient son grand étui à dessin et son nécessaire à peinture. Les heures ont défilé sans que Clara refasse surface. J'ai acheté un roman à la boutique attenante à la cafétéria et je m'y suis plongée. Il est seize heures. Clara vient de passer six heures dans une chambre mortuaire sans voir la lumière du jour.

J'ai hâte de savoir comment sa peinture a avancé mais pour l'heure, elle est toujours au téléphone.

« À quelle heure, tu dis ? Dix-neuf heures ? Essaie de le rappeler. Non, je n'ai pas eu de ses nouvelles. J'étais enfermée dans un bloc réfrigéré à six pieds sous terre toute la journée. Oui. Oui,

Evie m'a trouvé ça. Un corps parfait. Le préposé à la morgue est très prévenant, vraiment. Comment ? Oh, un dénommé DiGiorno. »

Je me demande si c'est Pierre au bout du fil et s'il joue la comédie à ce point.

« Bon, rappelle Lazlo. Sinon prends un taxi. »

Nous quittons l'hôpital, traversons le parking visiteurs. Clara marche d'un pas vif, désireuse maintenant d'écourter sa conversation.

« J'ai hâte de rentrer me réchauffer. Je ne sens plus mes doigts. On se rappelle, d'accord ? D'accord pour le vin. Bon vol. Oui. Oui, à ce soir. »

Elle range son téléphone dans la poche de son manteau, en extrait un trousseau de clés et déverrouille d'un geste vif le cabriolet noir. Nous nous installons dans la voiture.

« Comment ça s'est passé ? » ne puis-je m'empêcher de l'interroger.

Clara se fige brusquement, pose sa main glacée sur mon genou.

« Vous n'imaginez même pas. Il s'est produit quelque chose là-dedans.

– Quelque chose ?

– Je l'ai senti. L'état de grâce. »

Moi aussi, je suis dans un état étrange, à cause d'un tableau, mais je ne suis pas certaine qu'il s'agisse d'un état de grâce. Elle démarre. Nous quittons le parking, nous engageons sur un rond-point. Le ciel se teinte de violet sombre.

« Je suis frigorifiée. J'ai la nuque douloureuse à force d'être restée figée dans le froid. Mon épaule me fait atrocement souffrir mais bon Dieu, Evie, je suis si près du but !

– Vous avez bien avancé ?

– J'aurai besoin de revenir demain, assurément. Mais vous pourrez rester à Saint-Paul. DiGiorno m'attendra directement au sous-sol. »

Le moins qu'on puisse dire, c'est que je suis soulagée.

« Un jour supplémentaire. Peut-être deux. Je ne veux rien laisser au hasard. Je dois rendre chaque nuance de la peau, chaque muscle figé dans sa rigidité.

– Pierre est de retour ? »

Voilà à peu près la seule chose qui m'intéresse vraiment à ce moment précis. Ça, et le tableau de Lilith resté dans un coin de mon esprit.

« Il va bientôt décoller du Luxembourg. »

Elle met son clignotant, s'engage en souplesse sur une voie rapide.

« J'aurai besoin de travailler dur ce soir. Je mangerai sur le pouce, probablement dans la véranda. Mais vous, vous avez fait un excellent travail, vous méritez de vous détendre. Si cette toile est un succès, je vous le devrai en grande partie. »

Elle me sourit, m'observe du coin de l'œil.

« Vous dînerez avec Pierre. Il a trouvé un excellent pinot gris du Luxembourg au duty free. Vous pourrez mettre un peu de musique et profiter de la soirée. Vous choisirez un plat chez le traiteur. »

Je tente de garder un visage impassible. Une agréable chaleur a envahi mon corps. Je ne dis rien. Pendant de longues minutes, nous ne prononçons pas un mot. L'habitacle s'emplit des bruits du moteur, de la circulation, des clignotants de la voiture.

« Vous êtes bien silencieuse, fait-elle remarquer soudain. À quoi pensez-vous ?

– Au pinot gris…

– Eh bien ?

– Avec quoi se marie ce vin ? »

Un des demi-sourires à peine ébauchés dont elle a le secret se dessine sur ses lèvres.

« Vous me posez une colle.

– Avec du poisson ?

– Probablement. Mais ne vous tracassez pas. Pierre ne vous en tiendra pas rigueur si vous vous trompez. »

J'ai comme l'impression qu'elle me regarde avec un air attendri.

J'ai pris un long bain pour retirer l'odeur de mort qui me collait à la peau. J'ai parfumé mon cou et mes poignets, commandé trois repas à emporter dans un restaurant de Saint-Paul-de-Vence. Des dos de cabillaud au citron.

Clara s'est déjà remise au travail. Sur son chevalet, une toile grand format où, par des traits fins, elle a bâti une esquisse. Un crayonné précis, gris sur fond blanc. Elle n'a pas encore mis de couleurs. À ses pieds, je découvre une dizaine de feuilles, fruit de ses six heures dans la chambre mortuaire. Je me baisse pour observer son travail. Elle n'a pas cherché à respecter les proportions ni à s'attacher aux détails. Elle a semble-t-il voulu tester les différentes couleurs de la toile. Une lumière plus ou moins blafarde, plus ou moins chaude, tantôt tamisée, tantôt agressive, éclaire le corps. Il est effrayant sous l'éclairage blanc, plus doux et esthétique avec la lueur orangée. La couleur des cheveux ne change guère. Un brun passé tirant sur le gris. Les pupilles sont jaunâtres, fidèles à la réalité. Elles me glacent. Clara n'a représenté ni le drap blanc ni le lit métallique. Elle a dessiné les plis soyeux d'un drap en soie noire imaginaire, créant un contraste saisissant entre la froideur du corps mort et ce drap au toucher sensuel, évoquant la fusion des corps, la chaleur de la vie.

Je sens bien que je la dérange, qu'elle n'est pas vraiment là. Je me réfugie dans la cuisine. Je songe à la couleur de la peau du mort, puis à la teinte veloutée et douce que John Collier a su donner à celle de Lilith. Et, surtout, au retour de Pierre.

Le restaurant m'appelle une heure plus tard.

« Vos plats sont prêts. »

J'enfile un manteau, heureuse de l'opportunité de me dégourdir les jambes. Je dévale les ruelles d'un pas vif, sans vraiment faire attention à ce qui m'entoure. J'ai l'esprit au pinot gris, au dîner, à la toile de Lilith, à celle que Clara est en train de réaliser, à l'effet qu'elle produira chez David Stein, aux cinq jours qui nous séparent de cette soirée, à l'alliance… Plongée dans mes pensées, je ne vois pas Gaël qui remonte la rue Grande en compagnie d'un jeune homme et qui m'interpelle, surpris :

« Evie ? »

Je m'arrête. Ils se tiennent à quelques pas devant moi. Le jeune homme a un air interrogateur et curieux, Gaël, un sourire hésitant sur les lèvres.

« Ça va ? »

J'ai du mal à revenir dans le présent.

« Ça va. »

Nous ne nous embrassons pas. Nous restons l'un en face de l'autre, presque gênés de nous croiser par hasard, sans nous être donné rendez-vous.

« Où tu vas comme ça, si pressée ? demande-t-il.

– Au Caruso.

– Le restaurant ?

– J'ai commandé des plats pour ce soir. »

Comme il ne dit rien, j'ajoute :

« Pierre est de retour du Luxembourg. »

Il reste immobile. Le jeune homme s'agite à côté de lui, ce qui semble rappeler à Gaël sa présence.

« Je te présente Thomas, qui travaille à la boulangerie avec moi. Thomas, c'est Evie. Tu sais… Je t'en ai parlé.

– Oui.

– Salut, dis-je.

– Salut », répond Thomas.

Un nouveau silence s'installe. Je me demande comment Gaël m'a présentée à son ami.

« Et vous ? Où vous allez ? j'interroge pour briser la glace.

– Boire une bière. À quelques rues de l'église. Tu veux venir ?

– Je ne peux pas, j'ai ce dîner… »

Je ne comprends pas vraiment d'où vient cette gêne entre nous jusqu'à ce que Gaël lâche, faussement innocent :

« Tu as mis du rouge à lèvres… »

Je lui trouve l'air soupçonneux et je sens une légère irritation monter en moi.

« Oui, du rouge à lèvres et beaucoup de parfum. J'ai été à la morgue aujourd'hui. J'avais besoin de masquer l'odeur, de me sentir propre. »

Les yeux de Thomas s'arrondissent. Gaël se déride.

« Tu as trouvé ce que tu cherchais ?

– Oui.

– Comment tu as fait, finalement ?

– Pierre m'a sauvé la mise. »

Ma dernière phrase ajoute encore de la lourdeur à l'instant. Je sens qu'il vaut mieux que j'écourte notre rencontre, que nous en restions là pour ce soir.

« Je dois y aller. »

Gaël fait un vague mouvement du bras pour me dire au revoir.

Je les regarde repartir, reprendre leur conversation à voix basse. Je me sens encore un peu irritée. Oui, j'ai mis du rouge à lèvres. En quoi cela a-t-il la moindre importance ?

Il est rentré. Je le sais à l'instant où je pousse la porte. Des voix résonnent dans le salon. Quelques notes de son parfum se mêlent à l'odeur plus brute, plus lourde, de Lazlo. Ils sont tous les trois autour du bar, Clara les cheveux en bataille, Lazlo en bomber vert style militaire, et Pierre qui porte encore sa veste de costume. Ils se retournent tous les trois en entendant la porte claquer.

« Voici Evie et le repas ! » s'exclame Clara.

Je m'approche avec la drôle de sensation de flotter à quelques centimètres au-dessus du sol.

Est-ce que j'aurai tout oublié demain ? – Quoi donc ? – La nudité… Les caresses. – Non. – Ce sera gênant… – Ça ne doit pas l'être. Nous ne nous sommes pas croisés depuis le retour chaotique du dimanche après la nuit sur le yacht. J'étais encore plongée dans un état maladif, le cœur palpitant, le visage livide, incapable de ressentir autre chose que de l'angoisse.

Ce soir, je réalise que c'est moi qui avais raison. Je me sens gênée, tellement gênée que je fais tout pour ne pas croiser le regard de Pierre. Lazlo me tend une main puis me donne une accolade dans le dos comme si nous étions de vieux amis, Pierre dépose une bise sur mes joues, et moi je file déposer les plats sur le plan de travail.

« Où allez-vous ? demande Clara.

– Je mets les barquettes à réchauffer.

– Rien ne presse. Nous allons prendre un verre avant que Lazlo ne parte. Venez. »

Alors je suis bien obligée de les rejoindre, de croiser enfin le regard de Pierre. Il sourit. Je lui trouve le teint pâle et les yeux marqués de cernes bleus mais il semble heureux d'être là. Nous nous installons dans les fauteuils tous les quatre. Pierre parle sans discontinuer, ne tient pas en place. Je me demande s'il a pris de la cocaïne avant d'arriver et si c'est la raison pour laquelle il parle autant.

Peu de temps après, nous avons vidé nos verres. Clara raccompagne Lazlo à la porte. J'entends leur échange tandis que je mets les barquettes au four.

« Tu besoin de moi pour peindre ?

– Non, Lazlo, plus maintenant. J'ai trouvé un vrai mort. »

Pierre pose les verres à côté de moi, sur le plan de travail.

« Ça va ?

– Ça va.

– C'est le cadavre qui te rend aussi silencieuse ? »

Je hausse les épaules, finis de régler le four.

« Clara dit que tu n'as pas pu rester. »

La porte claque derrière nous.

« L'odeur… C'est quelque chose… Il faut la sentir pour comprendre, dis-je comme pour me justifier.

– J'imagine.

– Et les yeux… Je crois que je n'ai jamais rien vu d'aussi effrayant. »

Clara nous rejoint d'un pas traînant. Elle étouffe un bâillement derrière sa paume, consulte l'heure à la pendule du four.

« Je dois m'y remettre. Vous me déposerez une assiette ?

– Bien sûr », répond Pierre.

Elle s'approche, frôle sa main.

« On se verra plus tard, d'accord ? »

Pierre acquiesce d'un signe, dépose un baiser dans ses cheveux. Je détourne le regard, et je mets la table pour me donner une contenance.

Elle n'a pas fermé la porte de la véranda. Elle n'en a pas besoin pour être dans un autre monde, loin de nous. Je ne l'ai jamais vue si concentrée.

« Elle peut y passer la nuit quand elle est dans cet état. Elle est difficilement atteignable dans ces moments-là. »

Pierre remplit nos verres. Je le trouve plus calme que tout à l'heure.

« Et toi ? Dans quel état es-tu à quelques jours de David Stein ? me demande-t-il.

– Oh, je n'y ai pas trop pensé. J'avais l'esprit totalement accaparé par ces histoires de morgue.

– Tu vas pouvoir te concentrer sur le vernissage maintenant.

– Oui, mais je n'ai pas terminé les livres que Clara m'a prêtés.

– Elle t'a fait découvrir d'autres toiles ?

– Oui. Paul Delaroche et… »

Je pense soudain à quelque chose.

« Il y a ce tableau que j'ai découvert cet après-midi, pendant qu'elle peignait. J'aimerais qu'elle m'en dise plus.

– Quel tableau ? »

Je me lève pour prendre le classeur de Georges. Ça y est, ma gêne s'est envolée. Parler de peinture a remis les choses en place. C'est ce qui nous lie, tous les trois : la peinture.

« *Lilith*, de John Collier.

– Ça ne me dit rien. »

Je déplace les verres de vin, ouvre le classeur devant nous à la page de la reproduction en question. La même fascination opère devant le corps-à-corps sensuel de Lilith et de la créature.

« Je n'ai jamais été aussi secouée par une toile. C'est la première fois que je ressens ça. Je ne sais pas si c'est la femme ou le serpent, ou bien l'étreinte…

– Je ne le connaissais pas, lâche Pierre, étonné.

– Tu aimes ?

– Oui. C'est un très beau tableau. »

Pendant un instant, nous le contemplons en silence, puis je reprends la parole :

« Un jour, Clara m'a dit que Lilith s'était transformée en serpent pour tromper Ève et provoquer sa chute du Paradis. Pourtant, sur ce tableau, Lilith et le serpent sont deux personnages différents.

– Ce n'est pas exactement ce que dit la tradition juive…

– Ah bon ?

– Une autre version de l'histoire existe, une version selon laquelle Lilith ne se serait pas transformée en serpent mais aurait demandé à son mari, Satan, de le faire.

– Quoi ? Attends, je… Je croyais que Lilith avait épousé le démon Samaël, pas Satan.

– Samaël est parfois évoqué comme le nom angélique de Satan.

– Le nom angélique de Satan ?

– En réalité, ils sont tous les mêmes. Lucifer, le Diable, le serpent, le Malin, Azazel, Satan, ou encore Samaël. Sous ces différents noms se cache le même personnage, celui qui attire l'Homme vers le mal.

– Je ne savais pas… »

J'ai besoin de boire une gorgée de vin pour me clarifier les idées.

« Donc, Lilith aurait demandé à son mari de changer de forme pour tromper Ève.

– Pour la pervertir en la possédant charnellement. »

J'ouvre de grands yeux éberlués.

« Tu l'ignorais ?

– Il n'était question que d'un fruit…

– Un fruit défendu. L'allégorie du rapport sexuel.

– C'était *ça*, le fruit défendu ? »

Pierre hoche la tête, de plus en plus amusé.

« C'est en tout cas l'une des théories. Jusque-là, Adam et Ève pouvaient engendrer l'humanité sans se livrer à aucun acte sexuel. Ils pouvaient obtenir une descendance par une action créatrice divine comme ce fut le cas pour eux-mêmes. Et puis, le serpent est arrivé. Rappelle-toi la description qui en est donnée, "un hominidé marchant et parlant, une créature animale supérieure, dont la malédiction divine a fait disparaître toute trace originelle". Ce n'était autre que Satan ou Samaël, comme tu préfères. Il a charmé Ève. Elle a découvert le plaisir avec lui et y a ensuite initié son mari.

– Ça alors… Si j'avais su qu'il était question de sexe…

– Le sexe serait la cause de la malédiction de l'homme, la raison de sa chute. C'est ce qui a conduit l'Église catholique à le condamner comme péché. Cette doctrine de la semence du serpent est à l'origine de longs siècles d'obscurantisme. La femme était le vecteur principal du péché. »

J'avale une autre gorgée, passionnée par ce qu'il dit.

« Je te révèle la suite ?

– Quelle suite ?

– Les conséquences de l'accouplement entre Ève et le serpent ne s'arrêtent pas à la chute du Paradis, loin de là…

– C'est vrai ?

– Suite à ce double rapport sexuel, avec le serpent puis avec Adam, Ève est tombée enceinte… de jumeaux. Les enfants auraient été de deux pères différents. L'un d'Adam, l'autre…

– De Satan ?

– Exact. »

Je le presse de poursuivre d'un mouvement du menton.

« Abel, un garçon doux et bon, serait le fils naturel d'Adam. Caïn, jaloux, colérique, serait le fils de Satan. D'ailleurs, un verset du Nouveau Testament nous indique littéralement « Caïn était du malin[1] ». Cette histoire explique beaucoup de choses, pourquoi Caïn tue son frère, mais surtout pourquoi l'animalité et la méchanceté font partie de l'humanité. Le monde que nous connaissons serait donc peuplé par deux semences qui s'y sont dispersées en créant deux catégories d'hommes, les bons et les mauvais… »

Il me faut plusieurs secondes pour enregistrer tout cela et retrouver la parole.

« Ce n'est qu'une théorie parmi d'autres, n'est-ce pas ?

– Bien sûr. Ça permet de comprendre pourquoi certains hommes acceptent Dieu dans leur vie et pourquoi d'autres le refusent.

– Tout ne serait qu'une question de semence… De génétique, en somme…

– Selon cette interprétation, oui. »

Pendant un moment, j'observe la reproduction. La femme pourrait aussi bien être Ève possédée charnellement par le serpent, mais John Collier en a décidé autrement. Il l'a désignée comme étant Lilith. Lilith s'accouplant avec son mari avant de l'envoyer auprès d'Ève ?… Tout est imaginable.

« À quoi tu penses ? » interroge Pierre.

Je caresse du doigt la peau dorée de Lilith, les écailles du serpent.

« À Lilith envoyant son mari auprès d'une autre.

1. 1 Jean 3:12.

– Ce n'était là qu'une partie de son plan. Sa perversité n'avait pas de limites… »

Du regard, je le somme d'en dire davantage.

« Lilith a été vengée sur tous les plans. Elle n'a pas fait une, mais quatre victimes.

– Quatre victimes ?

– Adam, trahi par sa propre femme s'accouplant avec le serpent. Ève, bafouée, possédée par la ruse. L'enfant Caïn, devenu assassin, et son jumeau Abel… tué par son frère.

– Elle était monstrueuse… »

Je ne peux m'empêcher de sourire en le disant. Je fixe le tableau avec une certaine admiration. Lilith, femme libre, indépendante, sulfureuse, allant au bout de son plan démoniaque pour sauver son honneur et retrouver sa dignité. Lilith, prête à jeter sa malédiction sur toute une famille, sur l'humanité entière. Lilith, nuque renversée, seins tendus, rendue lumineuse par le désir. Ses longs cheveux roux. La finesse de ses courbes. Cette impression de fragilité qui m'évoque Clara.

« Elle a régné auprès de son mari Satan ?

– Bien sûr. Elle était reine des Enfers. Reine de tous les succubes et de milliers de créatures démoniaques. Lilith et ses semblables étaient censés visiter les hommes la nuit et abuser d'eux pendant leur sommeil. Ainsi, à la base de mythe juif, on retrouve cette idée selon laquelle un homme qui se souille involontairement pendant la nuit aurait eu des relations avec un succube qui concevra de lui et engendrera un démon, à moins qu'il ne récite certaines formules à son réveil. Lilith poussait aussi les femmes à jouir de leur corps, et leur inspirait des passions érotiques et des orgasmes. »

Il remplit de nouveau mon verre de vin.

« C'est étonnant que tu t'intéresses autant à Lilith.

– Pourquoi ?

– Clara a la même fascination que toi pour Lilith – mais c'est Clara… »

Le four sonne à ce moment-là, les plats sont chauds. Je me demande ce qu'il a voulu dire par ces quelques mots, s'il songeait encore à cette innocence qu'il trouve en moi, qui devrait me dispenser d'admirer Lilith. Je sors les barquettes du four avec précaution, et Pierre m'aide à disposer le poisson et le riz dans l'assiette de Clara.

« Tu vas lui porter ? » propose-t-il.

Je rejoins la véranda, l'assiette à la main. Clara a installé quatre chevalets en arc de cercle. Sur chacun d'eux, une des feuilles de son travail sur le cadavre de l'hôpital. Clara tâtonne, fait des essais, mélange les teintes, se frotte le nez, passe une main sur sa nuque crispée.

« Merci, Evie », murmure-t-elle lorsque je dépose l'assiette sur le sol, à côté d'elle.

Puis, alors que je m'apprête à repartir, elle lance :

« Je sais pourquoi cette toile vous fascine autant.

– Pardon ?

– La *Lilith* de John Collier.

– Ah ?

– Elle pourrait aussi bien être Ève que Lilith. La toile aurait pu s'appeler *Ève et le Serpent.*

– C'est aussi ce que je me suis dit.

– D'après la tradition talmudique, Lilith serait rousse au teint sombre avec des yeux noirs ou brun foncé. Ève serait châtaine ou blonde au teint et aux yeux clairs. La Lilith de John Collier est un mélange des deux femmes, vous ne croyez pas ? »

Je hausse les épaules.

« Peut-être, oui… »

Alors Clara me tourne le dos et récupère ses pinceaux. Je regagne la cuisine avec en tête l'idée qu'elle vient de me souffler. Oui, c'est peut-être la raison de mon trouble. Cette incertitude, ce flou, ce corps mêlant les deux femmes, la pureté d'Ève et la lubricité de Lilith. C'est leur contraste et leur complémentarité qui me fascinent.

Le vin est délicieux, le poisson aussi. Pierre poursuit ses explications sur Lilith. J'adore cette histoire, je veux en savoir davantage. Mais ma gêne reprend le dessus dès que nous cessons de parler, dès que le silence se fait. Mon esprit s'évade, revient sans cesse aux souvenirs de cette nuit sur le yacht et à la perspective de la soirée chez David Stein. Je fixe l'alliance de Pierre à son annulaire gauche. Il la fait tourner sans cesse, sans y prendre garde.

« Laisse », dit Pierre lorsque je me lève pour débarrasser.

Il me frôle le poignet. Je m'immobilise.

« Je vais le faire. J'irai me coucher ensuite.

– D'accord. »

Clara est toujours dans la véranda. Elle est assise par terre en tailleur. Elle passe en revue les différentes esquisses. Je devine ses traits tirés, les veines bleutées sur son front, et ses yeux rougis par la fatigue.

« Je crois qu'elle va travailler encore quelques heures », me chuchote Pierre.

Je reste quelques secondes de plus près de son poignet mais son doigt ne me frôle plus.

« On fera un nouvel entraînement à la presse dans la semaine, d'accord ?

– D'accord. »

Ne voyant rien d'autre à ajouter, ne sachant plus vraiment comment me comporter, l'esprit rendu vaporeux par l'alcool et le parfum de Pierre, je finis par reculer.

« Je vais me coucher. Bonne nuit.

– Bonne nuit, Evie. »

Pierre monte quelques minutes après moi. J'entends ses pas dans le couloir et la porte d'à côté qui s'ouvre et se referme. Plus tard, bien plus tard, ce doit être le milieu de la nuit, je suis tirée du sommeil par de nouveaux bruits. La porte, encore, ainsi que des pas dans le couloir. La pleine lune brille dehors. Je me lève pour boire un peu d'eau. J'ai la bouche pâteuse à cause de l'alcool. Des voix en bas. Clara est encore dans la véranda. J'imagine que Pierre s'est levé pour lui demander de venir se coucher. Les voix se taisent. Je me recouche, mais j'ai du mal à trouver le sommeil.

Les minutes passent. Mon esprit s'emballe. Une lame acérée, perfide, se plante au creux de mon ventre, me torture. La curiosité. Ma curiosité maladive. Je devine ce qui se passe en bas. Une intuition. Comme un sixième sens. Je me lève, j'effleure le parquet de mes pas légers, puis l'escalier. Je n'ai pas besoin de descendre jusqu'en bas. Du milieu des marches, j'ai une vue imprenable sur le salon et, en enfilade, sur la véranda.

Les lampes sont allumées. Ils se trouvent dans mon champ de vision. Ce ne sont pas deux corps allongés que je découvre. Ils se tiennent debout, enlacés comme s'ils se livraient une bataille. Même dans l'amour, Clara garde le contrôle, l'ascendant. Elle se refuse à être en dessous et elle n'offrira jamais son dos. Clara ne se laisse pas posséder. Clara possède.

Les mains autour de la nuque de Pierre, elle a enroulé ses jambes autour de ses hanches, ses ongles marquent sa peau. Cette nuit-là, au milieu de la véranda, le corps fin de Clara grimpant autour de Pierre m'évoque le serpent de la Bible possédant le corps d'Ève et de Lilith. Le *Lilith* de John Collier me hante.

4

« Vous en pensez quoi ? »

Clara recule d'un pas, porte son pouce à ses lèvres, en mordille la peau. Cela fait quatre jours qu'elle vit dans la véranda, n'en sort que pour dormir quelques heures. Elle ne prend plus son petit déjeuner avec moi. Elle est déjà levée quand je descends, silencieuse, pâle, torturée. Elle peint sans relâche, grignote à peine ce que je lui apporte vers treize heures, dîne devant ses chevalets. Les brouillons ont laissé place à un tableau plus vrai que nature. Un corps déposé comme une offrande sur un drap de soie noire. Un corps figé par la mort mais rendu lumineux par l'œil de Clara. Pour parvenir à ce résultat final, elle a peint quatre toiles et passé huit heures de plus en présence du cadavre au CHU de Saint-Roch.

« C'est plus réaliste que ce que j'imaginais.

– C'est vrai ? »

J'acquiesce, tente de déchiffrer le titre en bas de la toile. *Hommage à Baudelaire.*

« Je suis tellement épuisée, si vous saviez… Pourtant, je ne parviens pas à arrêter… Il y a toujours un détail que j'aimerais retoucher. »

Un mouvement derrière nous. Pierre.

« Ta toile est parfaite, dit-il. Laisse-la reposer maintenant.

– Je ne peux pas.

– Je suis sérieux, chérie. Il est temps que tu prennes un vrai repas et que tu dormes plus de cinq heures d'affilée. »

Clara cesse de se mordiller le pouce, penche la tête de côté pour mieux scruter son tableau.

« Cette toile va finir par te rendre folle. Il est temps de t'en séparer, d'admettre qu'elle est terminée.

– Elle ne l'est pas.

– Clara, si tu ne quittes pas cette véranda, j'en ferai condamner l'accès. Je te le promets… »

Elle continue de fixer la toile de son regard intense.

« Evie est préparée à la presse ? demande-t-elle finalement.

– Nous faisons une dernière répétition ce soir.

– Alors je vais m'allonger un moment. Evie, votre tenue doit revenir du pressing demain matin. Nina est prévenue.

– D'accord.

– Vous avez terminé l'ouvrage sur Ernst ?

– Il y a une heure.

– Bien. »

Elle presse ma main doucement, puis la relâche.

« À plus tard. »

Nous la regardons disparaître dans l'escalier. Si je n'ai pas la mine affreuse de Clara, je suis moi aussi épuisée par ces derniers jours. J'ai terminé *Frankenstein* et *Le Moine*, deux des romans prêtés par Clara, j'ai commencé un ouvrage sur l'œuvre de Max Ernst, peintre du XXe siècle qui a proposé une déclinaison intéressante du romantisme noir car « David Stein raffole du contemporain », j'ai révisé ce que j'ai appris.

« Tu as déjà dîné ? demande Pierre en ouvrant le réfrigérateur.

– Non. »

Il met le couvert pour deux, déclare :

« On mange un bout et on s'y met ? »

Je ne touche pas à grand-chose dans mon assiette. Je suis préoccupée. Demain soir, le cadavre sera exposé à la vue de tous et suscitera questions et curiosité, répulsion et critiques. Saurai-je le défendre ? Me justifier ? N'est-ce pas trop risqué ? Voilà ce qui me tourmente ce soir, ça et la question que je me prépare à formuler, tentant d'adopter un ton détaché, innocent :

« Est-ce qu'on finira la soirée sur le yacht, demain, avec Lazlo ? »

Pierre n'est pas dupe, bien sûr. Il sait de quoi je parle. Il retient son sourire, a la gentillesse de répondre sur le même ton détaché :

« Nous logerons à l'hôtel. David Stein invite toujours les artistes à l'hôtel Anthéor. Nous aurons une suite qui donne sur l'une des plus belles calanques de Saint-Raphaël. »

Je ne parviens pas tout à fait à me réjouir. Il ne répond pas vraiment à ma question.

« Et Lazlo ?

– Clara n'a pas voulu l'inviter.

– Ah ? »

Il tourne la tête du côté de la véranda encore éclairée, avec la toile trônant en son centre.

« Elle est entrée dans une période où elle est difficilement atteignable. Je te l'avais dit, n'est-ce pas ?

– Oui.

– J'ai bien peur que Lazlo n'ait été évincé.

– Par cette toile ? je demande, dubitative. Par ce cadavre ?

– Elle est possédée par sa toile. La passion balaie la passion. »

Je scrute son visage, sceptique. Il déclare :

« Tu verras… »

Il a presque l'air triste en le disant. Moi, je pense à cette soirée chez David Stein, à la suite donnant sur les calanques, à Lazlo qui ne sera pas là et à la différence que cela fera.

« Elle est comme ça. Impulsive, passionnelle, passionnée. Elle ne peut pas être sur tous les fronts. Je crois que Lazlo est de trop dans sa vie, mais le temps nous le dira…

– Alors on ne sera que tous les trois ? »

La déception perce dans ma voix. Pierre hausse les épaules.

« Tu auras l'alliance. »

Qu'est-ce que cela signifie ?

Nous dînons rapidement, dans un silence tendu. Pierre débarrasse. Je le regarde ranger les assiettes dans le lave-vaisselle.

« Elle tient à être présente demain soir, incognito.

– Elle sera parmi les invités ? je demande, surprise.

– Oui. David Stein ne l'a jamais rencontrée. Elle ne risque pas grand-chose.

– Pourquoi fait-elle ça ? Je croyais qu'elle avait horreur de ce genre de soirées… »

Pierre laisse planer quelques secondes de silence, referme le lave-vaisselle.

« Ce n'est pas la soirée qui l'intéresse. »

Il n'en dit pas plus, m'oblige à demander :

« C'est quoi ?

– C'est toi.

– Moi ?

– Elle veut te voir à l'œuvre, dans sa peau, à mon bras, avec ses vêtements et son alliance, s'appropriant ses œuvres. »

Je ne sais pas trop quoi répondre à cela. Je me dis que c'est complètement tordu, absurde. Je me sens un peu troublée, comme le jour où elle m'a lancé : « Ça a quelque chose d'excitant de contempler son double. »

« Tu sais, cette fascination que tu as pour Lilith ?

– Oui…

– Je crois que c'est la même chose que Clara ressent pour toi. »

Cette fois, je tombe totalement des nues.

« Pourquoi ?

– Pour la même raison que tu admires Lilith.

– Je ne te suis pas…

– On a tous une certaine fascination pour ceux que l'on considère comme notre exact opposé, non ? J'imagine que Clara voit en toi son double, son contraire, sa part lumineuse, quand elle-même se complaît dans la noirceur.

– Tu te moques de moi…

– Non. »

Et en effet, il est parfaitement sérieux. Le silence se prolonge quelques instants.

« On se fait un rapide entraînement à la presse ? Une demi-heure ? »

Nous jouons le jeu de l'interview mais je n'y parviens pas vraiment. Je pense à ce que Pierre vient de me dire, tandis que déferlent dans mon esprit les bribes d'une autre conversation. *Evie, tu es tellement innocente. Tellement parfaitement ingénue. Tu n'imagines pas la valeur de cette candeur. – Ma valeur… pour qui ? – Pour moi. Pour Clara aussi. – Clara ? – Tu l'as séduite, sans quoi elle ne t'aurait jamais offerte à moi. – J'ai séduit Clara ? – Bien sûr.*

Mon innocence, toujours. Ma part de lumière. C'est ce qui revient sans cesse. Pierre me parle, et je n'écoute pas.

Clara me fascine tout autant que Lilith. Elles provoquent toutes les deux en moi quelque chose de magnétique. Une attirance. Un envoûtement. Se peut-il que Pierre dise vrai ? Se peut-il que je provoque la même chose chez Clara ? Et Pierre, dans tout cela ? Me voit-il comme Evie Perraud ou comme une extension lumineuse de sa femme ?

« Tu as la tête ailleurs. Ça fait quelque temps. »

J'ai senti venir une nouvelle discussion pénible avec Gaël, une de celles qui ont débuté avec notre rencontre inopinée dans les ruelles et sa remarque faussement innocente : « Tu as mis du rouge à lèvres. » J'ai pris les devants. Ce n'était pas le moment, à la veille du vernissage chez David Stein. Je me pose déjà assez de questions sur la nuit qui suivra. J'ai posé la main sur son pantalon, au niveau de l'entrejambe, et j'ai fait ce qu'il fallait pour qu'il se taise, pour qu'il arrête de me soupçonner.

Maintenant, il s'agite au-dessus de moi, et moi, je fixe le plafond. Avec une lucidité glaçante, je me demande pourquoi je m'inflige cela, pourquoi je me sens obligée de lui offrir mon corps. Pour conserver son amitié ? Si j'étais amoureuse, ce serait plus simple, mais je ne suis pas amoureuse. Il a raison, je suis distante. Est-ce à cause de l'exposition chez David Stein, des ouvrages que j'ingurgite, des questions de journalistes que j'anticipe, ou est-ce que, comme Lazlo pour Clara, Gaël est maintenant de trop dans mon nouvel univers ?

Il souffle à mon oreille, sa peau est brûlante. Je me sens obligée d'accompagner son mouvement, de prendre part d'une façon ou d'une autre à ce rapport que j'ai proposé et que je subis désormais. Je repense à ces lignes trouvées ce matin même dans l'ordinateur de Clara et que j'ai recopiées dans mon carnet à spirale. L'extrait d'un texte de Marcel Schwob intitulé *Lilith*.

> *Alors il aima Lilith, la première femme d'Adam, qui ne fut pas créée de l'homme. [...] Elle avait été semblable au serpent, et ce fut elle qui tenta le serpent pour tenter les autres.*

Les coups de reins de Gaël s'accélèrent. Je sens venir la libération. J'appose mes mains dans son dos pour l'encourager à venir, le presse doucement. Alors il se raidit, il retient son souffle. J'encaisse le mouvement brutal. Quand il retombe de tout son poids mort sur moi, il me murmure trois mots. Trois mots qui m'anéantissent :

« Je t'aime. »

Clara est radieuse. Sa peau a repris une jolie teinte laiteuse, ses cheveux noirs brillent dans les rayons du soleil. Sa main, parée pour quelque temps encore de son alliance, est posée sur le genou de Pierre, qui conduit. Elle ne cesse de se tourner vers moi, à l'arrière de la voiture, silencieuse.

« Tout va bien, Evie ? »

Les toiles sont parties hier en convoi spécial, entourées d'une mousse de protection. Clara a eu toutes les peines du monde à quitter son *Hommage à Baudelaire*, mais une fois qu'il s'est trouvé loin d'elle, elle a retrouvé son insouciance.

Dans ma valise, soigneusement pliée, se trouve ma tenue de soirée choisie par Clara. Une longue robe noire, ample, resserrée à la taille, au col en V échancré se perdant profondément dans mon décolleté. Elle a agrémenté ma robe de ses propres bijoux. De l'or. Des formes épurées.

« Vous attacherez vos cheveux sagement, en arrière. »

Elle a prévu une pince dorée. Je n'ai pas cherché à discuter. Clara m'a façonnée comme une poupée et ses yeux brillaient. Je n'ai pu m'empêcher de penser à ce que Pierre m'a dit l'autre soir.

Tout en conduisant, il nous rappelle le déroulé de cette fin de journée. C'est lui qui a été en relation avec David Stein, lui qui a supervisé l'organisation.

« On s'installe dans notre suite, puis on aura une heure pour se préparer. David Stein tient à nous accueillir et à nous offrir un verre avant le vernissage. Il m'a donné rendez-vous à dix-huit heures trente à la galerie. Je pense qu'il voudra discuter en privé. »

Ma voix résonne, blanche, depuis l'arrière du véhicule :

« Ce sera la partie la plus difficile de la soirée, non ?

– Pourquoi cela ? demande Clara.

– Il sera impossible d'échapper aux questions pièges en face-à-face.

– Pierre sera avec vous », déclare-t-elle, comme si cela suffisait à balayer toute mon appréhension.

Dans le rétroviseur, Pierre me jette un regard furtif.

« Et vous ? je demande à Clara. Quand arriverez-vous ?

– Plus tard, au moment où la foule sera plus dense. Probablement vers vingt heures. Je prendrai un taxi. Mais ne vous occupez pas de moi. Vous n'aurez qu'à m'ignorer. »

Les réponses qu'elle me donne ne m'apportent aucun réconfort.

Le cabriolet longe la côte. Ni les reflets turquoise de l'eau ni les roches rouges du massif de l'Esterel ne viennent à bout de ma nervosité. Je pense à Gaël, et au silence tendu qui a suivi sa déclaration hier soir. Je me suis collée contre lui, j'ai enfoui mon visage dans son cou. Qu'aurais-je pu faire d'autre pour m'en sortir ?

Un homme vêtu de noir nous ouvre un lourd portail. Quelques mètres plus bas, la mer bat les récifs rouges, des escaliers creusés dans la roche permettent d'accéder à une crique secrète. J'ai noté cela machinalement. Je suis tout entière dévorée par l'appréhension. La voiture remonte un chemin bétonné. L'hôtel dans lequel nous pénétrons ressemble à un lotissement réunissant plusieurs petites villas. Au centre, près du parking, un bâtiment plus grand que les autres s'ouvre sur une terrasse avec piscine. Un homme est en train de nettoyer les dalles. Il se redresse et vient à notre rencontre.

« Bonjour, dit Pierre. Nous venons de la part de David Stein. »

Nous sortons tous les trois de l'habitacle. L'homme a l'air embarrassé.

« La réservation est une suite pour deux…

– Je ne reste pas », intervient Clara.

Il n'insiste pas davantage. Il aide Pierre à sortir les valises du coffre puis nous invite à le suivre jusqu'à une petite villa blanche à l'abri des regards.

« Le petit déjeuner est servi de sept heures à onze heures. J'ai réglé le thermostat sur vingt et un degrés. Vous n'aurez qu'à le monter au besoin. »

Il récite tout cela en ouvrant la porte puis nous invite à le précéder. Si ma nervosité ne m'avait pas rendue si amorphe, je me serais émerveillée de l'endroit : un hall au sol en damier noir et blanc, des murs immaculés, un énorme lustre en cristal au plafond. Le hall donne sur deux pièces en enfilade ; un petit salon puis une chambre aux dimensions pharaoniques, avec une baie vitrée qui donne sur quelques pieds de vigne.

Clara se laisse tomber sur le canapé, retire ses chaussures comme si elle était chez elle. Pierre et l'employé de l'hôtel déposent les valises dans le hall, s'entretiennent quelques instants à propos du portail et de la présence du vigile en bas, puis l'homme s'en va.

« Tenez. »

Clara me tend un vieux recueil poussiéreux tandis que Pierre se dirige vers le minibar.

« Qu'est-ce que c'est ?

– Quelques poèmes de Baudelaire pour ce soir. »

Se moque-t-elle de moi ? Ne pouvait-elle pas me donner ça plus tôt ?

« Ne vous en faites pas. Personne ne vous demandera de réciter des vers. Il s'agit juste de le feuilleter, de retenir quelques titres que vous pourrez citer au détour d'une conversation sur l'*Hommage à Baudelaire.* »

La boule dans ma gorge est devenue tellement énorme que je ne parviens plus à produire aucun son.

« Oublie les poèmes et l'expo deux minutes, d'accord ? intervient Pierre depuis le minibar. Laisse-la se reposer et se vider la tête. »

Clara va se planter devant la baie vitrée, me tournant le dos. Pierre s'approche de moi, avec entre les mains un verre contenant un liquide ambré.

« Tiens, bois ça et allonge-toi un peu. »

J'attrape le verre. Je m'assois au bout du lit, fixe le tableau qui orne le mur, une poire coupée en deux, laissant apparaître ce qui ressemble à une vulve. Pierre et Clara chuchotent près de la baie vitrée. Je ne perçois que quelques mots prononcés plus forts :

« Elle représente mon image là-bas.

– Une quantité infime…

– Non. »

Clara ne semble pas vouloir céder, mais Pierre insiste avec fermeté.

« … paraître terrifiée. C'est ce que tu veux ?

– Elle prendra sur elle. Après un verre ou deux, ça ira mieux… Elle a réussi chez Georges, non ?

– C'est différent. »

De nouveau, je n'entends plus leurs propos étouffés, puis Clara clôt la conversation par un « Hors de question » sans appel. Après cela, je m'efforce de vider mon verre à petites gorgées tandis que Clara plonge dans un mutisme glacial.

Mes yeux parcourent les vers de Baudelaire, à l'avant du cabriolet qui nous conduit vers la soirée la plus importante de toute la carrière de Clara. Pierre a coupé la musique pour m'aider à me concentrer, mais mes yeux reviennent sans cesse au rétroviseur extérieur. Mon reflet me ressemble si peu. Je ne suis pas moi, ce soir. Je suis Clara Manan. La transformation est encore plus saisissante qu'au vernissage à Humanis. Clara n'a rien laissé au hasard, pas même la ligne de mes sourcils. Sans se départir de son mutisme, elle s'est occupée de moi avec douceur. Coiffure, maquillage, robe, bijoux, sourcils, ongles. Quand elle a eu terminé, elle m'a conduite devant le miroir de la salle de bain. Elle souriait. J'ai eu l'intuition fugace que ce n'était pas pour le vernissage qu'elle me préparait mais pour autre chose. Cette certitude ne m'a pas quittée et s'est encore accentuée quand elle m'a passé son alliance au doigt.

« Ouvre la boîte à gants. »

La voix de Pierre me sort de mes pensées. Je l'interroge du regard.

« Ouvre », répète-t-il.

Tout d'abord, je ne vois rien d'autre qu'une pochette contenant les papiers de la voiture, puis je distingue un sachet en plastique et je comprends immédiatement ce que Pierre a en tête.

« Il n'y a pas de meilleur stimulant. Avec ça tu te sentiras invincible. »

Je ne dis rien, le sachet entre mes mains.

« Mais pas un mot à Clara. »

Il se concentre sur la route. Je proteste faiblement :

« Je n'ai jamais pris ça… Je ne sais pas si…

– Sers-toi de la paille. »

Il extrait son portefeuille de la poche de son pantalon.

« Et de ma carte bancaire. »

Je n'ose pas faire un geste, prendre une décision, entreprendre la moindre action. Voyant que je suis immobile, un peu perdue, Pierre sourit et pose une main sur mon genou. L'alliance brille à ma main gauche. Je suis sa femme ce soir, c'est ce qu'il veut me signifier…

« Ça ne fait pas mal ? Je… je ne vais avoir le nez irrité ? »

Il sourit encore plus largement puis il ne prononce que trois mots :

« Mon adorable ingénue… »

Trois mots qui me font rougir de confusion.

Je suis un vrai moulin à paroles. Cela s'est produit en à peine trois minutes. Une hyperactivité soudaine. Une énergie débordante. Une sensation de confiance absolue. J'ai laissé tomber l'ouvrage de Baudelaire à mes pieds. Je n'en ai pas besoin. J'ai retenu quelques titres qu'il suffira d'énumérer. *Alchimie de la douleur. Brumes et pluies. Don Juan aux enfers. Élévation.* D'ailleurs, toute cette préparation de Clara, toutes ces précautions me semblent bien inutiles. Je suis prête, et depuis longtemps. Je ne comprends même pas comment j'ai pu en douter. J'en ris, à l'avant du cabriolet.

« Quelle idée quand même de se mettre une telle pression pour un jeune arriviste de trente ans qui a ouvert une galerie pour passer le temps ! »

Pierre ne dit rien. Il m'écoute en souriant. Sa main revient se poser de temps à autre sur mon genou. Je ne tiens pas en place. J'ai hâte de rencontrer David Stein, de jouer mon rôle, de passer d'un invité à l'autre avec aisance, de recevoir les compliments, de trouver les bonnes répliques. J'ai hâte, enfin, d'avoir passé cette épreuve, d'avaler une pastille colorée et de retrouver Pierre là-bas, dans l'univers duveteux.

Il pourrait essayer de me tempérer mais il ne le fait pas. Il me fait confiance. Il a tout à fait raison.

Pierre gare la voiture dans une des ruelles du centre de Saint-Raphaël.

« Lève la tête », me dit-il, alors que nous marchons vers la galerie.

Il vérifie rapidement l'absence de traces sous mes narines puis attrape ma main. Quelle sensation grisante d'arriver aux côtés de Pierre Manan, élégante et drapée de noir. Sur la vitrine de la galerie Stein, une affiche annonce : « Exposition de Calypso Montant vendredi 20 novembre ». Pierre pousse la porte. Une clochette tinte. Je n'ai pas le temps d'embrasser le décor du regard, David Stein est devant nous, dans un costume trois pièces orange vif, un Spitz nain dans les bras.

« Calypso, mon ange, sois la bienvenue. »

Si j'avais été dans mon état normal, je me serais étonnée d'un tel accueil, j'aurais eu du mal à savoir comment me comporter face aux manières familières de David Stein et à ses embrassades. Mais je suis dans un autre univers. Pas le même que celui de la pastille rose, fait de douceur, d'émerveillement et d'amour pur ; non, dans un univers de toute-puissance, où je règne, maîtresse, où rien ne peut m'ébranler. J'aime cette sensation. J'aime savoir que Pierre est à moi pour toute la soirée, j'aime sentir ses mains qui se posent sur mes reins, autour de mon poignet, de ma nuque, tandis que David Stein nous fait faire un tour rapide de la galerie, son Spitz nain dans les bras.

Les quatre pièces de la galerie Stein accueillent une soixantaine d'œuvres, toutes contemporaines. Art figuratif. Expressionnisme abstrait. Minimalisme. Nouveau réalisme. Néodadaïsme. Je repère sans peine les différents courants. Les salles sont immenses. Des plafonds hauts, des murs blancs immaculés, des banquettes géométriques. Je me fais violence pour contenir mon énergie, rester silencieuse. David Stein est connu pour être vaniteux. Pierre m'a mise en garde : il faut le laisser parler.

« Je n'aime pas tellement le minimalisme. J'ai laissé deux tableaux dans cette salle à la demande de Miranda. Elle est plus moderne que moi à bien des égards… »

J'observe ce drôle de personnage. Un petit homme d'à peine un mètre soixante-cinq, fluet. Des cheveux rassemblés au sommet du crâne par une bonne couche de gel. Des manières efféminées. Des petits yeux perçants et scrutateurs.

« Calypso, tes toiles sont là-bas. »

Mes toiles, ou plutôt celles de Clara, se trouvent dans la pièce suivante, aux côtés de celles d'un certain Gary Nelton, que je ne connais pas mais dont j'ai déjà entendu Clara parler. Des scènes de guerre, de révolution. Des images sombres. Du sang.

« Je t'ai trouvé un concurrent redoutable pour partager ton espace, trésor. »

Il nous explique qu'il a lancé Gary Nelton alors qu'il n'était qu'un jeune inconnu. Le talent de Stein : avoir du flair, repérer les talents prometteurs. Vaniteux et hyperactif. Il ne reste pas une seconde en place, fait des volte-face, agite ses bras, nous entraîne plus loin. Je me demande s'il ne prend pas de la poudre, lui aussi.

« Dis-moi, Calypso, mon ange, il faut que tu m'expliques quelque chose… Cette dernière toile… Un ovni. D'où ça vient ? »

Un instant, malgré le sentiment de maîtrise qui m'habite, je me sens sur le point de vaciller, mais David se retourne soudain :

« Chérie, je vais te présenter à Miranda, tu nous raconteras ça dans le petit salon ! »

Miranda, son épouse qui, par son âge avancé, pourrait être la mère de David Stein. C'est une femme élégante, à la chevelure blonde coupée au carré, quelques liftings au compteur. Elle porte un tailleur chic, sobre, des talons hauts et appelle son mari « poussin ». Elle nous accueille en véritable maîtresse de maison dans le « petit salon » qui n'a rien de petit.

« Champagne ?

– Merci. »

Nous nous retrouvons une coupe entre les mains. Le Spitz nain s'installe entre David et sa femme, sur la banquette blanche. Pierre et moi nous asseyons sur celle qui leur fait face. Mon pied s'agite de façon incontrôlable.

« Miranda, je parlais à cette chère Calypso de sa dernière toile. Un ovni, n'est-ce pas ?

– Surprenante, confirme Miranda avec plus de retenue.

– Calypso, trésor, qu'est-ce qui t'a poussée à peindre quelque chose de si différent ? »

Il caresse son chien avec des gestes mécaniques, il me fait l'impression d'un petit robot répétant le même mouvement saccadé, ou alors c'est un des effets de la poudre.

« J'ai cherché à rendre hommage à deux artistes que j'admire. Un peintre et un poète.

– Dis-nous-en plus.

– J'aime Baudelaire depuis toujours. Je voulais lui dédier une charogne. »

Longue gorgée de champagne. Sourire de connivence. Je crois percevoir, dans l'éternité d'une seconde suspendue, ce qui répugne tant à Clara dans ce genre de numéro.

« Et le peintre, trésor ?

– Paul Delaroche. Le portrait de sa femme décédée m'a toujours fascinée.

– Tu vois, Miranda, Calypso est obsédée par la fin du XVIIIe et le début du XIXe. Elle est à part, non ?

– Incontestablement. Une contemporaine profondément ancrée dans le romantisme.

– Elle fera mouche ici.

– Je l'espère. »

Je les observe. Ils se parlent comme si je n'étais pas là. Je me demande si je pourrai demander où sont les toilettes. J'ai envie de me dégourdir les jambes quelques instants. Mon cœur s'est mis à s'accélérer étrangement. J'ai l'impression qu'il crépite dans ma poitrine. Mais David Stein se lève.

« J'ai quelque chose à vous montrer. »

Il revient quelques instants plus tard avec un lourd album et vient se placer derrière Pierre et moi.

« Je consigne ici tous les artistes qui sont passés par ma galerie. Pas un seul ne manque. Vous devriez reconnaître quelques noms. »

Alors en se rengorgeant, fier comme un paon, David fait défiler les portraits, retraçant brièvement le parcours, la réussite de ceux qui figurent dans cet album. L'un expose à Bâle, Paris, Nice et Montpellier, l'autre a ses œuvres à Saint-Pétersbourg, un autre a reçu une distinction au Printemps des Arts, cette année. Stein ne tarit pas d'éloges sur ses poulains. Miranda fait de nouveau remplir nos coupes.

« Je les immortalise tous lors de leur vernissage. Tu n'y couperas pas, mon ange. C'est une tradition. Tu n'y vois pas d'inconvénient ? »

Ses yeux me scrutent, il referme l'album.

« Non.

– Miranda, tu peux aller chercher mon appareil ? »

Avec la cocaïne aussi, il y a une distorsion du temps. J'ai l'impression de percevoir son écoulement avec une précision et une lucidité que je n'ai jamais connues. Chaque mouvement se découpe du précédent, je perçois les hésitations, les arrêts brefs, les respirations avec une acuité extrême. Je me sens prête. Prête à en découdre, à tous les duper, à m'imposer.

« Tu viens te mettre sur un fond blanc ? »

Pierre me presse le poignet. Je me lève un peu trop vite. Peu importe. Je me place à l'endroit indiqué par David Stein, relève le menton bien haut. Je ne croise pas le regard de Pierre. Je n'en ai pas besoin. Je sais exactement ce que nous pensons tous les deux à ce moment précis : nous sommes en train d'immortaliser mon visage comme celui, officiel, de Calypso Montant. Je retiens mon souffle.

« C'est parfait, mon ange. »

Il me tend l'appareil, me montre le cliché qui apparaît sur le petit écran. C'est moi et ce n'est pas moi. Le basculement a eu lieu. Je suis entrée dans sa peau. Ni elle ni moi ne pouvons faire marche arrière désormais.

Ce soir, je serai la femme de Pierre, pas seulement pour le public, non. Ce soir, dans la suite immense, il me pénétrera, en présence de Clara, j'en ai la certitude absolue. Et alors nous aurons scellé définitivement notre pacte puisque c'est de cela qu'il s'agissait. Dès le départ. Devenir son double. La part lumineuse d'elle-même.

Une grande euphorie m'envahit quelques secondes plus tard, alors que je vide ma troisième coupe de champagne. David évoque des galeristes, des peintres, des courants. Pierre lui donne la réplique. Miranda veille à ce que nos verres soient toujours remplis. Je tente de contenir mon trop-plein d'énergie. La clochette de la porte tinte. David se lève d'un bond.

« Mon Dieu, les amis, les invités arrivent déjà ! »

Miranda le stoppe dans son élan, rajuste sa chemise, le col de son costume, desserre son nœud papillon, puis laisse partir son petit homme, un air attendri sur le visage.

Ce début de soirée est très différent du vernissage chez Georges, pour plusieurs raisons. David d'abord. Personnage haut en couleur, extraverti, excentrique, il sait à la perfection mettre à l'aise les invités et détendre l'atmosphère.

« Mon chou, viens donc embrasser l'artiste ! Ne fais pas le timide ! »

Dans la salle, les invités sont souriants et les contacts plus faciles. On n'hésite pas à venir m'aborder. Je suis différente, moi aussi. Beaucoup plus à l'aise que chez Georges. Grâce à Pierre et à sa poudre. Euphorie, bouffée de confiance, sentiment d'invincibilité. C'est avec une facilité déconcertante que j'engage la conversation et que je donne la réplique. Les connaissances sont là, surgissent sans que j'aie à faire le moindre effort. Les dates, les références. Mon esprit est plus vif que jamais, anticipant la moindre question. Je resplendis et ils le notent.

« Des tableaux si noirs et une personne si lumineuse ! s'exclame quelqu'un. Comment l'expliquer ? »

Les questions reviennent, identiques à celles de chez Humanis, inlassablement. La source de mon inspiration. Mes influences. Mes réponses ne varient pas beaucoup, me donnant l'impression de maîtriser déjà l'exercice. Pierre s'est discrètement mis en retrait. Jamais très loin, toujours attentif. Il a senti que je n'avais plus besoin de lui ce soir, tant que la cocaïne me maintiendrait vive d'esprit, du moins.

Un journaliste arrive, et David m'enlève, m'entraîne derrière lui, m'installe dans le petit salon. L'homme, la soixantaine passée, est mal à l'aise, ou juste impressionné. Je ne m'aperçois pas tout de suite que Pierre n'est pas là, que je suis livrée à moi-même. Pourtant, rien de tout cela ne me déstabilise.

« Qu'est-ce qui a motivé cette toile ? Qui est cet homme que vous avez peint ? »

Alors les mots me reviennent en mémoire sans même que je les invoque.

« "Et je chéris, ô bête implacable et cruelle ! / Jusqu'à cette froideur par où tu m'es plus belle !" »

Il ne trouve rien à répondre, et j'ajoute, impatiente de me remettre en mouvement, de retrouver la salle, Pierre, la vie, la foule :

« Un hommage à Baudelaire, le plus grand maître du macabre de tous les temps. »

Je crois que c'est là le secret : prétendre savoir, donner l'impression d'une maîtrise totale.

C'est ainsi que Pierre dupe les gens. C'est ainsi que je trompe mon monde ce soir.

Nous évoquons Delaroche, le tableau de la jeune martyre, *Le*

Supplice de Jane Grey. Je lui dispense un cours sur Marie Tudor mais il finit par m'interrompre :

« Merci, je crois que j'ai tout ce qu'il me faut. »

Je me suis emballée. Je le note, confuse. Je me demande s'il est encore temps de revenir à mon macchabée, à mon œuvre, mais il me devance, me tendant la main :

« Si je peux me permettre, Calypso… Ne tombez pas dans ce piège. Tout cela est trop facile.

– Pardon ? »

Je l'interroge du regard. Il ne lâche que quelques mots :

« Vos pupilles vous trahissent… »

Puis il disparaît sans que j'aie le temps de réagir.

La peur m'envahit soudain. Je bois deux coupes de champagne avant de regagner la salle. Je ne sais pas si ce sont ses mots qui ont refroidi mes ardeurs, ou si les effets de la cocaïne commencent à se dissiper. À moins que l'apparition de Clara, que je découvre tout à coup au milieu de la foule, ne m'ait ramenée brutalement les pieds sur terre. Je commence à avoir des sueurs froides quand Pierre fond sur moi.

« Il faut que tu y retournes. Les gens t'attendent.

– Je termine ma coupe.

– Ça ne va pas ? »

Il me scrute. Je l'interroge à voix basse :

« Mes pupilles… Qu'est-ce qu'elles ont ? »

Je le sens troublé. Il tourne la tête, cherche Clara du regard. Elle se trouve à quelques mètres de nous, en grande conversation avec David Stein.

« Clara t'a dit quelque chose ?

– Non, un journaliste… »

Ses épaules se redressent. Il balaie mon inquiétude d'un revers de la main.

« Viens, il reste à peine une heure à tenir. On termine comme on a commencé et on rentre. Ne te laisse pas déconcentrer, pas maintenant. »

Je cherche à répliquer quelque chose mais il serre ma main et me dit à mi-voix :

« Si tu ne veux pas qu'elle remarque tes pupilles dilatées, arrête de la chercher du regard. »

Je suis maintenant certaine que les effets retombent. Je le sens à la façon dont ma confiance s'effrite, dont les couleurs ternissent. Ne reste que la douce mollesse que l'alcool me procure et qui me permet de rester à peu près détendue. Un couple m'interroge sur l'*Hommage à Baudelaire*. C'est le tableau qui fait mouche ce soir.

« Est-ce un vrai… cadavre ?

– Oui.

– Qui est-ce ?

– Un anonyme. Un homme décédé, que personne n'est venu réclamer.

– Vous lui avez donc rendu une existence, une dignité. »

Pierre me donne un léger coup de coude pour me ramener à la conversation.

« Oui. On peut l'interpréter ainsi.

– Ne soyez pas modeste, vous lui avez rendu toute sa beauté. Une beauté froide et figée, mais une beauté tout de même. »

Je cherche encore Clara des yeux. La véritable peintre se cache dans la foule. Clara Manan, accueillie comme une parfaite inconnue par le propriétaire de la galerie. Clara, qui a poussé le vice de ses délires les plus pervers jusqu'à venir me voir me pavaner au bras de son mari, son alliance au doigt. Elle s'est subtilement fondue au milieu des différents groupes, sa coupe de champagne à la main.

« Quel effet cela procure-t-il de peindre un macchabée ?

– C'est… Disons… »

Clara tourne le regard vers nous. Je m'attends à la voir m'adresser un sourire, un signe à peine perceptible, quelque chose qui trahisse notre connivence, mais son regard me glace. Il est purement et simplement indifférent, comme si nous ne nous étions jamais rencontrées. Elle possède la maîtrise parfaite de ses émotions. J'en perds le fil de ma phrase, de la discussion.

« Chérie ? »

Pierre me rappelle à l'ordre doucement.

« C'est impossible à expliquer. Il faut le vivre. »

Je n'ajoute rien et Pierre prend la suite, sentant nos interlocuteurs frustrés :

« Calypso a frôlé l'état de grâce. Elle était très perturbée quand elle est rentrée à la maison le soir même. Je crois qu'elle l'est encore, que c'est toujours difficile à expliquer pour elle. »

Le couple approuve, m'adresse un sourire compatissant. Je cherche Clara du regard mais elle a disparu de mon champ de vision.

Plus tard, je me retrouve au milieu d'une discussion enflammée. Une femme assure qu'elle voit dans mon *Hommage à Baudelaire* Jésus-Christ sur son lit de mort.

« Une revisite de la toile de Philippe de Champaigne. »

Sa théorie suscite une petite controverse de spécialistes. Alors que Pierre et moi écoutons, un demi-sourire aux lèvres, je constate que l'aiguille de l'horloge me délivrera bientôt.

« Où vous revoit-on, madame Montant ? »

Un couple est venu me féliciter avant de partir.

« Très bientôt, certainement…

– Probablement à Nice, à la galerie Rita Homerta, n'est-ce pas, chérie ? »

J'acquiesce, le regard perdu. Pierre a repris son rôle d'intermédiaire solide. Je lui en suis reconnaissante car la descente me cueille.

« C'était un plaisir, mon ange. On reste en contact, d'accord ?

– D'accord. »

David nous embrasse, Pierre et moi. Miranda, restée sur le seuil de la galerie, nous adresse des signes de la main.

« Prenez soin de vous.

– Merci encore. »

Nous nous éloignons et rejoignons la voiture. À peine assise, je tends la main vers la boîte à gants.

« Qu'est-ce que tu fais ? »

Pierre interrompt mon geste, la referme d'un coup sec.

« Non », dit-il.

Et il démarre. Le silence se prolonge.

« Si tu veux que Clara te congédie, c'est la meilleure chose à faire. *Ça*, ça doit rester un secret entre nous. »

Je ne dis rien. Je garde le regard fixé sur la route. Je me sens fatiguée, abattue, irritée. Maintenant que je suis dans cette voiture, dans le silence total, la soirée me semble avoir été navrante. Je ne suis même pas sûre qu'elle ait été un succès, que la carrière de Clara s'en soit trouvée lancée. J'ai cette drôle de sensation, l'impression qu'un pinceau recouvre de noir, de gris, tous les souvenirs de ce vernissage. Je n'ai plus aucune envie de prolonger cette nuit. Je sais qu'un peu de poudre remédierait à tout ça. De la poudre et une pastille colorée. Comme s'il lisait dans mes pensées, Pierre déclare :

« Il y aura tout ce qu'il faut à l'hôtel. Je ne veux pas que Clara sache que je t'ai donné quoi que ce soit en son absence. D'accord ?

– Pourquoi ?

– Elle ne me fait pas confiance avec ça.

– Pourquoi ? »

Il hausse les épaules. Je pousse un soupir maussade, me replonge dans la contemplation ennuyée de la route.

Pierre semble avoir du mal à supporter mon silence. C'est lui qui le brise de nouveau, quelques kilomètres plus loin :

« Nous nous passerons de la présence de Clara la prochaine fois. »

Il réussit. Il fait naître un soupçon d'intérêt en moi. Je me redresse.

« Ah ?

– Elle te déconcentre. Tu as passé une bonne partie de la soirée à la chercher du regard. Tu n'étais même plus présente dans les discussions. »

Je ne cherche pas à me défendre, à protester.

« Je lui demanderai de ne plus assister à tes vernissages, mais toi, tu devras veiller à ne pas me trahir… »

Il lorgne la boîte à gants. J'acquiesce.

« Message reçu. »

Clara est déjà rentrée à l'hôtel lorsque nous arrivons. Elle a pris un taxi. Notre suite est éclairée. Elle a étalé sur l'immense lit une série de bouteilles qu'elle a sorties du minibar et a saupoudré le drap de pastilles de toutes les couleurs. Une lueur un peu folle brille dans son regard lorsque nous entrons dans la pièce. Elle se lève vivement, pieds nus, épaules dénudées. Son maquillage a coulé, faisant des traînées noires sous ses yeux.

« Vous êtes là ! »

Elle me paraît euphorique, légère, avec un je ne sais quoi de lascif dans le regard. Les yeux de Pierre s'attardent sur les draps.

« Tu as déjà commencé ?

– J'étais tellement impatiente de vous voir rentrer ! »

Elle se pend au cou de Pierre, se met à lui caresser la nuque tout en murmurant à son oreille :

« David était insupportable de clichés, comme Georges me l'avait dit. Tu vois, parfois il a raison, malgré son mauvais caractère. Mais vous, vous étiez très bien. »

Elle me sourit par-dessus l'épaule de Pierre.

« Très naturels, très à l'aise, très beaux aussi. Je n'en doutais pas vraiment. »

Elle se détache de Pierre, se laisse tomber sur le lit en étendant ses longues jambes, attrape une bouteille de rhum ambré.

« Allez, mettez-vous à l'aise ! C'est soir de fête, non ? »

Elle tapote le lit pour nous inviter à nous asseoir. Pierre déclare qu'il va mettre un peu de musique. Je me fais une place près des oreillers.

« Vous n'êtes pas restée longtemps, dis-je en attrapant le verre qu'elle me tend.

– Non. Juste le temps de vous apercevoir. »

Elle n'ajoute rien, pose une main sur mon genou.

« Buvez. »

Un morceau d'opéra envahit bientôt l'espace. Pierre revient, se sert un verre, s'assoit sur le lit. C'est une drôle de vision que j'ai devant mes yeux. Nous trois dans ce lit, au milieu des pastilles colorées et de l'alcool, les yeux de Clara brillant, sa main qui ne cesse de revenir frôler mon genou. Il est évident qu'elle est déjà partie dans l'univers merveilleux des pastilles colorées. Elle a ce besoin irrépressible d'un contact physique. Tout doit être enchantement pour elle. L'opéra, les draps, la lumière, Pierre, moi.

« Racontez-moi. Qu'ont dit les gens de ma dernière toile ? »

Je lui raconte tant bien que mal l'excitation suscitée par le cadavre, les questions récurrentes. Pendant ce temps, Pierre casse une petite pastille entre ses dents, m'en tend un morceau. Dans la baie vitrée, je vois mon reflet recevant le demi-comprimé, le portant à ma bouche sans l'ombre d'une hésitation, puis le faisant passer avec une rasade de rhum ambré. Comme si tout cela était parfaitement normal. Clara repousse ses cheveux en arrière. Elle a le visage luisant, quelques mèches collées au front. Elle s'allonge, pose sa tête sur les genoux de Pierre, me fixe comme si elle me mettait au défi. Je préfère terminer mon verre sans la regarder.

« La presse était là ? »

Elle cherche mes yeux.

« Oui.

– Qu'est-ce que vous leur avez raconté ? »

J'ai cessé de suivre la conversation au moment où l'ivresse m'emportait. Je me suis laissée dériver. Allongée dans le lit, un oreiller derrière la nuque, je les regarde parler. Je n'ai aucune idée de ce qu'ils racontent, et cela m'intéresse peu. Je me contente de les observer et de les imaginer sur une toile. Comment la nommerais-je ? *Les Amants cruels*. Clara a toujours la tête sur les genoux de Pierre, ses longs cheveux noirs éparpillés sur lui, et sa main remonte lentement le long de ses cuisses. Pierre continue d'inhaler la poudre blanche et leurs lèvres s'entrouvrent, produisant des sons qui me semblent insondables, mystérieux. *Les Amants maudits*. J'imagine une toile dans des tons très sombres. Seuls leurs corps seraient illuminés d'un halo doré, comme celui de la Lilith de Collier caressée par le serpent. Ils seraient nus. Pierre serait assis contre un mur, un genou relevé et la tête de Clara recouvrirait son sexe. Une ombre soulignerait la courbure de ses seins et mettrait en évidence la lueur folle dans ses yeux.

Leurs visages se tournent tout à coup vers moi. Pierre me sourit. Clara ouvre la bouche, dit quelque chose. J'ai besoin de me redresser et de la faire répéter.

« À quoi pensez-vous, Evie ?

– À quoi je pense ?

– Vous nous regardiez avec un drôle d'air. »

Je ne rougis pas. Je n'ai pas honte. L'univers rose est doucement en train de m'attirer à lui, de m'aspirer tout entière. Un univers de vérité, d'absolu, d'amour pur, où tout prend sens, où tout peut être dit et entendu.

« Je vous imaginais dans un tableau.

– Un tableau ?

– Une jolie toile comme celle de John Collier.

– Le *Lilith* ?

– Dans ce goût-là. »

Ses yeux de Clara brillent encore plus fort.

« Je serais Lilith ? demande-t-elle.

– Je ne sais pas. C'est bien possible. »

Elle se redresse. Nous sommes toutes les deux assises face à face maintenant.

« Bien sûr, je serais Lilith. Et Pierre ? Est-ce qu'il serait le serpent ?

– Non.

– Vous êtes bien affirmative…

– Pierre n'est pas le serpent. Il ne peut pas l'être.

– Alors qui serait-il ? »

Pierre me regarde intensément. Clara attrape mes mains, qu'elle enferme dans les siennes.

« Dites-le, Evie. Je sais ce que vous avez en tête. »

Ses paumes sont brûlantes.

« Non…, dis-je.

– Si. Vous l'avez en tête depuis que je vous ai parlé de Lilith, d'Ève, du serpent, de la chute… »

Je proteste, mais j'ai l'impression que Clara ne me croit pas, ne me croira jamais. Elle se rapproche encore, dégage mes cheveux de mon visage, colle ses lèvres contre mon oreille.

« Vous faites partie du tableau, Evie. Vous êtes le troisième personnage. Pierre l'a deviné, ne croyez pas qu'il l'ignore. Vous aussi, vous le savez. »

Comme le soir où, dans la véranda, elle s'est enroulée autour du corps de Pierre, elle me donne l'impression d'être le serpent enlaçant dangereusement sa proie. Ce soir, c'est moi la proie.

« Vous vous êtes prise de passion pour cette histoire et ce n'est pas un hasard. Elle vous envoûte, elle vous obsède, elle vous parle au plus profond de vous, n'est-ce pas ? Je sais pourquoi. Elle vous renvoie au tableau que nous formons… »

Clara se détache de moi, passe une main sur ma joue avec une tendresse qui me trouble.

« Bien sûr que vous êtes elle. La seconde femme. La docile. La conciliante. Offerte à Adam pour le consoler de sa mauvaise épouse, insoumise, infidèle, indomptable. »

Elle garde ma main dans la sienne. Je cherche Pierre du regard mais son visage me paraît lointain, trouble. Je commence à percevoir des sensations différentes. Le coton tout autour de moi m'engloutit, les murs de la pièce se mettent à fondre, se transformant en guimauve tiède.

« Vous avez obtenu ma bénédiction, Evie, car j'ai toujours su qui vous étiez.

– Qui ?

– Elle. L'autre visage de la féminité. Mon envers symbolique. »

Je tente de parler malgré la sensation que ma langue pèse des tonnes, qu'elle colle à mon palais.

« Comme elle, vous êtes la femme officielle de l'histoire… Aux yeux des galeristes, des journalistes, du public… »

Je secoue la tête.

« Je ne peux pas être elle.

– Pourquoi ?

– Elle… Elle est la rivale de Lilith. La femme à destituer. Lilith n'aurait jamais offert Ève à Adam.

– Eh bien… On dirait que je fais une Lilith beaucoup plus perverse que celle de la Bible, non ? »

J'ai du mal à rassembler mes pensées, en partie parce que tout cela n'a aucun sens, mais surtout parce que Clara a saisi ma main, l'a posée sur le sexe de Pierre, et que je ne parviens plus à réfléchir.

« Clara…, proteste Pierre.

– Ferme-la. C'est ce que tu voulais, n'est-ce pas ? Tu me l'as dit. »

Pierre fuit mon regard. Je ne comprends pas pourquoi la voix de Clara est sèche, cinglante.

« Tu ne rêves que de ça, de l'avoir pour toi, de la sentir sous toi. »

Elle prononce ces mots et continue de manier ma main, de la faire monter et descendre lentement. Je ne songe même pas à me dégager de là car je suis trop hébétée, trop engluée dans ce coton.

« Tu l'as pour toi. Je te l'offre. Pure. Innocente. C'est ce que tu voulais, Pierre. »

Il devient dur sous ma paume et Clara accentue la pression, se met à chuchoter des choses indécentes à mon oreille tandis qu'autour de moi, tout bascule, se fond en un mélange de teintes pastel.

« Vous aussi, vous le vouliez pour vous, n'est-ce pas ? Vous avez accepté mon alliance tout à l'heure et j'ai bien senti combien vous étiez fébrile quand je vous préparais… »

Pierre se renverse légèrement en arrière. Il a cessé de lutter. Il accompagne nos mouvements de mains d'une respiration saccadée et Clara parle de plus en plus vite, de plus en plus essoufflée :

« Vous le méritez, Evie. Vous travaillez tellement dur pour me remplacer, n'est-ce pas ?

– Oui…

– Votre partenaire… Vous ne l'aimez pas, je me trompe ?

– Qui ?

– Ce garçon du village. »

Je ferme les yeux. J'aurais besoin de prendre du recul, d'y voir plus clair mais elle resserre son étreinte, s'enroule autour de mes épaules, dans mon cou.

Je crois l'entendre rire. Un rire qui se fond dans les vibratos de la chanteuse d'opéra et enfle, enfle jusqu'à cogner contre les murs de la pièce et faire vibrer la baie vitrée. Je ne suis pas certaine que mes perceptions soient réelles, que la voix de Clara ne soit pas simplement une hallucination. D'ailleurs, ce n'est plus la main de Clara qui guide le mouvement de ma main sur le sexe de Pierre, c'est la mienne, seule. En a-t-il toujours été ainsi ?

Clara est allongée à côté de nous, la tête posée dans sa paume. Elle nous observe avec une délectation qui me rappelle celle de l'*Ève au serpent* de Franz von Stuck. Alors je ne sais plus vraiment qui elle est. Lilith ou Ève, l'Ève perverse de von Stuck avec son regard lubrique ? À moins qu'elle ne soit les deux. Les deux visages se superposent devant mes yeux.

« Embrassez-le, Evie. Ne le laissez pas à ce supplice. Il ne le mérite pas, n'est-ce pas ? Tout ce qu'il voulait, c'était une femme douce à aimer. »

Je crois que c'est Pierre qui m'embrasse le premier. Je crois que c'est Clara qui lui retire son pantalon. Je n'ai aucune certitude. J'ai été engloutie dans un univers cotonneux où le contact chaud et humide des lèvres de Pierre contre les miennes, de sa langue caressant la mienne sature mon corps de sensations, m'empêchant de percevoir tout le reste. Ainsi, ma conscience est tout entière à ce baiser, aux milliers de nerfs qui s'activent sous ma peau, dans ma langue, mais aussi dans les endroits les plus incertains de mon corps. Le temps n'existe plus. L'espace s'est restreint à nos enveloppes corporelles et à ce lit. Je n'ai d'autre perception que celle de nos deux corps, de leur densité, de leur consistance, de leur chaleur et de ce langage qu'ils se parlent, un langage universel.

Clara veille sur nous dans le jardin d'Éden. Elle me repousse avec douceur mais fermeté, faisant barrage entre Pierre et moi. Elle parle. Elle dit des choses à propos d'une règle absolue, une règle vitale, plus importante que toutes les autres, aussi essentielle que celle de l'alliance. Elle ajoute d'autres choses : nous ne voudrions pas qu'Ève tombe enceinte, engendre un Abel et un Caïn ; nous savons comment tout cela se termine. Une véritable tragédie. Sans parler des maladies. J'ai le souffle court, du mal à reprendre mes esprits. Elle me fait promettre.

« Promettez-moi, Evie, que vous veillerez toujours à utiliser ceci. »

J'acquiesce, regardant sans vraiment le voir le petit carré argenté qu'elle déchire.

« Vous, vous êtes raisonnable. Pierre est trop fougueux. Il a toujours aimé prendre des risques. Je veux pouvoir compter sur vous. »

Elle me fait répéter plusieurs fois « Je vous promets » jusqu'à ce qu'elle soit certaine que ces trois mots aient pleinement atteint ma conscience. Alors elle s'occupe de tout. Le préservatif et le reste. Guider Pierre jusqu'à moi. Et dans ce jardin d'Éden coloré, rien de tout cela ne me semble incongru. Nous sommes le premier homme et la première femme. Qu'une volonté divine nous unisse me paraît évident.

Je n'ai jamais fait l'amour. Voilà la vérité qui me transperce, me transcende, s'impose avec la force d'une connaissance absolue. Non pas : je n'ai jamais fait l'amour ainsi, mais : je n'ai jamais fait l'amour. Que tout cela soit le fait de la pastille rose n'a aucune importance. Clara l'avait dit. Le nirvana. Le but ultime. La grande libération. C'est ce qui se produit. Quoi d'étonnant à cela ? Elle est Lilith, celle qui sait.

Ainsi, cette nuit-là, je découvre le sens profond de *faire l'amour*. Ce n'est pas simplement s'accoupler, s'unir, se lier de manière intime, partager des sentiments amoureux. C'est infiniment plus que cela. Réunir le Masculin et le Féminin sacrés, reconnecter les deux polarités de l'univers, percer le mystère de la Création, se sentir éclaboussée de l'Amour avec un grand A, l'Amour absolu, divin, parfait.

Mille nuits passent. Le poids du corps de Pierre sur le mien. Le mouvement qu'il impulse entre mes hanches, jusqu'au plus profond de mes entrailles, comme s'il s'agissait là du rythme universel, de la grande horloge du Temps. Ses mains qui marquent, enserrent, modèlent mon cou, mes mâchoires, mes tempes, mes seins, ses doigts qui glissent entre mes lèvres, cherchent ma langue et ses dents meurtrières qui laissent des morsures sur ma peau me tuent et me ressuscitent. Je meurs et je revis dans une étreinte qui n'en finit plus. Mille nuits, c'est le temps durant lequel nous faisons l'amour, sans nous soucier de Clara ni du reste.

Plus tard, Clara a quitté le lit, s'est installée dans un fauteuil, son carnet de croquis sur les genoux. Elle crayonne. Nous dessine-t-elle ? Pierre s'est affaissé sur moi, a trouvé mon sein et l'a porté à sa bouche comme s'il s'agissait du sein nourricier. Il s'est endormi sur moi. Je caresse ses cheveux. Dans ma tête, le ciel est bleu au-dessus des branches de l'arbre de la connaissance dont j'ai goûté le fruit ce soir. J'écoute les oiseaux qui chantent et je sens un souffle d'air frais sur ma peau nue, des brins d'herbe sous mon dos. Rien de tout cela n'est réel et tout l'est infiniment plus que tout ce que j'ai vécu jusqu'à aujourd'hui.

Mille autres nuits passent dans la même volupté immobile.

Clara caresse ma joue. Elle s'est levée, je ne l'ai pas entendue.

« Vous voulez aller faire un tour sur la plage ?

– Maintenant ?

– Le jour se lèvera bientôt. »

Nous jetons un coup d'œil à travers la baie vitrée. Le ciel noir se teinte doucement de gris. J'observe Pierre, qui dort avec l'innocence d'un ange, ses lèvres autour de mon sein.

« Je ne veux pas le réveiller.

– Il ne se réveillera pas. Il dort comme un enfant. »

Elle retire ma main de ses cheveux avec douceur puis elle entreprend de le pousser, de le faire rouler. Il ne bronche pas, comme elle l'avait dit. Il se tourne de l'autre côté, enferme un oreiller entre ses bras. Je récupère mon corps engourdi, ankylosé, rendu insensible par le poids de Pierre toutes ces heures. Clara me jette ma robe, abandonne son carnet de croquis.

« Je vous attends dehors. »

Les petits escaliers sont escarpés. L'air est frais mais je ne le sens pas. Les contours et les perceptions du jardin d'Éden n'ont pas encore disparu. Nous descendons les marches pieds nus, sans sentir le froid, les cheveux fouettés par le vent. Les premières lueurs dorées filtrent lorsque nous atteignons la minuscule crique de roche rouge.

« Faites attention où vous posez les pieds, Evie. »

Elle s'installe sur un rocher plat, les pieds frôlant l'eau. Je reste un peu en retrait derrière elle. Pendant de longues minutes, nous ne disons rien. Dans le jardin d'Éden, les mots ne sont pas indispensables. Nous regardons le jour se lever, elle et moi, si semblables et si différentes. Enfin, sa voix grave vient briser le silence.

« Pierre a besoin de votre douceur, Evie. Je ne peux pas lui offrir ce que je n'ai pas. Rien de tout cela ne m'est naturel. Mais vous, vous savez.

– Vous croyez ?

– J'en suis certaine.

– Il vous a choisie pour femme… Il a dû trouver ce qu'il cherchait en vous. »

Un léger rire franchit ses lèvres.

« Pierre a aussi besoin de ma noirceur. Il ne pourrait pas s'en passer.

– Pourquoi ?

– Ces choses-là s'expliquent-elles ? »

Je hausse les épaules et finis par venir m'asseoir à côté d'elle sur le rocher.

Quelques minutes passent avant que je demande :

« Qu'est-ce que vous avez dessiné tout à l'heure dans la chambre ?

– Trois fois rien. Une ébauche.

– Une ébauche de quoi ?

– Du péché originel.

– Adam, Ève et le serpent ?

– Adam, Ève et Lilith. Un jeu au milieu du jardin d'Éden sous l'œil irrité de Dieu. »

Je souris. Le tableau. Cette nuit insensée. Le bonheur dans ma poitrine. La sensation délicieuse de lâcher-prise.

« Ne riez pas trop. Vous la présenterez à votre prochaine exposition.

– Vraiment ?

– Il vous faudra trouver une explication décente à tout cela. »

Nous nous sourions avant de reporter notre regard sur les reflets orangés.

Plus tard, sa voix s'élève de nouveau :

« Evie ?

– Oui ?

– Ne croyez pas que vous l'aimez. Tout cela est causé par les amphétamines. Si un jour vous en venez à douter, souvenez-vous de cela ; il s'agit d'une illusion chimique. L'amour n'a rien à voir là-dedans. »

Elle me sonde. Je lance un caillou dans l'eau pour me donner une contenance.

« Pourquoi vous me dites ça ?

– On a vite fait de se perdre dans les paradis artificiels, de les prendre pour la réalité… »

Quelques secondes passent. Je lance un autre caillou, qui ricoche avant de s'enfoncer entre deux vagues. Je ne sais pas quoi répondre. Je me contente de jeter ces galets en regardant le soleil inonder la crique.

5

Elle se tient devant la porte ouverte et une foule d'émotions traversent son visage. Étonnement. Incrédulité. Puis joie. Un joli sourire illumine ses traits.

« Mon Dieu, Evie ! »

Elle me serre dans ses bras à me faire mal, frotte mon dos, mes épaules, mes bras, réveille sans le vouloir la douleur causée par les morsures de Pierre, puis recule pour m'observer en détail, l'œil brillant.

« Ça me fait plaisir de te voir ici, ma grande. Tu parles d'une surprise ! Viens, ne reste pas dans l'entrée ! »

Elle referme la porte, m'entraîne dans son sillon à petits pas vifs.

« Tu aurais dû me dire que tu venais ! Je t'aurais préparé un gâteau ! Une tarte au citron meringuée, c'est bien ce que tu préfères ?

– Oui.

– Je serais sortie acheter du mousseux. J'aurais mis une tenue convenable !

– Ce n'est rien, Irène, je t'assure. »

Pourtant, elle continue de s'éparpiller en petits mouvements nerveux : tirer une chaise pour que je m'assoie, passer un coup d'éponge sur la table, ouvrir les placards, sortir des verres, mettre la bouilloire à chauffer.

« Tu as profité d'un jour de repos pour me rendre visite ?

– En quelque sorte…

– Qu'est-ce qu'il t'arrive ? Je te trouve bien pâlotte. Ton travail ne te plaît plus ?

– Si…

– Tu es malade ?

– Non.

– Tu as du chagrin ? Un garçon ? »

Je secoue la tête. Irène s'immobilise enfin, les deux mains posées à plat sur le dossier de sa chaise.

« Bah, je t'embête avec mes questions ! Tu n'es pas venue ici pour subir un interrogatoire je suppose. Tu veux un thé ? Menthe ? Fruits rouges ? Citron ?

– Fruits rouges. »

Elle repart à l'assaut des placards, continuant :

« Je suis contente de te voir ! D'ailleurs, j'ai eu Jean au téléphone samedi dernier. Son projet de réhabilitation de navires est définitivement tombé à l'eau mais il m'a demandé de ne pas m'inquiéter. Il a trouvé un autre filon.

– Ah.

– J'ai bien peur qu'il ne se soit mis dans un mauvais trafic… »

Le dos voûté, Irène prépare le thé.

« Il a des fréquentations douteuses là-bas, je crois. J'étais plus tranquille quand tu veillais sur lui. »

Elle laisse tomber cette confidence au moment où la bouilloire produit un déclic indiquant que l'eau est chaude. Je fais mine de ne pas l'avoir entendue.

« Et toi, ça va ? Comment es-tu venue ici ? »

Comme nous sommes attablées autour de thés bien chauds et d'un paquet de petits-beurre, je mentionne Gaël, mon ami de Saint-Paul-de-Vence qui m'a conduite en voiture et en profite pour se promener dans Marseille, puis je lui fais un récit censuré de mon quotidien. Les cours sur l'art, les œuvres que je découvre et étudie, les vernissages que j'organise pour Calypso Montant. Je tais l'atmosphère troublante qui règne dans la maison des Manan quand nous sommes tous les trois, cette barrière entre Pierre et moi que nous n'osons briser ni l'un ni l'autre, l'indifférence de Clara, qui se replie dans son monde torturé. Ils ne font plus l'amour. Ils ne vont plus au club. C'est tant mieux, mon petit moral aurait eu du mal à l'encaisser.

Nous sirotons nos thés. Irène me force à avaler un biscuit. Nous faisons traîner cette rencontre en longueur aussi bien l'une que l'autre, épuisant tous les sujets de conversation qui nous viennent à l'esprit. Finalement, la nuit tombe et je dois lever le camp. Gaël attend dehors. Je ne veux pas abuser de sa patience.

« Tu reviens me voir bientôt ?

– Promis. »

Gaël est stationné en bas de l'immeuble en double file. Il a mis le chauffage dans la voiture et il fume, fenêtre entrouverte.

« Tu as fini de jouer les touristes ? » je lance en entrant dans l'habitacle.

Il acquiesce et se débarrasse de son mégot avant de remonter la vitre.

« Et toi, ça va mieux ?

– Oui. »

Je regarde la rue devant moi pour échapper à son regard, mi-inquisiteur, mi-inquiet. J'attends qu'il démarre mais il ne le fait pas.

« Je persiste… Tu devrais aller voir un médecin.

– Ce n'est rien.

– Et si tu couvais une dépression… ?

– Je ne couve rien. C'est le contrecoup de l'exposition chez Stein. Je m'étais mis une pression terrible. »

Il me jette un dernier regard puis consent à démarrer.

« T'es sûre ?

– Certaine. »

Je ne peux rien lui dire. Que comprendrait-il à la nuit que nous avons passée tous les trois, Pierre, Clara et moi ? En enclenchant une vitesse, il frôle mon genou. J'ai un mouvement de recul instinctif. Je me tasse au fond de mon siège, rive mon regard à la route.

Nous non plus, nous ne faisons plus l'amour depuis Stein.

Accuser réception des factures, les transmettre au cabinet comptable, en faire une photocopie pour les pochettes colorées de Pierre, rédiger un communiqué de presse pour la prochaine exposition de Nice, le diffuser, imprimer les deux articles parus suite à l'exposition chez David Stein. Le premier, de la presse régionale, titre « Calypso Montant : une artiste éblouissante de noirceur » et présente une photographie grand format de moi aux côtés de Pierre. Le second, un entrefilet dans un journal local, a été rédigé par le journaliste qui m'avait parlé de mes pupilles. Il est resté plutôt mesuré dans ses éloges : « Coup de maître, essai à confirmer ». Est-ce à cause de mes pupilles dilatées qu'il se permet de douter ? Clara n'a pas semblé s'en formaliser.

« Ce qui compte, c'est cela : cette pleine page. »

David Stein a fait paraître un billet élogieux sur son blog, ce qui a sans doute davantage de poids que tout le reste.

Je continue de rattraper les retards de correspondance de Clara. J'applique la technique de Pierre pour gérer au mieux cette phase de descente : plonger dans le travail. Nous ne nous croisons plus, ou si peu. Il termine tard. Il fait comme moi, il s'abrutit à la tâche en attendant Nice.

Un matin, Clara s'autorise à rester au lit un peu plus tard que d'habitude. Elle a sans doute peint une grande partie de la nuit. Je m'assure que Nina ne se trouve pas les parages avant d'aller dans la véranda comme une fautive. Ce n'est pas que l'accès m'en soit interdit, mais depuis que Clara s'y est retirée en ermite, dans un silence religieux, nous agissons tous comme si le lieu était sacré et devait être préservé.

Ce matin pourtant, je m'y risque. Je veux voir à quoi travaille Clara. Je ne suis pas déçue. Trois chevalets ont été placés en demi-cercle entre les assiettes sales et les tasses à café vides. Je recule pour embrasser du regard cette nouvelle œuvre. C'est un triptyque. Le thème est indiscutablement le jardin d'Éden, revisité par l'œil de Clara. Ève, Adam et Lilith se trouvent dans un paradis aux allures d'enfer.

Je reste longuement hypnotisée par les trois toiles. Un décor aride, sombre, inquiétant. Un arbre de la connaissance, mort, dont les racines sinistres sortent de terre et ondulent tels des serpents. Un Dieu décharné, voûté, assis sur une roche volcanique, pleurant de désespoir face au désastre qu'il contemple : trois corps nus se mêlant, s'adonnant avec perversité aux plaisirs de la chair. Sur chacune des toiles, les positions changent, les corps s'intervertissent mais une chose reste immuable : Ève se trouve toujours au-dessous d'Adam et c'est Lilith qui mène la danse.

J'ai accepté de déjeuner avec Gaël à la boulangerie bien que je doive être de retour chez les Manan à quatorze heures pile. Il me faut gérer l'acheminement des toiles de Clara jusqu'à la galerie de Rita Homerta. Le transporteur se présentera pour me faire remplir un bon de livraison. L'exposition de Nice a lieu dans moins de dix jours désormais. Rita, que j'ai régulièrement au téléphone, se charge du traiteur et de la réception. Je suis responsable de la presse.

Je sens bien que Gaël est différent ce jour-là dès le moment où je m'assois en face de lui, ma part de pizza à la main. Quelque chose dans son visage, une certaine raideur. Le ton de sa voix aussi.

« Ça va ? »

Il ne répond pas. Il fait tourner son briquet entre ses mains, nerveux.

« Elle est quand, la prochaine exposition de Calypso Montant ? »

Il insiste étrangement sur le nom de l'artiste.

« Dans huit jours. Pourquoi ?

– Tu vas y aller ?

– Je ne sais pas… Si Clara a besoin de moi… »

Il commence à me mettre mal à l'aise avec ses questions et sa façon de les poser : comme si j'avais des comptes à lui rendre.

« Les autres fois, tu y es allée ?

– Oui…

– À Saint-Raphaël, tu y étais ?

– J'ai donné un coup de main pour le traiteur, oui. »

Je ne sais plus vraiment ce que je suis censée répondre. Il y a une telle froideur dans son regard. Il me glace.

« Un coup de main ?

– Vraiment, Gaël, qu'est-ce que tu veux à la fin ? »

Alors un sourire dépité s'affiche sur son visage. Il pose sur la table un journal ouvert sur la pleine page consacrée au vernissage chez Stein, celle où l'on me voit en photo, dans les vêtements de Clara, aux côtés de Pierre. Mon estomac se contracte tandis que je me penche sur le cliché. La légende titre « Calypso Montant aux côtés de son époux ». Malgré la distance à laquelle a été prise la photographie, on distingue parfaitement l'alliance à ma main. C'est ce que Gaël me montre d'un doigt accusateur.

« Le journal était à la boulangerie. C'est quoi, ça ? »

Je ne peux rien répondre, rien expliquer. J'ai promis de garder le secret.

« Je croyais que tu étais son assistante.

– Je suis son assistante.

– Qu'est-ce que tu fiches déguisée en elle ?

– Je… Elle était malade ce soir-là. Elle m'a demandé de la remplacer.

– Ah oui ? Et tu la remplaces aussi dans sa vie privée ? »

Je tente de garder un visage impassible. Mais la meilleure défense est toujours l'attaque, je le sais.

« Tu as d'autres obscénités à dire sur mes patrons ?

– Tes patrons ? »

Il éclate d'un rire mauvais.

« Tes patrons ? Regarde comme il te mate ! »

Il brandit la feuille sous mes yeux, m'obligeant à reculer.

« Oui, Pierre me regarde… Et alors ?

– Tu as vu ce sourire ?

– Écoute, Gaël, tu me fatigues avec tes insinuations.

– Tu portes ses vêtements, son alliance, il te regarde comme si tu étais sa femme ! C'est moi qui insinue ?

– Je te l'ai dit, je l'ai remplacée une fois.

– Remarque, j'aurais dû m'en douter. Tu étais là sans être là, ces derniers temps, toujours dans tes pensées. Et puis, tu ne me racontais plus rien sur eux. En tout cas, jamais spontanément. Qu'est-ce qu'il s'est passé ? Tu as eu confirmation de tes soupçons ? Ils t'emmènent avec eux dans leur club échangiste ? Tu couches avec lui seulement, ou parfois aussi avec elle ? »

Je me lève d'un bond. Il tente de me retenir par la manche de mon manteau mais je me dégage et m'éloigne d'un pas vif.

« Evie ! Evie, attends !

– Va te faire voir ! »

Il me rejoint en courant. Si je me retournais, je pourrais voir son visage malheureux, la façon dont ses yeux me supplient de le contredire. Mais je ne peux pas démentir, prendre ses mains, les serrer dans les miennes, secouer la tête en lui disant qu'il n'y a que lui, gros bêta. Je conserve ma froideur, mon arme de défense.

« Pourquoi tu m'as caché ça ?

– Ce que je fais chez les Manan, les expositions auxquelles j'assiste, les vêtements que je porte à l'occasion, ça ne regarde que moi ! C'est clair ? La mission qu'ils m'ont confiée ne te concerne en rien ! »

Ses épaules s'affaissent. Il a perdu son air combatif, son assurance. Je sens bien que les rôles se sont inversés, que j'ai repris l'avantage. Alors je pense brièvement à Clara et à Lilith, à leur façon de réduire les hommes au silence, d'imposer leur volonté, toujours.

« Je ne voulais pas te blesser… », dit-il.

Je me sens obligée d'enfoncer le clou, tout en me détestant de le faire.

« C'était stupide et irrespectueux, Gaël.

– Je suis désolé. Est-ce que tu veux revenir t'asseoir ?

– Non. J'ai du boulot. Il vaut mieux que je rentre. »

Je me détourne de son visage triste. J'ai mal au cœur mais un petit quelque chose s'est allumé en moi. Il me faut plusieurs secondes pour parvenir à l'identifier. Une certaine satisfaction. L'illusion, pendant un court instant, que moi aussi je pouvais être elle, pas seulement la douce et innocente Ève.

Ce soir-là, je m'installe derrière Clara dans la véranda. Je m'enroule dans un plaid – la pièce est glaciale – et je la regarde peindre en silence. Le triptyque prend vie, s'anime de lumières et de contrastes dont il était dépourvu avant. À un moment, elle pose ses pinceaux et s'étire. J'ose enfin prononcer les mots que je retenais jusque-là :

« Mon ami Gaël a vu la photo de moi dans la presse.

– Votre partenaire ? »

Le mot me gêne mais je ne la contredis pas.

« Oui. Il a deviné. Le rôle de doublure. »

Clara hausse les épaules sans me regarder.

« Vous croyez qu'il parlera ?

– Je ne sais pas… Je ne pense pas, non…

– Cessez de le voir. Ce sera plus sage. »

Elle reprend ses pinceaux. Je me tais, ne sachant pas très bien si je suis déçue ou non. Elle continue de travailler, passe son doigt sur la toile pour atténuer une ombre, essuie ses mains sur un chiffon barbouillé.

« Vous avez Pierre, et moi je vous ai vous », déclare-t-elle quelques secondes plus tard.

D'un mouvement du bras, elle désigne ses trois toiles.

« Regardez ce que nous créons tous les trois. Quels chefs-d'œuvre nous inspirons. C'est puissant. Je n'ai jamais peint aussi facilement, aussi rapidement. Vous me portez, Evie. Vous, et Pierre, ce triangle vertueux que nous formons. Je ne veux pas que ça cesse. Ce n'est que le début. Nous pouvons faire quelque chose de grand. Ne laissez pas des sentiments gâcher cette osmose. »

Cette nuit-là, des mains m'effleurent, me sortent difficilement du sommeil. La chambre est plongée dans l'obscurité et j'ai besoin de quelques secondes pour distinguer la silhouette qui se trouve au bord de mon lit.

« Clara ? »

Elle chuchote d'une voix fébrile.

« Evie, je viens de parler avec Pierre. »

Je la sens exaltée.

« Vous partez en Angleterre avec lui demain.

– Quoi ?

– Il est en train de réserver vos billets. Il nous faut votre date de naissance. »

Je me redresse lourdement. J'ai du mal à comprendre ce qui se passe.

« En Angleterre ?

– Oui.

– Pourquoi ?

– Vous avez à faire là-bas.

– Je ne comprends pas... Une exposition est prévue à Londres ? »

Malgré l'obscurité, il me semble percevoir le sourire de Clara.

« Non, vous n'êtes pas encore suffisamment connue pour être invitée en Angleterre. Un jour peut-être, qui sait ? »

J'essaie de rassembler mes pensées. Clara pose une main sur la mienne avec douceur.

« Disons que j'avais mauvaise conscience de vous priver de

votre petit ami. Un week-end outre-Manche avec Pierre devrait vous changer les idées. »

Je suis tellement ébahie que j'en perds mes mots.

« Votre date de naissance, Evie ? »

Je la lui balbutie. J'ai l'impression d'être encore endormie, plongée en plein rêve. Clara se lève, murmure encore :

« Rendormez-vous, Evie. »

Elle referme la porte derrière moi. Je l'écoute descendre l'escalier. L'église du village sonne deux heures. Je sais que je ne dormirai plus.

J'ai le teint brouillé, des cernes sous les yeux et le ventre sens dessus dessous quand je me lève le lendemain matin. Clara est déjà dans la véranda, installée face à ses toiles.

« Votre valise est prête ? me lance-t-elle en guise de bonjour.

– Oui.

– Lazlo passe vous chercher à onze heures. Votre avion décolle en début d'après-midi. »

Il me reste deux heures pour me préparer.

« Où est Pierre ?

– Il est déjà à Nice. Il est parti travailler tôt. Une réunion qu'il ne pouvait pas manquer. Il vous rejoindra à l'aéroport.

– Et vous ?

– Moi ?

– Vous ne venez pas ? »

Elle me sourit avec indulgence.

« Non, Evie… J'ai beaucoup trop de travail à sept jours de l'exposition de Nice. Je vais me contenter de peindre nuit et jour. Ce sera déjà pas mal. »

Elle reprend ses pinceaux, me tourne le dos.

« Servez-vous, le café est chaud. »

Je reste plantée de longues secondes face au bar. À côté de la cafetière italienne, l'alliance brille.

Je n'ai pas vraiment eu le temps de tergiverser. J'ai pris une douche, choisi soigneusement mes vêtements, séché mes cheveux, jeté pêle-mêle dans mon sac mon carnet à spirale, un classeur contenant mes reproductions favorites, mon chargeur de téléphone, passé un trait d'eye-liner sur mes paupières, Lazlo toquait déjà à la porte.

Lorsque je suis descendue, je l'ai trouvé, morose, sur le perron. Clara n'a pas quitté sa véranda. Il lui a jeté des coups d'œil aussi sombres que désespérés et j'ai pensé aux mots de Pierre un soir, dans la cuisine. « Elle est possédée par ses toiles. La passion balaie la passion. Tu verras… »

Il avait vu juste. Je salue Lazlo, mais il ne me répond que par un grognement.

« Amusez-vous bien ! » me lance Clara depuis la véranda.

Nous ne prononçons pas un mot en descendant les ruelles pavées, puis en traversant les remparts. Ça tombe bien. J'ai la gorge nouée, pas vraiment envie de parler. Dans la voiture, Lazlo met la radio, s'efforce de me poser une ou deux questions, par politesse, mais il retombe bien vite dans un mutisme sombre. Je l'observe à la dérobée en faisant tourner l'alliance autour de mon doigt. Je me demande si les Manan vont se séparer de lui…

Il me dépose devant le terminal 3 à l'aéroport.

« Où est Pierre ?

– Dedans. »

Il m'expédie comme un colis encombrant. Heureusement, Pierre me guette à l'entrée du terminal. Il me repère immédiatement et se dirige vers moi. Il porte encore son costume-cravate.

« C'est une surprise agréable ?

– Je ne sais pas encore. »

Il me débarrasse de mon sac de voyage, me fait signe de le suivre. Je suis aussi confuse que cette nuit, quand Clara m'a annoncé la nouvelle en me sortant du sommeil.

« C'est une idée de Clara ? je demande.

– Le week-end, oui. Elle m'a demandé de te changer les idées, de te sortir des remparts. Mais la destination, c'est mon idée.

– On va où ?

– Southport.

– Je ne connais pas.

– C'est à côté de Liverpool.

– Qu'est-ce qu'on va y faire ?

– Ça, c'est mon secret. »

Dieu que j'aime son sourire. Son sourire et son regard bleu-gris.

Nous nous engageons dans les dédales de l'aéroport. C'est une première pour moi et je suis facilement impressionnée. Les avions que nous apercevons à travers les baies vitrées me paraissent immenses. Je ne les ai jamais vus qu'en vol, minuscules. Je m'extasie sur tout : les tapis roulants, les écrans partout, les hôtesses et stewards dans leurs tenues élégantes.

« Tu n'as pas peur en avion ? me demande Pierre.

– Je ne sais pas.

– Tu n'as jamais pris l'avion ? »

Je secoue la tête. Il a l'air étonné puis songeur quelques secondes.

« Ça ne serait pas une bonne idée, dit-il, avec les douaniers et les policiers partout. »

Je sais exactement à quoi il fait référence. Nous échangeons un regard qui signifie : là-bas. Sa main frôle la mienne. Il caresse l'alliance, sourit.

Nous avons passé le check-in, retiré nos chaussures, nos ceintures, présenté nos cartes d'identité pas moins de quatre fois. Nous sommes enfin installés dans un petit café à notre porte d'embarquement. Si les avions qui décollent m'ont d'abord fascinée au point d'en oublier notre destination, l'essentiel m'est revenu en tête : découvrir ce que Pierre prépare.

« Comment tu l'écris ?

– Quoi ?

– Le nom de la ville. Southport ? South comme le sud ? »

Il secoue la tête, amusé.

« Oublie ça. C'est une surprise. »

Mais je n'oublie pas, je m'acharne, trouve la ville en question sur internet.

« "Southport est une destination touristique. La deuxième plus longue jetée de station balnéaire des îles Britanniques." Nous allons faire une balnéothérapie ? C'est un truc de vieux, non ? Je ne suis pas un peu jeune pour ce genre de chose ? »

Pierre boit son café à petites gorgées, imperturbable.

« "Lord Street, une élégante rue commerçante bordée d'arbres où vécut jadis le futur Napoléon III." On va faire du shopping ? On serait allés à Londres si c'était le cas… "La ville possède aussi un champ de foire et un parc aquatique." Mouais… Sans intérêt. "Avec six parcours de tout premier ordre, Southport est un centre important pour les golfeurs britanniques." Oh, très cher ! Nous allons golfer ! »

Pierre rit. Je me sens fière, comme si j'avais peint toutes les toiles de Clara Manan.

Lorsque nous montons dans l'avion, j'en suis arrivée à la conclusion que nous allions découvrir les vastes dunes qui s'étirent sur plusieurs kilomètres au sud de la ville. Elles sont classées comme réserve naturelle nationale et il paraît qu'on y trouve le crapaud calamite et le lézard des souches.

« Comment as-tu deviné que j'étais une passionnée du lézard des souches ? »

Pierre rit de bon cœur. J'en ai presque oublié que je m'apprêtais à décoller pour la première fois de ma vie.

Avec les consignes de sécurité, l'appréhension m'envahit. Pierre pose sa main sur mon genou. Je ferme les yeux et ne les rouvre que de longues minutes plus tard, quand une voix féminine, au micro, annonce que nous pouvons détacher nos ceintures. Je me tourne vers le hublot et découvre le spectacle époustouflant au-dehors.

« Ça te plaît ?

– Oui… »

Il attend que je me sois saoulée de bleu, de blanc, de nuages cotonneux avant de reprendre :

« Qu'est-ce qu'il s'est passé avec Gaël ?

– Comment ça ?

– Clara dit que vous avez rompu.

– Ce n'est pas vraiment ça. »

Il attend la suite tandis que mon regard s'attarde encore un peu sur les nuages.

« Il m'a reconnue sur la photo du journal. Clara a peur qu'il parle. Elle veut que je cesse de le voir.

– C'est ce que tu veux ?

– Je ne sais pas… »

De nouveau, nous laissons le silence s'installer. De nouveau, c'est Pierre qui le brise :

« Il y a toujours eu ce risque que quelqu'un comprenne. On ne peut pas le réduire à zéro, mais on doit se montrer prudents.

– Qu'est-ce que tu veux dire ?

– Si tu peux te passer de Gaël, il vaut mieux que tu le fasses. »

J'enregistre la nouvelle sans broncher. Je sais qu'il me scrute.

« Et Lazlo ? je réplique avec une certaine amertume. Il est au courant lui aussi.

– C'est vrai.

– Et il a l'air très en colère contre Clara.

– Vraiment ? »

Je me tourne vers lui, satisfaite de voir l'inquiétude plisser son front.

« Il était très sombre tout à l'heure. Il n'a pas décroché un mot. Il lui jetait des regards noirs.

– J'en parlerai à Clara.

– Qu'est-ce que tu vas faire ?

– Je ne sais pas. Tout dépendra d'elle. Lui trouver un autre employeur. Je crois que Béranger avait besoin d'un agent d'entretien pour son domaine.

– Vous allez vous en débarrasser… Comme ça ? »

Il passe un doigt sous mon menton comme pour adoucir ma consternation.

« On n'a pas le choix. Si Lazlo décide de faire chanter Clara pour la garder, que se passera-t-il ? C'est de ta carrière qu'il s'agit, Evie. Elle démarre tout juste.

– Ce n'est pas ma carrière, c'est celle de Calypso…

– Quelle différence cela fait-il ? Aux yeux du monde, tu es Calypso. »

Je trouve cette phrase étourdissante, presque effrayante.

« Pense aux heures passées à étudier la peinture, les préparations à la presse, les ouvrages que tu as ingurgités. Tu t'es donné du mal pour réussir. On ne peut pas prendre le risque de tout faire foirer, non ? »

Mais moi, je pense à ce pauvre Lazlo qui passe brutalement du rôle de « favori », de membre de la famille Manan, comme avait dit Pierre, à celui de simple employé de maison qu'on licencie.

« Lazlo est jeune, dit Pierre comme s'il avait lu dans mes pensées. Il s'en remettra. Béranger est un employeur tout à fait correct. Il ne sera pas malheureux là-bas. »

Il me caresse la joue sans parvenir à me dérider.

« Ne fais pas cette tête. On part en week-end à Southport. »

Je ne réponds pas.

« Qu'est-ce qu'il y a ?

– Rien.

– Tu mens très mal, Evie Perraud. »

La surprise de l'entendre prononcer mon nom de famille me fait oublier un instant mes préoccupations. Je souris, ce qui semble le satisfaire.

« Alors ? Qu'est-ce qui te tracasse ?

– C'est juste… Je me demandais si je risquais d'être licenciée moi aussi, le jour où je deviendrai embarrassante.

– Pourquoi tu dis des choses pareilles ?

– Je ne sais pas… Tu l'as dit toi-même… Clara est impulsive, passionnelle, passionnée. Elle peut très bien se lasser de moi. »

Il ne dément pas. Il regarde à travers le hublot par-dessus mon épaule, cherche quelque chose dans les nuages.

« Elle ne le pourra pas. Tu es autant Calypso Montant qu'elle-même. Ce personnage public que vous avez créé, vous y avez toutes les deux mis du vôtre… Il n'existerait plus sans toi. »

Ce n'est pas vraiment l'explication que j'attendais. Pierre m'attire contre lui, me prend dans ses bras.

« Allez, détends-toi. Clara n'a aucune raison de se débarrasser de toi. La preuve, tu portes son alliance. Tu n'as pas encore compris l'importance de ce geste ? »

Je hausse les épaules mais ne fais rien pour résister à son étreinte. C'est comme si mon corps l'avait attendu désespérément, tous ces jours qui ont suivi Saint-Raphaël. Il enfouit son nez dans mes cheveux et souffle tout contre mon oreille :

« Tu aimes danser ?

– Quoi ?

– Tu veux qu'on aille danser ce soir ?

– Ce soir ?

– Oui. Danser, faire la fête. Tous les deux.

– Je… Je ne sais pas… »

Il me trouble et il le sent. Il ne fait rien pour arrêter, pour me permettre de reprendre mes esprits, bien au contraire.

« Arrête, Pierre. »

Il me mordille l'oreille, et moi, je songe à toutes les marques sur ma peau qui n'ont pas encore disparu depuis cette nuit-là. Je le repousse. Je souris. Je suis écarlate et heureuse.

« Bon. J'aime mieux te voir comme ça. »

Il abandonne mon oreille mais il garde ma main dans la sienne et alors, ni Lazlo ni Gaël ne pèsent plus bien lourd face au remue-ménage qu'il a provoqué dans mon corps.

J'ai fini par m'endormir dans l'avion. Mon insomnie de la nuit. Les émotions. La présence de Pierre à côté de moi. La sensation de flotter dans les nuages. Je me suis affaissée contre le hublot et je n'ai même pas senti qu'il retirait sa main de la mienne pour travailler sur son ordinateur. J'ai du mal à émerger, entre l'atterrissage, la sortie de l'avion, l'agitation de l'aéroport, les douaniers, le contrôle des cartes d'identité, le brouhaha des haut-parleurs, le bal des taxis à la sortie de l'aéroport de Liverpool. Je laisse Pierre nous guider, discuter avec le chauffeur de taxi, m'ouvrir la portière. Nous quittons l'aéroport.

C'est encore groggy que je découvre les authentiques taxis anglais, les indémodables *black cabs*, réputés indestructibles, puis une suite de rues aux maisons mitoyennes typiquement anglaises, les fameuses *terraced houses.*

Pierre consulte sa montre, son téléphone portable, puis indique au chauffeur quelque chose que mon niveau d'anglais ne me permet pas de comprendre. Je l'interroge du regard.

« On va directement voir ta surprise avant que l'établissement ne ferme, me dit-il.

– L'établissement ? »

Il ne me répond pas. Il replonge sur son smartphone, me signifiant que je n'en saurai pas davantage.

Trois quarts d'heure plus tard, une pancarte nous annonce l'entrée dans Southport. Nous traversons de longues rues bordées de maisons mitoyennes de briques rouges. Il y a des commerces, une église, elle aussi en briques rouges, des décorations de Noël. Les fêtes de fin d'année approchent. Pierre se tourne vers moi, tout à coup très sérieux.

« Je vais te demander de fermer les yeux.

– Quoi ?

– Je veux que tu gardes les paupières fermées jusqu'à la fin. Ne triche pas.

– C'est vraiment nécessaire ?

– Oui.

– Est-ce que ça a un lien avec la peinture ? »

Je songe que ça a forcément un lien avec la peinture mais la seconde d'après, je n'en suis plus certaine. Mon esprit va chercher du côté des pastilles et de la poudre blanche. Pierre compte-t-il m'emmener dans un de ces établissements dédiés aux paradis artificiels ? Clara serait-elle d'accord avec ça ? Est-elle d'ailleurs informée du véritable but de notre voyage ?

« Tes yeux, Evie. »

J'obéis. Je ne peux rien refuser à Pierre.

« Voilà. Ne les ouvre pas jusqu'à ce que je te le dise, d'accord ? Je te guiderai. »

Il pose sa main sur mon genou. Si je décidais d'ouvrir les yeux, je pourrais le découvrir en train de sourire, satisfait de me voir si docile, mais je ne le fais pas.

« Ça ne sera plus très long. »

Le vacarme de la circulation s'intensifie bientôt. Le taxi ralentit à plusieurs reprises puis s'arrête. Pierre échange quelques mots avec le chauffeur. Un mouvement à côté de moi : il tend probablement sa carte de crédit. Puis sa portière s'ouvre et un courant d'air frais s'engouffre dans l'habitacle.

« Garde les yeux bien clos, je vais t'ouvrir. »

J'attends patiemment. Je me demande ce que le chauffeur peut bien penser de ce drôle de manège. Ma portière s'ouvre et la main de Pierre saisit la mienne, m'attire à l'extérieur.

« Il pleut ? »

Je sens quelques gouttelettes sur mes cheveux. Pierre me tient par la taille.

« Viens. »

Je sens que nous frôlons des piétons. Je capte le bruit de leurs pas et leur présence tout près de nous. Là-bas, le signal sonore d'un feu tricolore. Ici, un klaxon. La pluie continue de marteler doucement mon crâne. Ce n'est pas désagréable.

« On va prendre un passage piéton. Reste contre moi, il y a du monde. »

Il resserre encore son étreinte, m'entraîne en avant. Mes paupières tressautent, s'entrouvrent quelques instants. Je vois le bitume et les jambes des gens qui marchent, arrivant d'en face, je referme très vite les yeux, avant que Pierre ne s'aperçoive que je les ai ouverts. La pluie s'arrête, nous devons être sous une avancée de toiture. Je reconnais le bruit caractéristique de portes automatiques qui coulissent. L'instant d'après, je perçois un changement de luminosité, de température et d'odeurs.

Nous nous trouvons à l'intérieur d'un bâtiment, dans un hall d'entrée probablement. L'éclairage est doux à travers mes paupières. Il flotte là une odeur de parquet, une autre, que j'imagine être celle de vieux ouvrages, et quelques effluves de café. Je reconnais le bruit de cuillères qu'on fait tourner dans des tasses, de soucoupes qu'on dépose sur un comptoir, mais aussi le tapotement de doigts sur un clavier et des voix féminines, tout près. On parle anglais et je ne comprends pas ce qui se dit. Pierre m'abandonne là en m'ordonnant de ne pas bouger et de garder les paupières fermées. Je me fais violence, d'autant que quelqu'un me bouscule bientôt, s'excusant d'un « *sorry* » très poli. J'entrouvre un œil, vole la vision d'un joli parquet, d'un présentoir, mais le dos de Pierre, devant moi, dans ce qui ressemble à une file d'attente, me dissuade de poursuivre mon inspection. Une bibliothèque ? Un café-librairie ? Un hôtel particulier ?

Il est de retour l'instant d'après, pose une main dans le bas de mon dos.

« On y est presque. »

Je distingue un sourire dans sa voix.

Nos pas résonnent sur le parquet en bois. Il me semble que

nous parcourons diverses pièces. Je le perçois aux différences de lumière et de sonorisation. Nous nous arrêtons enfin.

« Pas tout de suite », m'intime Pierre.

Il me fait déplacer d'un pas sur la droite, puis reculer légèrement. Il se place derrière moi, les deux mains sur mes épaules.

« C'est bon. »

J'ouvre enfin les yeux. Je subis un léger éblouissement, le temps que ma rétine fasse la mise au point. Puis je découvre, accroché sur un mur blanc, haut de deux mètres sur un mètre de large, le *Lilith* de John Collier. Le véritable. L'original. L'inimitable. Devant mes yeux ébahis, dans une ville dont je n'avais jamais entendu le nom, se tiennent Lilith et le serpent, grandeur nature.

J'ai besoin de quelques secondes pour réagir. J'aimerais me tourner vers Pierre, derrière moi, plonger mes yeux dans les siens, murmurer quelques mots, mais je suis incapable de détourner mon regard de la toile. Lilith, séduisante et sensuelle, que John Collier a représentée à taille réelle. Je reste muette. Les mains de Pierre, derrière moi, pressent doucement mes épaules. Il ne dit rien lui non plus. Il sait.

J'ai tant de fois passé mes doigts sur son corps, sur les écailles du serpent, sur les ondulations de sa chevelure. Elle tenait dans mon sac en toile. Une simple feuille A4 plastifiée que j'emportais toujours avec moi. Je la trouvais belle, fascinante, envoûtante, mais ce n'est rien comparé à ce que je ressens aujourd'hui, face à l'immensité de l'œuvre. Je peux voir la moindre aspérité de la toile, le moindre coup de pinceau, le moindre brin d'herbe aux pieds de Lilith, ainsi que les branches et les feuilles de la végétation derrière elle. Rien de tout cela n'était perceptible sur la représentation. Surtout pas l'essentiel : l'âme de cette toile.

« Tu veux t'asseoir ? »

Il y a une banquette non loin mais je secoue la tête. Je n'ai pas encore retrouvé ma voix. Je m'approche encore, résiste à l'envie de toucher le tableau.

« Vraiment, Pierre, c'est toi qui as eu cette idée ? »

Il est resté quelques pas derrière moi. Je me retourne enfin, à regret. Pierre semble aussi ému que moi, pâle, silencieux.

« Où on est ?

– À l'Atkinson Art Gallery. »

Je regarde autour de moi. La vaste salle. Les tableaux. Les visiteurs. L'éclairage subtil. Je fais de nouveau face à Lilith. Comme si je ne pouvais pas m'en détourner trop longtemps.

« Tu veux voir le reste ? Il y a plus de trois mille œuvres ici.

– Plus tard. »

Longtemps après, c'est cette scène que je reverrai lorsque je penserai à Pierre. Cette après-midi pluvieuse de décembre à Southport, à l'Atkinson Art Gallery, lui et moi faisant face au tableau de John Collier avec une gravité extrême. Un instant de grâce partagée qui n'avait besoin ni de Clara, ni d'une quelconque pastille.

À la nuit tombée, nous quittons le musée. La pluie a cessé. Nous avons parcouru les autres salles, peinture, égyptologie, arts décoratifs, ainsi que la bibliothèque et le théâtre. Pourtant, nous avions tous les deux l'esprit à Lilith.

« On peut retourner la voir avant de partir ? » ai-je demandé.

Alors nous sommes allés saluer le tableau. Le musée se vidait. Un gardien nous a poliment invités à gagner la sortie.

Le taxi qui nous a déposés tout à l'heure est encore là. J'observe les rues, les bâtiments, les lumières de Noël sans vraiment les voir. Je suis dans un état second.

Il nous emmène quatre rues plus loin. L'hôtel est un élégant bâtiment de l'époque victorienne. Un escalier de pierre permet d'accéder au hall tapissé de toiles d'un autre siècle. Je ne suis pas totalement revenue à moi. Je laisse Pierre porter les bagages, gérer le check-in, récupérer les clés. Je le suis dans l'ascenseur.

« Est-ce que tu veux toujours sortir ? » me demande-t-il.

Je le regarde, je dois avoir l'air égarée. Il ajoute alors :
« On en reparlera plus tard. »

La chambre est spacieuse, moderne. Un lit double surmonté de miroirs, une salle de bain avec une baignoire. Je m'assois. Pierre consulte la carte des boissons qui a été laissée à disposition sur notre table de chevet.

« Whisky, rhum, cognac ?
– Comme tu préfères. »

Je me débarrasse de mes chaussures et de mon manteau. Pierre appelle la réception. Puis il vient se planter devant moi, entre mes jambes, et il replace une mèche de cheveux derrière mon oreille.

« Tu as retrouvé ta voix ?
– Pas tout à fait. »

Il m'observe. Je me demande s'il va m'embrasser mais il ne le fait pas. Il frôle mes seins, tout doucement, par-dessus mon pull.

« Je t'ai sentie bouleversée. »

Je ne sais pas quoi dire. Je le laisse me caresser lentement.

« Est-ce que tu veux qu'on prenne l'apéritif dans le bain ? »

Un sourire frémit sur mes lèvres.

« J'attends que le service de chambre arrive. Tu devrais remplir la baignoire… »

Comme quand nous étions sur le yacht, Pierre me masse le dos à l'aide d'une grosse éponge. Je ferme les yeux. Il s'arrête un instant sur ma clavicule.

« C'est moi qui t'ai fait ça ? »

Comme je ne réponds pas, il ajoute :

« Je suis désolé, je ne pensais pas…
– Ce n'est rien. »

On ne sent pas la douleur *là-bas*. J'aimerais le lui dire mais je ne trouve pas les mots. Alors il recommence à me frotter le dos et je termine mon verre de whisky. Je veux atteindre l'ivresse, je veux flotter haut, bien haut, quand Pierre me prendra.

« Où est-ce que tu veux aller danser ? je demande.

– À Liverpool. Il y a un club.

– Un club ?

– Oui.

– Comme celui où vous sortez, Clara et toi ? »

Un instant de silence. Je me demande s'il sourit.

« Non. Un club où se laisser posséder par la musique.

– Ah.

– Clara n'aime pas la musique. Elle n'a aucune sensibilité musicale. »

Il presse l'éponge et fait ruisseler l'eau le long de ma colonne.

« Qu'est-ce qu'il y a dans le club où vous allez, avec Clara ?

– Des hommes.

– Et ?

– Quelques femmes.

– Quoi d'autre ?

– Du champagne.

– C'est tout ?

– Non. »

Je me retourne vers Pierre mais il secoue la tête.

« Rien qui t'intéresserait. »

Il tente de reprendre son massage.

« Et si tu te trompais ?

– N'y pense même pas. Je ne te laisserai jamais y mettre les pieds. »

L'eau a refroidi. Nous nous séchons dans de larges serviettes. C'est au moment où Pierre me frictionne que l'ivresse me saisit. Les serviettes blanches glissent sur le carrelage noir. La vapeur sur le miroir me prive du spectacle de mon corps possédé par Pierre.

« Attends, je murmure tout bas. J'ai promis à Clara… »

Mais Pierre ne s'interrompt pas. Il se presse encore plus fort dans mon dos, saisit mes hanches, m'oblige à me cambrer en mordant mon cou. Il chuchote :

« Je ferai attention, promis. »

Et rien ne me vient pour protester. Enveloppée dans le délicieux brouillard de l'ivresse et du plaisir, je pense un instant à la malédiction des légendes juives ; ces nuées de démons que Lilith engendrera du sperme de Pierre tombé au sol. Puis je ne pense plus.

Les lumières défilent à travers les vitres du taxi. Les traînées de couleurs se transforment en lignes mouvantes qui forment des dessins. Fleurs de lotus, soleils, spirales infernales. C'est la deuxième fois que j'éprouve ce genre d'hallucinations visuelles.

« Tu ne les vois pas ? je demande, enthousiasmée.

– Quoi ?

– Les palmiers bleus qui poussent au bord de la route.

– Non.

– Ils explosent. C'est magnifique. Toutes ces étincelles dorées. »

Nous quittons la ville, les rues éclairées. Le taxi navigue dans l'obscurité. Des ruelles désertes. D'austères bâtiments en briques rouges, pour certains désaffectés. Des bennes métalliques. Des grues. Ce n'est pas un coin où l'on se perd involontairement. Le taxi ralentit. Un groupe sur le trottoir, devant une porte noire. Un vigile. Une enseigne discrète.

« Est-ce que c'est un club légal au moins ? »

Pierre ne répond pas. Il tend un billet au chauffeur, ouvre sa portière, attrape ma main. Devant l'entrée, nous sommes déjà assaillis par les vibrations des basses malgré la porte fermée. Le vigile nous fait signe de passer sur le côté, de contourner le groupe en pleine discussion animée. Les voix montent. Des rires fusent. Voient-ils souvent des hommes en chemise blanche impeccable et chaussures de luxe, dans ce genre d'endroit ? Le vigile nous ouvre la porte. Pierre me tire derrière lui. Nous pénétrons dans un couloir sombre aux murs bruts. Un renfoncement sur la gauche fait office d'accueil et de vestiaire. Une employée au visage criblé de piercings passe ses bras par le trou afin de récupérer nos vestes et l'argent puis elle nous remet un ticket. Pierre me fait signe de le suivre. Autour de nous, le son se fait si puissant que mes poils se hérissent sur mes bras, mon cœur se met à palpiter, à accélérer. J'ai l'impression de voir le mur en pierre que nous longeons palpiter, battre comme un cœur géant. Ses milliers de ventricules se gorgent de son, le retiennent, puis pulsent à un rythme régulier.

Le couloir débouche sur une vaste salle qui ressemble à un entrepôt désaffecté. Des murs en briques rouges, des grillages, des balustrades, des escaliers métalliques. Un DJ est installé sur une scène surélevée. De là proviennent des lumières stroboscopiques qui balaient la salle. La foule est compacte, une marée humaine noire, grouillante, qui bat en rythme. Je retrouve le même phénomène qu'avec les murs du couloir. Des milliers de ventricules, tous identiques, pulsant ensemble. Mais le plus saisissant dans tout cela est le son. Le son tout-puissant. Pur. Brut.

Pierre avait raison. La musique dans ce huis clos nous possède, nous empoigne violemment, prend le contrôle de nos corps, de notre respiration, de nos battements cardiaques, jusqu'à faire de nous ses esclaves. Nous sommes le son. Nous sommes le rythme. Je suis un de ces milliers de ventricules possédés par la musique, qui se plie humblement à sa toute-puissance. Un abandon total, corps et esprit, voilà ce qui se passe ici.

Pierre crie pour se faire entendre par-dessus les baffles :

« Je vais nous chercher des bouteilles d'eau. »

Je le laisse partir. Je me fraie un chemin dans la foule, au milieu de mes semblables aux bras levés. Quand nos regards se croisent, nous nous sourions avec le plus grand naturel. Nous avons le front luisant, les pupilles dilatées et le sourire aux lèvres. Nous sentons que nous faisons partie d'un tout, que quelque chose de supérieur nous relie. Nous savons aussi que cette sensation aura disparu au matin, c'est pourquoi nous nous abandonnons avec tant de force à l'instant.

« Où tu étais passé ? »

Pierre surgit devant moi. Il a disparu depuis tellement longtemps que j'en ai oublié sa présence. Je me suis laissé happer par la foule, par un sourire, par une main qui m'a attrapée, un bras qui m'a entourée. Je suis maintenant tout près de la scène.

« J'ai rencontré plein de monde ! »

Il me tend la bouteille.

« Bois ! »

Je m'exécute, sans cesser de sourire.

« Reste avec moi, d'accord ? J'ai cru que tu t'étais fait embarquer je ne sais où.

– Détends-toi, Pierre Manan !

– Sois prudente… Il y a toutes sortes de gens ici. Pas toujours bien intentionnés. Ils pourraient te refiler n'importe quoi.

– Je suis déjà avec la personne la plus malintentionnée du club.

– Ah oui ?

– Oui. Elle m'a emmenée en Angleterre sous prétexte de me montrer un tableau de John Collier. Puis m'a fait avaler des pastilles magiques pour abuser de moi tout le week-end, loin de sa femme.

– Quel affreux personnage… »

J'accroche mes mains à son cou, l'embrasse sans retenue. Ce soir, j'ai quatorze ans. Ce soir, j'ai cent ans. Je revis mes premiers émois et je découvre la connexion des âmes. J'emmerde Clara Manan. Je suis amoureuse de Pierre et de la terre entière.

Le jour se lève doucement sur Liverpool. Le taxi nous ramène à l'hôtel. Nous sommes avachis à l'arrière, ma tête repose sur l'épaule de Pierre. Nous flottons encore pour quelques instants dans notre paradis artificiel.

« C'était la meilleure soirée de ma vie. »

Pierre sourit.
« C'est vrai ?
– Oui. Sans aucune hésitation. »
Il enfouit sa tête dans mes cheveux, je ferme les yeux.
« Tu étais déjà venu ici ?
– Non.
– Dans des clubs comme ça ?
– Oui, avant.
– Avant quoi ?
– Avant Clara.
– Ça t'avait manqué ? »
Il réfléchit.
« Oui. »
Je me redresse, cherche son regard :
« On y retournera ?
– Si tu en as envie.
– J'en ai envie.
– Parfait. »

Je repose ma tête sur son épaule. Je sais déjà de quoi j'aurai envie quand nous aurons regagné notre chambre d'hôtel. À quoi je voudrai consacrer mes derniers instants *là-haut*. Des frissons délicieux me parcourent tout le corps, et la présence du chauffeur de taxi ne m'empêche absolument pas de faire connaître à Pierre mes plans, même quand il se met à respirer plus fort. Je fixe l'homme dans le rétroviseur avec provocation et il finit par détourner les yeux.

Ce matin, je suis l'Ève perverse de Franz von Stuck.

Le retour à Saint-Paul-de-Vence, le dimanche après-midi, est un véritable cauchemar. Deux heures trente de vol clouée au siège, les mâchoires parcourues de spasmes. La sensation d'angoisse. Les nausées et les nombreux allers-retours aux toilettes sans que mon estomac vide arrive à expulser autre chose que de la bile. Le miroir de la minuscule cabine de l'avion m'a renvoyé l'image d'un visage terrifiant, pâle, cerné, étrangement creusé. Peut-on perdre autant de poids en deux jours ? Nous nous sommes enfermés dans la chambre d'hôtel à notre sortie du club et n'en sommes plus sortis, pas même pour avaler quelque chose. Nous n'avons ni dormi ni mangé depuis deux jours.

« Essaie de te reposer », a répété Pierre.

Mais mon cerveau était incapable de lâcher prise. Je n'ai pas pu m'assoupir une seule minute dans l'avion.

Quand nous sommes sortis de l'aéroport et que nous avons retrouvé l'air froid de décembre, j'ai naïvement cru que j'étais tirée d'affaire, que le pire était derrière moi. Nous allions retrouver l'ambiance chaleureuse de la maison de Saint-Paul-de-Vence, je pourrais grignoter un morceau, m'allonger dans l'obscurité. Lorsqu'un autre homme que Lazlo s'est présenté pour nous ramener à la maison, j'aurais dû sentir que les choses se gâteraient.

« Lazlo est souffrant. »

À vrai dire, je m'en fichais, j'étais moi-même en piteux état. Mais j'aurais dû me douter que quelque chose clochait, qu'un grain de sable venait d'enrayer la belle mécanique du fragile équilibre de notre vie à Saint-Paul-de-Vence. Le trajet m'a paru interminable et la montée des ruelles, sous une pluie torrentielle, a achevé de ruiner mon moral. Le pire arrivait...

Clara est dans la véranda quand nous entrons. Nous nous débarrassons de nos manteaux et de nos chaussures trempés.

« Ah, vous voilà ! »

Elle quitte sa tanière, s'approche en silence. Elle sourit, en tout cas jusqu'à ce que ses yeux se posent sur mon visage. Ensuite son sourire fond comme de la cire sous la flamme. Je dois avoir l'air lamentable. Mes cheveux dégoulinants sont collés à mes joues creuses et pâles. Mes mâchoires grincent, c'est incontrôlable, et dans le silence pesant, elle ne peut pas ignorer le bruit.

« Vraiment ? lâche-t-elle, glaciale. Tout le week-end ? »

Elle se tourne vers Pierre. Le regard qu'elle lui lance me fige.

« Non… Juste le vendredi soir.

– C'est ça.

– À peine un quart.

– Ne me prends pas pour une conne. »

Il est en piteux état, lui aussi. Il n'est pas capable de donner le change.

« Je suis désolée, Evie. Je vais devoir rattraper les bêtises de Pierre. Vous n'irez nulle part vendredi soir, après l'exposition de Nice. Je conserverai mon alliance et vous vous reposerez. Pour votre propre bien. »

Je suis incapable de prononcer un mot. Ce grincement de dents que je ne peux pas contrôler est en train de me rendre folle. Je songe que tout cela est ma faute, que c'est moi qui ait réclamé une deuxième dose à Pierre, à notre retour du club, pour que l'effet se prolonge encore jusqu'au retour.

« Allez vous reposer, vous avez des têtes effroyables. Je vous monterai une soupe. »

Je ne demande pas mon reste. Avec des gestes lents, je récupère mon sac de voyage par terre. Je m'apprête à poser le pied sur la première marche quand sa voix résonne derrière moi :

« Mon alliance, Evie. »

Je sens une vague de honte m'envahir. Je retire l'anneau, le lui tends, sans oser la regarder dans les yeux.

« Merci. »

Je monte les marches, épuisée, anéantie. Je réalise que je me suis trompée. Le pire de la descente était à venir. Dans le couloir. Face à une Clara impitoyable. La parenthèse dorée a pris fin. Brutalement. Ici, je ne suis personne. Je suis l'obligée de Clara. Je n'aurais pas dû l'oublier.

Mon état dépressif ne me quitte pas les jours suivants. Je suis incapable de me concentrer sur la moindre tâche. J'abandonne la correspondance de Clara, l'étude des toiles, la gestion des affaires courantes. Je reste cloîtrée dans ma chambre à ruminer, me désolant de ma bêtise, accusant bientôt le caractère inflexible de Clara. Je ne sais pas à qui j'en veux le plus : elle ou moi. Tout dépend du sentiment qui prend le pas : l'abattement ou la colère.

Un vernissage sans alliance ni fête ?… Du néant.

Plus aucune perspective n'éclaire mes journées, qui ne sont qu'une succession d'heures durant lesquelles je m'enfonce inexorablement dans la morosité. Mes nuits ne sont guère plus paisibles. J'ai perdu le sommeil. Mon horloge biologique semble s'être détraquée. Je passe mes longues heures d'insomnie à broyer du noir.

« Ne m'en veuillez pas, Evie. »

C'est la phrase que me lance un jour Clara.

« Je ne vous en veux pas.

– Vous devez vous préserver. »

Moi ou votre image publique ? Voilà ce que j'ai envie de répliquer, mais je ne dis rien.

Une nuit, à deux jours de l'exposition, je les entends se disputer à travers la cloison de ma chambre. Tout d'abord je capte mon prénom dans la bouche de Pierre, suivi du mot « chambre » et d'une inflexion interrogative. Nous ne nous croisons plus depuis Southport. Il se demande probablement comment je vais, si je quitte parfois ma chambre, ou si Clara me retient prisonnière. Clara réplique, d'une voix irritée, quelque chose que je ne saisis pas. Pierre tente de se défendre mais elle lui cloue le bec :

« Tu as oublié ce qui s'est passé avec Alexandrine ? »

Alors Pierre ne dit plus rien. Le silence se prolonge et la porte de leur salle de bain finit par claquer.

Des heures plus tard, prise dans la tourmente de l'insomnie, je m'interroge encore sur ce que Clara a voulu dire.

Quelques coups toqués à la porte me font émerger de ma léthargie. Je suis enfoncée dans le fauteuil en osier, les genoux repliés contre ma poitrine. Clara entre.

« Vous ne vous préparez pas pour le vernissage ? »

Je consulte mon téléphone portable, légèrement étonnée de voir l'heure affichée.

« Allez, Evie, déclare-t-elle avec douceur. Je vais vous aider. Ça ira plus vite à deux. »

Elle laisse tomber sur le lit ma tenue du soir. Une combinaison noire, des talons. Deux bracelets. Elle fonce dans la salle de bain. Je déplie mon corps engourdi, me lève.

« Je vais vous maquiller. Masquer votre mauvaise mine. Sans quoi les gens vont penser que vous êtes souffrante. »

Je ne bronche pas. Je me déshabille lentement, m'assieds sur le lit pour enfiler la tenue. Clara reparaît, s'agenouille devant moi. Elle m'aide à remonter les bretelles de la combinaison, replace le bouffant du décolleté. Je ne l'ai jamais vue si attentionnée.

« Fermez les paupières, maintenant. Je vais tenter d'agrandir vos yeux fatigués. »

Ses mains délicates s'appuient sur mes joues, déposent sur mes paupières du fard, un trait noir, estompent. Elle s'applique sur mon visage comme s'il s'agissait d'une de ses toiles, et ce pendant de longues minutes.

« Regardez ce que ces satanés produits ont fait de vous. Vous n'êtes plus que l'ombre de vous-même. »

Elle a l'air peinée. Elle me ferait presque culpabiliser.

« La modération. C'est la clé. Toujours garder le contrôle. Je me tue à le répéter à Pierre. »

Elle se redresse, recule pour observer le résultat.

« Bien. Une bonne couche de fond de teint, un soupçon de rouge à lèvres et vous serez présentable. »

Elle fait claquer le couvercle du fard à paupières en le refermant. Je ne bronche pas. Je ne vois pas ce que je pourrais répondre à cela. J'ai hâte d'en avoir terminé avec ce vernissage, de replonger dans la léthargie.

De ce soir-là, je ne retiens pas grand-chose. J'ai l'impression d'une longue absence. Mon corps est là mais mon esprit est ailleurs. Nous ne prenons pas de taxi pour nous rendre à la galerie Rita Homerta. Lazlo ne nous conduit pas non plus. C'est Pierre qui prend le volant, Clara sur le siège passager. Je ne pense pas à la raison de sa présence, elle qui ne devait plus se montrer sous peine de me perturber. Je n'ai pas l'énergie nécessaire pour me poser ce genre de question. Je pense un peu au mystère Alexandrine. À peine… Je ne décroche pas un mot du trajet. Alternativement, Pierre et Clara me jettent des coups d'œil dans le rétroviseur, mais je fais mine de ne pas m'en apercevoir. Un verre d'alcool aurait très certainement ramené un peu d'entrain en moi mais Pierre ne m'en a pas proposé avant de partir. Clara a dû lui passer le mot. Je n'ai droit à rien ce soir.

La voiture ralentit quand nous arrivons à Nice. Un groupe d'hommes et de femmes attend devant la galerie de Rita Homerta.

« Nous y sommes », dit Pierre.

Clara et lui échangent quelques mots. Un baiser claque. Je détourne les yeux, sors. Clara fait le tour de la voiture, prend la place de Pierre derrière le volant. Elle nous adresse un vague signe de la main avant de démarrer.

« Où elle va ? j'interroge, sombre.

– Rejoindre un ami en attendant que nous ayons terminé.

– Un ami du club ? »

Il ne répond pas. À la place, il me pousse en avant, vers la galerie et le groupe.

« C'est l'heure. »

Il est aussi sombre que moi, et je ne sais pas s'il m'en veut, s'il en veut à Clara ou à l'homme qu'elle rejoint.

J'essaie de donner le change ce soir-là, face à une Rita Homerta sincèrement heureuse de nous recevoir, mais le charme n'opère pas. Je donne l'impression d'une artiste taciturne, introvertie, peu bavarde, ce qui contribuera peut-être à forger avec le temps ma réputation d'artiste talentueuse victime de son génie, alternant phases d'euphorie et de dépression. « Le jour et la nuit », titrera *Nice Matin*.

Pierre joue son rôle à la perfection, compense en partie ma piètre prestation, mais je sens bien que Rita Homerta est déçue. On lui avait dit beaucoup de bien de cette Calypso Montant... Peu importe. Je ferai mieux la prochaine fois, si Clara consent à me rendre ma place. L'alliance, les stimulants, Pierre.

« Comment ça s'est passé ? »

Elle vient nous prendre à la sortie du vernissage, au volant du cabriolet. Elle me regarde, mais c'est Pierre qui lui répond, me couvrant du mieux qu'il peut :

« Très bien. Rita était charmante. Le triptyque a suscité beaucoup d'enthousiasme.

– Il s'est vendu ?

– Non, mais Rita a dit que les acheteurs intéressés revenaient en général les jours suivants avant de se décider.

– Bon. Et la presse ?

– *Nice-Matin* était là. »

Nous bouclons nos ceintures. Clara se tourne vers moi, à l'arrière.

« Je vous dépose place Masséna. Un taxi vous y attend. Il vous ramènera à la maison. »

Je tente de déchiffrer son regard mais elle se retourne déjà, passe la première. Les yeux de Pierre sont fuyants, rivés sur la route devant lui. Il me faut quelques secondes pour me reprendre, oser poser la question d'une voix rauque :

« Vous ne rentrez pas ?

– Plus tard. Nous sortons. Nous serons de retour au matin. »

Elle met son clignotant, monte le volume de la musique. Elle me signifie gentiment que la discussion est close.

Terrée à l'arrière du véhicule, je réalise ce qui m'avait échappé jusqu'à cet instant : Clara veut me donner une leçon. Elle s'y applique avec cruauté et détermination. Me forcer à me repentir pour retrouver sa confiance, les nuits de fête, l'ivresse, Pierre. Ou m'exposer à sa punition divine. C'est le message.

Le trajet jusqu'à la place Masséna se déroule dans un silence de mort. Lorsque nous arrivons sur le lieu de rendez-vous, le taxi est déjà là. Quand j'ouvre la portière pour descendre, sombre, sans un mot, Clara me lance :

« Une bonne nuit de sommeil vous fera le plus grand bien. »

Malgré la douceur de sa voix, je prends ça pour une provocation, du fond du gouffre dans lequel je m'enfonce plus profondément à chaque seconde. Je regarde la voiture qui s'échappe une rue plus loin et je refoule les larmes qui menacent de déferler. Au chauffeur de taxi qui me demande si tout va bien, m'entendant renifler, je réponds que non. Il n'ose plus prononcer un mot jusqu'à Saint-Paul-de-Vence.

Dans la maison des Manan, je fonce tout droit vers le placard du salon qui contient les alcools. Je me sers un grand verre de whisky que j'avale sans même prendre la peine de m'asseoir. Après cela, j'en bois un second, plus lentement, en reprenant mon souffle et en essuyant les traces de larmes sur mes joues. À l'étage, je me débarrasse de ma combinaison, me laisse tomber à demi nue sur le lit. J'attends que l'ivresse m'emporte dans un sommeil sans rêves.

J'ai dû m'assoupir. J'ai dû dormir longtemps. Les premiers rayons de soleil filtrent à travers le voilage blanc de ma fenêtre quand j'ouvre les paupières, réveillée par la sensation de mains sur ma peau. Il me faut quelques secondes pour que mes yeux s'habituent à la semi-obscurité et que mon esprit sorte des limbes dans lesquels le whisky l'a plongé. Pierre se tient à côté de moi, ce sont ses mains qui me caressent. Je me redresse, mais il pose un doigt sur mes lèvres, me désigne la cloison. Clara. Endormie. Dans la chambre voisine. J'essaie de déchiffrer ce que dit son regard bleu-gris. Il fait trop sombre. Il me fait basculer en arrière puis il ressurgit au milieu du lit, entre mes jambes, et fait glisser ma culotte en coton. Son visage disparaît dans les replis tièdes de ma peau. Je retiens mon souffle.

Il n'y a pas un bruit dans la maison. Pas même le tic-tac d'une pendule. Pourtant, même une oreille parfaitement affûtée ne pourrait deviner ce qui se joue ici, la puissance avec laquelle je jouis de la bouche de Pierre, dans l'immobilité et le silence les plus absolus.

Quand il quitte la chambre, sans avoir prononcé un mot, le jour s'est levé. J'ai le corps parcouru de tremblements. Il me faut de longues minutes pour arriver à faire un mouvement, me recouvrir de la couette.

Le cœur battant, le regard fixé au plafond, je réalise tout doucement ce qui vient de se passer. Pierre vient de me donner ce que Clara m'avait refusé plus tôt. Il vient de me réhabiliter, de me rendre ma place. Je reprends mon souffle lentement. Me repentir ou renoncer, c'était le choix que m'avait proposé Clara. Pierre vient de m'offrir une autre issue. Une troisième voie.

C'est ce matin-là que les choses ont changé. Nous avons commencé à jouer hors règles.

Une partie que Clara ne maîtrisait plus.

Pensée du jour. 15 décembre 2018.

TROISIÈME PARTIE

La chute

L'Éternel Dieu dit : « Qui t'a révélé que tu étais nu ? Est-ce que tu as mangé du fruit de l'arbre dont je t'avais interdit de manger ? »

L'homme répondit : « C'est la femme que tu as mise à mes côtés qui m'a donné de ce fruit, et j'en ai mangé. »

L'Éternel Dieu dit à la femme : « Pourquoi as-tu fait cela ? » La femme répondit : « Le serpent m'a trompée et j'en ai mangé. »

Il dit à la femme : « J'augmenterai la souffrance de tes grossesses. C'est dans la douleur que tu mettras des enfants au monde. Tes désirs se porteront vers ton mari, mais lui, il dominera sur toi. »

Il dit à l'homme : « Puisque tu as écouté ta femme et mangé du fruit au sujet duquel je t'avais donné cet ordre : "Tu n'en mangeras pas", le sol est maudit à cause de toi. C'est avec peine que tu en tireras ta nourriture tous les jours de ta vie.

Il te produira des ronces et des chardons, et tu mangeras de l'herbe des champs.

C'est à la sueur de ton visage que tu mangeras du pain, et ce jusqu'à ce que tu retournes à la terre, puisque c'est d'elle que tu as été tiré. Oui, tu es poussière et tu retourneras à la poussière. »

Ainsi, l'Éternel Dieu le chassa du jardin d'Éden pour qu'il cultive la terre d'où il avait été tiré.

1

Noël approche et je remonte lentement vers la lumière.

« Nous partons deux semaines », m'annonce Clara un soir.

Elle est en train de protéger ses toiles d'un voile noir dans la véranda.

« Béranger nous accueille, puis nous partirons chez les parents de Pierre, vers Paris. »

Pierre n'est pas encore rentré. À l'approche des vacances de fin d'année, il travaille encore plus que d'ordinaire.

« Et vous, Evie ?

– Moi ?

– Vous n'allez chez personne ? »

Je suis en train de me faire un sandwich avec les restes que je trouve dans le réfrigérateur des Manan. Clara me dévisage étrangement. Sa compassion est mêlée de tristesse.

« Non. »

Elle a besoin de quelques secondes pour se reprendre, se remettre en mouvement, ajuster le voile.

« Vous pouvez rester ici, bien sûr. Cela ne pose aucun problème. Seulement, le temps risque de vous sembler long.

– Je crois que ça ira.

– Bon. »

Elle n'ajoute rien mais ses yeux reviennent régulièrement se poser sur moi. Elle ne sait pas, la pauvre, que mon programme sera chargé, que je n'aurai pas une minute de répit. Clara continue de mettre en ordre son atelier avant son départ. Quelques secondes passent.

« Vous partez quand ? je demande, la bouche pleine.

– Dans deux jours. »

Elle s'imagine sans doute que je redoute la solitude en cette période de Noël. En réalité, mon esprit n'est occupé qu'à une chose : Pierre parviendra-t-il à se glisser dans ma chambre avant leur départ ? Il ne l'a pas fait depuis l'autre matin. Je ne sais pas s'il prendra de nouveau ce risque…

Le recul de la dépression a coïncidé avec une étrange prise de conscience : Clara n'a pas besoin d'un spectre translucide et déprimé qu'elle aura tôt ou tard envie de renvoyer. Il lui faut un double irremplaçable. Un double lumineux sous les feux des projecteurs, dont elle ne pourra jamais se séparer. Un double qui pourra jouer sa partie dans le plus grand secret auprès de son mari.

Dès lors, j'ai su exactement ce qu'il me restait à faire. Me lever le matin. Manger. Afficher un humble repentir. Reprendre en main les affaires courantes : mails, factures, relations presse. Regagner sa confiance. Chaque exposition organisée serait l'occasion d'une soirée avec Pierre. Chaque galeriste, chaque journaliste, chaque visiteur imprimant mon visage comme celui de Calypso Montant serait un pas supplémentaire vers la notoriété, rendant tout retour en arrière impossible. Je dois devenir indispensable. Mes dix jours seront chargés.

Nous dînons tous les trois, la veille de leur départ. L'ambiance est étrange. Je n'ai pas croisé Pierre depuis des jours, mais il est rentré plus tôt, ce soir-là. Il a rapporté une bouteille très chère et une bûche pralinée d'une excellente pâtisserie, c'est Clara qui l'a souligné.

« On fête Noël avec vous avant de partir, annonce-t-elle avec une douceur qui me culpabilise de tellement lui en vouloir.

– C'est gentil. »

Je me sens ingrate. Nous nous installons autour du bar sur lequel sont disposés des bougies et des verres à vin.

« Alors, Evie, à quoi allez-vous occuper ces dix jours ? demande Clara.

– J'ai du travail à rattraper. »

Elle hoche la tête avec indulgence. Elle sait bien que je n'ai rien fait depuis un moment.

« Je suis contente de voir que vous avez repris pied. »

Je ne réponds pas. Pierre cherche mon regard. Je le fuis. Je ne veux prendre aucun risque. Clara est là, et elle sourit beaucoup. Elle pose sans cesse sa main sur l'avant-bras de Pierre ou sur son épaule. J'ai l'impression qu'elle est heureuse de s'évader avec lui. Ils me parlent de l'atmosphère de Noël à Saint-Paul-de-Vence, des orchestres ambulants, des décorations et des ruelles illuminées que je ferais bien d'aller voir puisque je vais mieux.

Mais moi, ce qui me tracasse, c'est savoir s'ils feront l'amour ce soir-là, dans la chambre à côté de la mienne. Je suis presque certaine que oui. Le vin. L'humeur tactile et légère de Clara. La perspective des vacances.

« Ça vous ferait du bien de prendre l'air, poursuit Clara. Vous voulez le téléphone de Lazlo ? Si vous avez envie de voir la mer, vous pouvez l'appeler. Il vous y conduira. »

Je récupère le Post-it sur lequel Clara a griffonné le numéro en me demandant si Lazlo sera encore dans les parages pour longtemps. Les sombres prévisions de Pierre.

Ils montent se coucher tout de suite après le dîner. Ils doivent partir très tôt le lendemain. Du shopping à faire à Cannes pour les cadeaux de Noël. Je sais que ce n'est pas tout. Ils ont d'autres plans pour la soirée.

« Je vais rester travailler en bas. Je peux emprunter votre ordinateur ? » je demande à Clara.

Je ne suis pas capable de me concentrer sur quoi que ce soit. Je constate que la boîte mail est étonnamment pleine, mais mes yeux passent sur les expéditeurs et les objets sans les voir. Je reste en bas, je termine la bouteille de très bon vin. À deux heures du matin, j'estime que je peux regagner ma chambre sans risquer de les entendre.

Sous mon oreiller, je trouve un petit sachet en plastique contenant de la poudre, assorti d'un autre Post-it jaune. De Pierre, bien entendu : « En cas de déprime, brise la glace. »

La solitude et le silence total de la maison ne me pèsent pas. Ils m'apportent, au contraire, une bouffée d'oxygène. Débarrassé de toutes les tentations, des sentiments contradictoires et troublants que provoque la présence de Pierre et Clara, mon esprit est beaucoup plus clair.

Un objectif par jour. C'est la règle que je me fixe. Le premier jour, je débroussaille la boîte mail de Clara. Je m'installe au bar, la cafetière pleine devant moi, et je ne quitte mon tabouret que pour sortir faire quelques courses à la supérette du coin. J'aperçois quelques guirlandes, je hume les effluves de vin chaud mais je retourne m'enfermer dans la maison des Manan. Parmi les messages arrivés, l'un provient d'un ami de David Stein.

> Je tiens une galerie à Paris. Nous organisons des expositions croisées. Connaissez-vous le principe ?

Mes doigts courent sur le clavier pour lui répondre.

> Non, mais je serais ravie de le découvrir.

Paris. Un hôtel avec vue sur la tour Eiffel. Pierre et moi à l'arrière d'un taxi. Un club. La musique. L'amour au matin dans les draps. J'en frémis déjà.

Un autre mail retient mon attention : un homme présent chez Stein qui évoque un gala de charité au bénéfice d'un institut pour enfants malades. Je le place dans le dossier « À traiter plus tard ».

Je ne connais rien aux soirées de charité. J'ai besoin de me renseigner avant de répondre.

À la fin de la journée, je me dirige, exténuée, vers le placard contenant les alcools. J'ai envie d'un bain chaud, ma petite radio branchée sur une station de musique classique, un verre de whisky à la main. Je découvre un Post-it sur la bouteille. Une écriture que je connais bien. « C'est un whisky canadien vieilli sept ans en fût de chêne. La prochaine fois, pense à le refermer. ;) P. »

Je souris en arrachant le papier.

Le deuxième jour, je m'offre une grasse matinée. Je me prélasse entre les draps, l'esprit tout plein de Pierre. Je fixe mentalement mon objectif du jour : des documents à renvoyer au cabinet comptable. Au milieu du petit déjeuner, que je prends à midi, je découvre la réponse du galeriste parisien, M. Hottman.

> Très chère Calypso,
>
> J'aime confronter la vision de deux artistes sur des thèmes communs à leurs œuvres. C'est ce que j'appelle les expositions « regards croisés ». Pour tout vous dire, j'ai pensé à vous pour faire face à Gaspar Roy en janvier. On s'appelle ?

J'abandonne ma cuillère et mon bol de céréales. Je me renseigne sur Gaspar Roy. C'est un peintre contemporain qui se dit du mouvement postsurréaliste. Ses peintures s'intéressent à l'inconscient et au rêve. Elles me font penser à celles de Magritte.

Les journées se succèdent, studieuses, ordonnées, chargées. J'évolue dans la maison des Manan avec l'impression d'être chez moi. Je me délecte de tout ce temps à moi, rien qu'à moi, de tout l'espace que j'ai. Je lance une compilation de Cesaria Evora et je monte le volume au maximum, je prends des bains interminables.

« Vous êtes encore là ? demande Nina, qui passe un matin faire le ménage alors que je suis sur l'ordinateur. Vous allez passer Noël ici ? »

– Oui. J'ai beaucoup de travail. »

Et comme elle reste dans la cuisine, déballant d'un sac de courses des produits ménagers, jetant des coups d'œil intrigués à l'écran, je lui demande :

« Et vous ?

– Je prends une semaine de vacances. Je reviendrai le 2 janvier. »

Et alors je songe que j'aurai la maison pour moi, réellement pour moi, cette fois. Une petite flamme s'allume dans ma poitrine.

Irène m'appelle plus tard dans l'après-midi. Je la laisse déposer un message vocal.

« Tu viens dîner à la maison demain soir ? Ça me ferait très plaisir de t'avoir pour Noël. Tu peux passer quelques jours avec moi si tu veux. »

Je rappellerai plus tard. Je me suis fixé pour la fin de journée un objectif de la plus haute importante : dresser la liste de toutes les personnes croisées lors des vernissages et dont j'ai la carte de visite. Début janvier, je leur enverrai un message de vœux, cordial et convenu. « Chacune de ces personnes connaît un galeriste ou l'ami d'un galeriste, ou un journaliste, m'a dit Pierre un jour. Ne néglige personne. »

À la nuit tombée, je me sers un verre de whisky et je me glisse dans la chambre des Manan. J'ai attendu ce moment toute la journée, le repoussant à plus tard, quand j'aurais terminé toutes mes tâches du jour. Je pousse la porte et je me souviens de la fébrilité qui m'avait saisie, la première fois, de cette impression coupable de violer leur intimité. Ce soir, les choses sont différentes. Je me sens presque en droit de le faire. Les Manan m'ont ouvert leur monde, je connais leur vie intime et je couche avec Pierre. C'est un argument de poids à mes yeux.

Nina a aéré la chambre ce matin. Leurs odeurs à eux se sont évaporées. Ne reste que le parfum léger du pot-pourri de la salle de bain et la fragrance boisée du parquet. Cette fois, je fonce tout droit vers la penderie. J'ai une idée assez floue de ce que je cherche. Des tissus. Des vêtements. Ceux que Clara ne me prête jamais. Ceux qu'elle me cache. Ceux qui sont destinés à sa vie intime avec Pierre ou à ses sorties au club. Plonger plus loin dans leur intimité. Repousser les limites que Clara s'évertue à me poser.

Dans un tiroir, en bas, je tombe sur de jolis ensembles : des porte-jarretelles, des bodys, des nuisettes en fine dentelle. Je les fais glisser entre mes mains, les presse contre mon corps, devant le miroir de la salle de bain. Je vide mon verre de whisky, m'imagine dans les tissus soyeux. Est-ce que Pierre apprécierait ?

La vibration de mon téléphone me sort finalement de ma rêverie. Irène. Je remets les élégantes dentelles dans leur tiroir et je referme la porte de la chambre derrière moi.

« Oui, Irène. Oui, j'ai eu ton message mais j'ai beaucoup de travail. Je sais… Je sais que c'est Noël… Je n'ai pas de voiture, tu sais… »

Elle semble déçue. Elle insiste tellement que je lui promets une visite le 26 décembre. Un aller-retour en train.

Le lendemain, j'épuise mes yeux sur l'écran de l'ordinateur de Clara. Je lui crée un compte sur un réseau social nommé ArtMajeur, celui dont elle m'a parlé. Il offre la possibilité de présenter ses créations et de vendre ses toiles en ligne. Le réseau social le plus influent, d'après ce que j'ai lu. J'écume les tutoriels : « Comment augmenter mon nombre d'abonnés », « Comment accroître ma notoriété en ligne », « Comment soigner mes photos ».

Je débarque à la galerie Humanis. Georges est surpris de m'y voir un 24 décembre.

« Qu'est-ce que vous faites là ?

– Je dois prendre mes toiles en photo. Pour les réseaux sociaux.

– *Vos* toiles ? »

Je ne réponds pas. Georges me laisse filer dans la salle numéro 5. La galerie est déserte. Je m'applique, reste là de longues heures, attendant que le soleil se déplace, que la lumière du jour évolue et offre le meilleur éclairage.

Lorsque je quitte la galerie, Georges semble irrité, comme toujours, et la nuit est tombée. Je me sens légère. Les photographies des toiles dans mon téléphone portable, la perspective de ce profil à alimenter qui occupera mes journées, mon intrusion dans la chambre des Manan ce soir. Oui, je compte m'offrir une soirée particulière pour le réveillon de Noël. Je m'achète un champagne à la supérette de la rue Grande, avec en tête le Post-it de Pierre. « Brise la glace. »

Je vérifie que les rideaux sont bien tirés, qu'aucun voisin curieux ne peut me voir, puis je me débarrasse de mes vêtements. Je les laisse tomber par terre, dans la salle de bain de Pierre et Clara. J'ai choisi avec soin une tenue parmi la lingerie fine de Clara. Un body en dentelle noire, dos nu. Comme il fait frais malgré le chauffage, j'enfile son kimono noir par-dessus, puis je m'allonge sur leur lit. Là, les deux jambes étendues devant moi, croisées l'une sur l'autre, je me donne l'impression d'être Clara Manan régnant sur le monde.

Ainsi installée, avec ses vêtements sur ma peau, j'ai une idée précise de ce que doit être sa vie, une vie facile où tous les plaisirs sont à portée de main. Une vie où il suffit de claquer des doigts pour obtenir un homme plus jeune, plus vigoureux, un tour en yacht, une galerie où exposer ses toiles, une soirée en club – ou une doublure, une innocente jeune fille qu'on regarde batifoler avec son mari en sachant qu'on a toutes les cartes en main, qu'on décide soi-même de l'assouvissement ou non de leurs désirs. Oui, il doit être plaisant d'être Clara Manan.

Je me sers un verre de champagne, déplie avec un soin presque religieux le sachet glissé par Pierre sous mon oreiller. Joyeux Noël à toi, Pierre.

L'église du village sonne vingt-deux heures. J'ai quitté le lit. J'ai vidé le tiroir de lingerie. Je ne pense pas aux risques que je prends, à la colère de Clara si elle me découvrait ici. Non, je me sens inatteignable. J'ai trouvé leur album de mariage, un album plutôt mince. Une dizaine de photographies seulement. Clara s'est mariée en noir, à la mairie. Elle portait une robe longue et une mantille noire qui lui donnait l'air d'une veuve. Pierre était déjà beau, il était jeune. Il souriait beaucoup. Je ne sais pas s'ils ont fait une grande fête. Les clichés s'arrêtent à la mairie.

Il y a une autre photographie, cachée au milieu des bas de soie et des collants de Clara. Une photographie cornée à force d'avoir été manipulée trop souvent. On y voit Clara debout face à un miroir. Elle est nue, dans une salle de bain luxueuse, ses deux mains sont posées à plat sur le lavabo. Où ? Pas ici. Pas sur le yacht non plus. Ses yeux noirs fixent son reflet dans la glace avec un air égaré, absent. Le photographe se tient derrière elle. On voit son reflet dans le miroir. Il est nu lui aussi. Son visage est masqué par l'appareil qu'il tient mais je reconnais ses cheveux longs qui tombent sur ses épaules et son corps mince. Lazlo. C'est un cliché empreint de mélancolie. Comme un matin amer, au sortir d'une nuit d'ébats, quand les effets de la drogue se dissipent. Triste mais doux.

Je retourne la photographie. Au dos, quelques mots de la main de Pierre. « Été 2018. Passion. »

J'ai la tête qui tourne. Je me relève un peu trop brusquement. Le cliché retombe, virevolte avant de venir se poser au milieu de l'album de mariage ouvert.

Je pense à une autre écriture, à l'autre Post-it, celui laissé par Clara avant son départ. Le numéro de téléphone de Lazlo. Je fais quelques pas, me plante face au miroir de la salle de bain. Mon visage creusé. Mes yeux sombres. Le kimono entrouvert. Mon corps dans le body de dentelle noire de Clara. La chambre du couple pour moi, pour nous. En leur absence. C'est ce que Lilith aurait fait, j'en suis certaine. Un plan d'une perversité absolue. Lui ravir son amant, son « favori », son ancienne passion. Le baiser dans son propre lit, en portant ses propres vêtements, sous son propre portrait. Oui, assurément, c'est ce que Lilith aurait fait.

Mon téléphone sonne, plus loin, sur le lit des Manan. Je sors de ma transe maléfique, jette un coup d'œil au prénom qui s'affiche sur l'écran. Irène. Je décroche, me laisse tomber sur le lit, étourdie. Je resserre le kimono. J'ai froid. J'ai envie de pleurer tout à coup. Je me sens étrangement vide, étrangement fragile.

« Tu n'es pas occupée à travailler quand même ? Pas à cette heure-ci ?

– Non, non.

– Qu'est-ce que tu faisais ? Tu as une petite voix.

– Rien… Je… Je m'étais assoupie. »

Croit-elle à mon mensonge ?

« Tu as bu un peu de champagne au moins ?

– Oui. »

La bouteille trône sur la table de chevet, à côté de la poudre blanche. La penderie des Manan est en désordre. Les bas et les collants sont dispersés çà et là. Les porte-jarretelles. Le plan diabolique. L'idée qui m'a effleurée une fraction de seconde. Qu'est-ce qui m'a pris ? Comment ai-je pu… ?

Irène parle et je ne l'écoute plus. Je songe qu'il est grand temps que Pierre et Clara rentrent. Je commence à perdre la tête, toute seule dans la maison vide.

Je ne contacte pas Lazlo ce soir-là, mais j'écris à Pierre, après avoir rangé la chambre minutieusement. Un message depuis la boîte mail de Clara.

J'ai brisé la glace. Tu me manques. Joyeux Noël.

J'ai dressé la table avec soin pour leur retour, allumé des bougies. J'ai commandé des plats chez le traiteur provençal. Celui que Clara préfère. J'ai besoin de me faire pardonner mes pensées, mon plan diabolique, mon état d'esprit ces dernières semaines, depuis Southport.

« Ça sent divinement bon ! »

Ce sont les premiers mots de Clara. Ils laissent leurs valises dans le salon. Ils ont l'air reposés, épanouis. Ces quelques jours de voyage leur ont fait du bien. On ne peut pas en dire autant de moi.

« Vous n'avez pas pris l'air ? » s'inquiète Clara en se plantant devant moi.

Je dois avoir le teint pâle et fatigué. Elle m'embrasse.

« Juste une journée. Un aller-retour à Marseille, chez Irène.

– Pas plus ?

– Non, j'avais trop à faire… Mais j'ai bien avancé.

– Ah oui ? »

Pierre m'embrasse de la même façon. Une bise sur chaque joue. Sa main s'attarde un instant contre ma hanche. « Neuf jours… » Voilà ce qu'il a répondu l'autre jour. Ils se débarrassent de leurs manteaux et Clara me lance :

« Eh bien, Evie. Dites-nous tout. »

J'éteins le four, extrais les barquettes tout en leur faisant un résumé : la galerie Hottman pour l'exposition « Regards croisés », un gala de charité – cinq cents personnes attendues –, le réseau social ArtMajeur sur lequel je lui ai créé un profil, comptant en quelques jours une centaine d'abonnés, et la dernière nouvelle, fraîche de ce matin : un journaliste a pris contact avec moi pour un reportage dans un magazine spécialisé. Pierre hausse les sourcils, étonné. Clara a les yeux qui brillent.

« Quel travail, Evie ! Vous n'avez pas chômé ! »

Elle s'approche du bar, y dépose un paquet emballé dans du papier doré qu'elle fait glisser vers moi.

« Pierre a tenu à vous acheter un cadeau de Noël. »

Je les regarde tour à tour. Pierre debout près du fauteuil où il a posé sa veste. Clara à côté de moi, qui semble attendre. Ils sourient.

« Ouvrez, ouvrez. »

Mes mains tremblent un peu en déchirant l'emballage.

« Il a été trop fougueux, comme d'habitude. C'est une Harry Winston. »

L'élégante boîte de satin noir capitonnée abrite une montre comme je n'en ai jamais vu. Le cadran est composé d'une mosaïque de verre coloré, de céramique et de pierres précieuses. Les aiguilles en or sont d'une finesse remarquable et le tour…

« Le tour de 36 millimètres est en or, précise Clara. Il est composé de cinquante-sept diamants. »

Elle lève les yeux au ciel pour montrer tout le mépris que lui inspire ce genre de folie.

« Je ne suis pas certaine que ça en jette pour un gala de charité mais si vous l'aimez, c'est l'essentiel. »

Aucun doute : la montre me plaît. J'en ai perdu mes mots. Je lève les yeux vers Pierre, qui sourit, tranquille, à côté de son fauteuil. Vraiment ? Cinquante-sept diamants à mon poignet ? Qui voudrait d'une bague de fiançailles, après ça ?

« Ça, c'est de ma part, ajoute Clara. Je tiens à vous remercier pour votre travail. Dans un autre style, vous en conviendrez. »

Elle dépose son alliance devant moi, sur le bar.

« Nous irons nous amuser après le dîner. »

Elle a un sourire étrange, puis me tourne le dos et se dirige vers le placard aux alcools.

« Si vous avez envie, bien sûr… »

Je reste muette, les mains crispées autour de l'écrin, mes yeux allant de Pierre à Clara.

« Un cognac ? » demande-t-elle.

Et comme je ne réponds pas, Pierre le fait pour nous.

« Avec plaisir, ma puce. »

Puis il s'approche de moi.

« Je te l'accroche ? »

Je n'ai toujours pas bougé, pas repris ma respiration. Il faut que Pierre saisisse mon poignet avec délicatesse et le retourne contre le bar pour que j'inspire enfin. Ma tête tourne légèrement. Il ajuste la monture, fait glisser le bracelet dans le fermoir, remet mon poignet à l'endroit. C'est splendide, mais aucun mot ne me vient. Il y a bien des choses que j'aimerais dire pourtant. « Merci. C'est sublime. C'est trop. » Soudain, je sens la main de Pierre qui glisse quelque chose dans la poche arrière de mon jean. Il me chuchote :

« Mon second cadeau de Noël. Le non-officiel. »

Je comprends qu'accrocher le bracelet n'était qu'un prétexte. Comme Clara revient déjà vers nous dans un claquement de talons, il ajoute dans un souffle, sans bouger les lèvres :

« Va le cacher dans ta chambre avant qu'elle ne le trouve. »

L'instant d'après il s'adresse à elle, souriant, charmeur :

« Tu as besoin d'aide, mon cœur ? »

L'alliance trône toujours sur le bar, entre les assiettes pleines. Clara finit par lâcher :

« Enfilez-la donc. Vous n'êtes plus à un carat près. »

Je pourrais sourire si je n'étais pas aussi éberluée. Je passe l'alliance. Je sens la main de Pierre qui cherche mon genou sous la table, la bosse que forme le petit paquet dans ma poche arrière et le poids de la montre à mon poignet gauche. Bientôt, les effets du cognac et du vin rouge viendront s'ajouter à toute cette ivresse que j'éprouve.

« Allez-y, commencez, ça va refroidir », nous dit Clara.

Mais je me lève.

« Je dois… Je reviens… »

Elle me sourit. Elle pense que j'ai besoin de me rafraîchir, de retrouver mes esprits. Dans ma chambre, je sors de ma poche le mystérieux présent. Un élégant miroir de poche argenté. Cependant, quand je l'ouvre, je découvre un double fond. Sous la glace se trouve un minuscule sachet plastique identique à celui qu'il a glissé sous mon oreiller avant les vacances. Notre secret.

J'ai résisté à l'envie de prendre un peu de cocaïne avant de redescendre. J'avais envie de voir jusqu'où mon bonheur, ma douce euphorie pouvait aller mais je me suis raisonnée. Clara aurait tout de suite su.

Au cours du dîner, elle m'interroge sur ce réseau social, ArtMajeur, sur la galerie Hottman. Elle veut connaître le nom de mon interlocuteur pour le gala de charité et le lieu. Elle consulte Pierre, qui approuve avec calme.

« Oui, ce serait une excellente occasion de rencontrer des acheteurs. »

Je ne sais pas s'il le pense vraiment ou s'il joue la même comédie que moi, dont le seul objectif est de nous offrir des escapades.

« Bien, alors oui, faisons-le. Combien de toiles veulent-ils mettre à la vente ?

– Entre deux et cinq.

– Oh !

– Vous avez le temps. Le gala se tient en février. »

Elle dit oui à tout, me ressert du vin. Je bois plus que de raison. Nous buvons beaucoup tous les trois. Les règles changent ce soir. Nous ne sommes pas à l'extérieur, il n'y a pas de drogue. Pourtant, j'ai l'alliance – mon cadeau de la part de Clara –, et lorsque le dîner sera terminé, nous monterons tous les trois dans la chambre des Manan. J'ai besoin d'ivresse pour assimiler tout cela.

Quand Clara se lève pour aller chercher un digestif, Pierre quitte son tabouret et vient se placer derrière moi. Ses lèvres plongent dans mon cou, ses mains sous mon pull, et la pièce tout entière tangue lorsque ma nuque se renverse.

« Vous ne prenez pas de digestif, je suppose ? » dit Clara de sa voix traînante.

Nous ne répondons pas. Pierre m'embrasse à me faire perdre le souffle, la raison, toute retenue, tandis que Clara se sert un verre et s'assied en face de nous. Quand Pierre me relâche, je chancelle. Clara dit avec un sourire :

« On monte ? »

C'est le calme avant la tempête. Le silence qui précède le déluge. Notre dernier moment d'harmonie à trois. Peut-être suis-je la seule à le pressentir.

Pierre s'abandonne. Clara exulte. Placée au-dessus de ma tête, elle domine la scène. Ses genoux broient mes épaules pour me maintenir immobile, m'empêcher de bouger, mais où irais-je ? Elle profère des insanités, des mots vulgaires, d'une voix de plus en plus grave, de plus en plus forte, se met à me tutoyer sans même y prendre garde :

« Tu l'as bien mérité. Tu n'attendais que ça ! »

Et d'autres choses qui me font rougir… À Pierre, elle lance des insultes, des ordres de plus en plus hachés, de plus en plus secs :

« Malmène-la ! Elle ne demande que ça ! Allez ! Tu en es capable ou pas ? »

Puis, la seconde d'après, elle se penche sur mon visage, se radoucit, caresse mon front, mes cheveux et me promet une toile historique, la toile de sa vie.

« Donne-toi à lui. Entièrement, ma douce. »

Clara est possédée par sa folie. Pierre, par Clara. Et moi, je suis peut-être la seule à conserver une part de lucidité. Les yeux rivés au plafond, je les laisse faire de moi ce qu'ils veulent. Je me demande d'où viendra le danger, où se cache le serpent. Une funeste prémonition.

J'ai fui leurs corps, le grand lit conjugal.

« Vous ne restez pas un peu ? » a demandé Clara.

Le vouvoiement était revenu, sa douceur aussi.

« Non. »

J'ai regagné ma chambre. J'ai fermé à double tour derrière moi.

Sur le lavabo de la salle de bain, mon miroir à double fond est ouvert. Un peu de poudre s'est répandue autour, sur l'émail. J'observe mon visage dans la glace. Creusé. Pâle. Mes longs cheveux noirs qui pendent. Sinistres. Je les couperai. La semaine prochaine.

Elle a cru pouvoir m'étourdir avec les diamants de Pierre, avec sa récompense. Elle a recommencé. Elle s'est prise pour la maîtresse du jeu. Donner et reprendre. Me punir ou me gratifier.

J'ai retrouvé mes esprits. La cocaïne a ce pouvoir. Aiguiser ma vision, me débarrasser de tous ces bons sentiments générés par l'alcool. Révéler ce qui était enfoui. Je fixe mon reflet dans le miroir, comme Clara sur la photo cornée, mais mon regard à moi n'a rien d'égaré. Il est vif, étonnamment perçant. *Ne te laisse plus faire, Evie Perraud. On t'a assez marché sur les pieds.* Mon reflet acquiesce. *Pas même par elle. Non, elle n'est pas Lilith. Tu n'es pas Ève. Elle s'est trompée. Tu le sais.* Je le sais.

2

« Quelle longueur, mademoiselle ?
– Là. »

Mon geste est assuré. Au ras des épaules. Vingt bons centimètres en moins.

« Vous êtes sûre ?
– Certaine.
– Bon. »

J'ai toujours remarqué que les coiffeurs avaient de la peine au moment de sacrifier une longue chevelure. C'est la première fois que je le fais. Ma mère me laissait les cheveux longs parce que c'était ainsi que les filles devaient être. Jean aussi avait une certaine idée de la féminité. Il refusait que je les coupe. J'ai l'impression de me débarrasser de quelque chose en les sacrifiant, de me redonner autre chose aussi.

« Un soin ?
– Non, merci, je n'ai pas le temps. »

Le coiffeur se place derrière mon fauteuil, sort la paire de ciseaux de l'étui accroché à sa ceinture, lorgne mon poignet gauche.

« Cinquante-sept diamants. »

Il croit que je plaisante. Je lui rends son sourire.

J'ai organisé ma semaine de façon à avoir le moins de temps libre possible. Je ne veux plus traîner dans la maison des Manan en laissant l'ennui et la morosité me contaminer. Clara ne quitte pas sa véranda, et Pierre travaille tard. J'ai besoin de bouger, de me sentir active.

Aujourd'hui, je m'occupe de ma garde-robe. Une demi-journée de shopping à Nice devrait me fournir les tenues nécessaires pour l'exposition Hottman à Paris, le gala de charité de février et d'autres vernissages à venir. Fini, les tenues que Clara dépose sur mon lit le soir même comme un cadeau qu'elle me ferait.

« Lazlo peut me conduire à Nice ? ai-je demandé.

– Il ne répondra pas. Appelez un taxi. »

Elle n'a rien dit de plus. J'ai donc commandé un taxi. Après le shopping, je resterai à Nice. Pierre et moi avons rendez-vous dans un restaurant pour déjeuner avec le journaliste chargé de réaliser un reportage sur Calypso Montant. Nous nous y préparons depuis plusieurs jours. Il me souffle des informations précieuses sur le cursus de Clara et m'indique les zones d'ombre à conserver. Je me suis transformée en disque dur qui recrache scrupuleusement des informations apprises par cœur. Je n'y prends pas de plaisir particulier. Je le fais, c'est tout. Ce sont les contreparties qui m'intéressent.

Demain, j'ai prévu de rappeler David Stein. Faire travailler son réseau, c'est la clé, m'assurent les blogs d'artistes et autres forums spécialisés.

« Il est influent, m'a de nouveau dit Pierre. Conserve-le dans ton cercle proche. »

Je lui proposerai de prendre un café, de parler peinture. Je n'ai jamais fait ce genre de chose. J'ai peur de me prendre les pieds dans le tapis, mais il faut bien se lancer.

Après cela, il me faudra préparer l'exposition « Regards croisés » de la galerie Hottman. La date est tombée : le 15 janvier, soit dans un peu moins de deux semaines. Le thème choisi est l'inconscient. Je compte bien potasser pour acquérir quelques références. Clara m'aidera peut-être. Enfin… si elle sort un jour de sa véranda.

Chaque mèche qui tombe au sol m'allège d'un poids. Et puis mon visage se dégage, s'arrondit, gagne quelques années et une bonne dose d'assurance. Fini la copie conforme de Clara Manan. Calypso Montant s'émancipe. Et moi avec elle…

Il m'a envoyé un texto. Il est déjà arrivé dans le restaurant où nous avons rendez-vous. Le journaliste, pas encore. Je me faufile entre les tables, le repère dans le fond de la salle. Il porte son costume bleu marine, celui que je préfère.

« Salut. »

Il se lève, sourit, me recule une chaise pour que je prenne place. Je sens sa main qui frôle mon genou sous la table.

« Tu as coupé tes cheveux… »

Son regard est flatteur.

« C'est joli. »

Sa main quitte mon genou, revient attraper son smartphone.

« J'étais en train d'annuler un déplacement pour pouvoir être à la galerie Hottman le 15. Ça ne plaît pas du tout à Béranger. Il ne s'attendait pas à ce que tout cela prenne une telle tournure.

– Non ?

– Il n'a jamais cru en Clara comme artiste, c'est le problème. Il pensait que les choses se tasseraient au bout de deux expositions. »

Pierre termine son message avant de ranger son téléphone dans la poche de son pantalon.

« Il y a autre chose…

– Oui ? »

Il prend un air grave.

« J'ai bien peur que nous devions arriver le jeudi soir à Paris.

– Ah ?

– Le directeur de la galerie Hottman aime dîner avec les artistes qu'il reçoit la veille du vernissage.

– Vraiment ? Il ne m'a rien dit… »

Pierre me fait un clin d'œil, et alors je comprends exactement où il veut en venir.

« Tu es sûr ?

– Oui.

– Et si elle l'apprend ?

– Comment voudrais-tu qu'elle l'apprenne ?

– Je ne sais pas. »

Tout ce à quoi je pense, c'est que Clara a raison quand elle prétend que Pierre aime prendre des risques.

« Je l'en informerai moi-même, ne t'en fais pas.

– D'accord… »

Nous restons silencieux jusqu'à l'arrivée du journaliste. Pierre se lève pour l'accueillir.

Nous avons commandé les apéritifs et les plats en même temps afin de ne pas être interrompus pendant l'interview. Le journaliste est un homme d'un certain âge à la chevelure argentée qui prend des notes avec un stylo-plume. C'est un échange détendu dans un cadre agréable. J'ai plus l'impression d'un dîner mondain que d'une interview. Nous picorons des olives en évoquant les Beaux-Arts, la vie à Saint-Paul-de-Vence, la réputation du restaurant. Peut-être est-ce une stratégie. Peut-être joue-t-il à me mettre à l'aise pour m'encourager à m'épancher, à lui livrer plus d'informations que je ne souhaite. Peu importe, Pierre veille au grain, garde un œil sur les notes du journaliste, un autre sur mon cocktail pour s'assurer qu'il ne descend pas trop vite, ne me fait pas perdre mes mots.

« Je prépare un dossier sur les femmes artistes, nous dit-il. Les femmes qui osent la violence, la noirceur, s'émancipent de tout objectif d'esthétique et de douceur. Au-delà des œuvres, j'aimerais comprendre s'il existe une vision du monde proprement féminine, ou si c'est une fausse idée finalement forgée par les hommes. »

Prétendre être dans la tête de Clara, avoir les clés de compréhension de son monde intérieur me serait impossible. Je préfère orienter la discussion vers la fascination de Calypso pour la femme fatale, une passion de toujours qui s'est nourrie de la littérature, dès son adolescence. Je cite *Salammbô* de Gustave Flaubert, *Carmen*, *Salomé* d'Oscar Wilde. J'évoque ma fascination pour le *Lilith* de John Collier et l'*Ève et le Serpent* de Franz von Stuck. La plume gratte le papier. Pierre se détend, son corps s'alourdit contre le dossier de sa chaise. Je mêle si subtilement mes goûts à ceux de Clara que personne ne pourrait déceler la moindre fausse note dans ma voix. Pierre a raison. Je suis autant Calypso qu'elle.

Au moment du dessert, le journaliste conclut :

« Vous êtes profondément féministe, Calypso. »

Et comme je trouve que cela fait une très belle conclusion pour cet entretien, j'approuve avec une certaine nonchalance par un sourire.

Nous nous retrouvons enfin seuls dans la voiture. Ce n'était pas arrivé depuis Southport, puis ce matin, où il est venu dans ma chambre, au retour du club. Pour deux personnes qui vivent sous le même toit, je songe que c'est un comble. Si nous avions pris un taxi, nous aurions pu nous livrer à une étreinte plus ou moins retenue mais Pierre conduit et je dois me contenter de parler.

« C'était plutôt facile, non ?

– Tu t'en es parfaitement bien tirée. Bientôt je n'aurai plus besoin de t'accompagner.

– Tu parles ! Tu nous inventes des dîners fictifs ! »

Il sourit. J'adore le voir sourire.

« Qu'est devenu Lazlo ? je demande quelques mètres plus loin, redevenant plus soucieuse.

– Pourquoi tu demandes ça ?

– Clara m'a fait commander un taxi tout à l'heure. Elle m'a dit qu'il ne répondrait pas.

– Elle a sans doute pris sa décision.

– C'est-à-dire ?

– Béranger lui a trouvé un bon poste, chez un client suisse. Il n'attendait que le feu vert de Clara pour l'y envoyer. Je crois qu'elle a eu du mal à s'y résoudre. »

Je pense à la photo cornée conservée au milieu de ses bas et collants.

« Mais elle a fini par accepter, dis-je.

– Oui. »

Quelque chose s'alourdit dans ma poitrine. Nous restons silencieux un moment.

« Et Alexandrine ? »

La vitesse à laquelle son visage se tourne vers moi traduit son étonnement.

« Alexandrine ? Qu'est-ce qu'elle vient faire là ?

– Il s'est passé quelque chose avec elle. Quelque chose qui s'est mal terminé.

– Qu'est-ce qui te fait dire ça ? »

Il reste très calme, mais sa voix est devenue plus grave.

« Je vous ai entendus en parler un soir. À travers la cloison. »

Le silence perdure. Pierre cherche-t-il ses mots ? Ou veut-il gagner du temps ? J'insiste :

« Cette histoire de bijoux volés, c'était bidon, hein ?

– C'est compliqué.

– Tu n'étais pas obligé de me mentir en inventant n'importe quoi ! »

Je me retiens d'en rajouter. Je ne veux pas lui donner l'impression qu'il me doit des comptes. Je ne veux pas me comporter avec lui comme Gaël avec moi.

« C'était un accident. Un bête accident. Clara m'a rendu responsable mais nous étions trois sur le yacht. Ils auraient pu garder un œil sur elle tout aussi bien que moi.

– Qui, eux ?

– Clara et Lazlo. »

J'essaie de comprendre.

« Vous étiez sur le yacht tous les quatre… ?

– Oui. On emmenait Alexandrine sur le yacht pour la première fois… Pour une petite fête…

– Tu couchais avec elle.

– On voulait passer la nuit dans une calanque, se baigner au matin. Il y avait de quoi s'amuser… Comme d'habitude… »

Il cherche mon regard mais je m'obstine à fixer la route.

« C'était une soirée comme tu les connais. On a bu, pris quelques trucs, mis de la musique. On parlait dans les fauteuils. C'était calme et tranquille. Alexandrine n'osait pas se servir. Je la taquinais gentiment. Lazlo et Clara sont sortis sur le pont. Ils avaient envie de s'envoyer en l'air dans la cabine de pilotage. Je suis parti dans ma chambre. J'étais persuadé d'avoir apporté deux sachets de cocaïne. J'étais furieux parce que je ne remettais pas la main sur le deuxième. Elle a dû avaler une pilule entière pendant que j'étais en bas. Deux, peut-être… Comment voulais-tu que je le sache ? Je n'étais pas sa baby-sitter attitrée ! »

Le silence retombe. Pierre attend que je parle, me jette des coups d'œil nerveux, passe les vitesses avec une certaine brusquerie. Je parviens à formuler une question :

« Il s'est passé quoi ?

– Elle s'est sentie mal mais il fallait la connaître, tu sais… Elle était à moitié dépressive. Elle se plaignait toujours de quelque chose. Je pensais qu'elle cherchait à attirer mon attention. Je lui ai dit de s'allonger, que ça allait passer.

– Et ?

– Et pendant ce temps, j'ai continué de fouiller dans ma valise. J'ai finalement remis la main sur le sachet de cocaïne. Je me suis fait une ligne et je suis sorti prendre l'air. Je l'ai oubliée… Je suis allé rejoindre Clara et Lazlo… »

Je le presse, de plus en plus durement :

« Et ?

– Elle a dû faire une overdose. Elle était inconsciente quand je l'ai retrouvée. »

Ma main se crispe autour de la poignée de la portière. Pierre poursuit, comme s'il ressentait le besoin de se débarrasser de cette histoire maintenant qu'il est lancé.

« Clara a appelé les secours tout de suite. Lazlo et moi on s'est débarrassés de ce qui craignait. On en a jeté le maximum à la mer, on a caché le reste où on pouvait puis on s'est rapprochés de la côte.

– Elle s'en est sortie ?

– Ils l'ont réanimée. Elle... Elle avait fait un infarctus. À son réveil, elle avait tout le côté droit paralysé.

– Elle l'a récupéré ?

– Les médecins étaient optimistes...

– Tu n'as pas su ?

– Non. On a dû faire intervenir Béranger pour étouffer l'histoire. On risquait trop gros. Kofedo, moi, la réputation naissante de Clara, même Lazlo... Les flics commençaient à poser des questions, à fourrer leur nez dans cette affaire. Béranger nous a dit de la fermer et de faire profil bas. »

J'ai envie de vomir tout à coup. Une vague de nausée particulièrement écœurante.

« On avait ordre de ne plus entrer en contact avec elle, de rester loin de tout ça.

– Béranger... Qu'est-ce qu'il a fait de son côté ?

– Il a distribué des billets. Aux parents, à l'avocat, à la police. Il a fait ce qu'il fallait. »

Un silence lugubre se prolonge de longues minutes. Pierre est nerveux. Je ne bouge pas. Je repense à notre soirée sur le yacht, à l'inquiétude de Clara le lendemain, pendant ma descente : « Il faut garder un œil sur elle. Ne t'avise pas de lui donner quoi que ce soit. » Et à la sollicitude de Pierre venant me trouver dans ma chambre alors que je m'étais absentée depuis quelques minutes, me découvrant dans le bain. Avait-il craint de me découvrir inconsciente, moi aussi ?

Les mises en garde de Clara : « Vous, vous êtes raisonnable. Pierre est trop fougueux. Je veux pouvoir compter sur vous. » Et cette discussion dans la voiture, en revenant de l'exposition chez David Stein : « Je ne veux pas que Clara sache que je t'ai donné quoi que ce soit en son absence. – Pourquoi ? – Elle ne me fait pas confiance avec ça. – Pourquoi ? » Il n'avait pas répondu.

Il me fait sursauter en posant une main sur mon genou. Je me tourne vers lui. Son visage est pâle, figé. C'est la première fois que je le vois ainsi, aussi affecté.

« Ne me rends pas responsable de tout, Evie. Ne fais pas comme elle. »

Ma gorge est nouée, je ne dis rien.

« C'était son élève. C'est elle qui a voulu l'accueillir chez nous, puis l'emmener sur le yacht. Cette gamine ne me plaisait pas particulièrement. Elle n'était pas comme toi, tu sais. Elle était sombre, morose, éternellement insatisfaite. Clara me l'a mise entre les pattes pour pouvoir s'amuser tranquillement avec Lazlo. »

Je parviens à lui demander, d'une voix rauque :

« Tu couchais avec elle ?

– Non. »

Je ne suis absolument pas certaine qu'il dise la vérité mais peu m'importe, finalement. Ses paumes tremblent. Ses yeux ont une teinte grise que je ne leur ai jamais vue. Alors je pose une main rassurante sur la sienne. Je lui murmure doucement :

« C'était un accident. »

Et Pierre confirme d'un hochement de tête.

« Elle m'a suffisamment fait payer cette histoire, dit-il. Comme Béranger nous demandait de nous faire oublier, de disparaître quelque temps, Clara est partie trois semaines avec Lazlo à l'île Maurice. Elle ne m'a pas laissé un seul message. Lazlo m'appelait. Il s'excusait. Pas elle, elle faisait la morte. Elle considère qu'elle n'a pas à se justifier. »

La voiture s'arrête à un feu rouge. Pierre a un regard sombre. Pour la première fois, il m'apparaît fragile. Fragile et malheureux. J'ai envie de le serrer contre moi.

« Puis elle est rentrée. On a essayé d'oublier.

– Mais elle n'a pas vraiment oublié, n'est-ce pas ?

– Elle ne me fait plus confiance. Elle a peur qu'il t'arrive la même chose qu'à Alexandrine. Mais elle a tort de s'inquiéter. Je veille sur toi. Je ne laisserai rien t'arriver. »

Il me fixe, me met au défi de le contredire.

« Je sais », dis-je.

Et alors j'ai l'impression que ces quelques mots le libèrent d'un poids, celui des remords. Ses épaules se redressent. Il prend ma main, la porte à ses lèvres et embrasse ma paume. Le feu passe au vert.

« Tu n'es pas comme elle. »

Je ne sais pas s'il parle de Clara ou d'Alexandrine, mais j'accepte ce qu'il a formulé comme un compliment.

Nous ne parlons plus. Je l'observe pour m'assurer que ses prunelles sont redevenues plus bleues que grises. Lorsque nous arrivons et que Pierre coupe le moteur, je détache ma ceinture et je l'attire contre moi, sa tête contre ma poitrine. J'enfouis mon visage dans ses cheveux et nous restons ainsi de longues minutes. Je berce Pierre, devenu petit garçon entre mes bras.

Ces confidences ont changé la donne. Elles ont créé quelque chose qui n'existait pas auparavant entre nous. Clara n'a pas pu le sentir. Elle ignore qu'un lien plus doux est venu s'ajouter à la fougue, qu'il consolide les règles de notre jeu sans elle.

Devant l'immense miroir de la chambre d'hôtel parisienne, je rajuste ma robe que j'essaie pour demain, tire sur le décolleté pour le rendre plus bouffant, replace mon collier. Je tourne la tête, mesure l'effet des boucles d'oreilles en mouvement. J'ai bien fait de couper mes cheveux. Cela dégage mon cou, le rend plus gracile et donne toute leur importance aux boucles d'oreilles.

J'ai beau être concentrée sur mon reflet, je ne manque rien de ce qui se passe derrière moi. À un mètre, à peine, Pierre est assis au bout du lit. Il m'observe en silence. Je retire le collier, qui me semble trop long, en passe un autre, guette l'approbation sur son visage. Un hochement de tête qui signifie : c'est mieux. Je sais que si je traîne trop, il finira par se lever, se coller contre mon dos et passer ses mains autour de moi. Je sais qu'il en a envie, mais il se montre patient, et moi je prolonge les délices de l'attente.

Nous ne nous sommes pas vus depuis une éternité. C'est en tout cas l'impression que j'ai. Deux ou trois dîners partagés dans la cuisine, à une heure tardive, en présence de Clara, puis Pierre est parti en voyage d'affaires quelques jours. Il n'est pas rentré à Saint-Paul-de-Vence. Il est venu directement à Paris, et cela me plaît de savoir que je suis la première à le revoir, moi et pas Clara.

Il s'agite derrière moi, commence à s'impatienter.

« Alors raconte-moi… Quoi de neuf à la maison ?

– Je ne sais pas par quoi commencer…

– Ce qui te vient en premier.

– Je me suis inscrite dans une auto-école… Pour passer mon permis ! »

Un haussement de sourcils étonné, flatteur. J'abandonne mon reflet dans le miroir, me retourne pour lui faire face.

« Tu as pris des leçons ? me demande Pierre.

– Non, le code d'abord.

– C'est vrai…

– J'espère avoir tout passé cet été. Je pourrai m'acheter une petite voiture d'occasion, partir me promener quand je voudrai. »

Il attrape mes mains et m'attire à lui. Il entoure ma taille, pose sa tête contre ma poitrine.

« Quoi d'autre ?

– J'ai été prendre un café avec David Stein cette semaine. À Saint-Raphaël. Il est venu avec un autre chien. Un bichon maltais. »

Je devine son sourire.

« Et… ?

– Il a un ami *formidable* dans le comité de sélection du Salon annuel de Montrouge consacré aux jeunes artistes contemporains.

– Il va t'avoir une place ?

– C'est ce qu'il m'a fait comprendre. »

Il relève la tête, surpris, heureux.

« C'est une excellente opportunité. Clara est contente ?

– Oui. Je crois.

– Tu crois ?

– Oh, tu sais, elle est dans sa période morbide…

– C'est-à-dire ?

– Elle est retournée voir DiGiorno à la morgue de Saint-Roch. Elle veut recommencer à peindre une toile avec un cadavre. Elle a passé toutes ses journées là-bas cette semaine. Quand elle rentre, elle ne communique pas beaucoup. Elle est dans son “état de grâce”, comme elle dit. »

Pierre sourit de ma pique.

« Oh, j'allais oublier ! »

Je me détache de lui et me dirige vers ma valise.

« Qu'est-ce qu'il y a ?

– C'est sorti hier matin !

– Quoi ? »

Je lui tends fièrement l'exemplaire hors-série d'*Art Magazine*.

« Montre ! »

Je viens m'asseoir à côté de lui sur le lit, me penche par-dessus son épaule pour relire l'article. « Calypso Montant : le noir est sa couleur ». Avec une jolie photo de moi prise par le journaliste avec son téléphone, pendant le déjeuner. Belle qualité pour un portable. Lumière tamisée. Mes cheveux coupés court, le chemisier noir que je portais, la montre aux cinquante-sept diamants à mon poignet gauche, la tapisserie élégante du restaurant. Je m'aime bien, sur papier glacé.

En milieu de la page de gauche, une citation extraite de mon interview : « Oui, je l'avoue, je suis obsédée par la femme fatale. » Qui parle ? Clara ? Moi ? Et cette autre citation, directement soufflée par Clara : « La peinture est une nécessité, un besoin vital. »

J'attends patiemment que Pierre ait fini de lire.

« C'est parfait. Elle doit être ravie. »

Et comme je n'ai pas envie de parler de Clara, comme j'ai terriblement envie de le sentir en moi, je le renverse en arrière sur le lit.

« Attends…, proteste-t-il. Ta robe pour demain… »

Alors je l'aide à retirer ma robe et à la déposer à plat à côté de nous. Après, je ne sais plus.

Je me traîne jusqu'à la salle de bain, où je m'enroule dans un peignoir. Je jette le sien à Pierre. Il est toujours allongé sur le lit, sur le dos, les bras croisés derrière la nuque.

« Qu'est-ce qu'on fait ce soir ? demande-t-il.

– Je ne sais pas. Tu veux sortir ?

– Avec ce vernissage demain ?… Ça ne serait pas sérieux.

– Non. En effet. »

Je me sers un verre d'eau, le bois face au miroir.

« On sortira demain soir, après la galerie Hottman.

– D'accord. »

J'observe mon reflet, ma main gauche sans alliance. Clara ne me l'a pas laissée. Tout cela n'a plus aucune importance. Pierre est à moi quand je veux désormais. Les règles de Clara ne sont plus les nôtres.

« Tu nous apportes ton miroir de poche ? »

Nous ne quittons pas la chambre de la soirée. Pierre branche son téléphone sur le système d'enceintes de la télévision. Nous nous caressons sur *Amor di mundo* de Cesaria Evora. Je lui prépare ses lignes. Il les sniffe, puis il m'embrasse en prenant mon visage à deux mains et il déclare que je suis sa folie, sa plus pure folie. Nous essayons de faire l'amour mais nous n'y arrivons plus. Nous sommes montés trop haut.

Nous devenons étrangement silencieux sur le morceau *É doce morrer no mar*. Pierre me traduit les paroles et je ferme les yeux. « Il est doux de mourir en mer, dans les vagues vertes de la mer. Il est doux de mourir en mer. » Je me laisse dériver à ses côtés.

Nous nous endormons sur *Bésame mucho*, qui est, je crois, devenue notre chanson. Nous sombrons, la bouche de Pierre contre mon sein, ma main dans ses cheveux.

Je suis tellement comblée que je pourrais mourir cette nuit.

Il est midi quand la sonnerie du téléphone de Pierre nous sort de notre brouillard. Le soleil est entré dans la chambre mais nous n'avons pas fait un geste. Il est toujours blotti contre moi. Je ne veux pas qu'il s'éloigne. Je ne veux pas affronter la réalité, le froid, l'abattement de la descente.

La sonnerie se tait, puis reprend quelques secondes plus tard. Pierre tend la main. Il s'éclaircit la voix, décroche. Dans le combiné, la voix de Clara résonne, parvient jusqu'à mes oreilles :

« C'est moi.

– Salut…

– Comment s'est passé le dîner ? »

Les yeux de Pierre se posent sur moi un instant. Nous échangeons un sourire.

« Un peu long. Guindé. Tu aurais détesté.

– J'imagine. Evie est là ?

– Là ?

– Avec toi ?

– Non. »

Aucun effort pour mentir. Pierre reste imperturbable.

« Dis-lui qu'elle avait une notification sur ArtMajeur. Je me suis permis d'y jeter un œil. Un chroniqueur radio parisien, au courant de son passage dans la capitale, voudrait la rencontrer pour enregistrer un podcast aujourd'hui. Tu peux lui demander de le contacter ? Je t'envoie ses coordonnées.

– Bien sûr.

– Je compte sur toi ?

– Bien sûr, répète-t-il.

– Bon. Je te laisse. Je viens de commencer une nouvelle toile. On se rappelle plus tard ?

– D'accord. À plus tard. »

Elle a déjà raccroché. Dans le silence qui suit, Pierre se tourne vers moi, m'attire contre lui, fait glisser ses mains sur ma peau nue.

« Tu as des rendez-vous, Calypso. »

Il m'embrasse, je m'agrippe à lui, le retient encore un peu entre mes bras.

« On ferait bien de se lever.

– On est vraiment obligés ?

– Oui. Absolument.

– Tu es cruel.

– Je t'aide à lancer ta carrière, mon cœur. »

Je ferme les yeux. J'ai envie qu'il le répète encore. *Mon cœur. Mon cœur. Mon cœur.* J'en ai le tournis.

Mais il s'arrache à moi et se lève.

« Je te fais couler un bain.

– Il y aura d'autres journalistes, d'autres occasions », je proteste.

Il se dirige déjà vers la salle de bain.

« Récupère ton téléphone et appelle-le pendant ce temps. »

Je plaque son oreiller sur mon visage, étouffe un soupir. J'aurais aimé que la nuit soit plus longue. J'aurais aimé que Clara n'appelle pas. Même à des centaines de kilomètres, elle a trouvé le moyen de me prendre Pierre.

Un bain. Un maquillage rapide. Une pastille de vitamine C à faire fondre sur ma langue pour me redonner un peu d'énergie. Pierre me presse, appelle déjà le taxi. J'enfile un de mes nouveaux ensembles dans le style des tenues de Clara – aurais-je dû changer radicalement de style ? – et l'entends qui s'impatiente.

« On y va ? C'est l'heure, Evie ! »

Dans le taxi, Pierre pianote sur son smartphone, cherche quelques informations sur la personne qui nous attend.

« Stéphane Lechair. Directeur et animateur de Cultures plurielles, radio indépendante, branchée art. Assez pointue dans son domaine. »

Je ne l'écoute qu'à moitié. Je regarde les bâtiments haussmanniens qui défilent. Je me dis que mon estomac est vide, que j'ai oublié le miroir de poche dans la chambre d'hôtel, que j'aurais aimé que ce matin Pierre me fasse l'amour.

Le local de Cultures plurielles est un minuscule bureau coincé au fond d'une cour. L'espace est encombré de piles de cartons, de tasses à café sales, d'une plante verte en fin de vie et d'une table surmontée de deux micros. Stéphane Lechair est un homme d'une quarantaine d'années à l'allure bohème chic, aux cheveux bouclés indisciplinés et aux doigts ornés de bagues. Il fait son possible pour nous mettre à l'aise.

« Un café ? »

Pierre s'installe dans un coin. Stéphane Lechair m'explique le principe de son émission : un format de dix minutes, des réponses courtes, un survol rapide de mon univers artistique.

« Ça te va ? »

Il règle les micros. Pierre avale son troisième café, passe une main sur son visage.

« Bon. Tu me dis quand tu es prête et on y va. »

L'exercice n'est pas trop difficile. Les mêmes questions reviennent, comme aux vernissages : mes études, mon parcours, l'apparition de ce « don », mes sources d'inspiration, les maîtres que j'admire, mon rythme et mes rituels de peinture, mes projets en cours ou à venir.

Stéphane coupe le micro, se renverse sur sa chaise.

« C'est parfait. Merci d'avoir été si réactive, Calypso. »

Un étourdissement me saisit au moment où je me lève. Un flash lumineux suivi d'une étrange faiblesse. Je me cramponne à la table, ferme les yeux, le temps que ma vision se rétablisse.

« Tout va bien ? » s'inquiète Stéphane Lechair.

Je hoche la tête tout en gardant les yeux fermés. Je me sens très mal. Pierre pose sa main dans mon dos. Sa voix, tout près de moi, ordonne :

« Assieds-toi. »

Ensuite, je ne sais plus. Le noir.

Quand je reprends connaissance, je suis allongée par terre. Pierre, qui soulève mes jambes pour aider mon sang à circuler, explique à Stéphane que je fais probablement une crise d'hypoglycémie, que je n'ai pas pris de petit déjeuner. Stéphane déclare qu'il a du sucre. L'instant d'après, Pierre en glisse un morceau entre mes lèvres, me demande de croquer. Les grains fondent sur ma langue, réveillent mon palais. Je reprends pied.

« Vous voulez que j'appelle un médecin ? demande Stéphane.

– Ce n'est pas utile. Le taxi nous attend juste devant. Je vais l'emmener déjeuner. Ça ira mieux après. »

Stéphane part dans la pièce d'à côté à la recherche d'une bouteille de soda. Des bulles et du sucre supplémentaire me feront du bien, dit-il. Pierre s'agenouille auprès de moi, me scrute avec inquiétude.

« Ça va mieux ? »

Je hoche la tête. Il prend mes mains entre les siennes, m'aide à me lever tout doucement.

« Il faut qu'on soit plus raisonnables, murmure-t-il. On va prendre un bon déjeuner. Et ce soir, on se couche tôt.

– Non…

– Evie…

– Tu m'as promis. Tu as dit qu'on irait danser. »

Il hésite, je le vois bien. Je le supplie du regard.

« Ce n'est rien qu'un coup de chaud, dis-je. Le café et la vitamine C. C'était trop de stimulants d'un coup. »

Il pourrait se moquer de mon raisonnement absurde, moi qui ai passé la nuit à partager ses lignes de cocaïne, mais il ne le fait pas.

Stéphane est de retour avec une bouteille de soda. Nous gardons le silence.

« Tenez, buvez ça avant de repartir. »

Après un déjeuner dans une brasserie, nous rentrons à l'hôtel. Pierre est inquiet, je le sens bien. Il a été étonnamment silencieux pendant le repas.

« Essaie de dormir un peu. »

Je vais mieux mais il se montre intransigeant. Il s'installe devant le petit bureau, sort son ordinateur portable et se plonge dans la lecture de ses mails. Il ne réagit à aucune de mes protestations, à aucune des invitations que je lui lance à me rejoindre dans le lit. Je finis par m'endormir. Je sombre pendant presque deux heures dans un sommeil agité et peu réparateur, qui me laisse déphasée au réveil.

Nous nous préparons dans la salle de bain. J'ai enfilé ma robe. Je retouche mon maquillage, accroche mes boucles d'oreilles.

« Le miroir de poche… »

Pierre semble hésiter. Je comprends qu'il me l'a confisqué.

« Pierre…

– Est-ce que tu ne pourrais pas faire sans, ce soir ?

– Et toi ? »

Ma remarque acerbe claque comme un coup de fouet. Pourtant, Pierre ne bouge pas.

« Je suis dans les vapes. Tu as voulu me faire dormir, je suis à côté de mes pompes maintenant ! J'ai l'air d'un zombie ! Ce n'est pas un caprice. J'en ai besoin, *réellement* besoin. »

Il me scrute. Je ne sais pas ce qu'il cherche sur mon visage. Il commence à m'agacer sérieusement. Je sens la colère monter en moi. J'explose :

« C'est quoi, ça ? Tu te transformes en Clara ? Tu fais chier, Pierre ! Vraiment chier ! Je ne te demande pas la lune ! Une ligne ! Une putain de ligne ! »

Il finit par se mettre en mouvement. Sa main plonge au fond de sa poche, en extrait le petit miroir.

« Une moitié », dit-il.

Je lui arrache le miroir des mains, sans répondre.

« Une moitié, répète-t-il.

– J'avais bien compris ! »

Je lui tourne le dos. Quand je lui fais face de nouveau, ma colère s'est envolée. Je veux oublier que nous avons connu nos premières tensions. Je lui tends le miroir avec un sourire, tente de plaisanter :

« Il faut te prier ou quoi maintenant ? »

Mais ses yeux se sont assombris. Mon propre sourire manque de naturel.

La galerie Hottman se trouve dans un prestigieux immeuble haussmannien. Une devanture donnant sur une avenue très chic. Un portier nous accueille à l'entrée. Les plafonds de la galerie sont hauts, avec de nombreuses et riches moulures. La salle est vaste et bien éclairée. Un petit buffet a été dressé dans un coin. Je n'ai pas le trac. Tant que le sentiment de toute-puissance durera, je ne crains rien. Gaspar Roy est déjà arrivé. Je reconnais son visage, que j'ai vu sur internet. Il se tient aux côtés d'un autre homme, le propriétaire de la galerie, M. Hottman.

« Bonsoir, soyez les bienvenus. »

Poignées de main, politesses et autres amabilités. J'imite Pierre, me fonds dans le moule, distribue des sourires.

« Je suis enchanté de faire votre connaissance, madame, et ravi d'avoir pu exposer vos œuvres conjointement à celles de Gaspar. Un de mes amis, journaliste à *Paris Match*, sera là, avec sa compagne, qui tient la chronique “Expositions” dans *Elle*. Je vous les présenterai, bien entendu. »

Je me félicite d'avoir tenu tête à Pierre, d'avoir obtenu mon dû. Comment aurais-je pu faire face à la salle immense, installée pour une conférence de presse, autrement ?

« Vous prendrez place dans les fauteuils, sur l'estrade. La

première rangée est réservée à la presse. Mon ami de *Paris Match* ainsi que sa compagne qui travaille pour *Elle* y seront. »

Gaspar pâlit. Je tiens bon, mon aura d'invincibilité aussi.

« Nous démarrerons par une demi-heure de questions-réponses que j'animerai sur votre thème commun, à savoir l'inconscient. Nous disséquerons vos œuvres respectives, établirons des convergences. Nous laisserons au public et à la presse une autre demi-heure pour des questions avant de passer dans la salle d'exposition pour qu'ils découvrent vos toiles. Le timing vous paraît correct ? »

Le pauvre Gaspar Roy perd ses dernières couleurs. Je hoche la tête.

Ce soir, je dois me débrouiller seule. Totalement seule. Pierre est assis dans le public, au deuxième rang. Il ne peut pas me souffler ni faire diversion. Je suis livrée à moi-même, face à une assistance d'une cinquantaine de personnes.

« Accompagne-moi aux toilettes », je lui demande avant que la conférence ne démarre.

La salle est déjà presque pleine. Il comprend et ne se fait pas prier. Le miroir de poche passe de ses mains aux miennes. Nous sommes face à un cas d'extrême urgence.

« Lève la tête. »

Il vérifie mes narines, acquiesce, me pousse en avant.

« C'est la dernière de la soirée.

– Je sais. »

Je m'en sors. C'est en tout cas l'impression que j'ai quand je vois Gaspar Roy bredouiller et perdre ses mots, que je surprends les regards des deux journalistes posés sur moi avec intérêt. Quelques flashs crépitent. Mes répliques s'enchaînent :

« Les artistes romantiques n'ont pas attendu Freud et la psychanalyse pour sonder le tréfonds de l'âme humaine dans ce qu'elle a de plus bestial et de plus effrayant. »

Gaspar et moi nous partageons les questions, nous renvoyons la balle, venons compléter les réponses l'un de l'autre. En réalité, tout cela est parfaitement orchestré par M. Hottman, qui choisit les thématiques, nous donne équitablement la parole, esquive habilement les questions trop larges ou peu intéressantes. Il gère sa soirée à la perfection, si bien que j'ai très vite le sentiment que Gaspar et moi sommes ses pantins. Il a fait venir ses amis. Nous sommes une attraction.

Je fixe les notes prises par les journalistes. Je m'emballe quand je les vois en train de griffonner. Mon esprit s'excite. Un encart dans *Elle*. Une pleine page dans *Paris Match*. Quel titre ? Une photo de Gaspar et moi sur l'estrade ? Un gros plan sur mon visage ? Me demanderont-ils un entretien tout à l'heure, dans la salle d'exposition ?

« Vous faites ça souvent ? m'interroge Gaspar alors que nous quittons l'estrade.

– Des conférences de presse ? C'est ma première.

– On dirait que vous avez fait ça toute votre vie.

– Mon mari m'a bien préparée. C'est un très bon communicant. »

Gaspar jette un regard furtif à Pierre, plus loin. Je crois qu'il l'impressionne.

« C'était éprouvant », conclut-il.

Si le plus difficile est passé, pas question de se laisser aller. D'autres journalistes rôdent dans la pièce, s'arrêtent devant une toile de Gaspar, puis une des miennes. Clara n'en a sélectionné que huit pour cette exposition. Celles qu'elle considérait comme les plus abouties, les plus en lien avec le thème de l'inconscient. Le triptyque, qui n'a pas trouvé preneur chez Rita Homerta, suscite la curiosité ce soir, et le journaliste de *Paris Match* revient me trouver.

« Voilà une toile profondément engagée.

– Vous trouvez ?

– J'y vois un rejet de la religion plutôt violent. Dieu est raillé, humilié.

– Ces trois tableaux peuvent être au contraire lus comme une interprétation fidèle du péché originel.

– Sans serpent ?

– Connaissez-vous Lilith ?

– Pas vraiment...

– Si vous avez quelques instants... »

L'homme a récupéré deux coupes de champagne. Nous nous sommes isolés dans un coin de la galerie. Il semble émerveillé par le mythe de Lilith et la nouvelle lecture qui peut être faite du péché originel. Soudain, un fait me saute aux yeux : je me trouve sans Pierre. J'évolue désormais seule. J'ai franchi une étape ce soir, Il a dû s'en apercevoir.

Le journaliste prend congé, il a l'air satisfait. Je m'attarde auprès des curieux, réponds de bonne grâce aux questions. M. Hottman m'informe discrètement que le triptyque a peut-être trouvé preneur. Un de ses plus gros clients.

« Si vous pouviez aller discuter quelques instants avec lui, je pense que vous finiriez de le convaincre. »

La galerie commence à se vider quand Pierre, que j'avais perdu de vue, fait soudain irruption à côté de moi, venu d'on ne sait où. Je le trouve étonnamment enjoué.

« Tout se passe bien ? » me dit-il.

Je lui réponds en baissant la voix :

« Quelles sont les règles vous concernant, monsieur Manan ?

– Pardon ?

– Une demie ? Une entière ? Deux ? Vous autorisez-vous ce que vous interdisez aux autres ? »

Il sourit.

« Je ne suis pas l'artiste...

– Tu es surtout un immense hypocrite.

– Qui veille sur toi…
– Allez, sauve-moi de là. Il est l'heure d'aller danser.
– Entendu. »

Nous échangeons un sourire furtif et allons saluer M. Hottman, qui nous a si bien reçus.

Pierre appelle Clara quand nous montons dans le taxi. Être exemplaires. Ne pas éveiller les soupçons. Il lui raconte la soirée, le journaliste de *Paris Match*, le triptyque dont la vente a été conclue facilement, les toiles qui resteront encore trois semaines ici, à la demande de M. Hottman.

« J'emmène Evie boire un verre. Ensuite nous rentrerons à l'hôtel. »

Lorsqu'il raccroche, je m'enquiers du véritable programme de la soirée.

« On va dans une cave, à Bastille.
– Une cave ?
– Une cave voûtée du vieux Paris du XIe siècle. Le lieu a été transformé en club électro. Des DJ. Un son techno minimal. »

Ça me plaît. J'ai déjà le cœur qui cogne.

La musique est puissante. Anthony porte un large débardeur blanc, une casquette à l'envers, et il saute plus haut que tout le monde. Nous venons juste de faire sa connaissance. Anthony a de la came qui semble intéresser Pierre. Ils parlent un long moment près du bar, se passent des choses de la main à la main avant de me rejoindre sur la piste de danse. C'est ici, au milieu des autres corps, hypnotisés par la musique, que nous nous rapprochons. Anthony danse derrière moi. Ses bras m'enserrent. Il semble ne prêter aucune attention au fait que je sois arrivée avec Pierre, que je sois liée à lui d'une quelconque façon. D'ailleurs, peu de gens prêtent attention à quoi que ce soit autour de nous. Les couples se font et se défont, se mélangent. Anthony m'embrasse, m'enlace. Quand il m'abandonne pour fournir un client, il me laisse entre les bras de Pierre, qui passe une main sur ma joue.

« Tu t'amuses, mon cœur ? »

C'est une drôle de soirée. Anthony. Pierre. Je vais de l'un à l'autre. Parfois, je ne sais plus lequel j'embrasse, lequel me caresse, parfois, l'un m'embrasse pendant que l'autre me caresse. Je me laisse déborder par l'euphorie et la sensualité de notre paradis artificiel. Je ne contrôle plus rien.

Je prends conscience de la situation furtivement, à l'arrière du taxi qui nous reconduit à l'hôtel. Anthony se trouve à ma gauche, Pierre à ma droite. Ils échangent un sachet, plaisantent. Je les entends rire. Je ne sais pas qui l'a fait : qui a proposé à Anthony de passer le reste de la nuit avec nous, Pierre ou moi ? Cela n'a pas tellement d'importance puisque Anthony a sa main posée sur ma cuisse et que Pierre me sourit. Nous sommes portés par ce même élan d'amour et de tendresse. Oui, nous nous aimons, tous les trois. Les pilules ont ce pouvoir. Abolir les frontières entre les êtres. Les réunir. Faire irradier le désir. Je crois que c'est la nuit la plus dingue de mon existence.

Je suis incapable de reconstituer le déroulé précis des événements dans la chambre d'hôtel. Je me souviens juste de l'extraordinaire douceur du moment. Les garçons, de chaque côté de moi, dans le lit. Anthony dans mon dos, qui imprime des mouvements lents et amples, agrippe ma taille. Pierre face à moi. Ses yeux qui ne me lâchent pas. Sa bouche qui m'embrasse, qui me murmure que je suis belle, si belle quand je prends du plaisir. Il étouffe mes soupirs, respire mon souffle brûlant, dégage mon front moite et me prend dans ses bras lorsque Anthony quitte la chambre, va dans la salle de bain pour jeter le préservatif. Je suis tremblante, je suis minuscule, je ne sais plus ce que je fais là.

Le bruit de la douche. Un rai de lumière sous la porte. Je

cherche les yeux de Pierre. J'ai du mal à les distinguer dans la pénombre.

« Evie ? »

La voix d'Anthony qui m'appelle.

« Evie ? Tu me rejoins quand tu auras fini avec lui ? J'ai encore envie de toi. »

Mon souffle dans le cou de Pierre, mes chuchotements fébriles : « Dis-lui de partir.

– Quoi ?

– Je veux qu'il parte. Dis-lui de partir. S'il te plaît. »

Un instant de silence étonné.

« Je croyais que tu en avais envie… J'ai juste voulu te faire plaisir.

– Je sais. Maintenant je veux qu'il s'en aille. S'il te plaît.

– D'accord… Oui. Oui, bien sûr. »

Pierre se détache de moi, se lève. Je récupère la couverture, la pose sur moi. L'eau étouffe leurs voix. Je saisis tout de même quelques bribes. « Elle en a assez. Bon… Non, ne t'en fais pas, c'est cool. C'était sympa. Oui, ça marche. Combien pour ton sachet ? Tiens, pour le taxi. »

Je reste sous la couverture, que je remonte jusqu'à mon nez. Anthony se rhabille, cherche son téléphone.

« À plus, Evie !

– Ouais. »

Je n'ai pas le courage de l'affronter, de sortir de ma cachette. Pierre le raccompagne à la porte. Après cela, il me rejoint dans le lit et il se colle contre mon dos. Très fort.

« Je ne veux plus refaire ça », dis-je.

Il embrasse mes cheveux comme si j'étais une petite fille malade, brûlante de fièvre.

« Tu as été formidable chez Hottman… Je voulais juste te faire plaisir.

– Je sais, mais je n'ai pas besoin de ça.

– D'accord…

– Je n'ai pas besoin d'autres hommes, Pierre. Je ne suis pas Clara.

– D'accord…, répète-t-il. Je suis désolé.

– Non, c'est moi. Je suis désolée d'avoir couché avec lui.

– Ne le sois pas. J'aime te voir heureuse.

– Je voulais juste passer du temps avec toi… Rien qu'avec toi…

– Tout va bien, mon cœur, calme-toi. »

Je laisse mon rythme cardiaque ralentir et mon corps se fondre dans le creux de celui de Pierre.

« Tu n'as rien fait de mal, Evie…

– Si. »

Il secoue la tête mais j'insiste :

« Si. Je t'ai traité comme Clara. Je t'ai fait croire que tu n'étais pas assez, qu'un autre me comblerait davantage. C'était stupide. Et faux. Je n'ai besoin de personne d'autre.

– Calme-toi, répète-t-il tout bas. Je m'en moque. »

Pourtant je sens son corps se détendre dans mon dos, se relâcher, comme si je le délestais d'un poids.

J'ai péché cette nuit. J'ai commis quelque chose d'atroce. Forcément. Sinon comment expliquer la descente qui me saisit au matin. La pire descente que j'aie jamais connue. Une chute tout droit aux enfers. Je paie pour mes erreurs. Quelqu'un là-haut me fait payer, à moins que ce ne soit Clara elle-même. Sa punition divine.

Je passe la matinée recroquevillée devant les toilettes de la salle de bain. Je vomis mes tripes. Je tremble. Je grince des dents. Et je pleure. Des sanglots qui n'en finissent plus et qui laissent Pierre complètement démuni.

« Qu'est-ce qu'il se passe ? » demande-t-il dans mon cou.

Il me serre contre lui, m'entoure. Il ne sait plus ce qu'il peut faire.

« Tu as mal quelque part ?

– Partout. Je me sens si minable.

– Arrête de dire ça. »

Il se laisse glisser au sol, contre le mur. Il est livide lui aussi.

« On va devoir être forts. On va devoir faire semblant. Clara ne peut pas te voir dans cet état.

– Alors laisse-moi ici. Laisse-moi crever dans mon coin. »

Il m'embrasse malgré l'odeur de vomi qui colle à ma peau. Il m'embrasse et il me gronde :

« Ne dis pas de bêtises. »

Je suis pathétique. Je ne peux pas m'arrêter de pleurer. Je ne me suis jamais sentie aussi lamentable, aussi triste, aussi anéantie de toute ma vie.

« Il va falloir qu'on trouve une solution. Le train est dans une heure. »

Le temps a passé. Nous sommes toujours assis par terre dans la salle de bain. J'ai vidé le contenu de mon estomac, épuisé mes larmes. Ne reste que mon visage ravagé par les excès et mon regard vide fixé sur le carrelage.

« Je ne vais pas y arriver, dis-je.

– On va y arriver. Tous les deux. Tu vas prendre une douche, masquer tes cernes, mettre un peu de rose sur tes joues.

– Je ne peux pas, Pierre.

– Bien sûr que si.

– Pas si tu ne me donnes rien. »

Il n'essaie pas de faire semblant, de protester. Il sait que je dis vrai. Clara nous attend au tournant.

« Je vais partir quelque temps ensuite.

– Quoi ?

– Je demanderai à Béranger de m'envoyer en déplacement en Suisse.

– Pourquoi ?

– Pour que tu te reposes. On se retrouvera au gala de charité. Ça te laissera le temps de te remettre. »

Il se lève. Je tends un bras pour le retenir mais mes réflexes sont trop lents.

« Non, Pierre ! Si tu fais ça, ce sera encore pire ! »

Mes larmes recommencent à couler. Ma voix se brise, m'écœure moi-même.

« C'est une punition ? Est-ce que tu cherches à me punir pour cette nuit ?

– Bien sûr que non. Comment peux-tu penser ça ? »

Il s'arrête au milieu de la salle de bain, revient sur ses pas.

« Pourquoi tu fais ça, alors ? Pourquoi tu cherches à t'éloigner ? »

Il s'agenouille devant moi et prend mon visage entre ses mains.

« Regarde ce que je fais de toi, mon cœur. Regarde comme tu pleures.

– Ça n'a rien à voir avec toi !

– Je ne veux pas qu'il t'arrive quoi que ce soit. Je ne veux pas t'entraîner là-dedans.

– Je me calmerai. Je te promets. Après ce week-end, je ne chercherai plus à discuter, à te réclamer le miroir. Je serai raisonnable. Tu pourras compter sur moi.

– Evie…

– Ne pars pas en Suisse… »

Il ne répond rien. Il se relève.

« Je vais chercher le miroir. »

3

Pierre est parti en Suisse. Depuis dix jours déjà. J'ai utilisé le fond de cocaïne du miroir de poche pour traverser ces longues journées sans éveiller les soupçons de Clara. Un quart de ligne le matin. Un quart l'après-midi. J'ai calculé avec soin le nombre de micro-traits que je pouvais m'octroyer chaque jour pour tenir jusqu'au retour de Pierre mais je n'avais aucune idée de la date.

« Quand il sera parvenu à un accord », a indiqué Clara.

Il paraît qu'il travaille à l'ouverture d'une filiale là-bas.

Grâce aux vestiges de poudre, j'ai camouflé ma dépression. J'ai travaillé mon code. Clara n'a rien pu soupçonner. Pourtant je suis ravagée par les insomnies, les tremblements au réveil, les nausées. Le sachet diminue. La date du gala de charité reste obstinément lointaine.

Peut-être aurait-elle pu sentir ma détresse si elle avait été attentive, si elle avait été là, vraiment là. Mais elle était dans son état de transe, enfermée toute la journée dans la véranda, ne parlant que de ses toiles.

« Bonjour, madame. »

Je réponds à la caissière, dépose mes articles sur le tapis. Une bouteille de whisky. Un tube de fond de teint. J'ai terminé le mien à force de devoir camoufler mes insomnies. Des tampons.

Mes cycles ont été complètement déréglés par mes abus à répétition. Ils sont anarchiques, irréguliers, presque inexistants. Un des effets secondaires. Il faut que je me calme. Le miroir est presque vide de toute façon. Demain, je n'aurai pas d'autre choix que de faire sans. C'est une bonne chose. J'ai juré à Pierre que j'arrêtais. Oui, c'est une bonne chose que j'en vienne à bout. Mais la seconde d'après, mes mâchoires se crispent, l'angoisse me retourne l'estomac.

« Vingt-six euros, s'il vous plaît », annonce la caissière.

Je sors mon porte-monnaie. Je sens des yeux posés sur moi, me retourne. Gaël est là, derrière moi à la caisse, le regard sombre. J'hésite, tends un billet à la caissière, essaie de lui adresser un sourire, qu'il ne me rend pas.

« Salut, dis-je.

– Salut. »

Je range mes courses dans un sac, prends la monnaie. Son regard me détaille encore. Je me sens obligée de lui demander, l'air de rien :

« Ça va ?

– Ça va. »

Puis, tandis que je récupère le ticket de caisse, il lâche :

« Tu n'es jamais revenue à la boulangerie.

– Non…

– Ça fait deux mois. Tu as juste disparu. »

Je suis mal à l'aise. La caissière nous regarde.

« Je peux scanner les articles de monsieur ?

– Oui, dis-je. Allez-y. »

Je reste plantée là tandis que le bip du scan résonne et que Gaël fixe mes courses d'un drôle d'air.

« Tu veux que… Tu veux qu'on aille boire un café ? finis-je par bredouiller. Ce sera mieux pour discuter… »

Il acquiesce, les mâchoires serrées. Je l'attends devant la caisse, mes courses maladroitement serrées contre moi.

Je le laisse choisir un café. Nous sommes déjà venus là tous les deux. Je dépose mes achats sur la chaise à côté de moi, me ronge les ongles en attendant qu'il lance la discussion, mais il reste obstinément muet. Au bout d'interminables secondes, je laisse mes mains retomber sur la table.

« Je suis désolée. »

Cela semble quelque peu alléger l'atmosphère.

« J'avais raison ? demande-t-il.

– À quel propos ?

– Tu couches avec lui ? »

Je ne vois aucune raison de continuer à mentir. Puisqu'il sait déjà pour Calypso, pour la doublure. En partie, en tout cas.

« Oui. »

Cet aveu ne semble pas l'ébranler.

« Je le savais. »

Nouveau silence. Nous faisons signe au serveur, qui vient prendre nos commandes. Deux expressos. Puis Gaël se renverse contre le dossier de sa chaise, croise les bras sur sa poitrine.

« Pour ton métier aussi tu m'as menti. Ce n'était pas un remplacement exceptionnel. C'est toi qui es en photo sur internet, quand on tape son nom d'artiste. Calypso Montant.

– Ah…

– Il y a un portrait de toi sur fond blanc. Des photos d'un vernissage. Des articles de presse aussi.

– Tu as cherché tout ça ? »

Il hausse les épaules.

« Je me demandais ce que tu étais devenue. Tu avais brusquement disparu. Comme l'autre fille avant toi. »

Je préfère ne pas relever la remarque sur Alexandrine.

« Je vais bien. Il ne m'est rien arrivé.

– Je vois…

– Tu ne devrais pas en parler. Ma mission auprès de Clara… Il vaut mieux ne pas l'ébruiter.

– Je vois », répète-t-il.

Après cela, nous gardons le silence un bon moment. Jusqu'à ce que le serveur revienne avec nos cafés. Lorsqu'il repart, Gaël se lance :

« Tu es sous médicaments ? »

– Quoi ?

– C'est pour ta dépression ? Tu prends des médicaments ?

– Quelle dépression ? Je ne prends pas de médicaments. »

Il me dévisage d'un air sceptique. Ses yeux se posent sur mes mains, sur mes doigts, nerveux, qui jouent avec le sachet de sucre, font tourner la tasse, pianotent, impatients.

« Je te trouve agitée. Tu n'étais pas comme ça avant.

– Agitée ?

– Ton pied n'arrête pas de bouger depuis qu'on est là.

– Tu me rends nerveuse. »

Nous buvons tous les deux notre café. Je tente de contenir mes membres impatients. Je ne sais plus où poser le regard. Il me met mal à l'aise.

« Tu as perdu du poids, aussi. »

Que répondre ? Je ne vois qu'une solution : faire diversion.

« Je me suis inscrite à l'auto-école. Je passe mon code la semaine prochaine. »

La manœuvre fonctionne. Il me questionne, et j'en profite pour lui demander des nouvelles de la boulangerie.

Nous ne sommes pas dupes. Il sait que je ne lui dis pas tout, une fois de plus, et moi, je sais que ce sera notre dernière rencontre. La méfiance, la déception ont tout sali. Nous faisons un effort pour la forme, une dernière fois.

Un soir, Clara vient frapper à ma porte. Il est près d'une heure du matin. Elle ne semble pas s'étonner que je sois encore éveillée, installée dans le fauteuil en osier, près de la fenêtre. Elle a l'air légèrement égarée. À force de vivre au milieu des monstres qu'elle peint, peut-être perd-elle quelque peu la notion de la réalité. Elle n'a pas besoin de drogue pour s'échapper. Voilà ce que je me dis, tandis qu'elle se glisse dans ma chambre.

« Je sais qu'il est tard mais je voulais vous prévenir, Evie. Je rejoins Pierre à Genève ce week-end. Je partirai demain matin. Je serai de retour dimanche soir. »

Ma gorge se noue.

« J'ai demandé à Nina de passer pour vous cuisiner vos repas.

– C'est inutile.

– Ça vous déchargera.

– Je n'ai pas grand-chose à faire, vous savez… »

Elle ne m'écoute pas, elle se penche au-dessus de mon épaule, intriguée.

« Qu'est-ce que vous faites ? »

Je ne suis pas assez rapide pour cacher mon carnet où j'ai dessiné Lilith pour passer le temps. Je me sens rougir.

« Vous dessinez ?

– Je n'arrivais pas à dormir, c'est tout.

– Montrez…

– Ce n'est rien qu'un croquis raté.

– Laissez-moi voir. »

Sa voix est autoritaire. Je ne discute pas. Je la laisse se saisir du carnet et scruter mon dessin.

« Vous aimeriez prendre des cours ?

– Non, c'était… Je tentais juste de m'occuper les mains, je vous assure… »

Et d'oublier mon miroir de poche vide. Désespérément vide.

« Est-ce que vous aimeriez apprendre ? J'ai tout le matériel nécessaire en bas, ainsi que des manuels de dessin. Je pourrais vous trouver un professeur.

– Je ne sais pas… »

Elle sent l'hésitation dans ma voix.

« Je n'ai pas le temps de vous enseigner le dessin moi-même. Plus maintenant, avec le succès de mes toiles et tout le travail que cela me réclame, mais je connais de très bons professeurs. Je crois que ce serait intéressant pour vous, et pour comprendre l'univers de Calypso, d'apprendre à dessiner, à peindre, à votre tour. »

Je hausse les épaules. Je me sens un peu bête de m'être fait prendre en train d'esquisser des traits si enfantins.

« Je m'occuperai de ça à mon retour. Je vous trouverai des leçons.

– D'accord. »

Elle sourit, me rend mon carnet puis s'éloigne.

« Merci », dis-je.

À la porte de la chambre, elle hoche la tête, lentement, sans cesser de sourire.

« Bonne nuit, Evie. »

Je l'aime et je la déteste. Je me demande si Pierre l'embrassera en prenant son visage à deux mains ce week-end, s'il l'appellera « mon cœur », « ma puce » ou « mon amour », s'il demandera de mes nouvelles. « Tu me manques », m'a-t-il écrit l'autre jour. Ce à quoi j'ai répondu : « Il ne fallait pas partir. » Nos échanges se sont arrêtés là.

Je lui manque, mais c'est Clara qui part le rejoindre. Pas moi.

Le lendemain matin, je découvre un mail de lui sur la messagerie de Calypso Montant.

> J'ai payé la chambre pour deux nuits. Prends du bon temps. Je t'embrasse.

Une suite dans un établissement de luxe, spa et hammam, sur la Côte d'Azur. Les Bains de l'Opéra. De quoi apaiser mon tourment pendant ce week-end. Il a pensé à tout… J'ai failli supprimer le mail, de colère, mais je me suis résignée. J'ai mis quelques affaires dans une petite valise et j'ai appelé un taxi. Je n'aurais pas supporté de rester seule dans la maison vide.

Que dire de cet endroit ? Clara se serait permis une remarque acerbe, à coup sûr. « Voilà bien le genre d'endroit tape-à-l'œil qu'affectionne Pierre ! » Si j'avais été dans mon état normal et non au fond d'un gouffre abyssal, je me serais extasiée sur le luxe, l'opulence, les dorures partout et les courbettes des employés. Tout est prévu à mon nom : le cocktail de bienvenue, le nécessaire de toilette, la suite, les massages au spa. Pourtant, le seul endroit vers lequel j'arrive à me traîner en cette journée maussade, c'est le sauna. Là-bas, dans l'obscurité de la cabine, parmi les odeurs de bois et d'essences citronnées, au son du crépitement de l'eau sur les pierres, j'ai l'impression de me consumer. La chaleur monte, mes narines deviennent douloureuses, les centaines de petits vaisseaux de mon corps se dilatent, la sueur commence à perler dans ma nuque, la fatigue m'enveloppe. Quelques clients vont et viennent, se saluent, chuchotent, ne restent pas plus de quelques minutes. Moi, je ne bouge pas. Je laisse la chaleur me ramollir, me donner des étourdissements, faire danser des étoiles devant mes yeux. Lorsqu'une employée vient me trouver, j'ai dû sombrer quelques instants.

« Vous feriez mieux de sortir, madame. Il n'est pas conseillé de rester si longtemps à cette température. »

J'essaie de me redresser, de poser un pied par terre, mais je ne peux pas retenir mon corps sans force. Je m'écroule.

« Je vais faire prévenir un médecin.

– Ce n'est pas la peine.

– Buvez. Vous vous êtes complètement déshydratée. »

L'employée, une gentille jeune femme, m'a allongée sur un transat. Elle m'a fait porter un verre d'eau, qu'elle m'oblige à boire. L'eau coule un peu le long de mon menton. Des clients m'entourent, me scrutent.

« Vous n'avez pas vu l'affichette à l'entrée ? Pas plus de quinze minutes. C'est la consigne de sécurité.

– Je me suis assoupie. Je n'ai pas fait attention.

– Regardez votre peau. Elle est écarlate.

– J'appelle les secours ? » propose un homme.

Je secoue la tête. L'employée me gronde gentiment, mais je sens que je l'agace un peu.

« Buvez ce verre d'eau et le suivant. Tant que vous n'aurez pas retrouvé une couleur normale, je ne vous laisserai pas vous lever. »

Tous ces gens autour de moi à s'inquiéter. Ils n'ont rien compris. Je l'ai fait exprès, la chaleur m'a transportée dans une transe cotonneuse, comme celle de la pastille, avec des différences tout de même. Le malaise m'a fait perdre mes sensations au lieu de les exacerber. Ma conscience ne s'est pas éveillée, mais éteinte. Pourtant, mon état mental était le même. Un abandon. Une dérive. Une plongée dans un autre monde.

« Vous n'y remettrez pas les pieds aujourd'hui. Ce sera plus prudent.

– D'accord.

– Quand vous irez mieux, quelqu'un vous accompagnera dans le bain à vingt-trois degrés. Je fais prévenir mon collègue.

– C'est inutile…

– Et on vous escortera dans votre suite. Y a-t-il quelqu'un ici pour veiller sur vous le reste de la journée ?

– Oui.

– Faites-le venir.

– D'accord. »

J'ai menti. J'ai dit ce qu'ils voulaient entendre pour qu'ils se dispersent tous.

Pourtant, quand la jeune femme a pris sa pause, je suis retournée dans le sauna. Cette fois, j'en suis sortie avant le malaise. Juste avant. J'ai repris mon souffle et mes repères sous la douche glaciale, m'accrochant aux murs carrelés de bleu pour ne pas tomber. La bouche ouverte, j'ai happé les gouttes. Je souriais.

J'ai placardé le carton d'invitation sur le mur de ma chambre à côté de *Solitude*, ce tableau de Clara qui est devant mon lit depuis plus de quatre mois. J'ai compris que je ne reverrais pas Pierre avant la date prévue.

GRAND GALA DE CHARITÉ
VENDREDI 11 FÉVRIER, 20 H 30
THÉÂTRE DU CAPITOLE, TOULOUSE

Opéra : Couperin, Rameau, Francœur, Leclair, par les interprètes
Théotime Langlois de Swarte et Justin Taylor

Le concert sera suivi d'un verre de l'amitié
dans le hall du théâtre,
où seront exposées des œuvres
d'Albert Denfert, de Calypso Montant et d'Ida Norman.
Tous les bénéfices des ventes de cette soirée
seront reversés intégralement
à l'association Sourires d'enfants.

Je prends une courte inspiration avant de frapper à la porte. Je sais qu'il est là. Le réceptionniste me l'a confirmé.

« Votre mari est déjà arrivé. Chambre 213. »

J'ai refusé qu'on me monte mon bagage. Je ne voulais pas d'un employé dans mes pattes quand je retrouverais Pierre. Mes deux coups résonnent. Puis, le déclic de la carte magnétique. Il est là, souriant. Sa voix me presse :

« Viens, entre vite, viens que je te serre contre moi. »

Il a les yeux brillants. Il est superbe, comme d'habitude, et ses gestes sont précipités pour me débarrasser de mon sac, de mon manteau.

« Je me demandais quand tu allais arriver. Clara t'a retenue ? »

Il me plaque contre le mur. Ses lèvres plongent dans mon cou. Ses mains cherchent déjà mes seins. Il est plus ardent que jamais. Je me demande si c'est la cocaïne qu'il vient de prendre ou l'absence qui a exacerbé son désir.

« Elle voulait me donner l'alliance, dis-je. Et une tenue. Elle a insisté pour la tenue. »

Il interrompt ses baisers, relève la tête.

« Je crois qu'elle n'aime pas que je prenne mon indépendance, que j'aie mes propres vêtements.

– Elle veut bien faire, j'imagine…

– Ouais, je lâche, acerbe. Comme toi. »

J'en profite pour me dégager de lui, lisser ma chemise, récupérer mon manteau qu'il a laissé tomber par terre. Je me dirige vers sa valise, ouverte au sol. Je ne peux m'empêcher de m'en approcher, comme un papillon de nuit cherchant obstinément la lumière.

« Où est l'alliance ? » demande Pierre, à quelques pas derrière moi, scrutant mes mains.

Il est forcé de répéter sa question, car je ne l'ai pas écouté. Je fouille du regard sa valise.

« L'alliance… »

Je constate qu'elle n'est pas à ma main gauche, effectivement.

« J'ai dû l'oublier là-bas.

– Où ?

– Sur le bar. Avant de partir. »

Pierre s'approche, moins assuré que lorsqu'il a ouvert la porte. Je le sens un peu troublé par ma froideur. Pourtant il se colle encore contre mon dos, dégage mon cou, cherche mon odeur.

« Tu m'as manqué. »

Je ne réagis pas, je demeure raide.

« Il reste une heure avant le gala. Je t'en prie, ne me fais pas la tête… »

Je m'accroupis près de la valise.

« Tu m'en as apporté ? »

Un instant de silence. Il est toujours figé derrière moi.

« Tu en as apporté, oui ou non ?

– Oui. Dans la paire de chaussettes. Les noires. »

Je suis d'une rapidité étonnante pour défaire les chaussettes, mettre la main sur le sachet. Je me redresse, lui fais face. Mes yeux brillent de colère.

« Plus jamais, Pierre. Plus jamais tu ne me traites comme ça, comme une gamine qui a besoin de leçons.

– Pardon ? »

J'agite le sachet sous ses yeux.

« Ça, c'est à moi.

– Oui… Prends-le. Si tu veux.

– C'est à moi, et tu vas m'en racheter ce soir même ! »

Un muscle tressaute dans son cou.

« Qu'est-ce qui t'arrive ?

– Clara et toi, il va falloir que vous perdiez cette habitude agaçante de me considérer comme votre jouet. Tous les deux.

– Qu'est-ce que tu racontes ?

– Tu n'as pas à me faire la leçon comme si j'étais une enfant et toi l'adulte. Tu ne vaux pas mieux que moi. Tu te défonces depuis combien d'années, Pierre ? »

Je ne lui laisse pas le temps de répondre. Je me dirige vers la salle de bain d'un pas saccadé. J'ai le miroir dans la poche arrière de mon jean.

« Tu m'as laissée là-bas pendant presque un mois. Un mois sans rien ! »

Je dépose le miroir sur le rebord du lavabo, ouvre le sachet. Je commence à me faire une ligne avec des gestes vifs, agacés, impatients.

« Un mois. Tu n'es pas rentré une seule fois. Tu t'es débrouillé pour ne pas rentrer un seul putain de week-end ! Et tu voudrais que je te saute au cou ? »

Je crie pour me faire entendre depuis la salle de bain mais je le découvre bientôt derrière moi, adossé au chambranle. Il fixe mon reflet dans la glace.

« Tu ne dis rien ?

– Je ne suis pas sûr de bien saisir la raison de ta colère.

– Toi. Tu me rends furieuse !

– Moi, ou la cocaïne dont je t'ai privée ?

– C'est du pareil au même. Tu n'aurais jamais dû faire ça ! »

Quelque chose faiblit dans ma voix. Je me penche pour sniffer ma ligne grossièrement formée. Je ne veux pas qu'il lise la fragilité sur mon visage.

« Est-ce que je peux te toucher, maintenant ? demande-t-il quand je me redresse.

– Non.

– Bon…

– Plus tard, peut-être. »

Je referme le miroir de poche dans un claquement, passe devant lui et rejoins la chambre.

« Il faudra que tu me promettes, si tu veux me toucher.

– Que je te promette quoi ?

– De ne jamais recommencer. Je ne veux plus de ta condescendance à deux balles. Je ne veux plus que tu décides quoi que ce soit à ma place. »

Il me suit dans la chambre.

« D'accord.

– Et tu rentreras à la maison.

– C'est une promesse plus compliquée…

– Je m'en moque.

– Je me suis engagé dans un projet ambitieux à Genève. Béranger y a placé pas mal de billes.

– Tu te débrouilleras. Tu sauras quoi dire. »

Je reconnais à peine le ton de ma voix. Froid. Cassant. C'est celui de Clara quand elle est furieuse. Celui d'une Lilith en puissance. Je me retourne brutalement et il manque de me rentrer dedans.

« Evie, qu'est-ce qui t'arrive ? Je te trouve changée.

– Changée ?

– Oui… en quelques semaines.

– Ou bien tu t'es trompé. Depuis le début. »

Il fronce les sourcils. La cocaïne, ma chère amie, est en train de m'envelopper, de me parer de mon aura de toute-puissance.

« Oui. Depuis le début. Vous étiez tellement persuadés que j'étais l'innocente, la docile. Ève ! »

Il tente de protester mais je saisis son sexe entre mes mains, à travers le tissu de son pantalon. Je le serre. Il a un mouvement de recul.

« Promets. »

De l'incompréhension. Voilà ce que je lis dans ses yeux. De l'incompréhension et de l'effarement.

« Evie…

– Promets. Maintenant. »

Ma pression s'accentue.

« Qu'est-ce que tu… »

Il grimace. Ma propre voix me glace :

« Promets. »

L'opéra doit être en train de commencer. J'aurais aimé voir un opéra. Je n'en ai jamais vu de ma vie. Je ne suis pas sûre que j'y aurais pris autant de plaisir qu'en me laissant posséder par les sons électroniques des caves de Pierre, mais j'y aurais trouvé un intérêt certain. Pourtant, je n'entendrai pas le récital. Couperin, Rameau, Francœur, Leclair. Dans le grand lit de la chambre d'hôtel, je suis redevenue Ève pour quelques instants.

Je l'ai fait céder. Il a promis. Plus ma main serrait son pénis, plus son érection grandissait, comme s'il prenait du plaisir à ma cruauté. Alors j'ai compris *Dieu la mère*, Clara, la femme fatale, l'emprise.

Je gis, nue, au milieu du lit. J'ai un peu froid mais je ne me couvre pas. Je sais que je garde Pierre dans la fascination quand je suis nue, quand il peut frôler la pointe de mes seins et les regarder se dresser.

« Raconte… Qu'est-ce qu'il s'est passé pendant tout ce temps ?

Clara m'a dit que tu avais commencé à prendre des cours de dessin.

– Oui. Elle m'a trouvé un professeur. Un ami de Georges. Elle dit qu'il est du genre discret, qu'il ne parlera pas de Calypso et de notre arrangement.

– Tant mieux. Ça te plaît ?

– Ça va… C'est un peu long. Un peu fastidieux.

– Tu pensais t'amuser davantage ?

– Tout ce que je voulais, c'était peindre le *Lilith* de John Collier. Pas reproduire des cubes en perspective.

– J'imagine que c'est par là qu'il faut en passer. »

J'émets un grognement peu convaincu.

« Je m'amuse plus au volant, ça c'est certain.

– Au volant ? »

Ses yeux s'arrondissent. Je gardais cette nouvelle pour la fin.

« J'ai eu mon code. Du premier coup. J'ai commencé les leçons de conduite.

– Déjà ?

– Quand je te dis que tu es parti trop longtemps… »

Cette fois, plus d'amertume dans ma voix. Je le taquine. Je veux juste qu'il me fasse rouler sous lui et qu'il morde mon épaule.

« On se glissera discrètement dans le théâtre pour le dernier acte de l'opéra… Personne ne remarquera rien. »

Nous surveillons l'heure distraitement sur nos téléphones. J'ai remonté une couverture sous mon menton. Pierre m'a piqué mon miroir de poche. Il s'applique à former une ligne.

« Tu vois ce que je disais…

– Mmh ? fait-il distraitement.

– Tu ne tiendrais pas un mois sans ça. Tu ne tiendrais pas un jour sans ça.

– Et alors ? Je suis en droit de penser que tu es plus forte que moi à ce jeu-là.

– Tu n'es pas en droit de penser quoi que ce soit à ma place.

– J'avais compris. »

Il se bouche une narine, se penche au-dessus du miroir. Je passe ma main dans ses cheveux, embrasse son épaule. Je ne lui en veux plus. Il a promis. Ça fait si longtemps que j'attends ce moment.

« La cocaïne ou Clara ?

– Hein ?

– La cocaïne ou Clara ? Il faut que tu répondes du tac au tac. »

Il passe à l'autre narine. Je m'impatiente :

« Tu ne joues pas le jeu !

– Quel jeu ?

– Qu'est-ce qui est plus important dans ta vie ? La cocaïne ou Clara ?

– Tu ne peux pas comparer. Ça n'a rien à voir.

– Tu fais encore ton directeur de Kofedo. Tu esquives les questions gênantes.

– Pas du tout.

– Je vais répondre à ta place : la cocaïne.

– Ah oui ?

– Oui. Tu ne peux pas passer une journée sans elle. Alors que tu viens de laisser Clara un mois.

– Si tu le dis. »

Il roule sur le dos, fixe le plafond et réplique :

« Et toi, alors ? La cocaïne ou moi ? »

Ses yeux bleu-gris me sondent avec une lueur d'ironie, et il répond à ma place :

« Tout à l'heure, quand je suis arrivé, j'aurais répondu la cocaïne. Maintenant je ne sais plus.

– Ta première intuition était la bonne…

– Tu mens. »

Un demi-sourire se dessine sur ses lèvres. Il sait que je suis raide dingue de lui.

Je me sens obligée d'enchaîner pour échapper à son sourire :

« Baiser ou écouter de l'électro dans une cave ? »

– Choix difficile… Baiser avec qui ? »

Je lui envoie une gifle qui le fait à peine ciller, qui accentue encore son sourire.

« Bon, d'accord, baiser… Et toi ?

– La musique dans le club à Liverpool. »

Je mens encore, mais cette fois il ne dit rien.

« Calypso ou Evie ?

– Quoi ?

– Tu préfères être dans la peau de laquelle ? Calypso ou Evie ? »

Sa question me plonge dans l'embarras. Je fixe longuement le plafond et il finit par me frôler pour se rappeler à moi.

« Je ne sais pas…

– Non ?

– Non. Ça ne fait plus grande différence maintenant. Je crois qu'elles sont devenues une. Qu'elles se confondent. »

Nous ne disons plus rien pendant quelques minutes.

« Conduire ou boire mon whisky canadien en cachette ? » demande Pierre.

Je souris.

« Conduire. Ève ou Lilith ? »

Je l'ai lancé très vite pour ne pas prendre conscience de ce que je disais. Pierre retient son souffle une fraction de seconde, mais je le note.

« Le *Lilith* de Collier.

– Pourquoi ?

– Parce qu'il semblerait qu'il représente Ève autant que Lilith.

– Pourtant il s'appelle *Lilith*.

– Oui. Je sais », dit-il.

Après cela, je me sens le cœur lourd quelques secondes et je ne dis plus rien. Pierre ne trouve pas d'autres questions à me poser, ou alors il les cherche dans sa tête. Moi, je serre les mâchoires. *Oui. Je sais.* Il a choisi Lilith.

Je me tourne soudain vers lui, me relève sur un coude.

« Et Clara ? Si on essayait de répondre à sa place ? »

Il n'a pas l'air très emballé par l'idée mais il acquiesce tout de même.

« Allez, je démarre. Toi ou le club ? » dis-je avec une cruauté que je ne me connaissais pas, une cruauté inspirée par la cocaïne.

Son regard s'assombrit.

« Si tu lui interdisais de retourner au club… qu'est-ce qu'elle choisirait ? Toi ou le club ? »

Il a une capacité assez impressionnante à rester impassible.

« Moi, je suppose. Mais je ne lui demanderais jamais de faire ce choix.

– Bon… Donc toi.

– Nous sommes mariés, Evie. »

Cela semble constituer un argument imparable. Je préfère ne pas m'y attarder.

« La peinture ou le club ?

– La peinture.

– Pourtant elle a préféré créer Calypso Montant plutôt que de renoncer aux hommes du club.

– C'est vrai. Elle est prête à renoncer à la notoriété et à la reconnaissance, aux vernissages et aux articles de presse. En revanche, jamais elle ne renoncerait à la peinture. À l'acte de créer. Pour rien au monde. Tu as vu dans quel état elle est capable de se mettre quand elle peint. Elle pourrait vivre recluse dans sa véranda pendant dix ans, du moment qu'elle aurait des toiles et des pinceaux. Elle pourrait cesser de s'alimenter et de faire l'amour, cesser de parler et d'interagir, cesser de respirer, presque. »

Je me mordille l'ongle du pouce en songeant que ce que dit Pierre est parfaitement vrai. Même le « favori », l'homme parmi tous les hommes, Lazlo lui-même, a fini par être évincé par sa folie créatrice.

« Si Clara perdait l'usage de ses mains ou si elle devenait aveugle, elle ne s'en remettrait pas, non ? »

Pierre répond avec gravité.

« Sans aller si loin, si la carrière de Calypso se trouvait

compromise un jour, je crois qu'elle aurait beaucoup de mal à s'en remettre. »

Je me demande si c'est une mise en garde. Alors je le teste à mon tour.

« Elle pourrait toujours se trouver une autre doublure et se créer une autre identité.

– Calypso Montant n'est pas qu'un personnage public. Clara y a insufflé son âme. Elle véhicule tout l'univers artistique qui lui est propre. Je ne suis pas certain qu'elle soit capable de s'en construire un autre. »

La révélation tombe de façon un peu lourde. Je me sens incapable de répondre quoi que ce soit. Je récupère mon miroir de poche et m'active, enroulée dans la couverture.

« Bon, dis-je. Son œuvre donc, plus forte que le club.

– Sans hésitation.

– Et le mariage plus fort que le club aussi.

– Exact.

– Reste le match final… »

Il me fixe sans comprendre.

« Toi ou la peinture. »

Alors Pierre passe une main sur ma joue. Une main très douce et délicate. Presque désolée.

« La question ne s'est jamais posée, Evie. Ni entre moi et la peinture, ni entre Béranger et la peinture, ni entre qui que ce soit et la peinture.

– Ah…

– Clara préférerait être veuve plutôt que de cesser de peindre. »

Il dégage mes cheveux, embrasse le haut de mon épaule et dit :

« Ce matin-là, quand il y a eu cet accident avec Alexandrine…

– Oui ?

– J'ai cru qu'elle allait me quitter. J'ai vraiment cru qu'elle allait me quitter. Les secours avaient emmené Alexandrine. On avait compris qu'elle s'en sortirait. Tout danger immédiat était écarté.

Béranger n'était pas encore arrivé sur place. Les flics interrogeaient Lazlo. Elle était incapable d'aligner trois mots. Elle fixait l'eau. Je me demandais si elle n'allait pas sauter par-dessus bord. La seule chose qu'elle m'a dite, ce jour-là, avant de s'envoler avec Lazlo, concernait ses toiles.

– Qu'est-ce qu'elle a dit ?

– Elle a dit que si j'avais sali sa réputation, si j'avais tué son œuvre – c'est l'expression qu'elle a employée –, elle me tuerait à son tour. Elle n'avait pas l'air de plaisanter. »

De longues secondes s'écoulent. Il y a comme un poids qui nous écrase soudain. J'ai du mal à comprendre comment Pierre peut prononcer ces mots de façon si sereine.

« Je crois que tu as ta réponse. Entre la peinture et moi, c'est la peinture. »

Nouveau silence.

« Et tu arrives à vivre avec cette idée ?

– J'aime ton innocence, Evie. Ton besoin d'intégrité et d'absolu.

– Ne recommence pas !

– Quoi donc ?

– Ne recommence pas avec ta condescendance à deux balles, Pierre. »

Il sourit, dépose un autre baiser triste sur le haut de mon épaule.

« D'accord, mon cœur. »

À la vérité, il n'a pas tort. J'ai besoin d'absolu. Jamais je ne me suis sentie aussi bancale, aussi branlante et dispersée aux quatre vents que depuis que je connais Pierre et Clara.

« En fait, je choisirais sans doute Ève, dit-il au bout d'un moment.

– Quoi ?

– Si je peux rectifier ma réponse précédente… Je choisirais Ève. »

J'en laisse tomber le miroir de poche de mes mains. De la

poudre s'éparpille dans les draps, se cache dans les replis, mais je m'en fiche.

« J'ai sous-estimé la valeur de sa pureté. »

Je fais semblant de reformer une ligne. En réalité, je tente de contenir le tremblement de mes mains.

« Il n'est pas trop tard pour rectifier ? »

J'ai la voix étonnamment rauque lorsque je réponds :

« Il n'est jamais trop tard pour rectifier. »

Nous nous arrachons avec difficulté à la chaleur des draps. Si nous traînons quelques minutes de plus, nous raterons même notre entrée discrète au théâtre du Capitole. Je m'habille dans la salle de bain, passe une couche de rouge sur mes lèvres, peigne mes cheveux. Pierre rôde derrière moi. Nous n'en avons pas eu assez. Trois quarts d'heure engloutis dans un trou noir. Il faudra maintenant attendre la fin de la soirée. Le retour à l'hôtel.

« Tu as raison, dis-je en appliquant une couche de mascara sur mes cils.

– À quel propos ?

– Mon besoin d'absolu. Je crois que l'amour devrait être absolu ou ne pas être du tout. »

Pierre ne dit rien. Je poursuis :

« Cette semaine, j'ai eu un coup de foudre pour un tableau. Le même que ce que j'avais ressenti pour le *Lilith* de Collier.

– Quel tableau ?

– *Tristan et Iseult* de Rogelio de Egusquiza. La reproduction est dans mon sac, si tu veux la voir. »

Pierre va en extraire le classeur qui me quitte rarement et qui contient des reproductions volées à Georges. Celles que je préfère. Je le rejoins. Deux amants réunis dans la mort. Leurs deux corps gisant dans l'herbe. Le corps d'Iseult, abandonné, repose au-dessus de celui de Tristan. Peau d'une blancheur délicate, chevelure dorée, un sein et les épaules dénudés, nuque renversée. Terrassée par le suicide de son amant, elle a préféré le rejoindre.

Elle n'a rien perdu de sa beauté et de sa sensualité dans la mort, bien au contraire. Elle semble y avoir trouvé le repos et une magnificence éternelle.

« Regarde la douceur qui se dégage… La mort paraît tellement belle. »

C'est ce qui me fascine tellement dans cette toile.

« Les couleurs du ciel sont pastel. Regarde ce rose poudré… Et la lumière qui éclaire la scène, leurs corps. Tout est tellement délicat. »

J'ai déjà passé tant d'heures à observer cette toile que je me demande comment elle peut encore m'émouvoir à ce point.

« C'est très beau », confirme Pierre.

Plus beau que ce que tu as à me raconter, je songe avec une certaine amertume. Plus beau que le club, que les hommes, que Lazlo qui comble Clara davantage que toi. La peinture qui remplit sa vie pèse plus lourd que ta propre vie. Mais je ne dis rien. Je n'ai pas envie de blesser Pierre.

« Tu viens ? » dit-il en reposant la reproduction sur le lit.

Je le laisse m'aider à enfiler mon manteau, m'entraîner vers la sortie. Dans l'ascenseur, il prend ma main et la porte à ses lèvres. Je crois que ça veut dire quelque chose, je crois qu'il partage mon besoin d'absolu, qu'il n'a jamais osé l'avouer à quiconque, et surtout pas à Clara.

Clara n'aurait rien eu à nous reprocher cette fois. Pas de folies. Pas de fête jusqu'au matin. Pas d'autre faute que celle d'unir nos corps, mais nous avions sa bénédiction. L'alliance, je l'avais seulement oubliée à la maison.

Nous assistons à la fin de l'opéra et au pot de l'amitié. Je réponds aux questions sur l'œuvre de Calypso, sur ces trois toiles qu'elle a peintes exprès pour l'occasion. Un corps, celui d'un homme, recroquevillé au sol. On devine sa souffrance. Rien d'autre à contempler que son corps décharné et ses os saillants. Le même homme sur le tableau suivant, simplement assis devant une table, le regard vide.

La courbure de son dos et de ses épaules traduit le désespoir qui l'anime et pèse sur lui. La dernière toile représente un œil bardé de cils fins. L'iris marron. Une pupille dilatée où l'on devine la peur, l'effarement. Le blanc de l'œil légèrement injecté de sang. Clara a choisi le même titre pour les trois toiles, ce qui est surprenant. *Tourment.*

Pas de cadavre pour le gala de charité au bénéfice de Sourires d'enfants. Elle a eu cette délicatesse…

Les trois toiles trouvent preneur auprès du même homme, un fervent collectionneur d'œuvres de jeunes artistes.

« Tout artiste finit par se perdre avec les années. S'oublier. Les premières toiles sont toujours les meilleures. »

Il remet son chèque au maître de cérémonie et nous posons tous les trois très solennellement devant les lourdes tentures rouges du théâtre, les flashs immortalisant nos poignées de main.

« Calypso Montant, une jeune artiste engagée ». Une nouvelle coupure que j'ajouterai à ma revue de presse.

Dans la chambre cette nuit-là, nous nous endormons très sobrement sur *Bésame mucho* de Cesaria Evora, emmitouflés dans la chaleur de cette délicieuse routine. Pierre trouve mon sein. Mes mains trouvent ses cheveux. Rien ne change. Nous sommes déjà enfermés dans la scène d'un tableau immuable destiné à traverser le temps.

Oui, nous avons été exemplaires cette nuit-là, et dans l'avion qui nous ramène à Nice le lendemain, aucun remords d'aucune sorte ne nous tracasse. Il est prévu que Pierre passe le reste du week-end à Saint-Paul-de-Vence avant de repartir à Genève par le vol de vingt heures dimanche soir. Ma seule pensée durant ce voyage est la promesse qu'il m'a faite.

« Tu as dit que tu rentrerais à la maison. »

Ses yeux cherchent quelque chose au-dehors, dans les nuages.

« J'ai dit que j'essaierais.

– Tu n'as pas besoin d'être là-bas tous les jours de la semaine, non ?

– Je vais voir ce que je peux faire. »

Dans la poche arrière de mon jean, le miroir de poche et un sachet plein. Dès lundi, le quotidien reprendra : les leçons de conduite et celles de dessin. Tout sera rentré dans l'ordre si Pierre veut bien regagner la maison.

D'abord, nous pensons que Clara n'est pas là lorsque nous poussons la porte d'entrée. La maison est plongée dans le silence. Pas un mouvement. Ni dans la véranda, ni à l'étage.

« Chérie, tu es là ? »

Elle ne répond pas tout de suite. Nous la cherchons, intrigués. Je ne crains rien. J'ai le teint reposé, la conscience tranquille. Rien qui puisse mettre Clara en colère.

« Qu'est-ce que tu fais assise par terre ? »

Pierre vient de découvrir Clara assise à même le sol dans la véranda, contre la baie vitrée. Tout dans sa posture indique une douleur physique, une raideur. Sa voix résonne, étouffée :

« Une migraine.

– Depuis combien de temps es-tu là ?

– Quelques heures.

– Viens. »

Il la rejoint, lui tend une main pour l'aider à se relever. Elle semble frigorifiée et ne paraît pas décidée à bouger.

« C'est glacial ici. Viens t'installer dans le salon. »

Je reste en retrait. Je n'ai jamais été confrontée à Clara en situation de faiblesse. J'ai le sentiment qu'il me faut lui laisser de l'espace. De l'intimité. Elle est toujours assise par terre.

« Va me chercher mes cachets, s'il te plaît, dit-elle.

– Où sont-ils ?

– Dans la chambre. Je n'avais pas la force de monter.

– Ne bouge pas. J'y vais. »

Il passe une main sur sa joue avec tendresse, comme il le fait avec moi, et je sens un muscle se contracter sur mon visage. Il disparaît à l'étage. Dans le silence qui suit, j'hésite quelques secondes, puis j'entre dans la véranda.

« Bonjour, Clara. Est-ce que ça va ? »

Je n'aurais pas pu me douter. Je ne pouvais pas savoir qu'elle venait de se débarrasser de Pierre en l'envoyant là-haut, qu'elle avait besoin de me transmettre un message en privé.

« Et vous ?

– Ça va. »

Je sens bien que sa voix est plus froide que d'ordinaire, mais je l'attribue à la douleur qui l'assaille. « Vous avez oublié l'alliance sur le bar, dit-elle.

– Oui. Je m'en suis rendu compte trop tard.

– Vous ne l'auriez pas oubliée, avant. Vous l'auriez prise immédiatement, sans perdre une seconde. »

Un court silence suit, pesant.

« Approchez-vous, Evie. Aidez-moi à me relever. »

Son visage est livide. Ses mains cherchent la mienne. Au moment où elles la trouvent, elles s'y agrippent. La douleur, vive, m'arrache un cri. Clara me broie les phalanges avec une force hors du commun. Elle, dont le corps est si gracile, réussit à me faire suffoquer.

« Vous vous souvenez de mes règles, Evie, n'est-ce pas ? »

Je tente de retirer ma main mais elle la serre fermement. Ses yeux plissés ne sont plus que deux fentes.

« Vous me faites mal…

– Je vous ai posé une question. Vous vous souvenez de mes règles ?

– De vos règles ?

– Édictées sur le yacht. La toute première fois que je vous ai offerte à Pierre.

– Oui… Je… Oui.

– L'alliance est la règle absolue. Vous vous souvenez ?

– Oui.

– Vous ne coucheriez pas avec Pierre si vous n'aviez pas l'alliance, n'est-ce pas ?

– Bien sûr que non. »

Elle relâche un peu sa poigne, me permettant de reprendre mon souffle un instant. Ses prunelles noires me transpercent.

« Ainsi, vous n'avez pas couché avec Pierre depuis notre retour ici début janvier, il y a un mois et demi ?

– Non.

– Rien depuis sept semaines ? Pas même à Paris ?

– Non.

– Et hier soir, alors que je vous offrais l'alliance, vous l'avez *oubliée* ? »

Je ne sais pas quoi répondre. Je tente de récupérer ma main, en vain. Elle ne lâche pas prise. Ni ses yeux, ni ses mains. J'entends Pierre qui descend, ses pas dans l'escalier. Elle baisse la voix.

« J'ai choisi de vous faire confiance, Evie. Depuis le début. Je pensais pouvoir compter sur vous.

– Vous me faites vraiment mal…

– Ce projet à Genève, qui dormait depuis des années, Pierre a semblé pressé de le mettre en place tout à coup.

– Je ne sais pas… Je ne suis au courant de rien…

– Il craignait de se trahir si vous restiez trop près, c'est ça ? »

Elle relâche brutalement ma main au moment où Pierre entre dans la pièce. Il semble intrigué par notre brusque silence. Notre immobilité.

« Tout va bien ? »

Il passe la tête par la porte de la véranda. Je fais bouger mes doigts douloureux.

« J'ai raté quelque chose ? » demande-t-il.

Ses yeux passent de Clara à moi. Clara, dont le teint est livide, le front barré par la douleur. Moi qui masse mes phalanges, hébétée, effarée.

« Qu'est-ce qui se passe ? insiste Pierre.

– Rien », réplique-t-elle sèchement.

Elle lui fait signe d'apporter son cachet. Je ne bouge pas tandis qu'il va remplir un verre d'eau. Puis il revient et elle avale le comprimé. Lorsqu'elle lui rend le verre, elle déclare :

« Evie va m'aider à monter dans ma chambre. »

Sa main cherche mon bras mais j'ai un mouvement de recul.

« Vous pouvez encore marcher, non ? »

Et, dans cette atmosphère glaciale, alors que nous traversons la pièce à bonne distance l'une de l'autre, je sens le regard déconcerté de Pierre fixé sur mon dos.

Nous ne prononçons pas un mot dans l'escalier, pas davantage dans le couloir. Je lui ouvre la porte de sa chambre et la laisse entrer, avec cette méfiance toujours tapie au creux de moi. Je redoute un mouvement brusque, un revirement de situation, une gifle, qui sait.

Clara se laisse tomber au bout du lit avec un soupir las. Elle me désigne ses pieds.

« Enfilez-moi des chaussettes, je suis glacée. »

À quoi joue-t-elle ?

« Vous êtes mon bras droit, Evie, vous le savez ? »

J'acquiesce en silence, l'aide à enfiler ses chaussettes.

« Vous êtes ma personne de confiance. J'ai fait de vous mon double. Mon envers. Calypso Montant elle-même. Je pensais que vous respectiez cette confiance que je vous ai donnée. »

Je me sens prisonnière de son regard.

« C'est le cas, dis-je.

– À l'avenir, je ne veux plus avoir à douter de vous. C'est particulièrement désagréable. »

Elle replie ses jambes en tailleur.

« Bien, je vais dormir un peu. Je veux être en forme pour ce soir. Pouvez-vous dire à Pierre que nous sortirons à vingt-deux heures ? »

Je hoche la tête machinalement sans vraiment enregistrer l'information.

« Je crois qu'il a besoin de se détacher de vous, de rencontrer d'autres femmes. Nous irons au club. Je lui offrirai une compagne. La jeune Daphné. Je crois qu'il l'aimait beaucoup. Je lui ai toujours refusé cette femme. C'était une erreur, voyez-vous. Je m'en aperçois trop tard. J'aurais dû me montrer plus souple. À la première occasion, Pierre s'est bêtement entiché de vous. »

Elle me désigne la porte d'un geste vif, tandis que mon corps se transforme en glace.

« Allez lui dire, d'accord ? Et refermez la porte. J'ai besoin de calme. »

Quelques secondes passent. Mon cœur cogne. Mes mains tremblent. Mon souffle se fait court. Ne rien lui montrer. Ne pas lui donner cette satisfaction. Jouer l'indifférence. Je vais vers la porte avec des mouvements lents, calculés. Je m'imagine nonchalante. Elle doit jubiler, lire la douleur qui me transperce et rend chacun de mes pas si raide.

« Je vous avais pourtant avertie. Ce matin-là, sur la plage, à Saint-Raphaël. Je pensais avoir été claire. »

Je quitte la chambre en laissant la porte ouverte. Je l'entends protester derrière moi mais je poursuis mon chemin comme une automate. Pierre m'intercepte au milieu du couloir.

« Evie ! Qu'est-ce qui se passe ? »

Ma voix chevrote. Mes lèvres tremblent. C'est de la haine qui m'anime, rien d'autre que de la haine.

« Evie, répète-t-il plus bas, insistant.

– Je te préviens, Pierre…

– Quoi ?

– Si tu y vas ce soir… Si tu rencontres cette Daphné… Si tu envisages de coucher avec elle…

– Qu'est-ce que tu racontes ?

– Au club, ce soir… Si tu me fais ça, Pierre…

– Te faire quoi ? »

Je ne parviens pas à poursuivre. Une boule dans ma gorge. Des larmes de révolte qui perlent au coin de mes yeux. Je secoue la tête.

« Clara t'a dit que nous allions au club ? »

Tout à coup, je ne supporte plus cette maison, ce couloir à quelques pas de Clara qui doit écouter nos chuchotements fébriles. Je vérifie que j'ai mon miroir dans ma poche arrière, les clés dans la poche de mon manteau. Je lâche :

« Il faut que je sorte. Il faut que je prenne l'air. »

Pierre est trop hébété pour me retenir. Je dévale les escaliers, déverrouille la porte, rabats ma capuche sur la tête. Dans la rue, je cours presque. La chapelle des Pénitents. Il n'y a plus beaucoup de touristes à cette époque de l'année. Me mettre à l'abri du vent dans la chapelle. Sortir mon miroir de poche. Saturer mes narines de cocaïne. Oublier ? Hurler. Faire la peau à Clara Manan. C'est tout ce dont j'ai envie.

Comment ai-je trouvé la force de revenir, de pousser la porte d'entrée des Manan le lendemain, après avoir passé la nuit à l'hôtel Saint-Paul ? La cocaïne, le whisky acheté à la supérette, les heures d'insomnie, les scénarios de vengeance ont épuisé mes nerfs. À l'aube, je me suis postée devant le miroir de la salle de bain. Je me suis adressée à mon reflet. J'étais calme, étonnamment lucide.

Tu as trop à perdre à te tirer.

– …

– Si tu pars tu lui laisses Pierre… Et Calypso.

– …

– Elle a besoin de toi. La preuve : elle ne t'a pas mise dehors. Elle a juste essayé de te donner une leçon. Elle ne peut pas se permettre de te voir disparaître.

Oui… Mais alors… ? semblait demander mon reflet.

Elle te craint autant que tu la crains. Rentre et ne baisse pas les yeux. Elle a raison, tu es son envers comme Ève est celui de Lilith.

Tu es sa part lumineuse, celle que Pierre a choisie. Rappelle-toi : il a rectifié…

Mon reflet a souri. Mes yeux étaient brillants, un peu fous.

Rentre. C'est ta maison. C'est ta vie. Tu es Calypso. Autant qu'elle.

À peine ai-je entrouvert la porte d'entrée que Pierre surgit, les traits tirés.

« Où tu étais passée ? »

Je ne vois pas Clara dans la pièce mais je sens sa présence. Comme une chape de plomb au-dessus de nos têtes.

« J'ai dormi quelque part. »

Je n'en dis pas plus et il ne demande rien. Ses mains se retiennent de m'étreindre, je le note. Puis j'entends le pas traînant et nonchalant de Clara. Elle apparaît dans l'entrée, tout de noir vêtue, le visage sombre. Elle a un air las.

« Ne vous en faites pas, Evie. Il n'a même pas réussi. »

La phrase sonne comme une insulte. Pleine de mépris. Je me demande si elle cherche maintenant à faire payer Pierre.

« La jolie Daphné a déployé des trésors de patience, pourtant. Elle a une bouche sublime qui fait des miracles dans le milieu… »

Je ferme les yeux. Très fort. Quand je les rouvre, Pierre secoue la tête, tente de me faire comprendre que rien de tout cela n'est vrai, mais je l'arrête d'un regard qui dit : Je ne veux rien savoir. Jamais rien.

« Bien. Nous sommes quittes, je crois », lâche-t-elle lugubrement.

Elle pourrait jubiler si elle n'avait pas l'air aussi sombre. Je comprends qu'à ce petit jeu, nous avons tous perdu, eux peut-être encore plus que moi.

« J'ai fait du café, ajoute-t-elle. Vous en voulez ? »

Je reste muette quelques secondes. Pierre fuit mon regard. L'a-t-il fait ? A-t-il laissé faire Daphné ?

« Je vous en sers une tasse. Venez, Evie. »

J'ai toujours en mémoire la discussion que je viens d'avoir avec moi-même face au miroir. Je ravale ma fierté, ma haine et ma dignité par la même occasion. Je lui emboîte le pas.

Le quotidien a repris. Il le fallait. J'avais trop à perdre. Elle aussi.

Pierre s'est envolé le soir même pour Genève. Je crois qu'il n'a plus jamais dormi sur ses deux oreilles. Il avait peur pour moi. Il connaissait la violence de Clara. Mais peut-être avait-il aussi peur pour elle, peut-être avait-il compris que derrière ma soumission docile se cachait autre chose, une douce folie en train de naître. Désormais, quoi qu'il arrive, je refuserais de lui céder un seul pan de ce qui était devenu mon existence.

4

Elle peint. Nuit et jour. Elle ne semble plus m'en vouloir. Quand elle quitte sa véranda et sa transe, elle me parle avec douceur.

« Comment avancent vos projets de dessin ? »

Elle semble étonnée, chaque fois, de se heurter à un mur. Un haussement d'épaules, un grognement ou un silence pesant, c'est tout ce qu'elle reçoit en retour. Je ne suis pas prête à lui pardonner. Je m'acharne à rendre l'atmosphère glaciale.

Le jour, je prends des leçons de conduite ou je vais en taxi jusqu'à Nice pour mes cours de dessin. Je progresse, malgré mon impatience. Je contiens mes membres agités pendant l'heure et demie que je passe avec Edgar. Je pense au *Lilith* de Collier et au *Tristan et Iseult* d'Egusquiza. Cela m'aide à supporter les cours sur la perspective.

La nuit, pendant mes insomnies, je travaille : les expositions, les journalistes, les retombées presse, les réseaux sociaux, le Salon de Montrouge, en avril. Je ne laisse rien au hasard.

Clara reçoit des coups de téléphone de Pierre, le soir. J'ai des SMS de lui dans la journée. Il est inquiet. Il va s'arranger pour revenir, travailler une semaine sur deux depuis la maison, il promet. « Vous avez réussi à trouver un terrain d'entente ? » demande-t-il. La réponse est : plus ou moins. Clara et moi ne partageons aucun moment, pas même celui des repas. Je m'arrange pour la croiser le moins possible. Oui, nous avons trouvé un certain terrain d'entente.

« Vous avez un vernissage à Antibes en fin de semaine, n'est-ce pas ? » lâche-t-elle un matin alors que nous nous trouvons toutes les deux dans la cuisine.

Je m'obstine à lui tourner le dos pendant que mon café coule.

« Oui.

– Je viendrai avec vous. Avec Pierre et vous. »

Je ne réponds rien. Chacune des punitions qu'elle m'inflige alimente ma haine. S'en doute-t-elle ?

Les secondes s'écoulent dans le même silence pesant. Lorsque mon café est prêt, je suis bien forcée de me retourner et de lui faire face. Attablée au bar, elle tourne une cuillère dans le sien avec des gestes délicats, mais elle a un air contrarié.

« Vous n'avez pas à m'en vouloir, Evie. »

Ses yeux se posent sur moi avec une expression de tendresse ennuyée.

« Pierre est mon mari. »

Je contiens difficilement le tremblement de mes mains autour du café.

« Et alors ? Vous n'étiez pas obligée de faire ça, dis-je.

– Quoi donc ?

– Daphné. Le club. »

Elle a un haussement d'épaules désinvolte.

« Vous n'allez pas m'en vouloir pour une malheureuse fellation. »

Je ne peux m'empêcher de répliquer, piquée au vif :

« Vous n'avez pas à le traiter comme ça ! Comme un vulgaire jouet qu'on prête et qu'on reprend sans jamais lui demander son avis ! »

Elle sourit, comme si tout cela était une plaisanterie.

« Je suis sûre qu'il serait très touché de vous entendre le

défendre, Evie. Vraiment très touché. Mais rassurez-vous, Pierre est un grand garçon. Il n'a pas besoin de votre protection, si maternelle et tendre soit-elle. »

Ma tasse à la main, j'ai de plus en plus de mal à contenir mes tremblements. Je renverse un peu de café, mais je ne fais pas un geste pour nettoyer.

« J'aimerais que vous vous concentriez sur votre travail maintenant que cette histoire est close. Le règlement du Salon de Montrouge stipule que l'artiste doit sélectionner jusqu'à cinq de ses œuvres pour concourir au prix. J'aimerais que vous sondiez ArtMajeur pour découvrir les tendances actuelles. »

Je ravale la boule dans ma gorge, tente d'acquiescer, mais je ne parviens qu'à produire un drôle de rictus.

« Georges vous a envoyé un mail ce matin. Il aimerait organiser un nouvel événement à la galerie Humanis courant mars. »

Elle tourne toujours sa cuillère dans son café.

« Cela devrait vous occuper quelque temps et vous sortir Pierre de l'esprit. »

Je ne réponds pas. Plantée au milieu de la cuisine, je porte ma tasse à ma bouche avec des gestes lents, et je bois mon café bouillant en fixant le mur d'en face. Des larmes perlent à mes yeux. Je me brûle la langue et le palais mais je n'en montre rien.

« Bien. Vous vous en occuperez ? »

Elle se lève, me scrute, attend une réponse. Mon immobilité la trouble. Quelques lambeaux de peau se décollent de mon palais. Je bois encore une gorgée. Je pense au sauna, à la façon dont j'ai apprivoisé la chaleur.

« Evie ? »

Je perçois de l'inquiétude dans sa voix, une certaine impatience.

« Oui », dis-je en reposant finalement la tasse sur le bar.

Elle fronce les sourcils, me jette des regards désarçonnés. Je fais bouger les morceaux de peau sous ma langue en souriant faiblement.

« Vous êtes sûre que tout va bien ?

– Oui.

– Vous m'avez l'air un peu surmenée.

– Ah ? »

Elle a l'air de vouloir ajouter quelque chose mais ne le fait pas. Je crois que je la mets mal à l'aise. Pour la première fois.

« Bon, je serai dans la véranda. Reposez-vous s'il le faut. »

Elle s'éloigne d'un pas pressé. J'observe sa démarche crispée, différente de d'habitude, son dos. Alors je prends conscience de ce qui vient de se produire et je me cramponne des deux mains au bar, les coins des lèvres frémissants. J'ai suscité le trouble chez Clara Manan. Sans avoir besoin de prononcer un seul mot. Sans l'affronter directement. Rien qu'en buvant mon café et en conservant le silence. Je l'ai troublée et forcée à détourner le regard, à quitter la pièce. Pendant quelques instants, j'ai réussi à inverser notre rapport de force, et tout son corps en porte encore l'empreinte. Je la regarde s'installer face à ses chevalets, replacer ses mèches dans son chignon. Elle ne se retourne pas. Elle se doute que je la fixe. Ses mouvements sont empreints de cette conscience. Tant que je resterai dans cette cuisine, immobile et silencieuse, non loin d'elle, Clara ne pourra pas peindre sereinement. Cette pensée me fait jubiler intérieurement.

Pierre rentre le lendemain soir. Il ne m'a pas prévenue. Il ne l'a pas prévenue non plus, si j'en crois la surprise dans la voix de Clara en bas.

« Qu'est-ce que tu fais ici ? »

Je me lève du fauteuil en osier dans lequel j'étais installée. Je laisse tomber mon carnet de dessin, le classeur de reproductions, mon crayon à papier. J'entrouvre la porte de ma chambre.

« Qu'est-ce que tu fais ici ? répète Clara, en bas.

– Je me suis libéré pour quelques jours, Béranger est d'accord.

– Tu ne m'as rien dit.

– Je t'ai fait la surprise. »

Un silence se prolonge quelques secondes, comme si Clara le sondait, suspicieuse.

« Elle est en haut, lâche-t-elle d'un ton soudain glacial.

– Qu'est-ce qui te prend ?

– Pose-moi la question directement, ce sera plus simple. Tu es ridicule. »

Clara repart vers la véranda.

« Tu te faisais du souci pour elle ? C'est pour ça que tu es rentré ? »

Je ne saisis pas ce que Pierre répond. Sa voix est trop basse, trop grave. Je tends l'oreille.

« Non, je n'ai pas dîné, dit encore Clara. Commande-nous quelque chose si tu veux. »

La voix de Pierre est étouffée par leurs pas. Clara réplique :

« Je ne sais pas si elle voudra descendre. Elle passe son temps à me fuir. Si tu es là, elle daignera peut-être se montrer. »

Ils parlent à voix basse. La main sur la poignée de la porte, je n'entends plus rien que mon cœur qui bat à se rompre.

Pierre est de retour, la voix de Clara est pleine d'amertume. Je ne sais pas ce qui me met le plus en joie.

« Tu viens ? »

Il parle tout bas sur le palier comme s'il craignait de réveiller la colère de Clara restée en bas. J'ai masqué du mieux que j'ai pu ma joie de le voir ici. Je ne veux pas qu'il l'emporte aussi facilement.

« Je ne sais pas. Je n'ai pas faim. »

Il n'ose pas entrer dans ma chambre. Pas dans ce contexte, avec une Clara glaciale, dans cette ambiance électrique.

« Allez, viens. On discutera d'Antibes et de Montrouge.

– Ouais.

– C'est important pour toi aussi. »

Il recule d'un pas. Il est à court d'arguments, et il le sait.

« Écoute, je fais ce que je peux pour arranger la situation. Clara est prête à passer l'éponge. Elle n'attend qu'un geste de toi pour oublier. »

Il baisse encore la voix :

« Plus vite ce sera derrière nous, plus vite elle nous rendra notre liberté, tu vois ce que je veux dire ? »

Je vois très bien ce qu'il veut dire mais je n'ai plus envie de jouer ce jeu : courber l'échine, me montrer docile, lui faire croire qu'elle décide des règles pour mieux la trahir. J'ai découvert un autre jeu, autrement plus amusant : la piquer, la troubler, la frustrer. Je commence tout juste à prendre conscience de mon pouvoir. Je ne veux pas abandonner.

« Je t'ai rapporté quelque chose. »

Il fouille à l'intérieur de sa veste de costume, me tend le sachet en plastique. Quelle est la part de calcul dans son comportement ? Quelques grammes contre une soirée de paix ?

« Je descendrai quand le traiteur aura livré. »

Je ne lui laisse pas le temps de répondre, je lui arrache le sachet des mains et je referme la porte sur lui.

Pierre a tout fait pour imiter nos repas d'avant : quelques bougies, un grand cru, les verres à vin et les barquettes fumantes du traiteur provençal au four. Clara tente d'adopter une posture nonchalante, une jambe repliée sous elle, mais ses yeux la trahissent. Ils papillotent trop vite, reviennent sans cesse sur moi. Je conserve un silence neutre. Pierre parle vite et beaucoup, il tente de meubler.

« Tu as toutes tes chances pour décrocher un prix au Salon de Montrouge. J'ai jeté un coup d'œil aux lauréats des dernières années. Des vidéastes, des sculpteurs, des photographes. Aucun peintre n'a été récompensé depuis quatre ans. Il te faudra choisir avec soin les œuvres que tu présenteras. Il te reste deux semaines pour envoyer ton dossier.

– Evie doit s'en occuper. Je lui ai demandé de sonder ArtMajeur. »

Tous deux se tournent vers moi.

« Je suis sur le coup. Je dois prendre un café avec David demain.

– David ?

– David Stein. »

Je lis la surprise sur leurs deux visages.

« Il connaît bien un membre du comité de sélection du Salon et le Salon lui-même. Il a proposé de me conseiller. »

Clara semble contrariée.

« Vous ne m'avez rien dit. »

Je laisse passer quelques secondes, le temps suffisant pour que sa remarque alourdisse l'atmosphère. Puis je réponds d'une voix le plus neutre possible :

« J'ai cru bien faire.

– Oui. Bien sûr. C'est une bonne idée. Je pensais juste que vous m'en parleriez avant…

– Vous êtes si concentrée… Je préfère vous laisser peindre. Je m'occupe du reste. C'est ce qui était convenu, non ? »

Pierre nous observe.

« Oui, déclare-t-il. C'est ce qui était convenu. »

Il cherche à désamorcer le conflit qu'il sent poindre. Clara se rembrunit, boit le fond de son verre d'une traite.

« J'aurais aimé être informée.

– Vous l'êtes. »

Cette fois, Pierre me lance un regard d'avertissement. Il joue les arbitres entre nous deux.

« Je vous informerai, à l'avenir. »

Ma voix est tellement révérencieuse qu'elle pourrait paraître insolente, mais cela semble satisfaire Pierre.

« Je vous ferai un rapport de ma rencontre avec David. »

Clara ne répond rien. Ses mâchoires sont crispées.

« Bien, voilà une bonne chose de réglée », dit Pierre.

Je termine tranquillement mon verre de vin.

Peins, Clara, je songe. Continue de peindre dans ta tanière. Je m'occupe du reste : de ton mari, de ta carrière, de tes toiles.

Elle est pâle. Est-elle capable d'entendre mes pensées ?

Pierre ne quitte pas la maison en cette fin de semaine. Pas une seule fois. Il jongle entre les appels et les mails à ses interlocuteurs en Suisse ou au siège à Cannes. Clara se barricade dans la véranda. Je suis la seule à sortir, à aller et venir. Je déjeune systématiquement dehors. Le soir au dîner, nous évoquons Antibes, Montrouge, David Stein et ses conseils.

« David dit qu'il faut surfer sur ce qui me caractérise : le féminisme, l'engagement. On a parlé du mouvement actuel contre les violences faites aux femmes, des féminicides. Ce genre de sujet pourrait attirer l'attention.

– Mais je n'ai aucune envie de peindre un féminicide ! s'offusque Clara.

– Je ne fais que répéter ses paroles… »

Clara est visiblement mécontente.

Pierre ne dit rien. Il lui laisse tout son libre arbitre.

Le vendredi soir, nous bouclons une maigre valise pour notre nuit à Antibes. Pierre prend le volant. Je suis d'humeur maussade, comme bien souvent en phase de descente, mais cette fois, j'ai une raison supplémentaire de l'être : Clara nous chaperonne, ne nous laisse pas une seconde de liberté. Une fois devant la galerie, elle prend place derrière le volant et consulte l'heure sur le tableau de bord.

« Je vous récupère ici dans deux heures. »

La portière claque. Le cabriolet s'éloigne. Deux heures. Pas une minute de plus. Pas même le temps d'échanger quelques mots avec Pierre seule à seul, sans visiteurs, sans galeriste, sans la presse. Mon humeur s'assombrit encore quand je constate que j'ai oublié le miroir de poche dans mon sac de voyage. Aucune possibilité de m'extraire de ce gouffre sombre qui m'aspire.

« Allez, ce n'est qu'une soirée sans importance, me murmure Pierre. Pense à Montrouge qui arrive. Trois jours de Salon. Elle ne pourra pas nous accompagner là-bas… »

Sa main frôle la mienne mais je n'ai pas la force de répondre quoi que ce soit.

J'ai beau me répéter que l'aimable galeriste et tous ces gens venus me rencontrer n'y sont pour rien, j'ai du mal à renvoyer autre chose que de l'obscurité, de la rancœur, une certaine froideur. À cause du miroir oublié, de la présence imposée de Clara, de Pierre qui semble s'accommoder de cette situation. Je réponds aux questions mais je me perds dans mes explications, ma concentration est défaillante. Je finis par m'agacer. Je guette l'heure. Si le vernissage prend fin plus tôt, si je me montre expéditive, peut-être aurons-nous quelques minutes pour nous sur le trottoir. Souffler. Se demander des nouvelles. Presser mon visage contre son épaule. Fermer les yeux. Tu tiens le choc ? Oui, je répondrais, s'il me posait la question. Mais rien ne viendra écourter cette soirée.

Ce soir-là, quand nous montons à bord du cabriolet conduit par Clara, elle ignore tout de ma piètre prestation. Elle est pleine de bonne volonté, plus légère qu'elle ne l'a été depuis des jours. Je la soupçonne d'avoir pris quelque chose. Elle sourit beaucoup, laisse sa main se perdre sur le genou de Pierre dès qu'elle change les vitesses et est très volubile.

« J'ai réfléchi à cette idée de féminicide. Je ne veux pas me plier aux grandes tendances de la société, aux exigences d'un jury dans l'espoir d'obtenir un prix. Je refuse de créer sous la pression d'une quelconque stratégie marketing. C'est quelque chose qu'on ne m'enlèvera pas… »

Elle laisse passer un silence pour reprendre son souffle.

« Cependant, mes toiles se prêtent exactement à ce type de sujet. J'ai déjà peint des viols, des sacrifices humains, des mutilations. Alors pourquoi pas un féminicide ? Je vais essayer ça. Pour le Salon de Montrouge. J'ai pris ma décision tout à l'heure dans la chambre d'hôtel, en vous attendant. »

Elle cherche mon regard dans le rétroviseur, guette une approbation. Depuis quand mon avis compte-t-il pour Clara ?

« C'est une bonne chose », dis-je d'une voix sourde.

Pierre semble apprécier ce piètre encouragement. Il passe sa main derrière le siège et frôle mon mollet.

Je ne me suis pas trompée sur l'humeur de Clara ce soir. Dans la chambre d'hôtel, je repère immédiatement la bouteille de champagne sur la table de chevet, les pastilles colorées, les sachets de poudre éparpillés sur le lit. Elle a déjà ouvert le champagne.

« Alors ? Vous ne me racontez pas ? »

Elle se laisse tomber sur le lit. Pierre se débarrasse de son manteau, allume l'écran plat de la chambre, qu'il branche sur une chaîne de musique. J'observe la pièce. Un lit double. Pas de lit d'appoint ou de méridienne où je pourrais dormir.

« Il n'y a qu'une seule chambre ? »

Clara acquiesce en remplissant trois coupes de champagne. Ainsi, elle tente de rejouer la nuit de Saint-Raphaël, cette nuit où elle m'a poussée dans les bras de son mari avec toute sa perversité. Pourquoi, au juste ? Elle me tend ma coupe avant de me lancer un petit sachet rempli de pastilles.

« Prenez donc ça. Ça vous détendra. La cocaïne ne vous réussit pas. »

Pierre se fige, la télécommande à la main. Je trempe les lèvres dans ma coupe de champagne.

« Ne croyez pas que j'ignore qui vous refile cette merde que vous sniffez à longueur de temps.

– Je ne sniffe pas à longueur de temps…

– Si on arrêtait de mentir, ce soir ? »

Ses yeux vont de Pierre à moi. L'ecstasy leur a fait perdre leur amertume. Elle cherche autre chose. La conciliation. La paix. Elle est dans son univers cotonneux, fait d'empathie et de tendresse. Elle me touche le genou, tout mon corps se rétracte.

« Détendez-vous, Evie. Je ne suis pas idiote. Après des années aux côtés de Pierre, croyez-vous vraiment que je sois incapable de voir vos habitudes de camée ? »

Je bois. Je vide ma coupe de champagne d'une traite. Pierre se laisse tomber avec raideur dans le lit, à côté d'elle.

« Evie n'est pas une camée.

– Evie est exactement comme toi. Une misérable camée dont le quotidien est rythmé par ses prises.

– Tu exagères tout…

– Et comme toi, elle me ment et me trompe sans cesse. »

Pierre ouvre la bouche pour répliquer, mais Clara ne lui en laisse pas le temps. Elle se tourne vers moi, ordonne d'un ton soudain redevenu autoritaire :

« Avalez cette pastille. »

Pierre pose une main sur son épaule mais elle ne me lâche pas du regard.

« Avalez cette pastille, Evie, ou la soirée risque de prendre une tournure que vous n'apprécieriez pas. »

Je sens une onde glacée se répandre en moi. Pourtant, je trouve la force de secouer la tête.

« Vous aimez baiser avec Pierre en mon absence, n'est-ce pas ? Pourquoi vous ne me le montrez pas ? »

Je cherche une aide dans les yeux de Pierre mais il semble aussi dépassé que moi.

« Vous avez tout à gagner, ce soir, Evie. Regardez. Je vous donne même mon alliance. Quel exemple de pardon je fais ! »

Elle s'acharne à retirer l'anneau de son doigt. Pierre accentue la pression sur son épaule.

« Chérie… »

Elle attrape ma main. J'ai peur qu'elle me broie les doigts comme l'autre jour, mais elle se contente de déposer l'anneau au creux de ma paume.

« Allez-y. Faites comme si je n'étais pas là. Montrez-moi le genre de pratiques que vous avez. »

Ni Pierre ni moi ne faisons un geste. Nous restons immobiles et silencieux.

« Je vais commencer à l'exciter, d'accord ? Vous n'aurez qu'à prendre la suite. »

Elle se tourne vers lui, entreprend de déboutonner son pantalon, mais il l'arrête d'une main ferme.

« Clara, stop !

– Bon Dieu, Pierre, je te l'offre ! Sur un plateau ! Comme avant ! »

Elle se tourne vers moi. Si elle n'était pas sous l'emprise de l'ecstasy, ses yeux lanceraient des éclairs, mais elle semble juste égarée, complètement folle, désemparée.

« Avalez cette pastille, par pitié ! Vous ne vous faisiez pas prier, avant ! Qu'est-ce qu'il s'est passé ?

– …

– Vous êtes devenue muette ? Qu'est-ce que vous lui faites qu'il aime tant ? Vous le sucez ? Vous le regardez droit dans les yeux pendant que vous le sucez ? »

Je ferme les paupières, une seconde. J'ai l'impression d'être dans un rêve absurde. Pierre tire Clara en arrière avec douceur, passe un bras autour de ses épaules.

« Arrête. Chérie, arrête, s'il te plaît. »

Je laisse tomber l'anneau sur le lit. Cherche à tâtons un sachet de cocaïne entre les plis du drap. J'ai l'impression de perdre pied.

« C'est ça que vous voulez ? »

Sa voix monte dans les aigus. Elle agite le sachet en plastique et continue son cirque.

« Vous vous laissez prendre par-derrière ? Ce doit être ça qui l'excite tellement. Il vous sodomise. Dites-le, et je vous le donnerai.

– Clara, arrête ! »

C'est la première fois que j'entends Pierre lui parler sur ce ton.

Il lui arrache le sachet des mains, me le jette. Je le saisis. Je me lève et fais quelques pas vers la salle de bain. Elle crie :

« Allez-vous, oui ou non, faire ce que je dis ? »

– Non.

– Très bien. »

Un court silence.

« Alors vous aurez ce que vous méritez. Vous n'aurez qu'à nous regarder. Jusqu'à ce que le jour se lève.

– Vous êtes complètement folle. »

C'est sorti tout seul. Quelques mots pleins de mépris. Je n'avais encore jamais osé.

« C'est ça. Je suis folle. Allez donc vous défoncer, ça vous aidera à supporter votre jalousie. Comme le soir où Pierre était avec Daphné, n'est-ce pas ? Ça vous a rendue malade !

– Clara, qu'est-ce que tu as pris ? »

Elle ne l'écoute pas. Elle crie dans mon dos :

« Je vous ai offert la possibilité de vous racheter. Je vous tends la main, et vous la refusez !

– Me faire sauter par votre mari ? C'est ça que vous m'offriez pour me racheter ?

– Vous vous offusquez ? Vous passez votre temps à vous faire sauter par mon mari quand je ne suis pas là, et à présent vous faites votre mijaurée ! »

Je préfère couper court à la conversation. Je vais m'enfermer dans la salle de bain. Mes mains cherchent fébrilement le sachet de cocaïne. Je ne le trouve pas, il a dû tomber par terre dans la chambre. Je me laisse glisser contre la porte de la salle de bain et je mords mes poings très fort.

Si je sors d'ici, je devrai les affronter. Au début ils parlaient. Pierre calmement. Clara d'une voix glaciale qui montait parfois dans les aigus. Je ne sais pas ce qu'elle a pris. Probablement un cocktail explosif. Au bout d'un long moment, ils se sont tus. Aucune porte n'a claqué. Ils sont toujours dans la chambre, dans le lit, et j'imagine bien comment tout cela s'est terminé. Elle l'a eu. Par la menace, par le chantage, par la cruauté. Je ne sais pas. Je suis enfermée comme un rat là-dedans, condamnée à attendre le jour sans rien pour apaiser mon tourment. Une fois de plus, elle a gagné, et cette idée m'est insupportable.

Si j'y vais, je récupérerai le sachet… C'est la seule idée qui me pousse à quitter la salle de bain, à me glisser dans la chambre sans un bruit.

Les lumières sont éteintes. La pièce n'est éclairée que par le néon de la salle de bain par la porte que j'ai laissée entrouverte. Ils dorment. C'est ce que je crois d'abord, car ils sont immobiles dans le lit. Tout habillés. Le pantalon de Pierre est ouvert, témoin de la vaine tentative de Clara pour provoquer une relation sexuelle qui n'a visiblement pas abouti. Elle est allongée sur le côté, les cheveux sur son visage. Il est couché contre elle, dans son dos. Il l'entoure de son bras. Il a le visage dans son cou, le nez dans ses cheveux. Ils sont immobiles, figés dans cet instant de tendresse, de réconciliation après le drame.

Je comprends, en les voyant, que j'aurais préféré autre chose. J'aurais préféré les surprendre en pleins ébats. Même si c'était passionné, torride, brûlant. Je l'aurais mieux supporté. Mais ça, c'est au-dessus de mes forces. J'en oublie le sachet. J'en oublie la raison de ma présence dans cette chambre. Je reste figée de longues secondes devant leurs corps enlacés avant qu'un mouvement ne se fasse sentir au niveau de leurs jambes. Alors je me détourne. Avec l'impression de me fendre en deux, je prends mon sac. Je contiens difficilement mes larmes. Je récupère mon manteau, l'enfile, puis je m'accroupis pour remettre mes bottines. Je suis soulagée qu'ils dorment finalement, qu'ils n'assistent pas à cette humiliation.

« Qu'est-ce que vous faites ? »

La voix de Clara, haute, claire, s'élève dans la chambre. Je me retourne. Elle a les yeux grands ouverts, fixés sur moi. Elle peut voir mes larmes, malgré la pénombre. J'en suis persuadée.

« Qu'est-ce que vous faites ? répète-t-elle.

– Je pars.

– Où ?

– Peu importe. Dans un endroit où je n'entendrai plus jamais parler de vous. »

Pierre se redresse à côté d'elle.

« Evie… »

Mais Clara l'interrompt :

« Vous n'allez nulle part. J'ai besoin de vous. Et vous de moi. »

Je tente de ravaler mes pleurs en silence. Je ne veux pas lui donner la satisfaction de me voir brisée.

« Vous n'allez pas mettre fin à la carrière de Calypso pour une vulgaire histoire de jalousie.

– Je me moque de la carrière de Calypso.

– Que ferez-vous ? Vous recommencerez à vendre des sandwichs sous vide sur une aire d'autoroute ? C'est ce que vous voulez ?

– Vous êtes un monstre. Vous êtes plus tordue que n'importe lequel de vos tableaux.

– Bon Dieu, Evie, grandissez un peu. Laissez de côté votre rancœur. Si vous partez, vous perdez tout.

– Vous aussi, vous perdrez tout !

– Non. »

Elle sourit.

« Moi, j'ai Pierre. »

Soudain, l'air se bloque dans ma trachée. Je ne parviens plus à respirer. Un léger picotement se fait sentir dans mes narines, puis quelque chose goutte au sol, sur la jolie moquette claire de la chambre. Je suis tellement sidérée, tellement terrassée par la cruauté de Clara, que je ne comprends pas tout de suite ce qui se passe. C'est Pierre qui s'en rend compte, qui se lève le premier.

« Tu saignes. Assieds-toi. Assieds-toi et renverse la tête en arrière. »

Mais je ne bouge pas. Un bourdonnement a envahi mes oreilles. La perfidie de l'attaque de Clara, la sensation d'étouffer, le sang qui goutte.

« Assieds-toi », répète Pierre.

Je me laisse tomber sur le lit plus que je ne m'assois. Clara renverse ma tête en arrière avec une certaine brusquerie, pince l'arête de mon nez entre ses doigts.

« Voilà ce qui arrive aux junkies dans votre genre. »

Mais cette fois, Pierre ne la laisse pas poursuivre :

« Ferme-la, Clara. Maintenant, ferme-la. »

Et même si elle me comprime l'arête du nez plus fort que nécessaire, même si mes larmes se sont mises à ruisseler sur mon visage, je trouve une certaine satisfaction à entendre Pierre parler aussi durement à Clara.

Il insère des morceaux de coton dans mes narines, soutient mon front. Mes larmes n'en finissent plus de couler. Clara est descendue à la réception demander des glaçons.

« Je ne peux plus continuer comme ça.

– Chut, répète doucement Pierre. Respire. »

Je halète plus que je ne respire. Les sanglots obstruent ma gorge. J'ai bêtement cru que je pourrais me battre à armes égales, renverser le rapport de force. C'était stupide.

« Je ne peux pas. Elle est plus forte que moi à ce jeu-là. Elle n'a aucune pitié. Elle me détruira.

– Calme-toi. Je suis là.

– Je ne veux plus vivre avec vous. Je ne peux plus demeurer sous le même toit qu'elle. C'est au-dessus de mes forces.

– Je resterai à la maison. Tu n'as pas à t'inquiéter.

– Tu repartiras bientôt en Suisse.

– Je m'arrangerai. Ne te préoccupe pas de ça maintenant. »

Il frictionne mon dos, essuie les larmes sur mes tempes, me

parle comme à une enfant. Cependant, quand elle revient dans la chambre, il s'écarte de moi.

« Attention, ça va brûler. »

Elle se poste devant moi, appose sur ma peau deux glaçons, un de chaque côté de mon nez, pince encore.

« Arrêtez de pleurer, ça n'arrangera rien. À force de sniffer à tout bout de champ, vous vous êtes détruit les cloisons nasales. Il fallait y songer avant. »

Je dis à Pierre, d'une voix faible, éraillée :

« Ramène-moi à la maison.

– Tu vas t'allonger ici et essayer de dormir.

– Je ne veux pas rester dans la même pièce qu'elle. Encore moins dans le même lit.

– Evie, il est tard… »

Pourtant, il se lève et va chercher les clés de la voiture.

« Tu vas y aller ? » demande Clara, glaciale.

Il ne lui répond pas. Il revient vers nous, les clés tintant dans sa main. Il vérifie les petits cotons dans mon nez, les replace délicatement.

« Dès que les saignements s'arrêtent, je te raccompagnerai, d'accord ? »

J'acquiesce, et les doigts de Clara autour de mon nez pressent si fort le glaçon que j'ai un mouvement de recul.

« Clara ! gronde-t-il.

– Regarde ce qu'elle a fait de toi, crache-t-elle avec dégoût. Un homme à la merci de ses moindres caprices. Félicitations, Pierre Manan, elle t'a retiré tes derniers vestiges de virilité. »

Et dans le silence opaque de la chambre, on n'entend plus que mes suffocations étouffées.

Ils ont finalement décidé que nous rentrerions tous. Nous avons plié bagage. Dans la voiture qui roule dans la nuit, je regarde les taches rouges sur mon chemisier. Clara est sombre. Pierre semble furieux, lui aussi, pour la première fois. Et la pensée prend forme dans mon esprit, lentement : et si nous partions ? Tous les deux… Si nous laissions Clara et son emprise maléfique derrière nous ? Les vers de Baudelaire me reviennent en mémoire, plus réels que jamais.

Sors-tu du gouffre noir ou descends-tu des astres ?
Le Destin charmé suit tes jupons comme un chien ;
Tu sèmes au hasard la joie et les désastres,
Et tu gouvernes tout et ne réponds de rien.

5

S'il n'y avait pas eu Pierre, les jours qui ont suivi cette soirée à Antibes, j'aurais abandonné la partie. Je serais partie. Je serais retournée chez Irène en attendant de trouver un emploi et d'emménager dans un autre cagibi. Je me serais résignée. J'aurais renoncé à Pierre. Je me serais reconstruit une existence loin d'eux. Mais il a fallu que Pierre me retienne, m'ancre fermement dans leur quotidien, me rappelle mes cours de dessin quand j'étais terrée au fond de mon lit en pyjama.

Quand il voyait que je n'avais pas la force de me lever, de m'habiller, de quitter ma chambre, il se montrait plus prévenant encore.

Il avait toujours un dossier à déposer à Nice. Dans la voiture, il posait une main sur mon genou et le caressait tout doucement. Le même manège se produisait pour l'auto-école et les heures de conduite. Il venait me prévenir une heure avant chaque leçon pour être certain que je ne me défilerais pas. À plusieurs reprises, il a fait venir le moniteur à la porte de la maison pour me pousser à me lever, à mettre un pied devant l'autre et à poursuivre ma vie, mes projets ici.

Il a bouclé lui-même le dossier d'inscription pour Montrouge, tout en faisant croire à Clara que je m'en étais occupée. Pourquoi l'a-t-il fait ? Il aurait dû me laisser partir quand il était encore temps.

Je me suis mise à prendre mes repas dans ma chambre. Sur un plateau qu'il me montait.

« Voilà le majordome », lançait Clara, pleine de mépris.

S'il ne m'avait pas apporté mes repas, j'aurais cessé de m'alimenter. S'il n'avait pas tout fait pour me retenir auprès d'eux, je serais partie pour ne jamais revenir.

La cocaïne m'enfermait dans une dépression plus lourde et plus visqueuse encore que la situation infernale dans la maison des Manan, avec la cruauté de Clara.

Il me faisait passer des sachets au compte-gouttes, et lorsque je me mettais à pleurer, il avait plus de mal à me refuser ma précieuse poudre. Il la glissait sous mon oreiller en détournant le regard, coupable.

« Je te fais du mal. »

Je secouais la tête.

« Non. *Clara* me fait du mal. »

Nous étions d'accord sur ce point, je le croyais en tout cas.

« Georges réclame une soirée portes ouvertes à la galerie Humanis. »

Ce sont ces quelques mots de Clara que je capte, un soir, en provenance du couloir, alors que Pierre vient de me déposer mon plateau-repas. Il a mal refermé la porte derrière lui et je peux ainsi entendre distinctement ce qu'ils se disent.

« Fais-le patienter, suggère Pierre.

– Il commence à grogner. Il voulait l'organiser courant mars. Nous arrivons à la fin du mois.

– Je ne sais pas quoi te dire... »

Clara baisse la voix. Pas suffisamment pour que je manque sa question :

« Elle n'est vraiment pas en état ?

– Elle a du mal à émerger...

– Elle ne ferait pas du chantage ?

– Non !

– Bien sûr, tu la défends toujours.

– Tu ne sais pas ce que c'est…

– Non. J'ai toujours eu une force de caractère suffisante pour ne pas devenir camée, contrairement à toi. Contrairement à elle. »

Pierre ne répond rien. Puis je distingue un soupir désemparé de Clara, et elle lui dit :

« Donne-lui ce qu'elle veut. Si ça lui permet de tenir le temps de cette soirée chez Georges.

– Quoi ? De la cocaïne ?

– De la cocaïne. Toi. Je m'en fiche. Va la rejoindre. Passe une nuit ou deux avec elle. »

Nouveau silence. Les secondes s'égrènent. Je n'ose pas bouger. Puis Clara lâche, acerbe :

« Je ne sais pas ce que je pourrais faire d'autre. Elle est devenue un zombie. J'ai besoin d'elle. Si elle obtient ce qu'elle veut, elle reprendra vie, non ?

– Sans doute…

– Et toi aussi, tu arrêteras d'être si diminué… Tu pourras redevenir un homme. »

Il encaisse le coup sans broncher, puis dit d'un ton accablé :

« Je suis désolé. »

J'entends un froissement de vêtements puis le bruit d'un baiser. Qui le donne à qui ? Lorsqu'elle s'élève de nouveau, la voix de Clara est étouffée, comme si elle se trouvait dans ses bras, contre son torse :

« Je sais ce que c'est, va… J'ai connu ça avec Lazlo. Je ne peux pas te blâmer. Ça passera. Ça finit toujours par passer. C'est ce que tu répétais. Tu avais raison. »

Un nouveau baiser. De Pierre à Clara. J'en suis certaine. Dans ses cheveux ou sur son front.

« Elle aussi, elle finira par te sortir de la tête. »

Ensuite je n'entends plus rien. Je suppose qu'ils sont toujours enlacés au milieu du couloir, qu'ils se serrent dans les bras l'un de l'autre.

C'est cette nuit-là qu'il se glisse dans mon lit en silence. Il se colle contre mon corps brûlant. Ses lèvres cherchent mon cou.

« Elle m'a donné l'autorisation…

– Je sais. »

Je me tourne vers lui avant qu'il ne s'empare de moi, que je ne sois plus en état de parler, d'opposer la moindre résistance. Je lui fais face dans l'obscurité de la chambre et je lui demande, comme si ma vie en dépendait :

« Tu m'aimes ? Est-ce que tu m'aimes au moins autant qu'elle ? »

Je retiens mon souffle. Je suis suspendue à ses lèvres. Il déglutit. Puis il hoche la tête sans dire un mot. Plusieurs fois, pour être certain que je l'ai vu.

« Alors pourquoi tu la laisses te faire du mal comme ça ? »

Il reste silencieux de longues secondes. Je me dis qu'il ne répondra pas, mais il finit par le faire.

« Je ne sais pas. J'imagine que j'en ai besoin… D'une certaine manière. »

Je secoue la tête, puis je porte ses mains à ma bouche. J'embrasse ses doigts, chacun de ses dix doigts.

« Tu n'as pas besoin de ça, je murmure. Moi, je ne te ferais jamais tout ce mal, Pierre. Jamais. Tu le sais ?

– Je le sais. »

Je continue d'embrasser ses doigts, fiévreusement.

« Si tu m'aimes au moins aussi fort qu'elle, tu dois le savoir. Tu as dû y penser.

– À quoi ?

– Tu peux renoncer à ça. Tu peux arrêter de le subir.

– Evie… »

Il colle son front contre le mien mais il répond d'une voix faible, dans un soupir :

« Ce n'est pas la question.

– Non ?

– J'essaie juste de nous maintenir à flot. Tous les trois. C'est bien assez pour le moment. D'accord ? »

Je contiens ma déception. J'ai gagné ce soir. Je l'ai emporté sur elle. C'est une première victoire. Pas la dernière. Je tente de m'en persuader.

« D'accord. »

Plus tard, il me fait l'amour dans le silence. Je n'ai même plus la force de pousser des soupirs mais il s'en moque. Il a un besoin viscéral de moi.

Les nuits suivantes, il revient. Il se glisse dans mon lit vers minuit. Il y reste jusqu'au matin. J'imagine sans peine ce que doit vivre Clara de l'autre côté de la cloison. La fulgurance de sa douleur est précisément ce qui m'aide à reprendre pied. Ça, et les réveils aux côtés de Pierre. J'essaie de ne pas m'y habituer. Bientôt il repartira. Il retrouvera la chambre conjugale. Je le sais. Je tente de savourer l'instant sans m'accoutumer. En échange de ces moments volés, je fais les efforts qu'il me demande. Préparer la soirée portes ouvertes à Humanis. Répondre aux mails les plus urgents. Reprendre du service tout doucement. Il tient sa parole de son côté. Il ne quitte pas la maison. Pas même une heure. Béranger l'appelle régulièrement. De plus en plus souvent. Le ton monte à chaque appel.

« Il veut te renvoyer à Genève ? » demande Clara un matin, quand il raccroche.

Par ma porte, entrouverte une fois de plus, j'entends leurs voix.

« Oui.

– Tu devrais y retourner…

– Et te laisser seule avec elle ? »

Un court silence avant la douche froide, le ton glacial :

« Où ça va s'arrêter, Pierre ? À quel moment tu poseras une limite ? »

J'imagine qu'ils se font face, qu'ils se défient. J'imagine qu'il fait profil bas, une fois de plus. Qu'elle le fusille du regard.

« Tu peux l'appeler ? finit-il par lâcher. Avec toi il est réfléchi.

– Moi ? »

Elle répète plus fort :

« Moi ? Appeler mon père pour couvrir tes arrières ? Mais bon Dieu, Pierre, c'est toi qui nous as mis dans cette galère avec ton incapacité à respecter les règles que je t'avais fixées ! Démerde-toi, mais ne compte pas sur moi ! »

Des pas furieux. Une porte qui claque avec fracas. Celle de leur chambre.

« Et remets-la au travail ! Je ne la paie pas pour que tu la sautes à loisir ! »

Je camoufle mes nouveaux saignements de nez. Pendant le cours de dessin, une tache rouge tombe sur ma feuille. Edgar se propose d'appeler Clara pour qu'elle vienne me chercher, je le supplie de ne pas faire ça.

« Surtout, pas un mot à Pierre non plus. »

Il ne comprend pas ma panique soudaine. Il me tend un mouchoir, je penche la tête en arrière, je comprime mes narines.

« Vous devriez vous reposer. »

Je n'ai pas le temps de me reposer. J'ai promis à Pierre que je serais exemplaire, que je reprendrais pied. J'ai des invitations, et un communiqué de presse à faire partir pour les portes ouvertes de la galerie Humanis, un traiteur à réserver, un discours à écrire.

Quand Pierre a terminé avec ses dossiers le soir, souvent après minuit, il me rejoint derrière l'ordinateur. Il m'aide à ficeler mon discours, à enrichir ma base de contacts presse. Nous travaillons jusque tard dans la nuit. Nous formons un tandem efficace. S'il n'y avait pas Clara, si je possédais son talent artistique, nous n'aurions besoin de personne.

Jusqu'à cette soirée à Humanis, il ne rejoint la chambre conjugale qu'une seule fois. Une seule nuit. Et aucun soupir ni aucun grincement du lit ne parviennent jusqu'à mes oreilles. Je suis en train de gagner la partie, pourtant je ne parviens pas à sortir de mon état dépressif.

Le matin des portes ouvertes, il reste plus longtemps que d'habitude dans mon lit. Je suis allongée sur le ventre. Il laisse sa main se promener sur mon dos, le long de ma colonne vertébrale, jusqu'à la naissance de mes cheveux, dans la nuque.

« Je vais t'emmener avec moi à Genève. »

Je tourne la tête brutalement vers lui.

« Quoi ?

– Je dois y retourner. Je n'ai plus le choix. Tu vas venir avec moi. Tu resteras à l'appart-hôtel quand j'irai travailler. On t'achètera un ordinateur portable pour que tu puisses gérer les affaires de Clara à distance. »

Il embrasse mes épaules. Je ferme les yeux et des larmes coulent. Je ne sais même plus pourquoi.

« Arrête, mon cœur. Arrête de pleurer, ça va aller. On va s'en sortir. Quand tu iras mieux, on trouvera un arrangement. Les choses se tasseront. »

Il ment. Il ne sait pas plus que Clara ni moi comment sortir de cet enfer.

« Je vais lui en parler, d'accord ? »

J'acquiesce. Il y a quelques gouttes de sang sur mon oreiller mais je ne crois pas qu'il les ait vues. Je m'empresse de le retourner.

Des éclats de voix résonnent. Je passe un peignoir et sors de ma chambre. Pierre et Clara se disputent violemment en bas et je sais pertinemment à quel sujet : moi, mon départ à Genève avec Pierre. Je me glisse dans les escaliers en silence.

« Tu n'as aucune limite, aucune ! hurle Clara. Tu prends plus, toujours plus ! Je t'ai demandé d'aller la rejoindre une nuit ou deux ! Tu te souviens ? Une nuit ou deux ! Ça fait combien de temps aujourd'hui ? Dix nuits ! Dix nuits que tu passes avec elle ! »

Un verre se brise. J'entends les éclats qui volent. La voix de Clara domine le fracas.

« Et maintenant tu veux l'emmener à Genève ? Mais quelle est la prochaine étape, Pierre ? Lui faire un gosse ? »

Un lourd silence. Je m'avance à tout petits pas dans le salon. Je sais que ma présence risque de décupler encore la furie de Clara mais je ne peux m'empêcher d'approcher.

« Si je la laisse ici avec toi, elle s'en ira. Tu le sais aussi bien que moi.

– C'est non, Pierre. C'est une limite que je ne franchirai pas.

– Comment on fait, alors ?

– Elle tiendra deux semaines ici sans toi. Il le faut. Elle te retrouvera à Montrouge. »

Elle s'interrompt en m'apercevant. Je dois avoir piètre allure avec mes yeux rougis et mon peignoir noué à la va-vite. Il y a des éclats de verre au sol. Le jus d'orange a giclé partout, jusque sur les meubles et leurs vêtements.

« Qu'est-ce qu'elle fait là ? »

Elle est glaciale, hargneuse. Elle ne s'adresse plus à moi désormais. Elle préfère parler à Pierre comme si je ne me trouvais pas dans la même pièce qu'eux.

« Elle sort de sa chambre, maintenant ?

– Evie…, me dit Pierre avec douceur. Remonte dans ta chambre. »

Je sais que j'aggrave la situation en m'immisçant dans leur dispute, mais j'en ai assez d'entendre les cris de Clara, de supporter les silences de Pierre.

« Elle n'écoute jamais, constate Clara, hors d'elle. Comme toi.

– Evie…

– Est-ce que je peux dire quelque chose ? »

Pierre me scrute avec appréhension. Clara éclate d'un rire mauvais.

« Elle veut dire quelque chose. Mais vas-y, ma grande, parle. »

Je note qu'elle est passée au tutoiement. Et que ses yeux sont pleins de haine.

« Tu ne dis rien ?

– Si.

– Alors… ?

– Alors, je crois que vous avez la mémoire courte. Vous avez bien vite oublié comment vous vous êtes tirée avec Lazlo à l'île Maurice l'été dernier, après l'affaire Alexandrine. Trois semaines. Sans prévenir Pierre. Vous l'avez laissé sans aucune nouvelle pendant trois semaines. »

Je sens très vite que l'atmosphère dans la cuisine se vide de toute substance, qu'une onde glaciale l'envahit.

« La vérité, c'est que vous ne supportez pas qu'il vous fasse le tiers de ce que vous lui avez fait. »

Je n'ai pas le temps de réagir. Pierre pas plus que moi. Clara fonce sur moi sans se soucier des éclats de verre par terre qui s'enfoncent dans ses pieds nus. Elle me saisit à la gorge, et rien, pas même le cri de Pierre, ne peut l'empêcher de resserrer sa poigne, de m'étrangler à mains nues au milieu de la cuisine.

« Lâche-la ! » hurle Pierre.

Il la tire en arrière, la secoue de toutes ses forces jusqu'à ce qu'elle me lâche. Alors elle recule d'un pas, vacillante. Elle est pâle, les yeux exorbités, et je comprends que si je n'y prends pas garde, un jour elle pourrait me tuer.

« Bravo, Pierre. »

Sa voix est blanche.

« Bravo. Je vois que tu ne te contentes pas de la sauter. Tu t'épanches aussi sur l'oreiller. »

Elle tremble. Il y a du sang par terre. Je me demande si elle ne va pas s'évanouir au milieu de la cuisine.

« Il t'a tout raconté ? Il t'a dit combien il était obsédé par sa coke ? Comment il l'avait oubliée dans sa chambre tellement il était occupé à sniffer ? Puis, quand il l'avait découverte dans un état proche du coma, il t'a dit quelle avait été sa première pensée ?

Sauver sa came. Sauver un maximum de sa merde. Il y avait une gosse dans le coma, entre la vie et la mort, et Pierre ne pensait qu'à sa coke ! »

Elle doit être saisie d'un léger étourdissement car elle perd l'équilibre une seconde, se rattrape au bar. Pierre va la soutenir, mais elle ne lui prête aucune attention.

« Voilà pourquoi j'ai voulu le quitter. Je ne supportais pas de me dire que j'étais mariée à ce genre d'homme. Un cocaïnomane prêt à tout pour sauver ses putains de sachets. C'était pathétique. »

Après cette tirade, elle repousse Pierre. Elle se redresse difficilement, fait quelques pas qui laissent d'affreuses traînées de sang par terre, puis se juche sur le tabouret de bar.

« Ne bouge pas. Je vais appeler un médecin, dit Pierre.

– C'est inutile.

– Tu dois avoir des morceaux de verre dans les pieds. Je… je crois qu'il te faut des points. »

Elle ne discute pas. Elle est pâle comme la mort. Elle laisse tomber sa tête entre ses bras, sur le bar. J'ai besoin de quelques secondes pour me reprendre, me mettre en mouvement. Pierre a déjà le téléphone en main. Je n'ai plus qu'à disparaître. Regagner ma chambre. Me faire oublier. Au moment où je pose un pied sur la première marche de l'escalier, Pierre s'adresse à moi, le téléphone vissé sur l'oreille, en attente.

« Oublie Genève, d'accord ? »

Je ne discute pas. Je monte, lugubre. Si je reste seule avec elle, elle va me tuer. Je ne sais pas s'il y pense, lui aussi.

Clara a les deux pieds bandés, douze points de suture et l'interdiction de se lever. Elle est allongée dans sa chambre avec des antidouleurs. Pierre la rejoindra ce soir pour dormir. Il n'a rien dit mais je le sais. Demain, il prendra un vol pour Genève. Il s'en ira.

Je n'ai pas de traces autour du cou. Aucun stigmate du geste fou de Clara. Dommage. J'aurais aimé avoir des marques violacées.

J'aurais aimé que chaque fois qu'il me regarde, Pierre ne voie que cela, les signes de la folie meurtrière de Clara. Mais elle m'a volé la vedette en se blessant elle-même, et Pierre m'en veut d'avoir parlé de Lazlo. Je la hais.

Je lui répète pour la troisième fois que je voulais seulement le défendre. Nous attendons les premiers visiteurs dans le hall de la galerie Humanis.

« Je sais. Mais tu n'avais pas besoin de le faire.

– Tu m'en veux.

– Non. Je pense juste que c'était une prise de risque inutile. Si je n'avais pas été là, comment penses-tu que les choses auraient tourné ?

– Elle m'aurait tuée. »

Un tic déforme son visage. Il ne répond rien. Je chuchote avec gravité :

« Si elle me tue pendant ton absence, si tu me retrouves morte, je voudrais que tu préviennes Irène.

– Arrête ça, d'accord ? »

Il a répliqué si sèchement que je sens les larmes me monter aux yeux.

« Il ne va rien t'arriver. Il ne peut rien t'arriver. »

Un couple approche de la galerie. Dans quelques secondes il sera devant nous. Pierre pose une main sur ma nuque.

« Clara ne pourra pas se lever pendant plusieurs jours. Je vais demander à Nina de s'installer à la maison. Elle pourra s'occuper d'elle, et moi je serai plus tranquille si elle est là, entre vous. Nous, on se retrouvera à Montrouge. Dans deux semaines. Deux petites semaines. Ça ira, non ? »

Il serre ma nuque puis la relâche. Le couple pousse la porte.

Ma réputation d'artiste bipolaire, sujette à des phases de dépression, sera encore confirmée ce soir-là. Malgré tous mes efforts, toute ma bonne volonté, j'ai du mal à chasser de mon esprit les cris de ce matin, l'atmosphère irrespirable de ces derniers jours, la perspective du départ de Pierre et la certitude du drame à venir : elle va me tuer.

« Vous avez l'air surmenée, constate un homme que j'avais déjà rencontré lors de ma toute première exposition ici même.

– Vous trouvez ?

– Oui. Vous avez perdu votre flamme. Vous étiez si lumineuse en octobre. »

Il me dévisage fixement. Je ne sais que répondre.

« Vous produisez beaucoup, très vite.

– Oui.

– Il faut vous ménager. Vous peignez trop. Tout artiste a besoin de calme et de répit.

– Elle va se reposer », assure Pierre, derrière moi.

Mais l'homme continue de me jeter des regards inquiets.

« Vos toiles n'ont pas perdu de leur âme. Votre talent est intact. C'est votre énergie vitale qu'il vous faut préserver. »

Je sens Pierre agacé, mais il reste courtois.

Plus tard, mon discours se déroule sans faille. Le ton est probablement trop monocorde, mais Pierre en a choisi les mots avec application. Pourtant, une fois les applaudissements terminés, quand la foule se disperse pour me poser des questions, je vois bien que nous ne renvoyons pas la même image que cinq mois auparavant. La fluidité des échanges s'est rompue. Le courant ne circule plus si facilement entre les visiteurs et moi, entre Pierre et eux. Nous nous faisons rattraper par nos angoisses, même lors des expositions.

« Satisfait ? » demande Pierre à Georges.

Oui, Georges est satisfait. Les curieux sont venus. La galerie a accueilli une quarantaine de personnes. Peu lui importe que l'artiste ait l'air à bout de nerfs.

Nous sommes bien silencieux sur le chemin du retour. Nous grimpons les ruelles côte à côte, plongés tous deux dans nos pensées.

« Tu pars quand ? je demande, alors que nous approchons de la maison.

– Demain, en fin de journée. »

Nous n'ajoutons rien jusqu'à ce que nous arrivions devant la grille noire. Pierre me dit alors avec gravité :

« Je vais te donner des instructions très claires, d'accord ?

– À moi ?

– Oui. Pour ton propre bien. »

Je déglutis.

« Je t'écoute.

– Reste aussi loin d'elle que possible. N'essaie pas d'engager la conversation. N'essaie plus de me défendre, par pitié. N'entre pas dans son jeu si elle te provoque de nouveau. Fais ce qu'on attend de toi. Prépare Montrouge. Traite ses affaires courantes. Repose-toi. Limite autant que possible vos échanges. Fais en sorte qu'elle ne t'atteigne pas, d'accord ?

– D'accord.

– Et ne rate pas tes leçons. Surtout la conduite. L'examen est pour bientôt, n'est-ce pas ?

– Le lendemain du Salon de Montrouge.

– Alors ne lâche pas maintenant, d'accord ?

– D'accord. »

Il dépose un baiser sur mon front, m'attire contre lui.

« Elle aura besoin de calme. Il faut qu'elle se concentre sur ses toiles, sur son féminicide. Il ne lui reste que deux semaines. Je ne crois pas qu'elle trouvera l'énergie de t'affronter. Elle a d'autres urgences. Je t'appellerai tous les jours, d'accord ? »

J'acquiesce une fois de plus, blottie contre son torse. Ensuite, nous restons enlacés dans la ruelle pendant de longues minutes.

« On ira danser quand on sera à Montrouge. Je t'emmènerai dans un endroit que tu aimeras. On se retrouvera comme avant. Deux petites semaines… »

Lorsqu'il se détache de moi, il n'ajoute que trois mots, qui confirment ce que j'avais pressenti :

« Bonne nuit, Evie. »

Il passe la nuit auprès d'elle.

Pierre a réglé tous les détails avec Nina. Ils ont installé un lit de camp pour Clara dans la véranda afin qu'elle puisse peindre aussi longtemps qu'elle veut, sans avoir à remonter avec ses béquilles. Ils ont branché un chauffage d'appoint là-bas et installé un paravent. Elle ne quitte plus son atelier.

Nina dort dans la chambre du couple. Elle joue les infirmières douze heures par jour. Nous ne nous parlons pas beaucoup. Nina a toujours été discrète. Et puis, elle connaît Pierre et Clara depuis des années. Elle a une véritable affection pour Clara. Elle a dû sentir sa haine à mon égard. Quant à moi, je passe les trois quarts de mon temps dans ma chambre.

Je me tiens au programme que Pierre m'a préparé. Je travaille à Montrouge, aux derniers détails du Salon. Ils ont prévu une chambre d'hôtel pour l'artiste et son conjoint, des repas en compagnie des autres exposants. Lorsque je quitte l'ordinateur, c'est pour aller à mes leçons de conduite.

« Moins brusques, les vitesses. Moins brusques, les coups de volant. »

Il paraît que j'ai une conduite nerveuse, que j'évalue mal les distances de sécurité, que ma capacité de concentration est faible.

« Le stress de l'examen », analyse le moniteur.

La coke, dirait Clara.

Je tente de me reposer. Lorsque les insomnies me laissent tranquille, je parviens à dormir quelques heures. Je ne ferme pas la porte à clé. Clara est en bas, loin de moi. Elle ne peut pas faire plus de quelques pas. Je découpe le temps pour tenir bon. Je compte les heures jusqu'à l'appel quotidien de Pierre, les jours jusqu'à Montrouge où nous nous retrouverons. Je compte sans cesse, et ça m'aide à tenir bon. Lui aussi compte comme moi.

« Un jour de moins », déclare-t-il chaque soir.

Un soir, après une longue hésitation, il me demande à brûle-pourpoint :

« Elle va bien ?

– Demande-lui.

– Elle ne répond plus à mes appels. Dis-moi juste si elle va bien. »

Je ravale ma colère. Pour Pierre.

« Je crois… Je n'aperçois sa silhouette que deux fois par jour… lorsque je vais me servir dans le réfrigérateur.

– Elle marche ?

– Tout doucement, avec ses béquilles, mais oui, elle a recommencé à marcher hier.

– Nina reste avec elle ?

– Nina est parfaite.

– Bien. »

J'ai du mal à comprendre le soulagement dans sa voix. J'ai du mal à comprendre comment Pierre peut encore s'inquiéter pour elle, comment il peut rester aussi calme dans ce bourbier qu'il doit gérer : le projet en Suisse, les récriminations de Béranger, Clara et son silence, ses pieds blessés, sa tentative de m'étrangler, mon addiction, la sienne.

« Tu diminues ?

– Je diminue. »

Je lui mens. Je ne veux pas lui causer plus de soucis.

Le samedi, à la fin de la première semaine, Béranger se présente à la porte. C'est Nina qui ouvre. J'entends seulement sa voix. Grave. Imposante. Je capte quelques bribes de leur conversation dans la véranda.

« … faire un sac rapide… Je te ramène dimanche soir… Merci pour votre aide, Nina. »

Les pas de Nina font grincer les escaliers. Elle entre dans la chambre du couple, ressort quelques instants plus tard. Je l'entends demander :

« Vous avez besoin d'aide, Monsieur ? »

Béranger répond :

« Apportez-moi le diable. Je vais poser ses chevalets et ses toiles dessus. »

Il y a un remue-ménage en bas. Je n'ose pas me montrer. Je suis indésirable ici. Condamnée à me terrer. J'écoute les bruits, les pas, les voix. Je ronge le peu d'ongles qu'il me reste.

« Vous ne prenez pas celle-ci ? » crie Nina plus tard.

C'est Clara qui répond :

« Non. Elle reste ici. Elle est prête pour Montrouge. »

Ils se saluent sur le pas de la porte. À peine sont-ils partis que les pas de Nina résonnent dans l'escalier, vont jusqu'à ma chambre. Elle frappe tout doucement.

« Oui ? »

Elle glisse à peine sa tête dans l'entrebâillement.

« Clara passe le week-end chez son père. Je vais rentrer chez moi. Je reviendrai dimanche soir, pour son retour. »

J'attends que la porte se soit refermée derrière Nina et son maigre bagage, que le silence ait réinvesti la maison pour laisser le soulagement monter en moi. J'ai les mains qui tremblent, le cœur qui cogne, la gorge sèche. Elle est partie. Partie pour deux jours. Je suis seule. Mon corps a besoin de quelques secondes pour enregistrer l'information, se décrisper, relâcher ses tensions. Ensuite, je descends, je vais dans la véranda.

Je n'y ai pas mis les pieds depuis des semaines. Je repense aux mois passés. Clara m'y donnait des cours, me parlait pendant des heures. Elle m'installait un pouf à côté du sien et la soirée filait ainsi. Plus maintenant. J'ai besoin de jeter un coup d'œil en direction de l'entrée, de la porte close, avant d'oser mettre un pied dans l'atelier. Le lit de camp est dans un coin, à côté du chauffage d'appoint. Les draps sont froissés. Des bandages propres reposent dans une petite corbeille. Un verre d'eau et une boîte d'antidouleurs traînent à côté de son kimono noir.

Puis je découvre l'unique toile, immense, encore présente dans la véranda. Celle que Clara a laissée derrière elle. J'ai besoin de quelques secondes pour m'habituer au contre-jour, faire la mise au point sur le tableau.

Devant moi se trouve la pièce maîtresse pour Montrouge, imposante et glaçante. Le féminicide. Sauf que Clara n'a pas peint le cadavre d'une femme de la morgue de Saint-Roch ou sortie de son imagination. J'ai besoin de reculer de quelques pas pour accuser le coup. Je dois m'asseoir sur son lit de camp défait, me cramponner aux draps. Sur la toile, Clara a peint mon cadavre. Mon propre corps, nu et grisâtre. Mes cheveux éparpillés sur un sol carrelé – celui de la cuisine. Mon visage tuméfié. Des traces violacées sur mon cou. Et mes yeux grands ouverts, jaunâtres et vitreux. J'essaie de reprendre mon souffle. J'essaie de calmer mon cœur, mais comment le pourrais-je ? Elle n'a rien négligé. Pas même la forme de mes seins, les perles à mes oreilles ou le tatouage sur mon aine. « Propriété de Jean Vanet ».

Le tableau mesure deux mètres sur un, les dimensions exactes du *Lilith* de John Collier. En bas, Clara a écrit son titre. *Ève.* Trois lettres. Un rappel de ma position, si je l'avais oubliée. Une mise en garde.

Je vomis dans une bassine qui traîne là.

« Calme-toi. Calme-toi et respire. Ce n'est qu'une toile. Ça n'est pas réel. Ce n'est qu'une image, une image sortie de son imagination. Elle ne te fera pas de mal, je te le promets. »

Rien de ce que dit Pierre ne parvient à m'apaiser. Je ne le crois pas. J'ai vu la haine dans ses yeux. J'ai senti ses mains autour de mon cou, la pression qu'elle y mettait et la force qu'il a fallue à Pierre pour qu'elle me lâche enfin. Elle en est capable.

« Que dit la feuille ? Evie… Mon cœur… Que dit la feuille ? »

Il est doux, tellement doux, mais ça ne me suffit pas pour reprendre pied.

« La feuille ? je dis entre deux sanglots.

– Tu as dit qu'il y avait une feuille à côté.

– Oui… La feuille… »

Une feuille volante abandonnée au sol, au pied du chevalet. Je ne l'ai vue qu'après. Pendant que les haut-le-cœur me soulevaient encore l'estomac.

« Lis-moi le mot, d'accord ? »

Ma voix dérape, le souffle me manque mais je m'applique à lire, comme il me le demande :

« "Cela risque d'être difficile d'expliquer au public pourquoi tu as choisi de peindre ton propre cadavre… Mais tu trouveras quelque chose. Tu as un certain talent pour arranger la vérité." »

Étrangement, ces quelques mots semblent soulager Pierre.

« C'est du grand Clara. Une nouvelle provocation de sa part. Elle a laissé la toile et le mot délibérément, à ton intention. Elle joue avec tes nerfs, rien de plus. Essaie de te calmer.

– Si tu ne rentres pas, je m'en vais… Je ne reste pas un jour de plus ici.

– Evie, écoute-moi. Je ne peux pas quitter Genève. Il y a un congrès ce soir et Béranger m'a dans le collimateur. Il semblerait que Clara lui ait raconté une partie de l'histoire… Il est furieux. Il sera intraitable.

– Alors je pars.

– Evie, laisse-moi gérer ça, d'accord ? Accorde-moi une heure. Je vais arranger ça. Je te rappelle. Attends ici sagement. Ne prends pas de décision hâtive. »

Un silence. Je fixe la toile. Je regarde ma propre mort et l'insignifiance de mon corps figé sur le carrelage de la cuisine. Je me raccroche à Pierre.

« Tu me promets ?

– Oui. »

Je me barricade dans la maison. Il paraît que la cocaïne peut provoquer des symptômes psychotiques comme la paranoïa, le sentiment de persécution et des idées délirantes. Je ferme la porte d'entrée à double tour, puis, en seconde sécurité, je déplace le meuble de l'entrée, que je cale sous la poignée. Je vérifie que chaque fenêtre de la maison est bien fermée. Je suis saisie de terreur en entrant dans la chambre du couple, comme si je m'apprêtais à voir Clara en surgir. Lorsque le téléphone sonne, je tressaute violemment.

« C'est moi. »

Le calme apparent de sa voix me fait du bien. Il a trouvé une solution. Une fois de plus. Je m'agrippe à cet espoir.

« Evie ?

– Oui… Je suis là.

– Elle va rester chez son père. Toute la semaine. Jusqu'à Montrouge. Il lui a prévu une infirmière et tout le nécessaire pour peindre. »

Nouveau silence.

« Evie ? Tu as entendu ?

– Tu es sûr ?

– Oui.

– Ce n'est pas ce qu'ils ont dit… Ils ont dit qu'elle revenait dimanche.

– Clara a besoin de calmer ses nerfs. Béranger veut la maintenir loin de toi pendant sa convalescence. »

Je prends le temps de digérer cette information.

« Et Clara ? Elle est d'accord ? Elle ne va pas débarquer ici ?

– Clara n'a aucun intérêt à ce que tu partes. Tu ne l'as pas encore compris ? »

Il le demande avec douceur mais j'ai l'impression de recevoir un coup de poing dans le ventre.

« Tu n'en sais rien. Clara veut me voir morte.

– Clara se sert de sa peinture pour exorciser ses démons. Elle évacue ses pulsions par son pinceau. C'est sa façon à elle de gérer la situation. »

Je secoue la tête plusieurs fois.

« C'est facile pour toi de tout dédramatiser.

– Evie, s'il te plaît, je veux juste que tu me fasses confiance. Je ne peux pas faire plus actuellement. Si je n'étais pas absolument sûr que tu ne risquais rien, je ne te laisserais pas là-bas. Je te le promets. »

Je ne dis rien.

« Maintenant, essaie de te reposer et de diminuer encore un peu tes prises… D'accord ? C'est difficile mais c'est possible. J'ai divisé les miennes par deux après Alexandrine. Je suis passé par des moments difficiles mais j'ai réussi. Il faut que tu me fasses confiance et que tu m'écoutes. »

Un long silence.

« Une semaine. Sept jours. Tu as la maison pour toi. Rien ne peut t'arriver. Je suis avec toi dans sept petits jours. »

Je dispose devant moi les trois sachets de cocaïne que Pierre m'a laissés avant de partir. Le miroir de poche brille sur le parquet. La toile me fait encore face. Mon corps mort, tué par Clara. Mais mes mains ne tremblent plus. Mon cœur ne palpite plus. Je n'ai pas écouté Pierre. J'ai doublé les doses ce soir. C'était exactement ce dont mon cerveau accoutumé avait besoin. J'ai assisté à ma propre renaissance. Au recul de la dépression. Au réveil de ma conscience, au retour de mon sentiment de combativité. Bien sûr qu'il avait raison. Bien sûr qu'il s'agissait d'une piètre provocation. Du geste désespéré d'une femme sur le point de tout perdre. Comment ne l'ai-je pas compris avant ? Comment ai-je pu me laisser impressionner ? Je possède tout. Les contacts presse, les noms des galeristes, les réponses au public, l'amitié de David Stein. Je suis la Calypso officielle. Elle n'a que ses mains qui peignent dans l'ombre. Elle est mon nègre tout autant que je suis le sien.

Je me lève pour aller chercher la bouteille de cognac dans le placard du salon. Je reviens m'asseoir avec mon verre sur le lit de camp de Clara. Un lit de fortune. Un matelas fin. Je ne peux m'empêcher de sourire. J'ai forcé Clara à s'exiler ici. Je lui ai fait perdre la raison, ses nerfs. Elle s'est entaillé les pieds à cause de moi. Et elle a quitté sa propre maison. Pour me garder malgré tout auprès d'elle. Ses menaces, ses provocations ne servent qu'à masquer cette terrible vérité : c'est moi qui mène le jeu désormais.

« Merci. Merci à toi. »

Je m'adresse à la cocaïne, aux sachets que j'embrasse tour à tour. Je suis dans l'euphorie de ma prise, dans la douce folie et la toute-puissance qu'elle me donne.

« Qu'est-ce que je ferais sans toi… »

Le tableau me fixe. Mes yeux morts. Ils ne me font plus peur. Je ris. Je suis folle, folle à lier, mais je ris.

« Bien sûr, la toile sera difficile à expliquer. Mais ça se perd, un prix, Clara… »

Le silence opaque de la maison me répond.

« C'est malheureux, je sais… Tu y as placé beaucoup d'espoirs. Ce sera un échec cuisant mais ça ne mettra pas fin à ta carrière, rassure-toi. Ça risque simplement d'abîmer ton ego… Tu crois que tu sauras le surmonter ? »

Le règlement du Salon de Montrouge le stipule noir sur blanc : « Le prix sera remis à l'artiste primé sous condition de sa présence, ou de celle de son représentant, à la cérémonie de clôture. » Il suffirait d'un malencontreux incident pour que nous rations la cérémonie, Pierre et moi. Une panne de réveil. Une grasse matinée qui se prolongerait un peu trop. Le prix, si elle l'obtenait, devrait être remis à quelqu'un d'autre. Il suffirait d'un rien…

Je n'ai pas dit mon dernier mot. Si *Ève* la docile me fait face, la Lilith de John Collier ne quitte jamais mon esprit.

6

Je passe de l'ombre à la lumière brutalement, ce samedi d'avril. La veille, je me réveillais dans la maison silencieuse des Manan, une maison dans laquelle je sombrais depuis sept jours face à mon portrait mort, toutes fenêtres verrouillées, la porte d'entrée barricadée par un meuble. Ce matin je me réveille dans une chambre d'hôtel aux côtés de Pierre, dans une ville qui ne porte pas l'empreinte de Clara, sous un ciel lumineux.

Je suis arrivée en fin de journée la veille. Pierre m'a rejointe dans la nuit. Il devait être deux heures. Il arrivait tout droit de Genève. Il ne m'a pas fait l'amour, pas cette nuit-là. Il était harassé et j'étais fébrile, beaucoup trop tendue.

Ce matin, tout semble être rentré dans l'ordre. Nous sommes loin de Saint-Paul-de-Vence, loin de Clara, loin de nos problèmes. Nous prenons le temps de nous caresser. Le Salon n'ouvre pas avant dix heures. Les toiles sont livrées et installées. Le soleil brille. Mon corps se relâche, se débarrasse doucement de la sensation qui l'oppresse depuis des jours, celle d'être en permanence en sursis.

« Comment c'était, la Suisse ? »

Je ne veux pas vraiment connaître sa réponse. Je veux juste entendre sa voix pendant qu'il me caresse et me mène à l'orgasme. Oublier le cauchemar de ces dernières semaines.

J'ai caché des somnifères dans ma trousse de toilette. Je n'ai pas eu à chercher bien loin. La salle de bain des Manan en contenait une boîte à peine entamée. Un nom barbare venant exciter mon envie de vengeance. Une sortie nocturne. Deux comprimés dans son whisky ce soir avant de dormir… Une grasse matinée se prolongeant jusqu'à treize heures. Rien de plus simple.

Nous nous préparons avec soin. Pierre l'a encore répété ce matin : le Salon de Montrouge est une opportunité unique, un accélérateur de carrière pour les jeunes artistes. Plus de dix mille visiteurs, la présence de personnalités influentes du monde artistique : le président de l'IKT, l'International Association of Contemporary Art Curators, le curateur du Palais de Tokyo, des directeurs de centres d'art, de galeries, une représentante du ministère de la Culture, etc.

« Écoute ça, me dit Pierre tandis que j'étale du fond de teint sur mon visage livide. Quatre-vingts pour cent des contacts noués entre artistes et professionnels sur le Salon débouchent sur des projets. À ce jour, le Salon de Montrouge est un des catalyseurs les plus puissants de la scène artistique contemporaine. »

Je comprends mieux l'importance que Clara accorde à l'événement. C'est une occasion qui ne se présentera pas deux fois. Un moment clé pour la carrière de Calypso. Donner une leçon à Clara. Saboter mes opportunités futures. Le jeu en vaut-il la chandelle ? Je ne sais plus. J'abandonne le tube de fond de teint. Je me tourne vers Pierre.

« Et après ?

– Quoi, après ?

– Tu vas retourner à Genève. Qu'est-ce qui va se passer pour moi ? »

Il fronce les sourcils mais il fait mine de poursuivre quelques instants la lecture de son article.

« N'y pense pas maintenant. Les choses s'arrangeront.

– Tu dis toujours ça, et c'est de pire en pire. »

Je ne vois pas sur son visage l'air assuré que j'espérais y découvrir.

« J'imagine que si elle obtient le prix, Clara sera dans de meilleures dispositions…, dit-il.

– C'est-à-dire ?

– Il y aura de nouveaux projets. Elle aura d'autres choses en tête. Elle finira par ne plus penser à votre querelle. »

Je sais pertinemment que c'est faux. À vrai dire j'attendais une tout autre réponse. « Je t'emmène à Genève avec moi », « Je vais rentrer à la maison ». Ou même : « J'ai réfléchi à ce que tu m'as dit l'autre jour, on n'a pas vraiment besoin d'elle… » Je demande, pour en avoir le cœur net :

« Donc, tu vas me laisser rentrer seule là-bas…

– Dans un premier temps, je n'ai pas le choix…

– Tu n'as pas le choix… ?

– Il faut que je parle à Béranger, mais il n'est pas vraiment disposé à m'écouter pour l'instant. Il me tient pour responsable de la situation, de l'état mental de Clara. Je vais devoir être présent à Genève pendant quelques semaines, faire profil bas. Ensuite j'essaierai de m'arranger.

– Bien. »

Je laisse tomber ce mot avec amertume. Pierre me regarde d'un air interrogatif mais je ne lui donne pas de précisions. Je reprends mon maquillage dans le silence le plus total.

« Tu m'en veux ? »

Il se lève, vient se coller dans mon dos, passe ses mains autour de ma taille. Je ne me dégage pas. Je le laisse faire en continuant de rougir mes lèvres.

« Je ferai avec. »

Il embrasse mes cheveux avec un mélange de soulagement et de reconnaissance.

« Merci, mon cœur. »

Il reste derrière moi, le nez dans mes cheveux. Il pourrait comprendre à la lueur de mon regard dans le miroir. Il pourrait comprendre que je n'ai plus le choix, que si je ne peux plus compter sur lui, alors il ne me reste que moi-même. Je dois sauver ma peau. Me battre à armes égales avec elle. Frapper un grand coup. Je peux mettre fin à sa carrière. Il est grand temps qu'elle en prenne conscience.

Ma mauvaise humeur s'estompe quand nous arrivons au Beffroi, majestueux édifice des années 1930 qui accueille le Salon de Montrouge. Nous sommes accueillis par une équipe enthousiaste. Je découvre la salle de mille mètres carrés où se tient l'événement. Chaque artiste bénéficie d'un espace de vingt-cinq mètres carrés environ, m'explique l'une des organisatrices. Cet espace permet de présenter un ensemble d'œuvres qui traduisent sa démarche. »

« Vous devrez être sur votre stand tout le week-end. Les membres du jury viendront à votre rencontre pour un court entretien. Nous ne pouvons jamais prévoir à l'avance l'heure à laquelle ils se présenteront. La remise des prix aura lieu demain à onze heures trente dans la salle de spectacle. Votre présence est cependant requise jusqu'à dix-huit heures. »

On me fait passer une série de documents avant de poursuivre :

« L'espace a été divisé en quatre carrés reprenant quatre thématiques différentes. Votre stand se trouve dans l'espace "L'homme, loup pour l'homme", dédié aux questions sociales et sociétales sous le prisme sociologique et anthropologique mais aussi historique et fictionnel. L'interrogation sur les notions de communauté, de vivre-ensemble, de violence sociale, de comportements de groupe et de déviance. »

Je hoche la tête d'un air intéressé.

« Les repas sont servis entre treize heures et quatorze heures dans le grand salon. Voici votre stand, nous y sommes. Vous désirez un café ? Un thé ? »

Pierre me frôle le coude pour que je réagisse. Nous sommes face à mon espace réservé. Les toiles de Clara s'étendent sous nos yeux, rectangles foncés se découpant sur fond blanc, mais la seule que l'œil capte est l'immense tableau d'un mètre sur deux, la dimension exacte du *Lilith* de John Collier. Mon corps nu et gris étendu sur le carrelage de la cuisine des Manan.

« Non, merci.

– Alors installez-vous, mettez-vous à l'aise. Nous reviendrons voir si tout va bien. Entre-temps, n'hésitez pas à interpeller un de nos collègues s'il vous faut quoi que ce soit.

– Merci. »

Nous restons seuls. J'ai la tête qui tourne. Toute cette agitation, toute cette lumière, tous ces sourires. Je cherche Pierre du regard et je le découvre, livide, la bouche entrouverte, le regard effaré.

« Qu'est-ce qu'il y a ? »

Il ne quitte pas des yeux mon cadavre et les marques violacées.

« C'est la toile en question ?

– Elle te plaît ? »

Il a la voix rauque quand il répond, ignorant mon sarcasme :

« C'est… Non, je ne m'attendais pas à ça… C'est glaçant de réalisme… C'est horrifiant.

– Comme ça, tu as une idée de la façon dont tu me trouveras à ton retour de Genève. »

Ma plaisanterie grinçante ne le fait pas rire. Immobile, les mâchoires serrées, il ne dit rien.

« Et puis au moins, tu vois à quel genre de femme tu es marié, Pierre. »

Ma voix ressemble à celle de Clara. Distante, légèrement hautaine.

Il reste perturbé une bonne partie de la matinée. J'accueille les visiteurs : des curieux, des amateurs, un critique d'art parisien. La toile représentant mon corps mort attire plus de monde que n'importe quel stand du carré « L'homme vs l'homme ».

« Pourquoi ce titre ? Pourquoi *Ève* ? »

Il a fallu broder. Clara ne m'a donné aucune indication. Je la connais suffisamment désormais pour comprendre sa logique perverse.

« Ève a été créée à partir d'une côte d'Adam, elle a toujours été, par essence, un être inférieur à lui. Elle représente la femme soumise, la femme douce et conciliante qui courbe l'échine. Elle représente la femme victime, la femme docile qui accepte la domination de l'homme, mais surtout les souffrances inhérentes à sa condition.

– Cette femme massacrée est une Ève ?

– Une Ève moderne.

– Vous vous êtes représentée vous-même.

– Oui. »

Je me déteste de devoir dire ces mots. Je la hais de m'avoir imposé cette humiliation supplémentaire. Jusque-là, j'ai cru que sa vengeance se limitait à la toile, à une intimidation. Aujourd'hui je comprends qu'elle est plus perverse encore. Clara m'oblige à prendre part à son jeu, à endosser le rôle de victime face aux visiteurs.

« Pourquoi vous être représentée comme une victime docile et silencieuse ?

– Je veux montrer que chaque femme peut se retrouver victime un jour. C'est ma façon de ne pas détourner les yeux. »

Pierre ne m'aide pas. Il reste silencieux au fond du stand. Je ne suis pas certaine qu'il m'écoute.

« Et ce tatouage à l'aine ?... Est-ce qu'il représente quelque chose de particulier ? »

Je ravale ma honte, je reste impassible face au petit groupe qui s'est formé.

« Visiblement, l'Ève du tableau a laissé un homme lui marquer la peau, dis-je, faire d'elle son objet personnel. »

Des regards interrogateurs, quelques-uns plus appuyés. Ils se demandent tous : l'ai-je aussi fait ? Ai-je laissé un homme m'infliger ça ?

« Il la préfère morte que libre », intervient une dame au milieu du groupe.

Ce qui provoque une série de hochements de tête approbateurs et de commentaires chuchotés. Certains regards s'attardent encore, tentent de lire une réponse sur mon visage. Tout ce qu'ils pourront capter est une détermination farouche. Si je doutais ce matin, il n'en est plus rien maintenant. Je dois punir Clara.

Pierre est tellement ailleurs qu'il ne remarque mon manège qu'en fin de matinée.

« Encore ? »

C'est la sixième fois en trois heures que je vais aux toilettes. Il ne semble le noter que maintenant. Lorsque je reviens, son regard est lourd de reproche.

« Tu as dit que tu avais diminué.

– C'est un événement stressant.

– Toutes les demi-heures, c'est trop…

– J'ai le trac. Quand le jury sera passé sur mon stand, ça ira mieux. Tu verras. »

Il me sonde quelques instants avant de lâcher, peu convaincu :

« On verra. »

Je sens son regard plein de doute planer sur moi.

À la grande table où nous sommes réunis pour le repas, nous nous trouvons intégrés dans une conversation entre artistes. Pierre me laisse discuter. Il se met en retrait, et je ne sais plus ce qui le perturbe alors : la toile de Clara ou mon addiction. Quand nous retournons sur le stand, un membre du jury, une femme d'une soixantaine d'années à l'allure très soignée, se tient devant l'immense *Ève*.

« Ah, vous voilà, madame Montant. Votre toile a fait le buzz au Salon, ce matin.

– Ah ? »

Nous échangeons des poignées de main. Nous prenons place dans des fauteuils au fond du stand.

« J'en ai entendu parler jusque dans le carré “L'art et la matière”. J'étais impatiente de la découvrir.

– Alors ? Vous n'êtes pas déçue ? »

La cocaïne me donne l'assurance pour ce genre de réplique.

« Déçue, non, mais troublée. Particulièrement troublée. »

Je suis seule face à cette femme membre du jury, mais comme je n'ai aucune intention de remporter ce prix, c'est plus facile.

Elle griffonne des notes dans son carnet, m'interroge.

« Tout prend racine dans les textes religieux, selon vous ? La condition de la femme dans nos sociétés.

– Bien sûr. C'est le cas de toutes les religions, en tout cas parmi les plus répandues. Le catholicisme enseigne que le Christ est le chef de tout homme, et l'homme le chef de la femme[1]. "Que la femme écoute l'instruction en silence, avec une entière soumission. Je ne permets pas à la femme d'enseigner ni de dominer l'homme. Qu'elle se tienne donc en silence." Dans le judaïsme, la femme n'a pas une place plus enviable. Savez-vous ce que prononcent les hommes lors de la prière du matin ?

– Non…

– "Béni soit Dieu notre Seigneur et le Seigneur de tous les mondes qu'il ne m'ait pas fait femme." »

Un léger silence. Elle semble méditer ces quelques mots.

« Et que prononcent les femmes lors de cette prière ?

– "Béni soit le Seigneur qu'Il m'ait créée selon Sa volonté." »

Elle hoche la tête avec une lueur entendue dans le regard.

« Le Coran ne fait guère plus original. Les hommes ont autorité sur les femmes, en raison des faveurs qu'Allah accorde à ceux-là sur celles-ci. "Celles dont vous craignez la désobéissance, exhortez-les, éloignez-vous d'elles dans leurs lits et frappez-les[2]." Allons faire un tour du côté de l'hindouisme maintenant. Une petite fille, une jeune femme, une femme mûre ne doivent jamais rien faire de leur propre autorité, même dans leur maison. "[…] la femme ne doit jamais jouir de l'indépendance[3]." »

Elle ne note plus rien. Elle acquiesce, son stylo en suspension.

« Et le bouddhisme ? interroge mon interlocutrice.

1. Corinthiens 11.3.

2. Coran, IV, 34.

3. Sloka 5.147, 5.148.

– On pense souvent, à tort, que les femmes sont épargnées dans le bouddhisme. Voulez-vous que je vous cite le dalaï-lama dans son grand ouvrage intitulé *Comme la lumière avec la flamme* ?

– Avec plaisir. »

Je décrypte mes notes. J'ai travaillé dur ces derniers jours dans la maison vide.

« Le dalaï-lama cite *La Précieuse Guirlande des avis au roi*, livre fondateur du bouddhisme : "L'attirance pour une femme vient surtout de la pensée que son corps est pur. Mais il n'y a rien de pur dans le corps d'une femme. [...] La cité abjecte du corps avec ses trous excrétant les éléments est appelée par les stupides un objet de plaisir."

– Oh !... »

Elle reste troublée quelques secondes, légèrement horrifiée.

« La femme est le sujet principal de vos tableaux, madame Montant.

– Effectivement, mais je m'intéresse aussi à l'Homme avec un grand H, dans ses côtés les plus sombres. Voulez-vous aller jeter un coup d'œil au reste de mes toiles ?

– Ce ne sera pas nécessaire, non. »

Alors je comprends que David Stein a vu juste en commandant une toile sur le féminicide, que Clara a joué un coup de poker en l'exécutant. Le jury du Salon de Montrouge était en quête d'un sujet d'actualité, un sujet contemporain et dans l'air du temps. Il l'a trouvé dans la toile *Ève*.

Après le départ de la femme, je n'ai pas une minute de répit. Les visiteurs envahissent le Salon par vagues. La foule bruyante se presse de stand en stand. Pierre me ravitaille en café, en tisanes, en petits gâteaux. Je n'ai pas le temps de souffler. Il ne me lâche pas du regard et je n'ose plus retourner aux toilettes jusqu'à la fin de la journée. Nous ressortons du Beffroi, harassés, à dix-neuf heures, mais nous n'en avons pas terminé : nous sommes attendus pour un dîner entre artistes et membres du jury.

Je suis sous la douche, à l'abri derrière la porte vitrée, enveloppée par le bruit de l'eau et la vapeur. J'en profite pour aborder le sujet délicat. Pierre est en train de se raser. Il a besoin de toute sa concentration pour cela. C'est le moment idéal.

« Je n'ai plus rien. Il faudrait que tu me donnes de nouveaux sachets. »

J'écoute l'eau qui tombe. Je guette les mouvements de sa silhouette tout près. Il continue de se raser.

« Tu m'as entendue ?

– Oui. »

Il n'ajoute rien. Je laisse passer quelques secondes avant d'insister :

« Tu vas partir pour je ne sais combien de temps. Il faut que tu me laisses de quoi tenir… »

Je crois percevoir un soupir.

« Pierre ?

– Tu rends les choses encore plus difficiles qu'elles ne le sont, Evie.

– Moi ? Moi, je rends les choses difficiles ?

– Tu as dit que tu avais diminué. Tu n'as pas diminué. Tu as encore augmenté.

– Non !

– Si tu avais diminué, tu n'aurais pas terminé tous les sachets que je t'avais laissés. »

J'ouvre la cabine de douche et je coupe l'eau un peu brutalement. J'ai besoin de lui faire face. Je sens la colère monter.

« Tu ne sais pas ce que c'est que de croiser son cadavre chaque matin. De préparer un Salon où tu devras subir l'humiliation de le présenter à dix mille personnes.

– Tu t'en es très bien sortie. Personne n'a pensé que tu t'étais humiliée.

– Si, moi. Et Clara ! »

Il secoue la tête, finit par poser son rasoir sur le bord du lavabo.

« Peu importe, il y aura toujours une bonne raison pour en prendre, hein ? »

Je ravale la panique que je sens poindre en moi. Il faut que j'obtienne la poudre. C'est une nécessité absolue.

« Tu sais comment je suis quand tu me prives ! Quand tu essaies de me rationner. Tu l'as vu ? Je suis une loque ! Je suis incapable de sortir de ma chambre, incapable de lui résister ! Elle pourra faire de moi ce qu'elle veut ! C'est ce que tu désires ?

– Non.

– Alors donne-moi de nouveaux sachets. Je te promets que je n'augmenterai pas la dose.

– Evie, tu m'as répété ça des dizaines de fois.

– C'est un comble ! C'est toi qui me fais la leçon ! Toi, avec tes habitudes de camé ! »

Il ne répond rien. Il me regarde étrangement. Un regard que je n'aime pas, qui me met mal à l'aise.

« Quoi ? je demande avec agressivité.

– Tu n'as pas remarqué ?

– Quoi ?

– Tu as dépassé ma consommation.

– N'importe quoi ! »

Je secoue la tête. Je me montre cruelle car je refuse de l'entendre :

« Tu calcules, maintenant ? Tu considères que je te coûte trop cher ? Tu veux que je te fasse un virement ? »

Mais il n'entre pas dans mon jeu. Il quitte la salle de bain sans répondre. Je le suis, mettant de l'eau partout sur le carrelage et sur la belle moquette de notre chambre. Je suis nue et je m'en contrefiche.

« Si ce n'est pas toi qui m'en fournis, je trouverai un autre moyen ! Je m'en procurerai, avec ou sans ton aide ! »

Il s'interrompt à quelques pas de sa valise, se retourne :

« Je te le déconseille.

– Alors donne-moi ce que je veux.

– Tu n'auras que cinq grammes.

– Quoi ?!

– Je ne te donnerai pas plus. Cinq grammes. Ça devrait suffire jusqu'à mon retour. »

Je tente de calculer rapidement mais la panique ne m'aide pas à avoir les idées claires. Cinq grammes. Une cinquantaine de traces. À peine une semaine. Une dizaine de jours tout au plus en me rationnant.

« Sept.

– Evie…

– Sept. Il m'en faut au moins sept. »

Je le supplie. Je suis nue au milieu de la chambre, les cheveux dégoulinant sur le sol, et je l'implore :

« Sept. Juste deux grammes de plus. Deux petits grammes. »

Il capitule, s'agenouille près de sa valise, mais ce que je lis dans son regard me répugne. C'est la première fois, je crois, que je ressens ce profond dégoût pour moi-même.

« Tiens. »

Il me tend les deux sachets et je suis incapable de soutenir son regard. J'ai l'impression que je viens de vendre une part de moi-même pour les obtenir.

« Je fais ce que je peux, dis-je plus tard, en guise d'excuse, tout en me séchant dans une large serviette.

– Je sais. »

Il n'ajoute rien, et je ne peux m'empêcher d'aller me nicher contre lui. Il ne me repousse pas, au contraire. Il m'enveloppe de ses bras.

Je ne suis pas vraiment là pendant le reste de la soirée, comme si une partie de mon esprit était restée à l'hôtel et à cette discussion. Je laisse Pierre mener la conversation à table. Nous sommes accueillis en grande pompe dans une pièce du Beffroi transformée en salle de réception. J'ai suffisamment donné aujourd'hui. Je me sens vidée de toute énergie. Je préfère laisser Pierre gérer. Je dois retrouver quelques forces. La partie la plus difficile du week-end se joue cette nuit…

Pierre n'est pas difficile à convaincre à la sortie de ce dîner. Il est déjà minuit, mais il a envie de me changer les idées, de me faire plaisir avant de regagner Genève. Aussi, il nous commande un taxi qui nous entraîne à la cave de la Bastille, celle où nous avons rencontré Anthony.

J'ai besoin de boire beaucoup pour noyer mon appréhension, ma culpabilité, mes remords à l'idée de ce que je vais faire. Je ne suis pas vraiment là. Mon corps s'agite, danse, détaché de mon esprit. Toute mon attention reste rivée aux yeux de Pierre, ses prunelles bleu-gris baignées par les lumières stroboscopiques. Des prunelles candides qui m'accordent toute leur confiance, que je m'apprête à trahir.

La nervosité me saisit dans le taxi du retour. Pierre me touche, me caresse, mais je ne sens même pas ses mains qui fouillent sous ma robe, cherchent mes seins. Je songe au somnifère, à la façon dont je vais ouvrir les capsules pour le verser dans son whisky.

Nous faisons l'amour à peine la porte franchie. Debout contre le battant, Pierre dans mon dos. Ce que Clara lui refuse. Il respire fort contre mon oreille, agrippe mes hanches. Je me laisse posséder. Je cherche la phrase dont je vais user, juste après, pour lui proposer ce dernier verre.

« On prend un bain avec un dernier verre ? Comme avant ? C'est notre dernière soirée… »

J'ai employé la même voix que plus tôt, lorsque je l'implorais. Pierre n'a pas encore eu le temps de reprendre son souffle. Son pantalon traîne à ses pieds. Un peu de sperme s'est répandu sur la moquette.

« Si tu veux…

– Tu fais couler le bain ? Je nous sers un verre. »

J'ai une légère absence pendant le bain. Je ne me souviens que du whisky qui diminue dans le verre, de mes calculs. Deux gélules. Pour la sécurité. La notice préconisait une gélule, prévoyait des effets au bout de vingt minutes. Je tente d'estimer le temps qui s'est écoulé, d'évaluer le moment opportun pour se mettre au lit. « Il est important d'être couché à ce moment-là pour ne pas risquer de tomber », dit la notice.

« Ça ne va pas ? »

Il me scrute. Il sent bien que quelque chose cloche.

« J'ai sommeil. »

Il a un léger sursaut en consultant sa montre.

« Il est déjà cinq heures ? »

Son débit s'est ralenti. Son élocution est légèrement pâteuse. Il ne semble pas s'en apercevoir.

« On va dormir. Demain est un grand jour. »

Oui, mon amour. Le jour de ma revanche.

J'ai tellement bu que je m'endors immédiatement, malgré la culpabilité. Je ne me sens pas sombrer.

C'est Pierre qui me réveille difficilement quelques heures plus tard.

« Evie… »

Sa voix est faible. Sa main cherche la mienne à tâtons.

« Evie… Evie… S'il te plaît. »

Un souffle. Sa voix n'est qu'un souffle. Ce sont les gargouillements qui m'interpellent. Des drôles de gargouillements quand il parle et l'odeur qui parvient à mes narines. Une odeur rance, écœurante.

« Evie… Il faut que tu appelles une ambulance.

– Hein ? »

Je me retourne avec lenteur. Le jour se lève à peine. Il est tôt. J'ai besoin de quelques secondes pour que mes yeux s'habituent à la faible luminosité. Le visage de Pierre est blanc, luisant, il baigne dans son propre vomi. Il a régurgité dans son sommeil. Son menton, son torse et l'oreiller sont souillés. Les gargouillements proviennent du liquide étrange qui sort de sa bouche lorsqu'il essaie de parler.

« Evie, répète-t-il. Il faut que tu appelles quelqu'un. »

Je reste figée, incapable de réagir, incapable de réaliser, de faire le lien entre mon geste et cette catastrophe qui se produit sous mes yeux. La peau de Pierre est aussi grisâtre que celle du tableau de Clara. Un vertige me saisit.

« Evie, je ne peux pas me lever. Appelle pour moi. »

Sa main parvient enfin à rencontrer la mienne, la serre de toutes ses forces jusqu'à me faire mal, comme celle de Clara l'autre jour dans la véranda. Sauf que celle de Pierre s'agrippe avec l'énergie du désespoir, me supplie. Qu'est-ce que tu lui as fait, Evie Perraud ? Le vide qui s'ouvre dans ma poitrine menace de m'aspirer tout entière.

« Evie…

– Oui… Oui, je suis là. »

Je suis tremblante, au bord de la nausée, d'une lenteur effarante, mais je parviens à me libérer de sa poigne. Je me lève, tâtonne pour trouver mon téléphone.

« J'appelle les secours… Ne bouge pas, j'appelle, d'accord ? »

Où voudrais-tu qu'il aille, pauvre idiote ?

À partir de ce moment-là, je me laisse bêtement guider par la voix au bout du fil. Je n'ai plus aucun réflexe, plus aucune réaction. Même les émotions m'ont quittée. Il paraît que l'on nomme cela l'état de sidération. On me donne des indications pour placer Pierre en position latérale de sécurité.

« Il risque de s'étouffer si vous le laissez sur le dos. »

Son corps pèse une tonne. L'odeur me provoque des haut-le-cœur.

« Il est toujours conscient ?

– Je ne sais pas.

– Comment ça, vous ne savez pas ?

– Il ne répond plus… Il… Je ne sais pas.

– Bien. Tentez de lui parler. Ne cessez pas de lui parler, d'accord ? »

Mais je ne parle pas à Pierre. Que pourrais-je bien lui dire ? C'est moi qui t'ai empoisonné. Je ne l'ai pas voulu. Pardonne-moi. Si tu ne me pardonnes pas, je n'ai plus qu'à me tuer ?

« Qu'est-ce qu'il a consommé ? Madame, nous ne pouvons pas le prendre en charge correctement si nous ne connaissons pas les substances qu'il a ingérées. L'ambulance arrive. S'il vous plaît, essayez de vous rappeler ce qu'il a pu consommer pendant la nuit. »

Un temps de silence qui me vrille les tympans.

« Un somnifère.

– Un somnifère, d'accord. Beaucoup ?

– Deux gélules.

– Quelle marque ?

– Mogadon.

– Mogadon. Deux gélules. Les a-t-il mélangées avec de l'alcool ?

– Oui. Son whisky…

– Rien d'autre ?

– Il… Il a consommé d'autres verres avant…

– En quelle quantité ? Vous pouvez nous l'indiquer ?

– Je ne sais plus vraiment… Je… Je ne sais pas exactement…

– Était-il un habitué de ce genre de cocktail ?

– Non !

– Bien, calmez-vous, madame. Tentez de vous souvenir.

– Ce n'est pas tout.

– Pardon ? »

J'ai besoin de prononcer les mots pour prendre conscience de ce que j'ai fait :

« Il n'y a pas seulement le somnifère et l'alcool…

– Ah…

– Il a consommé de la cocaïne. De l'alcool, un somnifère et de la cocaïne.

– Merde ! » lâche l'homme au bout du fil.

J'entends de l'agitation derrière lui. Des chuchotements.

« Bien. Je préviens l'équipe. Ils seront là dans une poignée de minutes. Ne cessez pas de lui parler, madame, ne le laissez pas perdre connaissance. »

C'est trop tard. Sur le lit, Pierre est évanoui.

J'ai le temps d'y songer durant ces quelques minutes seule dans la chambre avec lui. Si on m'annonce qu'il est mort, je me jette par la fenêtre. Je visualise très clairement mon corps en chute libre puis le choc contre le béton. Les os qui se brisent. Les chairs qui s'ouvrent. Le sang qui gicle. Ma boîte crânienne qui s'écrase, se comprime comme une bouteille plastique. Je n'ai pas peur de la douleur.

Et puis les pompiers arrivent, accompagnés du personnel de l'hôtel qui semble aussi atterré que moi. Il y a de l'agitation dans la chambre. On me demande ses papiers d'identité, on me demande de répéter ce que j'ai déjà dit au téléphone, de préciser la chronologie, les horaires. Les somnifères ? Un peu avant cinq heures. Le dernier verre en même temps. La cocaïne, je ne sais pas… Vers trois heures. Quatre heures. Avant aussi, pendant la boîte. Oui, il était conscient quand j'ai appelé. Il régurgitait encore. Non, je ne sais pas s'il avait d'autres symptômes. Il n'a pas eu le temps de me le dire.

Je les regarde enfoncer un tuyau énorme dans sa bouche, le sangler sur un brancard. Je ne peux m'empêcher d'y penser… Ils ont dû emmener Alexandrine de la même façon cette nuit-là. C'était une erreur. Il ne cessait de le clamer. Je ne vaux pas mieux que Pierre.

« Vous êtes sa femme ?

– Oui.

– Montez avec nous. »

Je mens sans même y penser. Est-ce réellement un mensonge ? Est-ce que Clara a davantage sa place auprès de Pierre que moi, à cet instant précis ? Je ne le pense pas. C'est à moi de rester à ses côtés. De réparer ma terrible bêtise. De m'assurer qu'il survive.

Tout se déroule dans une sorte de brouillard. Le trajet dans l'ambulance. L'agitation autour de son corps. Les bips du monitoring. La perche de la perfusion qui se balance. Le brassard de tension qui se gonfle et se dégonfle.

« Suivez-nous, madame. »

Le parking des urgences. Le dédale de couloirs. Le lit qui roule en produisant un bruit métallique. La chaise qu'on me désigne.

« On lui fait les premiers examens. Restez ici. On vous tiendra informée. »

J'ai le temps de penser dans ce couloir aux murs décrépis. La punition que je réservais à Clara s'est abattue sur Pierre. Cette fois, c'est fini. Cette fois, Clara ne me le pardonnera pas. Peu importe Calypso, peu importe sa carrière. Si j'ai tué son mari…

Pierre n'est pas mort. C'est la nouvelle qu'on m'apporte plus tard.

« Il a repris connaissance. On a les premiers résultats des analyses toxicologiques. Un médecin les interprétera sous peu. Je reviendrai vous chercher. On lui fera d'autres examens. »

Alors je ne bouge pas. J'attends. On me laisse patienter un temps infini. J'arpente le couloir de long en large. Je suis incapable de tenir en place. Mes mains reviennent frôler ma poche arrière de façon obsessionnelle, frénétique, mais je n'ai pas le miroir de poche sur moi. Je l'ai laissé à l'hôtel. Rien ne peut m'extraire de ce cauchemar.

« Madame ? »

Une infirmière se présente.

« M. Manan dit que vous pouvez rentrer chez vous, que vous n'avez pas besoin de rester à ses côtés pour le reste des examens.

– Quoi ? »

Elle hausse les épaules. Elle paraît un peu désemparée.

« Il sera sorti d'ici la fin de la journée. Son état s'est stabilisé. Il vous fait savoir qu'il sortira seul, qu'il vous remercie de l'avoir accompagné. »

J'ai l'impression que je perds l'équilibre. Je m'accroche aux yeux de l'infirmière. De jolis yeux verts.

« Il a dit ça ? Je… ne peux pas le voir… juste une seconde ?

– Quelques instants seulement. »

Elle me fait signe de la suivre. J'ai du mal à tenir le rythme de son pas énergique. Nous longeons un couloir qui ressemble à celui de la morgue de Saint-Roch. Puis elle bifurque brusquement dans une petite salle avec des paravents. Le lit de Pierre se trouve là, en position relevée. Je ne l'ai jamais vu aussi pâle. Il n'est plus intubé. Il porte une chemise de l'hôpital. Un cathéter relie sa main à une perfusion. Je note tous ces détails et je me mets à trembler de façon incontrôlable. Ses prunelles sont d'un bleu froid. Un bleu d'acier. Tout ce que j'y lisais auparavant a disparu. Il me semble loin. Inatteignable. Je ne sais plus ce qu'il faut faire. M'approcher de son lit ou rester plantée à côté de la porte ? Parler la première ou le laisser crier ? L'infirmière s'est éclipsée. Le silence s'installe. Il finit par parler d'une voix que l'intubation a rendue rauque.

« Je sais ce que tu as fait. Deux Mogadon dans mon whisky. C'est ce qu'ils m'ont dit. J'ai deviné pourquoi tu l'as fait. »

Il me laisse le temps de dire quelque chose, de me défendre, mais rien ne me vient. Je suis glacée.

« Il te reste trois quarts d'heure pour prendre un taxi, rentrer à l'hôtel, te changer et te présenter à la cérémonie de remise des prix de Montrouge.

– Quoi ?

– Je m'engage à garder le silence auprès de Clara si tu te rends à cette cérémonie. Tu lui rapportes son prix si elle l'obtient. Tu fais acte de présence sur le Salon jusqu'en fin de journée. Tu serres des mains, tu prends des cartes de visite, tu fais ce qu'on attend de toi. Ensuite, tu rentres à Saint-Paul comme convenu, par le train de dix-huit heures. C'est clair ? Pour moi, ça l'est. »

Je sens les larmes qui montent, qui me brouillent la vue.

« Pierre, je ne voulais pas… Rien de ce qui est arrivé n'était volontaire… Je ne l'aurais jamais fait si j'avais su…

– Restons-en là, d'accord ?

– Quoi ?

– Restons-en là. Je t'offre une chance de conserver ton poste. Ça me paraît correct. Ne m'en demande pas plus.

– Pierre… »

Je ne vois plus rien à cause des larmes. Je le supplie lamentablement :

« Il faut que tu comprennes…

– Quoi ?

– Que je… Que…

– Que tu es devenue comme elle ? »

Le choc me coupe le souffle un instant.

« Je ne suis pas devenue comme elle !

– Si. »

Si je n'avais pas les yeux pleins de larmes, je pourrais lire de la tristesse sur son visage, mais tout ce que j'imagine, ce sont ses prunelles d'un bleu glacial.

« Maintenant tu devrais y aller. Tu vas être en retard.

– Tu rentreras quand ?

– Je ne sais pas.

– Tu vas rentrer, au moins ?

– Je ne sais pas.

– Ce n'est pas moi, Pierre… Elle m'a rendue folle… Complètement folle. »

Je m'approche de quelques pas. Si je le touche, si je prends sa main dans la mienne, tout sera comme avant. J'en suis convaincue.

« Evie, arrête… Monte dans un taxi et rends-toi au Salon. »

Il tente de me repousser mais je m'agrippe à sa main, celle qui n'a pas la perfusion. Je la porte à ma bouche, je l'embrasse, comme ce soir-là quand je lui ai demandé s'il m'aimait, s'il m'aimait au moins autant qu'elle. J'embrasse ses doigts et je les couvre de larmes.

« Il faut que tu me pardonnes. S'il t'était arrivé quoi que ce soit, je me serais tuée !

– Arrête ! »

Je suis surprise de l'entendre crier avec colère.

« Arrête avec ça ! Avec tes idées morbides ! Tout le temps ! Ça suffit ! »

Il arrache sa main de la mienne et se redresse. Je retiens mon souffle.

« Tu vas assister à cette remise de prix, c'est tout. Et ne dis plus jamais de choses pareilles ! »

Dans le silence qui retombe, je tente d'étouffer mes sanglots.

« Ce sont ses toiles qui t'ont tapé sur le système ? Ce sont ses toiles, ou c'est la coke ? »

Je hoquette en haussant les épaules.

« Je ne sais pas. »

Nous ne disons plus rien pendant quelques instants. Je tente de calmer ma respiration. J'essuie mes larmes. Je rassemble mes idées. Puis Pierre, avec un peu de douceur, déclare :

« Va te préparer. »

Je sens sa main légère sur ma joue, et alors je ne peux retenir le plus énorme de tous les sanglots.

« Pardonne-moi, Pierre. »

Il m'attire dans ses bras avec brusquerie et me repousse aussitôt.

« File. File, vite, avant de me faire perdre toute dignité. »

Il me pousse vers la sortie sans ménagement. Je souris à travers mes larmes. Il me lance un dernier regard courroucé :

« Déguerpis ! Et ne rate pas ton permis demain ! C'est important, le permis.

– Promis. »

Dans le couloir, je m'affaisse contre le mur. Je me laisse glisser par terre. Je laisse mes larmes ruisseler.

« Tout va bien ? me demande l'infirmière.

– Oui.

– Vous êtes sûre ?

– Oui… Tout va bien. »

Après ces heures de cauchemar, ça m'est égal d'arriver en retard. Ma robe est tachée car j'ai saigné du nez dans le taxi, je n'ai pas eu le temps de me maquiller, je dois avoir un regard un peu fou. Pierre est vivant, Pierre a caressé ma joue : rien d'autre ne compte.

Je regarde des artistes monter sur scène, sous les applaudissements, dans un état d'hébétude complet, sans vraiment saisir ce qui se déroule devant mes yeux. Des flashs. Des poignées de main. Des applaudissements. Je suis encore là-bas, à l'hôpital, et je sens encore la caresse de la main de Pierre sur ma peau.

Je ne reconnais pas mon nom quand il résonne dans la salle.

« Calypso Montant pour le prix ADAGP "Révélation arts plastiques". »

D'abord, j'applaudis avec les autres, puis les membres du jury, debout sur la scène, se mettent à me lancer des regards appuyés.

« Calypso Montant », répète-t-on au micro.

Je finis par me lever en titubant légèrement.

« Ah ! l'émotion ! » commente la femme au micro.

Je perçois quelques rires. Je me concentre pour monter les marches sans trébucher. Je serre les mains qu'on me tend, réceptionne l'enveloppe, évite la lumière agressive des flashs.

« L'artiste a séduit le jury par son œuvre engagée et militante pour la cause féministe. Laissons Louise Kersel en dire quelques mots. »

Je pense brièvement que j'ai échoué : Clara a obtenu son prix. Mais Pierre est vivant.

« Vous souhaitez vous exprimer, Calypso Montant ? »

Je suis prise de court. Malgré tout, je prends le micro et me tourne vers la salle. Je ne fixe personne en particulier. L'ensemble. La masse sombre dans les fauteuils rouges.

« Je tiens à remercier mon mari pour le soutien qu'il m'apporte au quotidien, et la charge qu'il accepte de porter afin de me permettre de peindre sereinement. »

Un silence. Je devine des sourires dans l'assemblée.

« Un homme moderne, conclut la présentatrice. Rien d'étonnant quand on connaît votre univers. »

Quelques rires dans le public. J'ajoute :

« Et merci à David Stein, qui m'a accompagnée ces derniers mois dans ma carrière. »

Les applaudissements retentissent. Je quitte la scène.

Voilà, j'ai fait ce que Pierre me demandait, j'ai joué mon rôle jusqu'au bout.

7

Elle a été informée par Pierre. Je le sais à la façon dont elle jaillit dès que je pousse la porte d'entrée, à la façon dont elle se déplace, malgré sa claudication, d'un pas vif, impatiente de venir à ma rencontre. Nous ne nous saluons pas. Elle se contente de me lancer avec agressivité :

« Où est mon prix ?

– Dans mon sac.

– Donne-le-moi. »

Ses mains bougent nerveusement. Les muscles de son visage sont tendus. Je prends tout mon temps pour fouiller dans mon sac. À peine en ai-je extrait l'enveloppe contenant le certificat et le chèque qu'elle me l'arrache des mains. Elle lit plusieurs fois le document. Enfin, elle lève la tête. Ses yeux noirs me foudroient.

« Tu peux disposer. »

Tout à coup, être traitée comme une moins-que-rien alors que j'ai dû ravaler ma honte pour obtenir ce prix m'est insupportable. Je la regarde droit dans les yeux et je lâche ces mots :

« J'aurais pu vous le faire rater. »

La gifle part sans que j'aie le temps de parer le coup, produit un claquement sec. La seconde d'après, alors que mes oreilles bourdonnent encore, elle se met à crier :

« Plus jamais ! Plus jamais tu ne portes préjudice à l'image de Calypso ! Plus jamais tu ne joues à ce petit jeu avec moi ! »

Je suis étourdie. La tête me tourne. Quelques gouttes de sang tombent au sol. Le choc de la gifle. Et mes cloisons nasales détruites.

« Te faire sauter par mon mari sous mon propre toit passe encore. Mais t'en prendre à Calypso, à mes toiles ! À mon œuvre ! Jamais je ne le laisserai passer ! »

Elle lève de nouveau la main sur moi mais je me défends cette fois. J'ai pris une trace avant d'entrer. J'ai le geste vif. Je retiens son bras, le serre entre mes doigts jusqu'à ce que je voie son visage se contracter de douleur.

« Lâche-moi ! » crie-t-elle.

Je la lâche. Parce que j'ai vu un soupçon de peur dans son regard. C'est la première fois. Elle se dégage de ma poigne d'un geste brusque, recule.

« Tu t'es fait démonter par une critique d'art en ligne ! Humilier ! David Stein a vivement réagi. Il menace de couper les ponts avec toi ! Il regrette de t'avoir recommandée ! C'est ce que tu voulais ? Tu voulais me donner une leçon ? »

Je ne cille pas. L'effet de ma ligne me donne des ailes. Et plus je me sens puissante, plus la lueur dans les yeux de Clara vacille.

« Tu penses vraiment que tu peux gagner à ce jeu ?

– Laissez-moi Pierre.

– Pardon ? »

Si elle le pouvait, elle me giflerait encore, mais elle a peur désormais.

« Laissez-moi Pierre, et je laisserai Calypso intacte. »

Elle recule d'un pas. Le silence s'éternise quelques secondes.

« C'est une menace ?

– C'est un marché. Vous renoncez à Pierre et je préserve l'image de Calypso. Vous tenez à vos toiles plus qu'à votre mari, non ? »

Ses yeux lancent des éclairs.

« Tu crois que tu peux me menacer ? Sais-tu seulement à quoi tu t'exposes ?

– Vous avez besoin de moi.

– Tu n'es personne. Tu n'étais qu'une misérable vendeuse de supérette quand j'ai posé les yeux sur toi. L'as-tu déjà oublié, ou les coups de reins de Pierre t'ont-ils fait croire que tu étais quelqu'un ?

– Vous non plus, vous n'êtes rien. Vous étiez à peine une peintre quand je suis arrivée. Terrée au fond de votre véranda. Personne ne vous achetait quoi que ce soit. Personne ne mettait les pieds à Humanis. Personne n'aimait vos tableaux. Vous aviez besoin de moi pour rendre Calypso aimable. Pour la rendre humaine. Vous n'êtes qu'un monstre glacé qui ne parvient à jouir qu'en contemplant la souffrance des autres, qu'en les rabaissant plus bas que terre. Vous êtes froide. Froide comme la mort. »

Nous nous affrontons du regard, à quelques centimètres l'une de l'autre. J'entends ses battements cardiaques et elle entend les miens. Le moindre geste entraînera une réponse symétrique, nous le savons toutes les deux. Nous pourrions nous entretuer ici même.

« Tu n'es qu'une misérable camée. Tu te tueras avant même que je ne lève la main sur toi.

– Vous êtes une cinglée. Folle à enfermer. Pierre ne vous touche même plus.

– Je ne négocie pas avec toi. Je ne négocierai jamais avec toi. Tu finiras bien par te plier à mes règles.

– Ah oui ? Pourquoi ?

– Parce qu'il en est ainsi depuis toujours. Tout le monde finit toujours par se plier à mes règles. Même mon père. »

Je hausse les épaules.

« Tant pis. Vous aurez eu une belle carrière. Éphémère, mais c'est mieux que rien…

– C'est ce que nous verrons. »

Elle me sourit. Un sourire glacial qui me donne des frissons. Je m'apprête à monter dans ma chambre quand elle ajoute :

« L'ordinateur est dans ta chambre… Si tu veux jeter un coup d'œil à ta propre déchéance. »

Puis, alors que j'atteins le palier, elle crie :
« Pierre ne renoncera jamais à moi. »

J'ouvre l'ordinateur de Clara, et en quelques clics je trouve un article. Un billet en ligne d'une critique d'art présente sur le Salon. Il est titré : « Calypso Montant, jeune artiste d'une génération désabusée ». Le texte commence ainsi :

Calypso Montant, qui vient de remporter le prix du jury du Salon de Montrouge, s'est offert une grasse matinée en ce dimanche matin où elle a brillé par son absence sur son stand. Elle a cependant daigné faire au public l'honneur de sa présence pour la cérémonie de clôture, malgré une arrivée remarquée, très en retard. Tant de mépris interpelle. Mérite-t-elle ce prix ?

Je ne vais pas au-delà. J'ouvre la boîte mail de Calypso. Un message de David Stein arrivé il y a deux heures.

Très chère Calypso,
J'espère que tu as une bonne explication à tout cela... La confiance que je t'ai accordée ne se donne qu'une fois au cours d'une carrière. Ne me fais pas regretter d'avoir cru en toi !
Appelle-moi de toute urgence.
David

J'avale un comprimé de Mogadon avec un grand verre d'eau et je me couche tout habillée. Je passe mon permis demain matin. Du fond de mon gouffre, je n'ai plus grand-chose à quoi me raccrocher. Je ne sais pas quand Pierre rentrera.

C'est Nina qui me tire du sommeil. Mon réveil sonne depuis dix minutes déjà, me dit-elle, et le bruit dérange Clara. Les somnifères m'abrutissent. J'ai du mal à émerger.
« Elle dit que vous avez votre permis dans trois quarts d'heure. »

Nina repousse ma couverture et me tend mon téléphone duquel jaillit une sonnerie stridente. Je passe en position assise. Le brouillard dans mon cerveau est si épais que j'ai du mal à ouvrir les yeux, et même à voir Nina.

« Ça va aller ? »

Je la remercie. Je cherche à tâtons mon manteau. Le miroir de poche. Les deux sachets donnés par Pierre. Je vais avoir besoin d'un remontant conséquent pour émerger.

J'ai des palpitations. C'est la première fois que j'engloutis une ligne aussi longue. Il le fallait. Je suis passée sous la douche, j'ai étalé du fond de teint sur mon visage. Je n'ai rien eu le temps d'avaler, je me serais mise en retard.

Mon moniteur habituel est là, en bas des remparts, sur le parking de la mairie, accompagné d'une femme à l'air sévère. Probablement l'inspectrice. Une voiture de police est garée à quelques mètres.

« Evie Perraud ?

– Oui. Bonjour.

– Bonjour. »

Nous échangeons une poignée de main. L'inspectrice me demande ma convocation ainsi qu'une pièce d'identité, puis me tend les clés.

« Allons-y. »

Elle s'installe devant, à côté de moi, tandis que mon moniteur s'assied à l'arrière. Je cherche son regard dans le rétroviseur mais ne le trouve pas. Il entreprend de boucler sa ceinture et y met un temps qui me paraît infiniment long.

« Je vous laisse procéder aux réglages. »

Je camoufle le tremblement de mes mains du mieux que je peux en ajustant mes rétroviseurs, la hauteur de mon siège, puis je la consulte du regard. Pas un sourire. Un air pincé.

« Bien, vous allez quitter le stationnement et vous engager sur la D2, là-bas plus loin. Allez-y quand vous êtes prête. »

Je démarre en appuyant un peu trop brusquement sur la pédale d'accélération. Le moteur rugit. Je m'excuse, m'embrouille un instant en essayant de passer la première, mais y parviens finalement. J'oublie de jeter un coup d'œil à gauche avant de déboîter. Heureusement, le parking est presque désert. Je m'engage de façon prudente et avec une lenteur forcée sur la départementale, sans prendre garde au véhicule de la police nationale qui me suit. Je suis en train de passer la troisième quand la sirène se met en route, derrière nous. L'inspectrice reprend le contrôle des pédales, met le clignotant, nous fait nous ranger sur le bas-côté. Je ne comprends pas ce qui se passe, d'autant moins qu'elle semble sereine, absolument pas surprise.

« C'est un contrôle ? je demande, les mains encore sur le volant.

– On dirait. »

Mon moniteur sort de la voiture. L'inspectrice ouvre sa portière. Je ne bouge pas. Je ne sais pas ce que je suis censée faire.

« Sortez, dit-elle.

– Ah… »

Je m'exécute. C'est une journée maussade, avec une fine pluie. Deux policiers s'approchent. Mon moniteur se place en retrait, les mains dans les poches. L'inspectrice les salue.

« Bonjour, police nationale. Vous avez les papiers du véhicule ? »

Elle les leur tend déjà, comme si elle y était préparée, mais l'homme ne les regarde même pas. Il les lui rend. Son collègue prend la suite, plus bourru, plus direct :

« Contrôle de stupéfiants. Est-ce que vous pouvez nous suivre ? »

Je ne comprends pas tout de suite qu'ils s'adressent à moi. Je continue de fixer l'inspectrice, qui semble gérer la situation avec un calme parfait. L'homme répète :

« Madame, vous nous suivez ? »

J'ai l'impression que mon cœur s'est arrêté et ne va pas repartir. Mais le policier répète encore, d'une voix ferme :

« Suivez-nous, je vous prie. »

L'inspectrice discute maintenant à voix basse avec l'autre policier et mon moniteur, qui évite mon regard, tête baissée. Alors je comprends. Rien de tout cela n'est dû au hasard. Le véhicule de police stationné sur le parking. Le silence et la nervosité du moniteur. La raideur de l'inspectrice. Les mots de Clara, la veille. *Tu finiras bien par te plier à mes règles.*

Aurait-elle fait ça ? Aurait-elle pris le risque de salir la réputation de Calypso de la sorte ? Nous sommes lundi, il est huit heures et quart, la pluie tombe. Personne n'est là pour contempler le spectacle de Calypso Montant encadrée par des policiers. Le risque était donc faible. Pourtant, j'ai du mal à croire qu'elle ait fait ça. Qu'elle m'ait dénoncée à la police.

« On va procéder à un test salivaire. »

La porte coulissante du véhicule de police s'ouvre. L'homme me fait signe d'entrer. Dehors, l'inspectrice discute toujours avec l'autre policier, tandis que mon moniteur fume une cigarette.

« Vous allez ouvrir la bouche. Je vais passer le bâtonnet dans votre bouche afin de recueillir suffisamment de salive. Le résultat sera disponible en quelques minutes.

– Pourquoi vous me contrôlez ? »

Il ne me regarde même pas. Il déchire l'emballage de son test, extrait le bâtonnet blanc, me fait signe d'ouvrir la bouche, le frotte sans douceur un peu partout dans ma bouche.

« Ne bougez pas ! » m'ordonne-t-il sèchement quand le bâtonnet au fond de ma gorge me provoque un haut-le-cœur.

Puis il manipule son matériel. Après quoi il adresse un signe de la main à son collègue.

Est-ce que le test peut se tromper ? Est-ce qu'il peut se révéler négatif ? Je m'accroche à ce fol espoir. Moi qui viens de prendre la plus grosse ligne de cocaïne de ma vie.

J'ai envie de pleurer. Si Clara a choisi de m'imposer cela, quelle vengeance vais-je bien pouvoir inventer pour l'humilier, elle ? Je n'en vois aucune.

Son collègue nous rejoint, ils se mettent à discuter. De tout et de rien. Comme si je n'étais pas là. Près de la voiture de l'auto-école, à quelques mètres, mon moniteur écrase sa cigarette. L'inspectrice est rentrée se mettre à l'abri à l'intérieur. Ils sont prêts à repartir sans moi. Sont-ils déjà tous persuadés du résultat du test ?

Est-ce mon moniteur qui a donné l'alerte ? A-t-il fini par avoir des soupçons à force de devoir répéter que ma conduite était agressive ? Ou est-ce Clara ? Cette pensée m'obsède, ainsi que les deux sachets de Pierre que j'ai oublié de retirer de la poche arrière de mon jean. Tout est fini pour moi. Je ne m'en sortirai pas. Ni Béranger ni Clara n'accepteront de me sortir de là. Et Pierre ? Le laisseront-ils m'aider ?

Ils ont passé quelques coups de téléphone. Un talkie-walkie a grésillé. L'un des policiers est sorti fumer une cigarette. Celui qui a réalisé le test, le bourru, retire le bâtonnet du tube, le place à la lumière du plafonnier pour le lire :

« C'est positif. On l'emmène au poste. »

Il boucle déjà sa ceinture. L'autre, dehors, écrase sa cigarette.

« Cocaïne ?

– Ouais.

– Pourquoi vous m'emmenez ? »

J'ai du mal à parler. Les palpitations sont plus fortes que jamais.

« Vous êtes en garde à vue, on vous donnera plus d'informations au poste. On va procéder à un prélèvement sanguin pour confirmer l'infraction, à savoir la conduite sous psychotropes. Puis la routine. Fouille corporelle, empreintes, photos. »

Je me demande s'ils plaisantent, s'ils tentent de m'impressionner. Je veux protester, mais le policier à l'avant ne me laisse pas le temps de parler. Il s'adresse à son collègue :

« Tu la menottes ? »

Et à cet instant précis, je comprends que j'ai touché le fond, je ne pourrai jamais tomber plus bas. Je suis menottée. Mes mains sont liées devant, sur mon ventre. Les sachets dans ma poche arrière ne pourront plus s'évaporer. Dehors, la voiture de l'auto-école s'éloigne.

« Est-ce que je peux prévenir quelqu'un ?

– On vous notifiera vos droits au commissariat. »

Je retiens mes larmes. C'est la seule dignité qui me reste. Ne pas craquer devant eux.

Nous arrivons au commissariat en quelques minutes. Je n'ai pas encore eu le temps de réagir qu'on me tire dehors. La pluie. Des pas rapides. La porte vitrée. Une dame derrière un comptoir, que les deux hommes saluent. Un badge. Un déclic. Nous accédons à un couloir puis entrons dans une pièce. Mon esprit est resté au bord de la route. Je suis ahurie. Une policière est là.

« Levez les bras. »

La policière palpe mon buste, mes bras, mes hanches, mes jambes.

« Retirez vos chaussures. »

Elle fouille les poches de mon manteau, de mon jean, et finit par mettre la main sur les deux sachets de poudre presque intacts. Sept grammes. Elle et ses deux collègues échangent un sourire.

« Enlevez tout.

– Pardon ?

– Ne gardez que vos sous-vêtements. »

Je ne sais pas s'ils ont le droit. Je ne sais pas si je peux refuser. Un des policiers repart avec les sachets de cocaïne. L'autre me regarde me déshabiller, puis la policière me fait tourner, tirer la langue, détacher mes cheveux.

« Rhabillez-vous, mais retirez vos bijoux ainsi que les lacets de vos baskets. »

La porte s'ouvre à la volée. Le second policier est déjà de retour.

« Rien d'autre ? demande-t-il à son collègue.

– Rien d'autre.

– Tu lui notifies ses droits ? »

La policière quitte la pièce. Les deux hommes attendent que je retire mes bijoux, mes lacets. Ce n'est pas facile. Mes mains tremblent.

« La montre aussi. »

Mon cœur se fend en leur tendant la montre de Pierre. Je répète :

« Est-ce que je peux prévenir quelqu'un ?

– Nous y venons. »

Je me redresse, mais avec l'impression d'être encore en sous-vêtements devant eux. Le policier récite d'un ton monocorde des mots que j'ai maintes fois entendus dans des séries à la télé. Sauf qu'il s'agit de moi, cette fois, de ma vie.

« Vous êtes en garde à vue depuis votre arrestation, à 8 h 42 le 11 avril 2019, pour conduite sous l'emprise de stupéfiants. Nous ajoutons aussi la détention de stupéfiants. Le procureur de la République a été informé. Vous avez le droit de faire prévenir un proche, le droit d'être examinée par un médecin et de demander l'assistance d'un avocat. Vous avez le droit de faire des déclarations, de répondre aux questions ou de vous taire au cours des auditions. La garde à vue durera vingt-quatre heures. Est-ce que vous avez des questions ? »

Il me faut quelques secondes pour me reprendre.

« Je veux que vous fassiez prévenir quelqu'un. Pierre…

– Pierre ?

– Pierre Manan. Mon employeur. »

Je m'imagine qu'en présentant les choses ainsi, j'aurai davantage de chances d'obtenir un avis positif.

« Très bien. Quoi d'autre ? »

Je ne sais pas. Je ne sais plus. Je sais qu'il était vaguement question d'un avocat.

« L'avocat, je… Je veux bien…

– C'est noté. »

Le policier s'apprête à me remettre les menottes. L'autre se dirige déjà vers la porte.

« Je vais voir si la salle est libre pour les empreintes et les photos. »

Si l'attente aux urgences la veille m'a paru être un supplice, ce n'était rien comparé au cauchemar de ce matin. Je reste près d'une heure sur une chaise dans un couloir sinistre, les mains menottées. J'ai un hématome à l'intérieur du coude à cause de la prise de sang qu'on m'a faite pour confirmer le test salivaire.

Chaque fois qu'un des deux policiers passe dans le couloir où je me trouve, je me redresse et je l'interroge.

« Vous avez prévenu Pierre ?

– Ce sera fait. »

Pour me calmer, je m'imagine que dès l'instant où il saura ce qui m'arrive, on me relâchera. Je tente de m'en persuader tandis que les effets de ma prise inconsidérée de ce matin, mêlée au somnifère de la nuit, se font sentir. Je me sens nauséeuse. Je transpire. Les tremblements s'accentuent. Je me demande si ce n'est pas simplement de la peur. Une crise d'angoisse.

« C'est bon, la salle est libre. »

On me fait lever. Une policière que je n'avais encore pas vue. Elle est plus douce, moins brutale. Elle me fait asseoir devant un bureau sur lequel se trouve un dispositif pour relever mes empreintes.

« Main droite », indique-t-elle.

Ma main tremble tellement qu'elle est obligée de la saisir, d'appuyer mes doigts très fort.

« Tout va bien, madame ?

– Je ne sais pas…

– Vous avez pris des stupéfiants ce matin ?

– Oui.

– Vous avez le droit de voir un médecin, vous savez. »

Elle m'entraîne à l'autre bout de la pièce.

« On va procéder aux photos. »

Placée contre un mur blanc, mon visage livide et luisant doit inquiéter la policière. Elle prend plusieurs clichés, puis me dit :

« Vous devriez demander à consulter un médecin. C'est un conseil. Vous pouvez formuler cette requête dans les trois premières heures de la garde à vue. Il est encore temps. »

Alors j'essuie la sueur sur mon front, je maîtrise un haut-le-cœur et j'acquiesce :

« D'accord. Je veux bien voir un médecin. »

Je retourne dans le couloir sinistre. On dépose une bassine sur mes genoux. Mais rien ne sort. Un des policiers de ce matin revient.

« Votre employeur est prévenu », m'annonce-t-il.

Quelque chose se dénoue au niveau de ma poitrine. Pierre sait où je suis. Il fera ce qu'il faut. C'est une certitude.

« Le médecin sera là dans une heure.

– D'accord. »

Il se laisse tomber sur le siège à côté du mien et sort son téléphone portable. Je fixe le fond de la bassine. *Pierre arrive, Pierre va te sortir de là.* Je me répète ça tandis que la vague de nausée va et vient en moi.

Le fond, je le touche réellement quelques minutes plus tard, quand on me boucle dans une cellule. Une pièce de six ou sept mètres carrés à l'odeur d'urine et de vomi. Une banquette en bois. Des toilettes à la turque dans un coin, masquées par un pan de mur à mi-hauteur. Une couverture jetée au sol, que je n'ose pas toucher. La nausée est plus violente que jamais. Je parviens à me vider dans la bassine avant de m'allonger sur la banquette en position fœtale, parcourue de tremblements. Je me répète en boucle : Pierre est en route, ça va aller.

J'ai dû m'assoupir quelques secondes malgré les conversations entre policiers et gardés à vue dans les cellules d'à côté, malgré les protestations de certains, malgré les bruits divers que je n'identifie pas, l'odeur répugnante, ma peur, mes nausées. Je sursaute lorsque la porte s'ouvre. Un nouveau policier me tend les menottes.

« Je vous conduis en salle d'examen. »

Je me sens sale et misérable. Si Clara me voyait, elle s'estimerait vengée au centuple.

« Vous saignez du nez.

– Ah. »

Il est gentil, celui-ci, il a un regard doux.

« Vous avez déjà eu une audition ?

– Pas encore.

– Vous avez demandé un avocat ?

– Oui.

– Il s'entretiendra avec vous pendant une demi-heure avant l'audition. Il vous conseillera. »

Tout cela me semble si inconcevable que je ne trouve rien à répondre. Nous arrivons devant une pièce qui ressemble vaguement à une petite infirmerie. Une table d'examen, un pèse-personne, un chariot rempli de matériel médical et un placard fermé. Une femme en blouse blanche, la quarantaine, brune, m'accueille.

« Bonjour, si vous pouviez libérer la gardée à vue. »

Le policier libère mes mains avant de s'en aller, refermant la porte derrière lui. La femme médecin me fait asseoir sur la table d'examen.

« Qu'est-ce qui vous amène ? »

Je pourrais presque croire que c'est une consultation médicale ordinaire s'il n'y avait pas tous ces bruits dans les couloirs.

« Des vertiges. Des nausées. J'ai vomi. Je… j'ai des palpitations cardiaques depuis ce matin et… j'ai chaud, terriblement chaud, puis très froid.

– Vous saignez du nez.

– Oui.

– C'est fréquent ?

– Depuis quelque temps, assez. »

Je m'allonge sur la table d'examen, à sa demande. Elle commence à m'examiner tout en poursuivant :

« Vous consommez des drogues ?

– Oui.

– Lesquelles ?

– De la cocaïne.

– À quelle fréquence ?

– Je… quotidiennement.

– Vous en avez pris ce matin ?

– Oui. Avec… J'ai pris un somnifère cette nuit pour dormir. »

Elle braque un faisceau de lumière dans mes yeux.

« Quelle marque de somnifère ?

– Mogadon.

– Combien de gélules ?

– Une.

– Ouvrez la bouche. »

Quand elle a terminé avec son bâtonnet, elle fait glisser l'embout glacial de son stéthoscope sous mon pull. Les questions reprennent :

« Pas de consommation d'alcool ce matin ?

– Non.

– Pas d'autres médicaments ?

– Non.

– Depuis combien de temps consommez-vous de la cocaïne ?

– Je… Environ… plus ou moins régulièrement depuis décembre.

– Cinq mois. Des symptômes autres que les saignements de nez ? Des douleurs ?

– Non.

– Des troubles du sommeil, j'imagine ?

– Oui. »

Elle passe le brassard de tension autour de mon bras et tandis qu'il se gonfle, elle relève mon pull et se met à palper mon ventre.

« Comment sont vos cycles ?

– Chamboulés. Depuis la cocaïne.

– Vous avez encore vos règles ?

– Pas toujours.

– C'est-à-dire ?

– Au début, oui. Puis ça s'est espacé. »

Elle s'interrompt pour m'observer.

« À quand remontent vos dernières règles ? »

Elle recommence à me palper mais en se concentrant sur un unique endroit. Elle me fait mal. Je me contorsionne sans parvenir à me concentrer, à me souvenir.

« Je ne sais pas… À mon retour de Paris, peut-être.

– Paris ?

– C'était en janvier.

– Vous n'avez pas eu vos règles depuis janvier ? »

Je me sens soudain mal à l'aise. Le brassard de tension produit un bip sonore mais elle ne me lâche pas du regard.

« Je ne sais plus. C'était devenu tellement anarchique. J'ai peut-être eu quelques saignements depuis Paris. C'est bien possible. »

Elle abandonne enfin mon ventre, baisse mon pull, se penche sur le brassard de tension.

« Vous avez senti quelque chose dans mon ventre ? » je demande d'une voix à peine audible.

Mais elle ne me répond pas.

« Vous n'avez pas eu d'autres symptômes ? Seins gonflés, changements d'humeur ? »

Je secoue la tête. Je n'ose pas lui parler des descentes de cocaïne ou d'ecstasy. Les changements d'humeur que j'ai connus étaient une alternance de pics d'euphorie et de dépression causés par mes prises. Quant à mes seins, j'ai perdu tellement de poids ces dernières semaines qu'ils ont fondu.

« Sur internet ils disent que c'est normal. Que la cocaïne agit sur le taux d'hormones, que ça peut provoquer une disparition des règles.

– C'est effectivement le cas. Nous procéderons à une prise de sang pour nous en assurer. Votre tension est un peu faible. Vous vous sentez fatiguée ?

– Je ne dors pas beaucoup…

– Vous avez mangé quelque chose ce matin ?

– Non.

– Je vais vous faire porter un repas en cellule. »

Elle recommence à papillonner autour de moi, m'enfonce un thermomètre dans l'oreille, teste mes réflexes. J'ai du mal à ne pas penser à cette histoire de règles. Janvier. C'était au retour de Paris. La boîte de tampons achetée à la supérette. J'en ai seulement utilisé un, pour des règles qui n'en étaient pas. Les saignements ont cessé au bout d'une journée. Et après ? Je ne sais plus. Il y avait tant d'autres choses à gérer. Pierre disparu en Suisse. Les tensions avec Clara. La poudre dont Pierre me privait. Le gala de charité à Toulouse.

La femme ne parle plus. Elle griffonne sur un calepin. Le compte rendu de l'examen.

« Votre état de santé permet la poursuite de la garde à vue, me dit-elle enfin. J'ai demandé qu'on vous donne un repas et de l'eau, régulièrement. Vos vertiges et nausées sont causés par votre consommation de psychotropes et votre état de fatigue. Ils devraient s'estomper. Je vais juste procéder à une prise de sang de contrôle pour écarter le risque de grossesse. »

Elle approche le chariot. Je lui tends l'autre bras, celui qui n'a pas déjà été piqué ce matin, et je serre les dents.

Puis le policier au regard doux me repasse les menottes.

« On retourne en cellule ? je lui demande tandis qu'il me fait traverser le couloir.

– Non. Vous êtes attendue pour l'audition.

– Et mon avocat ?

– C'est une avocate. Vous connaissez du beau monde, dites donc.

– Pardon ?

– Ce n'est pas une avocate commise d'office. C'est une grosse pointure. Une des meilleures de la région. »

Je l'observe sans comprendre.

« Ce n'est pas vous qui l'avez réclamée ? me dit-il.

– Non. »

Il hausse les épaules.

« Alors quelqu'un l'a réclamée pour vous. »

Il ne comprend pas pourquoi je ralentis le pas tout à coup. Le soulagement. Un relâchement de tout mon corps. Pierre a enclenché la machine. Il est à mes côtés. Il va me tirer de là. Ce n'est qu'une question d'heures.

L'avocate me le confirme dès que je m'assois en face d'elle.

« J'ai été contactée par M. Manan. Nous avons travaillé ensemble dans le cadre de son entreprise, Kofedo. »

Elle est jeune, blonde, elle est jolie. Je me demande si elle est le genre de Pierre, s'il a eu envie de la caresser, de l'emmener sur son yacht.

« Bon, je n'ai pas accès au dossier dans le détail mais d'après ce que j'ai réussi à glaner, c'est plutôt léger. Conduite sous l'emprise de stupéfiants. Vous n'avez pas encore le permis, on ne pourra pas vous le retirer. On risque de vous interdire de le passer pendant trois à cinq ans, en fonction de la sévérité du juge. La détention de stupéfiants ne tiendra pas. La dose saisie était insignifiante. Celle d'une consommation personnelle. Pas de quoi caractériser le délit. Bon, et puis, ça reste entre nous, je ne suis pas censée le savoir ni le répéter, mais vous auriez été dénoncée par votre logeuse.

– Pardon ?

– La personne chez qui vous logez. C'est elle qui aurait prévenu l'auto-école et le commissariat. »

Le doute est une chose, la certitude en est une autre. Tandis qu'une part de mon esprit tente de se persuader que c'est impossible, que Clara n'a aucun intérêt à salir la réputation de Calypso, je me souviens que ce matin, elle a demandé à Nina de me réveiller. Elle aurait pu me laisser dormir, assommée de somnifères. J'aurais raté mon permis. Elle aurait pu s'en réjouir. Mais elle avait d'autres ambitions. Une vengeance plus sadique.

« Oui, c'est moche, concède l'avocate, qui voit que je me décompose. Si votre test s'était révélé négatif, on aurait pu arguer que les sachets de cocaïne avaient été placés dans votre poche dans le but de vous piéger, mais nous ne pouvons pas refaire l'histoire. Rassurez-vous, vous ne craignez pas grand-chose. Une amende assortie d'une interdiction de repasser le permis pendant quelques années. Ne les écoutez pas s'ils essaient de vous faire peur pendant l'audition. Ne reconnaissez rien de plus que la consommation et la détention de sept grammes. Gardez le silence le reste du temps. Je serai avec vous. L'affaire sera réglée en quelques heures. Ils voudront vous faire passer en comparution immédiate. Vous avez tout intérêt à accepter. »

Elle glisse une main sur ses cheveux.

« Un commis aurait pu faire l'affaire, j'imagine. Mais Pierre savait que j'étais dans le coin et il était inquiet pour vous. Il tenait à ce que je vous rassure.

– Il vous a dit s'il rentrait de Genève ?

– Il m'a parlé d'un avion à prendre, effectivement… »

Je me laisse aller au fond de ma chaise. Un vertige me reprend, mais je l'associe au soulagement.

« Il vous a dit quoi d'autre ?

– Pas grand-chose. Il semblait pressé. Il voulait surtout que je vous rassure. »

Elle consulte sa montre, se redresse.

« L'audience commencera dans vingt minutes. Je vais prendre un café et passer un coup de téléphone à Pierre pour lui dire que je vous ai vue. Nous nous reverrons après. »

Elle se lève, laissant derrière elle une traînée de parfum poudré.

Un gardien lui ouvre. Des cliquetis. Un grincement. Elle est dehors.

Ce n'est rien. Une intimidation, une fois de plus. Elle ne peut pas se permettre d'écorcher trop profondément l'image de Calypso. C'est ce que je me répète dans la minuscule salle où j'attends mon audition.

Dans la salle d'audience, nous faisons face à l'un des deux policiers qui m'ont arrêtée, accompagné d'un autre homme, plus âgé. Heureusement, maître Lenoir, l'avocate envoyée par Pierre, se trouve à mes côtés. Elle se tourne vers moi quand je peux parler et hoche la tête pour confirmer que je vais dans la bonne direction. Elle pose ses deux mains à plat quand je dois me taire, lui laisser la parole. Nous avons convenu de ce geste rapidement, avant d'entrer dans la salle.

On me demande de décliner mon identité, mon adresse, mon âge, l'identité de la personne chez laquelle je suis logée. Je sens bien que maître Lenoir est déconcertée en découvrant que ma délatrice n'est autre que la femme de son client, Pierre Manan. Ensuite, il s'agit de répéter encore et encore la chronologie des événements, de revenir sur ces sachets de cocaïne offerts par un ami.

« Qui ? Où vit-il ? Est-ce un vendeur ? »

Je songe à accuser Gaël pour tirer Pierre de ce mauvais pas, mais maître Lenoir intervient. L'audition me semble être un éternel recommencement. Nous tournons en rond. Ils reviennent en permanence sur les mêmes questions, avec de plus en plus d'insistance.

« Vous preniez des leçons de conduite depuis plusieurs semaines sous l'emprise de stupéfiants ?

– Non.

– C'était la première fois ?

– C'était la première fois.

– Elle vous l'a déjà dit.

– Nous nous en assurons, maître. »

Je ne sais plus ce qui relève du bluff de leur part ou de la recherche de la vérité. Il est question de comportements violents que Mme Manan aurait rapportés, de consommation d'alcool excessive. Maître Lenoir m'a prévenue qu'ils risquaient de jouer ce jeu ; essayer de me faire avouer tout et n'importe quoi. Nous nions tout en bloc. L'audience s'achève. Dans le couloir, alors qu'on me remet les menottes, maître Lenoir boutonne sa veste.

« Vous partez ?

– Oui. Je repasserai dans l'après-midi. »

Elle me tend la main. Une jolie main manucurée que je serre malgré les menottes.

« Et s'ils reviennent m'interroger ?

– Vous n'avez rien à déclarer. C'est clair ? Nous avons fait le tour de la question. Ne déclarez rien d'autre. »

Elle semble confiante.

« Ils vont me ramener en cellule ?

– Ils vous garderont jusqu'à la fin des vingt-quatre heures. Vous sortirez demain matin. Mais n'ayez crainte, nous nous reverrons dans l'après-midi. »

Quelqu'un me tire déjà en arrière sans ménagement. Le policier aux yeux doux a disparu. C'est une femme aux traits durs qui m'accompagne en cellule.

Je ne suis plus seule dans le minuscule espace aux relents d'urine. Une autre femme se trouve avec moi. Elle ne parle pas français. Elle ne cesse de répéter les mêmes mots dans une langue qui est peut-être du roumain. Je me terre sur le banc. Mon estomac crie famine. Je me demande quelle heure il est. Je me demande si l'avion de Pierre est déjà dans le ciel.

Plus tard, on m'apporte un plateau-repas accompagné d'un gobelet d'eau. La femme qui partage ma cellule se met à pleurer et à gémir dans sa langue. Plus tard encore, je suis forcée d'aller uriner à quelques pas d'elle, n'y tenant plus. Je ferme les yeux et j'essaie d'oublier l'humiliation, Clara, sa jubilation.

Les heures passent ainsi. Difficilement. J'écoute les allées et venues dans les couloirs, les hurlements de rage, les coups contre les murs, les semelles sur le sol, les portes qu'on ouvre et referme. Je tente d'imaginer les visages de mes voisins de cellule, les faits dont on les accuse, mais tôt ou tard mon esprit revient à Clara, et ma haine grandit.

Nous sommes trois désormais. La dernière arrivée et l'étrangère qui pleurait semblent se connaître et chuchotent sans me prêter attention. J'estime qu'il doit être dix-huit heures quand la porte s'ouvre de nouveau.

« Evie Perraud. Venez. »

Nous empruntons le même chemin que ce matin. Je ne demande rien. Une certaine lassitude m'a gagnée. Je préfère ne rien dire, économiser mes forces.

« Le médecin veut vous voir. »

On me fait entrer dans la même pièce d'examen que ce matin. La femme médecin est en train de rassembler ses affaires. Elle semble pressée. Elle lève la tête, attrape une enveloppe dans la poche de sa blouse, s'approche pour me la remettre.

« Le résultat des analyses de sang est arrivé. »

Et comme je l'interroge du regard, priant intérieurement pour que ce ne soit pas ce que je crains de comprendre, elle m'achève en trois mots :

« Vous êtes enceinte. »

Pour cette seconde audience, je n'ai aucune difficulté à conserver le silence. Je suis totalement assommée. Maître Lenoir me frôle le genou de temps en temps quand ils ont besoin de ma confirmation.

« C'est une audience de bouclage, m'a-t-elle confié avant que nous n'entrions dans la salle. Une audience de routine. »

Je ne suis pas présente avec eux à ma propre audience. Je suis toujours dans la salle d'examen où j'aurais aimé réagir, poser des questions : Comment ? Comment est-ce possible ? Comment est-ce possible sans que je l'aie su… Depuis quand ? Et maintenant ?

Mais je n'ai rien dit. La femme médecin parlait, évoquait une échographie de datation pour estimer la date de conception, le nombre de semaines d'aménorrhée, les délais pour une interruption volontaire de grossesse, les effets de l'alcool et de la cocaïne sur un embryon.

Dans la salle d'audience, il n'y a pas de pendule. J'essaie de lire l'heure sur la montre de maître Lenoir. Presque dix-neuf heures. Où est Pierre ?

Et mon esprit s'égare de nouveau dans toutes ces chambres d'hôtel où nous sommes allés, tous ces endroits où nous nous sommes retrouvés. Des gouttes de sperme perlaient au sol, sur les draps, parfois sur ma peau, mais jamais à l'endroit interdit. Il était prudent, même quand il était drogué. Il se retirait. Je regardais les gouttelettes et je songeais aux nuées de démons que Lilith en ferait.

« Madame Perraud ?

– Oui ?

– Vous confirmez ces déclarations ?

– Oui.

– On va vous faire signer le procès-verbal. On revient. »

Il y a du mouvement dans la pièce. Les policiers sortent. Maître Lenoir se lève pour se dégourdir les jambes.

« Vous devriez en profiter pour faire quelques pas, me dit-elle. On va vous ramener en cellule. Vous ne sortirez pas avant demain matin. »

Mais je ne bouge pas. Je suis incapable de me tenir debout.

C'est une règle absolue, une règle vitale. Plus importante que toutes les autres, aussi essentielle que celle de l'alliance. Promettez-moi, Evie, que vous veillerez toujours à utiliser ceci. Nous avons bafoué toutes les règles que Clara a voulu nous imposer. Nous voulions jouer notre propre partie. Nous nous sentions plus forts, invincibles. Je me retrouve au trou, avec ce bébé dans le ventre que j'ai nourri de cocaïne, d'alcool, de somnifères et d'ecstasy.

« Ça risque de durer un peu », ajoute maître Lenoir.

Elle arpente la pièce quelques instants puis revient se poster devant moi.

« On vous a bien traitée ? Est-ce qu'il s'est passé quelque chose de particulier depuis ce matin ?

– Hein ?

– Vous avez l'air hagarde… »

Je la regarde sans la voir. J'ai besoin de le dire à voix haute pour le croire :

« Je suis enceinte. »

De Pierre Manan. Mais ça, je ne l'ajoute pas.

« Depuis quand ? demande-t-elle après quelques secondes de trouble.

– Je ne sais pas. Le médecin du commissariat vient de me l'annoncer.

– Vous voulez que je prévienne Pierre ?

– Non !

– Ils vous donnent à manger ? À boire ?

– Oui.

– Bon. »

Après cela, elle ne sait plus vraiment quoi dire et elle recommence ses allées et venues dans la salle d'interrogatoire. Nous ne prononçons pas un mot jusqu'à ce qu'ils reviennent, quarante minutes plus tard.

Je signe tout sans rien lire. Je fais confiance à maître Lenoir, à Pierre. Je n'ai plus la force de m'opposer à quoi que ce soit. Je me laisse menotter, emmener en cellule, sans prononcer un seul mot, sans poser une seule question. Le banc est occupé par la Roumaine, alors je m'assois par terre. Je prends la couverture douteuse qu'on m'a jetée ce matin et je m'enroule dedans. Peu importe l'odeur, les taches, je veux juste avoir chaud. Je me recroqueville sur moi-même. Quelqu'un urine, tout près. Je ferme les yeux. Quelques heures. Ce n'est plus que l'affaire de quelques heures.

Les heures les plus longues de ma vie. Une nuit interminable. Un défilé ininterrompu de policiers amenant des gardés à vue, venant les chercher, les ramenant. Des hommes et des femmes qui pleurent, qui crient, qui protestent, qui insultent, en français, en espagnol, en arabe, dans d'autres langues que je ne connais pas. Des personnes en état d'ébriété qui vomissent. Des crachats. Je ne dors pas plus de quelques minutes d'affilée. J'ai faim, j'ai froid. Le plateau qui nous parvient à deux heures du matin ne contient que quelques biscuits secs et un gobelet d'eau. Mes assoupissements font naître l'image de mon miroir de poche, de la poudre blanche, d'une paille. Je me réveille en sueur, mes mains se plaquant sur la poche arrière de mon jean.

Chaque fois qu'un gardien passe, je répète inlassablement, comme une vieille femme en train de devenir folle :

« Quelle heure il est ? »

Ils ne me répondent pas tous. Pas tout le temps. Et je m'obstine :

« Quelle heure il est ? Est-ce qu'il fait jour ? Est-ce qu'il est bientôt huit heures ?

– Dormez. »

Je me fais une promesse : rendre à Clara coup pour coup tout ce qu'elle vient de m'imposer. Œil pour œil, dent pour dent.

L'aube se lève. Je le sens au changement de luminosité dans le couloir. Mon esprit s'éclaircit malgré le manque de sommeil. Si Clara a choisi de m'imposer cette épreuve, quelle vengeance pourrais-je bien inventer ? Je me posais cette question hier, alors qu'on m'embarquait dans le véhicule de police. Ce matin, la réponse s'impose à moi avec une netteté surprenante. Je l'ai.

Sans la chercher. Ma vengeance est là, toute prête, devant mes yeux, à l'intérieur de mon ventre. Je porte l'enfant de Pierre.

Dans la cellule voisine, une voix hurle :

« Salope ! »

Et je ris toute seule, emmitouflée dans la couverture à l'odeur ignoble, à bout de nerfs, à bout de forces.

8

Les dernières formalités. Dans quelques minutes, la sortie. Pierre. Le jour. L'air pur, respirable. Une douche. Un lit. Dormir.

« Votre convocation pour le jugement en comparution immédiate. »

La feuille glisse vers moi. Je la range dans ma poche arrière sans la lire. Plus tard. Je verrai ça plus tard. Je veux d'abord rentrer, me changer, enlever l'odeur qui me colle à la peau.

« Le véhicule est prêt pour vous amener au dépôt. »

Je ne comprends pas tout de suite pourquoi un policier s'approche, s'apprête à me remettre les menottes.

« Vous faites quoi ?

– On vous conduit au dépôt puis vous passerez au tribunal. D'ici la fin de matinée, si vous êtes chanceuse.

– Au tribunal ?

– Pour le jugement… Comparution immédiate.

– Je ne comprends pas.

– On vous en a informée hier. Votre avocate a dit qu'elle vous assisterait.

– Non, je… »

Je me mets à pleurer. Ce sont les larmes que je retiens depuis vingt-quatre heures déjà.

« Je devais rentrer chez moi…

– Après votre jugement. Si vous êtes libérée. »

Un gouffre s'ouvre sous mes pieds. Je n'oppose aucune résistance, ni aux menottes, ni au policier qui me pousse en avant.

« On vous l'a notifié hier soir, pendant l'audience », répète le policier en voyant mes larmes et mon incompréhension.

Je n'écoutais pas. Je n'étais pas là. J'étais encore assommée par la nouvelle.

« Je suis enceinte », lui dis-je brusquement.

Il hausse les épaules.

« Qu'est-ce que vous voulez que ça me fasse ? »

Des événements qui suivent, je n'ai qu'une conscience vague. On me fait monter dans un fourgon où se trouvent déjà deux autres personnes. Des hommes aux traits aussi tirés que les miens. Je pleure une bonne partie du trajet, en silence. Je ne comprends pas. Toutes ces heures, je m'étais accrochée à l'espoir de sortir à huit heures. Je pleure encore quand nous pénétrons dans le dépôt du tribunal. De nouveau, on nous parque dans une cellule. De nouveau, il faut attendre. On nous extrait de notre cellule à tour de rôle pour aller je ne sais où. Je suis la dernière à passer. La matinée est bien entamée.

« Où on va ? »

Je ne fais plus attention au visage des personnes qui me conduisent. J'en ai vu trop en vingt-quatre heures. Elles ne prêtent pas davantage attention à moi.

« Vous allez rencontrer le procureur.

– Pourquoi ? »

On ne me répond pas.

Le procureur est un homme de l'âge de Pierre. Il semble pressé. Ce qu'il me dit, on me l'a répété des dizaines de fois depuis hier. Je vais être jugée en comparution immédiate pour conduite sous l'emprise de stupéfiants lors de l'examen du permis de conduite.

« Vous savez ce que vous risquez ?

– Oui. »

Il me lit ma convocation, m'informe du droit d'être assistée par un avocat, me raccompagne à la porte. Cellule, de nouveau. Plus tard, on m'en extrait.

« Vous allez rencontrer une personne de l'APCARS. Elle va procéder à une enquête de personnalité. Elle va vous poser des questions sur votre vie personnelle, professionnelle et sur votre santé. Les informations seront vérifiées auprès de votre employeur, de votre conjoint ou de votre médecin. Tout cela sera le socle de l'étude de personnalité. »

Je nage en plein délire. La personne de l'APCARS, sigle dont j'ignore ce qu'il signifie, est douce, prévenante. Je fonds en larmes pour la deuxième fois de la matinée. Elle me tapote la main.

« Ça va aller. Nous ne sommes pas là pour vous enfoncer, bien au contraire. »

Je brode comme je peux. Je tais mon rôle de doublure, ma liaison avec Pierre. Je m'en tiens à un portrait très lisse de moi, aussi minimaliste que possible. Je tais également la grossesse. Elle me semble si peu réelle.

« Vous allez appeler Pierre Manan ? »

Je crains qu'elle ne contacte Clara, que la situation s'aggrave encore.

« Très certainement. Et vos parents ?

– Non. C'est inutile. Nous n'avons plus de contacts. »

Je me débats inutilement. Ils feront ce que bon leur semble.

Maître Lenoir m'attend dans le couloir lorsque je quitte la personne de l'APCARS. Elle porte un manteau élégant. Ses cheveux sont propres, contrairement aux miens.

« Ça va ? Vous avez pu dormir un peu ?

– Pas vraiment.

– Vous devriez passer en début d'après-midi. L'audience de quatorze heures. Pierre sera présent. Nous maintiendrons notre ligne. Ce devrait être rapide.

– Vous avez vu Pierre ?

– Pas encore. Il a eu un contretemps. Il rentre seulement de Genève. Nous nous sommes entretenus par téléphone.

– Il sera là, c'est sûr ?

– Oui. Ne vous en faites pas. »

Nous n'avons rien de plus à voir ensemble pour préparer l'audience mais maître Lenoir exige une salle où nous entretenir et réclame du café. Elle m'offre une parenthèse d'une demi-heure hors de la cellule avec une boisson chaude. Rien ne pouvait me faire plus de bien.

Après de longues heures d'attente et un plateau-repas, les deux hommes qui ont été déférés en même temps que moi et moi-même sommes escortés jusqu'au tribunal. Nous traversons un dédale de couloirs avant de ressurgir dans le hall. De nouveau, on nous fait patienter dans une salle annexe en présence d'autres prévenus, puis une porte à double battant s'ouvre et on nous fait lever.

Le reste se passe comme dans un rêve, avec une impression d'irréalité totale. Je découvre la salle d'audience, les sièges, les box, la barre, les trois magistrats en longue robe. Le public est déjà là. Qui ? Je n'en ai pas la moindre idée. Des familles ? Des amis ? Des curieux ? Je ne cherche pas Pierre du regard. J'ai changé d'avis. Si j'avais pu le signaler à maître Lenoir à temps, je l'aurais suppliée : dites-lui de m'attendre à la sortie, je ne veux pas qu'il assiste à ça. « Ça », c'est notre entrée pitoyable, menottes aux poignets, encadrés par des policiers. Nous sommes cinq. Tête hirsute, traits fatigués, yeux fuyants. Compactés dans un box. Mes yeux sont rivés sur mes mains. Je prie pour que Pierre ait eu du retard, pour qu'il ne soit pas dans la salle.

Je suis le mouvement. Se lever pour accueillir la cour. S'asseoir. Un premier nom. L'homme à ma gauche se lève. Ses mains tremblent. Il rejoint la barre. Commence un jeu de questions-réponses. Aucun avocat n'est là pour le soutenir. Il bafouille, perd pied, sa voix se brise. Je risque un coup d'œil vers le public. Il est là, debout dans le fond de la salle comme s'il s'apprêtait à partir, comme s'il ne croyait pas une seconde à ce qu'il voyait : moi dans cette salle d'audience, piégée par Clara.

Un brouhaha dans la salle. La peine est déjà tombée. Aussi vite ? L'homme se met à sangloter. Je comprends qu'on va l'emmener, qu'il ne rentrera pas chez lui, qu'il sera transféré directement en prison, écroué. Et alors l'angoisse me saisit. Et si maître Lenoir se trompait ? Et si on trouvait un motif pour m'enfermer ?

Je n'ai pas le temps d'y songer davantage. Mon nom résonne.

« Evie Perraud. Conduite sous l'emprise de stupéfiants. »

Je ne me vois pas avancer, saisir la barre de deux mains tremblantes. Un étrange détachement s'est produit entre mon corps et mon esprit.

« Veuillez décliner votre identité, s'il vous plaît. »

Ma voix est lointaine, blanche, désincarnée, dans la grande salle du tribunal.

« Bien. Le président va faire un résumé du dossier. »

C'est facile, c'est rapide. Je n'ai rien à ajouter. Je reconnais les faits. Tous. Non, je ne recommencerai pas. Oui, je regrette. Oui, je vais me soigner, arrêter la drogue. Maître Lenoir plaide l'erreur de jeunesse, revient sur mon parcours de vie exemplaire jusqu'alors, confirmé par le rapport de la femme de l'APCARS. Personne ne souhaite s'attarder, poser d'autres questions. Le verdict est prononcé :

« Le tribunal requiert une amende de cinq cents euros assortie d'une interdiction de passer l'examen du permis de conduire pour une durée de trois ans et d'une interdiction de conduire certains véhicules, y compris les véhicules sans permis, pour une durée de cinq ans au plus. À cela nous ajoutons une obligation d'accomplir, à vos frais, un stage de sensibilisation aux dangers de l'usage de produits stupéfiants. »

Mon dossier est refermé. Un policier s'approche, m'entraîne vers une porte latérale. Je me tourne vers lui, incertaine :

« Je sors ?

– Oui, vous sortez.

– Maintenant ?

– Oui. Vous allez signer quelques papiers et vous sortirez. »

Dans la salle, un nouveau prévenu est appelé. La porte se referme derrière nous. J'ai du mal à croire que je suis libre, cette fois pour de bon.

Je signe les papiers dans un bureau à la porte vitrée. De là où je suis, je peux observer Pierre et maître Lenoir en train de s'entretenir dans le hall. Ils semblent satisfaits, soulagés. Je le suis aussi, mais quelque chose reste bloqué en moi. Une amertume qui grandit maintenant que la peur a disparu. L'humiliation que j'ai subie. Le plan diabolique de Clara. Ma colère qui atteint tout le monde, même Pierre. Surtout Pierre. Il aurait pu me protéger. Il aurait pu m'emmener à Genève.

« Evie. »

Il vient à ma rencontre dès que je sors du bureau, passe un bras autour de mon épaule avant de me relâcher. Maître Lenoir est encore là, qui nous rejoint.

« On me rend mes affaires », dis-je.

Elle m'interroge avec son joli sourire :

« Vous êtes soulagée ?

– Oui.

– Vous allez pouvoir rentrer vous reposer. »

J'acquiesce. Une dame du tribunal revient avec une petite boîte contenant mes effets personnels. Ma montre. Mon téléphone. Les lacets de mes chaussures. Mes boucles d'oreilles. Je ne regarde pas Pierre.

« Bien… Je suis ravie d'avoir pu vous défendre, dit maître Lenoir.

– Merci à toi, réplique Pierre. Merci de ta réactivité.

– Je t'en prie. »

Elle attend que j'aie récupéré l'ensemble de mes effets personnels pour me saluer. Une poignée de main franche.

« Merci pour tout, dis-je. Surtout le café. »

Elle sourit, salue Pierre.

« Au plaisir.

– Au revoir. Merci encore. »

Puis elle s'éloigne dans le hall et Pierre se tourne vers moi.

« Je suis désolé pour tout ça… »

Mais je ne peux pas répondre. Pas tout de suite. J'ai la gorge nouée et je suis au bord des larmes. Nous restons silencieux tandis que nous sortons sur le parking du tribunal. Une fois dehors, il cherche ma main mais je le repousse.

« Ramène-moi à la maison. Je veux me laver. Jeter ces habits. »

Alors il répète, plus bas encore :

« Je suis désolé. Je n'aurais jamais pensé qu'elle ferait une chose pareille…

– Tu disais que tout irait bien ! Que les choses se tasseraient ! Tu m'as laissée rentrer à Saint-Paul au lieu de m'emmener à Genève !

– Je ne pouvais pas imaginer…

– Maintenant tu peux. Maintenant, tu sais de quoi elle est capable. »

Il déverrouille les portières de sa voiture et nous nous installons, dans un silence tendu.

« Je veux aller chercher mes affaires à la maison mais je ne resterai pas. Je dormirai à l'hôtel Saint-Paul ce soir. Demain, il faudra que tu me conduises à l'hôpital.

– À l'hôpital ?

– Oui.

– Pourquoi ? »

Je suis prise d'un léger vertige. Si je le dis, la chose deviendra réelle. Si je le dis, il ne partira plus à Genève. Il ne le pourra plus.

« Il s'est passé quelque chose pendant la garde à vue ?

– Non, Pierre.

– Alors quoi ?

– Je suis enceinte. »

Il reste figé, la main au-dessus du levier de vitesse dans une posture ridicule.

« Quoi ? finit-il par dire.

– On m'a fait une prise de sang à l'examen médical. Je suis enceinte. Je ne sais pas depuis combien de temps. Je ne sais rien de plus. »

Sur le parking, un véhicule klaxonne. Le conducteur d'un 4 × 4, derrière nous, a baissé sa vitre et fait des gestes, demande à Pierre s'il va finir par sortir de sa place. Pierre se remet en mouvement avec lenteur. Je pose mon front contre la vitre. Je laisse le halo de buée s'élargir autour de mon nez.

« Tu disais que tu faisais attention… »

Il porte la main à sa bouche, se mord le pouce. Rien ne lui vient. Nous quittons le parking.

« Tu te rappelles ? dis-je. Elle parlait de la malédiction de Caïn et Abel. »

J'esquisse un faible sourire et j'ajoute :

« Tu crois qu'on a engendré un démon ? »

Mais tout ce que Pierre parvient à répondre à ce moment-là, c'est :

« Ne dis rien à Clara. Ne dis rien pour le moment. Il faut que je réfléchisse. Il faut que je voie comment gérer ça. »

Je hausse les épaules. Nous nous engageons dans une ligne droite. Il accélère brusquement. Le moteur gronde.

« Ne nous tue pas en voiture, d'accord ? »

Il se tourne vers moi, surpris, fronce les sourcils.

« Je ne tuerai personne. »

Il relâche légèrement la pédale d'accélération. Le moteur se calme. L'aiguille se stabilise. Il pose sa main sur mon genou et il répète :

« Je ne tuerai personne, Evie.

– Bon… »

Je ravale les sanglots dans ma gorge.

« Ça va, alors. »

Je me tourne contre la vitre et je pleure doucement.

Nous restons longtemps immobiles dans la voiture à l'arrêt, dans le parking près de Saint-Paul-de-Vence.

« Qu'est-ce que tu veux faire à l'hôpital ? demande Pierre.

– Je dois consulter. Il faut que je sois sûre.

– La prise de sang était positive, non ?

– Ce n'est qu'une prise de sang. Je dois être certaine.

– D'accord. »

Quelques secondes s'écoulent. Soudain, je dis :

« Peut-être qu'on l'a tué. Peut-être qu'il est mort. Le… bébé.

– Pourquoi tu dis ça ?

– Avec tout ce que j'ai pris ces derniers temps…

– Nous verrons.

– Oui. »

Je lui jette un coup d'œil en biais.

« Clara ne voulait pas d'enfants ?

– Non. Jamais.

– Et toi ? »

Il soupire, change de posture.

« Ce n'est pas la question.

– Ça pourrait le devenir.

– Voyons déjà s'il est mort ou pas… »

Je ne sais pas ce qui me glace le plus. Le fait que j'envisage ça ou le fait qu'il l'envisage, lui.

« Peut-être que je m'en débarrasserai. Peut-être pas. Peut-être que je voudrai le garder. »

Je le dis comme un avertissement, mais il ne bouge pas.

« S'il est vivant, je crois que ce serait un signe.

– Un signe ?

– On n'aura pas créé que de la noirceur, des problèmes, de la haine. On ne se sera pas fait seulement du mal.

– Je ne sais pas… »

Je ne l'ai jamais vu aussi perdu.

« Voyons déjà ce qu'il en est…

– Oui. »

Notre entrée produit un tumulte dans la maison. Clara jaillit en clopinant. Voir Pierre semble la mettre dans tous ses états.

« Qu'est-ce que tu fais là ? Tu es censé être à Genève. »

Elle nous suit tandis que nous montons les escaliers sans dire un mot. Elle nous pourchasse.

« Tu es rentré pour aller la chercher ? Tu as quitté ton travail pour venir la chercher chez les flics ? »

Il ne lui répond pas. Il m'escorte jusqu'à la porte de ma chambre, pousse le battant puis fait barrage quand Clara s'approche.

« Qu'est-ce que tu fais ? Pourquoi tu gardes ton manteau, Pierre ? Je te préviens, elle n'ira nulle part. Tu ne l'emmèneras nulle part. Elle a un contrat avec nous. J'ai passé des heures à réparer ses conneries ! »

Des cris me parviennent à travers la porte que Pierre a fermée. Je rassemble mes affaires. Constituer un sac pour l'hôtel. Mais pas seulement pour une nuit. Toutes mes affaires. Je ne compte pas remettre les pieds ici.

« Tu as lu le billet ? Tu as seulement lu le billet ? Il a été repris par deux journalistes ! Elle a cherché à me détruire, Pierre ! À ruiner la réputation de Calypso !

– Et toi ?

– Je lui ai rendu la monnaie de sa pièce ! Car il faut qu'elle comprenne ! Moi aussi, je peux attenter à sa réputation, ruiner sa carrière ! Il fallait qu'elle le sache ! Elle ne peut pas gagner sur tous les tableaux !

– Tu l'as envoyée au trou !

– Ça lui aura permis de réfléchir à son comportement, et moi j'avais besoin d'espace pour réparer ce qu'elle a fait ! Contacter David Stein. Faire une annonce officielle à la presse et aux journalistes. Nous offrir un peu de temps.

– Un peu de temps ? De quoi tu parles ?

– Elle ne sortira pas de la maison tant qu'elle ne sera pas

sevrée. J'ai présenté des excuses publiques de la part de Calypso. J'ai annoncé une hospitalisation. Quelques semaines de convalescence. Ça lui laissera le temps de se reprendre, de soigner son addiction, de remonter la pente. »

Un silence consterné. Je m'interromps au-dessus de ma valise.

« Je crois qu'on peut passer au-dessus de ça, s'en sortir la tête haute si elle accepte de retrouver sa place, dit encore Clara.

– Sa place ?

– Tu sais très bien ce que je veux dire. Elle n'a pas l'étoffe d'une Lilith, il est grand temps qu'elle le comprenne.

– Non, Clara, tu ne peux pas lui demander de te pardonner après ce que tu viens de lui faire subir !

– Me pardonner, non, mais elle va vite comprendre où est son intérêt. C'est gagnant-gagnant. Elle le sait. Elle n'a aucune envie de perdre son statut social, son niveau de vie, les heures qu'elle pourra voler avec toi quand elle aura retrouvé ma confiance, quand je lui aurai rendu l'alliance. Si elle accepte de se soumettre, j'effacerai l'ardoise.

– Non mais Clara, tu t'entends ?

– Et toi ? Le chevalier servant ? Tu l'as entraînée tout droit dans tes conneries, tu l'as transformée en junkie, tu as rempli ses poches de cocaïne. Tu t'estimes meilleur que moi ?

– Ce n'est pas la question.

– Où tu comptes l'emmener ? Je te préviens, Pierre, si tu comptes l'entraîner plus loin pour lui refiler tes merdes…

– Je ne vais rien lui donner. Elle va dormir à l'hôtel et demain je l'emmènerai consulter un médecin.

– Un médecin ?

– Elle vient de passer trente-six heures sans dormir, interrogée par des policiers, un procureur, trois magistrats, transportée du commissariat au tribunal, enfermée dans des cellules toutes aussi insalubres les unes que les autres. Elle n'a presque rien avalé. Elle a besoin de consulter un médecin. Elle a besoin de s'éloigner d'ici, de passer une nuit au calme à l'hôtel. »

Le silence s'installe, s'éternise. J'imagine qu'ils s'affrontent du regard.

« Très bien. Emmène-la consulter un médecin demain, mais ce soir elle reste ici. Elle ne dort pas à l'hôtel.

– Ce n'est pas toi qui décides…

– Je ne chercherai pas à lui parler. Je lui laisserai son espace. Elle pourra se reposer. Elle pourra même dormir avec toi si elle le souhaite. Dis-lui que je m'y engage. En échange, elle se soigne et elle reprend sa place. Elle se soumet aux règles que je fixe. Dis-le-lui. »

Nouveau silence. Deux coups à la porte de la chambre, puis la voix de Pierre demande :

« Evie ? Je peux entrer ? »

Il est resté assis sur la corbeille à linge sale tout le temps où je me frottais sous le jet brûlant.

« Tu as entendu ce qu'elle a dit ?

– Oui.

– Alors ? »

Je n'ai rien répondu. J'ai lavé trois fois mes cheveux, frotté ma peau jusqu'à l'irriter. Quand je suis sortie de la baignoire, il m'a frictionnée dans une serviette qui sentait bon la lavande et je l'ai laissé faire. J'étais épuisée, tellement épuisée. Il m'a allongée sur le lit, s'est collé contre moi, et je me suis endormie sans même m'en rendre compte.

Quelques coups discrets à la porte. J'entrouvre à peine les paupières. Je ne sais plus où je suis, si c'est le jour ou la nuit. Clara se tient sur le seuil. Elle se tait quelques secondes. Devant elle, nos corps enlacés sous les draps, celui de son mari et le mien. Je lis de la douleur dans ses yeux. Elle cherche pourtant à la masquer. J'espère qu'elle souffre de nous voir ainsi. Elle chuchote :

« Tu lui as parlé ? »

Pierre lui fait signe que je dors. Je m'obstine à conserver les paupières mi-closes.

« Quand elle sera sevrée, ce sera terminé, tout ça, tu le sais ? »

Elle parle de nous deux, de dormir et de coucher ensemble sous son toit. Je ne sais pas ce que Pierre lui répond silencieusement. Il le fait d'un clignement de paupières ou d'un mouvement de tête. Il répond oui, probablement. Mais moi, je sais qu'il n'en sera rien, que personne ne pourra m'obliger à me plier aux règles de Clara. La preuve : je suis dans ce lit, dans les bras de Pierre, et c'est à cela que Clara doit se résigner. Je porte le bébé de Pierre dans mon ventre. J'ai gagné. Au-delà de toute espérance. Elle ne le sait pas, mais ce n'est qu'une question de temps.

Je reste dormir chez eux, cette nuit-là, pour cette unique raison : pour jouir pleinement de la situation, de ce secret que je cache en moi et qui fera tout exploser, immanquablement. Je suis bien, au chaud dans les bras de Pierre. J'imagine le poids de sa souffrance à nous savoir blottis l'un contre l'autre, juste derrière la cloison, et je jubile, car ce n'est qu'un avant-goût de ce qui l'attend.

Le même sentiment d'irréalité que celui que j'ai éprouvé au tribunal me reprend à la clinique de Nice où nous avons trouvé un rendez-vous.

« Vous êtes à combien de semaines d'aménorrhée ? me demande la gynécologue qui nous reçoit.

– Je n'en sais rien. J'ai eu une prise de sang positive avant-hier. Je suis peut-être enceinte de quelques semaines. »

À côté de moi, Pierre garde le silence. Il est pâle, il semble ailleurs. Il n'a pas beaucoup dormi cette nuit. Je l'ai surpris à se lever plusieurs fois.

« Je ne savais pas que j'étais enceinte, dis-je. Je n'en avais pas la moindre idée. Je ne l'aurais pas fait, sinon.

– Vous n'auriez pas fait quoi ?

– Prendre de la drogue. De la cocaïne. Un peu d'ecstasy. De l'alcool. »

Un silence pesant envahit la pièce.

« Vous voulez savoir si vous êtes dans les délais pour l'IVG ? demande-t-elle.

– Je veux savoir s'il vit. »

Elle tique. Pierre se redresse, hagard, et dit :

« Vérifiez si elle va bien. Si ça n'a pas créé de complications ou de séquelles à l'intérieur ?

– On va faire une échographie.

– Oui. Vérifiez que tout va bien. »

Elle nous dévisage étrangement. Quel genre d'image devons-nous renvoyer ?

Une demi-heure plus tard, nous regardons ensemble l'écran en noir et blanc de la salle d'échographie. Il y a des images grises qui ne m'évoquent rien. Des traits qui bougent.

« Alors ? » demande Pierre.

Elle ne répond pas. Elle est concentrée sur l'écran. Elle fait bouger sa souris, effectue des mesures.

« Depuis combien de temps vous n'avez plus vos règles, madame ? demande-t-elle sans me regarder.

– Je ne sais pas.

– Ce n'est pas quelques semaines.

– Pardon ? »

Mais elle ne m'écoute pas. Elle rapproche son siège de l'écran, plisse les yeux.

« Il est vivant ? s'impatiente Pierre.

– Bien sûr qu'il vit, monsieur. »

Elle semble agacée. D'une main, elle appuie sur mon ventre avec l'appareil, de l'autre elle manipule la souris sans jamais quitter des yeux l'écran.

« Vous n'avez rien senti ? Aucun symptôme ?

– Non.

– C'est très probablement un déni de grossesse, alors. »

Pierre la presse, de plus en plus impatient :

« Tout est en ordre, oui ou non ?

– Oui, tout est en ordre du côté de madame.

– Bon.

– Du côté de l'enfant, je ne sais pas. Je ne peux pas me prononcer pour le moment, compte tenu des risques que votre compagne lui a fait courir. Son développement n'a pas été trop ralenti. Il mesure vingt centimètres de la tête aux talons. »

Je me redresse brutalement. Je scrute l'écran. Vingt centimètres. Comment quelque chose d'aussi imposant aurait-il pu grandir en moi sans que je m'en aperçoive ?

« Allongez-vous, madame.

– Ce n'est pas si gros que vous le dites… hein ?

– Il ne s'agit plus d'un embryon. C'est déjà un fœtus de plus de quatre mois… »

Un silence qui s'éternise.

« Ce n'est pas possible, je murmure.

– Il n'y a pas l'ombre d'un doute. Le diamètre crânien ne ment pas. Vous entamez votre cinquième mois, madame. »

Je cherche Pierre du regard. J'aimerais qu'il démente, qu'il prenne la femme à partie, violemment, qu'il lui démontre par *a* + *b* qu'elle se trompe. Mais il ne bouge pas.

« Le fœtus est actif. Les membres sont correctement formés. Bien entendu, nous ne pouvons écarter certains risques liés à votre toxicomanie.

– Quels risques ?

– Accouchement prématuré, hématome rétroplacentaire, manque d'oxygène causé par le décollement possible du placenta pouvant exposer le fœtus à une mort *in utero*. »

Pierre lui fait de la main signe de s'interrompre. Je suis en train de me décomposer sur la table d'examen mais la gynécologue poursuit :

« Ce sont des bébés plus exposés au risque de décès pendant leur premier mois de vie. Certains naissent avec une paralysie cérébrale, un handicap visuel ou auditif…

– Ce sont des statistiques, la coupe Pierre. Ce sont des risques encourus. Rien n'est certain, n'est-ce pas ?

– Je ne peux rien prédire. Bien sûr, les risques diminuent si la mère cesse sa consommation après le premier trimestre.

– De toute façon nous n'avons rien décidé, réplique-t-il.

– Que voulez-vous dire ? Vous n'êtes plus dans les délais pour une interruption de grossesse. Il n'y a rien à décider !

– Alors qu'est-ce qu'il faut faire ? » dit Pierre.

Je lève une main pour qu'ils cessent, pour qu'ils se taisent une seconde, qu'ils me laissent reprendre mon souffle.

« Personne n'a choisi cette situation, gronde Pierre en s'adressant à la femme. Ça ne sert à rien de chercher à la culpabiliser !

– Je vous informe des risques, c'est tout. Il est encore temps pour madame de cesser sa consommation. Dans son cas, c'est plus que recommandé. Des professionnels peuvent l'y aider. »

Brusquement, je crie :

« Je vais arrêter ! Bien sûr que je vais arrêter ! Je ne savais pas ! Je ne l'aurais pas fait si j'avais su ! »

Pierre pose les mains sur mes épaules, tente de me calmer. Il s'adresse à la gynécologue d'un ton glacial, autoritaire :

« Faites tous les contrôles qui sont nécessaires et donnez-nous le compte rendu. Rien de plus. Nous nous passerons de vos commentaires. »

Elle se concentre sur l'écran dans un silence tendu. Pierre me serre contre lui, mais rien ne peut contenir mes tremblements.

« Vous voulez connaître le sexe ?

– Non », réplique Pierre.

Mais je m'oppose :

« Si. Dites-le-moi. »

Elle ne me regarde même pas. Elle poursuit l'examen, les yeux rivés à l'écran, et lâche :

« C'est une fille. »

Mon ventre a grossi. Tout seul. En quelques minutes. Pierre est allé me chercher un thé au distributeur du hall de la clinique. Je ne me sentais pas prête à rentrer tout de suite à la maison. Lui non plus. Quand il est revenu, il m'a regardée étrangement.

« Quoi ?

– Pourquoi tu te tiens comme ça ?

– Comment ? »

J'ai jeté un coup d'œil à mon reflet dans la vitre et j'ai compris. Le déni cache, la prise de conscience révèle. Tout s'est formé. Tout s'est mis en place. Un renflement est né sous mon pull. Nous nous regardons en silence. Je sais à quoi il pense. À mon ventre. À Clara qui saura tout en une fraction de seconde quand je passerai la porte d'entrée.

« Je peux dormir à l'hôtel. Je ne suis pas forcée de rentrer. »

Mais il secoue la tête.

« Il faudra le lui dire de toute façon. »

Je pourrais me sentir satisfaite de la situation. Je m'apprête à la détruire. Définitivement. Je jubilerais si je n'étais pas aussi accablée par ce rendez-vous avec la gynécologue, si on ne m'avait pas craché au visage d'aussi tristes prédictions, si Pierre n'avait pas eu l'air si perdu.

« Peut-être qu'elle mourra…, dis-je. Peut-être qu'elle mourra juste… »

Il se tourne vers moi et je crois déceler des larmes dans ses yeux.

« Pourquoi tu dis ça ? Tu as envie qu'elle meure ?

– Non.

– Alors ? Pourquoi tu dis ça ?

– Je ne sais pas. »

Il détourne le regard. C'est moi qui ai envie de pleurer maintenant.

« Toi et Clara, vous m'avez tout pris, Pierre. Mon innocence, ma dignité, ma santé, mon casier judiciaire et même ma liberté, maintenant que vous voulez me garder enfermée… Je n'ai plus que ce bébé, cette petite fille… Je n'ai plus le choix. Il faut qu'elle vive. »

À travers mes larmes, je ne vois pas grand-chose. Il me semble qu'il acquiesce, mais je n'en suis pas certaine.

Je me suis préparée aux cris. Quand il a ouvert la porte d'entrée, je me suis éclipsée à l'étage avant qu'elle puisse m'apercevoir. C'était le plan. Me mettre à l'abri là-haut pendant qu'il lui disait. J'ai encore la main sur le verrou quand les cris explosent. Clara. Un animal blessé. Des éclats de voix qui montent, se déforment, se terminent en une longue plainte. Une louve hurlant à la mort. Puis les coups. Je sais qu'elle le frappe, qu'elle lui assène une pluie de gifles – et qu'il ne dit rien. Ses paumes claquent. Sans relâche. Elle se déchaîne. Crie par-dessus ses coups. Enfin le silence. Glaçant.

Dans ma chambre, je n'ose plus bouger. Je n'ose pas faire un pas. Je sais qu'elle va s'en prendre à moi, maintenant. Ce n'est qu'une question de secondes. La voix de Pierre ordonne :

« Laisse-la ! »

Des pas se rapprochent. Il répète encore, plus fort :

« Laisse-la ! »

Il y a comme un bruit de lutte dans les escaliers. Je suppose qu'elle veut monter et qu'il la retient. C'est maintenant, je pense. Fais-le, Pierre. Une poussée en arrière. Une chute. Le coup du lapin. Tout serait terminé. Nous plaiderions l'accident. Deux témoins. Personne pour contrer notre version. Que pourrait bien faire Béranger ?

« Elle avait promis que tu utiliserais un préservatif ! Promis ! En me regardant droit dans les yeux ! Je lui ai fait répéter trois fois ! Quelle espèce de garce fait ça ? »

L'escalier grince. Leurs corps exercent chacun une pression contraire. Elle tente de se dégager, de monter. Il la pousse en arrière. Et si c'était lui qui tombait ? Et si c'était lui qui se brisait la colonne ?

« Laisse-la en dehors de ça !

– C'est trop facile ! Qu'elle vienne ! Qu'elle m'affronte ! Qu'elle me montre son ventre !

– Je lui ai interdit de t'ouvrir. Elle ne le fera pas.

– La docile Ève ! Comment a-t-elle osé se prendre pour Lilith ? Qu'elle me montre ce qu'elle a fait ! Qu'elle soit au moins digne de porter ton enfant ! »

Elle a réussi à s'échapper. Des pas très rapides résonnent dans l'escalier puis dans le couloir. D'autres pas, tout aussi vifs. Puis un grand coup dans la porte de ma chambre, comme un corps se jetant contre le bois. Je m'écarte. Mon cœur palpite.

« Clara, tu peux t'en prendre à moi autant que tu le souhaites mais laisse-la en paix.

– Elle l'a fait pour me punir !

– Non. C'est moi. Je ne voulais pas de préservatifs.

– Elle savait ce qu'elle faisait ! C'était son plan ! Te piéger ! Elle s'est arrangée pour tomber enceinte et elle nous l'a caché jusqu'à ce qu'il soit trop tard, jusqu'à ce qu'on ne puisse plus la forcer à avorter !

– C'était un déni de grossesse ! Le médecin l'a dit !

– Tu es d'une crédulité !…

– Et toi, tu ne sais plus ce que tu dis ! »

Nouveaux coups dans la porte. Clara tape dessus de toutes ses forces et hurle :

« Ouvre ! Ouvre tout de suite ! Sois digne, une fois dans ta vie ! Je te donne l'occasion de m'affronter ! De ne pas détourner les yeux ! »

La voix de Pierre me parvient, plus basse :

« Arrête, tu es ridicule. »

Une nouvelle gifle, cinglante.

« Comment oses-tu ? Comment oses-tu me traiter comme ça ? Après avoir déjà mis en péril deux fois notre mariage ! Quel genre de monstre es-tu ?

– Clara, calme-toi. »

J'imagine qu'il la touche, qu'il essaie de l'apaiser, sans succès.

« Tu te rends compte de ce que tu as fait ? Tu réalises ?

– Clara, s'il te plaît. Est-ce qu'on peut descendre ?

– Tu m'as imposé votre relation… en dehors de toute règle… sous mon propre toit… pendant des semaines… Tu n'as jamais cessé de la défendre, de t'interposer pour la protéger… Tu m'as reléguée au second plan… Moi, ta propre femme… »

Je tends l'oreille. Sa voix faiblit. Il me semble presque qu'elle pleure.

« Clara, je suis désolé.

– Et maintenant tu m'annonces ça… Est-ce que tu crois qu'il existe une plus grande trahison ? Est-ce que tu crois que tu pouvais m'infliger une plus grande douleur, Pierre ? »

Maintenant j'en suis certaine, elle pleure. Clara Manan pleure. C'est la première fois qu'elle s'effondre. Derrière la porte, Pierre chuchote. J'imagine ses mots. *Arrête, mon amour. Arrête, je suis désolé. Je ne voulais pas.*

« Je veux le voir de mes propres yeux… Je ne le croirai pas tant que je ne le verrai pas.

– Quoi ?

– Qu'elle me montre son ventre.

– Clara… »

Il y a du mouvement. Un glissement le long du battant. Elle s'est probablement laissée tomber au sol. Je l'entends renifler. Et Pierre murmure encore. Je suis sûr qu'il essuie ses larmes, qu'il embrasse son front, qu'il s'excuse. Il ne peut pas s'en empêcher.

« Après tout ce que tu m'as fait, tu me dois au moins ça. Laisse-moi voir.

– Je ne comprends pas quel bien ça pourrait te faire.

– Tu me dois la vérité. Tu as dit qu'il était sorti d'un coup. En quelques minutes. Qu'elle l'ignorait hier encore. Je veux voir si c'est vrai. »

Alors je sais exactement ce qu'il va se passer, ce que Pierre va me demander.

« Evie ? »

Il toque doucement contre la porte.

« Tu peux ouvrir une seconde ? »

Et je m'entends répondre, avec l'impression d'avoir changé de rôle, d'avoir pris la place de Clara Manan malgré moi :

« Pourquoi tu réponds à toutes ses demandes ? Pourquoi tu fais systématiquement tout ce qu'elle te dit de faire ?

– Evie, je t'en prie.

– Qu'elle me le demande elle-même ! »

J'ai pris l'ascendant. En cette fraction de seconde, je le sens. Il y a un silence derrière la porte. Elle doit se faire violence. Puis je l'entends qui se relève, et sa voix, blanche :

« Montre-moi l'horreur que tu as créée. »

Je déverrouille la porte et je l'ouvre si brutalement que je la surprends. Il y a des larmes sur son visage et de la douleur dans ses yeux. Un mince filet de sang coule de l'arcade sourcilière de Pierre.

« Montre-lui, supplie-t-il. Montre-lui, et on descendra. »

Alors je me plante devant elle. Je soulève mon pull. J'aimerais ne fixer qu'elle mais mes yeux reviennent sans cesse se poser sur Pierre car ils ne portent pas l'empreinte de la haine, du dégoût, comme ceux de Clara. Les yeux de Pierre sont emplis de quelque chose de plus doux, d'un intérêt ébahi.

« C'est un monstre que tu portes, tu le sais ? lâche-t-elle.

– Non.

– Une immondice. Il n'y a qu'une pourriture qui peut sortir de toi. »

Ses lèvres tremblent de fureur. Je déclare très calmement :

« C'est la fille de Pierre que je porte. »

Je suis trop lente pour échapper à son coup de pied. Il atteint ma hanche. Elle visait mon ventre. Pierre la ceinture de ses bras et elle hurle en se débattant de toutes ses forces :

« J'espère que tu vas la perdre ! J'espère qu'elle mourra en toi et que tu ne t'en remettras jamais ! »

Il l'entraîne en arrière dans le couloir, referme ma porte avec sa jambe. Je fais quelques pas jusqu'à mon lit, chancelante. Je m'y laisse tomber. J'ai le cœur qui bat à se rompre. Je ne les entends même plus se battre et crier dans le couloir. Je pose les mains sur mon ventre. Pour la première fois. Tout à l'heure, il a poussé si soudainement que j'ai eu peur. Je n'ai pas osé le frôler. Même à travers mon pull. Maintenant c'est différent. Clara a essayé de s'en prendre à elle. Clara a essayé de la tuer. Il n'y a que moi pour faire barrage.

Je suis surprise du contact si dur et si chaud. Un bébé de vingt centimètres tapi au creux de mes entrailles. Une petite fille. Conçue à Southport, au mois de décembre. C'est ce que je déduis du compte rendu de l'échographie. Elle n'a pas été conçue à Paris après qu'Anthony a quitté la chambre, ni à Toulouse avant le gala de charité, avec toute la rancœur qui me rongeait déjà. Ni après, quand la guerre était déclarée, que je pleurais sans cesse et que Pierre allait et venait entre nos deux chambres.

Southport, c'était avant tout cela, une parenthèse. Le *Lilith* de John Collier, le moment de grâce face au tableau, à l'Atkinson Art Gallery, le club jusqu'au matin, les pulsations, les âmes reliées entre elles, la sensation de plénitude. Ça ne pouvait être que là…

Elle aurait pu mourir dix fois. Dans la salle de bain à Paris, alors que je vomissais mes tripes, en proie à la pire descente de ma vie. Dans la chambre de l'hôtel Saint-Paul, cette nuit où Pierre était avec Daphné. Le whisky. Les lignes. J'avais repoussé mes dernières limites. Dans le couloir des urgences après le Salon de Montrouge avec le choc, la panique. Au commissariat, quand j'étais recroquevillée dans la cellule. Toutes ces fois où je prenais des lignes sans prêter attention à mes narines qui saignaient, excitant encore mon désir de vengeance avec un verre d'alcool.

Elle aurait pu mourir chacun des jours de ces quatre mois écoulés mais elle s'est accrochée à la vie, à moi. J'ignore pourquoi. J'ignore où elle a puisé cette force. Pas en moi. Quelque part, c'est certain. Si elle vit aujourd'hui, il faut bien qu'il y ait un sens à cela.

Alors je laisse mes mains posées sur mon ventre, sous mon pull, à même ma peau, sur ce corps que je ne reconnais plus mais qui a décidé pour moi. Au-delà des cris qui résonnent, de la haine qui déchire la maison, de ce mariage toxique qui se meurt sous mes yeux, Pierre et moi avons réussi à créer quelque chose de beau.

Je caresse mon ventre. Il faut qu'elle vive.

La maison est figée dans un silence mortifère. Les cris ont cessé. Il faut tendre l'oreille pour les entendre parler dans leur chambre. De temps en temps résonnent des sanglots étouffés. Longtemps, je m'imagine que Clara pleure, inconsolable. Jusqu'à ce que je comprenne, et que mon cœur se glace. De l'autre côté de la cloison, c'est Pierre qui pleure. Avec elle.

Plus tard, la porte s'ouvre et une valise roule dans le couloir.

« Laisse-moi t'aider à la descendre. »

Elle ne répond rien. Les escaliers grincent. Ils chuchotent sur le palier. Brièvement. Je surprends quelques mots :

« Elle ne peut plus avorter. Tu sais qu'il n'y a rien à faire. Rien ne rendra cette situation supportable… »

La porte d'entrée claque. Quand il monte, il ne vient pas me voir. Il s'enferme dans sa chambre.

9

Elle est partie. Elle m'a laissé sa maison, ses toiles, Calypso Montant et son mari. Ai-je fini par l'atteindre en plein cœur, par lui porter le coup fatal ? Dans les heures qui suivent, le portable de Pierre n'arrête pas de sonner. Je suis certaine que c'est Béranger, informé de la crise que traverse le couple. Mais Pierre ne répond pas et ne sort pas de sa chambre.

J'ai le ventre noué. Je me force quand même à descendre pour me préparer à manger. Pour le bébé, pas pour moi.

Les symptômes du manque reviennent insidieusement. Les tremblements, une agitation générale. Je ne tiens pas en place et je me mets à arpenter la véranda. Je sens bien que la dépression me guette, s'apprête à s'abattre de nouveau sur moi si je ne fais rien. Au détour d'un chevalet, je pense à mon carnet de dessin, à mes croquis là-haut.

Mes doigts et tout mon corps tremblent, mais tant que je dessine, je lutte contre le manque. Tant que je dessine, je laisse à Pierre de l'espace pour son chagrin.

Au milieu de la nuit, je me glisse dans sa chambre. La journée a passé et il ne s'est pas montré. Je ne supporte plus le silence de la maison. Je ne supporte pas de le savoir enfermé là-dedans, qu'il me laisse seule et désemparée.

Je ne crois pas qu'il dorme mais il est allongé sur son lit, le dos tourné. Sur la table de chevet il y a quelques traces de poudre et un billet roulé en paille. Je me glisse entre les draps, je cherche son corps, le contact avec sa peau. Il presse mes mains qui l'enserrent.

Alors la réalité me frappe de plein fouet. Elle est partie. Je suis à sa place dans le lit conjugal, contre Pierre, au milieu des draps qui portent encore son odeur, son parfum au jasmin. Je murmure à l'oreille de Pierre :

« Ça va aller. »

Il ne répond pas. J'embrasse sa nuque.

« Elle trouvera le moyen de s'en arranger…

– S'arranger de quoi ?

– Du bébé. De la situation.

– Non… Jamais.

– Bien sûr que si… Elle a annoncé une convalescence de quelques semaines pour Calypso. Ça me laisse le temps d'accoucher, d'arriver à terme. Ensuite je pourrai reprendre les apparitions publiques. Comme avant. Tu as dit que ses toiles comptaient plus que n'importe quoi d'autre. Plus que toi-même. Elle ne pourra pas renoncer, arrêter de peindre. Elle finira par se rendre à l'évidence.

– À l'évidence de quoi ?

– Qu'elle ne veut pas tout perdre, qu'elle ne veut pas mettre fin à la carrière de Calypso. Qu'il y a plus important que ce bébé, que la fin de votre mariage. Elle finira par s'en apercevoir. Alors elle reprendra sa peinture. Je trouverai un appartement dans le village.

– Evie, tu te rends compte de ce que tu racontes ?

– Tu pourrais t'installer dans mon appartement quand tu rentreras de Genève. On ne lui imposera pas notre présence.

– Tu imagines Clara s'accommoder de ce genre de situation ?

– Rien n'est plus important pour elle que de continuer à peindre, tu me l'as dit toi-même.

– C'est une trop grande humiliation. On n'impose pas ce genre d'humiliation à Clara. »

Je me raidis. Quelque chose se bloque dans ma trachée. Je me détache de lui.

« Et à moi, oui ?

– Ce n'est pas ce que j'ai dit.

– Si. Tu es comme elle. Vous avez toujours considéré que j'étais la docile, celle qu'on pouvait bafouer, celle qui devait subir en silence.

– Je n'ai jamais pensé ça.

– Si. La seule fois où j'ai voulu répliquer, l'unique opportunité que j'ai eue de résister, tu me l'as volée. Tu m'as forcée à aller récupérer le prix, à ravaler ma fierté. Je n'ai fait que ça depuis des mois. Me taire. Serrer les dents. Tu sais combien d'humiliations vous m'avez imposées depuis que je suis sous votre toit ?

– Evie, je n'ai jamais voulu…

– Si ! Tu n'arrêtes pas ! Tu ne fais que ça, me demander de me soumettre à elle ! "Fais ce qu'on attend de toi", "Monte dans ta chambre", "Oublie Genève". Bon Dieu, Pierre, mais quel genre de lâche es-tu ?

– J'essayais juste de te protéger.

– Non ! Tu es faible ! Une véritable lavette ! Tu lui as laissé croire qu'elle était toute-puissante ! Tu n'as jamais réussi à t'affirmer !

– Arrête !

– Elle fait de toi ce qu'elle veut ! Tu reçois des coups en plein visage sans rien dire puis tu la supplies, tu t'excuses, tu chiales comme une lopette en essayant de la retenir !

– Ferme-la ! »

À ce moment-là, je ne comprends plus pourquoi je manque d'air, pourquoi je ne parviens plus à ouvrir la bouche, jusqu'à ce que je réalise que Pierre me bâillonne, qu'il a plaqué sa main contre ma bouche et mon nez, qu'il crie à mon oreille :

« Arrête ! Arrête, Evie ! Ferme-la ! Je n'ai pas voulu ça ! Je n'ai pas voulu te faire de mal ! Je n'ai jamais voulu en arriver là ! »

Je suffoque. Il maintient la pression de sa paume. Et tandis que j'étouffe, que je me débats, il se met à embrasser mes épaules, mon cou, mes tempes, et il répète encore :

« Arrête, je suis désolé ! Désolé pour tout ! »

À la fin, il me relâche et je reprends mon souffle. Je pleure à gros sanglots. Il embrasse mon visage en répétant :

« Je n'ai pas voulu ça. »

Je hoquette. Mes joues ruissellent de larmes. J'ai du mal à reprendre ma respiration. Il ne me lâche pas. Il me fait basculer en arrière et il s'allonge au-dessus de moi. Il pose ses mains sur mes tempes et il les serre doucement.

« Calme-toi. Je t'en supplie, calme-toi. »

Il est devenu fou, lui aussi. Il était le dernier de nous trois à tenir encore debout. Le seul à garder la tête froide. Il vient de sombrer.

« Tu as voulu m'étouffer, dis-je dans un souffle.

– Non. J'ai voulu que tu te taises.

– J'ai cru que tu allais m'étouffer.

– Arrête, Evie. »

Il se met à pleurer et ses larmes tombent sur mon visage, se mêlent aux miennes.

« Je n'aurais jamais fait ça. »

Il embrasse mes lèvres, mon nez, mes paupières. Nous pleurons.

« Touche mon ventre, je lui demande, plus tard.

– Quoi ?

– Mets ta main sur mon ventre. Maintenant. Sens-la.

– Non…

– Je crois que je la sens bouger. Je crois qu'elle a eu peur, elle aussi. Touche. »

Il secoue la tête. Il me semble terrorisé.

« Pas maintenant.

– Pourquoi ?

– C'est trop tôt. »

Je ravale mes larmes, j'insiste :

« Ce n'est qu'une toute petite chose de vingt centimètres qui essaie de survivre tant bien que mal. Il faut que tu la touches. Comment elle pourrait avoir envie de vivre si personne ne la touche ?

– Laisse-moi un peu de temps. Ça viendra. »

Mais je ne peux pas entendre ça. Je le repousse, fais rouler son corps sur le côté.

Plus tard encore, mes larmes se sont taries et il chuchote :

« C'est beaucoup de choses à encaisser en si peu de temps. Je n'arrive pas à faire face si vite. »

Il caresse mes joues.

« Mon mariage a explosé en à peine vingt-quatre heures… Et maintenant il faut que j'envisage… ce que tu as en toi…

– C'est une fille que j'ai en moi.

– Elle ne va peut-être pas survivre.

– Elle a passé le pire.

– Tu n'en sais rien.

– Elle ne survivra pas si personne ne la touche. »

J'en suis persuadée. Pierre ne dit rien.

Plus tard encore, nous nous retrouvons à faire l'amour malgré tout, malgré la douleur, les larmes, la rancœur. Nous faisons l'amour dans le lit conjugal, dans les odeurs de Clara, sans plus penser à mon ventre que Pierre refuse de frôler. Il jouit et il ne se retire pas. Il reste en moi. C'est la première fois, et cette première fois a un goût de dernière fois. Je ne parviens pas à me débarrasser de ce pressentiment.

« Tu sais que je t'aime ? » murmure-t-il à mon oreille.

Ses mots sonnent comme un adieu. Je préfère ne rien dire.

J'ai très mal dormi. Il lui suffit de s'asseoir au bout du lit pour me réveiller, au matin. Je ne bouge pas. Je le regarde ramasser ses vêtements par terre et se diriger vers la salle de bain.

« Où tu vas ?

– Au siège de Kofedo, à Cannes. »

Je me demande ce qu'il peut bien avoir à faire chez Kofedo dans une situation pareille, à un moment pareil de nos existences.

« Pourquoi ?

– Pour essayer de ne pas perdre mon travail… en plus du reste. »

Il est amer. Je le suis aussi. Tout cela me semble bien dérisoire. Kofedo. Béranger. Son travail. Le reste du monde.

« Je rentre dès que je peux. En fin d'après-midi.

– Et moi ?

– Repose-toi. »

Il vient m'embrasser en partant. Je trône dans le lit de Clara, mon ventre pointant insolemment vers le plafond. Ai-je gagné ? C'est ce que je m'efforce de croire, pitoyable défense contre l'angoisse…

Je suis en train de préparer quelque chose à manger quand il revient. Il est dix-neuf heures. Je trébuche en me précipitant à sa rencontre. Je suis dans un état d'agitation extrême. Totalement confuse.

« Tu as fait ce que tu voulais ? »

Il m'observe sans comprendre ma question. J'ai des tics nerveux, du mal à rester en place.

« Qu'est-ce qui se passe ?

– Rien. Je t'attendais. Tu as fait ce que tu voulais ?

– C'est-à-dire ? »

Il ne retire pas sa veste. Il est trop troublé par mon agitation.

« Béranger habite Cannes ? »

Il sait maintenant où je veux en venir, bien sûr. Il se tourne pour accrocher sa veste au portemanteau, échappant à mon regard.

« Oui.

– Tu es allé la voir ? C'est pour ça que tu es parti à Cannes ? Elle est chez son père ?

– Je suis allé au siège de Kofedo comme je te l'ai dit.

– Mais aussi chez Béranger… »

Il ne répond pas. Son silence sonne comme un acquiescement.

« Tu es allé la supplier ?

– J'ai voulu lui parler.

– Elle a refusé ?

– Elle n'était pas là. »

Il lève le nez vers la cuisine. J'ai laissé le plat sur le feu.

« Il y a un truc qui brûle. »

En effet, une fumée épaisse sort de la poêle. Je cours couper le gaz, fais tomber le couvercle dans un fracas épouvantable. Mes mains ne me répondent plus.

« Evie, qu'est-ce qui se passe ? »

J'attrape son bras, le broie entre mes mains.

« Il faut que je te montre quelque chose. Viens. »

Je l'entraîne dans les escaliers. Il résiste, ne comprend pas. Une sensation d'urgence me saisit.

« Viens voir ce que tu as fait. »

Il me suit enfin.

Dans la chambre conjugale, je me laisse tomber à genoux devant la table de chevet, et je l'observe avec un air triomphant.

« Evie, je ne comprends pas…

– Regarde ce que tu as laissé. En partant ce matin. Toute la journée devant moi. Regarde ! »

Je lui désigne ce qu'il ne semble pas voir. Les fines traces de poudre. Celles qu'il a oublié d'essuyer. Les miettes de ce qu'il s'est enfilé hier.

« Qu'est-ce que… ?

– J'avais ça sous le nez toute la journée ! Tu n'étais pas là et je tournais en rond. Je suis venue m'agenouiller vingt fois devant ! Vingt fois ! C'était là, tout près ! »

Il me fixe étrangement. Moi, je ne comprends pas qu'il ne

saisisse pas, qu'il soit si lent, qu'il n'affiche pas le même air victorieux que moi.

« Bon sang, Pierre, il suffisait que je me baisse, que je ramasse la paille que tu avais déjà roulée ! Il suffisait de rien pour que je replonge ! »

Je guette sa réaction. Je m'impatiente.

« Je n'y ai pas touché ! Ce n'est pas l'envie qui m'a manqué ! C'était là, juste là ! Tu n'avais pas fait attention ! Mais j'ai tenu bon. Tu peux vérifier. Il ne manque rien. Pas une miette ! »

Il déglutit. J'observe le mouvement de sa pomme d'Adam. Je suis toujours agenouillée devant la table de chevet. Il me tend une main pour que je me relève.

« Tu vois que je peux le faire, je déclare fièrement.

– Oui.

– Je ne vais pas l'empoisonner davantage.

– Non… »

Il est immobile, sans réaction. Si troublé que j'en profite pour prendre sa main, la poser de force sur mon ventre. Il me repousse d'un mouvement brusque.

« Ne fais pas ça ! »

Il y a de la colère dans sa voix, dans ses yeux.

« Tu as dit que…

– Ne fais plus ça !

– Tu as dit que ça viendrait…

– Je ne le ferai pas tant que je ne serai pas sûr !

– Pas sûr de quoi ?

– Qu'elle s'en sortira. »

Mes lèvres tremblent, je sens que je vais pleurer.

« On n'en sera jamais sûrs !

– On n'a pas effectué d'examens sérieux, dit-il. Tout juste une échographie chez un médecin minable !

– Comment ça ?

– Il y a forcément des examens plus poussés à effectuer. »

Je reste muette quelques secondes, pas certaine de comprendre ce qu'il sous-entend.

« Tu veux qu'on fasse d'autres examens ?

– Ce serait bien, oui, je crois… Il y a une clinique privée à Monaco… Une clinique spécialisée dans les grossesses compliquées. »

Je m'accroche à son regard qui semble dériver, aussi perdu et égaré que le mien.

« À Monaco ?…

– J'ai pris des renseignements aujourd'hui.

– Tu veux qu'on aille à Monaco ?

– Oui… Qu'est-ce que tu en penses ? »

Ce que j'en pense ? Aucun son ne sort de ma bouche.

« Ils devraient pouvoir nous dire… Si elle peut s'en sortir. S'il y a un risque de malformation, de handicap, de mort *in utero* ou de… ou de décès précoce. Ils doivent bien pouvoir le savoir ! »

Pendant quelques secondes, je suis tout simplement incapable de parler, puis je dis :

« Et si c'est le cas ?

– Nous verrons… »

– Tu refuseras de la toucher ?

– Peut-être qu'elle va bien. Peut-être qu'elle va juste bien. Il faut qu'on le sache. »

Je me laisse tomber sur le lit. Je tremble. Je ne veux pas me remettre à pleurer. Pas encore une fois. Mais je ne l'ai pas sentie aujourd'hui. Cette nuit, oui, après que Pierre m'a à demi étouffée. Mais ensuite plus rien.

« Tu peux avoir un rendez-vous ?

– Je ne sais pas… Je suppose. »

Il se laisse tomber à côté de moi. Nous restons ainsi un long moment.

« Tu veux que j'appelle ? demande-t-il enfin.

– Oui. »

Il passe sa main dans mon dos, dépose un semblant de baiser dans mes cheveux, se lève.

« Je vais appeler. »

Je ne sais pas comment il a fait. Il a obtenu un rendez-vous pour le lendemain midi. Je ne lui ai pas demandé comment il s'y était pris. Comme pour la morgue. J'ai toujours préféré qu'il reste une part de mystère. Peut-être était-ce une erreur.

Le dîner a un goût de brûlé mais je me sens plus calme. Pierre m'autorise à tremper mes lèvres dans son verre de vin. Je me détends un peu. Je tente de me persuader qu'elle va bien là-dedans, qu'elle dort, tout simplement.

« Tu viens te coucher ? »

Mais Pierre n'arrive pas tout de suite. Il a perdu le sommeil depuis des jours. Il préfère répondre à ses mails, se noyer dans les dossiers de Kofedo. Je m'allonge dans le lit, pas le mien, celui du couple. Je reste immobile de longues heures à fixer le plafond. Quand il me rejoint, au milieu de la nuit, il ignore que je suis réveillée. Il se serre contre moi et il prend de profondes inspirations dans mes cheveux, comme s'il essayait de s'imprégner de mon odeur.

10

C'est une clinique moderne, luxueuse, lumineuse. Des panneaux me confirment ce que Pierre m'a dit. Ils sont spécialisés dans les grossesses compliquées. Il y a des femmes enceintes dans les couloirs, qui marchent en souriant avec leur gros ventre, et des maris qui les accompagnent. L'admission se déroule comme dans n'importe quel autre hôpital. On nous remet des papiers. Je laisse Pierre gérer. Je suis ailleurs. J'observe les autres femmes, les autres ventres, les compagnons qui ont l'air heureux. J'essaie d'oublier notre histoire personnelle, l'atmosphère de drame dans laquelle nous vivons, ce qui nous a amenés ici, les nouvelles que nous venons chercher et qui pourraient tout détruire.

« Qu'est-ce qu'on va me faire ? »

Pierre hausse les épaules. On nous a installés dans une salle d'attente. Il tient mon dossier médical dans une main et un gobelet dans l'autre.

« Je ne sais pas. Une échographie en 3D probablement. Une amniocentèse. Peut-être des prélèvements. Je ne sais pas exactement. »

Il est calme aujourd'hui. Je retrouve son regard bleu-gris habituel, malgré l'épuisement qui se lit sur ses traits. Il me tend le gobelet et un comprimé.

« Il faut que tu prennes ça.

– C'est quoi ?

– Pour assouplir le col. C'est ce qu'on m'a dit.

– Assouplir le col ? »

Il hausse les épaules.

« Tu veux que j'aille me renseigner ?

– Non, pas la peine. »

J'avale le comprimé. Je cherche son épaule pour y nicher ma tête. Je ne sais plus si j'ai bien fait d'accepter ces examens. Si je suis prête à entendre la vérité.

« Tu veux marcher un peu ? propose-t-il un instant plus tard.

– Pourquoi pas. »

Il y a un long couloir de baies vitrées avec une vue magnifique sur le port. Les rayons du soleil viennent nous réchauffer tandis que nous l'arpentons de long en large.

« Je l'ai sentie bouger ce matin, quand on est entrés dans le hall. Comme des petites bulles qui éclataient dans mon ventre. Je suis presque sûre que c'est elle, qu'elle a bougé. Si c'est ça, c'est qu'elle va bien. »

Il ne répond rien. Il a le visage tendu de nouveau.

« Et si elle va bien, nous allons bien également. Tout finira par s'arranger. »

Il ne réagit pas davantage.

« Pierre…

– Ne pense pas à ça maintenant.

– Comment ça ?

– Tu fais des plans. Tu ne fais que faire des plans sans savoir ce qu'il en est. »

Je ne comprends pas sa brusque raideur à mon égard.

« Arrête, Evie, tu ne peux pas t'attacher à un truc qui va mourir.

– Elle ne va pas mourir ! »

J'ai crié si fort que des infirmières se retournent, au bout du couloir.

« Laisse-moi seule. Tu vas finir par lui porter malheur. Je préfère que tu me foutes la paix. Pars. »

Il regarde le port, les yachts qui brillent au soleil.
« Je ne vais pas te laisser ici toute seule.
– Si. Tu reviendras me chercher en fin de journée. »
Il s'apprête à répliquer mais quelqu'un m'appelle au loin.
« Evie Perraud ? Le médecin vous attend. »
Alors il m'emboîte le pas. Pour la première fois, je suis agacée par sa présence.

On m'installe dans une salle de consultation, sur un lit à roulettes. Le médecin s'appelle le docteur de La Tour. Il demande à Pierre l'échographie qui a été réalisée deux jours plus tôt, puis il repart. Nous nous obstinons à nous ignorer, dans un silence tendu, jusqu'à ce que je n'y tienne plus. Je me sens stressée, totalement perdue.
« Il n'a rien dit. Je ne sais même pas ce qu'il va me faire.
– Il va étudier l'échographie. Il sait ce qu'il fait.
– J'imagine.
– Tu n'as pas à t'inquiéter. »
L'attente s'éternise. Lorsque le médecin revient, il tient entre ses mains un gobelet avec le même comprimé que précédemment.
« C'est pour quoi ?
– Dilater le col. Il faut une seconde prise. »
Je ne comprends pas pourquoi. Il ne me regarde pas. Il fouille dans son dossier.
« Vous connaissez votre groupe sanguin ?
– Oui.
– Vous avez la carte ?
– Dans mon dossier.
– Bien.
– Pourquoi mon groupe sanguin ? »
Un étrange sentiment de malaise commence à me saisir, mais le médecin repart déjà. Je cherche Pierre du regard.
« Pourquoi tu es si stressée ? demande-t-il. Tu n'étais pas comme ça l'autre jour…

– Je ne sais pas. »

Je ne mets pas le doigt sur ce qui cloche. Je crois que je suis juste terrorisée par le verdict. Des tremblements me saisissent bientôt, comme la veille, ainsi que des sueurs froides. L'appel de la cocaïne. Ma respiration se fait saccadée. Pierre pose une main sur la mienne. Une nouvelle demi-heure s'écoule dans cette même attente pleine d'interrogations.

« Je vais demander quelque chose pour te calmer, déclare Pierre. Et voir où ça en est. »

Il quitte la chambre mais il ne revient pas. Je me mets à claquer des dents. Personne ne vient. Le couloir est désert dans cette aile. Je retourne m'asseoir. Le docteur de La Tour revient avec un autre homme, jeune. Ils entrent. Le médecin, qui ne me regarde toujours pas, me demande :

« Pierre est parti ? »

Pierre ? Je suis absolument certaine de ne pas avoir prononcé son prénom devant lui. Quelque chose ne va pas, ici.

« Je suis l'anesthésiste », se présente l'autre homme en me tendant la main.

Je ne bouge pas. J'en suis incapable. Le choc. L'incompréhension.

« Je vais poser le cathéter, explique-t-il. La piqûre sera peut-être un peu douloureuse mais vous ne sentirez rien par la suite. »

Il relève ma manche, dégage mon bras.

« Je vais piquer dans cette grosse veine, là.

– Je... Je devais juste passer quelques examens... Une échographie en 3D... »

Je bredouille, le docteur de La Tour fait un signe du menton à l'anesthésiste, qui ne semble pas tout comprendre mais obtempère, passe la sangle autour de mon bras.

« Vous allez m'opérer ? »

Un sentiment de panique commence à m'envahir, même si je suis incapable de comprendre encore ce qui se joue. Cela tient de l'instinct. L'anesthésiste se tourne vers le médecin, l'interroge du regard.

« C'est bien la patiente ?

– Oui, c'est elle. Elle est programmée à quinze heures au bloc 2.

– Je devais juste passer des examens pour le bébé. »

De nouveau ils échangent un regard et le docteur de La Tour lui montre mes mains, prises de tremblements.

« Elle est en manque. En crise. Tâchons de l'endormir rapidement, dit-il.

– Bien. »

L'anesthésiste passe une sangle autour de mon bras sans que mon corps oppose la moindre résistance. Je ne comprends pas. Je suis pétrifiée.

« Où est Pierre ?

– Vous le retrouverez après le bloc. N'ayez crainte. Tout va bien se passer.

– Il n'a jamais été question d'opération…

– Ce ne sera pas douloureux. »

Il serre le garrot autour de mon bras. Je crois qu'à ce moment précis, j'ai compris ce qui arrivait. Mais je me sens si lente, engourdie, hagarde.

« Je devais juste passer une échographie… »

L'aiguille entre dans ma peau. Je m'accroche aux yeux bruns de l'anesthésiste, qui semble avoir un peu de sympathie pour moi.

« Je ne comprends pas. Il doit y avoir une erreur… »

Il scotche le cathéter, approche la perfusion, sort une seringue d'un emballage plastique. Le docteur de La Tour ne me regarde toujours pas. Il prépare un plateau d'instruments.

« Je suis Evie Perraud. Vous avez mon dossier ? Vous avez vu ce qui est écrit ? Je devais juste passer quelques tests pour le bébé. »

L'anesthésiste pose un masque sur mon visage et accroche les sangles derrière ma tête. C'est le docteur de la Tour qui répond, à ma gauche.

« L'examen a été formel. Il n'y avait plus d'activité cardiaque. Nous ne pouvons le laisser à l'intérieur de vous. C'est trop dangereux. Nous devons vous opérer sans tarder. »

L'oxygène arrive dans le masque, me faisant suffoquer, m'empêchant de répondre.

« Respirez doucement », me dit l'anesthésiste.

Le cathéter est désormais relié à une perfusion. Je bredouille :

« Elle n'est pas morte. Elle a bougé… il y a quelques minutes. »

Mais le masque étouffe ma voix.

« Comptez avec moi. Respirez lentement. Un… Deux… Trois…

– Elle n'est pas morte !… »

J'ai du mal à parler. Mes muscles se relâchent. Ma langue ne répond plus.

« Cinq… »

Je revois le visage tendu de Pierre dans le couloir aux baies vitrées quand je lui ai dit qu'elle bougeait. *Arrête, Evie, tu ne peux pas t'attacher à un truc qui va mourir.*

« Six… »

Je sombre. Je tente de me raccrocher aux dernières bribes de pensées. La visite de Pierre à Béranger la veille. La clinique privée de Monaco. *J'ai pris des renseignements.* Le docteur de la Tour qui connaît son prénom.

« Sept… »

Puis plus rien.

La sensation de me noyer. C'est ce qui me saisit au réveil. Une terreur animale, brute. Je cherche de l'air avec un brusque râle. Mes mains agrippent le drap. Puis j'entends le bip. Régulier. Je reprends mon souffle. Je laisse redescendre la panique. Ma seconde sensation est la chaleur d'un matelas chauffant dans mon dos, puis la douleur dans mon bas-ventre, semblable à celle de règles douloureuses. C'est après que les souvenirs ressurgissent. Le bip du monitoring s'affole.

Des pas. De l'agitation. Mes jambes qu'on relève. Une voix à ma droite.

« C'est un petit malaise vagal. »

Un petit malaise vagal. On vient de m'avorter. Pierre, Béranger et Clara ont payé pour m'avorter à quatre mois de grossesse.

Il semblerait que ma détresse mentale se répercute dans mon corps. Après la brusque chute de tension, ce sont des nausées qui m'assaillent. Un haut-le-cœur violent. Un rot guttural.

« Ça va aller. On vous fait passer un antivomitif par la perfusion », dit l'infirmière.

Mon estomac rejette de la bile qui brûle ma trachée. Je suis sur le point de m'évanouir encore. Tout tangue. Je ne sais pas ce qui est le pire. Mon corps qui se révolte douloureusement ou mon esprit qui s'éteint. Rien ne pourra m'apaiser.

« Si ça va mieux, on va vous ramener dans une chambre. »

L'infirmière guette un signe sur mon visage. Je n'en ai aucun à offrir. Ça ne va pas mieux. Ça n'ira plus jamais mieux. Ils ont tué quelque chose en moi. Je ne m'en relèverai jamais. C'était ce que Clara désirait. *J'espère que tu vas le perdre ! J'espère qu'elle mourra et que tu ne t'en remettras jamais.* Pierre a exaucé sa volonté. Il m'a fait l'amour une dernière fois, a fait le plein de mon odeur, a chuchoté des mots doux à mon oreille. Il savait qu'il ne me reverrait plus. Je fais partie du lot. Alexandrine. Lazlo. C'est à mon tour d'être bradée, renvoyée. Où ? Peu importe, au fond. Je ne compte plus vivre.

Elle finit par mettre mon lit en mouvement. Nous traversons des couloirs. Elle s'acharne à me parler. Je m'acharne à l'ignorer. Ils me l'ont retirée. Comment ? L'ont-ils aspirée ? S'est-elle accrochée ? Est-ce qu'elle bougeait quand ils l'ont sortie ? A-t-elle pu respirer une seconde, ou est-elle morte avant d'atteindre la lumière ? Peut-on respirer à tout juste quatre mois ? Qu'a-t-elle pu comprendre de tout cela ? J'espère qu'elle n'a rien senti, qu'elle s'est juste endormie paisiblement.

Je pleure, et l'infirmière se penche au-dessus de moi.

« Séchez donc ces vilaines larmes. L'opération s'est bien passée. Vous serez debout dans quelques heures. »

Elle n'a pas lu mon dossier ? J'ai envie de la tuer. Si j'étais Lilith, je la tuerais. Foudroyée instantanément. Ensuite je m'occuperais de Clara et de Béranger. Je garderais Pierre pour la fin. Pour essayer de comprendre.

J'ai droit à une chambre luxueuse avec vue sur le port. Une folie payée par la famille Fleur-Montant ? Il y a un bouquet sur la table de chevet. Est-ce une idée cynique de Pierre, ou juste une attention ordinaire pour la clientèle huppée de la clinique ?

« Vos visiteurs seront prévenus. Vous pourrez les recevoir d'ici quelques minutes. »

Je ne réponds pas. Plus rien ne sort de ma bouche à part cette bile brûlante, acide. Du venin.

Il se présente quelques minutes plus tard, le visage chiffonné, les épaules basses. Il se poste au niveau de mes pieds, loin, hors de ma portée, et me demande tout bas :

« Ça va ? »

Je ne comprends pas ce qu'il fait là, comment il ose. Je vomis dans la cuvette qu'on a posée à côté de moi. À défaut de mots, ma douleur s'exprime ainsi.

« Est-ce que tu souffres beaucoup ? »

Je suis encore assommée par l'anesthésie. Si je ne l'étais pas, peut-être me serais-je levée, peut-être l'aurais-je frappé. J'aurais cherché à détruire son visage. J'aurais utilisé la bassine, la perche à perfusion, mes poings, n'importe quoi. Je l'aurais mordu jusqu'au sang.

Il se déplace avec lenteur jusqu'à ma tête en veillant à rester à un bon mètre de moi.

« Elle avait trop peu de chances de survivre. Tu le savais comme moi. »

Je ne peux pas parler, pas encore.

« Tu ne l'aurais pas supporté, dans ton état psychique… Imagine… Si elle était morte au bout de quelques semaines, au bout de quelques mois dans ton ventre… Et si tu l'avais perdue à la naissance… Tu n'aurais jamais pu faire face. »

Une nouvelle vague de bile m'arrache un râle douloureux. Il retient son élan pour venir vers moi. Je m'agrippe à la bassine. Quand je me redresse, il cherche mon regard. Il y a mille excuses dans ses yeux, mais aucune ne me conviendra jamais.

« Il valait mieux que ce soit maintenant. Au plus tôt. Tu ne l'avais sentie que deux jours. Deux jours… Qu'est-ce que c'est dans une vie ? Tu oublieras. Tu surmonteras cette épreuve. »

Il s'approche tout doucement. Je tente de retrouver mon souffle.

« Ça n'a pris que vingt-cinq minutes. C'est une opération banale. Je ne l'aurais pas demandée, sinon, s'il y avait eu le moindre risque pour toi.

– Qu'est-ce qui est noté dans mon dossier médical ? »

Les premiers mots sont sortis. Rauques à cause de l'intubation, de la bile qui m'a brûlée.

« Comment ça ?

– Il est écrit que vous l'avez retirée alors qu'elle était vivante ? Que vous l'avez retirée sans mon consentement ? »

Il secoue la tête.

« Qu'est-ce qui est écrit ?

– Que tu as subi une interruption médicale de grossesse. Un avortement thérapeutique.

– Quoi d'autre ?

– Que le fœtus était sans activité cardiaque. Mort *in utero*.

– C'est donc légal ? »

Il hoche doucement la tête. Bien sûr. Pierre et Béranger ont pensé à tout. Pierre et Béranger maîtrisent tous les aspects juridiques.

« Rien de tout ça n'est vrai. Pas plus ce qui est écrit dans mon dossier médical que les mensonges que tu viens d'invoquer pour justifier ton geste. Tu ne l'as pas fait pour moi, pour me protéger. Tu l'as fait pour Clara. Pour sauver ton mariage. Pourquoi tu es là ?

– Je tenais à t'expliquer…

– À me balancer tes mensonges ! Tu aurais dû me tuer hier. Tu aurais dû aller au bout. M'étouffer dans ta main.

– Evie, arrête.

– J'aurais préféré que tu le fasses. Je serais morte avec elle, sans m'en rendre compte. »

De dépit, il se tourne vers la baie vitrée, le coucher de soleil sur Monaco.

« Ce docteur de La Tour, tu le connaissais ?

– C'est un ami de Béranger.

– J'espère qu'il a fait ça proprement, qu'elle n'a rien senti. »

Pierre appuie son front contre la vitre. Mes larmes reviennent. Peut-être pleure-t-il, lui aussi. Peut-être pas. Je m'en fiche, rien ne pourra réparer son crime, leur crime. Je dis :

« Tu sais, pendant longtemps j'ai cru à ces conneries… Tu étais Adam, j'étais Ève. Le serpent Clara nous avait poussés l'un vers l'autre. J'avais raison sur un point : elle est maléfique. Mais je me suis trompée sur un autre. J'aurais dû croire à la seconde version de l'histoire. Celle où Lilith demande à son mari Satan de pervertir Ève. Tu te souviens ? C'est toi qui me l'as racontée dans la cuisine. »

Il reste immobile, toujours appuyé contre la baie vitrée.

« Tu n'es pas Adam. Tu es Satan. Tu es le digne mari de Clara. Aucun doute là-dessus. »

J'essuie les traces de larmes sur mes joues.

« Vous avez provoqué ma perte. Je suis morte. N'ayez aucun doute là-dessus non plus. »

Plus tard, au bout d'une éternité, il se retourne enfin, mais les mots qui tombent ne sont pas ceux que j'imaginais :

« Clara n'a plus besoin de doublure. Je suppose que tu t'en doutais… »

Je lui jette à la figure ma cuvette pleine de bile. J'y mets toute ma rage. Le liquide se répand sur sa chemise, son pantalon, sur ses chaussures, et je hurle :

« Dégage ! Sors de cette pièce ! Ne remets plus jamais les pieds ici ! Tu es un monstre ! Comme elle ! »

Je lui jette aussi d'autres choses, le vase, le pichet d'eau. Pierre quitte la pièce à reculons, le regard baissé, les deux mains levées en l'air, comme un criminel.

C'est ce qu'il est. Un criminel.

Clara m'avait prévenue un soir, dans la somptueuse suite de Saint-Raphaël, après le vernissage chez Stein. Je les observais et elle voulait savoir à quoi je pensais. *Je vous imaginais dans un tableau. – Le* Lilith *? – Dans ce goût-là. – Je serais Lilith ?* J'avais acquiescé, puis elle m'avait dit : *Et Pierre ? Est-ce qu'il serait le serpent ? – Non. – Vous êtes bien affirmative… – Pierre n'est pas le serpent. Il ne peut pas l'être.*

Elle m'avait prévenue. Je n'avais pas voulu la croire.

J'aurais dû sortir en fin de journée mais mon état s'est dégradé. Après les nausées, une hémorragie s'est déclarée et j'ai fait deux nouveaux malaises avant qu'on stoppe mes saignements. Je crois que mon corps a senti qu'il n'avait plus d'utilité, qu'il pouvait rendre les armes, sombrer.

J'ai réclamé des somnifères pour dormir, les plus puissants possibles. À mon réveil, au matin, Pierre est là. Les épaules affaissées, les yeux rougis, le teint hâve. Il parle vite avant que je ne me mette à crier :

« Dis-moi juste qui je dois appeler. Qui doit te récupérer à la sortie de l'hôpital. »

Les somnifères rendent mon élocution lente, pâteuse :

« Irène. Irène Vanet. »

En entendant ce nom de famille, ses yeux s'éclairent brièvement avant de s'éteindre de nouveau.

« J'ai oublié de te prévenir… J'ai profité de l'opération pour te faire retirer le tatouage au laser. Je te l'avais promis… »

Je ferme les yeux. Quand je les rouvre, de longues minutes plus tard, il a disparu. Sur la table de chevet, un ticket de conciergerie. Mes affaires empaquetées par ses soins.

11

La radio ronronne dans la petite cuisine sombre d'Irène. Nous sommes le 1er juin.

Elle lève la tête en m'apercevant sur le seuil, baisse le son. Elle abandonne le couteau et les épluchures sur le plan de travail, s'approche.

« Tu t'es habillée ? »

Elle n'a jamais su dissimuler ses émotions. On peut les lire sur son visage. Le soulagement qui s'y peint à ce moment précis me fend le cœur.

« Tu sors ? »

Elle me le demande sans trop y croire.

« Oui. »

S'ensuit un drôle de silence avant qu'elle ne se remette en mouvement, nerveuse.

« Attends. Attends, il faut que tu manges un morceau avant. Et que tu prennes tes cachets. Assieds-toi, d'accord ? »

Elle s'active dans la cuisine, prépare mes antidépresseurs, sort du réfrigérateur une assiette qu'elle m'avait mise de côté, remplit un pichet d'eau.

« Tu vas où ? Sur le port ?

– Non.

– Tu veux que je t'accompagne ?

– Non… Ça va. »

Elle a déjà essayé de me faire sortir de l'appartement mais c'était trop tôt. Rien n'aurait pu me faire mettre un pied devant l'autre. Tout était trop à vif. *Il valait mieux que ça soit maintenant. Au plus tôt. Tu ne l'as sentie que deux jours. Qu'est-ce que c'est dans une vie ?* Je pouvais à peine respirer.

Hier je suis sortie pour la première fois. Pas très loin. Le centre-ville. Quarante minutes dehors. Irène ne s'attendait pas à ce que je réitère l'exploit si tôt.

« Où tu vas ? »

Je prends une inspiration avant de dire le nom. Sa seule évocation m'a longtemps causé des cauchemars.

« À Saint-Paul-de-Vence. »

Elle s'arrête, une baguette de pain entre les mains.

« Qu'est-ce que tu vas faire là-bas ? »

Elle s'est raidie. Son visage s'est fermé.

« Tu ne comptes pas aller les trouver ?

– Non.

– Tu es sûre ?

– Ils n'y sont plus. Ils sont à Genève.

– Bon. C'est mieux comme ça. »

Quelque chose se détend sur son visage. Elle pose le pain devant moi, reste debout tandis que je m'efforce de piocher dans l'assiette. Il y a de nombreuses choses qu'Irène ignore au sujet de Saint-Paul-de-Vence, des sept mois que j'ai passés là-bas, de Pierre, de Clara. Elle sait qu'il y a eu un avortement. Elle en ignore la raison, les détails. Elle a peut-être deviné mon addiction en voyant à quel point j'étais abîmée. Elle est restée à mon chevet pendant six semaines. Si j'avais pu, je lui aurais épargné ces semaines de tourments : les appels répétés au médecin de famille, les antidépresseurs, les quatre kilos supplémentaires perdus, les tremblements, les crises d'angoisse au milieu de la nuit. Elle ne connaît rien de l'histoire qui s'est jouée mais elle a pu mesurer ma souffrance. La seule évocation de leur nom lui fait froncer les sourcils. Elle dit toujours « ils » en parlant d'eux.

« Tu vas faire quoi là-bas ?

– J'avais un ami dans le village. »

Elle m'encourage à manger d'un signe de tête. Ses doigts tracent des cercles nerveux sur la table. Elle n'est pas encore totalement rassurée.

« Gaël. Tu te souviens ?

– Oui. Je m'en souviens. Il t'avait conduite ici un jour.

– C'est ça.

– Tu vas le voir ? »

Je hoche la tête. Un sourire incrédule se dessine sur son visage.

« C'est pour ça, la robe ? »

Je ne réponds rien. Irène détaille ma tenue. Une robe longue, resserrée à la taille. Une de celles que portait Clara. Une de celles que je portais lorsque je devenais Calypso. Une de celles que Pierre me retirait dans les chambres d'hôtel.

« Tu seras de retour quand ?

– Demain.

– D'accord. »

Elle jette un œil au sac à dos bien rempli dans l'entrée.

« Tu y passes une seule nuit ?

– Oui.

– Bien. »

Elle recommence à s'agiter dans la cuisine.

« Tu ne manges pas plus ? s'étonne-t-elle en me voyant me lever.

– J'ai le ventre noué. »

Elle me prend dans ses bras. Elle est soulagée de me voir reprendre vie. La robe, le maquillage, Gaël.

« Amuse-toi. Si tu veux rester quelques jours de plus, ne te fais pas de souci… »

Je me détourne plus vite que je ne le voudrais. Je récupère mon sac, enfile mes chaussures. Il y a une certaine impatience dans mes gestes. Je redoute autant que j'attends ce moment à Saint-Paul-de-Vence. J'y ai pensé tout le temps ces dernières semaines.

« Tu ne veux pas que je te conduise à la gare ?
– Merci, ça ira. »
Sur le pas de la porte, je parviens à lui adresser un vrai sourire. La demi-pastille bleue que j'ai avalée agit déjà.
« Passe une belle soirée.
– À demain. »

J'avais oublié les effets magiques de la pastille. L'univers cotonneux. L'absence de douleur. J'ai les idées claires et apaisées. C'est ce que je voulais. « Prends-les par moitié, a dit l'homme dans la rue, hier, au moment de l'échange. Vu ton gabarit. »
J'ai pris une moitié. La seconde attend dans ma poche.

J'ai longtemps guetté de leurs nouvelles sur internet. Un signe de vie. N'importe quoi. Une annonce légale concernant la société Kofedo aurait fait l'affaire. Voir son nom écrit noir sur blanc. Savoir qu'il était encore en vie quelque part. Pourquoi ? Je n'en ai pas la moindre idée. Je suis devenue folle. Vraiment folle. J'ai continué de guetter. Je savais qu'elle finirait par sortir du silence, qu'elle pointerait le bout de son nez, ce n'était qu'une question de semaines. Que serait Clara sans ses toiles, sans Calypso ? Le communiqué de presse est paru au milieu du mois de mai. Quatre semaines après mon départ. Un communiqué de presse bref, factuel. Il y avait si peu d'eux dans ces mots…

L'ensemble des œuvres de Calypso Montant est exposé à Saint-Paul-de-Vence, à la galerie Humanis. Toujours hospitalisée pour d'importants problèmes de santé, elle s'est installée en Suisse auprès de son mari, et reprend la peinture tout en suivant son traitement.
Contact presse : Georges Delanoe.

Lui a-t-elle déjà pardonné ? A-t-elle eu besoin de changer d'air ? Elle n'arrivait peut-être plus à peindre dans la maison où je lui avais tout pris. J'ai songé que j'aurais dû être à sa place. J'aurais pu partir à Genève avec Pierre, si elle ne s'y était pas opposée ce jour-là, avant d'essayer de m'étrangler. Je les ai imaginés dans un appartement luxueux avec vue sur le lac, partageant un quotidien ordinaire dans un silence plein de rancœur. Elle lui ferait probablement payer pendant des mois. Il ne serait pas capable de lui faire l'amour avant longtemps. Et après ?

C'était ça, les pensées qui m'étouffaient dans la chambre de Jean, chez Irène, celles que les antidépresseurs faisaient taire en partie.

Il n'est plus temps d'y penser maintenant. Je suis en route pour Saint-Paul-de-Vence, dans le train. J'ai une dernière chose à y faire, afin de tirer un trait définitif sur mon histoire.

C'est une belle journée qui annonce l'été. Le taxi qui me conduit de la gare de Cagnes-sur-Mer à Saint-Paul-de-Vence tente de me vanter les charmes de la ville. Je n'écoute pas. Le jour décline lentement lorsque je franchis les remparts. Les ruelles résonnent des mêmes sons que lors de mon arrivée en septembre. Ce sont les mêmes odeurs, la même agitation. Rien n'a changé.

Je traverse la place du Tilleul où je me suis souvent assise pour partager mon déjeuner avec Gaël et je poursuis mon chemin. Malgré mon sac à dos qui pèse bien trop lourd, je m'obstine à effectuer ce pèlerinage. Grimper jusqu'en haut du village, au plus près de ces murs qui ont renfermé tant d'ardeurs, tant de désirs, tant de passions.

Je me sens fébrile en arrivant dans leur rue. Un léger vertige. Je m'arrête devant la grille noire de la maison, celle qui protégeait notre antre, et je reprends mon souffle. Les volets sont fermés. La boîte aux lettres ne déborde pas. Je m'en doutais. Je suis sûre qu'ils reviennent régulièrement. Le temps d'un week-end. Au moins elle. Sa ville tant aimée. Elle y a tout : sa galerie, sa maison, sa véranda. Elle doit faire l'aller-retour de temps en temps. Peut-être Nina lui relève-t-elle le courrier.

Je dépose mon sac à dos au sol, en extrais les deux reproductions que je glisse dans la fente. Avant de partir, je jette un dernier coup d'œil à la maison. Elle sera toujours un peu la mienne. J'y ai vécu, appris, aimé, pleuré, haï.

C'est fini, maintenant.

L'église ne va pas tarder à sonner dix-neuf heures trente. J'ai un rendez-vous à honorer. Pas avec Gaël, non. J'ai menti à Irène. Avec Calypso Montant.

Il y a déjà du monde à la galerie Humanis. L'article annonçait un début de soirée à dix-neuf heures. Je suis un peu en retard. À l'entrée, il n'y a personne. Georges est dans la salle du fond, avec les invités. Il n'a pas prévu d'extra pour assurer l'accueil des retardataires. Je fais un arrêt aux toilettes. Penchée au-dessus de l'évier, j'avale la deuxième moitié d'ecstasy. Mes mains tremblent lorsque je sors la bouteille de whisky de mon sac à dos. Je bois au goulot. De grandes lampées. Est-ce de la peur ? Je ne saurais le dire. La pastille camoufle en partie ce sentiment. Bientôt l'ivresse viendra s'y ajouter. Je ne réfléchirai plus. Avant de quitter les toilettes, je jette un coup d'œil à mon reflet dans le miroir. Je n'ai pas repris les kilos perdus mais j'ai meilleure mine que les semaines précédentes. Le maquillage. Le sentiment de délivrance. Bientôt, tout ce passé sera derrière moi.

Le billet est paru il y a moins de dix jours, repris par plusieurs blogs et journaux artistiques.

Georges Delanoe, ami et fidèle admirateur de Calypso Montant donnera le 1er juin 2019 une soirée en l'honneur de l'artiste, récemment installée en Suisse pour sa convalescence. Georges confie que celle-ci a repris la peinture et que de nouvelles toiles devraient bientôt rejoindre la galerie dans un genre « encore plus sombre ». Les amateurs attendent déjà les œuvres à venir avec impatience. Calypso Montant avait provoqué une onde de choc lors du Salon de Montrouge avec sa désormais célèbre Ève.

Clara a pensé à tout pendant que je me remettais de l'anesthésie, pendant que je luttais nuit et jour contre une douleur indicible, invisible, impossible à localiser. Rompre mon contrat de travail. Diffuser largement l'annonce de son retrait provisoire. Changer les mots de passe de sa boîte mail, de son profil sur ArtMajeur. Elle a pensé à tout sauf à ça : l'éventualité que je débarque un jour en pleine exposition.

J'ai pris ma décision en quelques heures, j'ai fini de noircir les pages de mon carnet à spirale.

D'abord, il ne se produit pas grand-chose quand j'entre dans la salle numéro 5. Une quarantaine de personnes sont présentes, massées en différents groupes. L'*Ève* est toujours là, une étiquette jaune sur le cadre indique que le tableau a été réservé. Je continue d'avancer dans ma jolie robe noire jusqu'à ce qu'un murmure se fasse entendre. Quelqu'un m'interpelle :

« Calypso ? »

Je réponds par des sourires. Un couple s'approche pour me saluer, me serrer la main.

« Ça alors ! »

Les murmures se propagent comme une onde de choc. Les têtes se tournent.

« C'est elle !

– Elle n'est pas en Suisse ? »

Je suis en plein rêve. Le sol me paraît moelleux comme une épaisse moquette. Je reçois des sourires, des poignées de main chaleureuses.

« Qu'est-ce que vous faites là ?

– Je suis ravie d'être ici. »

Je répète cela, avec un sourire béat. Mon élocution est un peu lente alors que de la guimauve colorée envahit mon cerveau.

« Pour une surprise, c'est une surprise ! »

Bientôt Georges est devant moi. Des plaques rouges apparaissent sur son cou, son visage, ses tempes.

« Qu'est-ce que vous faites ici ?

– Je viens présenter mes toiles. »

Un petit groupe s'est massé autour de nous. Il ne peut pas se permettre de se montrer grossier, insistant. Il ne peut pas me chasser. Je reconnais des visages parmi les gens qui nous entourent. Ombeline Saint-Sulpice.

« Vous êtes toujours en convalescence ?

– Georges dit que vous avez repris la peinture. Vous pouvez nous en dire plus ? »

Je ne parviens pas à suivre, à répondre aux questions. Georges s'est éclipsé. Je le vois sortir un téléphone portable de sa poche, s'éloigner. Dans quelques secondes, Pierre sera prévenu. Que pourront-ils faire ? Ils sont à des centaines de kilomètres.

« Vous m'excusez quelques secondes ? »

Je me dirige vers le buffet, consciente des regards légèrement étonnés posés sur moi. Mon arrivée-surprise. Mon début d'ivresse. Mon air béat et égaré. J'avale une coupe de champagne d'une traite, en attrape une seconde. J'ai besoin de m'anesthésier.

« Vous envisagez d'autres triptyques ? me lance un homme.

– Non.

– Non ?

– Je ne vais plus peindre. »

Et comme je ne suis pas certaine que tout le monde m'ait entendue, je répète plus fort :

« Je ne vais plus peindre. J'arrête. »

Un murmure surpris parcourt l'assemblée. Georges n'a toujours pas réapparu. J'entrouvre, non sans difficulté, la fermeture Éclair de mon sac à dos. Mes doigts effleurent, cherchent le bouchon des bouteilles plastique. Quatre bouteilles d'un litre cinq remplies à ras bord.

« C'est une annonce publique ? » interroge timidement une femme.

J'extrais la première bouteille de mon sac, leur fait signe de reculer.

« Vous ne devriez pas rester. Je prépare une œuvre un peu particulière pour mon retrait de la scène artistique. Je ne veux blesser personne. Reculez. Tous. »

Personne ne comprend. Les visiteurs échangent des murmures, des regards. Je commence à asperger le sol entre eux et moi. Une fine ligne. L'odeur d'essence les alerte. Un premier cri de panique. Puis un début de bousculade vers la sortie.

« Qu'est-ce que vous faites ? » crie un homme.

Une dame se met à glapir :

« Georges ! »

Je fais craquer l'allumette, la jette au sol. La première ligne s'embrase, faisant reculer ceux qui sont encore là.

La ligne enflammée fait monter la température dans la pièce. Il ne faut pas traîner. Les tableaux doivent disparaître. Je m'attaque à *Ève*. Elle sera la première à brûler vive. Les autres suivront. Je vide une première bouteille d'essence, ouvre la deuxième. Une fumée opaque remplit la salle, m'empêchant de bien y voir à quelques mètres. De l'autre côté du brasier, j'entends des hurlements. Les gens fuient.

« Faites quelque chose ! »

Parlent-ils de prévenir les secours ? De me raisonner ?

« Reculez ! je glapis. Quittez la pièce ! »

De violentes quintes de toux m'obligent à m'arrêter quelques secondes pour retirer mon pull et me couvrir le nez. J'avais tout envisagé, même la douleur, je m'étais anesthésiée à l'avance, mais je n'avais pas anticipé l'asphyxie, le risque de ne pas pouvoir terminer mon travail à temps. Alors j'accélère. J'asperge au hasard. Les murs. La table du buffet. Le sol. Les tableaux que je parviens à distinguer. Six litres d'essence. Un litre à conserver pour moi. De l'autre côté de la ligne de feu, un homme hurle :

« Pourquoi ? Pourquoi vous infliger cela ? »

La fumée est en train de m'étouffer. Je me cramponne à un pan de mur. Je tousse, j'essaie de couvrir le bruit du feu qui embrase tout, se répand plus vite que je ne l'avais prévu. Je crie :

« C'est Lilith. Les anges lui avaient donné le pouvoir de provoquer les fausses couches et de tuer les nouveau-nés. C'est elle qui a tué mon bébé. Elle et Satan, son mari. »

Je ne suis pas certaine qu'il m'ait entendue. Moi, je ne l'entends plus. Je n'entends plus rien d'autre que le feu qui gronde. Ma peau est luisante. Il fait une chaleur terrible. Il reste un litre d'essence dans la dernière bouteille en plastique. Je sais ce qu'il me reste à faire.

Demain, les journaux titreront : « L'artiste Calypso Montant s'est immolée dans sa propre galerie, emportant avec elle la totalité de son œuvre. » Demain, Clara Manan saura que son monde s'est écroulé à jamais, que son œuvre est morte, que Calypso ne renaîtra jamais de ses cendres. Irène pleurera ma mort comme celle de sa propre fille. Elle voudra comprendre. Dans les jours qui suivront, les policiers interrogeront Pierre, Clara, Nina, Georges, peut-être d'autres personnes.

Ils voudront savoir qui était Evie Perraud, cette jeune femme qui vivait chez eux, qui s'est tragiquement immolée. Était-elle l'artiste, véritablement, elle, l'ancienne employée de station-service ? Le doute naîtra. Une doublure ? Béranger fera tout pour étouffer l'histoire, une fois de plus, mais cela risquera fort d'être l'affaire de trop. Un suicide par le feu, ça ne laisse pas indemne. Les langues se délieront. Je suppose que les parents d'Alexandrine seront tentés de parler. Gaël témoignera de mon dépérissement au fil des mois. L'anesthésiste me reconnaîtra sans doute dans le journal. Et Lazlo, qui était tellement en colère contre Clara ? Edgar, le professeur de dessin ? Parleront-ils ? Tôt ou tard, on tombera sur mon carnet à spirale. Je me suis appliquée à le rendre le plus complet possible ces derniers jours. Ils sauront.

C'en est fini pour eux. Il n'y aura plus d'autre Lazlo, plus d'autre Alexandrine, plus d'autre Evie.

Je déverse sur ma tête le liquide visqueux. En titubant, je me dirige vers les flammes qui atteignent le plafond. Il me faudra un pas pour me jeter dans le brasier, une seconde pour m'embraser. Malgré l'anesthésie, la douleur sera atroce. Je suis préparée à la subir. Je m'y suis initiée, au sauna. Je mourrai en martyre pour ma cause : ma revanche, celle que Pierre m'a toujours refusée. Je la tiens. Mon ultime vengeance.

J'ai une pensée pour lui avant de franchir le mur de feu. Une pensée pleine de tendresse, débarrassée de ma colère. Adieu, mon amour diabolique. Demain, il comprendra en ouvrant la boîte aux lettres. Je leur ai laissé deux reproductions. Mes deux toiles fascinantes. *Tristan et Iseult* pour Pierre. Au dos quelques mots : « L'amour devrait être absolu ou ne pas être. À jamais. E. » La seconde reproduction glissée dans la boîte aux lettres est pour Clara. Le *Lilith*, forcément. Mon écriture noire et ronde, insolente : « Tu t'es trompée. »

Un morceau de plafond s'effondre. Je franchis le mur. Les flammes viennent me lécher, prendre possession de mon corps. Je brûle, et avec moi Calypso. Des témoins jureront avoir entendu deux hurlements d'agonie venant du bûcher, et non un seul. Ce n'était pas Calypso qui hurlait avec Evie. C'était Lilith qui exultait.

DE LA MÊME AUTRICE

Aux Éditions Carnets Nord

TOUT LE BLEU DU CIEL, 2019

Aux Éditions Albin Michel

LES LENDEMAINS, 2020

JE REVENAIS DES AUTRES, 2021

TOUT LE BLEU DU CIEL, *réédition collector*, 2021

LES DOULEURS FANTÔMES, 2022

Composition : IGS-CP
Impression : CPI Bussière en septembre 2022
Éditions Albin Michel
22, rue Huyghens, 75014 Paris
www.albin-michel.fr

ISBN : 978-2-226-46128-5
N° d'édition : 24461/01 – N° d'impression : 2066326
Dépôt légal : octobre 2022
Imprimé en France